Kerstin Sgonina

*Als das Leben wieder
schön wurde*

KERSTIN SGONINA

ALS DAS LEBEN WIEDER SCHÖN WURDE

ROMAN

WUNDERLICH

2. Auflage Mai 2021

Originalausgabe
Veröffentlicht im Rowohlt Verlag, Hamburg, Februar 2021
Copyright © 2021 by Rowohlt Verlag GmbH, Hamburg
Satz aus der Dante MT
bei Pinkuin Satz und Datentechnik, Berlin
Druck und Bindung CPI books GmbH, Leck, Germany
ISBN 978-3-8052-0045-5

Die Rowohlt Verlage haben sich zu einer nachhaltigen Buchproduktion verpflichtet. Gemeinsam mit unseren Partnern und Lieferanten setzen wir uns für eine klimaneutrale Buchproduktion ein, die den Erwerb von Klimazertifikaten zur Kompensation des CO_2-Ausstoßes einschließt.
www.klimaneutralerverlag.de

Für
Eva, Lisa & Verena

1

Hamburg, 10. März 1954

Wie ein Streicheln fühlte sich der Regen an, der von Gretas Kopftuch in den Kragen ihres Wollmantels rann. Sie schloss die Augen, sodass der Hein-Köllisch-Platz mitsamt seinen Häusern aus ihrem Blickfeld verschwand, und schmeckte das Wasser, das mit dem Aroma von Asche und Rauch getränkt war. Der Lärm der bimmelnden Straßenbahn verblasste, ebenso das Scheppern, das vom Hafen her kam und sich mit dem Krach eines Presslufthammers mischte. Dankbar für die Erfrischung glaubte sie, mit jedem Tropfen, der aus den tief hängenden Wolken fiel, neuen Mut zu schöpfen. Und davon brauchte sie eine ordentliche Portion, andernfalls würde sie sich nie trauen, einen Fuß in das Haus zu setzen, das vor ihr in den verhangenen Himmel ragte.

Dabei war sie in Stockholm noch voller Hoffnung gewesen. Als sie aber im Zug gesessen hatte und die schwedische Hauptstadt mit ihren schmalen gepflasterten Gassen und den pastellfarben getünchten Häusern kleiner und kleiner geworden war, war mit ihr auch Gretas Gewissheit geschrumpft, das Richtige zu tun.

Die vergangene Nacht über hatte sie kaum geschlafen

und aus immer knubbeliger werdenden Augen aus dem Eisenbahnfenster nach draußen gestarrt, wo Dunkelheit die Landschaft von Östergötland und Schonen verschluckte. Seit Kopenhagen war sie in einem Nebel von Nervosität gefangen gewesen, der dichter und dichter wurde, je näher sie der deutschen Grenze kam. Jetzt fühlte sie sich erschreckend dumpf. Nur Angst war da noch und verdrängte alles andere, Angst vor dem Moment, in dem ihr Vater die Tür öffnen würde.

Sie räusperte sich und atmete tief ein, umklammerte den Griff ihres ramponierten Lederkoffers und zählte bis zehn. Dann strich sie sich das feuchte Haar aus der Stirn und ging auf die Tür zu, deren braune Farbe abblätterte. Sie führte in ein schmales Gebäude, das zwischen einem Eckhaus mit Kneipe und einer rot geklinkerten Kirche eingeklemmt war. Links wurde für Bluna-Limonade und Elbschlossbier geworben und rechts für Jesus, der, die Arme weit geöffnet, wartete – anders als ihr Vater.

Auf dem angelaufenen Messing des Klingelschildes fand sie seinen Namen, daneben den Hinweis: 3. Stock. Zögernd schwebte ihr Finger über dem Klingelknopf. Doch statt ihn zu drücken, presste sie probeweise die Schulter gegen das Holz. Mit einem missmutigen Quietschen schwang die Tür auf, und Greta war dankbar dafür, sich doch noch ein paar Sekunden mehr in der Hoffnung zu wiegen, dass Harald Buttgereit sich über ihren Anblick freuen würde.

Aus dem Dunkel des Hausflurs schlug ihr abgestandene Luft entgegen. Stufe für Stufe wuchtete sie ihren Koffer nach oben. Auch in ihrem Mietshaus in Stockholm hatte nicht auf jeder Fensterbank ein Blumentopf gestanden. Aber derart abweisend, als sollten schleunigst alle Besucher vergrault werden, war es dort nicht gewesen. Falls sie ein bisschen bliebe, würde sie hier und dort etwas Hübsches drapieren. Ein paar Muscheln oder die Kiesel, die sie als Andenken aus Stockholm mitgebracht hatte. Dann wäre es nicht mehr ganz so unfreundlich.

Auf jedem Absatz blieb sie länger stehen. Ihr fiel nichts ein, was sie zur Begrüßung sagen könnte. Und dann war da noch diese elende Furcht davor, dass ihr Vater sie womöglich nicht erkannte. Aber das war Quatsch. Väter erkannten ihre Töchter. Es musste so etwas wie ein Erkennen des Herzens geben, da war egal, dass aus der siebenjährigen Greta inzwischen eine junge Frau geworden war, die mit dem Kind von damals bis auf das strohblonde Haar und die Stupsnase kaum noch Ähnlichkeit hatte.

Noch ein Schritt. Und noch einer. Mit gespitzten Ohren lauschte Greta auf die Stille, die aus den Wohnungen rechts und links des Hausflurs sickerte. Mit einem Mal jedoch wurde es laut. Jemand stapfte so entschlossen herum, dass noch im Treppenhaus der Boden zitterte. Als sie die Etage erreichte, hörte sie Zetern, die Tür zur Linken flog auf, eine schmale, dunkelhaarige Frau stolperte rücklings hinaus, und schon flog die Tür von unsichtbarer Hand geführt mit einem Rumms wieder ins Schloss. Die Brünette schien Greta nicht gesehen zu haben. Immer noch im Rückwärtsgang, plumpste sie ihr direkt in die Arme. Greta taumelte, fiel über ihren Koffer, und ineinander verschlungen kullerten sie und die junge Frau fast die Treppe hinab.

«Erbarmung!», schimpfte die Dunkelhaarige, nachdem sie, mit den Armen rudernd, die Balance wiedergefunden hatte.

Greta, die auf der Sohle ihres Stiefels eine Stufe hinabgerutscht war, krallte sich am Treppengeländer fest und zog sich wieder hoch. Entsetzt starrte sie die Frau an, bis diese zu grinsen begann und dabei den Blick auf eine fast fingerbreite Zahnlücke freigab.

«Mensch, Marjellchen, das war knapp!»

Greta, die keine Ahnung hatte, warum sie so genannt wurde, kicherte erleichtert. Schlagartig fiel die Anspannung von ihr ab. Ihr Kichern ging in Prusten über, was ihr einen verwunderten, aber durchaus interessierten Blick einbrachte.

«Entschuldige», stieß sie immer noch lachend hervor und streckte die Hand aus. «Guten Tag. Ich heiße Greta.»

«Marieke, sehr erfreut.»

Greta wusste selbst nicht genau, wieso sie plötzlich so fröhlich war. Vielleicht weil mit dem Beinahesturz ihre Angst und Nervosität flöten gegangen waren. Sie schüttelte Mariekes Hand so kräftig, dass die junge Frau die Zähne zusammenbiss.

«Mensch, Marjellchen, packst du aber feste zu, die Hand kann ich ja den lieben Tag lang nicht mehr gebrauchen!»

«Greta heiße ich. Es tut mir leid, das wollte ich nicht.»

Marieke grinste erneut. Ihr herzförmig geschnittenes Gesicht war blass, nur auf der Nase tummelten sich ein paar Sommersprossen, als habe sie jemand mit dem Salzstreuer darauf verteilt.

«Mach dir nichts draus, Greta ist auch schön. Und wenn sich hier eine entschuldigen sollte, bin das wohl ich.» Sie hatte eine tiefe, rauchige Stimme, die so gar nicht zu ihrer zierlichen Gestalt passen wollte. «Glaub im Übrigen bitte nicht, dass man mich öfter auf diese Weise aus einer Wohnung bugsiert. Diese dumme Krät hat mich rausgeschmissen. Unhöfliches Weibsbild. Undankbar noch dazu. Da will man dem armen Kind das Haar aufhübschen, und was macht die Mutter? Schreit Zeter und Mordio. Aber bei manchen Leuten ist halt Hopfen und Malz verloren, da kannst du Gutes tun, bis du schwarz wirst, sie glotzen aus ihrem Wolkenkuckucksheim immer noch doof auf dich herab. Und wo willst du hin?», fragte sie, während Greta noch versuchte, den Strom an Worten zu ordnen und zu verstehen.

Deutsch war Gretas Muttersprache, doch war sie mit den Jahren eingerostet. Mit ihrer Großmutter hatte sie nur Schwedisch gesprochen. Aber heimlich geübt hatte sie, indem sie deutsche Bücher las, so viele, wie sie in die Finger bekommen konnte. Und sie hatte die deutsche Kirche in Gamla Stan besucht, der Stockholmer Altstadt, obwohl sie nur hin und wieder an Gott glaubte.

«Kuckuck, träumst du?» Marieke zeigte auf die Tür zur Linken, dann die Treppe weiter hoch. «Hierher? Oder willst du zu denen?» Sie strich sich das geblümte Sommerkleid glatt, was den für diese Jahreszeit viel zu dünnen Stoff auch nicht retten dürfte.

«Ich weiß nicht», sagte Greta langsam. Durch den kleinen Unfall hatte sie die Orientierung verloren. War sie erst im zweiten oder schon im dritten Stock?

«Zu Harald Buttgereit. Weißt du zufällig, wo er wohnt?»

Marieke krauste die Nase und grinste nun noch breiter. «Könnte man durchaus sagen. Aus der Buttgereit-Wohnung bin ich grad so elegant geflogen. Was willst du da? Bist du eine Freundin von Ellen?»

Ellen ... Der Name ließ die Nervosität zurückfluten, die Greta in den vergangenen Minuten glatt verdrängt hatte. So hieß ihre Halbschwester, der sie noch nie in ihrem Leben begegnet war.

«Nein, aber ...»

«Dann von Mickey?» Mariekes Augen schienen noch blauer zu leuchten.

Verwirrt sah Greta sie an. Bloß in einem einzigen Brief hatte ihr Vater den Namen seiner beiden anderen Kinder erwähnt. Genauer gesagt hatte er sie überhaupt nur dies eine Mal erwähnt, ansonsten hatten seine jährlichen Briefe ausschließlich aus Allerweltsfragen bestanden: wie es ihr in der Schule ergehe, ob sie ein hübsches Zimmer habe, wie denn das Wetter in Stockholm sei.

«Ach, Michael meinst du?», fragte Greta.

Marieke prustete los. «Du kannst keine Freundin von ihm sein! Michael ... So nennen ihn seine Eltern und nur seine Eltern. Gut. Raus mit der Sprache. Wer bist du, und was willst du bei der herzallerliebsten Familie meines Freundes?»

«Ich bin Harald Buttgereits Tochter. Also Micha... Mickeys und Ellens Halbschwester.»

Marieke riss die Augen noch weiter auf und den hübsch geformten, himbeerroten Mund gleich dazu.

«Nee! Wieso weiß ich denn davon nix?»

Gretas leise Hoffnung darauf, warm willkommen geheißen zu werden, fiel schlagartig in sich zusammen.

«Er hat nie über mich gesprochen?»

«Nee», sagte Marieke mit Nachdruck, nachdem sie mit kraus gezogener Nase ein wenig überlegt hatte. «Nie.»

Greta seufzte und versuchte, sich ihre Enttäuschung nicht anmerken zu lassen. Aber Marieke konnte man augenscheinlich nicht allzu viel vormachen. Sie hatte den Kopf schräg gelegt und blickte Greta prüfend an.

«Eins sag ich dir», fuhr sie schließlich fort, «Mickey wird dich ganz bestimmt lieben. Du machst einen feinen Eindruck, Marjellchen, und wenn ich das finde, dann findet er das auch.»

Wieder dieser seltsame Name. Eben wollte Greta wiederholen, dass sie anders heiße, als dumpf die Glocke der benachbarten Kirche ertönte. Drei-, vier-, fünfmal schwang sie.

«Hoppla, ist das spät!», rief Marieke. «Sag Mickey einen Gruß von mir.»

«Wie sind sie denn so?», fragte Greta rasch. «Haralds Frau – und seine Kinder?»

«Oha!» Entzückung breitete sich auf Mariekes Gesicht aus. «Tja, bloß so viel, ich muss schließlich flitzen: Hüte dich vor der Ollen! Und vor der Lütten, die ist nicht viel besser, der Apfel fällt eben ... Na, ich will euer Verhältnis nicht belasten, bevor es sich entwickelt hat.» Sie warf einen grimmigen Blick auf die tannengrün gestrichene Tür. «Die Butti wacht über ihren Liebling wie ein Drache über sein Gold. Ich für meinen Teil werde mich sicher nicht weiter darum bemühen, aus dem Zottelkopp was

Ansehnliches zu machen, und rate auch dir, dich an den einzig feinen Menschen der Familie zu halten. An Mickey.»

Marieke tat einen halben Schritt die Treppe hinunter, aber gleich wieder hoch und starrte Greta aus nächster Nähe ungeniert ins Gesicht.

«Mensch, dass der Herr Diplom-Ingenieur dein Vater ist! Hat nix an Ähnlichkeit mit dir. Du siehst aus wie die andere Seite auf dem Schachbrett, wenn ich so frei sein darf.»

«Weil ich blond bin?», fragte Greta unsicher.

«Und wie blond! Und blauäugig, wie ich, aber deine sind heller, was? Und so dürre wie die Buttis bist du auch nicht, sei bloß froh drum. Aber Mensch, ich muss los!»

«Weißt du, ob mein Vater zu Hause ist?», rief Greta dem dunklen Hinterkopf nach.

Marieke drehte sich noch einmal um.

«Der ist immer zu Hause, darauf kannst du dich verlassen.»

Dann stürmte sie die Treppen hinab, immer zwei Stufen auf einmal nehmend.

«Adieu, Hübsche!», rief sie, bevor ihr Schopf, diesmal endgültig, aus Gretas Sichtfeld verschwand.

Traurig sah Greta ihr nach. Mariekes erfrischende Art hatte das Treppenhaus um ein paar Nuancen heller gemacht. Doch jetzt, da sie fort war, kehrte die muffige Dunkelheit schlagartig zurück. Angespannt holte Greta Luft, klopfte und lauschte mit gespitzten Ohren.

In der Wohnung wurden Schritte laut, schon flog die Tür auf, und Greta blickte in das Gesicht einer Frau um die fünfzig. Ihre Mundwinkel, ihre Lider, die Wangen, alles an ihrem Gesicht wirkte erschöpft und neigte sich nach unten, wie vom Erdboden angezogen. Bis auf die Nase, die ausnehmend gerade geschnitten war wie die von Kleopatra, und ihre großen, kühl blickenden Augen.

Sie hatte wohl gleich losschimpfen wollen, schloss aber den Mund, als sie Greta sah.

«Ja, bitte?»

«Guten Tag», sagte Greta unschlüssig. Das musste Haralds Frau sein. Trude. Ihre Stiefmutter. Oder, um es mit Marieke zu halten, die olle Butti.

Weil Trude sie nur abwartend anblickte, wiederholte sie ihren Gruß. Sie wusste nicht, ob sie knicksen sollte, wie sie es als Kind hierzulande noch gelernt hatte. Sie entschied sich dagegen und streckte stattdessen bloß die Hand aus.

«Ich bin Greta Bergström. Haralds Tochter aus Schweden. Ich freue mich sehr ...»

Trude blinzelte, holte Luft und klappte den Mund zu, ohne etwas zu sagen. Und noch während Greta sprach, knallte sie die Tür zu.

Ungläubig starrte Greta auf das tannengrüne Holz. So viele Jahre waren vergangen, seit sie ihren Vater das letzte Mal gesehen hatte. Und nun wurde sie nicht einmal zu ihm vorgelassen?

Aus der Wohnung drang kein Geräusch mehr zu ihr. Weder Schritte noch Worte, und auch das Brummen der Autos unten auf der Straße und das Dröhnen eines Schiffshorns wirkten wie kilometerweit entfernt. Greta räusperte sich, um sicherzustellen, dass ihre Stimme klar klang. Nur für den Fall, die Tür würde sich doch wieder öffnen, für den Fall, ihr Vater streckte seinen Kopf heraus.

Ihr Koffer wirkte kümmerlich im Halbdunkel. Sie musterte ihre Stiefel, die sorgfältig gewienert glänzten, was über die abgeschabten Stellen nicht hinwegtrösten konnte. Über dem Wollkleid trug sie Großmamas schwarzen Mantel, ein wahres Ungetüm, aber warm und beinahe wasserdicht, wie es sich eben wieder bestätigt hatte.

In Hamburg, hatte ihr ein Nachbar in Schweden erzählt, unterscheide sich der Sommer bloß darin vom Winter, dass der Regen wärmer sei. Greta liebte den Regen, das also kümmerte sie nicht, dennoch vermutete sie, dass der Spruch nicht der Wahrheit entsprach. Sie erinnerte lange, gelbe, heiße Sommer aus ihrer Kindheit. Großmama Annie, die sich schimpfend über die apfelroten Wangen tupfte. Das fröhliche Gesicht ihrer Mutter Linn, sommersprossig und braun gebrannt. Und sich selbst, auf blanken Stummelbeinen über die Wiesen pesend, mit Gänseblümchen im Haar und dem süßen Geschmack reifer Brombeeren auf den Lippen. Wo das wohl gewesen war?

Die Sekunden schienen sich auszudehnen. Irgendwann, es waren vielleicht zwei oder drei Minuten vergangen oder aber viel, viel mehr, legte Greta den Finger auf den Klingelknopf.

Noch ehe sie ihn gedrückt hatte, hörte sie wieder Schritte aus dem Innern. Die Tür knarzte und ging diesmal langsam auf.

«Komm.»

Mehr sagte Trude nicht.

Greta schlüpfte aus ihren Stiefeln, was ihr einen erstaunten, aber zumindest wohlwollenden Seitenblick einbrachte. Auf Strümpfen schlich sie hinter dem hellen Stoff von Trudes Kleid her, bemerkte, dass sie schlich, und trat fester auf.

Rechts und links des Eingangs zog sich ein schmaler Korridor zum vorderen und hinteren Teil der Wohnung. Düster war es hier, von der Decke baumelte bloß eine einzelne Lampe, deren gelbliche Glühbirne kaum ausreichte, einen Lichtkegel auf das abgetretene Parkett zu werfen. Die Diele war beidseitig von Bücherregalen eingefasst. Unbeabsichtigt strich Gretas Handgelenk an den Leineneinbänden entlang, und sie erhaschte einen Blick auf deren Titel. Sachbücher über Astronomie, Ornithologie, über Kunst. Und erstaunlich viele über Parapsychologie. Ob Trude sich dafür interessierte? Von ihrem Vater konnte es sich Greta nur schwer vorstellen. Doch was wusste sie schon von ihm? Sie hatte ihn das letzte Mal vor fünfzehn Jahren gesehen, kurz bevor der Krieg ausgebrochen war.

«Dort drin findest du meinen Mann», sagte Trude steif. Mit abweisender Miene klopfte sie an die linke der zwei Türen.

«Ja», ertönte es knapp aus dem Zimmer.

Greta wurde eiskalt. Sie stellte ihren Koffer ab, den sie bis hierher mitgeschleppt hatte, knöpfte ihren Mantel auf und nahm ihr triefnasses Kopftuch ab. Das Haar klebte an ihrer Stirn, spürte sie, und sie spürte auch Trudes bohrenden Blick, als sei sie ein Eindringling. Jemand, dem man besser nicht traute.

Ihre Hand zitterte, als sie sie auf die kühle Klinke legte.

Dann öffnete sie die Tür, und die Welt um sie herum verschwand. Nur Greta war noch da, sie und ihre Angst, die ihren Herzschlag fast unerträglich beschleunigte.

Aufhören, befahl sie sich. Auftauchen. Und das tat sie. Das Rauschen in ihren Ohren wurde leiser und verschwand, ihr Herzschlag beruhigte sich. Sie blinzelte in einen spärlich möblierten Raum. Er war mehrfach durch Vorhänge unterteilt, was ihn trotz der beeindruckenden Höhe beengt wirken ließ. Zunächst entdeckte Greta niemanden darin. Doch dann erhob sich eine hagere, hoch gewachsene Gestalt aus einem Stuhl nahe dem verhangenen Fenster.

«Greta», sagte die Person, als genüge diese Feststellung als Begrüßung.

«Hallo Papa», sagte sie.

Ihr Vater trug eine Hose mit schnurgerader Bundfalte. Der Saum befand sich oberhalb seiner Knöchel, sodass er wie ein Junge wirkte, der seinen Kleidern längst entwachsen war. Dünn war er. Nicht einmal der festgezurrte Gürtel lag eng an, und auch das Hemd schlackerte. Über dem Kragen hüpfte sein Adamsapfel, das einzige Zeichen seiner Aufregung.

Erschüttert hob sie den Blick und sah in seine Augen. Blaugrau waren sie und fast unwirklich hell, aber von einem dunklen Wimpernkranz umsäumt. Wie bei Trude schien auch in ihm alles gefroren.

Das war nicht der Mann, den sie in ihrer Erinnerung bewahrt und immer wieder heraufbeschworen hatte. Ihr Papa von damals war fröhlich und laut gewesen. Er hatte sie herumgewirbelt und ihr Eis gekauft, und hin und wieder hatten sie das Theater besucht oder einen Zirkus und sich vorgestellt, die Artisten zu sein. Was deswegen zum Schreien lustig gewesen war, weil ihr Papa rundlich gewesen war wie eine Hummel. Der Mann, der ihr jetzt gegenüberstand, hatte die Hälfte seines Körpergewichts verloren und zudem, wie ihr schien, seine gesamte Fröhlichkeit.

«Entschuldige, dass ich unangemeldet hereinplatze», sagte sie und hörte, dass ihre Stimme wackelig und rau klang.

Sie hatte ausgiebig darüber nachgedacht, ob sie ihm ihren Besuch ankündigen sollte, und sich ausgemalt, wie die Familie bei ihrer überraschenden Ankunft Spalier stand, überglücklich darüber, endlich die verlorene Tochter/Stieftochter/Halbschwester begrüßen zu können.

«Ich habe mich nicht getraut, dir von meinem Besuch zu schreiben. Ich dachte, es würde dir womöglich nicht passen oder du hättest Angst davor.»

Er schien darauf zu warten, dass sie fortfuhr, doch was sollte sie ihm sagen? Es war schrecklich schwierig, ihm zu erklären, was sie empfunden hatte. Eine wahre Lawine an Gefühlen hatte sie in den vergangenen Wochen überschwemmt, und sie konnte sie immer noch nicht auseinanderdröseln. Aber eines war ihr klar gewesen. Sie wollte seine Ablehnung lieber ins Gesicht gesagt bekommen, anstatt sie in einem Brief zu lesen, über den sie dann Wochen, wenn nicht sogar Monate, gebrütet hätte.

Er betrachtete sie mit dem Blick eines Raubvogels: scharf und aufmerksam. Sein Kopf war schmal. Deutlich zeichneten sich seine Wangenknochen unter der blassen

Haut ab. Wäre da nicht sein schwarzer Schopf, wild gelockt und irgendwie fröhlich, würde er uralt wirken.

Nach einer Weile nickte er.

«Wie lange willst du bleiben?»

Greta rieb sich die Nase. Wahrheit oder Notlüge? Erneut zog sie es vor, es gar nicht erst mit einer diplomatischen Hintertür zu versuchen. «Ich dachte, ich komme erst mal her und wohne eine Weile bei euch.»

«Ich freue mich, dass du hier bist», sagte er steif, als empfinde er das genaue Gegenteil. «Ich finde es zwar durchaus etwas überraschend und hätte es vorgezogen, du hättest mich über deine Pläne in Kenntnis gesetzt, aber ...»

Sie hatte selten jemanden tonloser sprechen hören. Mit einem Mal spürte sie ihre feuchten Kleider, spürte die Kälte, die sich auf ihrer Haut ausbreitete.

«Aber falls du da bist, um ... um über ...»

Sie atmete nicht mehr, merkte sie. Alles in ihr war erstarrt.

«... um über deine Mutter zu sprechen, dann werde ich dir nicht helfen können. Ich habe sie lange nicht mehr gesehen. Sehr lange. Wir hatten kaum mehr miteinander zu tun, und dann, als ihr fort seid», er redete, als fiele auch ihm mit einem Mal das Atmen schwer, «Annie und du, als ihr kurz vor dem Krieg nach Schweden gegangen seid, von da an hatten Linn und ich gar keinen Kontakt mehr.» Abrupt senkte er den Kopf und starrte auf die Holzmaserungen auf den Dielen, als sähe er sie zum ersten Mal.

«Aber», begann Greta zu protestieren, «du ...»

«Darüber gibt es nichts weiter zu sagen», unterbrach er sie barsch.

Betroffen blickte Greta ihn an. Wieso wollte er partout nicht über ihre Mutter sprechen? Sie war doch den ganzen weiten Weg nach Deutschland gekommen. Aber vielleicht sollte sie das Gespräch auf einen anderen Zeitpunkt verschieben. Er würde sicher redseliger werden, wenn er sich erst daran gewöhnt hatte, dass sie nun hier war.

«Was sagt denn deine Großmutter dazu, dass du einfach hergekommen bist?», fragte er in die Stille.

Greta schluckte bei dem Gedanken an Annies Bett, das sie jeden Morgen und jeden Abend von ihrem aus hatte sehen können. Wie fremd hatte es mit einem Mal gewirkt und wie unendlich leer.

«Annie ist tot.»

Er blinzelte schnell und zu heftig. Dann trat er einen Schritt vor, hob in einer hilflosen Geste die Arme und tätschelte ihr die linke Schulter.

«Das tut mir leid, Greta.»

«Ich weiß», murmelte sie und schaffte es nicht mehr, den Blick zu heben.

«In Ordnung.» Er drehte sich wieder seinen Büchern zu und fuhr sehnsüchtig mit dem Zeigefinger über das aufgeschlagene Blatt, das Abbildungen von Vögeln zeigte, wenn sie es richtig erkannte.

«Du kannst fürs Erste hierbleiben. Dann sehen wir weiter.»

Im Flur roch es nach Weihnachten, und seltsamerweise war in Gretas wirbelnden Gedanken noch ein Plätzchen frei für die Frage, woher in aller Welt dieser Duft kommen könnte. Genüsslich atmete sie ihn ein, doch dann wogte erneut das Gefühl von Verlorenheit in ihr hoch.

Du kannst fürs Erste hierbleiben, echote die Stimme ihres Vaters in ihrem Kopf. Fürs Erste. Und dann? Wohin sollte sie, wenn sie kaum mehr ausreichend Geld hatte, sich etwas zu essen zu besorgen? Nahm er etwa an, dass sie zurück nach Stockholm führe?

Sie holte tief Luft. Wenn sie an die vergangenen Wochen zurückdachte, war da genug Angst gewesen. Jetzt war sie aufgebraucht, entschied sie und marschierte entschlossen auf die Türöffnung am anderen Ende des Flures zu, wo sie Trude vermutete.

Die Küche hatte die Form eines L, mit einem Fenster, das in einen schmalen Hinterhof hinausging, und einer wild zusammengewürfelt wirkenden Einrichtung, die in Greta den Verdacht weckte, dass vieles, was die Familie Buttgereit besessen hatte, im Bombenhagel vernichtet worden war. Bis 1943 waren die seltenen Briefe ihres Vaters entweder aus Brüssel gekommen, wo er stationiert gewesen war, oder aus Eppendorf, wo die Familie zu Beginn des Krieges gelebt hatte. Dann hatte es eine Lücke von drei Jahren gegeben, und von 1946 an waren seine Worte auf dünnem, sorgsam an den dafür vorgesehenen Linien gefaltetem Papier aus einem Kriegsgefangenenlager in Südfrankreich versandt worden. *Prisoner of War* hatte in dicken, dunklen Lettern darauf gestanden, was ihr jedes Mal das Herz schwer gemacht hatte. Greta scheuchte den Gedanken fort.

«Wohin soll ich meinen Koffer stellen?», fragte sie Trude, die gerade dabei war, den Boden zu scheuern. «Ich hoffe, es macht dir nicht zu viel Mühe. Vater sagte, ich darf ein paar Tage bei euch bleiben.»

Trude nickte, als habe sie sowieso keine Entscheidungsgewalt in dieser Sache.

Erst jetzt fiel Greta auf, dass das weiße Kleid, das ihre Stiefmutter trug, ein Kittel war. Aus dem einen für Greta so wichtigen Schreiben, in dem ihr Vater seine Frau und die Kinder erwähnt hatte, wusste sie, dass Trude Lehrerin war. Der dicht gewebte, verblichene Baumwollstoff aber, dem sie nun erneut durch den Flur hinterherlief, erinnerte Greta an die Uniform ihrer Sommerferien, in denen sie nahe ihrer Wohnung in Södermalm in einer Bäckerei gearbeitet hatte. Ob Trude zusätzlich zu ihrer Anstellung an der Schule früh am Morgen oder spätabends irgendwo schuftete? Verwunderlich wäre es nicht, wenn sie sich Mariekes Worte über Harald in Erinnerung rief: dass er immer zu Hause sei. Ein Ingenieur, der immer zu Hause war?

Abrupt blieb Trude wieder vor den beiden geschlossenen Türen am Ende des Ganges stehen. Ohne anzuklopfen, riss sie diesmal die rechte der beiden auf.

«Ellen», hörte Greta sie sagen. «Begrüße eine weitere Tochter deines Vaters.»

Wut prickelte Gretas Nacken hinauf. Ja, sie war unangekündigt hier aufgetaucht. Aber musste Trude ihre Abneigung derart offen zeigen? Doch Gretas Zorn schaffte es nicht, ihre Neugier zu trüben. Wie oft hatte sie sich ausgemalt, Ellen und Michael zu treffen. Mickey, korrigierte sie sich in Gedanken. Besonders auf ihre Schwester hatte sie sich gefreut. Denn eine Schwester zu haben – das war doch etwas Besonderes, etwas Inniges. Sie hatte sich Ellen in allen Farben und Facetten ausgemalt und gehofft, dass sie einander nach und nach ihr gesamtes Leben erzählen würden.

Neugierig spähte Greta an Trude vorbei. Wie im Studierzimmer ihres Vaters bildeten von der Decke hängende Gardinen auch hier einzelne Kojen, mit einer Matratze links, auf der wie glatt gebügelt eine gehäkelte Tagesdecke lag, und einem Sofa rechts. Dann gab es noch einen Schrank und einen Schreibtisch, und an diesem saß über einem aufgeklappten Buch ein ernst dreinblickendes, vielleicht vierzehnjähriges Mädchen, das einen knöchellangen, dunklen Rock und eine hochgeschlossene Bluse trug. In der Aufmachung wirkte sie wie eine alternde Gouvernante.

«Hallo», sagte Greta, und ihre Stimme klang vor Freude ein bisschen kieksig. «Wie schön, dich kennenzulernen!»

Ellens schmales, bleiches Gesicht unter einer Menge schwarzen Haares zeigte keine Regung. Sie saß stocksteif da, die eine Hand zwischen zwei Seiten gelegt, als sei sie mitten im Umblättern, und starrte Greta aus riesigen unergründlichen Augen an.

«Hallo», wiederholte Greta. «Oder: hej. Das ist Schwedisch.»

Ellens Mund verzog sich zu einem Strich. Kaum hörbar flüsterte sie: «Bonum vesperum.»

Verwirrt schüttelte Greta den Kopf. Welche Sprache war das denn?

«Wie bitte?»

Ellen wiederholte die Worte. Leise und mehr, als rede sie mit sich selbst.

«Entschuldige», murmelte Greta hilflos. «Ich verstehe kein ...»

«Latein», vervollständigte Ellen ihren Satz.

Trude, die reglos in der Tür verharrt hatte, schien zu Gretas Überraschung Mitleid mit ihr zu haben.

«Ich richte eine Ecke her», sagte sie und trat ein.

Zwischen Sofa und Schreibtisch war noch Platz für eine Matratze. Sie sah mitgenommen aus, und ihr Bezug roch noch mehr nach Keller als die Bücher im Flur. Doch als sich Trude darüberbeugte, erhaschte Greta wieder diesen weihnachtlichen Duft. Sie schnupperte und fühlte sich sofort mit Hoffnung erfüllt. Gedanken an Weihnachten machten das mit ihr, dagegen konnte sie sich nicht wehren.

«Bist du das?», fragte sie. «Riechst du so fein, Trude?»

Trude zuckte zurück. Ihre Nasenflügel blähten sich, als röche sie im Gegensatz zu Greta etwas ausnehmend Unangenehmes, schlug die Decke zurück und stapfte wortlos aus dem Zimmer.

Unschlüssig drehte Greta sich zu ihrer Halbschwester um. Sie hatte so viele Fragen! Und auch noch die Hoffnung, dass Ellen vielleicht, wenn ihre Mutter nicht dabei war, mehr von sich preisgeben würde. Musste sie nicht ebenfalls platzen vor Neugier? Doch Ellen hatte sich schon wieder über das Buch gebeugt, als habe sie die Begegnung einfach vergessen.

«Lern nur, wenn du willst», sagte Greta fröhlich. «Ich breite mich in der Zeit ein bisschen aus.»

Ellen hob den Kopf und blickte sie nachdenklich an.

«Ich bin die Beste in meiner Klasse», bemerkte sie.

«Herzlichen Glückwunsch!» Erleichtert, dass Ellen nun doch mit ihr sprechen wollte, klatschte Greta in die Hände. «Ich finde es großartig, dass du gerne lernst. Was ich leider nicht gerade mit Hingabe getan habe früher, das war dumm. Wie alt bist du eigentlich? Welche Klasse besuchst du?»

Ellens Augen weiteten sich.

«Du weißt nicht, wie alt ich bin?», fragte sie und zog die Schultern hoch, als wolle sie sich dazwischen verstecken.

«Nein. Tut mir leid. Kennst du denn mein Alter?»

«Nein.»

«Dann sind wir doch quitt.»

Greta lächelte. Ellen nicht. Sie blickte wieder so verschlossen wie zuvor, und Gretas Hoffnung, länger mit ihr zu plaudern, verpuffte.

«Du bist hierhergekommen und nicht andersherum», murmelte Ellen und wirkte, als wünsche sie sich sehnlichst wieder in die Welt ihrer Bücher zurück. «Wäre ich nach Schweden gefahren, hätte ich mich vorher erkundigt, wie alt du bist.»

Was das eine mit dem anderen zu tun hatte, verstand Greta zwar nicht, doch sie wollte Ellen nicht noch mehr vergrämen.

«Du hast recht», sagte sie und nahm sich vor, die Worte ihrer Schwester nicht persönlich zu nehmen. Vielleicht waren die Menschen hier einfach … anders. Das mochte kulturell bedingt sein oder etwas mit dem Krieg zu tun haben.

«Es tut mir leid. Von jetzt an bin ich wirklich still, versprochen.»

Während Greta auspackte, huschte ihr Blick immer wieder zu Ellens schmaler Silhouette, die dunkel wie das Federkleid eines Raben über das Buch gebeugt war. Etwas stimmte nicht mit ihrer Frisur, und Greta konnte nichts anders, als sich vorzubeugen und die Augen zusammenzukneifen. Ellens Locken waren zu einem Dutt hochgebunden, über ihrem linken Ohr aber schimmerte in hellerem Ton eine Stelle, wo das Haar bestenfalls ein paar Zentimeter lang war.

Marieke, dämmerte es Greta. Hatte sie nicht davon gesprochen, etwas mit der Frisur des Mädchens angestellt zu haben? Unterdrückt kicherte sie in sich hinein, verstummte aber sofort, als sie sah, wie sich Ellens Schultern anspannten.

Greta betrachtete ihre Habseligkeiten. Viel hatte sie nicht mitgebracht. Ihr sämtlicher Besitz passte auf den schmalen Streifen um die Matratze herum. Sie wandte den Kopf zu der gerahmten Fotografie, die ihre Mutter, Annie und sie zeigte. Sie sah ihrer Mutter nicht im Mindesten ähnlich. Nur deren helles Haar hatte sie geerbt. Die Augen ihrer Mutter hatten vor Energie oft nur so geleuchtet, als könnte sie es kaum erwarten, in die Welt hinauszurennen und sie von Grund auf zu verändern. Auf dem Bild hielt sie den Mund geöffnet. Sie lächelte nicht. Trotzdem wirkte sie freundlich, und ihr Blick verriet Entschlossenheit und Intelligenz.

Gretas Züge hingegen waren weich. Die Farbe ihrer Augen erinnerte an den Spätsommerhimmel. Sie neigte dazu, rasch braun zu werden, ein angeblicher Makel, aber Greta fand sich hübsch und fragte sich manchmal, ob das aus der Mode gekommen war: sich selbst zu mögen mit allen kleinen Narben und Pickelchen und Speckrollen oder zu wenig Speck dort, wo welcher sein sollte.

Mit einem Seufzer wandte sie sich der Postkarte zu, die sie mitgebracht hatte. Ein Foto ihres Lieblingsortes in der schwedischen Hauptstadt, die Insel Skeppsholmen mit ihren niedrigen Handwerkerhäuschen und ihren gepflasterten Gässchen, von denen aus man an jedem Fleck das Wasser und die Schiffe sehen konnte. Daneben hatte sie einen Plan vom Hagapark gelegt, in dem sie gern spazieren gegangen war. Und ihre Kleider, nicht allzu viele. Auch auf den Mörser hatte sie nicht verzichten können, das schwere, unhandliche Ding. So wenig wie auf eine Handvoll klackernder Kieselsteine und auf das Fläschchen mit dem Lavendelöl, von dem nur noch ein paar Tropfen übrig waren. Sie schnupperte daran und schraubte den Verschluss in heiliger Langsamkeit wieder auf den Hals.

«Was ist das?», ertönte Ellens Stimme.

Überrascht sah Greta auf und unterdrückte mit Mühe den Impuls, aufzuspringen und Ellen die kleine braune Flasche unter die Nase zu halten.

«Lavendelöl. Ich habe es selbst gemacht. In Stockholm habe ich die ... *skönhetsskola* besucht», erklärte Greta. «Ich weiß gar nicht, wie man das auf Deutsch sagt. Schönheitsschule?»

Ellen blinzelte und bewegte millimeterweise ihre Schultern, was womöglich ein Achselzucken war. Immerhin aber blickte sie nicht gleich wieder in ihr Buch.

«Eine Schminkschule?», probierte es Greta weiter.

«Du bist Kosmetikerin?», fragte Ellen und rümpfte die Nase.

Greta nickte und überlegte befremdet, ob sie sich deswegen etwa schämen sollte.

«Warum bist du nicht in Stockholm geblieben?», wollte Ellen nach einer Weile wissen, die sie Greta mit herabgesenkten Mundwinkeln angestarrt hatte.

Greta blinzelte. «Ich hatte das Gefühl, dass es wichtig sei herzukommen. Wichtig für mich. Und falls ich zurückgehen sollte, dann ...»

«Und warum?», unterbrach Ellen sie. «Warum ist dir das wichtig?»

Unschlüssig sah Greta sie an. Die vergangenen Monate über hatte sie sich wie in einem Strudel gefühlt, der sie immer weiter hinunterzuziehen drohte. Bis sie das Gefühl hatte, weder Licht noch Himmel zu sehen. Im November war Annie gestorben. Von da an hatte es Greta jeden Morgen aufs Neue Kraft gekostet, die Augen zu öffnen. Aufzustehen. Zur Arbeit zu gehen. Zu sprechen, zu denken, zu fühlen. An Neujahr, auf den Tag genau zwei Monate vor ihrem 22. Geburtstag, hatte sie es plötzlich gewusst. Sie musste Licht in das Dunkel bringen. Sie musste herausfinden, was 1941 geschehen war, in jenem Frühjahr, in dem ihre Mutter verschwand.

Aber wenn sie Ellen all das erklärte – würde die sich nicht augenblicklich wieder in ihrem Schneckenhaus verkriechen und gar nicht mehr mit ihr sprechen?

Greta hob die Schultern. «Ich wollte euch kennenlernen», sagte sie stattdessen und lächelte. «Eine Familie ist etwas Wertvolles, findest du nicht auch?»

Ellen kniff die Augen zusammen. Statt zu antworten, drehte sie sich wieder um. Greta packte ihre restlichen Sachen aus, strich liebevoll über den Quilt, den ihre Mutter für sie genäht hatte, und blickte aus dem Fenster auf den regenverhangenen Himmel.

Stumm und mit gesenkten Köpfen hatten sich Trude, Harald und Ellen um den kleinen Esstisch in der Küche versammelt. Auf der rot-weiß karierten Tischdecke standen fünf Suppenteller, fünf Löffel lagen daneben, und in demselben Abstand vom Löffel entfernt wartete jeweils ein Glas mit Wasser darauf, geleert zu werden.

Greta stand hinter ihrem Stuhl, die Hände wie alle anderen auf die Lehne gelegt, und fragte sich, worauf sie warteten. Da fiel mit einem Rumms die Wohnungstür ins Schloss. Die Schritte im Flur klangen entschlossen und angenehm laut und stoppten in der Küchentür.

Greta wurde ganz heiß vor Aufregung. Der junge Mann, der im Türrahmen auftauchte, war gar nicht so viel jünger als sie. Wie seltsam. In ihrer Vorstellung war er stets der kleine Bruder aus Kinderbüchern gewesen: ein bisschen nervig und mit nichts als Flausen im Kopf. Doch Marieke hatte ja gesagt, sie sei mit ihm befreundet. Natürlich war er nicht mehr elf, wie könnte er es auch sein?

Während sein Blick sie kühl taxierte, beförderte er mit einer ausladenden Kopfbewegung sein volles dunkles

Haar aus dem Gesicht und runzelte zugleich die Stirn. Greta versuchte sich ihre Nervosität nicht anmerken zu lassen, spürte aber, dass ihre Wangen geradezu glühten.

«Das ist Greta», sagte ihr Vater. «Deine Halbschwester aus Schweden. Dies ist Michael», sagte er an Greta gewandt. Und während er weiter in ihre Augen starrte, statt sich seinem Sohn zuzuwenden: «Der im Übrigen wie immer zu spät kommt.»

«Hallo», sagte Greta und strahlte Mickey an.

Bei der Erwähnung des Wortes «Halbschwester» war Mickey zusammengezuckt. Doch jetzt sagte er ohne Regung: «Guten Abend», und schlenderte lässig auf den noch freien Stuhl zu.

Greta schluckte. Ja, sie hatte sich allerlei Schlimmes ausgemalt, doch dass ihre Geschwister so gar kein Interesse an ihr zeigten ... Aber vielleicht waren sie nur schüchtern. Sie hatte sie ja auch regelrecht überfallen.

«Es ist bestimmt eine Überraschung für euch, dass ich einfach so hier aufgekreuzt bin», sagte sie und lächelte Mickey an, der jetzt den Eindruck vermittelte, als sei es das Normalste der Welt für ihn, eine bislang unbekannte Verwandte am Küchentisch stehen zu sehen. «Ich hoffe, ich kann es wieder ... gutmachen.»

Ihr Vater hatte sich so eindringlich geräuspert, dass Greta noch schnell das letzte Wort aussprach und dann ihren Mund schloss. Unauffällig blinzelte Mickey ihr zu und schnitt eine kleine Grimasse, und Greta hatte Mühe, ihr erleichtertes Lächeln zu unterdrücken. Womöglich war er doch kein Eisklotz. Womöglich war er sogar nett.

Harald wartete, bis sein Sohn hinter den leeren Stuhl

getreten war. Erst dann setzte er sich, und die anderen, einschließlich Greta, taten es ihm nach.

«Guten Appetit», wünschte Harald, klang dabei aber kaum so, als liege ihm das wirklich am Herzen.

Trude, Ellen und Mickey murmelten dasselbe, und wie auf Kommando begannen alle zu essen. Greta sah ratlos auf ihren Teller, in dem eine milchig trübe, dünne Flüssigkeit schwappte. Als sie ihren Löffel hineintauchte und probierte, fragte sie sich, ob sie Trude mit ihrem Überraschungsbesuch derart durcheinandergebracht hatte, dass diese das Würzen vergessen hatte. Die anderen aßen schweigend, niemand kommentierte, dass die Suppe nach nichts als lauwarmem Wasser schmeckte.

Sich zu unterhalten schien keine Lieblingsbeschäftigung im Haus Buttgereit zu sein. Lebten Trude, ihr Vater, Ellen und Mickey immer so still, jeder für sich und einem geheimen Plan folgend, den niemand stören durfte?

Ihre Großmutter und sie waren seit ihrem Umzug nach Stockholm zwar bloß zu zweit gewesen, doch war es bei ihnen zu Hause trotzdem viel lauter und lebendiger zugegangen. Stand ein Gast vor der Tür, hockte er zwei Sekunden später nicht nur im einzigen Zimmer, sondern hielt auch eine Tasse Kaffee in der Hand und wurde von Annie in ein Gespräch über die Lage der Welt verwickelt. Dabei war stets lautstark geseufzt und geklagt worden, und irgendwann erklang Annies dunkles, dröhnendes Lachen, denn wenn man nicht lachte, wenn alles den Bach runterging, sagte sie immer, wann bitte dann?

«Entschuldigung, dürfte ich bitte das Salz haben?»

Gretas Vater, Trude und Ellen hoben den Kopf und

starrten Greta wie vom Donner gerührt an. In einem Anflug von Panik zerbrach sie sich den Kopf, ob das Wort «Salz» im Deutschen vielleicht etwas Unanständiges war. Aber hieß es nicht so? Salz, ganz ähnlich wie das schwedische *salt*?

«Wenn das Salz fehlt und das Essen fad schmeckt», sagte ihr Vater in ruhigem, aber kaltem Tonfall, «darfst du dich bei Trude bedanken und bei Ellen, deren Aufgabe das Tischdecken ist. Selbstverständlich sollte sie dafür sorgen, dass auch Salz auf dem Tisch steht.»

Übertrieben tadelnd schüttelte Mickey den Kopf und stellte seltsame Dinge mit seinen Augenbrauen an, die abwechselnd in die Höhe schossen und wieder herabfielen.

Mit brennenden Wangen, aber stumm in sich hineinlachend, senkte Greta den Blick wieder auf ihren Teller.

«Entschuldigung», sagte sie, nachdem sie sich wieder gefangen hatte. «Ich wollte nicht … Es ist nicht so, dass die Suppe nicht schmeckt. Und Ellen, ich habe nicht bedacht, dass …»

«Wir sprechen nicht bei Tisch», schnitt ihr Vater ihr das Wort ab.

«Genau, Greta, also wirklich!», sagte Mickey und kassierte einen eisigen Blick seines Vaters.

Voller Dankbarkeit nickte Greta ihrem Bruder zu. Die Suppe war zwar immer noch weit davon entfernt zu schmecken, aber das kümmerte sie kaum. Lieber freute sie sich darüber, nicht vollkommen auf verlorenem Posten zu sein. Und wenn sie sich später nochmals bei Ellen entschuldigte, würden sie sich vielleicht doch noch anfreunden.

Nach dem Essen begannen Ellen und Trude eine Liste durchzugehen: Uhrzeiten, Einkaufslisten, Putzdienste ... Aufgaben für den Haushalt, die Greta für ein Schulmädchen ganz schön üppig erschienen.

Überhaupt war das Leben im Hause Buttgereit in jeder Hinsicht Welten entfernt von dem, was sie von ihrer Großmutter und sich kannte. Annie und sie hatten einen Tag nach dem anderen gelebt, ohne an morgen oder gestern zu denken. Ereignisse hatten sich nie angekündigt, sondern kamen herangepurzelt. Bloß ein einziges Mal hatte Annie angefangen, Pläne zu machen, damals, als Gretas Lehrerin Grund zur Sorge angemahnt hatte. Dem Kind, hatte sie gesagt, fehle es an Struktur. So hing am Badezimmerschrank eines Morgens eine Liste mit dem, was am Montag, am Dienstag und so weiter zu erledigen sei. Freitagabend hatte Annie darauf geschaut, wie ein missgelauntes Pferd die Zähne gebleckt und den Zettel zerrissen. Greta und sie hatten, wie sich herausstellte, von all den Punkten auf der Liste bloß einen einzigen erledigt: *var glad.*

Fröhlich zu sein.

Nach dem Essen beeilte Greta sich, aus der Küche zu kommen. Im dunklen Flur stieß sie gegen Mickey.

«Wir machen es wie die Spione», flüsterte er in ihr Ohr. «Du und ich, morgen Mittag, zwölf Uhr. Spielbudenplatz. Sei pünktlich.»

Erleichtert sah Greta ihm nach, als er im Arbeitszimmer ihres Vaters verschwand. Bevor er die Tür schloss, drehte er sich noch einmal um und sagte leise: «Schlaf gut. Und lass dich hier nicht unterkriegen!»

Sie nickte und spürte, dass auch der Rest ihrer trüben Laune langsam verflog. Er hatte recht. Unterkriegen lassen würde sie sich nicht. Der Familie, die sie so unterkühlt empfangen hatte, wollte sie aber auch nicht länger als nötig auf der Tasche liegen. Sie würde sich eine Stelle suchen, dann ein Zimmer. Und war sie erst einmal richtig in dieser Stadt und diesem Land angekommen, würde sie ihre Mutter finden. Eine Spur wenigstens, eine Ahnung, was mit Linn geschehen war ...

Um zwölf Uhr am Spielbudenplatz, hatte Mickey gesagt, heimlich wie Spione. Greta lächelte, öffnete die Tür zu Ellens Zimmer, warf ihre Bluse und den Rock in ihre Ecke und ließ sich mit neuer Hoffnung auf die harte Matratze plumpsen.

2

Hamburg, 11. März 1954

Stellenanzeigen?»

Trude wandte ihr den Rücken zu. Sie trug denselben Kittel wie gestern, heute Morgen drang allerdings ein feiner Duft von Zitronenwasser und Seife an Gretas Nase.

Mit raschem Klacken ging das Messer auf das Schneidebrett hinab. Immer wieder kullerte ein Möhrenscheibchen herunter und versteckte sich unter dem Spülschrank, unter dem es Trude seufzend hervorholte.

«Du willst dir also Arbeit suchen?»

Ihre Stimme klang gepresst, so als versuche sie gleichzeitig zu sprechen und den Atem anzuhalten.

Greta streckte die Beine. Sie hatte ihren ersten Morgen in Hamburg damit zugebracht, in einer Telefonzelle zu stehen und ihre kläglichen Ersparnisse dafür auszugeben, zahlreiche Schönheitssalons anzurufen. Eine höfliche, aber knappe Abfuhr nach der anderen hatte sie kassiert, bis sie nur noch Adressen herausgeschrieben hatte, um sich persönlich dort vorzustellen, das war doch sowieso das Beste. Dann konnte sie gleich ihr herausragendes Zeugnis vorzeigen. In Stockholm war Fräulein Lundells Schönheitssalon stadtbekannt. Mit etwas Glück hatte vielleicht sogar der eine oder andere hier in Hamburg davon gehört.

«Ich möchte euch nicht auf der Tasche liegen», erklärte sie Trude. «Und auch etwas zur Haushaltskasse beitragen.»

Das Klackern des Messers wurde schneller.

«Geht man zu einem Arbeitsbüro ... einer Stellenvermittlung? Gibt es so etwas in Deutschland?»

Trude schien sie nicht gehört zu haben. Sie schnitt das Gemüse so hektisch, dass Greta fürchtete, gleich einen Aufschrei zu hören und Blut fließen zu sehen. Es war seltsam, dachte sie, dass alles, was sie sagte oder tat, das Falsche zu sein schien. Selbst ihr Bett, das sie nach dem Aufstehen sorgfältig gemacht hatte, wurde erneut ausgeschüttelt, der Quilt ihrer Mutter verschwand im Schrank, und eine ähnliche gehäkelte Tagesdecke, wie sie über Ellens Bett lag, wurde akkurat über das Federbett drapiert. Ebenso wenig hatte sich Ellen bei der Zubereitung des Frühstücks unterstützen lassen oder beim Abräumen.

Doch so schnell würde sich Greta nicht entmutigen lassen. *Det går åt helvete i alla fall*, hatte Annie gern gesagt: Es wird in jedem Fall zur Hölle gehen. Greta hatte dieses Motto immer gemocht. Es entband auf gewisse Weise davon, stets das Beste zu erhoffen oder zu erwarten. Wenn schlussendlich sowieso alles verloren war, konnte man in der Zwischenzeit ruhig einen Fehler nach dem anderen machen.

Trude klaubte ein weiteres Möhrenscheibchen vom Fußboden und hielt es unter den Wasserhahn. Unter

Scheppern holte sie einen Topf aus dem Spülschrank, gab Fett hinein und hievte ihn auf die Küchenhexe. Augenblicklich begann das Öl auf dem Topfboden zu brodeln.

«Vielleicht könntest du bei deiner Arbeit fragen», fiel Greta ein. «Aber in einer Schule braucht man jemanden wie mich sicher nicht. Oder meinst du, ich könnte erst mal etwas ganz anderes machen, vielleicht so etwas wie ... eine Art Hausmeister?»

«Hausmeister?»

Trude hatte sich zu ihr umgedreht, und ihr schlaffes, erschöpftes Gesicht wirkte mit einem Mal wie verlassen. Bloß in den Augen funkelte etwas, das Greta nicht deuten konnte.

«Es ist wohl verzeihlich, so naiv zu sein, wenn man bedenkt, dass du nicht hier aufgewachsen bist», sagte Trude so leise, dass Greta Mühe hatte, sie zu verstehen. «Du warst in Sicherheit, wo niemand in deinen Angelegenheiten rumgeschnüffelt und gesagt hat, du hast das Falsche getan. Du wärst falsch. Alles an dir. Dein Denken und deine Überzeugungen, die ein paar Jahre vorher noch richtig waren.»

«Ich ...»

Trude hob die Hand und schüttelte mit dem Ausdruck unendlicher Müdigkeit den Kopf. «Aber dass du glaubst, du könntest hier hereinspazieren ... Herkommen in dieses Land, das du gar nicht kennst. Und das wahrlich nicht auf dich gewartet hatte, Fräulein, um denen die Arbeit wegzunehmen, die gekämpft haben und ihr Bein oder ihren Verstand verloren haben.»

Nur langsam begriff Greta, was Trude ihr vorwarf.

«Das meinte ich nicht», wandte sie leise, aber bestimmt ein. «Du verstehst mich falsch. Ich will keinem Kriegsheimkehrer die Arbeit wegnehmen.»

«Ach nein?» Immer noch sprach Trude leise, was umso bedrohlicher klang. Sie schnaubte und fuhr sich mit der Zungenspitze über die trockenen Lippen. «Ich kenne Frauen wie dich. So hübsch und leichtfertig. So fröhlich, als gehöre ihnen die Welt. Und alle anderen stehen da und staunen, dass diesen Weibsbildern alles zufliegt, sogar das, was sie gar nicht haben wollen. Aber am Ende bekommt jede, was sie verdient.»

Greta blieb die Spucke weg. Warum hasste Trude andere Frauen bloß so? Oder meinte sie jemand Speziellen damit?

Womöglich ihre Mutter? Hatten die beiden einander kennengelernt? Zu gern würde Greta danach fragen. Aber die Atmosphäre in der Küche war auch so schon unterkühlt, zugleich lag eine geradezu drängende Spannung in der Luft. Sie täte wohl besser daran, jetzt nicht nachzubohren.

Ihre Stiefmutter schien das Gefühl zu genießen, die Oberhand gewonnen zu haben. Sie legte den Kopf schief und kräuselte die schmalen, spröden Lippen. Kalt und zornig wirkte sie, aber dennoch irgendwie mitleiderregend.

«Ich hingegen gehöre nicht zu den Menschen, denen alles zufliegt.» Mit dem Ausdruck von Stolz hob Trude den Kopf und reckte ihren weichen, faltigen Hals. «Aber ich wusste immer, was ich wollte und was ich leisten kann.

Ich war eine herausragende Lehrerin. Vorträge habe ich gehalten. Junglehrerinnen angeleitet. Die Schulverwaltung wusste genau, was sie an mir hatte, sie hat die Opfer, die ich gebracht habe, gewürdigt. Und dein Vater, der war weg, in Brüssel und Oslo und ich ... Er hilft immer noch nicht», sagte sie in drohendem Flüsterton. «Kann es nicht. So ist es auch weiterhin an mir, für alles zu sorgen. Ich gehe in die Schokoladenfabrik, um uns über Wasser zu halten. Obwohl ich Lehrerin bin!»

War daher gestern der weihnachtliche Geruch gekommen? Und hatte Trude deswegen so empfindlich reagiert, weil sie die Fabrik hasste? Aber wieso arbeitete sie nicht mehr in der Schule, fragte sich Greta, hütete sich jedoch davor, das laut auszusprechen.

«Halte dich also zurück, wenn du glaubst, du müsstest uns helfen. Du darfst hier wohnen, das hat Harald so entschieden, aber glaube nicht, dass wir dich in die Familie aufnehmen und dass du dieselben Rechte hast wie alle anderen in diesem Haushalt.»

Damit drehte sie sich wieder um und begann, die Möhrenscheiben kleinzuhacken.

Heftig blinzelnd schob Greta den Stuhl zurück.

«Es tut mir leid, dass es euch so schlecht ergangen ist. Trotzdem habe ich nicht verdient, dass du so mit mir redest. Ich bin ein Teil der Familie, wenn auch vielleicht nicht deiner, aber der meines Vaters und der von Mickey und ja, auch der von Ellen. Aber keine Sorge, ich werde euch nicht allzu lange belästigen.»

Schon war sie im Flur, dann in Ellens Zimmer, schnappte sich ihre Handtasche, schlüpfte im Laufen in ihren Mantel und rannte, immer zwei Stufen auf einmal nehmend, die Treppen hinab.

«Er heißt Michael!», klang noch dumpf Trudes Stimme an ihre Ohren.

Na, immerhin wusste sie jetzt, dass ihre Stiefmutter doch mehr als zwei Sätze sprechen konnte. Wenn auch nur, um ihren Zorn auf andere niederprasseln zu lassen.

Ohne darüber nachzudenken, wohin sie wollte, schlug Greta den Weg zum Hafen ein. Die Straße war nebelverhangen und schien am Ende ins Nichts zu verschwinden. Ein paar Schritte weiter führte eine Treppe zur Elbe hinab. Dort lehnte sich Greta an die Kaimauer und starrte wütend in den Dunst über dem Wasser.

Ihre Großmutter hatte Harald nie gemocht. Den traurigen Knacker, dem eine Nuss im Allerwertesten steckengeblieben war – so hatte Annie Gretas Vater genannt. Hätte sie erst Trude kennengelernt! Im Vergleich könnte man Harald Buttgereit ja glatt als freundlich und zugewandt bezeichnen. Allerdings hatte er sich gleich nach dem Frühstück in sein Studierzimmer verzogen und sich anschließend nicht mehr blicken gelassen. Was schon absonderlich war, fand sie, immerhin war gestern seine Tochter aufgekreuzt, die er anderthalb Jahrzehnte lang nicht gesehen hatte.

Ein Schlepper kreuzte wenige Meter vor ihr das schäumende dunkelgraue Wasser. Aus dem Nebel drang rhythmisches Klopfen an ihr Ohr, die Rufe der Hafenarbeiter, das Surren von Maschinen und Kränen. Die Sehnsucht nach Stockholm nagte wie eine gierige Maus an ihr. Aber Stockholm ohne Annie war nicht mehr Gretas Stockholm – trotz ihrer Freundinnen und der Stelle in Fräulein Lundells Skönhetssalong.

Sie tupfte sich die Tränen aus dem Gesicht, was wegen des feinen Nieselregens eigentlich überflüssig war, und stieß sich von der Mauer ab. Sollten sich Trude und ihr Vater doch zum Donnerwetter scheren.

Nachdem sie die Treppe wieder hinaufgestiegen war, lief sie, ohne den Blick zu heben, die Antonistraße entlang auf den Hein-Köllisch-Platz zu und orientierte sich, mit der Elbe im Rücken, dorthin, wo sie die Reeperbahn vermutete. Sie stellte sich vor, wie sie im silbern schimmernden Kleid eines der anrüchigen Lokale besuchte. Ha, das wäre ein Spaß! Trude würde wahrscheinlich Zeter und Mordio schreien. Und Greta könnte zum ersten Mal in ihrem Leben auf einem Tisch tanzen, denn das tat man hier, glaubte sie einmal gelesen zu haben. Wie exotisch!

Sie erreichte die Amüsiermeile mit ihren leuchtenden Reklametafeln. Unzählige Wagen rollten über das schlaglochübersäte Pflaster, ein paar frühe Besucher schlenderten über die Gehsteige. Riesige Schriftzüge luden in Kaffeehäuser, Tanzsalons und Theater ein, und Greta wünschte sich, sie könnte einfach ein Stück Kuchen essen gehen.

Warum eigentlich nicht? Es war noch nicht einmal elf Uhr, sie hatte noch mehr als eine Stunde, bis sie Mickey treffen würde.

In einer Konditorei, die mit ihren tiefen Korbsesseln, Jugendstillampen und samtenen Tapeten wirkte wie einem Ozeandampfer der Kaiserzeit entsprungen, bestellte Greta ein Stück Ananastorte und, weil sie sich dabei fühlte, als würde sie Trude die Zunge herausstrecken, einen Portwein. Der Kellner notierte die Bestellung ohne jede Regung. Greta trank sonst nie vormittags Alkohol, aber in Sankt Pauli schien das ganz üblich.

Wenig später nahm sie genüsslich eine Gabel voll himmlisch süßer Cremigkeit und spülte sie mit einem Schluck Port hinunter. Sie saß zwischen einer Gruppe Damen, die in süddeutschem Dialekt miteinander plauderten, und einem jungen Mann auf der anderen Seite. Auf seinem Tisch stapelten sich Blätter mit farbigen Abbildungen. Neugierig lehnte sich Greta zur Seite, um einen genaueren Blick darauf zu erhaschen. Der junge, durchaus als attraktiv zu bezeichnende Herr schaute sie so missmutig an, dass sie sich mit gerunzelter Stirn wieder ihrer Torte zuwandte.

Was waren die Menschen hier unfreundlich! Sie hätte doch bloß gern über die botanischen Illustrationen auf seinen Blättern gefachsimpelt.

Mittlerweile war es zwanzig nach elf. Vierzig Minuten noch, bis sie Mickey traf. Sie nestelte ihr Portemonnaie aus der Tasche, sah, dass sie noch sieben Mark und zwanzig Pfennig besaß, und bestellte eine weitere Portion Torte mit Portwein.

Die Mundwinkel des jungen Herrn am Nachbartisch zuckten amüsiert. Doch er sah nicht zu ihr hinüber und vertiefte sich auch schon wieder voll und ganz in die Zeichnungen.

Mit jedem Schluck, der ihr ein warmes Gefühl im Bauch bescherte, wirkte er netter auf sie, obwohl er gar nichts zu ihr sagte. Doch er hatte schöne Augen, grün, wenn sie es in diesem Schummerlicht richtig erkennen konnte, dazu eine breite Nase, als sei er einmal zu häufig gegen einen Schrank gelaufen.

«Entschuldige», sagte sie. Ihre Stimme hörte sich seltsam nuschelig an. «Ich habe mit Interesse gesehen, dass du dich für Pflanzen interessierst.»

Das klang aber ungeschickt! Nun, es drückte trotzdem aus, was sie hatte sagen wollen, sei es also drum.

Er wirkte so verdattert, als wäre er lieber nicht angesprochen worden. Mit einer Hand sammelte er unbeholfen die Blätter ein, die ihm immer wieder entglitten, anstatt den anderen Arm zur Hilfe zu nehmen, der unter dem Tisch verborgen blieb. Weil sie ihn immer noch erwartungsvoll anstarrte, nickte er mit zusammengepressten Lippen.

«Hast du beruflich damit zu tun?», fragte sie.

Er schüttelte den Kopf. «Na ja, ein bisschen», sagte er schließlich, was nicht wirklich erhellend war. Aber immerhin, er hatte gesprochen, was Greta als Aufforderung verstand.

«Ich hätte so gern Botanik studiert! Aber ich war in der Schule nicht gut genug, leider. Jetzt bin ich aber froh darum. Ich habe einen wundervollen Beruf, und da kann ich auch mit Kräutern und Blüten experimentieren und …»

Sein Gesicht war, während sie geredet hatte, immer röter geworden. Hektisch begann er nun, die Seiten auf einen Heftstreifen zu bannen, was einhändig überhaupt nicht funktionierte.

«Soll ich dir helfen?», fragte Greta

«Nein», erwiderte er barsch.

«Entschuldige», murmelte sie und winkte dem Kellner, um zu zahlen. Aber dann entschied sie, dass sie keine Lust hatte, das Lokal mit demselben Gefühl des Ärgers zu verlassen, mit dem sie hereingekommen war.

Sie beugte sich zu ihm und streckte die Hand aus.

«Ich heiße Greta. Hallo.»

«Uhlmann», sagte er, ignorierte aber stoisch ihre Hand, die weiterhin in der Luft hing.

«Das ist aber ein seltsamer Name.»

Unter gerunzelter Stirn warf er ihr einen bösen Blick zu.

«Entschuldige, ich finde bloß ... Uhlmann klingt für mich wie ein Nachname, aber ich wohne ja auch noch nicht lange wieder in Deutschland.»

«Uhlmann *ist* ein Nachname», sagte er.

«Oh.» Dachte er im Gegenzug dann auch, sie hieße mit Nachnamen Greta? «Du magst mich wohl nicht besonders, was?»

Es musste am Alkohol liegen, dass sie dermaßen forsch war. Der junge Mann hob den Kopf. Etwas an seiner Art, sich zu bewegen, faszinierte sie: Alles war etwas langsamer, als dächte er gründlich nach, bevor er etwas tat, und sei es nur, sie anzusehen. Was er gerade derart intensiv machte, dass ihr noch ein wenig schwindeliger wurde.

«Was? Nein.» Seine Stimme klang mit einem Mal angenehm sanft. «Ich ... Entschuldige. Ich heiße Felix. Felix Uhlmann. Hierzulande siezt man sich normalerweise. Aber wir können du sagen, wenn du möchtest.»

Sein Blick war nun ein klitzekleines bisschen freundlicher, doch das konnte sich Greta auch nur einbilden.

«Manchmal bin ich ...», fuhr er leise fort und runzelte die Stirn. Neben seinen Augen, die tatsächlich grün waren, hatte sich ein Netz aus Fältchen gebildet. Ob er viel lachte? Oder waren sie die Frucht lauter Sorgen?

«Es ärgert mich manchmal, dass ich nicht so bin wie andere.»

«Ich auch nicht», gab sie fröhlich zurück. «Ich finde aber, das ist etwas, über das wir uns freuen sollten.»

Sie zahlte und stand auf.

«Auf Wiedersehen. Oder hej, wie man in Schweden sagt.»

«Hej», antwortete er, immer noch verwirrt, und erhob sich ebenfalls. Da bemerkte sie, dass ihm die andere Hand fehlte. Bloß ein leerer Hemdsärmel schlackerte dort und verschwand hinter seinem Rücken. Sie spürte, wie ihr vor Verlegenheit der Schweiß ausbrach. Sich darüber freuen, anders zu sein. Wie dumm von ihr! Aber wenn sie jetzt zu einer langatmigen Erklärung ansetzte, würde sie damit bestimmt für noch mehr Beklommenheit sorgen.

Wenn sie könnte, würde sie sich selber treten. Aber was brächte ihr das?

Er verzog das Gesicht zu einem schiefen Lächeln.

«Ist schon gut», murmelte er. «Du musst jetzt nichts sagen.»

Mit brennenden Wangen hob Greta ein verirrtes Blatt mit der Illustration eines Granatapfels auf, legte es auf den Tisch und wiederholte leise ihren Abschiedsgruß.

«Hej», sagte auch er noch einmal.

Als Greta um Punkt zwölf den Spielbudenplatz erreichte, hing ihr die Begegnung mit dem jungen Mann noch nach. Sie war eine gute Viertelstunde ziellos umhergelaufen und hatte gar nicht gemerkt, wie der Regen langsam in ihren Mantelkragen troff.

Was war sie froh, Mickey zu entdecken, der, die Hände in die Hosentasche vergraben und mit einer Zigarette zwischen den Lippen, an einer Straßenlaterne lehnte. Als sie die Reeperbahn überquerte, lief sie beinahe vor ein Auto, das im letzten Augenblick auswich und heftig hupend an ihr vorbeizog. Anders als in Stockholm herrschte in Hamburg ja Rechtsverkehr! Das nächste Mal würde sie viermal in beide Richtungen gucken, bevor sie vom Bordstein trat.

Mickey empfing sie mit einem erschrockenen Lächeln. «Sag nicht, du bist betrunken.»

Konnte er etwa hellsehen? Wobei, betrunken würde sie sich nicht nennen, auch wenn zwei Gläser Portwein am Vormittag vielleicht etwas mutig gewesen waren.

«Bin ich nicht», gab sie zurück und stellte fest, dass sie trotzig klang.

Mickey betrachtete sie prüfend und brach in ein heiteres Prusten aus. Erleichtert lächelte sie. Warum übertrug sie ihren Ärger über sich selbst eigentlich auf ihren Bruder?

«Ein bisschen vielleicht», verbesserte sie sich.

Mickey schien sich große Mühe zu geben, vorwurfsvoll zu gucken.

«Es ist also wahr, was man über euch Schweden sagt?», fragte er. «Wikingererbe und so?»

«Ha», murmelte sie und knuffte ihn gegen die Schulter.

«Ha», sagte auch er und knuffte zurück. Dann wurde er nachdenklich. «Ist schon komisch, dass du auf einmal da bist. Wie ein Kaninchen, das aus dem Hut springt, aber nicht bloß ein normales Kaninchen, sondern ein hellgrünes oder knallrotes oder so.»

«Ich hoffe, ich bin knallrot mit Sternen. Oder Punkten.»

Er grinste. «Hätte ich dich früher schon gekannt, wäre ich mit elf ausgewandert. Dann wäre ich nach Stockholm gekommen und hätte bei dir gewohnt.»

Hinter ihnen rauschten die Autos vorbei, immer wieder trafen sie Spritzer aus den Pfützen, aber Greta hatte es nie weniger ausgemacht, im kalten Schmuddelwetter herumzustehen.

«Das wäre toll gewesen», sagte sie leise.

Wehmütig nickte er. Rauch kräuselte sich vor seinem Gesicht, und er blies ihn weg. «Ist es nicht gemein, dass mir Vater nie von dir erzählt hat? Du wusstest wenigstens, dass es Ellen und mich gibt.»

«Was denkst du, wieso hat er das getan? Ich kenne ihn ganz anders von früher. Er war damals fröhlich und lustig und ...» Sie zuckte mit den Schultern.

«Tja, was die Zeit aus den Leuten macht, wie?» Es hatte wohl nonchalant klingen sollen, aber Greta hörte die Trauer in seiner Stimme.

«Ach du je», murmelte er nach einem Blick auf seine Armbanduhr. «Wenn wir jetzt nicht losgehen, können wir es uns ganz sparen. Bist du bereit, Schwesterherz?»

«Kommt drauf an, wofür», erwiderte sie und hätte ihn

am liebsten vor Freude umarmt, weil er sie Schwesterherz genannt hatte.

«An deinem ersten Tag hier kann ich dich unmöglich in der tristen Wohnung lassen. Aber es hilft nichts, ich muss arbeiten.» Er verzog das Gesicht, tat, als denke er nach, dann breitete sich ein übertriebenes Strahlen auf seinem Gesicht aus. «Rettung naht! Komm, ich weiß jemanden, mit dem du dich sicher blendend verstehst.»

In Greta begann Hoffnung zu prickeln.

«Du sprichst nicht zufällig von Marieke?», fragte sie.

Verwundert riss Mickey den Kopf herum. «Hat dir Ellen von ihr erzählt?»

Greta schüttelte den Kopf.

«Ich hab sie schon kennengelernt. Gestern. Bei euch im Hausflur.»

Sie schilderte die kurze Begegnung, und Mickeys Grinsen wurde breiter und breiter. Er besaß die Angewohnheit, sich mit der flachen Hand durchs Haar zu streichen, wenn er verlegen war. Es wirkte nicht eitel, sondern nachdenklich und jungenhaft.

«Na, dann mal los!»

Obwohl ihr nur ein klitzekleines bisschen schwindelig war, hakte sich Greta gern bei ihm unter, als er ihr seinen Arm anbot.

In der Straßenbahn bezahlte Mickey für sie beide und kümmerte sich nicht um ihre Proteste. Insgeheim war sie froh darüber. Schließlich hatte sie fast ihr gesamtes Geld, das sie gestern zu einem sicher verbrecherischen Kurs am Altonaer Bahnhof getauscht hatte, für eine

Taxe, nutzlose Telefonate und Ananastorte mit Portwein verprasst.

Im Waggon war es angenehm warm. Hinter den beschlagenen Scheiben surrte Hamburg vorbei. Greta war dankbar dafür, Seite an Seite mit Mickey zu sitzen und sich langsam hin und her schaukeln zu lassen. Immer wieder huschte die Begegnung mit dem jungen Mann auf der Reeperbahn durch ihre Gedanken, doch sie wischte sie schnell wieder fort.

«Wir sind da. Fast jedenfalls», sagte Mickey nach vier oder fünf Stationen.

Gemeinsam gingen sie über eine feuchte Parkwiese, die mit halbhohen Büschen gesprenkelt war. Ein paar dürre Bäumchen säumten die Wege. Sie hatten wohl zum Verheizen nicht getaugt. Vom Park aus ging es in ein heruntergekommenes Wohnviertel. Hier gab es nicht bloß einzelne Lücken zwischen den Häusern wie zuvor, wo Bomben eingeschlagen waren, sondern ganze Felder ohne Gras oder Bäume. Nichts als braune Erde und darauf Wohnwagen sowie mehr schlecht als recht zusammengezimmerten Bretterbuden. Abfall lag zwischen den ausgetretenen Pfaden, durch den sich Mickey, ohne mit der Wimper zu zucken, einen Weg bahnte. Die Leute, die ungeachtet des Nieselwetters in Trögen Wäsche wuschen oder plauschend beisammensaßen, beachteten sie nicht. Zwei Straßen weiter war die Umgebung von militärischen Fahrzeugen der früheren Besatzer geprägt, auf den Gehwegen hingegen waren ausschließlich Menschen in Zivil unterwegs. Hin und wieder warfen ihnen Frauen verstohlene Blicke zu. Greta konnte sich zunächst keinen Reim darauf machen. Dann bemerkte sie, dass die Blicke Mickey galten. Tatsächlich, mit seiner schmalen Nase, den warmen Augen unter glatten, symmetrisch geschwungenen Brauen und dem vollen, welligen Haar konnte er wohl nur als gut aussehend beschrieben werden. Zudem war er groß und schlaksig.

Greta drückte seinen Arm, er drückte zurück, und sie liefen weiter schweigend durch niedrig bebaute Straßen an halb abgerissenen und halb wieder aufgebauten Häusern vorbei, bis sie zu einem weitläufigen Areal voller sonderbarer Gebäude kamen, die aussahen wie riesige halbe Fässer.

«Was ist denn das?»

Aus großen Augen starrte Greta auf die seltsamen Bauwerke. Vom Boden zog sich gerundetes Wellblech in einem Halbkreis zur anderen Seite hinüber, während die Vor- und sicher auch die Rückseite wie abgeschnitten wirkten. Hier fanden sich die Türen und Fenster, je eines links und eines rechts.

«Nissenhütten», sagte Mickey, als wenn das irgendetwas erklären würde. «Haben aber nix mit Läusen zu tun, jedenfalls war es so wohl nicht geplant. Nissen hieß der Gute, der sie sich ausgedacht hat. Wenn der gewusst hätte ... Na, komm!»

Der Weg war feucht und uneben, mehr als einmal rutschte sie weg, doch Mickey erging es nicht besser.

An einer der zahlreichen Türen, die sich in nichts voneinander unterschieden, klopfte Mickey.

«Aber immer hereinspaziert!», rief eine weibliche Stimme.

Neugierig betrat Greta ein winziges, hell erleuchtetes Zimmer, das im Innern, wenig überraschend, halb rund war. Von unten betrachtet wirkte das geriffelte Dach weniger porös, doch Greta wollte sich gar nicht erst vorstellen, wie heiß es hier im Sommer war.

«Na, wenn das mal nicht das Marjellchen von gestern ist!»

Auch heute trug Marieke ein Sommerkleid, diesmal mit Karos gemustert, obwohl es drinnen fast so kalt war wie draußen. Sie hantierte an einem kleinen schwarzen Ofen und zog beim Anblick des Besuchs den Kessel herunter.

«Kaffee?», fragte sie über die Schulter hinweg, während sie aus einem Eimer Wasser hinzugoss.

«Ich muss gleich wieder», sagte Mickey. «Die Arbeit ruft.»

«Och, lass sie doch rufen, mein Lieber. Lass sie brüllen, wenn sie unbedingt will.»

Marieke hüpfte auf ihn zu und drückte ihm einen Kuss auf die Wange. Greta könnte schwören, dass sich sein Gesicht mit einer feinen Röte überzog, was er mit einem jungenhaften Grinsen zu überspielen versuchte.

«Das ist Rita», sagte Marieke und presste ihre Lippen auch auf Gretas Wange. Dabei zeigte sie hinter sich zu einem kleinen Tisch, der sich gegen die halbrunde Wand drückte. Im hintersten Eckchen, dort, wohin das Licht der Glühbirne nicht reichte, bewegte sich jemand und beugte sich ins Helle.

«Hallo», sagte Rita, die ihr dunkles Haar aus einem Zopf befreite. «Freut mich, dich kennenzulernen.»

«Gut, dann also Kaffee für drei», rief Marieke und wandte sich an Mickey. «Hat dir Greta eigentlich erzählt, wie wir uns begegnet sind?»

Mickey protestierte nur der Form halber, als Marieke einen Stuhl zurechtrückte, und ließ sich mit einem tiefen Ächzen auf den Platz gegenüber von Rita fallen. Auch Greta nahm am Tisch Platz, während Marieke stehen blieb, um ihre Erzählung mit ausladendenden Handbewegungen zu unterstreichen.

«Ich wollte deinem Schwesterchen, also, der nicht ganz so Netten, zu etwas Glück verhelfen. Sie hat ja schönes Haar, wirklich. Stunden hätte ich mich ins Schnippeln vertiefen können, und wer weiß, vielleicht hätte ich am Schluss sogar noch etwas Farbe aus der Tasche gezaubert. Grace Kelly wäre bei Ellens Anblick vor Neid aus dem Fenster gehüpft, das verspreche ich dir. Aber die Frau Mama musste dazwischenfunken. Und jetzt sieht Ellen noch genauso fad aus wie vorher. Na, und dann bin ich in Greta reingefallen. Stand wie eine Wachsfigur im Treppenhaus rum. Deine Mutter hat mir einen gehörigen Stoß verpasst», Marieke stolperte pantomimisch nach vorn, dabei war Greta zu neunundneunzig Prozent sicher, dass das mit dem Stoß geflunkert war. «... ich krache gegen sie, wir klabautern zusammen die Stufen runter, das hätte ganz übel ausgehen können, aber: Wir leben noch!»

Mickey grinste.

«Ich liebe deine nüchtern gehaltenen Erzählungen, Marieke. Sie sind so ... glaubhaft. Jetzt muss ich aber. Ich hole dich nach der Arbeit wieder ab, Greta, in Ordnung?»

«Klar!», rief Marieke, die gar nicht gefragt worden war.

«So, meine Damen, für uns gibt es jetzt Kaffee, und dann gibt es Arbeit, und danach trinken wir einen, was?»

«Lass dir von der Schnapsdrossel bloß nichts andrehen, Schwesterherz», sagte Mickey auf dem Weg zur Tür.

«Keine Sorge», rief Greta ihm nach.

Heute würde sie bestimmt keinen Alkohol mehr zu sich nehmen. Sie fühlte sich immer noch schummrig, dem Portwein sei Dank.

Während Marieke den Kaffee bereitete und mit Rita lebhaft diskutierte, ob Sahne darin nun paradiesisch oder einfach nur schön wäre, sah sich Greta in dem kleinen Raum um. Den Fußboden, der aus uneben aneinandergelegten und vernagelten Brettern bestand, bedeckte ein Flickenteppich in hellen, freundlichen Farben. Neben dem Tisch stand der Ofen, und dort, wo Marieke das Wasser gekocht hatte, glomm in sanftem Orangerot die Platte nach.

Hinter dem Herd versperrte ein Vorhang die Sicht. Als sie den Kopf zur anderen Seite drehte, konnte sie im gelblichen Schein der Glühbirne Mariekes Bett entdecken, so ordentlich gemacht, dass selbst Trude vor Neid erblassen würde. Daneben stand ein weiteres Bett, halb versteckt hinter einer Truhe. Auf dem Kopfkissen thronte ein schokoladenbrauner Teddybär.

Marieke war Gretas Blick gefolgt. Klirrend stellte sie drei Emailbecher auf den Tisch und sagte: «Ist dir kalt? Du hast deinen Mantel ja noch an.»

Tatsächlich. Greta sah an sich hinab, fühlte sich aber nicht wirklich danach, das schützende Ungetüm von einem Erbstück abzulegen. Die Bluse und der Rock, die sie darunter trug, waren feucht geworden und klebten an ihrer Haut.

«Sag mal, wo in aller Welt hast du dich eigentlich rumgetrieben, Hübsche?»

«So ziemlich überall, so kommt es mir jedenfalls vor.»

Greta seufzte. So lange war sie ja gar nicht unterwegs gewesen. Aber die unwirschen Telefonate, bei denen sie ein ums andere Mal abgewimmelt worden war, und anschließend das befremdliche Gespräch mit Trude ... Ganz zu schweigen von ihrem Fauxpas in der Konditorei! Sie zog immer noch vor Unbehagen die Schultern hoch, wenn sie daran dachte.

Der arme Mann. Er musste es dermaßen leid sein, angeglotzt zu werden, und dann kam sie mit ihrer schwedischen Fröhlichkeit, arglos die Hand ausstreckend, und ließ sicher alles in sein Bewusstsein zurückschießen, was er am liebsten verdrängte.

«Komm, ich hole dir was, das dich wärmt.»

Marieke lief zu der gewaltigen Truhe und tauchte kopfüber hinein. Währenddessen half Rita Greta aus dem Mantel und hängte ihn vor dem leise vor sich hin knarzenden Ofen auf.

Wenig später saß Greta eingemummelt in eine kratzige, aber wunderbar wärmende Decke da, vor ihr stand ein Becher Kaffee, der nicht ganz so schmeckte, wie sie es sich vorgestellt hatte. Ob Marieke Zichorien als Ersatz nahm? Aber es war schön, hier zu sitzen, egal, woraus der Kaffee nun gebraut war. Sie sah Marieke dabei zu, wie sie behutsam Ritas Haar anfeuchtete und kämmte. Mit wachsender Behaglichkeit lauschte sie den beiden Frauen, die sich über Frisuren und Ehemänner unterhielten. Ob Marieke einen hatte? Greta nahm sich vor, in einer ruhigen Minute nachzufragen. Rita jedenfalls erzählte aufgeregt, dass sie ihren Mann bald wiedersehen würde.

Leiser und leiser wurden Ritas und Mariekes Stimmen ... Als Greta erwachte, berührte ihre Stirn etwas Hartes. Die Tischplatte. Greta spürte, dass ihr eine feine Spur Spucke am Kinn klebte, und fragte sich, wie lange sie geschlafen haben mochte.

«Hoppla!», rief Marieke. «Da ist sie wieder!»

Verwirrt sah Greta auf und bemerkte, dass mittlerweile drei Frauen dicht an dicht um den kleinen Tisch saßen. Alle trugen Handtücher um die Köpfe drapiert und blickten sie, während sie ihre leisen Gespräche nicht unterbrachen, milde interessiert an.

«Wie spät ist es?»

«Och, so gegen fünf, schätze ich», sagte Marieke, während sie prüfend eine Strähne rötlichen Haares in die Höhe hielt und daran entlangschnibbelte.

Greta stand auf und faltete die Wolldecke zusammen. Ihr Mantel war getrocknet, stellte sie fest, und Ritas Haar auf Kinnlänge gekürzt. Leicht fransig umschmeichelten die Strähnen nun ihr Gesicht, das vorher einen eher herben Eindruck auf Greta gemacht hatte. Jetzt wirkte es immer noch nüchtern, aber wunderschön in seiner Klarheit. Greta konnte kaum ihren Blick abwenden.

«Siehst du toll aus!», sagte sie zu ihr.

«Findest du?» Ein mädchenhaftes Lächeln glitt über Ritas Gesicht. «Danke! Marieke ist eine Meisterin. Die beste Friseurin, die ich je hatte.»

Greta fragte sich, wieso sie nicht schon vorher darauf gekommen war. Marieke vertrieb sich mit dem Haareschneiden nicht die Zeit – sie lebte davon.

«Wenn dann noch diese Dinger hier verschwinden», fuhr Rita seufzend fort und tippte auf ihre Nase und die Wangen, auf denen sich Sommersprossen tummelten, «würde mich Heinrich kaum mehr erkennen, wenn er wiederkommt.»

«Na, es wäre wohl besser, wenn er dich erkennt, findest du nicht?», fragte Marieke, ohne von dem Schopf der Dame vor sich aufzusehen.

Rita stieß ein heiseres Lachen aus, dann wurde sie ernst und nickte. «Du hast recht. Wahrscheinlich nimmt er vor Schreck die Beine in die Hand, wenn er mich am Bahnhof stehen sieht. Die alte Schachtel, wird er denken.»

Die anderen Frauen winkten ab.

«Der kann froh sein, dass du überhaupt am Bahnhof stehst, Liebchen!»

«Keine Selbstverständlichkeit, würde ich auch sagen», warf die Rothaarige ein. «Bei den vielen Scheidungen heutzutage.»

«Was denkst du, wie *er* aussieht?», fragte Marieke, die undeutlich sprach, weil zwei Spangen zwischen ihren Lippen klemmten. «Nach acht Jahren Gefangenschaft. Ich würde nicht zu viele Hoffnungen da reinsetzen, dass du den knackigen, hübschen Heinrich von deiner Hochzeit wiedersiehst.»

Rita seufzte und nickte und presste die Lippen zusammen. Ein Schatten huschte über ihre Züge, und Greta fragte sich, was sie sich wohl gerade ausmalte. Rita wirkte mit einem Mal unendlich traurig und voller Angst.

«Möchtest du, dass ich dich behandle?», fragte Greta. «Ich bin Kosmetikerin. Und ich finde deine Sommersprossen bezaubernd. Aber wenn du willst, dass sie ein wenig blasser werden, kann ich dir eine Creme anrühren.»

Ein Strahlen zog sich über Ritas Gesicht. «Das würdest du tun?»

Greta nickte und freute sich, nicht mehr nur dösend am Rand zu sitzen. Entzückt starrte Marieke sie an.

«Wärst du nicht schon Mickeys Schwester, würde ich beschließen, dass du meine bist! Kosmetikerin, so richtig gelernt mit Ausbildung und so?»

Greta nickte.

«Herrlich», murmelte Marieke in sich hinein. «Kannst du gegen meine Sommersprossen denn auch angehen?»

«Klar», sagte Greta. «Aber vielleicht überlegst du es dir ja noch.»

Alle vier begannen darüber zu fachsimpeln, wie und mit welcher Technik sich Sommersprossen am besten eliminieren ließen.

«Ausgesehen hat sie wie nach 'ner Nacht im Hühnchengrill, meine Nachbarin», ließ die Rothaarige verlauten. «Gelb und verbrannt, und was leuchtet im nächsten Sommer wieder aus dem Gesicht? Sommersprossen! Mindestens so viele wie vorher!»

Die Frauen kringelten sich vor Lachen. Greta enthielt sich der Diskussion. Sie liebte Sommersprossen und fand es um jede einzelne schade, die – wie auch immer – entfernt wurde.

Ein Klopfen ertönte. Sekunden später stand Mickey im Raum und wurde von Greta und den anderen Frauen fröhlich begrüßt. Er genoss die Aufmerksamkeit in vollen Zügen, stellte Greta erheitert fest. Zwischen Rita und der Rothaarigen sitzend, erzählte er von seiner Arbeit, und Greta war froh, jetzt etwas mehr über ihn zu erfahren. Mickey lernte bei einem Buchbinder, was ihn schrecklich langweilte. Als Marieke die Damen darauf hinwies, dass er zudem Musiker sei, begannen seine Augen zu glänzen.

«Einen Musiker würde ich mich nicht gleich nennen», sagte er und fuhr sich mit der Hand verlegen über den Kopf. «Aber ich spiele in einer Band.»

«In einer Band!», echote die Rothaarige.

Er krauste die Nase, was ihn herrlich jungenhaft erscheinen ließ.

«Nur mit der Bekanntheit hapert es. Aber das kommt noch. Wenn nicht, springe ich mit vierzig aus dem Fenster. Mein Leben lang in der Werkstatt, das ertrage ich nicht, so viel ist klar.»

«Dann springst du aber gefälligst hier aus dem Fenster», ordnete Marieke an, die ihre Augenbrauen so hoch gezogen hatte, dass sie ihren Haaransatz berührten. «Da schürfst du dir, wenn du Pech hast, grad mal das Knie auf.»

Mickey beugte sich vor und sagte leise etwas zu ihr, und Marieke schüttelte lachend den Kopf.

Greta musste grinsen. Marieke hatte so nebensächlich davon gesprochen, dass sie eine Freundin Mickeys sei, dass sich Greta keine weiteren Gedanken darüber gemacht hatte. Dabei wirkten sie sehr vertraut. Waren sie mehr als normale Bekannte?

«So traurig es ist», wandte sich Mickey mit Grabesstimme an Greta, «wir müssen los. Mutter schmeißt sonst das Abendessen an die Wand.»

«Wär nicht schade drum!», krähte Marieke von unten, wo sie gerade rotes und braunes Haar zusammenkehrte.

Spielerisch versetzte ihr Mickey einen Stoß, sie fiel um und zappelte kichernd mit den Beinen in der Luft wie ein Käfer, der auf dem Rücken lag. Unter Mariekes fadenscheinigem Kleid blitzte in Cremeweiß der Spitzenbesatz ihrer Unterhose auf. Greta blickte sich belustigt um. Marieke schien es nicht die Bohne auszumachen, vielleicht bemerkte sie es gar nicht. Mickey hingegen lief puterrot an, murmelte einen Abschiedsgruß und war aus der Tür, bevor sich Greta verabschiedet hatte. Sie half Marieke auf, die sich mit verwirrtem Gesicht den Po abklopfte.

«Was ist denn mit dem los?»

«Er hätte wohl gerne noch ein bisschen mehr geluschert», bemerkte Rita trocken.

«Ja», fiel die Dritte im Bund ein, deren Kopf als einziger noch nicht von Marieke frisiert worden war. «Aber dann hat ihm doch die Courage gefehlt.»

Sie brach in heiseres Gelächter aus.

«Ich könnte in zwei Wochen wiederkommen», sagte Rita an Greta gewandt, «da muss ich nicht arbeiten. Oder brauchst du für die Creme länger?»

«Das schaffe ich!»

Am liebsten hätte Greta einen Freudensprung gemacht. Die Aussicht darauf, bald schon hierher zurückzukehren, wirkte wie ein helles, freundliches Licht am Ende eines langen Tunnels.

3

Hamburg, 18. März 1954

Greta faltete die Stadtkarte zusammen, zog sich ihren Mantel über und trat mit entschlossenen Schritten auf die Antonistraße hinaus. Sie war so nervös, dass sie sich nach einem Stück Torte (oder einem Glas Portwein) sehnte, aber das kam nicht in Frage. Heute brauchte sie einen klaren Kopf, und zu viel zuckersüße Sahne sollte ihr auch nicht im Magen liegen, sosehr sie dieses Gefühl sonst mochte. Schon jetzt breitete sich nämlich eine leichte Übelkeit in ihr aus. Sollte sie vielleicht ein andermal gehen? Aber da kam ihr Annies Leitspruch in den Sinn. *Es wird sowieso alles zur Hölle gehen.* Warum den Schmerz also noch weiter hinausschieben? Sie war aus einem bestimmten Grund nach Hamburg zurückgekehrt. Ihr Vater wollte nicht über ihre Mutter reden, und auch Annie hatte in den vergangenen Jahren kaum von ihr gesprochen. Greta aber hatte in all den Jahren ständig an sie gedacht. Sie musste einfach wissen, was mit ihr geschehen war. Wohin war sie so spurlos verschwunden? Und warum hatte niemand je wieder von ihr gehört?

Während sie auf die Reeperbahn zueilte, dachte sie an die vergangenen Tage, die sie mit unendlich langen

Spaziergängen und ermüdender Arbeitssuche verbracht hatte, nichts als beschämend kurze Gesprächen zwischen Tür und Angel. Von siebenundachtzig Kosmetiksalons in Hamburg hatte sie ein Drittel abgeklappert. Eigentlich etwas, worauf sie stolz sein könnte, wenn ihre Versuche nur gefruchtet hätten! Aber nirgendwo hatte sie auch nur ihr Zeugnis vorzeigen dürfen – sie möge telefonisch einen Termin vereinbaren, hatte es immer geheißen. Und das, obwohl sie doch vorher schon angerufen hatte!

Bei der Erinnerung biss sie die Zähne zusammen, stopfte die Hände tiefer in die Manteltaschen und blinzelte verärgert in das Sonnenlicht, das so gar nicht zu ihrer Stimmung passte. Andererseits war sie froh darum, ausnahmsweise einmal nicht nass zu werden.

Hinter der Reeperbahn tauchte sie ein in das Gewirr schmaler Straßen mit ihren niedrigen, teils verfallenen Häusern, bei denen sich keiner die Mühe machte, die Fenster oder den Anstrich zu erneuern. Es dauerte nicht lange, bis sie keine Ahnung mehr hatte, wo zum Henker sie sich befand. Mehrmals fragte sie nach dem Weg und hatte trotzdem das Gefühl, sich im Kreis zu drehen. Nach einer Ewigkeit endlich entdeckte sie den Isebekkanal, der sich im Sonnenlicht dahinschlängelte. Am Rand ließen Weiden verträumt ihre Zweige ins Wasser hängen, was Greta an die romantischen Gemälde im Schwedischen Nationalmuseum erinnerte.

An diesem Kanal hatte sie früher oft gespielt und ihre Füße ins Nass gehalten. Sie hatte es geliebt, auf der schmalen Fußgängerbrücke zu stehen, Rindenstücke hinabfallen zu lassen und sich vorzustellen, es seien Schiffe.

Immer noch glaubte sie die Kühle des Fleets an den Zehen zu spüren und sah die Wasserläufer vor sich, wie sie über die spiegelnde Oberfläche huschten. Sie hatte ihre Großmutter gefragt, ob die Insekten mit Jesus verwandt seien, was Annie zu einem dröhnenden Lachen veranlasst hatte.

Meist waren sie zusammen hier gewesen, ihre Großmutter und sie. Ihre Mutter hatte gearbeitet. Eigentlich hatte Linn andauernd gearbeitet, was Greta erst rückblickend zu wundern begonnen hatte. Eine Stelle als Kindergärtnerin war natürlich fordernd, aber so sehr, dass für die eigene Tochter keine Zeit mehr blieb?

Ihre Großmutter war immer da gewesen. Immer, wenn Greta sie gebraucht hatte. Auch jetzt sah sie Annie in der Erinnerung auf der Wiese sitzen, ein Buch in der Hand, die halbrunde Brille auf der Nasenspitze wackelnd. Sie hatten Picknicke veranstaltet mit allem, was Greta liebte: winzige, braungolden gebackene Pfannkuchen, die sie mit Marmelade beschmierte und einrollte, um sie sich in einem Happs in den Mund zu stopfen; pralle, tiefrote Kirschen, sprudeliges Soda mit Zitronengeschmack. Manchmal war ihr kleines Paradies von Männern in Uniformen gestört worden, deren barscher Ton Gretas Nackenhaare aufgestellt hatte. Annie war nie gut darin gewesen, den Mund zu halten. Sie hatte mit ihnen gestritten, damals musste Greta noch sehr jung gewesen sein. Später dann hatte sie bloß ihre Sachen zusammengerafft, Greta bei der Hand gepackt und sie nach Hause gezogen.

Ein eisiger Wind strich um ihre Nase. Vier Wochen vor Ostern war das Gras auf der Kanalwiese noch braun, dazwischen klafften kahle Stellen. Aber sicher würde es hier wieder grün werden, wenn der Frühling erst wirklich heranrückte.

Als Greta in die Roonstraße einbog, beschleunigte sich ihr Herzschlag derart, dass ihr erneut übel wurde. Hier gab es weniger Lücken zwischen den Häusern, die Straße schien von den Bomben weitgehend verschont geblieben. Dann aber erreichte sie den Fleck, an dem sie ihre Kindheit verbracht hatte. Anstelle eines Hauses gähnte ein Krater, abgezäunt, was die Kinder aus der Nachbarschaft aber nicht davon abhielt, dort drin Höhlenforscher zu spielen. Greta hatte Mühe, nicht in Tränen auszubrechen. Sie stand da und hielt den Atem an, während die Erinnerung an die kleine, aber urgemütliche Wohnung im zweiten Stock sie übermannte.

Annie auf der schmalen Bank neben der Tür und Greta und ihre Mutter in dem etwas größeren Bett am Fenster. Doch meist war Greta allein eingeschlafen und auch wieder aufgewacht, weil ihre Mutter die Nacht in ihrem Arbeitszimmer verbracht hatte. Wieso, hatte Annie ihr später nie beantworten wollen. Das sonst so offene Gesicht ihrer Großmutter verschloss sich, ihre Lippen wurden schmal, und Greta hatte gespürt, wie sehr es sie schmerzte, an Linn zu denken.

Also hatte Greta zu fragen aufgehört. Doch jetzt, als sie hier stand und auf die Brache blickte, konnte sie nicht anders. Annie war nicht mehr da, um ihr die Antworten zu geben, nach denen sie suchte. Greta musste jemand anderen finden, der ihr eine Erklärung liefern konnte.

Neben das Loch im Boden duckte sich ein flaches Gebäude, hell gestrichen, mit seltsam hoch angesetzten, kleinen Fenstern. Es wirkte deplatziert zwischen all den Gründerzeitbauten, zu denen auch das Haus ihrer Kindheit gehört hatte. War es früher schon da gewesen? Jetzt residierte darin jedenfalls ein Schuster, und Greta hoffte inständig, dass er damals schon dort gewesen war.

Als sie die Tür öffnete, ertönte ein lang gezogenes Bimmeln. Greta trat ein, doch der kleine, gelb getünchte Raum, in dem es nach Leim und Leder roch, war leer. Greta ließ die Tür noch einmal aufschwingen. Nichts geschah. Erst beim dritten Läuten wurden Schritte laut, und ein Herr in einem dunklen, abgetragenen Nadelstreifenanzug und mit einer feuerroten Krawatte schlurfte in den Raum.

«Moin. Watt kann ich für dich tun?»

«Schuhe habe ich leider nicht», sagte sie. «Jedenfalls keine, die eine neue Sohle brauchen. Aber ich habe früher nebenan gelebt.»

Er blickte sie freundlich an und nickte. «Vor 'n Bomben?»

«Ja», sagte sie und musste schlucken, als stecke ihr etwas im Hals fest. «Ich habe mich gefragt, ob ... Haben Sie vor dem Krieg schon Ihr Geschäft hier gehabt?»

«Nee, min Deern, das hab ich nich. Suchste wen?»

Greta nickte. «Meine Mutter. Oder besser gesagt Menschen, die sie gekannt haben.»

«Och Mensch, helpen würd ich dir ja gerne, aber ich bin nich von hier. Durfte früh rein.» Er schüttelte den Kopf und ließ das R noch mehr rollen. «Was heißt hier durfte, hab mich reingeschlichen nach Hamborch, noch bevor die Zuzuchssperre wieder aufgehoben wor'n is.

Bin eigentlich aus Husum, ne? Und weiß hier von nix von niemamm. Aber frag Liese. Die wohnt schon ewig hier. Gude Frau. Bisschen verzwitschert im Kopp, wenn du verstehst, was ich meine. Mal macht das Gedächtnis mit, wenn du Glück hast. Und mal nich, wenn du keins hast.»

«Danke», sagte Greta und drehte sich ratlos zur Tür. «Wo genau finde ich denn Liese?»

«Na, da!»

Er zeigte mit dem Finger auf das Lokal, das sich im Haus gegenüber befand. *Römerschenke* stand in geraden, leicht angegrauten Buchstaben darüber.

In dem Lokal roch es muffig und verraucht. Aber die Kneipe wirkte gemütlich mit ihrem Sammelsurium aus Tischen und Stühlen unterschiedlicher Epochen, dem Fischernetz, das über dem Tresen von der Decke hing, und der Büste eines fröhlichen Seemannes dahinter.

Im Halbdunkel sah sie einen Herrn im Takt der leisen Melodie schunkeln, die aus dem Lautsprecher im hinteren Teil des kleinen Raumes drang. Das Seemannslied handelte von schönen Meerjungfrauen und starken Männern, die ihre Herzen verloren. Zwei andere Männer unterhielten sich einen Tisch weiter in gedämpftem Ton.

«Ich würde ja keinen Fisch mehr essen», schnappte Greta auf. «Alles verseucht.»

«Unsinn», erwiderte der andere lauter und klopfte sich mit einer zusammengerollten Zeitung aufs Bein. «Meinste, die Fische schwimmen von da hierher?»

«Klar schwimmen die her! Und sind voller Ultrastrahlen. Die sieht man gar nicht. Bringen dich aber um.»

«Quatsch», grummelte der mit der Zeitung und öffnete sie demonstrativ. «Bikini-Atoll, das ist auf der anderen Seite von der Welt. Wie soll denn da 'n Fisch zu uns rüberhüpfen? Einmal durch die sibirische Tundra oder was?»

«Ich suche Liese», wandte sich Greta an die rotwangige Bedienung, deren gewaltiger Busen und noch gewaltigere Turmfrisur hinter der Theke hervorschauten.

«Ist nicht hier», sagte die Dame.

«Wissen Sie, ob sie noch kommen wird?»

«Bin ich Gott?»

Die Barfrau begann, Gläser einzuräumen, und Greta seufzte.

«Seit wann gibt es denn dieses Lokal?»

«Wir haben vor neun Jahren aufgemacht. War aber vorher auch eine Kneipe drin. Sah genauso aus. Wieso?»

«Haben Sie in dem früheren Lokal auch schon gearbeitet?»

Die Frau musterte sie mit einer Mischung aus Herablassung und Spott.

«Wie alt, denkst du, bin ich?»

«Ich wollte Sie nicht kränken, Verzeihung. Ich suche jemanden, der hier vor dem Krieg gelebt hat und mir weiterhelfen kann.»

«Na, ich ja nu mal nicht, Schätzchen. Könnte aber sein, dass Lieschen noch kommt. Ist normalerweise vor elf da, bleibt 'ne Stunde, geht nach Hause und macht ein Nickerchen. Und dann kommt sie wieder und sitzt hier, bis wir schließen. Wohnt gleich ums Eck.»

Als sie erkannte, was Greta als Nächstes fragen wollte, hob sie abwehrend die Hände.

«Wo genau, ist Betriebsgeheimnis. Nee, Schätzchen, guck nicht so traurig, in Wirklichkeit weiß ich es nicht, wieso sollte ich auch?»

Greta überlegte, ob sie bleiben sollte, da dröhnte die Kellnerin: «Na, holla die Waldfee, wenn das nicht die Begehrte ist!»

Von Greta unbemerkt hatte eine Frau die Gaststätte betreten, die so dünn war, dass sie durchscheinend wirkte. Ihre grünen Augen schimmerten seltsam milchig. Greta konnte sich nicht erinnern, so etwas schon einmal gesehen zu haben. Als wenn sich das Leben halb davongemacht hätte und bloß ein schwaches Glimmen zurückgeblieben wäre.

«Hallo», sagte sie. «Der Schuster von nebenan sagte mir, dass Sie mir vielleicht helfen können. Ich bin auf der Suche nach meiner Mutter. Wir haben vor dem Krieg hier gelebt. Meine Mutter, meine Großmutter und ich. Bergström hieß meine Mutter. Linn Bergström. Vielleicht nannte sie sich damals auch Buttgereit. Das ist der Nachname meines Vaters, sie waren verheiratet. Ich weiß nicht, ob ...»

Sie redete zu viel. Das machte die Aufregung. Aber sie konnte nicht aufhören, sie glaubte zu spüren, dass in der Frau vor ihr etwas geschah. Womöglich erinnerte sie sich.

«Eigentlich heiße ich auch Buttgereit. Ich bin Deutsche. Aber als meine Großmutter mit mir nach Schweden ging, schien es ihr leichter, in dieser Hinsicht gar nicht erst Fragen aufkommen zu lassen. Darum Bergström. Greta Bergström.»

Sie streckte die Hand aus. Mit einem Blick, als sei sie

nicht ganz sicher, ob Greta wirklich existiere oder nur Einbildung war, glotzte Liese sie an und machte keine Anstalten, die Hand zu nehmen.

«Sie haben hier schon vor dem Krieg gelebt, nicht wahr?», versuchte Greta es weiter und ließ den Arm wieder fallen.

Immer noch zeigte Liese keinerlei Regung.

«Irgendwo in der Umgebung gab es auch einen Kindergarten.» Gretas wachsende Verzweiflung verlieh ihrer Stimme einen heiseren Unterton. «Meine Mutter hat dort gearbeitet.»

Liese schwankte leicht vor und zurück. War sie betrunken? Greta konnte nicht sagen, ob die alte Dame eine Fahne hatte, denn der stechende Geruch von Schnaps erfüllte das gesamte Lokal.

«Wenn du ihr was spendierst», schaltete sich die Frau am Tresen ein, «lockert sich ihre Zunge womöglich.»

«Ach ja? Würden Sie gern etwas trinken?»

«Oh, das ist sehr freundlich von Ihnen», sagte Liese zu Gretas Überraschung mit leiser, aber vollkommen klarer Stimme. Sie lallte nicht, überhaupt wirkte sie jetzt, wo sie sprach, richtiggehend reizend. «Punsch wäre schön. Es ist kalt draußen heute, finden Sie nicht auch?»

Greta stimmte ihr zu und orderte ein Glas Punsch.

«Und für dich?», fragte die Kellnerin.

«Haben Sie Tee?»

«Nee.»

«Dann eine Tasse Kaffee.»

«Haben wir auch nicht.»

«Mineralwasser? Oder sonst etwas ohne Alkohol?»

«Nee.»

Greta glaubte ihr kein Wort. Dennoch bestellte sie ein zweites Glas Punsch und brachte die Becher an den Tisch, den sich Liese zielsicher ausgesucht hatte. Er befand sich so dicht an der Wand, als wäre er angeklebt. Mehr Raum zwischen die männlichen Gäste und sich könnte sie nur schaffen, indem sie das Lokal wieder verließ.

Die zierliche Dame schenkte ihr immer wieder ein schüchternes Lächeln, sagte jedoch nichts. Greta lächelte freundlich zurück und ließ den Löffel in dem Getränk kreisen, das zugleich süß und herb roch.

«Wollen Sie Ihren Punsch nicht trinken?», ergriff schließlich Liese das Wort, nachdem sie ihren Becher geleert hatte.

«Er ist mir ein bisschen zu süß», log Greta, der überhaupt nicht nach Alkohol zumute war. «Möchten Sie?»

Liese nickte, ein wenig verschämt. Greta zog den Löffel heraus, tupfte den Becher mit einem Taschentuch ab, obwohl sie gar nicht davon getrunken hatte, und schob ihn Liese zu.

Auch diesen Punsch trank sie schweigsam. Bei näherem Betrachten wirkte sie wie eine gewöhnliche ältere Dame, fand Greta, die Klavierunterricht gab oder hin und wieder auf die Nachbarskinder aufpasste. Die Vorstellung, dass Liese täglich herkam und bis spät in die Nacht trank, machte sie traurig. Andererseits schien die Römerschenke so etwas wie ein Zuhause für sie zu sein. Und ein Zuhause, in dem man sich wohl fühlte, war etwas, um das Greta Liese momentan durchaus beneidete.

«Ich weiß nicht, wo die Menschen sind, die früher hier

lebten», flüsterte Liese, nachdem sie den zweiten Becher geleert hatte, und schleckte mit der Zungenspitze ihre Mundwinkel ab, damit auch kein Quäntchen Süße verschwendet wurde. «Keiner weiß mehr etwas. Alle denken nur an sich und haben vergessen, zur Seite zu blicken. Ich ebenso wie der Rest, ich bin keinen Deut besser.» Damit fiel sie noch ein wenig mehr in sich zusammen. «Jeder ist allein! Ich wusste vorher gar nicht, dass man so allein sein kann. Aber wenn ich etwas gelernt habe, dann, dass die Menschen in der Armut mitnichten zusammenhalten. Wenn die Not am größten ist, Liebes, werden wir zu Wesen, die zu sein sich Tiere schämen würden.»

Greta unterdrückte den Impuls, nach ihrer Hand zu greifen, die blass und von Altersflecken gespickt auf der Tischplatte lag.

«Ich sollte jetzt gehen», sagte Liese plötzlich und umklammerte die Tischplatte. «Ich kann dir ja doch nicht helfen.»

«Bitte, bleiben Sie! Vielleicht erinnern Sie sich ja doch? Linn Bergström. Vor dreizehn Jahren habe ich erfahren, dass sie verschwunden ist, irgendwann im Frühjahr 41. Von da an hat niemand mehr meine Mutter gesehen.»

Greta hatte schnell gesprochen, aus Furcht, Liese würde mitten im Satz gehen. Etwas drückte schwer auf ihre Brust. Sie musste sich mehrmals räuspern, um weitersprechen zu können.

«Ich möchte herausfinden, was damals geschehen ist.»

«Und wer hat dir das gesagt?», fragte Liese. Mit einem Mal klang sie, als sei sie Greta bei einer Lüge auf die Schliche gekommen.

«Eine frühere Arbeitskollegin meiner Mutter hat mir geschrieben. Aber sie lebt nicht mehr an ihrer alten Adresse. Mein Brief kam mit dem Verweis zurück, sie sei unbekannt verzogen.»

Liese nickte langsam.

«Die Leute sehen nicht nach rechts und links», wiederholte sie. «Ich bin gar nicht besser als sie. Und du sicher auch nicht.»

Trauer überschwemmte Greta, sodass sie nicht mehr anders konnte, als aufzuschluchzen. Sie spürte, wie ihr die Tränen über die Wangen liefen. Beschämt über diesen Ausbruch verbarg sie das Gesicht.

Mit einem gemurmelten Dank stand sie auf, zahlte und verabschiedete sich von Liese und der Kellnerin. Auf dem Weg zur Tür spürte sie ihre Blicke im Rücken und fragte sich, die wievielte sie wohl war. Die wievielte, die nach einem ihrer Liebsten fragte, die noch Jahre nach dem Krieg die Suche nicht aufgab. Die wievielte, die den Nebel der Unwissenheit und die Angst nicht mehr ertrug und sich nach Klarheit sehnte, ganz gleich, wie schmerzhaft sie womöglich war.

«Linn», sagte einer der Männer. Er hatte vorhin zu dem Seemannslied die Schultern gewiegt. «Die war eine ganz Wilde.»

Greta fuhr herum. «Wie bitte?»

«Ich hab sie gekannt.» Er starrte auf seine Fußspitzen. «Ich wohn nebenan, aber mein Haus ham se nich' ausgebombt. Ich wohn noch genauso wie früher, alles is' noch so wie früher, außer dass man seines Lebens ja nich' mehr froh wird, ne?»

Greta fiel es schwer, zu atmen. Das Blut in ihren Ohren rauschte, ihr war schwindelig, und sie fragte sich, ob es nur ihr so vorkam, als habe sich die Zeit verlangsamt.

«Wusst ich doch gleich, dass ich dich kenn. Kannte dich, da warste so 'n Stöpsel.» Er zeigte auf die Höhe der Tischkante. «Mich erinnerste wohl nich', ne?»

Stumm schüttelte Greta den Kopf.

«Jedenfalls war sie 'ne Wilde, deine Mutter», wiederholte er leise. «Hat man gekannt inner Nachbarschaft, aber ich sag dir gleich, die, die sie kannten, davon is' keiner noch hier. Nur ich. Sie war irgendwann wech. Die Leute ham ihre Wohnung geplündert. Ham genommen, was nich' niet- und nagelfest war. Und was nagelfest war, is' in den Bomben verbrannt.»

Immer noch unfähig, sich zu rühren, ließ Greta ihn nicht aus den Augen.

«Ich weiß nich', wo sie hin ist», fügte er abschließend hinzu. «Sie war einfach wech. Wie so viele, die wech sind, von einem Tach auf den annern.»

«Aber ...» Greta brachte keinen Satz mehr heraus. Ihr Herz klopfte so schnell, dass sie kaum mehr atmen konnte, erst recht nicht mehr schlucken oder sprechen.

«Das ist alles.»

Als stünde er vor dem Richterpult. Als sei er ein Angeklagter. Als ginge es nicht um ihre Mutter.

«Warten Sie!»

Doch er watschelte schon in einem unbeholfenen Gang an ihr vorbei zur Tür und verschwand.

«Der ist auch immer hier», sagte die Bedienung. Es sollte wohl aufmunternd klingen. «Komm morgen wieder und spendier ihm was. Und dann sehen wir mal, was über deine Mutter noch so alles aus seinem Gedächtnis kullert.»

Doch Greta glaubte dem Alten. Er hatte in den Winkel seines Gedächtnisses geblickt, der mit Informationen über ihre Mutter gefüllt war, hatte alles daraus vorgetragen und war nun fertig.

Sie verließ die Römerschenke und eilte an dem Krater vorbei, ebenso an dem Laden des Schusters. Schließlich begann sie zu rennen, an den Wagen und Häusern und Kirchen vorüber, immer weiter, bis sie in der Ferne den Hafen sah mit seinen in den Himmel ragenden Kränen und den gemächlich vorbeigleitenden Schiffen. Keuchend machte sie an einer Straßenbahnhaltestelle halt und studierte die Karte. Zu ihrem Glück fuhr hier dieselbe Linie, die sie letzte Woche zusammen mit Mickey genommen hatte.

«Ich wünschte, ich könnte dir Klopse kochen!» Marieke tauchte aus den Tiefen ihres Küchenschrankes auf, der mehr Kleider als Küchenutensilien enthielt. «Klopse sind ein Allheilmittel gegen alles. Aber ich fürchte, ich hab nicht mal das Mehl, das man braucht, vom Fleisch ganz zu schweigen.» Unglücklich stemmte sie die Hände in die Seiten und betrachtete das Häufchen Elend, das vor ihr stand. «Aber wenn Klopse nicht möglich sind, behelfen wir uns eben mit dem Frohmacher Nummer zwei. Spazierengehen.»

Greta hätte gern mehr Zeit in Mariekes kleiner Hütte verbracht. Als sie vor ein paar Minuten durch die Tür gestolpert war, hatte Marieke ihre Kundin auf später vertröstet und weggeschickt. Aber vielleicht würde ihr die Sonne tatsächlich guttun.

Greta achtete nicht auf ihre Umgebung und war überrascht, als sie in nicht weiter Ferne das Wasser der Elbe glitzern sah. Hier gab es keine Kräne oder Schlepper, bloß weißen Sand und Strandkörbe, die ihr augenblicklich das Gefühl vermittelten, in den Ferien zu sein.

«Schuhe aus», befahl Marieke und hüpfte wenig später barfuß durch den eisigen Sand.

Greta zog angesichts der Kühle an ihren Füßen die Stiefel gleich wieder an. Untergehakt stapften sie an den Strandkörben vorbei, wo Kinder Sandburgen bauten, die bei näherem Hinsehen eher an Bunker erinnerten.

In der schwedischen Presse war vor einigen Wochen ängstlich über die amerikanischen Tests mit Wasserstoffbomben berichtet worden, über die ja auch die beiden Männer in der Römerschenke geredet hatten. In der Zeitung *Dagens Nyheter* hatte Greta allerdings gelesen, dass Bunker bei einem solchen Angriff wenig taugten. Die Wucht der Bombe würde sie wegfegen wie ein Staubkorn.

Gretas Finger glitten über die Kaimauer aus dunkelgrauem Gestein, ertasteten Muscheln darauf und glitschige Algen. Als sie den Ruf einer Möwe über sich hörte, legte sie den Kopf den Nacken.

«Ich wusste gar nicht mehr, dass Hamburg auch … so sein kann.»

«Hübsch, ne?», sagte Marieke generös. «Behalte es bloß im Gedächtnis, kommt ja selten genug vor, dass man mal was Schönes hier sieht. Aber jetzt möchte ich ein Versprechen von dir hören. Dass du nicht mehr allein an die traurigen Orte spazierst, sondern mich mitnimmst!»

Nebeneinander ließen sie sich auf der Kaimauer nieder und baumelten mit den Beinen. Unter ihnen schäumte das Wasser, die Luft roch salzig, und Greta spürte, wie die Anspannung langsam von ihr abfiel.

«Glaubst du, ich sollte mich weniger darauf versteifen?», fragte sie. Sie hatte Marieke in Kürze geschildert, warum sie heute in die Roonstraße gegangen war. «Die Vergangenheit ist vergangen, hat meine Großmutter immer gesagt. Ich bin mir allerdings sicher, dass sie nie damit abgeschlossen hat. Aber von sich aus hat Annie meine Mutter nie zur Sprache gebracht. Und ich habe gespürt, wie groß ihre Trauer war, und habe dann nicht mehr nachgefragt. Dabei habe ich meine Mutter immer vermisst und mich gefragt, was mit ihr passiert ist ...»

Sie schluckte. Ihre Augen brannten.

«Deine Trauer musste doch auch raus», wandte Marieke ein und griff nach Gretas Hand. «Sie war immerhin deine Mama.»

«Im Nachhinein kommt es mir vor, als sei eher Annie meine Mutter gewesen», sagte Greta nach kurzem Nachdenken. «Sogar als wir noch in Deutschland lebten. Meine Mutter war ... Sie hat ihren Beruf sehr geliebt, und ich finde das wunderbar, aber bei ihr gab es nichts anderes. Ich erinnere mich nicht klar, es sind eher ... Schnappschüsse, weißt du? Verwackelte Bilder, wie sie morgens losgedüst ist, viel zu früh, da hatte der Kindergarten noch gar nicht geöffnet. Aber sie wollte immer viel mehr machen als alle anderen. Jede Sekunde ausnutzen. Ich hatte das Gefühl, dass ihr die anderen Kinder wichtiger wären. Die im Kindergarten. Sie sprach immer davon, wie sehr sie ihr Leben verändern könnte. Meine Mutter war eine glühende Verehrerin von Maria Montessori.»

Marieke hob fragend die Schultern. «Maria wer?»

«Eine italienische Pädagogin», erklärte Greta. «Sie ist erst vor kurzem gestorben. Das war schlimm für Annie, weil es alles wieder hochgespült hat. Wir haben manchmal über Maria Montessori gesprochen, um nicht über Linn zu sprechen, aber trotzdem an sie zu denken. Komisch, oder?»

Marieke nickte und sah Greta gebannt an.

«Maria Montessori war anders als die Pädagogen von damals. Sie wollte keine Strenge. Keinen Zwang. Sie fand, dass man aus den Kindern nicht kleine Erwachsene machen sollte. Und sie war die Erste, glaube ich, die das Spielen als wichtig eingeschätzt hat. Und meine Mutter ... Sie hat geglaubt, wenn man alle Kinder auf diese Weise erzog, würde es keinen Krieg mehr geben.»

«Klingt wunderbar», sagte Marieke. «Aber bei dir hat sie das mit der Erziehung dann so ein bisschen vergessen?»

Greta nickte.

«Gut, dass du deine Großmutter hattest. Oder hat dein Vater da noch bei euch gelebt?»

«Nein, damals muss Mickey ja schon auf der Welt gewesen sein. Meine Eltern haben nur wegen mir losen Kontakt miteinander gehalten. Das glaube ich jedenfalls», fügte sie nachdenklich hinzu.

«Und dann seid ihr nach Schweden gezogen, deine Großmutter und du, und deine Mama ist hiergeblieben?», fragte Marieke. «Wieso? Warum seid ihr überhaupt weg? Und was war mit deinem Vater?»

«Ja, komisch ist das schon.» Greta stockte und schüttelte hilflos den Kopf. «Ich erinnere mich, dass ich ihn hin und wieder getroffen habe, aber ohne seine neue Familie.»

«Hm», sagte Marieke und zog dieses Hm auffällig in die Länge.

«Findest du es schrecklich, dass sie sich haben scheiden lassen?», fragte Greta. «In Deutschland ist das nicht üblich, glaube ich. Oder war es damals jedenfalls nicht.»

«Quark! Das denke ich überhaupt nicht. Aber wieso seid ihr denn nun nach Schweden?»

«Ich weiß es selbst nicht so genau. Annie ist ... Annie war Schwedin. Sie kam als junge Frau nach Deutschland, zusammen mit ihrem Mann, meinem Großvater. Ich habe ihn allerdings nicht mehr kennengelernt. Ich weiß bloß, dass meine Mutter in Hamburg geboren wurde und nie länger in Schweden war. Aber sie wollte nachkommen. So saß ich noch lange in Södermalm auf einer Bank und habe runter auf die Schiffe geguckt und mir sehnlichst gewünscht, Mama auf einem zu entdecken.»

Nachdenklich tippte sich Marieke mit dem Zeigefinger an die Wange. «Aber wieso deine Großmama überhaupt nach Schweden ist und dich mitgenommen hat ...»

Greta zuckte mit den Schultern. «Wegen des Krieges, schätze ich. Sie wollte mich wohl schützen.»

Doch wieso hatte Annie nicht mit allen Mitteln versucht, Linn zum Mitkommen zu bewegen? Fragen wie diese nagten an Greta. Wieso hatte sie sie ihrer Großmutter zu Lebzeiten nie gestellt?

Nun, sie wusste, wieso: weil sie gesehen hatte, wie der Schmerz in Annies Gesicht gekrochen war, sobald die Rede auf Linn kam. Ein Schmerz, der aussah wie lauter klitzekleine, glasklare Scherben.

Greta rieb sich die Arme. Sie fröstelte, doch schien die Kälte aus ihrem Innern zu kommen. «1941 haben wir einen Brief erhalten. Zwei Jahre nachdem wir Deutschland verlassen hatten. Eine Kollegin aus Mamas Kindergarten hatte ihn geschrieben. Darin stand, dass meine Mutter verschwunden sei.»

«Und dann?»

«Annie hat ihn glatt gestrichen, das weiß ich noch. Sie hat nicht geweint. Sie hat aber auch keine Fragen gestellt, nichts in der Art. Nicht die Polizei gerufen, wozu auch? Ich habe von alldem aber nicht viel mitbekommen.» Sie zuckte mit den Achseln, auch wenn Gleichgültigkeit das Letzte war, das sie empfand. «Mama war weg. Ich habe auf sie gewartet, aber sie kam nicht. Irgendwann habe ich das akzeptiert, um die Leere nicht spüren zu müssen. Wenn man es akzeptiert, weißt du …», sie rieb sich über die Augen, «… tut es weniger weh. Ein paar Jahre später habe ich erfahren, wie viele Menschen nach dem Krieg tot oder vermisst waren. Ich habe Mama da eingereiht. Und erst bei Annies Begräbnis habe ich gedacht, dass ich es nicht mehr akzeptieren will. Dass ich lieber den Schmerz und die Leere spüre, als gar nichts zu empfinden, denn das war es letztlich: ein großes Loch um ein kleines Loch herumbuddeln. Begreifst du, was ich meine?»

Marieke nickte, und Greta war unendlich froh darüber, dass ihre neue Freundin sie verstand.

«Du musst diese Kollegin finden», stellte Marieke nach kurzem Nachdenken fest. «Denn erwachsen und verständig sein ist ja schön und gut, aber für nix und wieder nix bist du sicher nicht nach Deutschland zurückgekommen. Das Telefonbuch kennst du schon auswendig, nehme ich an?»

«Sie steht nicht drin. Ich könnte natürlich alle Herr Jensens anrufen und fragen, ob sie mit einer Frau namens Renate verheiratet sind.»

«Wie viele gibt es?»

«Über hundert», sagte Greta mit Grabesstimme. «Und das sind nur die, die in Hamburg leben. Was, wenn sie sonst wohin gezogen sind?»

Marieke dachte erneut nach. Dabei krauste sie die Nase so sehr, dass ihre Oberlippe versprang und den Blick auf ihre Zahnlücke freigab. Schließlich tippte sie sich an die Stirn und sagte: «Ich bin ja doof. Die Tommys! Wenn sich von denen keiner Einblick in die Hamburger Adresskarteien verschaffen kann, dann weiß ich auch nicht.»

Ungläubig sah Greta sie an.

«Aber Hamburg ist doch gar nicht mehr besetzt!»

«Das nicht. Aber frag lieber nicht, worin die noch ihre Finger haben, unsere Retter von der Insel. Ich kenne ein paar. Auch einen, der nicht bloß Chauffeur oder Wachdienstleistender ist, sondern ein paar Dienstgrade mehr auf dem Buckel hat.»

Marieke hüpfte von der Mauer und reichte Greta die Hand.

«Gib mir ein bisschen Zeit. Ich wette, dass ich was rausfinden kann!»

4

Hamburg, 24. März 1954

«Warum trägt deine Mutter eigentlich zu Hause einen Kittel, wenn sie zur Arbeit geht aber nicht?», fragte Greta, während sie den Meerrettich in klarem Wasser spülte. Heute Morgen hatte Trude zu Gretas Verwunderung erneut in Bluse, Rock und einem dünnen Mantel das Haus verlassen. «Oder habe ich sie falsch verstanden, und sie arbeitet gar nicht in einer Fabrik?»

«Du hast sie ganz richtig verstanden», sagte Mickey, der hinter ihr am Esstisch saß und eben noch verdrossen darüber lamentiert hatte, dass der Kaffee nicht wie Kaffee schmeckte, sondern wie das Pfützenwasser an der Stresemannstraße. Nicht dass er dort je Pfützenwasser getrunken hatte, nahm Greta an.

«Unterwegs will sie halt nicht so angeguckt werden, als ginge sie in die Fabrik», sagte Mickey und gähnte. «Aber zu Hause reibt sie es natürlich allen unter die Nase. Sie glaubt, sie ist die Einzige von uns, die richtig arbeitet, und das muss dann eben besonders betont werden.»

Greta nickte. Es überraschte sie nicht, dass Trude ihrer Familie gern aufs Brot schmierte, wie sehr sie sich abrackerte.

«Wieso unterrichtet sie nicht mehr?»

«Das frag sie lieber nicht, falls du hier noch ein bisschen wohnen willst», sagte Mickey und schob knirschend seinen Stuhl zurück.

Greta beugte sich wieder über den Rettich, der jetzt gewaschen und geputzt vor ihr lag. Sein scharfer Geruch kitzelte in ihrer Nase und wischte die Müdigkeit fort, die sich kurz nach dem Mittagessen wieder über sie gelegt hatte.

Sie war früh aufgewacht und hatte dagelegen, Ellens Atemzügen gelauscht und über ihre Mutter nachgedacht. War es wirklich möglich, vom Erdboden zu verschwinden, ohne eine Spur, ohne irgendetwas zu hinterlassen? In den vergangenen Tagen hatte Greta die Standesämter abgeklappert. Nichts. Abertausende Akten waren während der Operation Gomorrha dem Feuer zum Opfer gefallen. Sollte sie es bei den Kirchen versuchen? Doch wie viele mochte es in einer Großstadt wie Hamburg geben?

Sie hatte in das Grau des aufkeimenden Tages gestarrt und sich aufgesetzt und beschlossen, sich erst einmal auf das Hier und Jetzt zu konzentrieren. Vorerst kam sie ohnehin nicht weiter, und schließlich half es nichts, immer nur zurückzublicken.

Was für ein Glück, dass sie Marieke kennengelernt hatte! Immer dann nämlich, wenn sie wieder das Gefühl hatte, den Kopf zu verlieren, heiterte sie der Gedanke an ihre neue Freundin schlagartig auf. Und hatte sie etwa Rita keine Creme gegen Sommersprossen versprochen? Exakt! Grund genug, in aller Herrgottsfrühe aufzustehen und nach einem faden Kaffee und Butterbrot durch die kühle, feuchte Luft zu Planten un Blomen zu laufen. Der Park war ihr aus ihrer Kindheit noch in Erinnerung. Allerdings hatte es damals Tausende Gänseblümchen gegeben, dessen war sie sich sicher. Und jetzt? Fehlanzeige.

Runde um Runde hatte sie über die klatschnassen Wiesen gedreht, mit gesenktem Kopf, damit ihr ja nichts entginge. Doch trotz der milden Witterung, die in Hamburg herrschte, hatte sie nicht ein einziges Gänseblümchen gefunden, und Gänseblümchen brauchte sie doch für Ritas Sommersprossenentfernungscreme. Aber es gab Alternativen. Meerrettich zum Beispiel, für den sie auf dem Markt eine Summe hingeblättert hatte, die ihr jetzt noch die Tränen in die Augen trieb.

Nein, das war sicher der Schärfe des Rettichs geschuldet.

«Bis später», rief Mickey, der schon in der Tür stand. «Hast du Geld?»

«Es reicht», sagte Greta schnell. Es reichte überhaupt nicht, denn für das Gemüse und das Glas Buttermilch, das sie nur mit Mühe vor Mickeys begehrlichem Zugriff hatte verteidigen können, waren fünfundsiebzig Pfennige draufgegangen. Aber sie würde ihren jüngeren Bruder mit Sicherheit nicht um Geld bitten.

Nachdem die Wohnungstür hinter ihm ins Schloss gefallen war, rieb Greta den Rettich und rührte ihn behutsam unter die Buttermilch. Die Mischung musste einen Tag ruhen, dann aber wirkte sie sanft den hübschen braunen Tupfern im Gesicht entgegen. Sie schraubte den Deckel auf das Glas und brachte die Küche wieder in Ordnung. Trude sollte ja nicht merken, dass sie mehr getan hatte, als eine Scheibe Brot mit einem achtel Teelöffel Butter zu bestreichen.

Die Wohnung fühlte sich so leer und verlassen regelrecht sonnig an, obwohl draußen erneut Regentropfen gegen die Fensterscheiben klatschten. Ellen weilte noch in der Schule. Selbst ihr Vater hatte heute Morgen wegen eines Arzttermins das Haus verlassen.

Greta überlegte, ob sie bald noch einen Versuch unternehmen sollte, ihn zu einem Gespräch zu bewegen. Es musste ja nicht ihre Mutter zum Thema haben oder den Krieg. Sie könnte ihm andere Dinge erzählen. Zum Beispiel, dass ihre gemeinsamen Zirkusbesuche sie dazu bewogen hatten, an die Kosmetikschule zu gehen. Über die Jahre hatte sie sich immer wieder an die wunderschön geschminkten Artistinnen auf dem Hochseil erinnert, deren Wimpern in tiefem Schwarz geglänzt hatten, die Lippen in leuchtendem Hellrot. Und dann der Clown mit seinem papierweißen Gesicht und der aufgemalten Träne auf der Wange, der bloß mittels seines tapsigen Ganges und seiner abwechslungsreichen Mimik Gefühle hatte ausdrücken können, wie es Worte gar nicht vermochten.

Morgen. Morgen würde sie einen guten Moment für ein Gespräch finden. Oder übermorgen.

Prüfend warf sie einen Blick in den Spiegel, zupfte sich ein paar Strähnen zurecht und tupfte sich zartroten Lippenstift auf.

Die veraltete Stadtkarte und ihr Zeugnis von Fräulein Lundell in der Handtasche, schlug sie den Weg in Richtung Sankt Georg ein. Unter den Kosmetiksalons, die sie sich aus dem Fernsprechbuch notiert hatte, war als dritte

Adresse die eines Eberhart Ahrens eingetragen. Um nicht durcheinanderzukommen, hatte sich Greta dazu entschlossen, von nun an alphabetisch vorzugehen.

Hoffentlich war man dort freundlicher. Es war ein weiter Weg zu Fuß in die Lange Reihe.

«Was verstehen Sie unter Kosmetik, Fräulein Bergström?»

Mit übereinandergeschlagenen Beinen saß Eberhart Ahrens da und betrachtete sie müde, aber immerhin nicht vollkommen gelangweilt.

Greta konnte immer noch nicht fassen, mit ihm höchstpersönlich sprechen zu dürfen. Womöglich lag es daran, dass er offenbar keine Angestellten hatte, die sie hätten abwimmeln können, zumindest hatte sie keine in dem winzigen Salon entdeckt. Eine Kundin übrigens auch nicht. Doch es war kurz nach Mittag. Vielleicht aßen gerade alle Frauen mit ihren Familien und kümmerten sich erst am Nachmittag wieder um ihr Aussehen.

«Was ist Kosmetik für Sie?», wiederholte er seine Frage und schob das Kinn vor, als sei ihm gerade eingefallen, dass er mehr Interesse signalisieren sollte, falls er eine Antwort erwartete.

Aber so war es ja gar nicht. Greta brauchte einfach ein wenig Zeit, um nachzudenken.

«Ein Mittel zur Unterstreichung von natürlicher Schönheit», sagte sie schließlich und nickte. Ja. Das traf es.

Seine linke Augenbraue zuckte. Hatte sie ihn falsch verstanden? «Oder wollen Sie wissen, was ich von Kosmetik verstehe? Was ich in meiner Ausbildung und meiner späteren Berufstätigkeit gelernt habe?»

«Nein. Ich meine es so, wie ich es gesagt habe.»

«Nun», sagte sie gedehnt und wusste nun nicht mehr, was sie darauf antworten könnte. «Würde es Ihnen etwas ausmachen, mir Ihre Frage näher zu erläutern?»

Herr Ahrens stieß ein ungeduldiges Schnauben aus. Er sah ganz und gar nicht wie jemand aus, dem man seine Schönheit anvertrauen wollte, auch wenn sie ihm das natürlich kaum auf die Nase binden würde. Auf seinem dunklen Schopf glänzten Schuppen, die Haut auf seiner Stirn schimmerte fettig, und er hatte zu lange Fingernägel.

Vielleicht war es doch kein Zufall, dass die Türglocke nicht mehr gebimmelt hatte, seit sie in den Salon getreten war.

«Darf ich Ihnen mein Zeugnis zeigen?», fragte Greta in die unangenehme Stille hinein.

«Ich hätte gern eine zufriedenstellende Antwort auf meine Frage, Fräulein Bergström.» Er sprach ihren Namen Berchströhm aus. «Wo, sagten Sie, haben Sie Ihre Ausbildung absolviert?»

«Zuerst an der Shantungskolan in Stockholm und danach im Skönhetssalong von Fräulein Lundell», antwortete sie kühl. Sie fragte sich, ob sie nicht einfach aufstehen sollte. Das hier führte doch zu nichts. Andererseits hatte sie bislang nicht einmal mit einem möglichen Arbeitgeber sprechen können. Vielleicht gab es ja doch noch einen Weg. Vielleicht konnte sie Herrn Ahrens von ihren Fähigkeiten überzeugen. Und aus dem winzigen dunklen Laden einen freundlichen machen, dessen Türglocke ohne Unterlass läutete.

«Ich bin natürlich durchaus darüber im Bilde, dass Kosmetik ‹sich schmücken› heißt», sagte sie.

Herr Ahrens rang sich ein kleines Nicken ab.

«Ich verstehe darunter aber noch einiges mehr. Mehr zum Beispiel als die Beseitigung von Makeln, was natürlich einen Teil der Arbeit ausmacht. Aber es gibt ja auch den heilenden Aspekt. Es gibt tausend Möglichkeiten, die Haut nicht nur zu schminken, sondern sie zu verschönern. Ihr zu Gesundheit und einem natürlichen Glanz zu verhelfen, und übrigens nicht nur der Haut, sondern dem gesamten Erscheinungsbild.»

Langsam redete sie sich warm. Herr Ahrens hatte nun auch die Arme verschränkt, was ihn, zusammen mit den übereinandergeschlagenen Beinen, wie verknotet aussehen ließ. Zudem lehnte er sich so weit in seiner Lehne zurück, wie es irgend möglich war, ohne samt dem Stuhl nach hinten zu kippen.

«Techniken finde ich daher eher ... etwas fad. Auch wenn ich sie kenne: wie man Wangenknochen betont. Breite Nasen schmaler schminkt, schmale Lippen voller. Aber ich stelle auch eigene Cremes oder Tinkturen her. Ich interessiere mich für Botanik, für die Heilkraft von Pflanzen, dafür, wie welches Kraut wirkt, welche Heilkraft sich durch die Zugabe eines anderen Stoffes verstärkt und welche abgemindert wird. Finden Sie nicht auch, dass es etwas Magisches ist? Auf welche Weise Duft, Berührung und der pflanzliche Wirkstoff miteinander verschmelzen und zu viel mehr werden als der Summe ihrer Komponenten?»

Sie nahm einen Schluck Wasser und stellte fest, dass

Herr Ahrens seinen Kaffee nicht angerührt hatte. Er hustete und räusperte sich, schließlich erhob er sich und drückte seine Schultern nach hinten.

«Nun gut, das war ein hochinteressantes Gespräch, aber ich denke, wir sollten der Tatsache ins Auge sehen, dass Sie als Kosmetikerin, verzeihen Sie meine harten Worte, nur wenig taugen.»

«Und was führt Sie zu diesem Schluss?», fragte sie verblüfft.

«Zum einen überlassen wir das Heilen besser den Ärzten, gutes Kind. Die haben die entsprechende Ausbildung und glauben zudem glücklicherweise nicht, als Kräuterhexe im Körper einer jungen Frau wiedergeboren zu sein.» Er stieß ein trockenes, nicht besonders fröhlich klingendes Lachen aus. «Zum anderen sollten Sie sich darüber klarwerden, dass keine Dame von Natur aus schön ist. Schönheit ist ein Akt der Künstlichkeit. Man kann optimieren, kaschieren, man kann hervorheben und betonen. Die Natur aber ist unvollkommen, vollkommen unvollkommen, das sollte Ihnen bewusst sein, andernfalls hätten Sie diesen Beruf besser nicht gewählt.»

Greta erhob sich ebenfalls. «Herr Ahrens, dieser Meinung bin ich nicht.»

Er setzte an, um etwas zu sagen, aber Greta hob die Hand und fuhr lauter fort: «Sie hingegen sollten Ihr Konzept überdenken. Denn wenn Sie so über Ihre Kundinnen urteilen, wundert mich nicht, dass niemand zu Ihnen kommt. Eine Frau fühlt sich nicht schön, nur weil jemand ihr Lippenstift und Wimperntusche aufträgt und ihr sagt, sie sehe elegant und reizend aus. Eine Frau fühlt sich von innen schön. Sie strahlt auch aus sich selbst heraus, nicht nur, weil jemand ihre Haut zum Schimmern bringt. Guten Tag.»

Mit versteinerter Miene hob Herr Ahrens die Hand, schien jedoch keine Worte mehr zu finden.

Als Greta auf die regennasse Straße trat, köchelte in ihr der Zorn. Doch als ihr nach einer Weile, in der sie ziellos umhergelaufen war, plötzlich der Duft von Wasser in die Nase stieg, hellte sich ihre Miene auf. Es gab keinen Grund, ihre Zeit damit zu verschwenden, wütend auf Herrn Ahrens zu sein. Für jemanden wie ihn würde sie gar nicht arbeiten wollen. Sie mochte keiner Dame mit einem traurigen Seufzer mitteilen, dass in ihrem Gesicht leider kaum etwas zu retten sei.

Ja, auch bei Fräulein Lundell hatte das Verschönern an erster Stelle gestanden. Aber ihre frühere Vorgesetzte hatte ein offenes Ohr für Gretas Interesse an Pflanzen und Medizin gehabt. Sie hatte es nicht als überflüssig oder sogar geschäftsschädigend betrachtet, wenn Greta mit einem Arm voll Schafgarbe in den Salon marschiert war und Stunden im Hinterzimmer damit zubrachte, die getrockneten Stängel, Blüten und Blätter mit Öl zu Pasten anzurühren und ihnen feingemahlene Kleie unterzumischen oder einen Spritzer Zitronensaft. Natürlich hatte Greta ihre eigene Kosmetik nicht an den Kundinnen ausprobieren dürfen. Aber hin und wieder hatte sich ihr Fräulein Lundell höchstselbst zur Verfügung gestellt und manches Ergebnis für gut befunden.

Mit neuem Schwung marschierte Greta dorthin, wo sie die Alster vermutete und auch fand. Sie setzte sich auf eine kalte, feuchte Bank am Ufer und überlegte, wie groß die Wahrscheinlichkeit wohl war, in Hamburg eine Arbeit zu finden, die ihr gefiel. Nun, Herr Ahrens war der Erste, mit dem sie überhaupt gesprochen hatte – überbewerten sollte sie das Gespräch also nicht. Doch das fiel ihr nicht leicht. Alle Bemühungen waren ins Nichts verlaufen. Es gab nicht die kleinste Ermutigung.

Sehnsüchtig dachte sie an ihre Arbeit in Stockholm zurück. Bevor sie morgens den Salon eröffnet hatten, saßen sie in kleiner Runde zusammen und frühstückten. Dabei besprachen sie die Termine des Tages, aber auch alles andere, was ihnen auf der Seele lag. Nach Annies Tod … Greta schluckte. Hätte sie Fräulein Lundell und ihre Kolleginnen nicht gehabt, sie wäre in dieser schweren Zeit wohl gänzlich in sich versunken. Aber allein einen Ort zu haben, zu dem man gehörte, half über viel Schweres hinweg. Einen Ort, an dem man willkommen war, wo zugehört und erzählt wurde. Sie seufzte. Es fehlte ihr. Allein zu sein fühlte sich an, als fröre die Seele.

Greta blinzelte ihre Tränen weg und erhob sich. Schwer hingen die Wolken über der Alster. Ob an schönen Tagen hier wohl Segelboote kreuzten? Wie überhaupt mochte ein wirklich schöner Tag in Hamburg aussehen? Doch das wusste sie ja. Ein schöner Tag hatte mit dem Wetter nichts zu tun. Ein schöner Tag war der vor zwei Wochen gewesen, als sie bei Marieke gewesen war. Dafür hatte es keinen Sonnenschein gebraucht. Was für ein Glück, dass morgen Freitag war.

«Mhm», war das Einzige, was Rita von sich gab, seit Greta sie mit leisen Worten aufgefordert hatte, den Kopf in den Nacken zu legen und die Augen zu schließen. Ein Tag war vergangen seit ihrem grässlichen Vorstellungstermin bei Herrn Ahrens. Es fiel ihr schwer, sich eine solche wohlige Atmosphäre bei ihm vorzustellen. Wahrscheinlich würde Greta den Damen dort mit eiskalten Händen das Gesicht zu massieren versuchen, ungelenk und angespannt unter seinem strengen Blick, und damit rein gar keine Entspannung erreichen.

Marieke kicherte in sich hinein. «Du klingst wie ein schnurrendes Kätzchen, Rita. Würde mich nicht wundern, wenn du dich gleich vor den Ofen rollst und einschläfst.»

«Mhm», lautete Ritas knappe wohlige Antwort.

Greta, die hinter ihr stand, hatte ebenfalls die Augen geschlossen, um sich auf das Massieren von Ritas Schläfen zu konzentrieren.

Wie bei ihren ersten beiden Besuchen war es kühl in Mariekes Hütte. Regen prasselte auf das Wellblechdach. Das Geräusch klang beruhigend und friedlich, genau wie das leise Raunen der Frauen, die um Mariekes Küchentisch saßen.

Behutsam ließ Greta ihre Fingerspitzen kreisen und spürte, wie sich Rita mehr und mehr entspannte. Sogar ihre Kiefermuskulatur lockerte sich, die vor ein paar Minuten noch verhärtet gewesen war.

«Mhm», seufzte Rita noch einmal, die eben, als Greta hereingekommen war, wie ein Häufchen Elend auf ihrem Stuhl gehockt hatte. Augenblicklich hatte Greta das Glas mit der Meerrettich-Buttermilch-Creme wieder in die Tiefen ihrer Tasche gleiten lassen. Rita benötigte heute kein Mittel gegen Sommersprossen, das war Greta auf den ersten Blick klar geworden. Die Schärfe des Rettichs hätte ihre Sinne nur weiter belebt, anstatt sie zu beruhigen.

Nach einer kurzen Entspannungsmassage bat Greta Marieke um ein Handtuch und eine Schüssel heißes Wasser. Marieke fragte nicht, sondern nickte nur, als würden sie schon seit Jahr und Tag gemeinsam in ihrer Hütte stehen und Kundinnen behandeln.

Der Ofen tat sein Bestmögliches. Hin und wieder hörte ihn Greta verzweifelt ächzen, während er versuchte, das Wasser zu erhitzen.

«Kocht!», rief Marieke schließlich.

«Bleib so», sagte Greta leise zu Rita. «Lass die Augen geschlossen.»

Sie entfaltete das Handtuch über dem Kessel, das sich sogleich mit Wasserdampf vollsog. Als es die richtige Temperatur erreicht hatte, gab sie zwei Tropfen Lavendelöl darauf und hielt mit der einen Hand sanft Ritas Hinterkopf in Position, mit der anderen legte sie das Handtuch auf ihr Gesicht.

Ritas Seufzen klang jetzt gedämpft, aber noch zufriedener. Ihr schmaler Brustkorb hob und senkte sich langsamer, die Atemzüge wurden tiefer, und Greta fragte sich schon, ob sie eingeschlafen wäre, als dumpf Ritas Stimme ertönte.

«Ich habe furchtbare Angst. Nicht vor dir oder der Creme, keine Bange. Vor morgen. Dagegen war es ein Klacks, das Straßenbahnfahren zu lernen, das sag ich dir.»

Jetzt war es Greta, die bloß «Mhm» machte. Wenn Rita mochte, durfte sie sich alles von der Seele reden. Aber Greta wollte die Entspannung nicht zerstören, indem sie ihr Fragen stellte.

«Was, wenn wir uns gar nicht mehr mögen?», fragte Rita. «Ich hab das doch von anderen Frauen gehört. Dass sie den Mann von früher erwartet haben und er seine Frau von früher, und dann stehen sie einander gegenüber, und keiner weiß, ob er das, was er sieht, überhaupt sehen will. Weil, in den Träumen voneinander war der andere ... jemand vollkommen anderes.»

Ein unterdrückter Schluchzer folgte. Die drei Kundinnen, die um den Tisch herum saßen, waren still geworden. Auch Marieke schnippelte leiser. Vorsichtig begann Greta das Handtuch hin und her zu reiben. Dann hob sie es langsam, um Rita Zeit zu geben, sich zu sammeln, wieder an. Ritas Haut schimmerte in einem zartgoldenen Ton.

Sie schniefte noch einmal und probierte ein Lächeln.

«Mach die Augen wieder zu», sagte Greta sanft und wandte sich an Marieke.

«Hast du etwas Butter für mich?», wisperte sie ihr ins Ohr. «Und einen Schluck Milch?»

«Hä?», rutschte es Marieke raus. Sie schlug sich die Hand vor den Mund und flüsterte: «Bist du hungrig?»

«Nein, ich brauche die Sachen zum Massieren.»

«Butter und Milch zum Massieren?», fragte Marieke ungläubig. «Na, wenn's schön macht.»

Sie legte die Schere zur Seite und trat an den Vorhang, hinter dem sich allerdings nicht, wie Greta angenommen hatte, ein Regal verbarg, sondern ein weiteres dunkles Zimmer mit einem Herd und, wenn sie es richtig erkannte, einem Tisch und einem Bett. Die Nachbarswohnung.

Verblüfft fragte sich Greta, warum sie von dort bisher nichts gehört hatte. Da trat eine gebrechliche Dame hinter dem Vorhang hervor und schlurfte auf Mariekes Kopfnicken hin zu Greta. Sie trug dicke Wollsocken und mehrere Schichten Kleider. Ihr Ofen vermochte wohl noch weniger zu leisten als Mariekes.

In ihrer zittrigen Hand hielt sie ein winziges Kännchen. Darin schwamm, wie Greta sah, ein Schluck Milch.

«Brauchen Sie gleich welche zurück?», fragte sie, augenblicklich von schlechtem Gewissen übermannt. Mariekes Nachbarin mit ihren hohlen Wangen und matten veilchenblauen Augen sah aus, als würde sie sich ihr Essen in kleinste Portionen einteilen, um über den Monat zu kommen.

Die Frau schüttelte den Kopf, nahm Gretas Hand, öffnete sie und schob das Kännchen hinein.

«Danke, Waltraut», sagte Marieke und begleitete ihre Nachbarin zu dem Vorhang zurück. Greta hörte Marieke noch etwas murmeln und laut auflachen. Als sie zurückkehrte, wirkte sie noch fröhlicher als vorher.

«Wir kennen uns seit Jahrhunderten, so fühlt es sich jedenfalls an», erklärte sie in die Runde. «Wir sind zusammen hergekommen. Den ganzen Weg.»

Die beiden Damen am Tisch nickten wissend. Greta hatte keine Ahnung, wovon Marieke sprach, traute sich aber nicht zu fragen.

«Und hier ist die Butter!»

Stolz präsentierte ihr Marieke ein Fässchen mit dem hellgelben Fett und reichte gleich noch eine kleine Schüssel hinterher.

«Brauchst du noch etwas?»

«Ein Schneebesen wäre gut.»

«Och, Marjellchen, sehe ich aus, als hätte ich so was Schickes im Haus?»

Greta verneinte.

«Einen Löffel immerhin kann ich dir anbieten. Auch recht?»

«Sehr», sagte Greta und nahm das verbogene Besteck aus Aluminium entgegen.

Sie gab einen Klacks Butter, die für ihre Zwecke viel zu kalt war, in die Schüssel, wärmte sie mit den Händen an und hauchte darüber, bis ihr schwindelig wurde. Als die Butter nicht mehr steinhart erschien, mengte sie die Milch darunter.

«Du guckst ja», sagte sie zu Rita, die schuldbewusst gleich wieder die Augen zusammenkniff.

«Die Sommersprossen nehmen wir ein andermal in Angriff. Heute sorgen wir für eine schöne, schimmernde Haut und dafür, dass du dich wohl fühlst.»

Rita schnaubte. «Entschuldige», sagte sie schnell. «Ich wollte nicht … Es tut gut, was du machst. Ich weiß bloß nicht mehr, wie das geht, mich wohl zu fühlen.»

«Mal schauen, ob es von allein kommt. Und wenn heute nicht, dann vielleicht das nächste Mal.»

Behutsam tupfte ihr Greta die Milch-Butter-Mischung auf die Haut, deren natürlicher Glanz gleich verstärkt wurde. Fräulein Lundell, erinnerte sie sich, war schier ohnmächtig geworden, als Greta ihr von dieser Idee erzählt hatte.

«Möchtest du, dass die Kundinnen aussehen wie in Schmieröl gefallen?»

Aber Greta hatte die Rezeptur oft genug an ihrer eigenen Haut getestet, die im Winter trocken und dünn wie Papier war, im Sommer aber um die Nase herum und an der Stirn ölig glänzte. Und sie hatte festgestellt, dass Fett, das man der Haut zuführte, den Fettgehalt seltsamerweise nicht weiter erhöhte, sondern ihm sogar entgegenwirkte.

Wie es funktionierte, wusste sie nicht. Dass es funktionierte, aber schon.

Während sie sanft Ritas Gesicht massierte und hoffte, dass in der Butter nicht allzu viele Brotkrümel steckten (ein paar hatte sie schon ertastet, aber sie würden immerhin abgestorbene Hautschüppchen entfernen), wanderten ihre Gedanken wieder zu Ritas Mann und von da zu Marieke. Sie und Mickey wären wirklich ein schönes Paar! Oder war Marieke womöglich schon verheiratet? Greta war zu neugierig, was es mit dem Plüschbären auf sich hatte. Bisher war sie noch nicht dazu gekommen, sie zu fragen.

Ehe sie sich's versah, flogen ihre Gedanken weiter zu ihrem eigenen Liebesleben, das mit karg noch blumig beschrieben wäre. Sie hatte keines. Bisher hatte sich nie mehr ereignet als ein Kuss, der bloß halb ihren Mund getroffen hatte und halb ihr Kinn. Danach hatte sie Ragnar nicht mehr wiedergesehen, was sicher ihnen beiden zupassgekommen war.

Sie seufzte. Ihre Freundin Märit hatte behauptet, dass Greta sich einfach nicht verlieben wolle. Ob sie recht hatte? Fakt war: Greta und die Liebe, das war nichts. Aber gab es denn nicht auch Wichtigeres?

Nachdenklich sah Greta in die Runde. Zwei Kundinnen hatten es Rita gleichgetan und die Augen geschlossen. Sie sahen müde aus. So, als hätten die vergangenen Jahre eine tiefe Schneise in ihre Jugend geschnitten. Ihr Alter ließ sich kaum schätzen. Aber ihre Haut wirkte grau und glanzlos, ihr Haar, noch nicht geschnitten und frisiert, ebenso.

Wie von einem schwachen Windzug getrieben, wehten Herr Ahrens' Worte heran.

Die Natur ist unvollkommen. Keine Dame ist von sich aus schön.

«Gibt es etwas, das Sie an sich lieben, das vielleicht immer schon da war?» Greta war selbst erstaunt über ihre Frage. Die Kundinnen öffneten ihre Augen und blickten sie verwundert an.

«Entschuldigung», murmelte sie. «Ich hatte gestern bloß ein Zusammentreffen mit einem Herrn, der glaubte, man könne höchstens verzweifelt zu retten versuchen, wenn es um die Schönheit geht. Ich fand seine Worte so traurig! Und ich bin gar nicht seiner Meinung. Ich glaube, man kann auch Eigenarten liebhaben, die andere vielleicht gar nicht sehen. Oder sogar hässlich finden. So wie … wenn das linke Ohr größer ist als das rechte. Oder absteht. Oder, wie bei mir, mein Bauch. Meine Stockholmer Freundin sagte immer, wenn schon üppig, dann doch aber wohlgeformt. Und dass ich Diät halten solle.

Und ich weiß nicht, vielleicht bin ich nicht wohlgeformt, aber ich mag das Runde und Weiche an mir. Es ist beruhigend, an mir hinabzusehen. Ich muss an das Meer denken mit seinen Wellen und Strömungen. Ich finde das schön.» Sie war etwas außer Atem und spürte, dass ihre Wangen sich heiß anfühlten. «Sie müssen natürlich nicht antworten. Es ging mir nur durch den Kopf.»

«Also ich», nuschelte Marieke, der vier Spangen zwischen den Lippen steckten, «habe meine Zahnlücke immer grässlich gefunden. Was habe ich mich geschämt. Immer die Hand davorgehalten und so, beim Lachen und beim Sprechen. Aber das wollte ich dann nicht mehr. Ich hab mir gesagt, entweder breche ich sie mir raus, und die Vorstellung fand ich dann nicht so dolle, oder ich lern sie mögen. Und jetzt? Ich liebe sie! Ich finde, sie ist was Besonderes, und wenn einer was sagt, hau ich lieber den als mich.»

Sie grinste und verlor dabei nicht eine einzige Haarklammer. Greta konnte nicht anders, als ihr aus vollem Herzen zustimmen. Mariekes Zahnlücke hatte sie von ihrer ersten Begegnung an hinreißend gefunden.

Nach einer Weile ergriff die eine der beiden, die eben vor sich hin gedöst hatten, das Wort. Greta meinte sich zu erinnern, dass sie Elfriede hieß.

«Da ist dieser Fleck auf meiner rechten Schulter. Mein Mann findet, er sieht hässlich aus. Ich finde, er hat die Form von Italien. Wisst ihr, wie der Schuh? Wenn ich mich vor dem Spiegel drehe und ihn sehe, denke ich an Urlaub, und dann freue ich mich.»

«Ich mag meine Brüste», flüsterte die Dame, der Marieke gerade das Haar schnitt, und kicherte verlegen. Doch da niemand das Gesicht verzog oder entrüstet hustete, fuhr sie fort: «Die rechte guckt ein bisschen nach oben, und die linke guckt ein bisschen zur Seite. Und ich stelle mir immer vor, dass die eine immer gute Laune hat und die andere immer ein bisschen nachdenklich ist, und beides zusammen finde ich schön. Gute Laune und nachdenklich, das ist doch eine gute Mischung.»

Stille senkte sich über die Frauen wie eine zarte Wolke, jede schien ihren Gedanken nachzuhängen.

«Ich hab mich früher gemocht», sagte plötzlich die Dunkelhaarige, deren Name Greta einfach nicht einfallen mochte. Eine feine Spur glitzerte auf ihrer Wange, und Greta fragte sich erschrocken, ob sie sie zum Weinen gebracht hatte. «Aber jetzt mag ich mich nicht mehr.»

«Überhaupt nichts an dir?», fragte Marieke mitfühlend.

Die Dame schniefte, nickte und schüttelte zugleich den Kopf.

«Es ist wie rausgesogen. Alles, was ich früher mochte. Und wenn ich mich jetzt ansehe, dann spüre ich ...» Sie schüttelte wieder den Kopf, jetzt vehementer, und ihre Stimme klang rau und verzweifelt. «Ich spüre Verachtung. Und Ekel.»

Marieke trat hinter sie und legte ihr sanft die Hände auf die Schultern. Die Brünette weinte still in sich hinein, doch schon nach wenigen Augenblicken verstummten ihre unterdrückten Seufzer.

«Ich verstehe dich», sagte Marieke leise.

Die Brünette nickte und presste die Lider zusammen.

«Ich glaube, ich verstehe dich auch», sagte Rita, die bisher nur mit geschlossenen Augen zugehört hatte. In ihrem Blick glaubte Greta Verzweiflung und eine tiefe Verwundung zu sehen, und mit einem Mal war ihr, als zöge jemand mit einem Ruck den Boden unter ihren Füßen weg.

«Bitte entschuldigt», murmelte sie. «Ich wollte nicht … Ich bin gleich wieder zurück.»

Ohne jemanden anzusehen, lief sie hinaus. Sie hielt ihr brennendes Gesicht in den kühlenden Regen und versuchte, wieder zu Atem zu kommen.

«Greta!» Marieke schob sich aus der Tür und griff nach Gretas Schultern. «Was ist denn mit dir?»

«Ich hätte nicht so eine blöde Frage stellen sollen. Ich … Ich musste daran denken, was Trude gesagt hat. Dass ich hochnäsig wäre …»

«Was?», rief Marieke und stemmte entrüstete die Hände in die Seiten. «Der hau ich eine!»

«… und über die Leute wegtrampele. So hat sie das nicht gesagt, aber sie hat es sicher so gemeint. Ich wollte niemanden zum Weinen bringen. Ich komme mir grässlich vor, dass ich einfach bei dir reinspaziere und gar nicht dran denke, was die Frauen womöglich durchgemacht haben. Ich stehe da und plappere naiv, und mit meinen Fragen reiße ich alte Wunden auf.»

Greta war so zornig auf sich selbst, dass sie die Zähne zusammenbeißen musste, um nicht laut zu schreien.

«Es ist aber auch nicht gut, das Deckmäntelchen des Schweigens über alles zu legen», sagte Marieke und klang dabei so bestimmt, dass Greta aufhorchte. «Ungeschehen macht man die Sachen damit nämlich nicht, auch wenn man sich das einbildet. Da finde ich es besser, dass du bei mir reinkommst und Sachen fragst, die einem ans Herz gehen. Und man in sich reinhorcht und feststellt, dass da nix als Wüste ist. Und dass das traurig macht, ist doch klar. Dafür kannst du aber nichts.»

Ihre Augen funkelten, und Greta fragte sich, wen Marieke mit «man» meinte. Sich selbst?

«Reiß die Decke mal schön weiter runter», schloss Marieke. «Bloß darfst du dann nicht abhauen, wenn dir das, was du siehst, nicht behagt. Weil du dann nämlich doch besser nicht gefragt hättest.»

«Du hast recht.»

Greta strich über ihre Bluse und merkte erst jetzt, dass sie wieder einmal regendurchfeuchtet war.

«Du hast vollkommen recht.»

Sie öffnete die Tür und stellte sich vor Mariekes kleinem Küchentisch auf.

«Ich hoffe, ich habe eben niemanden verletzt, denn bitte glaubt mir, das war nicht meine Absicht. Ich bin manchmal etwas zu spontan. Ohne darüber nachzudenken, und dann presche ich voran und ...»

«Ich mag das», warf Rita ein. «Und wenn du mich fragst: Wenn man solche Wunder vollbringen kann wie du», sie tippte an ihre Wange und lächelte, «darf man sowieso fast alles. So hübsch habe ich mich das letzte Mal 1937 gefühlt, am vierten Mai 1937, um genau zu sein. Da habe ich geheiratet, und frag nicht, wie viele reizende Damen da an mir herumgefuhrwerkt haben. Ich hab mich eben im Spiegel angeguckt. Ich sehe aus, als wär ich dreizehn. Na gut, fünfzehn. Allerhöchstens zwanzig.»

Heiseres Kichern ertönte.

«Meine Haut fühlt sich wunderbar an! Samten! Ihr müsst das ausprobieren. Lasst Gretas Wunderhände an eure Gesichter, und wir drehen zusammen die Zeit zurück, bis die Uhr knackt.»

Marieke hatte den Kopf schräg gelegt und blickte Greta mit funkelnden Augen an. Diese lächelte nur freundlich, weil sie nicht recht wusste, wieso Marieke plötzlich aussah wie ein strahlendes Honigkuchenpferd.

«In Ordnung», sagte Elfriede, auf deren rechter Schulter das Mal mit der Form von Italien prangte, «ich hätte noch ein Fläschchen Selbstgebrannten.»

«Zehn Kartoffeln. Ich gebe dir zehn Kartoffeln, wenn du das auch mit mir machst!», rief die Dunkelhaarige, die wieder ganz gefasst wirkte. «Oder kriege ich dafür zwei Behandlungen?»

Die Dame, die sich so verlegen über ihre Brüste gefreut hatte, griff in ihre Manteltasche und zog ein Blatt Papier hervor. Es war durchscheinend und mit Bleistift bekritzelt.

«Ich habe nur ein Gedicht», sagte sie leise. «Darf ich damit zahlen?»

Greta nickte. Vielleicht gab es ja doch Hoffnung für sie in dieser Stadt. Anders als Herr Ahrens und sämtliche Kosmetiksalons, in denen sie gar nicht erst die Möglichkeit bekommen hatte, sich vorzustellen, schienen diese Frauen sie wertzuschätzen.

Das war ein schönes Gefühl.

Eine nach der anderen verabschiedete sich. Als mit Rita auch die Letzte gegangen war, drehte sich Marieke zu Greta um.

«Mensch, Marjellchen, du bist echt eine Wucht.»
Greta schnaubte.

«Wieso glaubst du denn nicht an dein Talent?» Verwundert schüttelte Marieke den Kopf. «Kaffee? Nee, besser nicht, ich bin viel zu aufgeregt, da kann ich dann ja nächtelang nicht schlafen.»

Greta, die bezweifelte, dass sich in dem Kaffee, den sich Marieke leisten konnte, auch nur eine Ahnung von Koffein befand, seufzte. Sie hatte überhaupt keine Lust, nach Hause zu gehen. Die Nissenhütte, so ärmlich sie auch war, brachte so viel mehr Gemütlichkeit zustande als die Wohnung in der Antonistraße! Allein bei dem Gedanken daran wurde ihr schon wieder kalt.

Marieke lachte. «Du warst wirklich toll heute, hab ich dir das schon gesagt? Rita ist nicht besonders einfach, einmal ist sie morgens vor meiner Tür aufgetaucht und hat sich über ihre Frisur beschwert. Sie habe am Abend noch ganz anders ausgesehen, hat sie gesagt. Aber dann hab ich schnell gemerkt, dass sie nur wen zum Reden wollte, sie …» Marieke schüttelte erneut den Kopf. «Die Frauen hier sind schon komisch manchmal. Viele von ihnen hatten es nicht leicht. Und haben es immer noch nicht. Da tut jemand wie du gut. Du bist so … Du strahlst. Und bist so voller Wärme und Zuversicht. So was hatten wir lange nicht.»

«Ich finde, du bist auch ein sehr warmer Mensch, Marieke.» Das war kein bisschen gelogen. Doch Marieke sah zu Boden und zuppelte an ihrem dünnen Kleid herum, als behagten ihr Komplimente nicht.

«Du, Marjellchen …»

«Ja?», fragte Greta nach einer Weile, weil Marieke nicht weitersprach.

«Wollen wir nicht gemeinsame Sache machen? Du und ich?»

«Wovon sprichst du?»

«Na, du machst die Gesichter schön und lässt die Damen strahlen, und ich zaubere ihnen einen Haarschnitt, der ihre Schönheit betont.»

Greta benötigte einen Moment, bis das Gesagte zu ihr durchdrang. «Du meinst – hier?»

«Hier?» Mariekes Kopf schoss in die Höhe. «Nee, das geht nicht.»

«Ja, aber wo denn dann?»

«In unserem eigenen Salon. Da finden wir was. Hamburg ist riesig. Und auch wenn die Stadt proppenvoll ist, für uns zwei Hübsche gibt es sicher irgendwo ein Plätzchen.»

Zweifelnd sah Greta sie an. Dann aber überspülte sie eine Welle des Glücks. Niemals hätte sie auch nur zu träumen gewagt, einen eigenen Salon aufzubauen. Sie war doch viel zu jung dafür. Fräulein Lundell ... Nun, wenn sie ehrlich war, wusste Greta gar nicht, wie alt ihre Stockholmer Chefin eigentlich war. Uralt aber sicher.

«Du denkst aber lange nach.»

«Ich ...» Entschuldigend hob Greta die Schultern. «Ich fände es phantastisch. Aber wie sollen wir das schaffen?»

Entschlossen sah Marieke sie an. «Marjellchen, was ich eben gesagt hab, das meinte ich. Du bist voller Wärme und Zuversicht.»

«Ja, und?»

«Guck mal, ob du die Zuversicht auch jetzt aus dir rauspopeln kannst.»

Greta grinste.

«Wir wuppen das. Du und ich, gemeinsam!»

Marieke sah so begeistert aus, dass Gretas Herz wieder ganz weich wurde. Doch sie ermahnte sich, die Begeisterung nicht überhandnehmen zu lassen. Ein bisschen Rationalität konnte nicht schaden, wenn man so etwas Großes plante wie einen eigenen Schönheitssalon.

Ein eigener Schönheitssalon.

Greta spürte, wie alles in ihr zu kribbeln begann. Ein Salon, zusammen mit Marieke. Mit Kundinnen aus der Nachbarschaft, vielleicht aber auch zusätzlichen, solchen, die mit Geld zahlen würden statt mit Lebensmitteln und Poesie. Ein Ort, an dem sie tagaus, tagein das heisere Gekicher der Damen hören würde, ihren Geschichten von Freud und Leid lauschen und ihre eigenen erzählen könnte. Ein Salon, in dem die Frauen für sich waren und dessen Tür doch offen blieb, niemandem verschlossen. Hatte sie nicht immer von so einem Ort geträumt?

5

Hamburg, 7. April 1954

Ein schrilles, wiederkehrendes Geräusch riss Greta aus dem Schlaf. Sie brauchte ein paar Sekunden, um sich zurechtzufinden, dann sah sie den Riss in der oberen linken Ecke der Wand und die zugezogenen Vorhänge, die den Blick auf die Antonistraße versperrten.

In der Wohnung unter ihr klingelte ein Telefon. Jemand stapfte über die Dielen. Mitten in dem Drrrrinnnng brach es ab, eine Stimme war zu hören, dann trat erneut Stille ein. Gretas Augen fielen wieder zu. Sie war erschöpft von den vergangenen Tagen, dem fruchtlosen Herumgerenne, den Versuchen, Mariekes und ihre Idee in die Tat umzusetzen, was noch schwieriger war, als sie erwartet hatte.

Als Greta gerade wieder eingenickt war, weckte sie erneut ein ungewohnter Laut. Diesmal ein Klopfen, das von der Wohnungstür her kommen musste. Mit von der Nacht noch klammen Fingern zog sie sich ihren Morgenrock über und tapste barfuß in den Flur.

Als sie die Tür öffnete, blickte sie in das Gesicht ihrer Nachbarin. Greta hatte die alleinstehende Frau bislang erst einmal im Hausflur getroffen.

«Greta?» Frau Hottenrotts Augen waren klein und blickten unwirsch drein.

«Ja.»

«Telefon für dich.»

Ohne ein weiteres Wort wandte sie sich um und schritt die Treppe hinunter. Verblüfft zog Greta die Tür hinter sich zu und folgte der grob gehäkelten Strickjacke, die aus mehr Löchern denn aus Wolle zu bestehen schien.

Telefon – für sie? Wer wollte so früh an diesem Mittwochmorgen etwas von ihr, an dem sogar Ellen und Trude noch schliefen?

Die Wohnung ein Stockwerk weiter unten war geschnitten wie die der Buttgereits, zumindest soweit es Greta auf den ersten Blick hin erkennen konnte. Die alte Dame lebte zwischen einer Menge Möbeln, die wenig wohnlich aufeinandergestapelt waren, die Regale hingegen waren leer und von einer dicken Staubschicht bedeckt. Unzählige verschlossene Kisten türmten sich daneben, die gesamte Wand entlang.

Ungeduldig winkte ihr Frau Hottenrott, ihr in die Küche zu folgen, wo auf einem schmalen Tisch der Telefonapparat stand. Greta nahm den Hörer und nickte, als die Nachbarin sie instruierte: «Kurzfassen. Bin schließlich kein öffentlicher Fernsprecher.»

Damit trat sie zurück in den Flur.

«Ja, bitte?», fragte Greta, immer noch verblüfft, in den Hörer. Sie hatte in Hamburg noch nie einen Anruf erhalten und kannte auch niemanden mit einem Telefon.

«Guten Morgen, Marjellchen», erklang eine raue, dunkle Stimme.

«Marieke!», rief Greta und begann, von einem baren Fuß auf den anderen zu hüpfen. Der Fußboden unter ihren Sohlen war eisig. «Woher hast du denn diese Nummer? Ist alles in Ordnung?»

«Das erzähle ich dir, wenn ich nicht für jedes Wort einzeln bezahlen muss. Komm rüber, ich habe etwas für dich.»

Ein Tuten ertönte. Perplex blickte Greta auf den Hörer in ihrer Hand, bugsierte ihn auf die Gabel zurück und rief einen Dank, auf den Frau Hottenrott nichts erwiderte.

Im muffigen Treppenhaus nahm sie immer zwei Stufen auf einmal, schlich in die Wohnung zurück, wo sie sich ankleidete, ein Kopftuch über ihr zerknautschtes Haar zog und die Schuhe griff.

Von wo aus hatte Marieke nur angerufen? Vor allem aber wieso? Sie waren doch für später verabredet, um weiterhin die Zeitungen zu durchforsten und dabei mutlos zu seufzen. Marieke würde wie immer verärgert gucken, während Greta beschlossen hatte, es nun tatsächlich mit dem Prinzip Hoffnung zu halten. Sie würden schon einen Ort für ihren Salon finden. Auch wenn das wenige, das die Bomben verschont hatten, nach dem Krieg von öffentlicher Hand verteilt worden war. Nicht dass in den Ladengeschäften tatsächlich *Geschäfte* untergebracht waren. Erst gestern wieder hatte Greta durch einen Vorhang ins Innere eines Ladens gelinst. Dahinter wurde nichts verscherbelt, darin war auch kein Büro. Stattdessen schienen sich Kinder im Innern geradezu zu stapeln. Sie trugen zu dünne Kleidung am Leib und waren so dürr, dass Greta zurückgezuckt war.

Die Stadt war vollgestopft wie eine Weihnachtsgans. Es gab keinen Platz. Nicht für Menschen zum Leben, schon gar nicht aber, um sich die Haare machen zu lassen.

Greta rannte förmlich zur Straßenbahnhaltestelle, wo sie auf und ab hüpfte vor Nervosität und weil ihre Füße immer noch kalt waren, obwohl sie mittlerweile Söckchen und Schuhe trug. Viel zu langsam zockelte die Straßenbahn schließlich heran und brachte sie zunächst nach Altona, dann in den Stadtteil Bahrenfeld.

Eine Weile später sah sie die vertrauten halbrunden Nissenhütten vor sich auftauchen und klopfte atemlos an Mariekes Tür.

Ausgehfertig, mit Mantel und Hut auf dem Kopf, öffnete diese. «Gut, dass du so geflitzt bist. Ich dachte schon, ich muss ohne dich los.»

«Los? Hast du etwa ...»

«Natürlich hab ich!» Marieke strahlte. «Ich hab ja schon fast nicht mehr dran geglaubt, aber auf die Tommys ist eben Verlass.»

«Tommys?», fragte Greta verwirrt.

«Na, Cyril», sagte Marieke.

«Wer ist Cyril?»

«Ich hab dir doch von ihm erzählt, Marjellchen! Der Engländer, der zwar nicht der Hüter der Stadtkartei ist, aber zumindest denjenigen kennt, der es ist.»

Vergeblich versuchte sich Greta einen Reim auf Mariekes Worte zu machen.

«Du hast nach Renate Jensen gesucht. Und Cyril hat Renate Jensen gefunden.»

Greta spürte, dass alles Blut nach unten in ihre Füße sackte. Schwindel ergriff sie, in ihren Ohren rauschte es, und statt Mariekes erwartungsvolles Gesicht sah sie mit einem Mal nur noch Blitze. Erschüttert überlegte sie, wie das eine, weshalb sie nach Hamburg gekommen war, nur so in den Hintergrund hatte treten können. In den vergangenen zwei Wochen war sie so mit der Suche nach geeigneten Räumlichkeiten für einen Salon beschäftigt gewesen, hatte vor Vorfreude innerlich förmlich gebrummt und war am Morgen stets wie ein Stehaufmännchen von der Matratze gehüpft, dass Linn beinahe aus ihren Gedanken verschwunden war.

Das Rauschen in ihren Ohren wurde noch lauter.

«Freust du dich nicht?», hörte sie Marieke undeutlich fragen. «He, was ist denn los? Ach du liebes bisschen, was überfalle ich dich auch so früh am Morgen damit! Komm rein, ich hole dir ein Glas Wasser. Und dann mach ich was mit deinen Haaren. Das sehe ich ja durch das Kopftuch hindurch, dass du aussiehst wie eine Strohpuppe nach einem Wirbelsturm.»

«Ich dachte, wir hätten es eilig», sagte Greta und fuhr sich verwirrt über die unangenehm feuchte Stirn. «Wir wollen doch ...»

«Sachte, sachte, du kippst mir ja gleich über die Schwelle, junge Frau. Herrjemine, das muss ich mir merken. Niemals vor dem Frühstück mit lebensverändernden Nachrichten herausrücken. Das passiert mir nicht noch mal. Es tut mir leid, Marjellchen. Geht's wieder?»

«Ja», krächzte Greta.

«Dann komm. Setz dich. Hier ist der Stuhl, genau,

ganz langsam hinsetzen. Und denk erst mal nicht daran, was ich gesagt habe. Vergiss Renate Jensen. Vergiss Cyril, na ja, nicht ganz, weil er gleich hier auf der Matte steht, aber bis dahin: Vergiss ihn.»

Aber wie sollte Greta Renate Jensen vergessen? Ihr Name, obwohl Greta sie nie kennengelernt hatte, schwirrte so viele Jahre schon in ihrem Kopf herum.

Seit sie 1941 Renate Jensens Nachricht erhalten hatten, war Gretas Großmutter voller Hoffnung und zugleich voller Angst gewesen. Wenn die Klingel durch ihre kleine Wohnung in Södermalm geschrillt war, hatte sich ihr Gesicht jedes Mal in eine Kopie von Munchs *Der Schrei* verwandelt. Niemand in Schweden klingelte. Selbst die Polizei kam nach leisem Klopfen mit den Schuhen in der Hand herein, weil man mit Schuhen eben keine Wohnung betrat und nicht klingelte, sondern klopfte.

Manchmal hatte die Klingel aber eben doch geschrillt, und ihre Großmutter war leichenblass geworden. Sie hatte den Mund geöffnet, aber nichts gesagt, und Greta hatte auch ohne ein Wort verstanden, dass Annie einen Deutschen erwartet hatte. Einen Deutschen, der furchtbare Nachrichten brachte. Doch stets waren es Kinder gewesen, die mit glühenden Sohlen um die Ecke geschossen waren, sobald Greta das Fenster aufgerissen und erbost auf die Straße gesehen hatte.

«Hier. Trink», sagte Marieke und stellte ein Glas Wasser vor Greta ab. Diese hatte kaum Zeit, einen Schluck zu nehmen, da ertönte ein lang gezogenes Hupen.

«Na, hopsasa, da ist er. Komm, Marjellchen, geht es?»

Als Greta nickte, griff Marieke nach ihrer Hand und

zog sie mit sich. Greta hatte gerade noch Zeit, die Tür hinter sich zu schließen, dann befanden sie sich auch schon auf der Abkürzung durch etwas, das man mit viel Optimismus Vorgärten nennen könnte: kleine Ansammlungen von Grasbüscheln, die mehr schlecht als recht Hühnerverschläge kaschierten, aus denen ein stechender Geruch aufstieg. Schlagartig kehrte Gretas Schwindel zurück. Sie wurde langsamer, bemühte sich, tief ein- und wieder auszuatmen und ihr Herzklopfen zu ignorieren, das sie bis in ihre Zehenspitzen zu spüren meinte.

«Es wird schon gut werden», sagte Marieke und nahm erneut ihre Hand. «Keine Angst.»

Cyril fuhr schnell. In den wenigen Kurven, mit denen die Straße aufwarten konnte, krallte sich Greta an der Lehne des Vordersitzes fest, um nicht umzufallen. Sie starrte abwechselnd aus dem Fenster, hinter dem die Elbe mit ihren Schiffen und ihrem selbst bei grauem Himmel glitzernden Wasser vorbeizog, und auf Mariekes braune Locken.

Diese redete beinahe ohne Unterlass auf Cyril ein, während Gretas Gedanken immer noch durcheinanderwirbelten. Sollte sie sich nicht freuen, fragte sie sich. Sollte sie nicht überglücklich sein, der Wahrheit nun einen Schritt näherzukommen? Doch ihre Anspannung war so groß, dass daneben kein Platz mehr für andere Gefühle war.

«Alles in Ordnung da hinten?», fragte Cyril in seinem angenehm klingenden britischen Singsang. Er sah gar nicht aus, wie sie sich einen Engländer vorstellte: Weder hatte er abstehende Ohren noch Sommersprossen, und rothaarig war er auch nicht. Stattdessen hatte er dunkle Haut und volles, lockiges Haar.

«Ja», murmelte Greta und versuchte, sich nicht auf ihren zu schnellen Herzschlag zu konzentrieren.

«Irgendwo hier sollte es sein», sagte Cyril nach einer Weile, nahm den Fuß vom Gaspedal und bog in annehmbarer Geschwindigkeit in eine schmale, kopfsteingepflasterte Straße ein. Augenblicklich waren der Schwindel und die Übelkeit wieder da, sogar noch stärker als zuvor.

«Ich hätte mich ankündigen sollen», murmelte Greta. «Ich kann doch da nicht einfach so aufkreuzen.»

«Natürlich kannst du das», sagte Marieke bestimmt und drehte sich schwungvoll um. «Wenn man kein Telefon hat, muss man eben damit rechnen, dass einer vor der Tür steht, wenn er was will.»

«Aber ich weiß gar nicht, ob ich...» Gretas Stimme verlor sich.

«Ob du wirklich erfahren willst, was sie zu sagen hat, Marjellchen?» Marieke starrte sie unter zusammengezogenen Augenbrauen an, als wolle sie sie hypnotisieren. «Ich verstehe ja, dass dir das Herz in die Hose rutscht, meine Liebe. Aber fragen musst du, da führt kein Weg dran vorbei. Nicht zu wissen, wenn man was wissen könnte, ist das Scheußlichste von allem. Das Allerscheußlichste», sagte sie mit Nachdruck.

Mit zusammengekniffenen Lippen blickte Greta auf die langsam vorübergleitenden Häuser. Hier in Blankenese wirkte Hamburg gänzlich unhamburgisch auf sie, was daran liegen mochte, dass sie die besseren Viertel der Hansestadt bisher nicht besucht hatte. Die Villen mit ihren großzügigen Gärten waren von hohen Mauern und Hecken umgeben. Alles wirkte elegant und teuer, zugleich aber abweisend.

Die dörflich ruhig wirkende Straße, in der Renate Jensen lebte, schien in den Himmel zu münden. Unten floss die Elbe, bloß waren hier keine Schiffsschornsteine zu sehen und keine Kräne, zudem hörte man kein Stampfen von Maschinen oder die Rufe der Hafenarbeiter. Stattdessen kreisten am graublauen Himmel Möwen, und mit einem Mal kam sogar die Sonne raus.

Vor einem Zaun, an dem auf einem blank geputzten Schild die Hausnummer 11 vermerkt war, drehte sich Marieke zu Greta um.

«Hier ist es.»

Das Haus der Jensens war weniger vornehm als die umgebenden. Ein schlichter hellgrau verputzter Bau, der mit nur einem Stockwerk einen gedrungenen Eindruck vermittelte. Ein schmaler Pfad schlängelte sich hinter dem Tor durch den Vorgarten an wie mit dem Rasiermesser abgetrennt wirkenden Beeten vorbei. Osterglocken und Lenzrosen wuchsen darin, an denen Greta nicht eine einzige welke Blüte erkennen konnte. In regelmäßigen, vielleicht fünf Zentimeter großen Abständen ließen Maiglöckchen ihre weißen Köpfe hängen. Dazwischen lag fein geharkte Erde.

«Bin ich gespannt auf deine Renate!», sagte Marieke. «Wenn es in ihrem Kopf so ordentlich ist wie in ihrem Garten, bleiben heute sicher keine Fragen offen.»

Drei Stufen führten zu einer hölzernen Tür hinauf. Greta streckte die Hand aus, um zu klopfen, da drückte Marieke schon energisch auf die Klingel. Ein ähnlich schrilles Geräusch wie das des Telefons heute Morgen ertönte.

Wieder krampfte sich in Greta vor Nervosität alles zusammen. Doch es ertönten keine Schritte, niemand bat sie herein, gar nichts geschah, und Greta hatte das Gefühl, alle Aufregung wiche aus ihr wie die Luft aus einem angepiksten Ballon.

«Was ist das?», flüsterte Marieke.

«Was denn?», gab Greta leise zurück, auch wenn es eigentlich keinen Grund gab. Hier war schließlich niemand.

«Hör doch mal.»

Angespannt lauschte Greta. Zunächst begriff sie nicht, wovon Marieke sprach, dann aber bemerkte auch sie das leise Rascheln, das klang wie ein Stück Papier, das der Wind die Straße hinuntertrieb.

Suchend wandte sie sich um. «*Herre Gud!*», entfuhr es ihr, dann wiederholte sie auf Deutsch: «Mein Gott.»

«Allerdings», pflichtete Marieke ihr bei.

Hinter einer Birke, keine fünf Meter von ihnen entfernt, kauerte eine Frau. Sie hatte weißes, zerzaustes Haar, das wie büschelweise abgeschnitten wirkte. Wirklich verwunderlich allerdings fand Greta weder die Tatsache, dass sich die Dame hinter dem schmalsten Baum zu verstecken versuchte, der in dem Vorgarten zu finden war, noch ihre seltsame Frisur. Sondern ihr Kleid, das aus aneinandergeklebten Lagen von Zeitungspapier bestand. Große Löcher taten sich zwischen den einzelnen Schichten auf, die den Blick teils auf hellrosa Haut freigaben, teils auf ein ausgeblichenes Unterkleid.

«Guten Tag», sagte Greta und hob den Blick zu dem Gesicht der Dame. Sie hatte große, helle Augen, aus denen sie Greta ratlos und ein wenig traurig anblickte. Mit einem Mal fühlte sich Greta vollkommen hilflos. Als könne sie jeden Augenblick in Tränen ausbrechen. Sie räusperte sich. Was hatte sie sagen wollen?

«Bitte entschuldigen Sie, dass wir einfach hereinplatzen. Wir sind auf der Suche nach Frau Jensen.»

Die alte Frau kniff die Lippen zusammen und dachte nach. «Frau Jensen?», sagte sie schließlich.

Voller Anspannung nickte Greta. Sie spürte, dass Marieke an ihrem Ärmel zupfte, konnte aber nicht genug Konzentration aufbringen, um darauf einzugehen.

«Mein Name ist Greta Bergström», redete sie weiter. «Ich suche nach einer Dame, die meine Mutter kannte, Linn Bergström. Oder Linn Buttgereit. Die, die ich suche, war eine Kollegin von ihr.»

«Linn?» Die Frau lächelte und nickte eifrig. «Linn, ja, Linn.»

Alles in Greta begann zu kribbeln.

«Greta», murmelte Marieke und zupfte an Gretas Ärmel. «Ich glaube nicht, dass du ...»

«Linn, ja, Linn», murmelte die Frau und strahlte Greta nun an. «Linn, ja. Das ist mein Name. Linn Bergström, das bin ich.»

Greta wurde so übel, dass sie fürchtete, sich übergeben zu müssen. Dann packte sie der Zorn. Was redete diese Frau denn da? Ihre Mutter war wunderhübsch und jung und ... Greta musste sich eingestehen, dass sie in ihrer Erinnerung niemals auch nur ein Jahr älter geworden war.

Doch diese Frau musste an die siebzig sein. Um Linn Bergström konnte es sich unter keinen Umständen handeln.

«Nimm es ihr nicht krumm», murmelte Marieke nahe an Gretas Ohr. «Sie sieht aus, als wären da nur noch Schnipsel in ihrem Kopf, Marjellchen.»

«Mama?», erklang eine leise, weiche Stimme.

Greta und Marieke fuhren herum. In der Tür stand eine Frau, etwas älter wohl als Marieke und Greta. Ihr aschblondes, leicht gewelltes Haar reichte ihr bis zur Schulter und war sorgsam aus dem Gesicht gekämmt. Sie hatte weit auseinanderstehende Augen, deren Blick ruhig von Marieke und Greta zu der alten Dame glitt.

«Was tust du hier draußen? Und wer sind Sie?»

«Wir wollten zu ...», begann Marieke.

«Linn», unterbrach sie die Frau. «Linn, Linn, Linn.»

Obwohl heute ein ganz gewöhnlicher Mittwochmorgen war, trug die junge Frau ein dunkelblaues Taftkleid, das bei jeder Bewegung raschelte. Sie sah aus, als wolle sie in die Oper.

«Da ist Linn», wiederholte die alte Frau in ihrem eigentümlichen Singsang und zeigte auf Greta. «Kennst du sie denn nicht mehr?»

Es gab duftigen Apfelkuchen und Kaffee mit Sahne, worüber Marieke ihre Begeisterung kaum verhehlen konnte. Mit seligem Lächeln verputzte sie ein Stück nach dem anderen und spülte die Happen mit großen Schlucken sahnigen Kaffees hinunter. Greta hatte keinen Appetit. Schon seit der Herfahrt, vor allem aber seit sie Renate

Jensens Tochter von dem Brief erzählt hatte, den Greta 1941 erhalten hatte, fühlte sich ihr Magen an wie aus Granit.

«Davon weiß ich nichts», hatte die junge Frau, die sich als Trixie vorgestellt hatte, bedauernd gesagt. «Ich kann heute Nachmittag meinen Vater fragen, doch wenn ich ehrlich bin, würde ich mir an Ihrer Stelle keine allzu großen Hoffnungen machen. Meine Eltern gehören nicht zu den Paaren, die viel miteinander sprechen. Das war schon immer so, glaube ich.»

Greta starrte blinzelnd auf ihren Teller. Es fiel ihr schwer, ihre Tränen in Schach zu halten.

«Es tut mir so leid», wiederholte Trixie. Sie hatte Greta gegenüber an dem runden Tisch im Wohnzimmer Platz genommen. Durch die hohen Fenster flutete Sonne herein und färbte den cremefarbenen Teppich in fröhliches Gelb.

«Meine Mutter, sie ... Nun ja, Sie sehen es ja selbst.»

Sie warf Renate Jensen einen traurigen Blick zu. Das Kleid aus Zeitungspapier war verschwunden, stattdessen saß Frau Jensen jetzt in einer Bluse mit spitzenbesetztem Kragen da und verschwand beinahe in ihrem zu großen Rock. So durchsichtig wie eine Schneeflocke wirkte sie. Ihr silbernes Haar hob sich kaum von der hellen Tapete ab.

Sie aß gekrümmt, den Teller dicht unter dem Kinn, um ja keinen Krümel zu verschwenden. Kratzend ließ sie die Silbergabel über das Porzellan fahren. Der Nagel ihres kleinen Fingers, fiel Greta auf, war in einem hellen Kirschrot bemalt. Fröhlich sah es aus. Ganz anders, als sich Greta fühlte.

«Ich finde mich in den Sachen meiner Mutter nur schwer zurecht», sagte Trixie, die ihren Kuchen ebenso wenig anrührte wie Greta. «Aber es gibt ein Fotoalbum mit Aufnahmen aus der Zeit, von der Sie sprachen. Soll ich es heraussuchen?»

Greta nickte. Natürlich hatte sie nicht erwartet, ihre Mutter hier zu finden. Doch der Moment, an dem Renate Jensen behauptet hatte, Linn zu sein, hatte etwas in ihr aufplatzen lassen. Hoffnung und Liebe und Angst und Verzweiflung, die sich wie brodelnde Lava nun ihren Weg nach draußen zu bahnen drohten.

«Ihre Tochter ist aber schick», sagte Marieke zu Renate Jensen, nachdem Trixie den Raum verlassen hatte. «So ein apartes Kleid. Nicht jeder Frau steht Dunkelblau, was sich im Übrigen reimt. Aber das nur am Rande.»

Mariekes Stimme verlor sich, als sie Greta musterte. Sie streckte die Hand aus und strich ihr sanft über die Wange.

«Nicht traurig sein, Marjellchen. Manchmal kommt das Gute in Verkleidung.»

Das verheißungsvolle Rascheln von Taft kündigte Trixie Jensens Rückkehr an. Sie trug Nylonstrümpfe – echte Nylonstrümpfe mit einer Naht, wie sie Marieke sich manchmal mit Kohle hinten auf die Waden strichelte –, hatte die hohen Schuhe ausgezogen und lief über den Teppich, in dem sie bis zu den Knöcheln versank. Unter dem Arm hielt sie ein in Leder gebundenes Album.

«Ich hoffe, ich kann Ihnen damit wenigstens ein bisschen helfen.»

Sie rückte ihren Stuhl dicht an Gretas heran. Ein

schwacher, zitroniger Duft stieg von ihr auf, vermischt mit dem von Talkumpuder. Als sie das Album aufschlug, bemerkte Greta, dass auch ihre Fingernägel hellrot bemalt waren.

«Hm», murmelte Trixie. Die Fotos, auf die Greta einen Blick erhaschen konnte, zeigten ausnahmslos ein kleines, dürres blondes Mädchen. Sicher Trixie. Vom Babyalter an war jeder Entwicklungsschritt dokumentiert.

«Sagten Sie nicht, es ist ein Album Ihrer Mutter? Ich dachte», sagte Greta und fragte sich verzweifelt, ob Trixie ihre Worte falsch auffassen könnte, «ich dachte, darin wären Fotos von ihr. Und ihren Kolleginnen oder Freundinnen.»

Trixie schenkte ihr ein trauriges Lächeln. «Im Leben meiner Mutter waren immer alle wichtiger als sie selbst. Aber gedulden Sie sich ein bisschen. Ich bin mir ganz sicher, es gibt Fotos aus dem Kindergarten.»

«Entschuldigung, ich wollte Sie nicht drängeln.»

Erneut blickte Trixie auf. Sie hatte klare Augen und einen intelligenten Blick.

«Das tun Sie nicht, keine Bange.» Sie blätterte weiter, fuhr mit dem Finger die Seiten ab, als könne sie auf diese Weise unmöglich ein ihr unbekanntes Gesicht übersehen, dann hellten sich ihre Züge auf.

«Ist sie das möglicherweise, Ihre Mutter?»

Sie deutete auf eine Fotografie, auf der sich eine Gruppe Frauen vor einem Gartenzaun postiert hatte. Das Bild war gegen die Sonne aufgenommen, hellgoldenes Licht umfing die Personen und ließ ihre Köpfe fast unwirklich leuchten. Alle lachten.

Aufmerksam betrachtete Greta die frohen Gesichter. Ganz im linken Eck, vorgebeugt, als wolle sie kontrollieren, ob der Fotograf auch auf den richtigen Knopf drückte, stand Linn. Während alle anderen wirkten, wie man es auf Fotografien gemeinhin tat, in der Bewegung erstarrt nämlich, vermittelte ihre Mutter den Eindruck, als wäre sie im Begriff loszustürmen, kaum dass man den Blick von ihr abwendete. Sie war so voller Leben. Sie sah glücklich aus, wirklich glücklich.

Zaghaft strich sie über das Foto und spürte, wie sich ihr erneut die Kehle zuschnürte.

«Wissen Sie, aus welcher Zeit die Aufnahme stammt?»

Trixie schüttelte bedauernd den Kopf. «Aber warten Sie», sagte sie und löste vorsichtig ein Eck von dem Karton, um dahinterzublicken. Auf der Rückseite der Fotografie stand ein Datum.

«Juli», sagte sie und strahlte Greta an, «Juli 1940.»

Alles um Greta verschwamm. Sie war nicht traurig, weil ihre Mutter so glücklich aussah, das nicht. Aber damals war sie schon ein Jahr fort gewesen. Und ihre Mutter hatte zwar Briefe nach Stockholm geschrieben, nie aber hatte sie darin noch einmal erwähnt, nachkommen zu wollen.

«Oh, oh», sagte Marieke leise und sprang auf. Von hinten umschlang sie Greta so fest, dass der beinahe die Luft wegblieb. Mit besorgter Miene beugte sich auch Trixie Jensen vor und legte, nach kurzem Zögern, ihre Hand auf Gretas.

In der Bemühung, alles in sich zu bewahren und nichts nach außen zu lassen, kniff Greta die Augen zusammen.

Da trat noch jemand an sie heran. Renate Jensen war es, die in der einen Hand noch den Kuchenteller hielt. Sie ging in die Knie, griff nach Gretas Kinn und hob es mit einer entschlossenen Geste an.

«Weiter geht es ja immer nur nach vorne», sagte sie. «Aber an den Seiten ist es auch sehr schön.»

«Das könnte glatt von mir stammen», murmelte Marieke.

Greta lachte und weinte gleichzeitig. Ihr war nicht bewusst gewesen, zu welch riesigen Gebilden sich ihre Hoffnungen aufgetürmt hatten. Sie hatte geglaubt, in dem Augenblick, in dem sie sich der Kollegin ihrer Mutter gegenüber sähe, würde sich alles auflösen: dreizehn Jahre, von 1941 bis jetzt. Endlich eine Spur. Und vielleicht endlich die Hoffnung auf Gewissheit. Und darauf, ihre Mutter womöglich doch noch zu finden.

Aber jetzt war sie so schlau wie zuvor. Und der letzte Mensch, der etwas über Linns weiteren Werdegang wissen könnte, erinnerte sich nicht daran. Träne um Träne rann ihr über das Gesicht.

«Entschuldigt», murmelte sie und tupfte sich mit der blütenreinen, spitzenbesetzten Serviette ab.

«Aber wieso denn?», fragte Renate Jensen und strich ihr mit ihrer weichen, faltigen Hand über die Wange. «In diesem Haus ist immer ein Plätzchen für deine Tränen frei.»

6

Hamburg, 15. April 1954

Verflixt und zugenäht!»
Mit einem ohrenbetäubenden Krachen knallte die Faust ihres Vaters auf die Tischplatte. Erschrocken riss Greta den Kopf hoch und starrte ihren Vater an, dessen Lippen eine schmale Linie bildeten.

Die Pendelleuchte warf ein fahles, gräuliches Licht auf den Küchentisch, was die Miene ihres Vaters noch finsterer wirken ließ. Suppe war aus den Tellern gespritzt, doch niemand machte Anstalten, die Flecken von der Tischdecke zu tupfen. Ellen sank in sich zusammen. Mickey grinste, wie Greta ungläubig zur Kenntnis nahm. Und Trude? Sie betrachtete abwesend ihr Spiegelbild im nachtblinden Fenster. Was um sie herum vor sich ging, schien sie nichts anzugehen.

«Hör sofort mit dem Lärm auf, Michael», sagte ihr Vater langsam, als kämpfe er mit den eigenen Dämonen, die sich kaum zügeln ließen, «oder ich vergesse mich.»

Mickey bewegte millimeterweise den Kopf, was ihr Vater wohl als Nicken verstand und sich wieder dem Essen widmete. Auch Greta traute sich nach einem Moment, erneut den Löffel in die fade Suppe zu tauchen. Die altbekannte Ruhe kehrte zurück. Man hörte nur noch das Schaben des Bestecks auf den Tellern.

Den *Lärm* hatte Mickey mittels seiner Fingerspitzen verursacht. Er hatte einen beschwingten Rhythmus auf die Tischplatte getrommelt, war von ihrem Vater einmal aufgefordert worden, es zu lassen, hatte genickt, dann weitergetrommelt, woraufhin ihr Vater explodiert war.

Da es ruhig blieb, wendeten sich Gretas Gedanken wieder dem Tag zu, der hinter ihr lag. Immer noch brannten ihre Fußsohlen. Auf der Suche nach einem Laden für ihren Salon hatte sie erneut die halbe Stadt abgelaufen. Dass es so schwer sein konnte! Zudem steckte der Besuch bei Renate Jensen ihr noch in den Knochen.

«Michael!», ertönte in warnendem Ton erneut die Stimme ihres Vaters. «Beherrsche dich.»

Hatte Mickey etwa weitergetrommelt? Greta war zu sehr in Gedanken versunken gewesen, um etwas zu bemerken. Aufmerksam blickte sie zu ihrem Bruder. Am liebsten würde sie ihm unter dem Tisch einen Tritt verpassen. Aber was, wenn sie dabei jemand anderen traf?

Zufrieden damit, dass Mickey wieder Ruhe gab, räusperte sich Harald Buttgereit. Sein Blick traf ihren, und er war so kühl, dass Greta ein Schauer den Nacken hinabkroch. Sie konnte sich nicht erinnern, dass er früher so gewesen war: so enttäuscht vom Leben und allen, die ihn umgaben. Was war nur mit ihm geschehen in den Jahren, die sie ihn nicht gesehen hatte? Was hatte ihn so beängstigend und unbeherrscht werden lassen?

Mickey aß weiter, doch er grinste von einem Ohr zum

anderen. Wenn ihr Vater das bemerkte! Fieberhaft überlegte Greta, was sie tun könnte, um von ihm abzulenken, aber vor Aufregung fiel ihr nichts ein. Von dem Salon wollte sie nicht sprechen, nicht hier jedenfalls. Ihr Vater hätte dafür mit Sicherheit nichts übrig.

Klack, kam Mickeys Fingerspitze auf der Tischplatte auf. Klackklackklack.

Fassungslos starrte sie ihn an. Bisher hatte sich ihr Bruder stets wie alle anderen bei Tisch verhalten: bloß nichts sagen und ja nicht nach dem Salz fragen. Jetzt hingegen legte er noch einen Zahn zu, was Ellen aus ängstlich aufgerissenen Augen beobachtete und mit einem ängstlichen Wimmern begleitete.

Ihr Vater erhob sich, stützte die Hände auf die Tischplatte und betrachtete seinen Sohn.

«Lass es», flüsterte er. Wenn er so leise sprach, klang er sogar noch angsteinflößender.

Mickeys Grinsen wurde derart überheblich, dass Greta vor Anspannung die Zähne zusammenbiss. Hatte er den Verstand verloren?

«Was für ein Verbrechen begehe ich, wenn ich die Atmosphäre etwas lockere? Du sagst doch selbst gern, Musik sei eine Kunst.»

«Deine nicht», knirschte ihr Vater.

Mickey kniff die Augen zusammen. «Ach so, nur Beethoven und Mozart, ja? Dabei glaube ich mich dunkel zu erinnern, bei deinen Schallplatten einst eine mit der Musik von Glenn Miller gefunden zu haben. Aber die hat sich schnell in Luft aufgelöst, nicht wahr, schließlich mochte der Führer ihn nicht besonders.»

Bedrohlich starrte Harald Buttgereit seinen Sohn an. Sekunden verstrichen, ohne dass jemand etwas sagte. Gretas Nacken begann zu schmerzen. Seit ihrer Ankunft wunderte sie sich darüber, dass niemand je Adolf Hitler erwähnte. Es war, als hätten weder dieser Mann noch seine Anhänger je existiert. Doch mit der Nennung seines Namens war es noch kühler in der Küche geworden. Ellens Versuche, die Suppe so zu essen, dass nichts überschwappte, waren wenig erfolgreich. Ihre rechte Hand zitterte, und sogar Trude hatte die Lippen zusammengekniffen.

Nach einer Weile setzte sich ihr Vater zu Gretas Überraschung wieder und aß in aller Seelenruhe weiter.

Der Rest der Mahlzeit wurde schweigend eingenommen. Dann endlich erzeugte Haralds Stuhl ein lang gezogenes Knirschen, als er, nachdem er seine Serviette zusammengerollt und wieder in den Serviettenring geschoben hatte, aufstand, einen Schritt zurücktrat und sich zur Tür wandte. Doch ehe es sich Greta versah, stellte er sich hinter ihren Bruder, ließ seine Hand vorschießen und presste Mickeys Gesicht mit Wucht in dessen Teller.

Starr vor Entsetzen sah sie zu. Sie könnte nicht sagen, wie viel Zeit verstrich, bis Mickey wieder auftauchte, die Haut feucht vom Suppenrest, mit einer roten Stelle auf der Haut, die der Tellerrand hinterlassen hatte. Harald drehte sich um und ging in den Flur. Sekunden später fiel die Tür zu seinem Zimmer mit einem entschlossenen Knall zu.

«Mickey», flüsterte Greta tonlos. «Entschuldige, ich hätte dazwischengehen müssen.»

Mit echt wirkendem Erstaunen sah er sie an. «Ich habe nicht erwartet, dass du mich rettest, Schwesterherz.»

Stumm vor Scham und Zorn sah sie ihm zu, wie er den Teller in die Spüle stellte und aus dem Raum ging. Eine traurige Gestalt, der von jugendlicher Kraft nichts mehr anzumerken war. Als sie das Zuschlagen der Wohnungstür hörte, sprang sie auf und eilte ihm nach. Im Flur jedoch überlegte sie es sich anders und riss die Tür zu dem Zimmer ihres Vaters auf.

Müde sah er auf.

«Dachte ich es mir doch, dass du es nicht erträgst, so etwas unkommentiert zu lassen.» Seine Stimme klang gefasst, doch sein Blick wirkte beschämt.

«Wie kannst du so etwas tun?»

«Was denn?» Tiefe Falten durchfurchten Haralds Stirn, die Wangen, den Hals.

«Du darfst ihn nicht behandeln, als wäre er kein Mensch», sagte sie mit rauer Stimme.

«Als wäre er kein Mensch ...», wiederholte er nachdenklich. Mit einer müden Geste fuhr er sich über die Augen. «Der Mensch, Greta, gehört einer Spezies an, die ich kaum für schützenswert halte.»

Erneut fiel ihr nichts ein, was sie zu ihm sagen könnte. Ihr Vater wirkte wie jemand, der sich lieber freiwillig in einer Höhle verkriechen würde, als sich dem Familienleben zu widmen. Oder überhaupt anderen menschlichen Wesen, für die er wenig übrig zu haben schien.

«Wann bist du so geworden?», fragte sie nach einer Weile.

Um seine Mundwinkel zuckte es, doch dann trat der

übliche blanke Ausdruck auf sein Gesicht, der seine Gefühle wie ein Tresor vor der Außenwelt verbarg.

Sie ging, ohne noch etwas zu sagen, und fand Mickey die Straße hinunter ans Geländer gelehnt, den Rücken zum Hafen, wo auf dem schwarzen Wasser die Lichter der Stadt tanzten. Der Wind bauschte sein Jackett auf. Zwischen seinen Lippen klemmte eine Zigarette. Er versuchte ein Lächeln, das allerdings reichlich schief ausfiel.

«Du wirst mich jetzt sicher für einen Mistkerl halten», sagte er, sog den Rauch ein und atmete weiße Wolken in die Abendluft. «Aber das Ganze kam nicht unerwartet.»

Fragend sah sie ihn an.

Er rümpfte die Nase, trat sanft mit der Stiefelspitze gegen eine Straßenlaterne und räusperte sich. «Möglicherweise kannst du dir denken, was Vater von Jazz hält.»

«Nach dem zu urteilen, wie er eben reagiert hat, nehme ich an, nicht allzu viel.»

«Exakt. Nichts. Weniger als nichts. Er war doch bei den Amerikanern in Kriegsgefangenschaft. Seither hasst er alles, was mit ihnen zu tun hat. Ihre Musik, ihre Sitten. Für Kaugummi hat er nichts als Verachtung übrig. Als ich eines Tages verkündet habe, dass ich Klarinette spielen will, war er erst einmal angetan. Mozart, hat er gesagt, nicht schlecht, mein Junge. Und Polka, wird er sich gedacht haben, das ginge gerade noch. Aber ich habe eben nicht Mozart gespielt und Polka ebenso wenig. Ich habe mit Swing angefangen. Und dann mit Jazz. Und Vater hat getobt.»

«Deswegen hat er seine Glenn-Miller-Platte in den Müll geworfen, wegen seiner Zeit in Kriegsgefangenschaft? Aber eben hast du doch gesagt ...»

Müde rieb sich Mickey die Augen. «Das war gemein, das gebe ich zu. Wahrscheinlich hat er sie tatsächlich erst danach im Keller verrotten lassen.»

«Ich verstehe jedenfalls immer noch nicht, wieso sein Ausbruch für dich nicht unerwartet kam», sagte Greta, nachdem sie eine Weile nachgedacht hatte. «Ist er öfter so?»

Mickey nickte und wich ihrem Blick aus. «Ja. Und nein. Sagen wir es so, ich kenne Mittel und Wege, wie ich solche Ausbrüche herbeiführen kann.»

«Wieso solltest du herbeiführen wollen, dass er deinen Kopf in einen Suppenteller drückt?»

Er schnippte den Zigarettenstummel fort. «Das nun vielleicht nicht gerade. Aber dass er aus der Haut fährt, das habe ich schon gewollt.» Die nächste Zigarette glühte auf. Rauch verhüllte sein ebenmäßiges Gesicht. «Ich weiß, wie nervös ihn dieses Trommeln macht. Und dass er irgendwann die Fassung verliert. Und wenn er seine Fassung verliert, herrscht noch Wochen später das große Schweigen bei uns zu Hause. Wart's ab. Es wird dir vorkommen, als sei es zuvor wie im Hühnerstall zugegangen bei uns in der Küche. Vater sperrt sich noch vehementer als sonst in seinem kleinen privaten Gefängnis ein. Und Mutter hat ausnahmsweise mal die Krone auf. Ein wahres Freudenfest, das sie über die tristen Tage hinwegrettet. Immer und immer wieder schmiert sie ihm aufs Brot, was er falsch gemacht hat, und er wird kleiner und wütender und kleiner und wütender. Und ich ...» Er lachte freudlos. «Ich kann zur Abwechslung tun und lassen, was ich will.»

Verwirrt schüttelte Greta den Kopf. «Und was willst du tun? Oder lassen?»

Er fuhr sich durchs Haar. «Ich gebe ein Konzert im Barett. Mit einer Jazzband. Ihr Klarinettist ist ausgefallen. Sie haben mich gefragt.»

«Barett? Was ist das?»

Mickey riss die Augen auf, dann schien ihm einzufallen, dass Greta ja aus dem Ausland kam. «Der tollste Ort in ganz Hamburg, Schwesterherz. Wenn du Jazz suchst in unserer hübschen Stadt, wirst du ihn dort finden.»

«Das ist großartig», sagte sie, wusste aber, dass sie nicht wirklich enthusiastisch klang.

Er hielt den Blick eisern auf seine Schuhspitzen gesenkt. Augenscheinlich fühlte er sich ertappt.

«Aber damit ich es richtig verstehe», sagte sie, «noch mal von vorn: Wenn Vater sich wegen seines Ausbruchs schämt, kannst du dein Konzert geben, und er stellt keine Fragen.»

«Genau.»

Schweigend blickte sie in den Himmel. Kein Stern glühte in der Ferne, selbst dort oben sah es traurig aus.

«Das ist scheußlich», sagte Greta nach einer Weile. «Auch wenn ich mich natürlich für dich freue.»

«Magst du kommen?», fragte er und klang plötzlich schüchtern. «Es ist schon nächsten Sonntag. Verdammt wenig Zeit zum Proben.»

«Klar komme ich!» Sie verpasste ihm einen zärtlichen Stups gegen die Schulter. «Bist du sehr aufgeregt?»

Mickey machte eine wegwerfende Handbewegung.

Tatsächlich sah er aber aus, als sei ihm schon jetzt schlecht vor Nervosität.

Sie zog ihn an sich, atmete seinen Geruch nach Tabak und Seife ein, spürte, wie sich seine zunächst brettharten Schultern entspannten, ein bisschen nur, bis er sich aufrichtete.

«Man merkt, dass du nicht bei uns aufgewachsen bist, Schwesterherz.» Sein Grinsen war noch schiefer. «Du bist toll.»

«Du auch», sagte sie. «Eigentlich. Aber das eben war nicht nett.»

«Ich weiß.»

Nach einer Weile fuhr sie fort: «Du hättest mich zumindest vorwarnen können.»

Mickey zog sich am Geländer hoch. «Das stimmt. Aber wir haben uns kaum noch zu Gesicht bekommen in der letzten Zeit. Wo steckst du eigentlich immer?»

So sehr hatte Greta darauf gebrannt, Mickey endlich von Mariekes und ihrer Idee zu erzählen. Jetzt aber verspürte sie nicht mehr die geringste Lust dazu.

«Hier und da», sagte sie nur und zog sich ebenfalls hoch.

So saßen sie nebeneinander auf dem kühlen Metall, spürten den Wind im Rücken, und über ihnen riss hin und wieder die dichte Wolkendecke auf, um den Blick auf die silbern schimmernde Mondsichel freizugeben.

Keine fünf Wochen waren vergangen, seit sie in Hamburg angekommen war. Wie sehr sich ihr Leben seither verändert hatte! Alles fühlte sich fremd an, ungewohnt und irgendwie scharfkantig, während die Jahre in Stockholm, bis zu Annies Tod, in einem gemütlichen, gleichbleibenden Trott vergangen waren. In Hamburg hatte sie neue Freundinnen gefunden. Nicht nur Marieke, sondern auch Trixie, die Greta in der vergangenen Woche gleich zweimal zu Hause besucht hatte; auch wenn der Bungalow in Blankenese nicht gerade ein Ort war, an dem man sich gern aufhielt. Trotz der großen Fenster und hellen Einrichtung gab es etwas Düsteres in dem Haus, das Greta bei jedem Besuch wieder auffiel. An Renate Jensens Wunderlichkeit lag es nicht, ganz im Gegenteil. Ohne sie würde sich das Gebäude sicher wie ein Mausoleum anfühlen. Das allerdings konnte Greta Trixie wohl kaum sagen. Sie wirkte schon so unglücklich genug, in Seide und Taft gekleidet und mit teurem Parfum besprüht. So grundverschieden Trixie und sie selbst auch waren, Greta hatte die junge Frau ins Herz geschlossen.

Frisch blies Greta eine Böe ins Gesicht, als sie sich umwandte, um auf den dahinziehenden Elbstrom zu blicken. Sie liebte Schweden über alles, und immer wieder kehrte sie nachts in ihren Träumen dorthin zurück. Aber Hamburg … Hamburg fühlte sich richtig an, jedenfalls für den Moment. Und wenn sich etwas richtig anfühlte, musste man es zu bewahren versuchen, oder nicht? Wenn sie nur endlich mit dem Salon vorankämen …

«Wohin willst du?», rief Mickey ihr nach, nachdem sie wieder vom Geländer gehopst war und in Richtung Straßenbahnhaltestelle marschierte. «Ich denke nicht, dass Vater begeistert davon sein wird, wenn du einen Mitternachtsspaziergang machst.»

«Erstens ist es doch gar nicht so spät», rief sie über

ihre Schulter. «Und zweitens sagtest du doch selbst, dass er sich jetzt noch mehr einkerkert als zuvor. Glaubst du nicht, er hat schon damit angefangen?»

Dunkel lagen die Nissenhütten da. Bei kaum jemandem brannte Licht, außer bei Marieke, deren Fenster hell erleuchtet war.

Greta, in der neue Hoffnung prickelte, hob die Hand, klopfte und sagte leise, als sich im Innern nichts rührte: «Ich bin es. Greta.»

Sie hatte sich auf dem Weg alles zurechtgelegt. Sie würde Marieke bitte, im Notfall sogar anflehen, ihren gemeinsamen Salon zunächst hier zu eröffnen. Es wollte ihr sowieso nicht in den Kopf, dass Marieke diese Idee so entschieden abwehrte – bisher hatte sie doch auch hier gearbeitet. Zugegeben, Mariekes Zuhause wirkte kaum professionell, und es käme wohl einem Wunder gleich, wenn Kundinnen aus anderen Stadtteilen ihren Weg in diesen Teil Bahrenfelds fänden. Aber wäre nicht alles besser, als nichts zu tun und bloß zu warten? Denn langsam schien es Greta, als sei alles, was sie anfasste, zum Scheitern verurteilt.

Ein winziger Lichtblick nur! Die Aussicht, nicht mehr tagein, tagaus der mürrischen Stiefmutter gegenüberzusitzen, die argwöhnte, Greta wolle den Kriegsversehrten das bisschen, was ihnen blieb, wegnehmen. So schwer ihr das Leben nach Annies Tod auch erschienen war, hatte sie sich nicht verkrochen. Sie wollte nicht die Decke über den Kopf ziehen. Sie wollte sich lebendig fühlen, unter Menschen sein, sie wollte Trauer und Freude und

Leid miterleben, Teil von etwas sein. Teil von Mariekes und ihrem Schönheitssalon.

Sie klopfte erneut.

«Marieke, bist du da?»

Leise Schritte waren zu hören, dann öffnete sich die Tür einen Spaltbreit. Greta wollte munter drauflosschwatzen, als sie die Tränenspuren auf Mariekes Gesicht bemerkte. Der Blick ihrer Freundin wirkte entsetzlich leer.

«Um Gottes willen, ist etwas passiert?»

Marieke schüttelte mit Mühe den Kopf und trat beiseite. Dann besann sie sich. «Möchtest du Tee? Oder warte, heißes Wasser? Tee habe ich gar keinen.»

«Nein, danke. Aber ich wüsste gern, was mit dir los ist.»

Langsam verzog Marieke den Mund, um etwas zu sagen, doch es kam nichts. Sie trat zurück, ließ sich auf einen Stuhl fallen, nahm etwas vom Boden auf, das Greta im ersten Moment nicht erkannte, und hielt es müde hoch.

«Hier», sagte sie leise.

«Was ist das?»

«Ein Brief.»

Sie begann zu weinen. Als habe jemand einen Wasserhahn aufgedreht, strömten die Tränen nur so ihre Wangen hinab. Mit einem Satz war Greta bei ihr. Sie schlang die Arme um Mariekes schmale Schultern und zog sie an sich, flüsterte auf Schwedisch tröstende Worte in ihr Haar und wartete, bis Marieke in den Stoff von Gretas Bluse zu murmeln begann.

«Der Brief ...» Sie atmete tief ein und wieder aus. «Darin steht ... Sie geben mir Franz nicht wieder.»

Greta nickte, auch wenn sie keine Ahnung hatte, von wem Marieke sprach.

«Sie wollen ihn mir nicht wiedergeben, weil sich angeblich nichts geändert hat. Dabei versuche ich es doch! Ich arbeite und arbeite und bin brav, ich tue nichts, was sie mir vorwerfen könnten. Nie gehe ich abends weg. Nie empfange ich Herrenbesuch, jedenfalls nicht, wenn ich allein bin. Ständig erwarte ich, dass jemand vom Amt vor der Tür steht und nachschaut, ob hier alles im Besten ist. Es muss im Besten sein, das schreiben sie immer, im Besten. Im Besten wäre es aber, wenn Franz hier wäre!» Weinend vergrub Marieke ihr Gesicht noch tiefer in Gretas Bluse.

«Wer ist Franz?»

«Wie?»

«Wer ist Franz?», wiederholte Greta, die sich immer noch keinen Reim auf Mariekes geschluchzte Worte machen konnte.

Marieke wischte sich über die verweinten Augen. «Mein Sohn. Mein Kleiner, den sie mir weggenommen haben.»

Greta schluckte. Ihr Blick fiel auf den Plüschbären auf dem zweiten, wie immer liebevoll gemachten Bett. Daher saß er dort, ein bisschen traurig, so als warte er schon zu lange auf Gesellschaft. Deswegen wirkte das kleine Eck wie ein heiliger Schrein.

«Er lebt im Heim.» Es dauerte ein wenig, bis Marieke weitersprechen konnte, mit flacher Stimme, die von irgendwoher zu kommen schien, aber nicht aus ihr selbst. «Weil die Leute denken, jemand wie ich könne nicht für ihn sorgen. Sie haben ihn mir weggenommen, und andauernd versuche ich ... versuche ich ...»

«Ihn wiederzubekommen?», fragte Greta leise.

Marieke nickte.

«Aber sie lehnen ab. Immer wieder.»

Stille schwebte heran, setzte sich in den Ecken der kleinen Wohnung fest, nur hin und wieder unterbrochen von Mariekes leisem Schluchzen. In Gretas Kopf wirbelten die Gedanken umher, doch sie bekam kaum einen zu fassen.

Ein Kind ... Um Gottes willen. Alle Sehnsucht danach, ihr eigenes Leben in die Spur zu bekommen, wich bodenlosem Entsetzen. Marieke hatte ein Kind, und es durfte nicht bei ihr sein.

«Manchmal verbieten sie mir sogar, ihn zu besuchen», erklang Mariekes zitternde Stimme. «Weil ich mich angeblich nicht angemeldet habe, aber das stimmt nicht. Ich melde mich immer an, jedes Mal gebe ich gleich die Anmeldung für den Sonntag im nächsten Monat ab und dann auch gleich wieder. Und dann sagen sie, ich habe es vergessen oder verschusselt, weil so eine wie ich eben schusselig sei.»

«Wieso lebt er denn dort?», fragte Greta. «Warum haben sie ihn dir weggenommen?»

Wie immer versuchte das klägliche Ofenfeuer gegen die Kälte anzukämpfen. Doch es hatte keine Chance. Der kleine Raum mit seinem Wellblechdach war nicht besser gedämmt, als habe man Wolldecken aufgehängt, um sich vor neugierigen Blicken aus der Nachbarschaft zu schützen.

Marieke schwieg und nagte nachdenklich an ihrer Lippe. Dann atmete sie tief ein. «Sie haben gesagt, mein Leben ist nicht ordentlich genug. Ich habe als Kellnerin gearbeitet. Du weißt, was man da denkt, ja?»

«Nein, das weiß ich nicht», sagte Greta.

«Eine Kellnerin liebt die Gesellschaft, sonst wäre sie schließlich keine Kellnerin. Sie liebt vor allem die Gesellschaft von Männern, denn wer besucht schon Lokale? Männer, meist jedenfalls. Sie liebt es, mit ihnen zu plaudern und zu lachen und vielleicht noch ein bisschen mehr.»

Marieke starrte Greta so intensiv an, dass der ein wenig schwindelig wurde.

«Das Lokal, in dem ich gearbeitet habe, war ein Frühstückscafé. Dorthin kamen ebenso viele Frauen wie Männer, vielleicht sogar ein paar Frauen mehr, schließlich befindet es sich nahe dem Straßenbahndepot. Und dort arbeiteten zumindest damals mehr Frauen als Männer. So wie Rita. Ich hab sie dort kennengelernt. Viele Schaffnerinnen und Fahrerinnen und ein paar Schaffner und Fahrer. Ich habe gesagt, dass dort doch beinahe nur Frauen sind, weil die Männer doch fort waren oder kaputt. Aber sie haben es mir nicht geglaubt. Oder es war ihnen gleich. Und ihnen war auch gleich, ob ich in einem Frühstückscafé Kaffee und Butterbrote serviere oder nachts auf Sankt Pauli Sekt ausschenke.»

Mit Scham dachte Greta an ihren eigenen kleinen Tagtraum, den sie sich immer dann ausmalte, wenn sie auf

Trude wütend war. Dass sie in einem kurzen Kleid auf einem der Tische tanzte ...

«Eine Kellnerin bleibt eine Kellnerin, für die jedenfalls.»

Marieke nagte noch stärker an ihrer Unterlippe. «Vor allem aber bin ich nicht verheiratet. Das ist der Knackpunkt. Wäre ich verheiratet, hätte ich das Sorgerecht. Und dann wäre es schon ein bisschen schwieriger, ein kleines bisschen jedenfalls, mir meinen Franz wegzunehmen. Aber so ... Unverheiratet und Kellnerin. Das Schlimmste von allem, was eine Frau nur sein kann.»

Greta, die ein seltsam pelziges Gefühl auf der Zunge hatte, schüttelte ungläubig den Kopf.

«Ich glaube, in Schweden ist das anders.»

War es das? Sie wusste es nicht. Sie kannte keine Frau, die als Kellnerin arbeitete, und auch keine mit einem Kind, das ihr fortgenommen worden war.

«Ich will das Wort ja nicht einmal denken», fuhr Marieke im Flüsterton fort. «Sie haben es natürlich nicht geschrieben, aber gedacht, das habe ich aus den Briefen herausgelesen, und das habe ich in ihren Gesichtern gesehen. Die Fürsorge», erklärte Marieke, als sie bemerkte, dass Greta nicht recht mitkam. «Die Fürsorge war der Meinung, in einem so liederlichen Haushalt könne Franz nicht aufwachsen. Sie haben ihn mir weggenommen, als er zwei Jahre alt war. Jetzt ist er vier und das süßeste Kind der Welt. Ein kleiner, ganz dünner Spatz mit hellem Haar und einem Herzen ...» Sie kniff die Augen zusammen und massierte mit den Fingern ihre Nasenwurzel. Als sie weitersprach, klang ihre Stimme rau von unterdrückten

Tränen. «Er ist ein freundlicher, lieber Junge. Und er war immer so fröhlich. Hier.»

Mit eckigen Bewegungen lief sie zu ihrem Bett. Mit etwas, das sie unter ihrem Kissen hervorholte, kehrte sie zurück und hielt es Greta mit abgewandtem Gesicht entgegen.

«Hier», wiederholte sie. Das Medaillon war oval und schmucklos, das Silber angelaufen. In seinem Innern befand sich das daumennagelgroße Foto eines kleinen Jungen. Sein hellblondes Haar stand ihm struppig vom Kopf ab. Er hatte die großen Augen seiner Mutter und ein Lächeln, dem zwei Vorderzähne fehlten.

Greta griff nach Mariekes Händen, die sich anfühlten wie mit einem Reibeisen behandelt. «Gibt es eine Chance, eine Möglichkeit ...» Sie schämte sich der Frage, kaum hatte sie sie halb ausgesprochen. Wenn es eine gäbe, hätte Marieke sie nicht längst ergriffen?

«Ja», sagte Marieke tonlos. «Indem ich heirate.» Sie nahm das Schmuckstück mit der Fotografie wieder entgegen und schob es mit einer zärtlichen Geste unter ihr Kopfkissen.

Mickey, schoss Greta durch den Kopf. Er mochte Marieke, das war unübersehbar. Doch ihr lebenshungriger Bruder mit einem Stiefsohn ... Das war schwer vorstellbar.

«Wieso hast du mir nichts von Franz erzählt?», fragte Greta leise. «Dachtest du, ich hätte kein Verständnis für dich?»

«Nimm es mir nicht krumm, Greta, aber ich darf nicht daran denken. Denn wenn ich das tue, fällt alles auseinander. Dann schaffe ich nicht einmal mehr, aufzustehen und solche Sachen zu tun, wie Kaffee zu kochen. Dann würde ich nur dahocken und mir die Haare ausreißen, damit ich den Schmerz nicht so spüre. Also habe ich gelernt, es aus meinem Kopf zu schaffen. Ich lege meine Gedanken und Gefühle in eine kleine blaue Kiste, und diese Kiste verschließe ich. Den Schlüssel trage ich bei mir. Und nur wenn ich ihn nehme und aufschließe ...» Wieder unterbrach sie sich und musste sich sammeln, bis sie weitersprechen konnte. «Es geht nur so. Anders schaffe ich mein Leben nicht. Und wenn ich mein Leben nicht schaffe, bekomme ich Franz niemals zurück.»

Greta hatte Mühe, nicht selbst in Tränen auszubrechen.

«Was kann ich tun, Marieke? Soll ich ein Wort für dich einlegen? Ich weiß, auf mich als halbe Ausländerin hat bei der Fürsorge sicher niemand gewartet. Aber ich möchte dir helfen. Wenn ich dort vorsprechen könnte, um ihnen von unserem Salon zu erzählen ...»

Ohne ihrem Blick zu begegnen, schüttelte Marieke den Kopf.

«Aber es muss doch ...»

«Greta, glaub mir, ich habe versucht, was man versuchen kann. Aber es ändert nichts. Ich muss Bertram finden.»

«Wer ist Bertram?»

«Franz' Vater.» Marieke nickte zur Bekräftigung. Es schien, als brauche sie diese Art von Zuspruch selbst. «Er war zwar schneller weg, als ich gucken konnte, als er meinen Bauch wachsen sah. Aber wenn ich ein bisschen Geld habe, Greta, wenn ich ihm Geld geben kann, dann ...» Sie sprach nicht weiter und musste es auch gar nicht.

«Du willst ihn bezahlen? Wofür denn?»

«Damit er mich heiratet.»

Aus aufgerissenen Augen starrte Greta sie an.

«Bertram ist meine einzige Hoffnung darauf, Franz wiederzubekommen.»

«Aber wie willst du das machen? Hat sich Cyril schon ins Zeug gelegt?»

«Und wie», sagte Marieke. Traurig zupfte sie ihr dünnes Kleid zurecht. «Aber in den Zonen, in denen nicht die Briten waren, kann er rein gar nichts ausrichten. Und ich habe keinen Schimmer, wo Bertram stecken könnte.»

Erneut schloss Greta ihre Freundin in die Arme. Sie wagte es kaum, sie zu drücken, so verletzlich erschien sie ihr mit einem Mal. Nein, in Mariekes Nissenhütte konnte unter diesen Umständen kein Salon entstehen. Das stand außer Frage.

«Trude?»

Gretas Stiefmutter, die gerade die Tischdecke von unsichtbaren Resten des Frühstücks reinigte, hob mit einer Miene voller Ungeduld den Kopf.

«Ja?»

«Eine Freundin und ich möchten einen Kosmetiksalon eröffnen.»

Sie könnte Mariekes Namen natürlich ebenso gut nennen. Trude war nicht dumm, sie würde sofort wissen, um wen es sich bei Gretas Freundin handelte. Aber dafür war es jetzt zu spät, und so holte Greta tief Luft und hoffte, dass ihre Stimme keinen Aufschluss darüber gab, wie sie sich fühlte.

Denn Trude, mutmaßte sie, würde das eher freuen als sorgen.

«Und wie du vielleicht weißt», sie räusperte sich und hielt Trudes starrem, kühlem Blick eisern stand, «ist Hamburg nicht gerade gespickt mit freien Wohnungen und Läden.»

Trude runzelte die Stirn, kräuselte die schmalen Lippen und stellte fest: «Du bleibst also.»

«Ich ... Wie bitte?»

Es dauerte ein wenig, bis Greta begriff. Sie schüttelte den Kopf und setzte an, etwas zu sagen, verkniff es sich aber. So war das also. Trude hatte darauf gehofft, dass Greta in Hamburg nichts fände, das den Aufenthalt lohne. Und endlich verschwände, sodass das Leben, wie sie es in der Antonistraße acht bisher gelebt hatten, in aller Sprachlosigkeit und Trauer zurückkehrte.

Sie drückte den Rücken durch.

«Ja, das heißt es. Ich bleibe hier.»

«Und ich soll euch helfen, deiner Marieke und dir?» Trudes Stimme klang noch schriller als sonst.

«Das wäre sehr freundlich von dir.» Ihr Lächeln fühlte sich gezwungen an, doch sie hoffte, es sähe halbwegs echt aus. «Wir suchen einen Ort, an dem wir den Salon eröffnen können. Ein Zimmer, am besten ein Ladengeschäft mit Schaufenstern, ein günstiges natürlich, nicht in der Innenstadt.»

Greta wusste selbst, wie unwahrscheinlich es klang. Doch vielleicht konnte Mickey ihr ein wenig Geld leihen und vielleicht auch ihr Vater ...

«Aber selbst das ist wohl hochgegriffen. Es ist ja so viel

zerstört. Aber wem erzähle ich das, du weißt es ja so gut wie ich.»

Trude nickte, nun nicht mehr ganz so unfreundlich.

Greta schöpfte neuen Mut. «Bis wir etwas finden ... Was denkst du, Trude, wäre es möglich, den Salon hier zu betreiben? Hier in der Küche?»

Zugegeben, dies war nicht der freundlichste Ort. Aber sie könnte etwas daraus machen, mit ein paar Muscheln und einer neuen Lampe vielleicht, deren Licht weniger kalt strahlte. Und ...

«Hier?», fragte Trude tonlos. Alle aufkeimende Freundlichkeit war aus ihrem Gesicht gewichen.

«Nur übergangsweise», beeilte sich Greta hinterherzuschieben. «Und selbstverständlich bezahlen wir dafür.»

«Ich freue mich, dass du ausreichend Einsicht zu besitzen scheinst, niemandem mehr die Arbeit wegnehmen zu wollen», sagte Trude steif. «Aber mal abgesehen davon, dass ich darauf verzichten kann, beim Nachhausekommen fremde Damen in meiner Küche vorzufinden, werde ich eines mit Sicherheit nicht tun: einen dahergelaufenen Flüchtling hier aufnehmen.»

Greta traute ihren Ohren kaum. «Wie bitte?»

Statt ihr zu antworten, zeterte Trude weiter. «Dieses Ostpack soll bleiben, wo der Pfeffer wächst. Früher hätte man die ...»

Trude sprach nicht weiter. Greta hatte das Gefühl, gegen so viel Wut ankämpfen zu müssen, dass ihr kaum noch Raum zum Nachdenken blieb. Eben hatte sie noch ein Herz in Trude vermutet, doch damit war es vorbei. Diese Frau war so voller Wut, dass sie zu glühen schien.

Und nichts und niemand, schien es, konnte sie davon abbringen, den Grund für diese Wut bei anderen zu suchen und nicht bei sich selbst.

«Hätte man die Leute was?», fragte Greta kalt.

Trude schüttelte den Kopf und kniff verstockt die Lippen zusammen. War etwa auch ihr aufgegangen, dass sie einen Schritt zu weit gegangen war?

«Hätte man was, Trude?», fragte Greta erneut.

Ihre Stiefmutter wandte sich um und stapfte wortlos aus der Küche. Greta zitterte am ganzen Leib, merkte sie erst jetzt.

«Was ist denn hier los?», ließ sich Mickeys amüsierte Stimme vom Türrahmen aus vernehmen. «Hast du es tatsächlich geschafft, Mutter dazu zu bringen, einen Streit nicht bis zum bitteren Ende auszufechten? Ich habe nie so viel Erfolg gehabt. Meistens bin ich es, der sauer rausstürmt.»

Tatsächlich war gerade die Wohnungstür ins Schloss gefallen. «Sie ist weg?» Greta hatte Mühe, ihren eigenen Zorn wieder unter Kontrolle zu bringen. Am liebsten würde sie Trude nachlaufen und sie schütteln. Wie konnte man nur so verbohrt sein? So ... verliebt in die Idee, ungerecht behandelt zu werden, dass dahinter alles andere zurückblieb, alle schönen Gefühle, alle Freude daran, am Leben geblieben zu sein?

Mickey nickte. «Worum ging es denn?»

«Um Marieke. Sie ...» Im letzten Moment biss sich Greta auf die Zunge und ermahnte sich, zur Abwechslung einmal nicht hinauszuposaunen, was ihr durch den Kopf ging. Ihr Bruder wusste womöglich nicht von Franz. Marieke und sie hatten darüber nicht gesprochen, aber eines war Greta klar: An ihr war es nicht, Mickey von Mariekes Sohn zu erzählen.

«Wir suchen einen Ort, an dem wir einen Salon eröffnen können», sagte sie stattdessen und atmete erleichtert auf, dass Mickey ihr Zögern nicht aufgefallen war.

Nachdenklich sah er sie an und pfiff durch die Zähne. Dann dämmerte ihm etwas, und er brach in schallendes Gelächter aus.

«Und du hast geglaubt, ihr könntet das hier machen?»

«Für kurze Zeit. Bis wir etwas anderes finden.»

Er grinste immer noch über beide Ohren. «Du bist mir eine Nummer, wirklich ... Kommt Marieke eigentlich?»

Verwirrt sah sie ihn an. Wovon redete er?

«Zu meinem Konzert.»

Greta versuchte, nicht zu auffällig auf den Fußboden zu gucken. «Ich weiß nicht.»

Das Lächeln, das sie aufsetzte, kam ihr unecht und viel zu breit vor, doch Mickey schien es nicht zu bemerken.

«Ich hab ihr eine Einladung gebracht. Aber sie war nicht da, also hab ich sie unter der Tür hinuntergeschoben. Hat sie etwas zu dir gesagt?»

«Nein», flunkerte Greta. Sie wusste genau, dass Marieke nicht kommen würde. Nicht kommen konnte besser gesagt. Was würde schließlich geschehen, wenn der unwahrscheinliche Fall eintrat, dass die Fürsorge just am Sonntagabend auf die Idee kam, bei ihr vorbeizuschauen? Junge Damen, junge, ledige Mütter zumal, hatten sich nicht allein auf der Straße herumzutreiben. Und schon gar nicht in einem Nachtklub, Gott bewahre. Wenn dann noch herauskäme, dass die wenigen Engländer, die noch in Hamburg lebten, ihre Nächte am liebsten in ebenjenem Klub verbrachten ... Nein, so weit wollte Greta gar nicht denken.

«Klar kommt sie», sagte Mickey, da er von ihr keine Antwort bekam, und sah dabei so fröhlich aus, dass sich Greta nur mit Mühe zurückhalten konnte. Sie musste Marieke beknien, Mickey zumindest zu erzählen, dass sie das Konzert nicht besuchen konnte.

«Denn falls nicht», sagte er, und sein Grinsen fiel ein wenig in sich zusammen, «werde ich ihr bis ans Ende meiner Tage böse sein.»

Unschlüssig sah Greta ihn an. Sollte sie besser doch ...?

Nein. Es war Mariekes Sache. Greta würde sich nicht einmischen, auch wenn Mickey vielleicht helfen konnte. Denn was schließlich, wenn *er* Marieke heiratete? Nicht dieser Bertram, der wo auch immer steckte und sich aus dem Staub gemacht hatte, als er von Mariekes Schwangerschaft erfuhr. Würde Franz dann zu seiner Mutter zurückdürfen, auch wenn der Vater, der in sein Leben trat, nicht sein leiblicher Vater war?

«Du siehst aus, als würdest du etwas aushecken», sagte Mickey, den Kopf schief gelegt und grinsend.

Du besitzt nicht das Talent, Amor zu spielen, sagte sie sich. Marieke musste selbst entscheiden, was für sie richtig war. Auch wenn es sie am Ende unglücklich machte. Greta schüttelte den Kopf. «Quatsch», sagte sie und gab ihrem Bruder einen Stups.

7

Hamburg, 25. April 1954

Hui, ist das großartig hier!», rief Trixie über die Jazzmusik hinweg. «Ich bin zum ersten Mal in einem Nachtklub. Ich hätte nie gedacht, wie ... wie ... phantastisch es ist!»

Noch dröhnte die Musik aus den Boxen und kam nicht von der kleinen, ins hintere Eck gedrängten Bühne. Das Kellerlokal, in dem es stickig, heiß und dunkel war, war so gut besucht, dass Greta außer Rücken, Schultern und Nacken kaum etwas erkennen konnte. Die Leute tanzten sogar im Sitzen, verrenkten auf krakenähnliche Weise ihre Oberkörper und ließen dabei die Arme schlenkern.

Greta konnte nicht umhin, ein bisschen aufgeregt zu sein. Auch sie trieb sich üblicherweise nachts nicht in solchen Lokalen herum und würde am liebsten aufspringen und sich alles genau ansehen. Trixie neben ihr erinnerte inmitten all der mit dunklen Rollkragenpullovern bekleideten Leute an einen schillernden Kanarienvogel in einer Schar von Raben. Sie trug ein knallrosa Kleid, dessen tiefen Ausschnitt sie mit einem eleganten türkisfarbenen Seidentuch bedeckt hielt. Mit leuchtenden Augen sah sie sich um und betastete immer wieder vorsichtig ihre

Locken, von denen nicht eine einzige aus der Reihe zu tanzen wagte.

«Beeindruckend, findest du nicht?», fragte Trixie, deren warmer Atem über Gretas Wange strich.

«Ja, wirklich toll.» Wenn nur ihr Bruder, dessen großer Abend dies schließlich war, ihr nicht mit düsterer Miene gegenübersitzen und zum Eingang starren würde, um ja niemanden zu verpassen, der hereinkam.

Wie es aussah, hatte Marieke ihr Versprechen, Mickey mit einigermaßen plausiblen Erklärungen für heute abzusagen, nicht gehalten. So hatte Mickey nur abwehrend den Kopf geschüttelt, als ihn der Chef des Nachtklubs zu seinen Bandkollegen hinter die Bühne geleiten wollte, in der Hoffnung, Marieke würde jeden Moment das Lokal betreten. Bei jedem weiblichen Wesen mit dunklen Locken hellte sich seine Miene auf, nur um kurz darauf vor Enttäuschung geradezu in sich zusammenzufallen.

Er tat Greta entsetzlich leid. Zudem kam sie sich wie eine Lügnerin vor.

«Du bist sicher sehr aufgeregt, wie?», fragte Trixie und beugte sich mit leuchtenden Augen zu Mickey. Die Farbe ihrer Fingernägel, stellte Greta fest, passte exakt zu dem Rosa ihres Kleids, derselbe Ton fand sich auch auf ihren Lippen.

Mickey sah aus, als lege er sich seine Antwort in allen Einzelheiten zurecht. Er pflückte etwas Tabak von seiner Lippe, sah Trixie nachdenklich an und runzelte schließlich nur die Stirn, anstatt etwas zu sagen.

In Trixies Gesicht flackerte Enttäuschung auf. Greta hingegen wurde langsam wütend. Verständlich, dass er frustriert war und sein Frust die Nervosität sicher noch vergrößerte. Wie ein bockiger kleiner Junge musste er sich trotzdem nicht benehmen. Schon gar nicht Trixie gegenüber.

«Er *ist* aufgeregt», sagte Greta und starrte ihren Bruder aus zusammengekniffenen Augen an. «Und ein Dummkopf.»

«Ich?» Grollend wandte ihr Mickey das Gesicht zu. «Wieso?»

«Weil du mit versteinerter Miene hier herumsitzt und Cola in dich hineinschüttest, während du eigentlich bei deiner Band hinter der Bühne sein solltest, voller Vorfreude und Aufregung! Du trittst im Barett auf! Du hast selbst gesagt, dass es hier den besten Jazz der Welt gibt. Oder der Stadt, von mir aus», setzte sie nach, als Mickey protestieren wollte. «Und nun hockst du hier und schmollst, während du doch eigentlich da raufgehen solltest», sie fuchtelte in Richtung Bühne, «und den Leuten zeigen, was du kannst. Versteck dein Talent nicht. Es ist toll, es ist wunderbar und großartig und etwas Besonderes.»

Mickey schnaubte, doch in seinen Augen blitzte ungläubiger Stolz auf.

«Steh auf», forderte Greta ihn auf.

Mit gerunzelter Stirn musterte er sie. «Willst du mich höchstpersönlich nach hinten tragen?»

«Ich will dir Hals- und Beinbruch wünschen, und zwar so, wie man es in Schweden macht.»

Viel Platz gab es rund um ihren Tisch nicht, doch es gelang Mickey, sich von der zur Bar und zurück wogenden Masse nicht umstoßen zu lassen.

«Und jetzt?», fragte Mickey, nachdem er sich ein bisschen Platz verschafft hatte.

«Jetzt drehst du dich um», ordnete Greta an. «Und ich ... Na, du wirst schon sehen. Jedenfalls bringt es Glück und vernichtet alles Pech, und du kannst beruhigt und fröhlich zu deinen Bandkollegen gehen, die sich bestimmt schon fragen, wo in aller Welt ihr Neuzugang bleibt.»

«Ihr Ersatz.»

«Ihr Neuzugang», sagte Greta bestimmt. «Umdrehen.»

Er tat, wie ihm befohlen, und Greta trat ihm in den Hintern. Nicht doll. Aber ausreichend, um ihn ein paar Zentimeter nach vorn stolpern und die Damen an den Nebentischen in ungläubiges Kichern ausbrechen zu lassen.

«Entschuldige mal!», rief Mickey empört.

«Ich bin noch nicht fertig. Umdrehen, Bruderherz. Sonst wirkt es nicht.»

Als sich Mickey nach dem dritten Tritt zu ihr umwandte, sah sie, dass es funktioniert hatte. Er grinste, und seine Nervosität schien immerhin etwas kleiner geworden zu sein.

«Und jetzt geh und mach mich stolz.»

Dankbar zwinkerte er ihr zu und lief mit frischer Entschlossenheit auf den Bühneneingang zu.

«Dein Bruder ist wirklich süß», murmelte Trixie, an der Mickeys Enttäuschung, ihr statt Marieke gegenüberzusitzen, wohl vorübergegangen war. «Kennst du die Band?»

Greta schüttelte den Kopf.

«Oh. Stimmt, du bist ja nicht von hier.»

Auf Gretas fragenden Blick hin erklärte sie: «Sie haben

eine Sängerin! Also, ich glaube, sie ist nicht nur die Sängerin, sondern, ähm, leitet die Band oder so.» Eben noch hatte ihr Gesicht geleuchtet, doch jetzt fiel ein Schatten darüber.

«Erstaunlich, nicht wahr? Eine Frau, die sich so etwas zutraut ...»

Das hatte Micky ihr gar nicht erzählt. Wie verwunderlich, fand Greta, konnte allerdings nicht weiter darüber rätseln. Ein junger Mann stand plötzlich vor ihnen und stellte ungebeten zwei Gläser Schaumwein vor sie auf den Tisch.

«Zum Wohlsein!», sagte er mit starkem britischem Akzent.

«Wir haben nichts bestellt, vielen Dank.» Greta wollte ihm die Getränke zurückschieben.

«Nein, nein, bitte, trinken Sie. Zwei so hübsche junge Damen, ganz allein.» Er lächelte, verbeugte sich knapp und verschwand.

«Was war das denn?», murmelte Greta mehr zu sich selbst als zu Trixie, die sich ein Glas geschnappt hatte und es in einem Zug leerte.

Mit einem Mal machte sie einen verlorenen Eindruck.

Greta wollte sich zu ihr beugen, um etwas Tröstliches zu sagen, als eine Gestalt die Bühne betrat, die ihre gesamte Aufmerksamkeit für sich beanspruchte.

Mickey sah aus, als wünsche er sich bis mindestens Neuseeland. Er war bleich, sein Haar wirkte plötzlich verschwitzt, und er starrte so konzentriert auf den Bühnenboden, dass Greta immerhin davon ausgehen konnte, dass er nicht stolpern würde. Er wirkte allerdings kein bisschen selbstsicher. Auch kein bisschen glücklich darüber, endlich dort zu sein, wohin er sich so vehement gewünscht hatte.

«Noch etwas zu trinken, Ladys?» Wie aus dem Nichts war erneut ein junger Mann vor ihnen aufgetaucht und versperrte Greta die Sicht. Verärgert lehnte sie sich zur Seite und versuchte trotzdem, einigermaßen höflich zu lächeln, auch wenn sie sich fragte, wieso in aller Welt sie die Kerle nicht in Ruhe lassen konnten.

Auch dieser Herr sprach mit hörbarem britischem Akzent und ließ sich von der Tatsache, dass Greta gerade ihr noch volles Glas in die Hand genommen hatte, nicht weiter stören. Ohne ihre Antwort abzuwarten, platzierte er vor ihnen zwei Flaschen mit grasgrünem Inhalt, in deren Hälsen ein papiernes Schirmchen steckte.

«Wohl bekomm's.» Er machte eine galante Verbeugung. Anders als sein Vorgänger schien er jedoch auf etwas zu warten.

«Kann ich noch etwas für Sie tun?», erkundigte sich Greta kühl. Er war wirklich im falschen Moment aufgetaucht.

«Nun, verzeihen Sie … Dann noch viel Spaß, meine Damen.» Mit herabhängenden Mundwinkeln verzog er sich.

In Trixies Gesicht schoss Röte. «Zwei auf einmal. Das ist mir noch nie passiert.»

«Mit großer Wahrscheinlichkeit deshalb, weil du noch nie vorher in einem Nachtklub warst.» Das hatte ein Scherz sein sollen, doch Trixie blinzelte, als habe Greta sie mit ihren Worten verletzt.

Trixie senkte den Kopf.

«Du denkst sicher, ich kenne gar nichts von der Welt, oder?», fragte sie mit belegter Stimme. Verwundert sah Greta sie an. Wie kam sie denn darauf?

«Mit neunundzwanzig noch zu Hause leben», murmelte Trixie und trank die Flasche in nur einem Zug halb leer. «Und nichts weiter tun als den lieben langen Tag Illustrierte durchblättern.»

«Quatsch! Wieso sollte ich denn so was denken? Ich weiß doch, dass du dich um deine Mutter kümmerst. Wie willst du da noch Zeit haben für irgendetwas anderes?»

Trixies Augen füllten sich mit Tränen.

«Was ist denn mit dir, Trixie? Gefällt es dir hier nicht? Möchtest du lieber gehen?»

Mickey würde sie umbringen. Aber es half ja nichts. Trixie sah mit einem Mal todunglücklich aus.

Trixie machte eine wegwerfende Handbewegung, nahm zur Abwechslung einen großen Schluck Sekt und sagte: «Vergiss es. Ich wünschte bloß, ich wäre wer anders. So selbstbewusst und großartig wie jemand, der eine Band leiten kann. Eine Frau, die Erfolg hat, verstehst du? Und mit Erfolg meine ich nicht, berühmt zu sein oder so was, sondern einfach nur zufrieden damit, was man den ganzen Tag über getan hat.»

Bekümmert musterte Greta ihre Freundin. Was sollte sie darauf erwidern? Sie verstand zu gut, wovon Trixie sprach. Und ihr fiel rein gar nichts Tröstliches ein. Trixie lebte ihr Leben nur für ihre Mutter, dafür, sie zu umsorgen, während der Vater jeden Morgen hastig das Haus verließ und am Abend spät zurückkehrte, um nicht mit all der Trauer und Verwirrung umgehen zu müssen. Das war traurig. Daran ließ sich nicht rütteln.

«Guten Abend», ertönte eine samtene Stimme von der Bühne. Sämtliche Musiker hatten nun ihre Plätze eingenommen. Mickey hielt seine Klarinette so fest umklammert, als drohe sie wegzufliegen. Weiß leuchteten seine Fingerknöchel im schummrigen Licht.

Die Frau, die das Mikrophon ergriffen hatte, war eine imposante Erscheinung. Sie war groß und schlank, das dunkle Haar fiel ihr in langen Ponyfransen ins Gesicht, und in der Hand hielt sie ein Saxophon, das sie ansetzte, hineinblies, dann erneut «Guten Abend» sagte und dem aufbrandenden Applaus ein Ende setzte, indem sie auf Mickey deutete. «Unser neuestes Talent, ein junger Mann, aber mit einer wunderbaren Gabe gesegnet. Meine Damen und Herren, Mickey Buttgereit.»

Gretas Herz schlug so schnell, dass ihr fast die Luft wegblieb. Sie hatte das Gefühl, selbst dort oben zu stehen, den grellen Schein der Bühnenleuchten im Gesicht zu spüren, schwitzend, ängstlich. Doch dann setzte Mickey die Klarinette an die Lippen, und die Welt schien in einen Zauber zu fallen.

Ein gutes Ohr zu haben lag nicht in Gretas Familie, im mütterlichen Zweig zumindest. Die Töne, die jetzt erklangen, waren jedoch nichts, für das man ein geübtes Ohr haben musste. Greta spürte, dass ihre einzige Aufgabe war, sich fallen zu lassen, und schloss die Augen. Sie hatte das Gefühl, in einen Sog zu geraten, der mal schneller, mal langsamer wurde, ihr eine Geschichte von

Liebe und Leid erzählte, von Sorgen und Nöten und der Fröhlichkeit, mit der dem Leben begegnet werden sollte.

Als Applaus losbrach, öffnete sie blinzelnd die Augen. Selbst Trixie wirkte wie entrückt und schien ihre Trauer zumindest für den Moment vergessen zu haben. Das Publikum klatschte noch immer begeistert. Ein paar Leute brüllten nach einer Zugabe. Mickeys Gesicht leuchtete vor Stolz. Wie ein Fisch im Wasser wirkte er. Von dem jungen Mann, der seinen Vater zur Weißglut brachte, um sich ein wenig Freiraum zu erkämpfen, war nichts mehr zu sehen. Mickey stand da, die Klarinette jetzt mit lockerem Griff haltend, konzentriert, aber nicht mehr nervös, jemand, dem die Bühne einen Lebensmittelpunkt bot.

Auch die anderen Musiker fielen nun ein. Die Frau mit dem Saxophon schien die Band tatsächlich zu leiten. Alles Licht sammelte sich auf ihrem Gesicht mit den geschlossenen Augen und dem hochkonzentrierten Ausdruck. Greta konnte nicht anders, als sie großartig zu finden.

Trixie beugte sich zu Greta, doch bevor sie etwas sagen konnte, verbeugte sich ein junger Mann vor ihr und flüsterte ihr etwas ins Ohr. Trixie verzog das Gesicht.

«Nein», sagte sie mit abweisender Stimme. Und schob in steif klingendem Englisch hinterher: «Thank you very much.»

Er verzog sich mit enttäuschter Miene.

«Was wollte er?», fragte Greta.

«Tanzen», antwortete Trixie knapp.

«Tanzt du nicht gern?»

Trixie sagte nichts darauf, sondern strich sich mit bedrückter Miene über die Stirn.

«Ich weiß, wir kennen uns noch nicht besonders lange», sagte Greta, «aber ich bin eine gute Zuhörerin. Und ich finde es toll, dass du dich um deine Mutter kümmerst. Aber du solltest dir auch hin und wieder ein bisschen Spaß gönnen. Tanzen ist doch nichts Schlimmes.»

Nachdenklich sah Trixie sie an und seufzte. «Das ist es nicht.»

«Nein?»

«Ich bin vergeben. Oder besser gesagt: Mein Herz ist es.»

«Oh!» Greta konnte ihre Überraschung kaum verbergen. Trixie in festen Händen? «Das ist doch wunderbar.»

«Na ja ...», sagte Trixie kaum hörbar.

Greta musste sich vorbeugen und ihre Ohren spitzen, um sie zu verstehen.

«Ich bin in einen amerikanischen Soldaten verliebt. Seit sieben Jahren schon.»

«Oh!», sagte Greta noch einmal, denn etwas anderes fiel ihr beim besten Willen nicht ein. Amerikanische Soldaten gab es in Hamburg sicher nicht häufig, immerhin war dies die britische Zone gewesen. Sie musste zugeben, dass sie sich mit den Gepflogenheiten hierzulande nicht auskannte, hatte jedoch stets angenommen, dass die Briten in ihrem Gebiet blieben, die Amerikaner in ihrem und die Russen und Franzosen ebenso.

«Und wie häufig seht ihr euch?»

Erneut füllten sich Trixies Augen mit Tränen, und diesmal kullerten sie auch ihre Wangen hinab.

«Nie.»

«Nie?»

Trixie schüttelte den Kopf. «Genau genommen bin ich ihm nur ein einziges Mal begegnet. Ich kenne nicht einmal seinen Namen. Absurd, nicht wahr? Aber obwohl ich ihm nur das eine Mal begegnet bin, weiß ich einfach ... Ich weiß, dass er der eine für mich ist. Mein Mann, so komisch es klingt. In der Erinnerung sehe ich seine Augen, den Blick, mit dem er mich mustert. Und dann ...» Sie schluckte und kniff die Augen zusammen. «Ich bin mir sicher, er hat ebenso empfunden wie ich.»

Greta rückte näher an Trixie heran und nahm ihre Hand. «Erzähl mir, wie du ihn kennengelernt hast. Und wieso ihr euch nicht wiedergesehen habt.»

Mit sehnsüchtiger Miene nestelte Trixie an einem Kettenanhänger, etwas Rundem, vielleicht war es ein Medaillon. Als Greta genauer hinsah, erkannte sie, dass es sich um einen Knopf handelte.

«Den hat er mir geschenkt.»

«Wo bist du ihm denn begegnet?»

«Im amerikanischen Sektor. In der Nähe von Bremen, als ich versucht habe, meinen Großvater nach Hamburg zu holen.» Erneut presste sie die Lider aufeinander. Mit einem Mal sah sie wieder hundeelend aus. «Er lebte in Köln, war sehr krank. Schwach vom Krieg, in dem er fast verhungert wäre. Dann kam der Winter. Ein grässlicher Winter, war er auch in Schweden so schlimm?» Sie wartete Gretas Antwort nicht ab. «Siebenundvierzig, im November, bin ich los und habe Großvater geholt. Ich war zweiundzwanzig. Bin losgefahren, ohne zu wissen, wie das alles funktioniert. Dass du für jede Sektorengrenze Papiere brauchst. Dass kein Zug einfach durchfährt. Du musst quasi an jedem Bahnhof, den er passiert, umsteigen oder aussteigen und dann wieder einsteigen nach ewiger Warterei.» Trixie blinzelte, holte tief Luft und blickte scheu in Richtung Bühne. «Möchtest du nicht deinem Bruder zusehen?»

«Das tue ich ja», sagte Greta. «Aber deine Geschichte möchte ich auch gern hören.»

Trixie schenkte ihr ein dankbares Lächeln. «In einem Kölner Restaurant, in dem er seine Lebensmittelkarten einlöste, sollte ich Großvater treffen. Ich fragte den Wirt, ob er ihn heute schon gesehen habe, und da zeigte er mit dem Kinn auf einen Mann, der ein paar Schritte von mir entfernt stand. Er war bloß Haut, Knochen und ein löchriges Hemd. Mein Großvater. Ich hätte ihn im Leben nicht erkannt.» Sie schniefte und fuhr sich mit der Hand über die Stirn. «Die Fahrt zurück war noch schlimmer. Diesmal hatte ich ja ihn dabei. Und auch wenn wir so gut wie keine Wertsachen besaßen, hatte ich grässliche Angst, dass uns alles gestohlen würde, wenn ich den Fehler machen würde einzuschlafen. Ich war wach, drei Tage lang oder besser gesagt drei Nächte.» Sie redete, als erlebe sie die Zeit noch einmal, mit angespanntem Gesicht und starrem Blick. «Großvater fielen schon die Augen zu, wenn er hockte, zu mehr besaß er gar nicht mehr die Kraft. Ein großer Teil der Bahnstrecke war zerstört. Also hieß es immer wieder aussteigen, auf einen anderen Zug warten. Auf Bahnsteigen und in Unterführungen schlafen, denn die Bahnhofshallen waren zerstört, und waren sie es nicht, hatte man sie verrammelt. Unzählige Gestalten trieben sich dort herum, die mir Angst machten. Da kam dieser

Soldat. Er stellte sich vor mich. Ich holte unsere Papiere hervor, doch er winkte ab. Ich solle mich auf den Koffer setzen, der sowieso halb leer war, und schlafen. Er würde auf uns achtgeben. Dann hat er Großvater und mich mit seinem Mantel zugedeckt. Als ich aufwachte, war er immer noch da. Es war schon Morgen. Er hat sicher vier Stunden neben uns gewacht.» Ein Lächeln legte sich über ihr Gesicht. «Und ich hatte geschlafen, als könne mir niemand auf dieser Welt etwas antun.»

«Und dann?»

«Unser Zug fuhr ein. Er wollte, dass ich seinen Mantel behalte, aber ich habe gesagt, dass ich es nicht will. Da hat er einen Knopf abgerissen und ihn mir gegeben. Und Großvater und ich, wir sind abgefahren.»

«Du hast ihn nie mehr gesehen?»

Stumm schüttelte Trixie den Kopf.

Von Mitgefühl ergriffen starrte Greta sie an. «Glaubst du, er ist noch in Deutschland?»

Trixie senkte den Kopf. Eine Träne löste sich von ihrem Kinn und tropfte auf ihre Bluse, auf der sich ein dunkler Fleck abzeichnete. «Ich glaube, nicht. Die Soldaten bleiben ja immer nur für ein paar Jahre. Dann kehren sie in die USA zurück oder müssen ...» Sie schluckte und rieb sich über die Augen. «Vielleicht wurde er nach Korea versetzt.»

«Oh, Trixie.» Greta wusste wieder nicht, was sie darauf sagen sollte. So viele Soldaten aller Seiten waren im Koreakrieg gestorben. Niemand hatte anfangs glauben können, dass es fast nahtlos weiterging mit dem Kämpfen; ein Krieg folgte auf den nächsten, immer wieder griffen die Männer nach den Waffen, und einer nach dem anderen starb und mit ihnen so viele andere, die eigentlich unbeteiligt waren ... Auch ihr traten Tränen in die Augen, und sie hatte Mühe, sie wegzublinzeln. Nahm es denn niemals ein Ende?

«Wenn ich ihm nur meinen Namen gesagt hätte. Aber das ist mir nicht einmal eingefallen. Ich war so ...» Trixie schüttelte den Kopf und suchte nach Worten. «Ich war ergriffen, auf eine seltsame, unwirkliche Weise. Mir sind diese praktischen Dinge überhaupt nicht in den Sinn gekommen. Ich habe ihn bloß ansehen wollen, und Meter um Meter Entfernung drängte sich zwischen uns, und ich war immer noch ... glücklich. Als wenn es nichts gegeben hätte, was besser hätte sein können.»

Sie blinzelte, zupfte den Strohhalm aus der Flasche mit der grasgrünen Flüssigkeit, setzte sie an den Mund und leerte sie in einem Zug. Mit einem ordentlichen Wumms ließ sie den Flaschenboden anschließend auf die Tischplatte krachen und versuchte, das Kinn in die Hand zu stützen, rutschte jedoch ab und knallte beinahe mit der Stirn auf.

Oje. Greta stand auf. «Bleib hier, und lass dich nicht ansprechen», sagte sie. «Ich bin in drei Sekunden wieder da.»

Sie kämpfte sich an rhythmisch wippenden Köpfen vorbei und durch Schwaden von Zigarettenrauch bis zur Bar vor und atmete auf. Hier herrschte regelrecht gute Luft für einen Nachtklub, und da sich das Publikum auf das Konzert konzentrierte, hatte sie den Tresen für sich allein. Natürlich nur wenn man vom Barmann absah, der ihr einen blütenweißen Hemdrücken zukehrte.

Verzückt betrachtete sie die Bar. So stellte sich Greta die Regale in ihrem zukünftigen Salon vor: gefüllt mit einer Vielzahl an Lotionen, Cremes, Duftwassern und Ölen. Hinter sich hörte sie Mickey sich schwer ins Zeug legen. Wieder ein Solo. Das war schon etwas Besonderes.

Dann dachte sie wieder an Trixie und runzelte bedrückt die Stirn. Langsam ergab alles Sinn: Trixies Einsamkeit, die ihre Freundin womöglich noch mehr an ihre Mutter band, ihr elegantes Aussehen, das immer wirkte, als sei sie für eine große Begegnung herausgeputzt. Ob sie hoffte, ihr Soldat stünde eines Tages doch vor ihrer Haustür, auf magische Weise angezogen, obwohl er ihre Adresse ja gar nicht kannte und mit großer Wahrscheinlichkeit längst nicht mehr in Deutschland war?

Aber wieso stand sie eigentlich hier und dachte nach, wenn sie doch längst wieder bei Trixie sein sollte?

«Hallo», rief sie dem Rücken des Barmanns zu, doch in exakt diesem Augenblick blies die Saxophonistin in ihr Instrument. Greta wandte sich um, stellte sich auf die Zehenspitzen und hielt nach ihrem Tisch Ausschau. Doch die Gäste waren zu zahlreich, sie verstellten ihr die Sicht.

Sie drehte sich wieder zur Bar. «Entschuldigung», versuchte sie es mit erhobener Stimme ein weiteres Mal. «Dürfte ich bestellen?»

Keine Reaktion. Mit gekonnten Handgriffen beförderte der Barmann das Grünzeug, das er eben gehackt hatte, in einen Silberbecher, gab schwungvoll eine durchsichtige Flüssigkeit hinzu und schraubte, jetzt doch etwas unelegant, wie sie fand, den Deckel darauf, um das Ganze durchzuschütteln.

Als er sich doch endlich zu ihr umdrehte, erkannte sie, warum es ihm schlussendlich an Eleganz gemangelt hatte. Ihr schoss Röte ins Gesicht, so sehr, dass ihre Augen zu tränen begannen und sie am liebsten fortgelaufen wäre.

Aber Bange machen galt nicht. Sie brauchte Kaffee.

«Guten Tag», sagte sie. Wie war sein Name noch gleich gewesen? «Ich hätte gern eine Tasse Kaffee. So stark es geht.»

Nachdenklich sah er sie an, und sie hatte das Gefühl, in diesen grünen Augen zu versinken. So sehr, dass ihr schwindelig wurde.

Sein Blick verhärtete sich, als auch ihm einzufallen schien, woher sie einander kannten.

«Oh», sagte er. «Guten Abend.»

Er musterte sie. In seinem Gesicht lag etwas Besonnenes, das Greta schon bei ihrer ersten Begegnung an der Reeperbahn gefallen hatte.

«Was kann ich Ihnen bringen?», fragte er und verbesserte sich gleich: «Was kann ich dir bringen? Greta, nicht wahr? Wir duzen uns ja.»

Sie räusperte sich. «Ja, Greta. Und du bist ...»

Er sagte nichts darauf. Sie musste also wohl selbst darauf kommen.

«Kaffee möchtest du? Den gibt es hier nicht. Dies ist ein Nachtklub.»

«Dann nehme ich ...»

«Portwein?», unterbrach er sie. «Führen wir bedauerlicherweise ebenso wenig wie Ananastorte.»

Finster starrte sie ihn an. Offenbar wollte er sie auf den Arm nehmen. Nun, sollte er doch.

«Dann nehme ich ein Glas Wasser. Bitte», fügte sie eisig hinzu.

Er sah sie immer noch stumm an. Was nun? Würde er sich etwa weigern, sie zu bedienen?

«Hör mal», sagte sie und lehnte sich beinahe über die Bar. «Es war doof von mir, dich so auszuquetschen, aber es war mein erster Tag in Hamburg, ich hatte einen hässlichen Zusammenstoß mit meiner Stiefmutter, die ich erst vierundzwanzig Stunden lang kannte, habe mich allein gefühlt und mich gefragt, ob es in Hamburg eigentlich immer regnet. Ich wollte bloß mit jemandem reden, der nett ist. Und du sahst nett aus.»

Dass sie ihn jetzt alles andere als nett fand, war eine andere Sache, die sie aus Höflichkeit jedoch nicht erwähnen würde.

«Und es wäre sehr freundlich von dir, wenn du mir ein Glas Wasser geben könntest. Oder Coca-Cola, das gibt es hier, das weiß ich. Weil dort hinten nämlich eine Freundin von mir sitzt, die etwas betrunken und sehr unglücklich ist. Daher wäre ich dir wirklich sehr dankbar, wenn du mir etwas zu trinken für sie geben könntest, denn eigentlich bin ich schon viel zu lange fort und würde mich gern um sie kümmern.»

«Ich weiß etwas. Aber einen kleinen Moment musst du dich gedulden», sagte er zu ihrer Überraschung. Und da fiel ihr wieder ein, wie er hieß: Felix. *Der Glückliche.*

Fasziniert beobachtete sie, wie er geschickt mehrere Stängel hackte, ein paar blaue Blüten darüber verteilte und mit dem Handballen zerdrückte, alles in einen Mischbecher gab und diesen mit einer Flüssigkeit auffüllte, bei der es sich hoffentlich nicht um Alkohol handelte. Als sie den Kopf anhob, wäre sie fast unwillkürlich zurückgewichen.

Sein Blick war von plötzlicher Sanftheit. Wie ein Streicheln, das sie körperlich zu spüren glaubte.

«Ich bin gleich zurück», murmelte sie, drehte sich um und flüchtete. Sie wusste nicht genau, wieso sie das tat. Lag es an seinem plötzlichen Wandel von Schroffheit zu Freundlichkeit? Nein, es war wohl eher seinem Blick zu verdanken, dass sie sich mit zusammengebissenen Zähnen durch die Menschenmenge arbeitete. Doch warum ließ sie sich davon aus dem Konzept bringen? Freundlich hatten sie auch schon andere Männer angesehen. Aber nicht derartig... innig. So innig. So als habe er etwas in ihr entdeckt, das sie vor der Welt lieber verbarg.

Vielleicht interpretierte sie aber auch viel zu viel in seinen Blick hinein und sollte jetzt lieber ebenfalls keinen Alkohol mehr trinken.

«Wie geht's dir?», fragte Greta, als sie sich auf ihren Stuhl fallen ließ.

Trixie saß eingefallen da, war aber glücklicherweise unbehelligt geblieben und blickte Greta müde an.

«Ich hab Durst», sagte sie. Plötzlich hellten sich ihre Züge auf, als ihr Blick hinter Greta wanderte.

«Oh», sagte sie und versuchte wacklig zu lächeln. «Guten Abend.»

Als sich Greta umwandte, stand Felix dicht vor ihr. Er reichte ihr ein Glas mit einer kühlen, goldfarbenen

Flüssigkeit, in der Eiswürfel und eine Limonenscheibe schwammen.

Mit einem Mal wusste sie vor Verlegenheit nicht mehr, wie man sich auf Deutsch bedankte. Sie wusste auch nicht mehr, wie es auf Schwedisch hieß. Nur Leere herrschte in ihrem Kopf, und das war ziemlich unangenehm.

«Bitte sehr», sagte er.

Darauf sagte man *danke*, nicht wahr?

«Danke», nuschelte sie und nahm das Glas entgegen. Himmel, sie kam sich blöd vor.

Greta nahm einen Schluck, obwohl das Getränk doch für Trixie gedacht war, und war schlagartig wach und ganz da.

«Das schmeckt phantastisch! Was ist das?»

Er lächelte. «Brennnessellimonade. Mit einem bisschen von diesem und jenem und natürlich Ysop. Einem Hauch davon.»

«Du bist ein Magier.»

Er senkte den Blick und sagte etwas, das sie nicht verstand. Sie beugte sich vor. «Was hast du gesagt?»

«Ich würde dich gern wiedersehen.»

Oh.

Eine Verabredung? Sie konnte so etwas nicht besonders gut. Man musste nur an ihren missglückten Versuch mit Ragnar denken, vor Urzeiten in Stockholm. Es gab solche und solche Frauen, hatte ihre Freundin Märit immer gesagt. Manche eigneten sich für Herzensdinge. Andere – Greta zum Beispiel – nicht.

«Gehst du gern spazieren?»

«Wer in aller Welt geht nicht gern spazieren?», gab sie

erstaunt zurück und vergaß darüber glatt ihre Verlegenheit.

Er lächelte wieder dieses zurückhaltende Lächeln, das so anders wirkte als das der meisten anderen Kerle. Überhaupt nicht siegessicher, sondern nett und freundlich.

«Da gibt es so einige, glaube ich.»

Es fiel ihr schwer, ihn nicht anzustarren, dabei sollte man als Frau doch besser Zurückhaltung üben. Aber sie konnte nicht anders. Am liebsten würde sie sich die Form seiner Nase genau einprägen, die in seinem ansonsten so klaren Gesicht auf interessante Weise grob wirkte. Und weiter in diese Augen blicken mit ihrem orange gepunkteten Kreis um die Iris, doch den bildete sie sich vielleicht auch nur ein. Konnte man so viel in der Dunkelheit hierin überhaupt erkennen? Und sollte sie nicht vielleicht doch lieber mal wegsehen?

«Ähm», sagte er leise. Er hatte einen ausnehmend schönen Mund. Nicht zu voll die Lippen, aber auch nicht schmal.

«Hm?», sagte sie.

«Möchtest du? Mit mir spazieren gehen, meine ich?»

«Oh ja!» Wahrscheinlich grinste sie wie ein Honigkuchenpferd. Die meisten Leute mochten ihr Lachen, aber Märit hatte sie öfter darauf hingewiesen, dass sie nicht besonders elegant damit aussah. Doch irgendwie konnte ihr Märit gerade gestohlen bleiben.

«Am Mittwoch?»

Sie saß da, mit dem Getränk in der Hand, das wohl das köstlichste war, das sie je getrunken hatte, und fühlte sich so aufgeregt, dass sie unmöglich irgendetwas sagen könnte. Irgendwann aber schaffte sie es zu nicken, und er blinzelte ihr erstaunlich selbstbewusst zu und verschwand.

«Der ist ja fast so hübsch wie dein Bruder», murmelte Trixie. «Bist du mit dem auch verwandt?»

«Nee», sagte Greta, drückte Trixie endlich das Glas mit der Limonade in die Hand und fragte sich, wieso alles, aber auch alles in ihr kribbelte. «Glücklicherweise nicht.»

«Ich werde nie mehr froh, nie wieder!»

Mit vorwurfsvollem Gesicht, als sei es seine Aufgabe, daran etwas zu ändern, beugte sich Trixie zu Mickey, der sich müde und erschöpft neben sie gesetzt hatte, sein stolzes Grinsen jedoch nicht unterdrücken konnte.

«Das Mädchen gehört ins Bett», flüsterte er Greta zu.

«Ich kann nicht nach Hause!», rief Trixie, die wohl von den Lippen lesen konnte. Vergeblich versuchte sie sich aufzusetzen und sackte wieder in das Polster zurück. «Mein Vater darf mich so nicht sehen.»

«Natürlich musst du nach Hause», insistierte Mickey.

«Auf keinen Fall!» Trixie hickste. «Ich habe gesagt, ich übernachte bei einer Freundin.»

«Bei mir?», fragte Greta.

«Nee. Bei einer Freundin, bei irgendwem. Ist ihm auch egal. Ich muss nur um halb neun morgen früh zu Hause sein. Punkt! Dann spielt er Schach. Er spielt Schach, und ich muss mich wieder um Mutter kümmern.» Noch einmal startete sie einen Versuch, sich aufzurichten. «Wisst ihr, was?» Auffordernd starrte sie Mickey und Greta an, bis diese gleichzeitig den Kopf schüttelten. «Ich bin der unglücklichste Mensch auf der Welt. Nee, das ist

Quatsch. Es gibt natürlich noch viele Leute, denen es noch blöder geht als mir. Aber hier drin, hier drin ...» Zur Bekräftigung schlug sie sich auf die Brust. «Hier drin geht es mir richtig schlimm. Richtig ... fies. Richtig dreckig!» Sie schaffte es fast, die Musik zu übertönen. «Ich will noch was trinken.»

«Trixie, das geht nicht.»

«Ich will aber.»

«Ich bringe dich nach Hause.»

«Ich kann nicht nach Hause!»

Ratlos sahen sich Greta und Mickey an. Was nun? Sie in die Wohnung der Buttgereits mitnehmen? Das gäbe ein Geschrei, war aber immer noch besser, als Trixie in eine Taxe zu setzen und nach Hause zu schicken.

«Nun komm», sagte Greta sanft. «Ich lasse mir etwas einfallen. Aber erst einmal gehen wir an die frische Luft.»

Die allerdings hatte verschlechternde Wirkung auf Trixie. Hatte sie es drinnen noch geschafft, einigermaßen zielgerichtet einen Fuß vor den anderen zu setzen, sackte sie vor der Tür des Nachtlokals in sich zusammen, ließ sich auf das Pflaster plumpsen und weigerte sich, auch nur einen Schritt zu tun.

«Ich bleibe hier. Ich bleibe hier!»

Die Passanten, die vor ihnen die Straße überquerten, kicherten und schüttelten die Köpfe.

«Blödmänner», murmelte Trixie und holte tief Luft, um ihnen etwas hinterherzurufen.

«Trixie», fiel Greta dazwischen. «Passiert wirklich nichts, wenn du woanders übernachtest? Oder ruft dein Vater die Polizei?»

«Ha! Nie im Leben! Ich muss nur morgen da sein. Um neun. Nee, halb neun! Dann ist er zum Schachspielen verabredet.»

«Trixie, du kommst mit zu mir.»

«Greta», flüsterte Mickey warnend.

«Was?», funkelte sie ihn an. «Wo soll sie sonst hin?»

Er legte den Kopf schräg, überlegte und sagte schließlich: «Ich weiß was. Hans wird mich umbringen. Aber besser, als sie mit nach Hause zu nehmen, ist es allemal. Kommt.»

Die Taxe war etwas zu schnell die Bernstorffstraße hinuntergefahren und hielt nun ruckartig an der Ecke zu einer kleinen kopfsteingepflasterten Gasse, die das Straßenschild als Gilbertstraße auswies. Mickey zahlte, und Greta nahm sich vor, ihm ihre sämtlichen ersten Einnahmen in die Hand zu drücken, sollte sie je welche erwirtschaften.

Obwohl es sicher weit nach Mitternacht war, herrschte in den Gassen noch Betrieb. Herren in Trenchcoats, die Hüte tief ins Gesicht gezogen, marschierten mit langen Schritten an ihnen vorbei. Ihre Blicke blieben an Trixie hängen, die wie ein Sack Kartoffeln in Mickeys Armen hing, das Gesicht verschmiert von tuschegetränkten Tränen.

«Von hier kannst du morgen zu Fuß nach Hause gehen», erklärte Mickey, was hieß, dass die Reeperbahn mit ihren auf die Nachtschwärmer ausgerichteten Etablissements nicht fern war.

Er zückte seinen Schlüsselbund und stieß mit dem Fuß eine schwere Holztür auf.

«Mein Reich. Besser gesagt das meines Chefs.»

Greta hätte seinen Arbeitsplatz zwar lieber bei Tageslicht kennengelernt, sah sich aber trotzdem voller Neugier um. Sie hatte moderne Maschinen erwartet, viel Glanz und leises Surren. Stattdessen wirkte die Werkstatt wie aus der Zeit gefallen. Spinnweben, wohin sie sah. Der Boden voller Papierfetzen, Staub und Fußspuren. Eine massive Werkbank nahm unterhalb eines eisengefassten Fensters fast die ganze Wand ein. In der Mitte des Raumes befand sich das größte Waschbecken, das sie je gesehen hatte. Ein paar Maschinen waren drum herum gruppiert, auf den ersten Blick ließ sich jedoch nicht feststellen, wozu sie gut waren.

«Was macht ihr noch mal hier?»

«Bücher binden. Und die alten, wertvollen wieder auf Vordermann bringen.» Er zeigte auf das Waschbecken. «Sie werden gewaschen. Seite für Seite, Blatt für Blatt. Eine Heidenarbeit, das kann ich dir sagen.»

Greta drehte sich noch einmal um die eigene Achse. Der Charme des Raumes schlich sich langsam heran, aber dann traf er sie mit voller Wucht: «Das ist ja toll hier!»

«Na ja.» Er zuckte mit den Achseln. «Wenn du jeden Tag hier wärest, würdest du das sicher nicht mehr behaupten.» Und mit Blick auf Trixie, die mit geschlossenen Augen auf einen Stuhl gesackt war: «Glaubst du, sie muss sich übergeben? Falls ja, schaff sie zum Waschbecken, denn wenn sie hier alles vollspuckt, setzt mich Hans gleich morgen früh auf die Straße.»

Greta versprach ihm, dass sich Trixie nicht einen Zentimeter vom Waschbecken entfernen würde. Nachdem er ihr mit einer hilflosen Geste den Arm getätschelt hatte, verabschiedete er sich.

«Balenciaga», murmelte Trixie.

«Wie bitte?»

«Balenciaga», wiederholte Trixie so leise, als spreche sie im Schlaf. «Balmain. Cardin. Chanel.»

«Trixie, wovon redest du?»

«Ich ordne die Modeschöpfer alphabetisch.»

Nur ein Name kam Greta dunkel bekannt vor. Ja, Chanel hatte sie schon einmal irgendwo gehört.

«Und wieso in aller Welt tust du das?»

«Um mich abzulenken. Mir ist nicht gut. Dior. Gucci. Ferragamo.»

Zitternd stand sie auf und taumelte zu dem Waschbecken.

«Brauchst du ein Handtuch?» Hektisch sah sich Greta um. «Ich habe allerdings gar keines, fürchte ich.»

Doch Trixie übergab sich nicht, sondern stand bloß da, das Waschbecken umklammernd und leise keuchend.

«Lanvin. Lelong. Verflixt noch mal. Mir fällt niemand mehr ein.»

Greta, die begann, eine provisorische Schlafstätte aus Pappe, Arbeitskitteln und ihrem Mantel auf dem Boden zu bereiten, zuckte entschuldigend mit den Achseln. «Mode war noch nie meine Stärke, tut mir leid.»

«Meine schon», flüsterte Trixie. Sie schwankte gefährlich vor und zurück, und Greta sprang zu ihr, um sie im Notfall auffangen zu können. «Ich habe Formen und Stoffe schon immer geliebt. Und erst die Farben ...»

«Komm, Trixie. Schlafenszeit.»

«McCardell! Schiaparelli.»

«Möchtest du etwas trinken? Wasser, meine ich?», fügte Greta hinzu und sah sich vergeblich nach einem Behältnis um, das nicht mit Lauge gefüllt oder dreckig war.

Trixie schüttelte den Kopf, die Augen weit aufgerissen, die Haut so blass, dass sie an Milch erinnerte.

«Ich will arbeiten! Ich will wer sein. So wie die Frau heute, die auf der Bühne. Sie war phänomenal! So erwachsen und schön und selbstbewusst und ...»

«Ich verstehe dich ja», unterbrach Greta sie. «Aber lass uns morgen darüber reden, es ist spät. Und du musst um halb neun zu Hause sein.»

«Ich will nicht mehr nach Hause. Es ist so kalt und dunkel dort, obwohl es hell ist und warm. Verstehst du, was ich meine?» Sie wartete Gretas Antwort nicht ab. «Ich bin wie eine Wüste innerlich. Alles ist ausgedörrt. Ich habe überhaupt keine Wünsche mehr, Greta. Keinen einzigen!»

«Ach, Trixie.»

Sie schloss die junge Frau in ihre Arme. Nach kurzem Zögern ließ Trixie den Kopf auf Gretas Schulter sinken.

«Früher hatte ich so große Pläne», murmelte sie in die Bluse hinein. «Und alle mochten mich und sagten, sie sehen etwas in mir. Ich hätte Talent. Ich hätte ein Auge. Ich würde es zu etwas bringen.»

«Aber kannst du das nicht noch tun?», fragte Greta sanft.

«Wie denn? Ich wollte Mode studieren. Da gab es diese phantastische Schule. Und nichts habe ich mir sehnlicher gewünscht, als dort angenommen zu werden.» Trixie hob den Kopf und blickte Greta so traurig an, als sei sie hundertachtzig Jahre alt und spräche von einem Leben, das unendlich weit in der Vergangenheit lag. «Und weißt du, was? Sie wollten mich! Kannst du es glauben: mich? Ich wurde angenommen. An der Meisterschule für Mode.»

«Und was ist dann passiert?»

«Dann fand der Krieg plötzlich nicht mehr nur woanders statt. Im September hätte das Schuljahr beginnen sollen. Im Juli wurde die Schule bombardiert. Sie haben noch weitergemacht, allerdings ohne neue Schülerinnen aufzunehmen, und im Jahr darauf wurde sie dann geschlossen.»

«Du warst also nie dort?»

Trixie schüttelte den Kopf.

«Aber danach ... Gibt es die Schule denn nicht mehr?»

«Doch! Doch», wiederholte Trixie leise. «Sie wurde wiedereröffnet. Aber wie sollte das gehen? Soll ich mit meiner Mutter neben mir im Klassenraum sitzen?»

«Vielleicht könnte dein Vater auch etwas Verantwortung übernehmen.»

Trixie schnaubte. Sie schüttelte den Kopf und lachte heiser.

«Nein, nein. Jetzt haben wir den Schlamassel. Und ich stecke darin fest bis zum Sankt-Nimmerleins-Tag.»

Müll hatte sich im Rinnstein gesammelt, neben ihr torkelte ein betrunkener Mann seines Weges, glücklicherweise schien er sie aber gar nicht zu bemerken.

Müde kämpfte sich Greta durch die von der Morgensonne in freundliches Orange getauchten Gassen Sankt

Paulis. Vor ein paar Minuten hatte sie Trixie in eine Taxe verfrachtet und dem Fahrer eingeschärft, ja keinen Umweg zu fahren. Dann hatte sie in der Werkstatt aufgeräumt und die Tür hinter sich zugezogen, noch kurz dagestanden und an den gestrigen Abend gedacht, der wirklich seltsam gewesen war.

Was Trixie erzählt hatte, machte Greta traurig. Sie gab alles, wovon sie geträumt hatte, für ihre Mutter auf und blieb dabei selbst auf der Strecke.

Und Felix? Wieder kroch ein Lächeln in ihr Gesicht, und sie kämpfte mit dem albernen Wunsch, mitten auf der Straße einen Purzelbaum zu schlagen. Natürlich war sie nicht verliebt! Aber Felix, er war so ... interessant. Und leise. Und sein schönes Gesicht war eines, das sie gern sehr häufig betrachten würde, nicht nur von der einen Seite des Tresens aus, was sie sich im Übrigen auch nicht leisten könnte. Was sah er wohl in ihr? Wieso hatte er sie um eine Verabredung gebeten? Sie war nicht besonders hübsch, jedenfalls nicht an den Maßstäben gemessen, nach denen Mannequins ausgewählt wurden. Und sie benahm sich zweifellos auch nicht wie andere junge Frauen, die ihre Worte mit Bedacht auswählten, die leise waren und sich zurückhielten.

Aber vielleicht mochte er genau das an ihr.

Als sie wenig später die Tür zur Antonistraße acht aufstieß, schwappte Nervosität über sie. Ellen, die seit Freitag erkältet das Bett hütete, würde ihren Eltern mit Sicherheit erzählt haben, dass heute Nacht eine Person in ihrem Zimmer gefehlt hatte. Dass Mickey spät heimgekommen war, war schließlich das eine. Doch eine Tochter, die erst um neun am Montagmorgen die Wohnung betrat, würde ganz sicher für Unmut sorgen.

Tatsächlich: Kaum öffnete sie die Wohnungstür, ertönte schon Trudes schneidende Stimme. «Greta, bist du so freundlich und kommst in die Küche?»

Dort saßen, wie bei einem Tribunal, Ellen, ihr Vater und Trude. Greta blieb im Türrahmen stehen und lockerte ihren Pferdeschwanz. Sie war erschöpft und letztlich zu müde, um sich von den finsteren Mienen Angst einjagen zu lassen.

«Wo warst du?»

«Unterwegs. Mit einer Freundin.»

«Mit deiner Marieke, die nichts als Ärger macht.» Trude presste die Lippen mit so viel Kraft aufeinander, dass sie nur noch eine haarfeine Linie bildeten.

«Nein, nicht mit Marieke. Mit einer anderen Freundin. Und wenn du es so betrachten willst, solltest du vielleicht mich als diejenige bezeichnen, die nichts als Ärger macht. Marieke nämlich verbringt niemals einen Abend außerhalb ihrer Wohnung, und Trixie, wie meine andere Freundin heißt, hat es bis gestern auch noch nie getan. Es muss also an mir liegen.»

Mit dem Ausdruck ewig währender Enttäuschung schüttelte Trude den Kopf. «Harald. Es ist deine Tochter.»

Schweigend musterte er Greta. In seinen Augen las sie keine Wut, auch keine Niedergeschlagenheit oder Entrüstung. Da war nichts, und das war weit schlimmer, fand sie.

«Nun gut», zischte Trude. «Da du es nicht willst, mache

es eben ich. Wie ich es ja immer mache, nicht wahr? Greta, du bleibst fortan hier. Du gehst abends nicht mehr aus und auch nicht tagsüber, bis du eingesehen hast, dass sich eine junge Dame hierzulande nicht so benimmt.»

«Nicht wie?»

«Wie ein leichtes Mädchen.»

Gegen ihren Willen musste Greta lachen. Ein leichtes Mädchen. Was sollte das überhaupt heißen?

«Mutter, ich brauche das Zimmer, um zu lernen», schaltete sich zu Gretas Überraschung mit heiserer Stimme Ellen ein. «Ich bin sicher, dass Greta fortan immer zum Abendessen nach Hause kommt. Nicht wahr, Greta? Du weißt, dass du einen Fehler begangen hast, aber wenn man es einsieht, macht man es nicht noch einmal.»

«Es tut mir leid, Ellen, aber ich tue es sicher noch einmal.» Greta zögerte, doch Trudes giftiger Blick und der leere Ausdruck in der Miene ihres Vaters ließen ihr keine andere Wahl. «Denn ich halte es bei euch einfach nicht aus. Diese Stille hier. Diese Wortlosigkeit. Ihr seid eine Familie, aber unter welchen Umständen lebt ihr zusammen? Ihr mögt euch doch nicht einmal!»

Trude schnaubte. «Wie kannst du es wagen? Du Miststück, du kleines Miststück! Wir haben wahrlich genug gelitten, da musst nicht auch noch du kommen und uns quälen.»

«Andere haben weit mehr gelitten als ihr», sagte Greta. «Und ihr habt zugesehen. Oder mitgemacht, das weiß ich nicht. Aber es war euch gleich, und heute ist euch immer noch alles gleich, was außerhalb eurer kleinen, verbitterten Leben vorgeht. Ihr seid schreckliche Menschen.

Du, Vater, und du, Trude, furchtbar seid ihr und merkt es nicht!»

Kalkweiß saß Ellen da. Ihre dunklen Augen waren weit aufgerissen, sie kniff ängstlich die Lippen zusammen und schien nicht mehr zu atmen.

Trude holte aus. Dass sie etwas in der Hand hielt, hatte Greta zuvor nicht bemerkt. Sie traf Greta mit dem Zipfel eines Geschirrtuchs im Gesicht. Zunächst spürte Greta nichts, bloß erstaunt war sie. Dann begann die Haut unterhalb ihres linken Auges zu brennen.

Sie griff nach dem Tuch, und als sie es zu fassen bekam, zog sie mit einem kräftigen Ruck daran, sodass es Trude aus den Fingern glitt. Für den Bruchteil einer Sekunde war Greta selbst versucht auszuholen. Doch sie ließ es bleiben, zerknüllte den Stoff und stürmte hinaus.

«Wie siehst du denn aus?»

Marieke öffnete die Tür ein Stück weiter und ließ Greta hinein. Gleich beim ersten Schritt ins Innere fiel die Anspannung von Greta ab. Sie hob die Hand, um Rita zu begrüßen, die ihrerseits die Arme ausbreitete und sie zu sich winkte.

«Komm her, Liebchen, was ist denn los mit dir?»

Dankbar ließ sich Greta umarmen. Sie schloss die Augen, spürte Ritas hageres Schlüsselbein an ihrer Wange und sog den Duft von frisch aufgebrühtem Kaffee ein.

«Jetzt setzt du dich, Marjellchen, und erzählst uns, was in Gottes Namen passiert ist. Du hast ja einen ganz schönen Kratzer abgekriegt.»

Greta schüttelte den Kopf und wusste gar nicht, wo sie anfangen sollte. Sie begann mit dem gestrigen Abend, mit Felix und Trixie, kam aber rasch zu dem, was am Morgen in der Antonistraße vorgefallen war. «Es ist grässlich dort. Diese Kälte, mit der Trude und mein Vater mit allen umgehen. Und diese Stille! Nicht einmal eine Maus würde sich trauen, da einzuziehen, weil sie befürchten würde, Lärm zu machen. Ich wette, sogar Spinnen meiden die Wohnung.»

«Das glaube ich auch», sagte Marieke und an Rita gewandt: «Vier Personen leben da zusammen, na ja, mit Greta sind es jetzt fünf, aber von den vieren vermitteln alle den Eindruck, die anderen nicht ausstehen zu können. Obwohl, Mickey müssen wir natürlich davon ausnehmen. Aber die Eltern und die Kleine, Ellen ... Erbarmung, sag ich dir, das ist ein wahres Trauerspiel.»

«Ellen ist eigentlich lieb», flüsterte Greta und wischte sich den Rotz weg und die Wangen trocken, doch länger als ein paar Sekunden hielt dieser Zustand nicht an.

«Marjellchen, du weißt, wenn ich könnte, würde ich dich hier unterbringen!»

«Das weiß ich doch. Ich weiß, dass es hier nicht geht. Aber ich frage mich langsam, ob ich nicht doch nach Schweden zurückgehen sollte. Es ... Ich ... Meine Arbeit würde ich sicher zurückbekommen.» Das hatte ihr Fräulein Lundell jedenfalls zugesagt. Und wenn jemand zu seinem Wort stand, dann war das Gretas ehemalige Vorgesetzte. Natürlich gab es ein paar Probleme: Die Wohnung in Södermalm hatte sie aufgegeben, und in Stockholm etwas zu finden war vergleichbar mit der Situation in Hamburg. Zudem würde sie einige Formalitäten klären müssen, zum Beispiel die Frage ihrer Staatsangehörigkeit. Sie war Deutsche, sie war in Deutschland geboren worden, ihre Großmutter jedoch hatte ihre schwedische Staatsangehörigkeit nie aufgegeben. So war Annie mit der damals siebenjährigen Greta ohne großes Aufheben in ihr Heimatland zurückgegangen, und der schwedische Staat hatte nicht allzu genau hingesehen. Doch nun war Greta volljährig. Sie würde sich wohl gegen die deutsche Staatsbürgerschaft entscheiden müssen, wenn sie nach Stockholm zurückkehrte.

«Und Trixie ... Ihr Unglück zu sehen, das ist, wie in einen dunklen Schacht zu blicken. Dabei ist sie so talentiert. Was sie allein an Modenamen kennt! Ich habe davon viereinhalb Fünftel noch nie gehört. Aber sie sitzt nur zu Hause und näht Kleider für ihre Mutter, und wenn sie nicht achtgibt, zieht die sie sich wieder aus und klebt sich Zeitungen an den Leib.» Greta schüttelte den Kopf bei der Erinnerung an Trixies trauriges Gesicht. Wie tapfer sie zu sein versuchte! Und dann trank sie ein Glas Sekt und etwas Knallgrünes mit viel Alkohol, und alle Beherrschung fiel in sich zusammen. «Ich will nicht alle meine Träume aufgeben müssen wie sie», sagte Greta leise. «Aber mit unserem Salon kommen wir keinen Millimeter voran. Langsam glaube ich, wir werden nie einen geeigneten Raum finden. Genauso wenig, wie ich auch nur den kleinsten Hinweis auf Mama aufspüre. Überall Sackgassen. Niemand kann helfen, und das verstehe ich ja, die Leute haben genug mit ihrem eigenen Kram zu tun.» Mit einem Seufzer blickte sie auf ihre Hände.

«Himmel noch eins», sagte Rita, «da ist man mal ein paar Tage nicht hier, und schon geht die Welt unter!»

«Du hast doch kaum noch Zeit für uns, seit Heinrich wieder da ist», erklärte Marieke, wich aber Ritas Blick aus. «Nicht, dass ich das nicht verstehen würde! Andere Zeiten, andere Pflichten.»

Rita erstarrte. Ihre Augen füllten sich mit Tränen, als sie sich vorbeugte und leise sagte: «Glaub nicht, ich komme nicht mehr, weil ich eure Gesellschaft gegen die von Heinrich eingetauscht habe. So ist es nicht.»

Marieke starrte sie bohrend an. Sie hatte sich erst ein paar Tage zuvor bei Greta darüber beklagt, Rita kaum noch zu Gesicht zu bekommen.

«Ich komme kaum noch, weil das Leben nicht unbedingt einfacher geworden ist, seit er wieder da ist. Aber das wollte ich gar nicht sagen. Was ich sagen wollte, ist ...» Sie lächelte zittrig. «Ich glaube, ich kann euch helfen. Mit eurem Salon. Ich hätte vielleicht eine ... Räumlichkeit, in der ihr anfangen könntet. Etwas ungewöhnlich, wie ich zugeben muss. Aber besser als nichts, würde ich sagen.»

«Wirklich? Das ist ja phantastisch, Rita! Wo ist denn der Laden?», fragte Greta.

Rita blickte sie verschmitzt an. «Laden? Von Laden hab ich nichts gesagt. Es ist ein Wagen. Ein Lastwagen, genauer gesagt.»

Da weder Marieke noch Greta in Jubelrufe ausbrach, wiederholte sie es. «Wir haben einen Lastwagen, den keiner mehr braucht.»

Marieke guckte fragend. Auch Greta wollte sich nicht recht erschließen, wovon Rita sprach.

«Heinrichs Eltern haben doch einen Hof», redete die weiter und verhaspelte sich vor Aufregung jetzt fast. «Dort steht seit Urzeiten so ein alter Karren. Ein Ungetüm, sag ich euch. Aber wenn man ihn hübsch macht, erst mal von innen ... Nee, erst mal von außen, damit überhaupt wer reinguckt. Und ein Waschbecken reinbaut. Ein paar Regale. Das geht doch!»

«Das geht inwiefern?», erkundigte sich Marieke ratlos.

«Oh!», sagte Greta. «Du meinst, wir basteln uns einen fahrbaren Schönheitssalon?»

«Exakt!»

Marieke sah skeptisch aus.

«Der wird ganz schick, das verspreche ich euch!», Rita schien sich mit jeder Sekunde mehr für ihre Idee zu begeistern. «Er ist groß. Riesig, wirklich. Und er fährt. Glaube ich zumindest. Vor ein paar Jahren tat er es noch. Wenn ihr da ein bisschen Arbeit reinsteckt, Mädchen, habt ihr den besondersten Salon von allen in der Stadt! Und ich weiß schon, wie ihr mir den bezahlt. Mit Gratishaarschnitten und unzähligen Verjüngungsmassagen. Mit Butter *und* Brotkrümeln!» Rita zwinkerte Greta zu.

«Ich tue dir gern ein halbes Brot rein», sagte Greta, «aber denkst du wirklich ...» Sie vollendete ihre Frage nicht. Ein Lastwagen als mobiler Schönheitssalon, so dumm war die Idee vielleicht gar nicht. Sie blickte zu Marieke, die allerdings kein bisschen überzeugt dreinschaute.

«Ich richte den Karren bis zum Wochenende etwas her, was meint ihr?», fragte Rita. «Und dann wollen wir doch mal sehen, ob es nicht noch bloß ein paar Tropfen Öl und eine Wäsche braucht, um den schönsten Salon aller Zeiten hinzustellen. Und wenn ihr am Ende trotzdem nicht wollt, dann wollt ihr nicht. Kein Problem.»

Vorsichtige Freude regte sich in Greta. Sie würde alles dafür tun, nicht jetzt schon nach Stockholm zurückkehren zu müssen. Denn in Stockholm gab es keine Marieke, keinen Mickey. Und keinen Felix mit seinen irritierend grünen Augen und dem Lächeln, das so bezaubernd schüchtern war.

8

Hamburg, 28. April 1954

Immerhin regnete es nicht. So blieb Greta trocken, während sie zur verabredeten Zeit an der verabredeten Stelle am Alsterufer stand und den Ausblick auf das funkelnde Wasser, die kreuzenden Segelboote und Wolken genoss. Anfangs jedenfalls. Langsam fragte sie sich allerdings, ob sie sich womöglich im Datum geirrt hatte. Hatte Felix gar nicht von diesem Mittwoch gesprochen, sondern von nächster Woche?

Sie war gerade im Begriff, enttäuscht wieder nach Hause zu stapfen, als sie Schritte auf dem Kies hörte.

«Wartest du schon lange?», fragte Felix, der mit geröteten Wangen und außer Atem heraneilte.

Unschlüssig sah sie ihn an. Und sagte zu ihrer eigenen Überraschung: «Ich bin auch gerade erst gekommen.»

Wieso in aller Welt log sie? Sie stand seit zwanzig Minuten hier und spürte vor Kälte kaum mehr ihre Füße, sie hatte sich zwei Tage lang überhaupt nicht auf das Treffen mit ihm zu freuen getraut, es dann aber heute umso vehementer getan.

Sie wartete seit zwanzig Minuten, das *war* lange, was sie ihm jetzt auch mitteilen würde.

«Entschuldige, die Bahn fuhr nicht», sagte er, bevor sie ein Wort sagen konnte.

Verblüfft dachte sie darüber nach, dass ihre Bahn noch gefahren war. Es hatte auch nicht so ausgesehen, als sei im Anschluss daran ein Feuer auf der Dammtorbrücke ausgebrochen.

Obwohl sie nichts gesagt hatte, senkte er verlegen den Kopf und murmelte: «Das war Quatsch, das mit der S-Bahn. Ich bin zu spät gekommen, weil mein Bruder meine Hilfe brauchte.»

«Wobei denn?», fragte sie und versuchte, nicht zu eingeschnappt zu klingen.

Er räusperte sich. «Sei mir nicht böse, aber darüber würde ich lieber nicht reden.»

Jetzt war sie gänzlich verwirrt. Er hatte doch damit angefangen! Sie hatte schon gar keine Lust mehr, hier zu sein. Wäre sie doch nur nach fünfzehn Minuten gegangen, dann wären sie einander gar nicht erst über den Weg gelaufen.

«Magst du noch spazieren gehen?», fragte er schüchtern. «Oder hast du die Lust verloren? Ich würde es dir nicht übelnehmen.» Verlegen rieb er sich die Nase. Seine Hand wies ein paar Kratzer auf, die nicht so aussahen, als stammten sie von einer verspielten Katze oder einem Rosenbusch. Eher, als habe er sich geprügelt. Als er ihren Blick bemerkte, nahm er rasch die Hand hinunter und ließ sie in der Tasche seines dunklen Blousons verschwinden.

«Na ja, Lust habe ich schon», sagte sie nach kurzem Zögern. «Außerdem bin ich jetzt hier und du auch. Und wenn ich mich nicht schleunigst bewege, wachse ich wohl fest.»

Erleichtert grinste er und bot ihr den Arm an. Schweigend liefen sie über den knirschenden Kies. Gretas Ärger darüber, so lange auf ihn gewartet zu haben, schwand langsam. Der Tag, obwohl kühl, war mit seinen rasch dahinziehenden Wolken und der klaren Luft einfach zu schön, um ihn miesepetrig und nachtragend zu verbringen. Etwas befangen aber fühlte sie sich weiterhin.

Als sie den Steg eines Ruderclubs erreichten, den zu betreten nur Mitgliedern erlaubt war, blieb Felix unvermittelt stehen.

«Ich habe dich ja noch gar nicht gefragt, wie es dir geht!»

Betroffen sah er sie an. «Wie dein Abend im Barett noch verlaufen ist. Ich habe später noch mal Ausschau nach euch gehalten, aber da wart ihr schon weg.»

Vergeblich versuchte sie ihr erleichtertes Lächeln zu unterdrücken, das sich von einem Ohrläppchen zum anderen über ihr Gesicht zog. Er hatte nach ihr Ausschau gehalten? Also kam er wenigstens nicht zu spät, um ihr zu signalisieren, dass er sie eigentlich doch nicht kennenlernen wollte.

«Trixie ging es nicht gut. Und da mein Bruder sowieso fertig war ...»

«Womit denn?»

«Oh, er stand auf der Bühne. Mein kleiner Bruder spielt Klarinette in einer Jazzband, und er hat seine Sache augenscheinlich so gut gemacht, dass er auch weiter bei ihnen mitmachen darf. Als zweiter Klarinettist! Habe ich das gar nicht erwähnt?» Sie schwappte glatt über vor Stolz.

Grinsend schüttelte er den Kopf. «Der Junge etwa, dem alle Mädchen zu Füßen lagen? Jetzt verstehe ich, warum du überhaupt einen Blick für mich übrighattest. Deinen Bruder kannst du ja schlecht anhimmeln.»

«Kam er wirklich so gut an?», fragte sie ungläubig.

«Oh ja.»

Wenn sie Mickey das erzählen würde …

«Mein Abend war, na ja, später ein bisschen traurig», sagte sie. «Ich musste Trixie in der Werkstatt unterbringen, in der mein Bruder arbeitet. Und als ich morgens nach Hause kam …»

«Morgens?» Er grinste noch breiter. «Holla!»

«Ich konnte meine Freundin doch nicht allein dort lassen. Jedenfalls war weder mein Vater sonderlich entzückt noch meine Stiefmutter.»

Felix nickte. Prüfend sah er sie an. «Kommt daher der Kratzer auf deiner Wange?»

Unwillkürlich fuhr sie mit dem Finger darüber. Er war kaum mehr zu bemerken, bloß eine kleine Kruste noch.

«Trude hat mit dem Geschirrtuch ausgeholt.»

Stirnrunzelnd starrte er sie an.

«Mach dir darüber keine Gedanken», sagte sie, merkte aber selbst, wie wenig überzeugend es klang. Sie senkte den Blick. «Das wird sie sicher kein weiteres Mal tun. Es ist bloß so … niemand fühlt sich zu Hause sonderlich wohl, und ich fürchte, es liegt an mir.»

«Familie ist immer schwierig», sagte er nach kurzem Nachdenken. «Man glaubt, bei ihr ganz und gar sicher zu sein, aber wenn man ehrlich ist, muss man zugeben, dass sich zu Hause der größte Kriegsschauplatz von allen befindet.»

Sie runzelte die Stirn, doch er schien das nicht weiter ausführen zu wollen.

«Weiter?», fragte er.

Schweigend schlenderten sie zu einer Stelle, an der die Alster sommers als Schwimmbad genutzt zu werden schien. Hier wuchs das Schilf nicht bis ans Ufer heran. Leise glucksend wurden die Wellen an die Wiese gespült, in der Ferne paddelte ein Schwanenpärchen, und in etwas geringerem Abstand zog eine Ente vorbei.

Greta bückte sich, um ihre Schuhe auszuziehen, was Felix mit einem ungläubigen Blick quittierte.

«Das Wasser ist eiskalt. Bist du dir sicher, dass du deine Füße da reinstecken willst?»

«Nee», sagte sie. «Das wollte ich gar nicht.»

Dummerweise hatte sie nicht so weit vorgeplant, ihren Badeanzug anzuziehen. Doch in Schweden schwamm man auch mal nur in Unterwäsche, was war schon dabei? Immerhin war ihre dunkelblau und würde somit nicht plötzlich durchsichtig sein. Und wenn sie erst einmal im Wasser wären, hoffte sie, würde sich auch diese blöde Unsicherheit davonmachen. Seit wann war sie eigentlich so schüchtern? Normalerweise machte es ihr nichts aus, mit Fremden ins Gespräch zu kommen. Bei Felix aber ...

«Ähm», sagte er, als sie sich aus ihrem Pullover zu winden begann. «Ich glaube, dafür könnte man dich festnehmen.»

Sie erstarrte, den Pullover halb über dem Gesicht. «Wirklich?»

«Ja. Du darfst dich nicht einfach ausziehen.»

«Nicht?»

«Nein!»

Ernüchtert zog sie den Pullover wieder herunter. «Ich wollte übrigens nicht nackt baden», erklärte sie ihm sicherheitshalber. «Sondern in Unterhemd und Schlüpfer.»

Felix' Augen weiteten sich. Er verzog die Miene zu einer Grimasse und sah so aus, als habe er sich auf einen Igel gesetzt.

«Ich wollte dich auch nicht in Verlegenheit bringen», sagte sie erschrocken. «Und ebenso wenig war mir klar, dass so etwas ein Verbrechen sein könnte.»

Ihr fiel wieder ein, wie rot Mickey geworden war, als er Mariekes hochgerutschten Rocksaum erspäht hatte. In Schweden war man auch nicht gerade freizügig, doch es wurde oft geschwommen und die Sauna besucht, auch wenn sich dort natürlich nur Frauen unter Frauen und Männer unter Männern tummelten. Es war keine große Sache, hier und da nackte Haut zu zeigen. In Deutschland, wie es schien, jedoch schon. Ihr wurde heiß, so unangenehm war es ihr, schon wieder das getan zu haben, was ihre Spezialität war: voranzupreschen, ohne nachzudenken oder sich zu erkundigen, was hierzulande eigentlich üblich war.

«Du, Greta?»

«Ja?» Sie wagte es nicht, ihn anzusehen. Sie starrte bloß auf ihre Stiefel, die vor ihr standen. Sie stieg hinein, ohne den Blick vom Boden zu heben, und wünschte sich weit, weit fort.

«Ich ...» Er räusperte sich, und nun sah sie doch auf.

Ohne dass sie es bemerkt hatte, war seine Jacke verschwunden. Nun nestelte er den linken Arm aus dem Hemdsärmel. Er machte einen so gequälten Eindruck, dass es ihr fast das Herz brach. Dennoch hob er den Arm, als wolle er ihn ihr reichen.

«Wolltest du auch deswegen nicht?», fragte sie nach einer Weile, die sie auf den Stumpf geblickt hatte. «Hast du Angst, ich finde sie hässlich, deine Narbe?»

Nach einer unendlich wirkenden Weile nickte er.

«Darf ich genauer gucken?»

Sie konnte den Schmerz förmlich spüren, der ihm ins Gesicht geschrieben war. Was erwartete er: dass sie angeekelt zurückzucken würde? Oder so tun, als sei alles normal, als verliefe nicht eine gezackte, schwulstige Narbe quer über den Armstumpf, dort, wo sie selbst einen Knöchel hatte?

«Mein Bruder hat mit einer Granate gespielt», sagte er leise. «Nach dem Krieg, in den Trümmern. Ich habe sie ihm weggenommen. Da ist sie detoniert.»

Ob es derselbe Bruder wie jener war, der auch heute Felix' Hilfe benötigt hatte?

«Danach war ich dann auch sichtbar anders als die anderen», sprach er mit unbeteiligt klingender Stimme weiter. «Insofern kann ich gar nicht behaupten, es habe mein Leben zerstört. Wäre vielleicht auch ein bisschen übertrieben, zwei Beine und meinen Kopf habe ich schließlich noch.»

Seine Worte klangen nach Einsamkeit, nach dem Willen, sich anzugleichen, aber auch danach, darin versagt zu haben.

«Kannst du schnell rennen?», fragte er und grinste schief.

«Ja», sagte sie.

«Dann lass uns baden.»

Er reichte ihr die Hand, und sie nahm sie. Felix half ihr beim Ausziehen und stand dabei ganz nahe, und sie spürte seinen Atem auf der Nasenspitze und roch den feinen Hauch von Pfefferminz darin.

Erstaunlicherweise kam es ihr wie das Natürlichste der Welt vor, sich von einem Mann, den sie kaum kannte, die Kleider vom Leib ziehen zu lassen und im Gegensatz auch ihm zu assistieren. Sie hielt Abstand, als seine Hose fiel, dann aber griffen sie wieder die Hand des anderen, grinsten sich an, schossen auf drei los und platschten so ungelenk ins Wasser wie zwei Nilpferde. Das Wasser war derart kalt, dass es ihr den Atem nahm. Dunkelbraun zudem, sodass sie kaum die Hand vor Augen sah, aber doch seine Beine schemenhaft erkennen konnte, die nicht weit von ihr ungelenke Schwimmbewegungen machten.

Sie kniff die Augen zusammen und lachte, was Blubberbläschen an die Oberfläche steigen ließ. Da fiel ihr ein, was ihr Linn einmal gezeigt hatte, an einem See irgendwo in der Ferne. In der Erinnerung sah sie Berge, es musste also wirklich weit weg gewesen sein.

«Schrei mal», hatte Linn Greta aufgefordert. «Hör zu, wie es unter Wasser klingt.»

Zusammen hatten sie die Köpfe unter Wasser gesteckt

und gebrüllt und gekreischt, was das Zeug hielt. Tausende Luftblasen waren aus ihren Nasenlöchern und Mündern gestiegen, und ein seltsames Gefühl hatte Greta gepackt. Voller Freude, voller Kraft hatte sie sich gefühlt, so als müsse sie nur ihre Wünsche hinaus in die Welt schreien, um sie erfüllt zu bekommen.

Atemlos tauchte Greta wieder auf. Zweige hingen in ihrem Haar, und das Schwanenpaar, das sie beim Warten auf Felix beobachtet hatte, beobachtete nun sie.

«He!», ertönte eine durchdringende Stimme von einem Steg, der zu ihrer Linken ins Wasser ragte. Darauf wedelte ein Herr empört mit seinem Regenschirm. «Liederliches Pack, macht, dass ihr hier wegkommt!»

Kichernd schwamm sie zu Felix, der naseabwärts im Wasser lag, und tippte ihm an die eiskalte Schulter.

«Wir sollten uns jetzt wirklich beeilen.»

Prustend, nass und kalt wateten sie aus dem Wasser, griffen ihre Sachen und düsten los. Felix war schneller als Greta, wartete aber an der Ecke auf sie. Im Schutz zweier Büsche zogen sie sich an, und als sie auf dem Kiesweg wieder aufeinandertrafen und ihren Spaziergang wie zwei, die sich zu benehmen wussten, fortsetzten, war es nur das nasse Haar, das sie verriet. Vielleicht noch ihre leuchtenden Augen. Oder die Tatsache, dass es keine Verlegenheit mehr zwischen ihnen gab, nicht das kleinste bisschen.

«Aus Moos, denke ich. Ja, Moos erscheint mir am plausibelsten.» Greta rührte in ihrer heißen Schokolade.

Felix und sie saßen in einem etwas heruntergekommenen Lokal in der Nähe der Krugkoppel, zitternd und mit den Zähnen klappernd, was aber keinem der am Tresen sitzenden Männer aufzufallen schien. Leise Musik untermalte gelegentliches Räuspern. Die Gäste trugen ärmlich wirkende Kleidung. Zerrissene Hosenbeine, abgeschabte Schuhe, Mützen, die aussahen, als könne sie auch ein Hase tragen und bequem seine Ohren hindurchstecken, lagen zerknautscht neben den Bier- und Schnapsgläsern.

Greta konnte sich nicht erinnern, je in einen so nördlichen Stadtteil Hamburgs vorgedrungen zu sein. Aber ihr Radius war klein gewesen, als sie noch mit Annie und ihrer Mutter hier gelebt hatte, und bis zum jetzigen Zeitpunkt hatte er sich noch nicht besonders ausgeweitet.

«Wieso ausgerechnet Moos?», fragte Felix.

Sie zuckte mit den Schultern. «Ich mag es. Es ist so weich und wärmt. Beinahe wie eine Decke, wenn man ausreichend davon ausrupfen würde und die Erde, die darunter klebt, nicht meist feucht und kühl wäre.»

«Eine Decke aus Moos.» Er nickte. «Klingt einleuchtend.»

«Und du?»

«Auch wenn ich dir die Frage gestellt habe, finde ich sie jetzt ziemlich bescheuert.»

«Du musst aber antworten.»

Er legte den Kopf schräg. An seiner Nasenspitze klebte noch etwas Matsch, ganz wenig nur, und Greta würde den Teufel tun und ihn darauf aufmerksam machen. Es war wie ein Beweis, dass sie das tatsächlich gerade getan hatten: einfach so ins Wasser zu springen. Und jetzt in einem Lokal zusammenzusitzen und darüber zu sprechen, mit welcher Pflanze sich am besten eine Wohnung einrichten ließ. Das war wirklich eine seltsame Frage. Es passte zu ihm, dass er sie ihr gestellt hatte, und sie wünschte, es gäbe mehr Menschen auf der Welt, die über so komische Sachen nachdachten.

«Ich würde auf das Offensichtliche setzen», sagte er nach einer Weile. «Bäume. Daraus lassen sich Möbel bauen, aus der Rinde kann man Teller formen, Besteck, Becher, alles drin. Allerdings habe ich nichts zum Zudecken, das habe ich nicht bedacht.»

Durch die Rauchschwaden zahlreicher an der Theke gerauchter Zigaretten warfen sie sich einen scheuen Blick zu.

Der einzige Mann, mit dem Greta je ausgegangen war, war wohl als das Gegenteil von schüchtern zu bezeichnen. Ragnar hatte pausenlos geredet, so viel, dass sie vor lauter Nicken und Aha-Sagen kaum zum Essen gekommen war. Was an sich nicht tragisch gewesen war, denn Ragnar hatte sie zum Surströmming-Essen ausgeführt, eine schwedische Spezialität aus vergorenem Fisch.

Ragnars Lieblingsthemen waren amerikanische Kinofilme gewesen, von denen sie nicht einen gekannt hatte, allerdings selbst heute noch wusste, welche Figur am Ende verliebt und welche tot war und wieso Amerikanerinnen besser tanzen konnten als die Schwedinnen: weil sie kleiner und schmaler waren und somit von ihren Partnern leichter in die Luft geworfen werden konnten.

Als er das gesagt hatte, war sein Blick missbilligend an Gretas Bauchbereich hängen geblieben. Mit ihren ein Meter einundsiebzig und deutlich mehr als sechzig Kilo war sie schließlich nicht gerade zierlich zu nennen. Sollte er je versuchen, sie über die Hüfte zu werfen, schien er sich auszurechnen, würde er Rückenprobleme bekommen.

Aber Felix war nicht Ragnar, ein Glück. Und er schien keinerlei Interesse daran zu haben, sie in eine liebreizende amerikanische Tänzerin zu verwandeln.

Er deutete auf ihre leere Kakaotasse und fragte: «Möchtest du noch etwas?»

Sie fragte sich, ob er schlecht von ihr denken würde, wenn sie Alkohol bestellte. Mickey war ja geradezu schockiert gewesen darüber, dass sie allein an einem Donnerstagmittag an der Reeperbahn Portwein getrunken hatte. Es schickte sich nicht für eine Frau, nahm sie an. Andererseits beschwerte sich niemand über all das Bier, das Männerkehlen hinunterrann.

«Glaubst du, hier gibt es Cocktails?»

Felix verschluckte sich fast an seinem Tee.

«Das heißt dann wohl nein, oder?»

Er grinste. «Ja. Aber mach dir keine Gedanken, ich habe eine Idee. Komm.»

Das Barett sah bei Tag ganz anders aus als bei Nacht. Gräuliches Licht sickerte durch die wenigen, schmalen Fenster herein, man hörte das Bimmeln der Straßenbahn vom nahen Stephansplatz und die S-Bahn, die über die Dammtorbrücke ratterte. Es war unspektakulär und ein bisschen ungemütlich, allerdings nur so lange, bis sie am Tresen Platz nahm und Felix die Lampen einschaltete.

«Glaubst du wirklich, niemand hat etwas dagegen?»

«Meine Chefs wundern sich eher, wenn ich nachmittags mal nicht hier bin», sagte er.

«Aber es gibt keine Gäste.»

«Ich arbeite ja auch nicht. Besser gesagt, ich werde nicht bezahlt. Aber wir waren uns schnell einig darüber, dass es für beide Seiten von Nutzen ist, wenn ich meine Experimente nicht mehr an zahlenden Gästen ausprobiere. Einmal ist ein Herr zusammengebrochen, noch bevor er die Toilette erreicht hat.»

Das erinnerte sie an Fräulein Lundells Erlaubnis, das Hinterzimmer des Salons zu nutzen, um ihre Cremes anzurühren, sich dabei allerdings unauffällig zu verhalten und ja keine ihrer Eigenkreationen den Damen vorn anzubieten.

«Moment mal», sagte sie, «bekomme ich jetzt etwa auch ein Experiment?»

Er lachte. «Keine Bange. Den Drink habe ich schon oft ausprobiert, und bisher ist niemand dran gestorben.»

«An einem anderen Getränk aber schon?»

«Nur fast. Es war ein bisschen Jakobskreuzkraut in den Pastinakenwein geraten.»

«Um Himmels willen!»

«Ich weiß.» Bei der Erinnerung zog er die Stirn in Falten. «Aber man muss es positiv sehen. Jetzt probiere ich immer erst selbst ein Stück von jedem Blättchen oder Stängel. Bitte sehr, meine Dame, wohl bekomm's.»

Er reichte ihr ein Glas mit durchsichtigem Inhalt. Eiswürfel klackerten darin, und ein Rosmarinzweig ragte über den Glasrand wie der Stiel eines Cocktaillöffels.

Ein herber, krautiger Duft stieg Greta in die Nase, als

sie trank. Sie schmeckte leichte Süße, die erfrischend und zugleich wärmend wirkte. Schon nach wenigen Schlucken spürte sie das klamme Unterhemd auf ihrer Haut nicht mehr.

«Selbst gemachter Gin aus Quitten mit ein bisschen Mineralwasser versehen», erklärte Felix. Stolz schwang in seiner Stimme mit. «Rosmarin, wie du unschwer erkennen kannst. Und ein winziges bisschen Zucker.»

Greta schloss die Augen und trank in kleinen, genüsslichen Schlucken. Dann blickte sie Felix an.

«Ich habe dir, glaube ich, noch nicht von meiner Mutter erzählt. Sie heißt Linn, eigentlich Linnea. Das ist ihr voller Name, auch wenn den kaum jemand benutzt hat.»

Ein wissendes Lächeln glitt über sein Gesicht. «Moos, deswegen. Besser gesagt Moosglöckchen.»

Überrascht grinste sie. «Ich dachte mir ja, dass du dich mit Pflanzen auskennst, aber so gut?»

«Na ja, ich habe Carl von Linné sehr bewundert.»

«Dann weißt du, dass er das Moosglöckchen geliebt hat.»

«Und dass das Moosglöckchen mit botanischem Namen Linnaea borealis heißt.»

«Woher wiederum der Vorname stammt, der in Schweden sehr beliebt ist.»

Sie blickten einander an, voller Verständnis darüber, dass man sich für so etwas Kleines und Unscheinbares wie ein Moosglöckchen begeistern konnte.

«Hast du schon einmal an einem gerochen?»

Felix schüttelte den Kopf, griff nach einem Geschirrtuch und begann geschickt, einhändig ein Glas zu polieren.

Mehr zu sich selbst als zu ihm sagte sie: «Es riecht nach Vanille und Mandeln. Und das Seltsame ist, dass meine Mutter auch so gerochen hat.»

Stumm sahen sie einander an. Greta biss sich auf die Unterlippe. Bei der Erinnerung war der Schmerz unvermittelt in ihr aufgestiegen. Das milde, warme Wohlgefühl, das eben noch ihren Bauch aufgefüllt hatte, war verschwunden. Zurück blieb nur Kälte.

«Was ist mit deiner Mutter geschehen?»

Greta wusste, dass es ihr guttat, nicht alles in sich einzukerkern, wie sie es zu Hause in Stockholm gelernt hatte. Auf der anderen Seite hatte sie beobachtet, dass die meisten Menschen bei einem so schweren Thema zusammenzuckten, verlegen wurden und nach gespieltem Interesse froh waren, wenn das Gespräch endlich wieder in heiterere Gefilde führte.

«Du suchst sie, nicht wahr?»

Er hingegen schien tatsächlich etwas darüber hören zu wollen.

«Du musst nicht darüber sprechen, wenn du nicht willst», sagte er und hörte auf, das Glas zu polieren. «Aber weißt du, was mir an dir gefällt? Du guckst auf meinen Arm und zuckst nicht gleich zusammen. Du guckst, doch du starrst nicht. Es wirkt, als wenn du akzeptierst, dass ich anders bin als die anderen, und es dir zugleich keine Angst macht.»

«Es macht mir auch keine Angst.»

«Siehst du», sagte er leise. «Man muss die Dinge bei den Leuten lassen, die sie erleben. Es ist meine Hand, die fehlt. Und was immer zwischen dir und deiner Mutter geschehen ist, ist etwas, das euch beide betrifft, mich aber nicht. Also kannst du es mir erzählen.»

Sie lächelte schief. Dann öffnete sie den Mund und erzählte, und als sie fertig war, sickerte kein Tageslicht mehr durch die schmalen Fenster.

«Ich sollte nach Hause gehen», sagte sie. Sie fühlte sich erschöpft und leer und war doch froh darüber, nichts ausgelassen zu haben.

«Ich begleite dich», sagte er. «Bis wir öffnen, ist noch eine Stunde Zeit.»

An einer Kreuzung wandte er sich ihr zu und fragte: «Was macht dir am meisten Freude? Wenn du traurig bist, was tröstet dich?»

Hilflos zuckte sie mit den Schultern. Dann besann sie sich. «Draußen sein. Pflanzen sammeln. Und wenn ich dann wie in Stockholm Lotionen oder Cremes daraus mixen kann, bin ich glücklich.»

Nachdenklich nickte er.

«Danke, dass du mich daran erinnert hast», sagte sie leise. Er grinste und bot ihr seinen Arm an. Als sie ihn nahm, spürte sie seine Wärme und den rauen Stoff unter ihren Fingern und wunderte sich darüber, wie schnell die dunklen Wolken über ihrem Kopf verschwunden waren.

«Malerisch», kommentierte Marieke, die Hände in die Seiten gestützt, und sah sich auf Heinrichs Hof um, der auf Greta alles andere als malerisch wirkte.

Seit vier Tagen hatte es schon nicht mehr geregnet, was dem Boden jedoch nicht anzumerken war. Graubraun war er und so weich, dass jeden Schritt ein quakendes Geräusch begleitete. Hinter den Häusern duckten sich ein paar knorrige Obstbäume. Ein zerfleddertes Huhn stakte darunter umher und gackerte unglücklich. Greta versuchte, den Blick nicht zu weit umherschweifen zu lassen, derart erdrückend wirkte die kleine Ansammlung von Häusern mit ihren löchrigen Dächern, blinden Fenstern und schiefgetretenen Treppen, die zu den nicht besonders einladend wirkenden Türen hinaufführten.

«Hier wohnt ihr also, Heinrich und du.»

Rita nickte und zog die Nase hoch. «Heinrich, seine Eltern und ich.»

Zum wiederholten Mal versuchte einer der Hunde seine Schnauze in Gretas Mantel zu stopfen. Er war glücklicherweise klein, ansonsten hätte sie sich gefürchtet, und starrte sie aus schwarzen Knopfaugen freudig an. Froh über seine offen gezeigte Zuneigung, ging sie in die Hocke und streichelte sein borstiges Fell.

«Er mag dich.» Rita trug schwarze Gummistiefel und hatte ihre hübsche neue Frisur unter einem rot-weiß karierten Kopftuch verborgen. «Mich nicht. Wie alle anderen hier auf dem Hof.»

«Was meinst du damit?»

«Vergiss es.» Rita machte eine wegwerfende Handbewegung. «Ich bin schlecht gelaunt, seit Tagen schon. Weiß auch nicht, was das soll, dabei hab ich mich doch so auf heute gefreut.»

Greta auch. Und ebenso wie Rita fühle sie sich weniger fröhlich, als sie sein sollte. Immerhin würde sie gleich den ersten Blick auf ihr Schönheitsmobil werfen. Na ja, das, was Rita als ihr Schönheitsmobil auserkoren hatte. Doch Greta hatte Mühe, sich zu konzentrieren. Ständig sah sie Felix vor sich, wie er sprach, wie er schwamm, wie er sie ansah. Das war doch reichlich gewöhnungsbedürftig. Noch nie hatte sie so viel über eine Person nachgedacht, die sie doch eigentlich kaum kannte.

«Greta?»

«Ja, hm?»

«Der Hund liebt es, keine Frage, so viel wurde er in den vergangenen sieben Jahren wohl nicht gestreichelt, aber willst du den Laster denn gar nicht sehen?»

«Doch», beeilte sie sich zu sagen und stand auf. «Sicher.»

Während sie über den matschigen Hof stapften, hellte sich Ritas Miene schlagartig auf. «Wie war eigentlich deine Verabredung mit dem Einarmigen?»

Greta konnte nicht anders, als sie empört anzustarren.

«Entschuldige», murmelte Rita, «das hab ich nicht so gemeint. Aber du hast doch erzählt, er hat nur ... Na ja, gut. Ich sag es nicht wieder.»

«Es war schön», sagte Greta kühl. «Sehr nett, wirklich.»

Sie ließ Rita vorgehen und folgte ihr mit ein paar Schritten Abstand zu dem halb eingefallenen Schuppen, hinter dem zuvor Marieke und Mickey verschwunden waren. Mit Trixie im Schlepptau, die Mariekes und Gretas zukünftigen Salon unbedingt mit eigenen Augen sehen wollte.

Der Einarmige! So eine Gemeinheit hätte sie Rita gar nicht zugetraut.

Als sie um die Ecke bog, wäre sie beinahe gegen Trixie gerannt, deren Augen weit aufgerissen waren. Sie starrte halb fasziniert und halb abgestoßen auf den Laster, der sich in seiner Farbe kaum von dem Schlamm am Boden unterschied.

«Er sieht aus, als wären darin mal Soldaten herumgefahren», flüsterte sie. «Was ja an sich nichts Schlechtes ist. Aber ich meine ... Also, wie ein Ort der Schönheit sieht das wirklich nicht aus. Oder was meinst du?»

Wie gern hätte Greta «Aber klar doch» gesagt. Was sie im Dunkel der Scheune allerdings entdeckte, waren platte Reifen, elefantengroße Rostflecken und eine enorme, gedrungen wirkende Kühlhaube.

«Nein», gab sie zu.

«Braucht ein bisschen was von allem, würde ich sagen», sagte Mickey, der aus dem Schatten des Lasters sprang. Er nahm Gretas Hand und begann mit ihr über den Schotter zu tanzen. «Aber das bekommen wir hin.»

«Glaubst du wirklich?»

«Na, sicher.»

«Du bist der Meinung, dieser Lastwagen wird wieder fahren?» Langsam wurde ihr der Atem knapp, so schnell wirbelte er sie umher.

«Ja.»

«Und hübsch aussehen?»

«Ja. Und jetzt schau nicht so zweifelnd, Schwesterherz. Kraft der fröhlichen Gedanken und mit ein bisschen Unterstützung meiner Kumpels wird das was ganz Schickes. Eine wahre Schönheit», fügte er hinzu. Sie fing seinen Blick auf, der auf Marieke ruhte.

«Du, Mickey?» Greta blieb stehen und versuchte wieder zu Atem zu kommen.

«Was denn?»

«Magst du Marieke eigentlich sehr?»

Verdattert wandte er ihr den Kopf zu. «Wieso fragst du?»

«Weil ...»

Nun runzelte er die Stirn und blickte so misstrauisch, dass ihr das Herz in die Hose rutschte. Hatte sie sich nicht vorgenommen, sich nicht einzumischen? Was zwischen Marieke und Mickey war oder nicht war, ging sie rein gar nichts an.

Andererseits ... wenn es Marieke helfen könnte. Und auch Franz. Dann sollte sie es wagen, oder etwa nicht?

«Weil ich finde, dass ihr ein schönes Paar wärt.»

Jetzt war es raus. Allerdings fühlte es sich nicht besonders gut an.

Mickey kniff die Augen zusammen. «Erst kommt Marieke nicht zu meinem Konzert, obwohl sie genau weiß, wie wichtig es mir ist, dann liefert sie nicht einmal eine Erklärung dafür, sondern tut, als sei es schlicht nie passiert, und jetzt horchst du mich über sie aus?» Er schüttelte den Kopf. «Muss ich das verstehen?»

«Nein», sagte Greta heiser. «Ich meinte bloß ...»

«Du fragst wegen Simone, oder?»

Baff sah sie ihn an. «Wer ist Simone?»

«Aus der Band.»

«Die Saxophonistin?»

«Die Chefin», berichtigte er sie. «Simone ist die Chefin, und sie spielt das Saxophon, ja.»

Greta legte die Stirn in Falten und fragte sich, was in aller Welt Simone mit Marieke und Mickey zu tun hatte.

«Ist Marieke etwa eifersüchtig?» Er lachte ungläubig auf. «Ist sie deswegen nicht zu dem Konzert gekommen?»

«Wie? Nein! Sie wusste doch gar nicht, dass eine Frau dabei ist.»

«Natürlich wusste sie es, ich habe es ihr schließlich erzählt.»

Ernüchtert kratzte sich Greta an der Stirn. Da hatte sie sich ja in eine schöne Sache hineingeritten. Ob sie ihm doch von Franz erzählen sollte? Dann würde er wenigstens nicht davon ausgehen, Marieke sei aus Gründen der Eifersucht ferngeblieben …

«Sagt mal, wollt ihr da festwachsen?», ertönte vom Laster her Mariekes heisere Stimme. «Kommt her und sagt was Vernünftiges, macht mir Mut oder zerstört jede Hoffnung, ist mir egal. Aber da tuscheln und geheimnisvoll tun, das ist ja wohl die Höhe.»

Mit einem irritierten Seitenblick auf Greta stopfte Mickey seine Hände in die Hosentaschen und ging auf den Laster zu.

Ernüchtert sah sie ihm nach. Warum nur reagierte er so empfindlich?

«Tschüs, ihr», sagte Trixie und knöpfte sich ihren Trenchcoat zu. «Ich finde das Ding auf den zweiten Blick ja doch überraschend schick. Überlegt ihr es euch?»

«Oh ja, bis uns der Rauch aus den Ohren kommt», sagte Marieke und winkte höflich. «Tschühüs.»

«Hoffentlich ist Mickey nett zu ihr», sagte Greta mehr zu sich selbst. Ihr Bruder und Trixie hatten beschlossen, das platte Land lieber schneller als langsamer zu verlassen, und machten sich jetzt gemeinsam zu einer Bushaltestelle auf.

Mickey hatte sich Greta gegenüber den Rest des Nachmittags unterkühlt verhalten. Das würde hoffentlich bald wieder vergehen. Jedenfalls stand fest, dass sie keinen weiteren Kuppelversuch starten würde.

«Kann er Trixie nicht leiden?», fragte Marieke. «Er war so ... anders eben.»

«Er findet sie schon ein bisschen komisch», sagte Greta. «Aber ich fürchte ...»

«Sie *ist* ja auch komisch», unterbrach sie Marieke. «Und das nicht nur ein bisschen. Ist dir aufgefallen, dass ihr Taschentuch zu ihrer Bluse gepasst hat? Nicht nur hatte es die gleiche Farbe, sondern auch das gleiche Muster, Hühnerritt oder so.»

«Hahnentritt?»

«Jacke wie Hose für mich, Marjellchen.»

Nachdenklich sah Greta sie an. Sie sollte ihr wohl besser davon berichten, was Mickey nun annahm. Und davon, dass er nicht etwa von selbst auf diese Schnapsidee gekommen war, sondern dank Greta.

«Wieso wird mir ein bisschen anders, wenn du so guckst?», fragte Marieke und rümpfte vorsorglich schon mal die Nase.

«Ich glaube, ich hab Mist gebaut», sagte Greta leise.

«Du?», Marieke lachte. «Das kann ich mir gar nicht vorstellen. Du wirkst immer wie jemand, der genau weiß, was er tut.»

«Diesmal nicht. Ich habe Mickey ... Also keine Angst, von Franz hab ich ihm nicht erzählt», sagte sie rasch, als sie Mariekes Gesichtsausdruck sah. «Aber Mickey denkt, du wärest vielleicht in ihn verliebt.»

Auf Mariekes Gesicht zeigte sich zunächst Verblüffung, dann brach sie in schallendes Gelächter aus. «Und wieso denkt er das?»

«Anscheinend habe ich ihm den Floh ins Ohr gesetzt. Ohne es zu wollen, natürlich.»

Amüsiert schüttelte Marieke den Kopf, doch mit einem Mal wurde sie ernst. Traurig sah sie Greta an. «Weißt du, in einer anderen Welt ...» Marieke wich ihrem Blick aus, indem sie auf ihre abgeschabten Sandalen starrte. In ihrem linken Strumpf war ein kleines Loch, das sie zu kaschieren versuchte, indem sie die Fußspitze in die Erde bohrte.

«Aber die Welt ist, wie sie ist», sagte sie so leise, dass Greta sie kaum verstand. «Und darum muss ich Bertram suchen. Ich muss ein Geschäft aufbauen. Ich brauche Geld, und wenn mir diese beiden Dinge gelingen, dann bekomme ich meinen Franz wieder. Die Frage ist nun, wie schaffen wir das, Greta? Zwei Mädchen wie wir, ohne einen Pfennig Geld, das wir wohinein auch immer stecken können? Selbst wenn wir den Laster hübsch machen, dann fehlt es uns doch an allem.» Sie seufzte. «Woher bekommen wir Strom? Warmes Wasser? Stühle? Wir können doch keine Küchenmöbel in einen Schönheitssalon stellen.»

«Das findet sich», warf Greta ein, die ihr neuer Optimismus manchmal selbst überraschte. «Ganz bestimmt.»

«Wenn wir ein paar hundert Mark hätten! Das würde reichen. Ein paar hundert. Aber die haben wir nicht, oder?»

«Die haben wir nicht, nein.»

«Dass wir aber auch so arme Schlucker sein müssen!» Marieke schüttelte den Kopf. Dann hob sie ihn und starrte Greta nachdenklich an. «Ich wüsste aber jemand, der sie vielleicht hat. Trixie.»

«Ja, und?»

«Wir fragen sie, ob sie uns etwas leiht!»

«Bist du übergeschnappt? Entschuldige», schob Greta hinterher und schüttelte den Kopf. «Wir können Trixie nicht um Geld bitten. Sie wird denken, wir nutzen sie nur aus.»

«Wir zahlen es doch zurück.»

«Nein», sagte Greta bestimmt, «das mache ich nicht.»

«Ich könnte sie fragen.»

«Nein!»

«Mensch, Marjellchen, hast du denn einen besseren Plan?»

Greta legte den Kopf schräg. Einen besseren Plan hatte sie nicht, aber eine Idee war ihr gerade gekommen.

«Was hältst du davon, wenn wir sie fragen, ob sie mitmacht?»

Marieke, deren Miene eben noch vorsichtig hoffnungsfroh ausgesehen hatte, verdüsterte sich.

«Als Modeexpertin», schob Greta hinterher. «Du hast doch selbst eben gesagt, dass sogar ihr Taschentuch zu ihrer Bluse passt. Bei mir passt oft nicht mal die eine Socke zur anderen. Du machst die Haare, und ich bin für die Pflege verantwortlich, aber wenn es um Modefragen geht, wenden sich die werten Kundinnen an Trixie.»

«Also, meine werten Kundinnen würden sich eher totlachen, als so was zu tun. Modeexpertin. Da lachen ja die Hühner. Für so was haben die doch gar nicht das Geld.»

«Aber wir brauchen auch Kundinnen, die ein paar Mark mehr im Geldbeutel haben. Ein paar Kundinnen neben denen, die du mitbringst, so gern ich sie auch habe.»

Außer Rita, dachte Greta, die heute ein paar Punkte im Ansehen verloren hatte.

Marieke schnaubte, sagte aber nichts.

«Oh, es regnet mal wieder», murmelte Greta kaum überrascht. Ein dicker Tropfen landete mit einem Platsch auf ihrer Wange, dann noch einer.

Ohne ein weiteres Wort kehrten sie zur Scheune von Ritas Familie zurück und kletterten in den ausgeschlachteten Lastwagen, in dem es finster und kalt war und nach altem Öl roch, obwohl Rita ihr Bestes getan hatte, die Flecken wegzuschrubben. Regen pladderte auf das Dach, als habe oberhalb von ihnen jemand einen riesigen Eimer umgekippt.

«Trixie hier drin?», sagte Marieke nach einer Weile. «Das glaubst du doch selbst nicht.»

«Sie hat gesagt, sie findet den Laster schön.»

«Ja, für uns. Für sich will sie bestimmt was Feineres.»

Gretas Augen hatten sich ausreichend an die Dunkelheit gewöhnt, um Mariekes gar nicht glücklichen Gesichtsausdruck erkennen zu können.

«Du schätzt sie falsch ein. Trixie ist nett und klug.»

«Das bezweifle ich gar nicht.» Ihr auf den Boden gerichteter Blick erzählte allerdings etwas anderes.

«Vielleicht ist das genau das, was uns noch gefehlt hat.»

«Pffff», grummelte Marieke.

Greta seufzte. «Es hat schon wieder zu regnen aufgehört. Wollen wir nach Hause gehen und das Ganze vergessen?» Auch wenn sie enttäuscht war, dass sich Marieke so stur zeigte. Jetzt, da sie ein bisschen Zeit gehabt hatte, ihre eigene Idee sacken zu lassen, gefiel sie ihr immer besser. Wenn Trixie mitmachte, würde sie bestimmt viel fröhlicher sein! Wohin mit ihrer Mutter, das wäre durchaus etwas, über das nachzudenken blieb, und ihr Liebeskummer war damit auch nicht verschwunden, aber Trixie hätte endlich wieder etwas, auf das sie sich beim Zubettgehen freuen konnte.

So wie Greta, wenn sie an ihren Salon dachte.

«Pffff», gab Marieke wieder von sich.

Greta gab es auf. Fürs Erste jedenfalls. Sie würde ein paar Tage ins Land gehen lassen und das Thema dann wieder zur Sprache bringen.

Sie drückte die schwere Tür auf, sprang aus dem Wagen und landete in einer Matschpfütze.

«*Fan!*», schimpfte sie auf Schwedisch.

Marieke steckte den Kopf aus der Tür und begann zu kichern. «So stellen wir dich vor: Greta Bergström, unsere Kosmetikexpertin. Sehen Sie selbst, wie die Kraft der Natur zu wirken weiß. Lassen auch Sie sich von der Heilkraft von Erde und Kuhmist überzeugen, werte Damen!»

Greta hoffte inständig, dass das, was sie sich aus dem Gesicht wischte, nur Erde war.

«Also, ich sag dir was, Marjellchen», sagte Marieke und sah wieder ernst aus. «Ich überlege es mir. Aber *falls* ich Ja sage, muss Trixie ein bisschen Geld vorstrecken, sonst wird das nichts. Außerdem muss sie mit anpacken. Wenn sie bloß neben dem Auto steht und vornehm guckt, während wie ackern, ist sie schneller raus, als sie das Wort Mode buchstabieren kann.»

Vergeblich versuchte Greta, ihre Freude nicht zu offen zu zeigen, sah aber schnell ein, dass ihr das nicht lag. Sie sprang zurück auf den Laster zu und riss Marieke in ihre Arme, die das Gleichgewicht verlor und fast hinunterplumpste.

«Jetzt hast du mich ja auch ganz dreckig gemacht!»

«Du bist trotzdem die Schönste», sagte Greta und strahlte über das ganze Gesicht. «Und die Beste und Tollste überhaupt.»

Kniehoch wuchsen Gras und Wiesenkräuter am Wegesrand, deren Duft in Gretas Nase stieg. In der Ferne glaubte sie die Elbe glitzern zu sehen, davor standen die Obstbäume in voller Blüte. Rosafarbene Büschel auf knorrigen Stämmen, Dutzende, vielleicht Hunderte davon. Sogar die Sonne schien heute, und über Felix und ihr wölbte sich ein zartblauer Himmel.

Zwei Stunden zuvor hatte Felix vor der Tür in der Antonistraße gestanden und sie gefragt, ob sie ihn ins Alte Land begleiten wolle. Greta war so überrascht gewesen, dass sie gar nicht lange nachgedacht hatte. Ein Ausflug? Natürlich kam sie mit!

Doch dieser Ausflug gestaltete sich nicht ganz so schön, wie sie erwartet hatte. Dabei stellte sie eigentlich keine großen Ansprüche und wäre zufrieden damit, dem Summen und Brummen der Insekten zu lauschen, die süße Luft einzuatmen und den Blick über die sanft hügelige

Weite schweifen zu lassen. Aber Felix war ... seltsam. So still und in sich gekehrt, als sei er ihr wegen irgendetwas böse, und sie zerbrach sich den Kopf darüber, wieso.

Hätte sie lieber *nicht* mitkommen sollen? Aber wieso hatte er sie dann gefragt?

Sie verlangsamte ihr Tempo. «Möchtest du lieber nach Hamburg zurück?»

Verblüfft wandte er ihr das Gesicht zu. «Wie bitte?»

«Du warst schon auf der Fahrt hierher so wortkarg. Du sagst nichts, und du scheinst mir auch nicht zuhören zu wollen. Ich frage mich daher ...» Sie zuckte mit den Schultern. «Ich frage mich, ob wir den Ausflug nicht einfach abblasen sollten. Wir können ein andermal wiederkommen.»

Bestürzt schüttelte er den Kopf. «Nein, ich wollte dir doch etwas zeigen.»

Zeigen? Das hatte er gar nicht erwähnt. Nun, er hatte ja auch kaum etwas gesagt.

«Entschuldige, Greta. Ich bin heute keine gute Gesellschaft, aber dafür kannst du nichts.» Mit einer hilflosen Geste fuhr er sich durchs Haar und ließ den Arm dann fallen.

Unschlüssig sah sie ihn an. Zu gern würde sie glauben, dass seine Schweigsamkeit nichts mit ihr zu tun hatte. Aber wieso gab er sich nicht das kleinste bisschen Mühe? Vielleicht bereute er es doch, sie um ihre Gesellschaft gebeten zu haben. Allein der Gedanke ließ sie sich elend fühlen.

«Ich hatte Ärger zu Hause», murmelte er und schob mit gesenktem Blick hinterher: «Es ging um meinen Bruder.»

«Was ist mit ihm?»

«Hannes ist ...» Er sah Greta so hilflos an, dass ihr Ärger verpuffte. «Lass uns ein andermal darüber reden, einverstanden? Nicht heute. Es tut mir leid, dass ich so ein Miesepeter war und die Stimmung verdorben habe.»

Felix wirkte derart gequält, dass Greta nicht nachbohren mochte.

«Okay», sagte sie zögernd.

«Und jetzt komm, ich wollte dir doch etwas zeigen.» Nach einem unsicheren Blick auf sie setzte er sich wieder in Bewegung. Sie zögerte, folgte ihm dann aber.

«Was macht eigentlich euer Laster?», fragte er. Ihm war deutlich anzusehen, dass er sich bemühte, die dunklen Gedanken abzuschütteln. «Fährt er?»

«Er röhrt vor sich hin, wenn man den Schlüssel umdreht. Aber Mickey sagt, das wird schon.»

«Und deine Freundinnen?»

«Sie sind glücklich. Na ja, die eine jedenfalls.»

Trixie war vor Freude wie ein lebendig gewordener Gummiball in der Diele des Blankeneser Bungalows auf und ab gehüpft, als Greta und Marieke sie besucht hatten. Natürlich würde sie bei ihnen einsteigen! Und Geld vorstrecken, damit sie sich die Renovierung des Lkw leisten konnten, keine Frage. Marieke hingegen schien den Gedanken, mit Trixie gemeinsame Sache zu machen, mittlerweile eher zu bereuen, sie wurde mit Trixie einfach nicht warm. Dabei hatte Greta so auf das Gegenteil gehofft! War es womöglich doch keine so gute Idee gewesen, aus dem Duo ein Trio zu machen? Aber dann würde der Lastwagen immer noch auf Ritas Hof vor sich hin rosten. Wer hätte schließlich all die Lacke bezahlen sollen, das Holz, das den hässlichen Stahlboden bedecken sollte, den Mechaniker?

Aber das war nicht das Einzige, was sie bedrückte. Mickey hatte nämlich recht behalten mit seiner Prognose, wie sich ihr Vater die kommenden Wochen gebärden würde. Harald Buttgereit saß mit eisigem Schweigen bei den Mahlzeiten am Tisch und konnte es kaum erwarten, wieder in seine heilige Einsamkeit zurückzukehren. Gestern hatte sich Greta ein Herz gefasst und ihn in seinem privaten Kerker besucht. Doch ihr Vater hatte bloß kalt vor sich hin gestarrt und nach einer Weile unangenehmen Schweigens gesagt, falls sie erneut nach ihrer Mutter fragen wollte, könne sie sich die Mühe sparen, er habe zu dem Thema nichts zu sagen.

Sie spürte den Druck von Felix' Arm und versuchte, die trüben Gedanken zu verscheuchen. Schließlich hatte Felix auch zu seiner guten Laune zurückgefunden, und zu einem Ausflug ins Alte Land wurde sie nicht alle Tage eingeladen.

«Sieh mal, da.» Felix zeigte auf einen Garten, der von einem windschiefen Zaun mit Gattern umsäumt war. Neben niedrigen Apfelbäumen wuchs eine gewaltige Eiche, und unter dieser Eiche stand ein Fachwerkhaus. Windschief, die blaue Farbe von den Balken blätternd und putzig, auch wenn es sicher schon bessere Tage gesehen hatte. «Dort lebt Muttchen.»

«Wer?»

Felix lachte. «Meine Großmutter.»

«Deine Großmutter?»

«Ja, der einzig vernünftige Mensch in meiner Familie. Na ja, neben Hannes vielleicht. Gleich lernst du sie kennen, hab ich das gar nicht gesagt?»

«Nein», murmelte sie und schluckte.

Das Innere des Hauses war mit wurmstichigem Holz verkleidet, in dem es von Mäusen nur so raschelte. In der dunklen Diele, die von einem Schrank und der Treppe nach oben dominiert wurde, roch es nach Holz und Gemütlichkeit. Das Gebäude erinnerte Greta an die Kate in den Schären, in der Annie und sie im Sommer ihre Urlaube verbracht hatten.

«Guten Tag», sagte sie und streckte die Hand aus. Erst jetzt wurde ihr richtig bewusst, dass sie einen Teil von Felix' Familie kennenlernte. War es dazu nicht noch viel zu früh?

Seine Großmutter reichte Greta kaum bis zur Schulter. Ihren Körper umhüllte ein verblichenes, schwarzes Leinenkleid. Sie hatte schlohweißes Haar, das ihr runzliges Gesicht wie ein Silberkranz umrahmte. Sie erinnerte Greta an Carl Larssons Porträt der Schriftstellerin Selma Lagerlöf, das sie einmal im Nationalmuseet in Stockholm gesehen hatte. Des Blickes wegen, der außergewöhnlich klar und wissend wirkte.

«Ich bin Muttchen», sagte Felix' Großmutter und ließ lächelnd Gretas Hand los. «Für dich ist also der ganze Rumms. Da hat sich mein Enkel ja ordentlich ins Zeug gelegt.»

Welcher Rumms – wovon sprach sie?

«Tee?», fragte Muttchen in Gretas Überlegungen hinein. «Komm doch rein, meine Liebe, hier ist es schön mollig.»

Dass sich draußen heute überraschend der Frühling gezeigt hatte, war an Felix' Großmutter wohl vorübergegangen. In der winzigen Küche, die von einem riesigen Kachelofen dominiert wurde, herrschte eine Hitze wie in einer Sauna. Greta ließ sich auf die Eckbank hinter dem kleinen Holztisch fallen und überlegte kurz, ob sie statt Tee wohl Eiswasser verlangen konnte.

Sie ließ es lieber bleiben. Alles sah so einladend aus; Muttchen hatte sogar Plätzchen gebacken.

Mit einem reizenden Lächeln nahm Felix' Großmutter neben ihr Platz, schenkte zittrig Tee ein und reichte Greta den Teller mit den Keksen. Bei genauerem Hinsehen sahen sie allerdings aus, als seien sie vom vergangenen Weihnachtsfest übriggeblieben.

«Danke.»

Als Greta in eines der Plätzchen hineinbiss, breitete sich ein ranziger Geschmack auf ihrer Zunge aus. Nun war sie doch dankbar für den Tee, mit dem sie das Gebäck herunterspülen konnte.

«Schmeckt nicht?»

Muttchens wachen Augen entging wohl nichts. Sie biss ebenfalls hinein und spie die Krümel auf ihren Teller.

«Pfui. Ich hab's ihr immer gesagt, dass das mit dem Backen nix ist. Wenn man kein Talent dafür hat, sollte man es lassen.»

Entschlossen schüttete sie die angebissenen Plätzchen von den Tellern wieder in die Blechbüchse und schob sie mit dem Fuß unter die Ofenbank.

«Schlecht für uns, gut für die Mäuse.»

Als Greta nickte, spürte sie Felix' Blick auf sich ruhen. Er räusperte sich. «Soll ich dir den Garten zeigen?»

«Sie mag dich.»

«Wer?», fragte Greta verblüfft.

«Muttchen. Sie ist fremden Leuten gegenüber meist schwierig. So nett habe ich sie selten erlebt. Normalerweise sollte niemand, der bei Verstand ist, etwas ablehnen, das sie ihm angeboten hat.»

«Ich habe die Plätzchen ja auch gar nicht abgelehnt», erinnerte sie ihn.

«Das nicht, aber du sahst aus, als müsstest du dich mit äußerster Mühe davon abhalten, sie gleich wieder auszuspucken.»

Sie verzog das Gesicht. «Oje, wirklich?»

Er lachte. «Ja, wirklich. Aber sie hat es gut aufgenommen. Und das ist ein Zeichen, dass sie dich mag. Andere Leute säßen jetzt schon wieder in Buxtehude am Bahnhof und würden sich schwören, nie wieder einen Fuß ins Alte Land zu setzen.»

Greta konnte sich nicht vorstellen, dass Muttchen so unfreundlich sein konnte. Aber vielleicht setzte sie, da sie mit Trude unter einem Dach lebte, auch andere Maßstäbe an als er.

«Hier entlang.» Felix schlug den Weg unter blühenden Apfelbäumen hinweg in den hinteren Teil von Muttchens Garten ein. Greta stolperte hinterher, einen sanften Hang hinunter, der von einem sich mal nach vorn, dann wieder nach hinten beugenden Bretterzaun umrandet war.

Amseln und Eichelhäher flatterten aus dem hohen Gras auf und verzogen sich schimpfend auf die Äste. Hier und dort meinte Greta, ein paar Hasenohren zwischen den Wildblumen aufblitzen zu sehen.

«Das ist, äh, für dich.»

Verwundert blickte sie auf den Schuppen. Durch faustgroße Löcher im roten Mauerwerk ließ sich ins Innere sehen. Das Fenster war eine Öffnung ohne Glas oder Rahmen. Im Regen würde Greta sicher keinen Schutz unter dem Dach suchen wollen, durch das mildes Sonnenlicht blitzte. Efeu rankte sich die Wände hinauf, bohrte sich zwischen den Mauerziegeln seinen Weg ins Innere und wieder hinaus.

«Willst du nicht reingehen?», fragte Felix.

Im Innern roch es nach feuchtem Gras, nach Erde und Winter, doch es lag auch eine feine süße Note in der Luft. Neugierig blinzelte Greta ins Halbdunkel und entdeckte ein Regal, in dem Gurken- und Senfgläser, aber auch diverse Apothekerfläschchen unterschiedlicher Größen mit Blüten, Gräsern und Kräutern darin lagerten. Die Deckel waren fest verschraubt oder zugekorkt, dennoch stieg daraus ein Duft auf, der Greta an einen sommerlichen Garten denken ließ.

«Ich sagte ja, ich kann mich für die Natur begeistern», sagte Felix, der ihr gefolgt war und dicht hinter ihr stand. «Und eine Menge Zeit damit verbringen, sie anzusehen oder zu kosten. Aber das ist nicht das, was ich dir zeigen wollte.»

Er griff nach ihrer Hand und zog sie ein Stück weiter, wo sich auf einer Werkbank Bilderrahmen stapelten. Dahinter fanden sich alte Messbecher, ein Kaffeefilter aus angebrochenem Porzellan, ein Glas mit Spachteln, einer Pinzette und Pinseln sowie das Fenster, das augenscheinlich einst in der Wand gesessen hatte.

Fragend sah sich Greta nach Felix um, der ihre Hand losgelassen hatte, um sich angespannt den Nacken zu massieren. Nervös räusperte er sich und senkte hilflos den Blick, als überlege er, sich dort unten zu verkriechen.

«Felix, was ist all das?»

«Oh. Das kannst du nicht erkennen?»

Greta schüttelte den Kopf.

«Dies hier», er zeigte auf den Porzellanfilter, «verwendest du zum Destillieren. Schmalz wäre noch gut. Ich wollte beim Bauern welches holen, habe es dann aber nicht mehr geschafft. Das Glas muss ich noch lösen und in den Rahmen einsetzen, hier ...» Er zeigte auf die Bilderrahmen. «Für die Enfleurage.»

«Die was?»

Verwundert sah er sie an.

«Hast du das nicht gelernt?»

«Nein.»

«Um Blütenblätter in Fett einzulegen. Du musst sie regelmäßig austauschen, ich bin mir daher nicht sicher, ob sich der Ort hier dafür eignet. Es in Hamburg zu machen wäre einfacher. Aber ich weiß ja, dass es dort nichts gibt, und deswegen war ich die letzten Tage hier und habe den Schuppen ausgeräumt. Und Eichenmoos gesammelt.» Er deutete auf eine Handvoll schon angegrauter Flechte, die in einem kleinen Korb bereitstand. «Damit du etwas hast, um es auszuprobieren. Eichenmoos hat eine beruhigende Wirkung, und ich weiß ja, wie sehr du Moos generell magst. Oder du nimmst Rosenblätter. Auf diese Weise kannst du duftendes Fett gewinnen, das sich für Pomaden eignet. Oder du behandelst es mit Alkohol und löst so das Fett, und was übrig bleibt ...»

«... ist der Duft.»

Er nickte. Stumm vor Staunen sah sie sich um. Staubkörner und Pollen tanzten durch die Luft. Mit einem Mal hatte Greta das Gefühl, so tief und so ruhig zu atmen wie nie zuvor in ihrem Leben.

«Ist das der Rumms, von dem Muttchen gesprochen hat?»

Er lächelte. «Ich dachte, es könnte dir Freude machen, einen Ort zu haben, an dem du herumexperimentieren kannst.»

Greta nahm sein Gesicht in ihre Hände. Seine Wangen fühlten sich stoppelig an, obwohl von den hellen Härchen kaum etwas zu sehen war. Sie blickte in seine Augen, in denen so viel Verletzlichkeit schimmerte. Sein Atem streifte ihre Wangen. Sie musste ihren Kopf in den Nacken legen, er überragte sie um einiges, obwohl sie mit ihren knapp eins siebzig nicht klein war.

«Das ist das schönste Rumms, den ich je gesehen habe.»

Und das stimmte. Nicht weil sie sich nicht einmal vorstellen konnte, welche Anstrengungen es ihn gekostet haben musste. Sondern weil es wirklich wunderbar war. Ein Schuppen, nur für sie und ihre Pflanzen. Eine Art neues Zuhause.

«Danke.»

Langsam näherte sich sein Gesicht ihrem. Es war eine

seltsame Erfahrung, seine weichen, warmen Lippen zu spüren, ihr vorsichtiges Tasten. Sein Atem auf ihrer Haut, seine Hand auf ihrer Taille. Sie fühlte sich, als zerfließe sie langsam, und fragte sich verwirrt, ob das angenehm oder unangenehm war. Und dann war da eine plötzliche Schwärze in ihr, ein bodenloses Loch, das sich auftat und in das sie zu fallen drohte. Sie spürte, wie sich ihr der Hals zuschnürte.

«Entschuldigung», sagte sie und löste sich von ihm.

«Greta», rief er ihr nach, doch sie hastete schon durch das knietiefe Gras davon.

9

Hamburg, 26. Mai 1954

Weiches, warmes Licht fiel durch das Fenster des Lastwagens und ließ den neuen Anstrich im Innern in goldenem Honigbraun erstrahlen. Den vormals abgetretenen Boden bedeckten Dielen aus Eichenholz. Zwei Waschbecken standen bereit, ebenso zwei Frisierstühle, die Mickeys Freunde angeblich aus einem Nachlass hervorgezaubert hatten. Sie sahen brandneu aus. Hoffentlich gab es niemanden, der die Sachen nun vermisste.

«Mensch, Marjellchen, das haben wir prima hingekriegt, oder?», fragte Marieke.

Nachdenklich sah Greta sie an. Seit sie den Entschluss gefasst hatten, gemeinsam einen Salon zu eröffnen, hatte Greta auf den heutigen Tag hingefiebert. Und jetzt? Jetzt fühlte sie sich verzagt und unglücklich. Bloß weil Felix sie geküsst hatte? Was war nur so schlimm daran?

«Was ist denn mit dir?», fragte Marieke. «Ich hab ja vorher kaum die Zeit gefunden, darüber nachzudenken, aber wenn ich es mir jetzt richtig überlege ... Du bist schon eine ganze Weile verflixt komisch. Freust du dich denn gar nicht? Heute weihen wir unseren Salon ein. Gerade du müsstest doch glatt außer dir sein vor Freude. Oder hast du etwa noch was über deine Mutter rausgefunden?», bohrte sie weiter, als Greta stumm blieb. «Hat dein Papa zur Abwechslung etwa den Mund aufbekommen?»

Greta schüttelte den Kopf.

«Was ist es dann?»

«Wir wissen immer noch nicht, wo wir den Wagen eigentlich hinstellen sollen», erwiderte Greta, um von ihrem Gefühlschaos abzulenken. Es war ja auch nicht gelogen: Die Tatsache, dass sie ihren Lastwagen auf dem Hof von Elfriedes Mann Alfred parken mussten, um ihr Fest überhaupt irgendwo feiern zu können, machte sie nicht gerade glücklich. Hamburg war nämlich nicht nur proppenvoll, was Wohnungen, Geschäfte oder Häuser anging, auch durfte man seinen Lastwagen nicht einfach an den Straßenrand stellen. Jedenfalls nicht, wenn man sich darin länger aufhielt.

«Die Einweihungsfeier könnt ihr bei mir machen», hatte Alfred zu ihnen gesagt. «Aber dann müsst ihr weiterziehen, so leid es mir tut.»

Elfriedes Mann besaß eine Drahtstiftfabrik im Stadtteil Ottensen, einer ärmlichen, von einfachen Ziegelbauten dominierten Umgebung. Wie ein bunter Hund stach ihr Lastwagen hier heraus. Mickey und eine Handvoll Freunde hatten ihm einen tomatenroten Anstrich verpasst und mit Dutzenden weißen Punkten versehen, sodass er einem fröhlichen, unförmigen Petticoat ähnelte.

Greta blickte über den Hof, auf dem es nicht aussah, als würde hier in wenigen Stunden ein Fest stattfinden. Aber sie hatten ja auch gerade erst mit den Vorbereitungen begonnen. Immerhin hatten sie Schnaps, dafür hatte

Marieke gesorgt. Und einen Ausblick, der geradezu phantastisch war. Wenn man über die Mauer lugte oder gleich draufkletterte und die Füße baumeln ließ, sah man einen weiten Himmel, blassblau oder grau, mit Wolken, Möwen und in der Ferne Kranspitzen und hin und wieder einen sich langsam oberhalb der Mauer entlangschiebenden Schornstein eines Ozeandampfers. Eine Variation ihrer Stockholmer Erinnerung mit hamburgischer Note.

«Ja, aber das mit dem Parkproblem ist nun wirklich nix Neues.» Marieke stützte die Hände in die Hüften. «Nicht flunkern, Marjellchen. Was geht dir wirklich durch deinen hübschen Deez?»

«Durch meinen was?», fragte Greta.

«Deinen Kopf. Was passiert da drin?»

«Felix», sagte Greta matt und ließ sich in den Hängesessel aus geflochtener Weide fallen, der im hinteren Teil des Salons an einer quer verschraubten Stange hing.

«Ojemine», kommentierte Marieke ihren Gesichtsausdruck. «Du siehst koddrig aus.» Plötzlich hellte sich ihre Miene auf. «Wir haben noch mehr als eine Stunde, bis die ersten Gäste eintrudeln. Da schneide ich dir noch flugs das Haar, und du erzählst mir alles von Felix, das dir in den Sinn kommt. Glaub mir, es gibt nichts Entspannenderes, als andere an seinem Kopf herumwerkeln zu lassen und endlich mal nur über sich selbst zu reden.»

Mit gerunzelter Stirn sah Greta sie an. «Ich mag meine Frisur», wandte sie ein.

«Das kann man nicht Frisur nennen. Das ist schönes Haar, das auf schöne Schultern runterhängt und ein schönes Gesicht verdeckt.»

Unschlüssig blickte Greta von Marieke zu den Regalen, in denen sie Fläschchen und Tiegel aufbewahrte und Trixie ihre Stoffmuster und französischen Illustrierten. Trat man vom hinteren Eingang einen Schritt vor und wandte sich nach links, konnte man auf einer der zwei karmesinroten Sitzbänke Platz nehmen, zwischen denen ein kleiner Klapptisch stand.

Sie sah zu dem Frisierstuhl zurück.

Marieke, die ihren Gesichtsausdruck treffend lesen konnte, klatschte in die Hände. «Hurra!»

In Windeseile sortierte sie sämtliche Scheren, Haarnadeln und Kämme, klopfte auf das Polster vor sich und sauste aus dem Wagen.

«Ich geh Wasser holen», rief sie über ihre Schulter. «Mach es dir gemütlich und geh nicht weg!»

Greta stellte fest, dass es sehr angenehm war, in dem Frisierstuhl zu sitzen. Vor ihr funkelte das Waschbecken. Mickey hatte ihnen eingeschärft, den darunterliegenden Tank ja jeden Abend zu leeren, ansonsten wäre es bald aus mit ihrem schönen Holzboden. Sie hob den Blick und betrachtete sich im Spiegel, auf den das Sonnenlicht fiel. Für diese Anschaffungen waren Trixies Ersparnisse draufgegangen. Sie mussten also schleunigst anfangen, Geld zu verdienen. Wenn sie sich nur darauf konzentrieren könnte, statt ständig an Felix zu denken ...

Mit einer randvollen Gießkanne kehrte Marieke von ihrem Spaziergang durch die Nachbarschaft zurück.

«Ganz schöne Fischköppe», murmelte sie. «Aber einer war nett und hat mich mit Wasser versorgt. Und jetzt leg schön das Köpfchen über das Waschbecken.» Marieke schob sanft Gretas Oberkörper nach vorn und goss langsam das Wasser darüber.

«Das ist eisig!»

«Entschuldige, wir haben keine Zeit, noch ein Feuer zu machen.»

Während Marieke ihr sanft das Haar kämmte, wurden Gretas Gedanken leiser und friedlicher, ihre Lider immer schwerer.

«Jetzt erzähl der ollen Tante Marieke mal, was mit dir los ist. Was hat Felix so Grässliches getan, dass du weder über ihn noch über sonst etwas reden willst? Kommt er heute eigentlich?»

Greta zuckte mit den Schultern und kniff die Augen zusammen.

«Hast du ihn gar nicht eingeladen?», fragte Marieke erstaunt.

«Nein.» Seit ihrem überhasteten Abgang aus dem Alten Land hatte sie nicht mehr von ihm gehört. Wer wollte ihm das auch verdenken?

«Er hat mich geküsst», sagte Greta. War das Erklärung genug?

Perplex sah Marieke sie an. «Das ging schnell.»

«Und es war mein erster richtiger Kuss. Vorher, mit Ragnar, das war Murks. Der mit Felix war schön. Zärtlich. Ich dachte, ich … Ich habe mich noch nie vorher jemandem so nahe gefühlt. Das hat mir Angst gemacht. Ich wollte nur noch weg.»

«Und dann?»

«Dann bin ich tatsächlich weggelaufen.»

Marieke schwieg.

«Ist das schlimm?»

«Quatsch, schlimm! Ich frage mich bloß ...» Marieke formte den Mund zu einer Grimasse, schürzte die Lippen und dachte konzentriert nach. «Bist du in ihn verliebt?»

«Keine Ahnung. Ich war noch nie verliebt. Nicht einmal das kleinste bisschen. Deswegen sagt meine Freundin in Stockholm ja auch, ich tauge nicht dazu und werde mein ganzes Leben lang allein bleiben.»

«Deine Stockholmer Freundin ist Wahrsagerin, verstehe ich das richtig?»

«Nein. Sie studiert Psychologie.»

«Pff, armes Schweden. Marjellchen, ich sag dir mal was. Ich hab nicht den blassesten Schimmer, was bei dir in fünf oder zehn oder fünfzig Jahren so los ist. Ich weiß aber, dass ich ganz andere Einzelgänger und Eigenbrötler in meinem Leben kennengelernt hab. Du bist keine davon. Du wirst dich verlieben, wenn der Richtige rumkommt. Und das merkst du daran, dass du dauernd an ihn denkst und seinen Geruch in der Nase hast, auch wenn er meilenweit entfernt ist. Oder weil du nie, nie, nie von ihm träumst, er aber der erste Mensch ist, der dir beim Aufwachen in den Sinn kommt.»

Hatte Greta schon mal von Felix geträumt? Sie erinnerte sich nicht, wusste aber, dass sie morgens an ihn dachte. Nicht immer, aber oft genug.

Das leise Schnippschnapp der Schere ließ Gretas Augenlider wieder schwerer und schwerer werden. Sie schrak zusammen, als Mariekes Stimme sie jäh aus ihren Träumen holte.

«Fertig!»

Greta öffnete ein Auge, dann das zweite und starrte sich sprachlos an. Da saß jemand anderes auf ihrem Platz. Jemand mit kurzen, hellblonden Haaren und einem ganz anderen Gesichtsausdruck. Erwachsener wirkte diese Person und entschlossener, nicht mehr so mädchenhaft, sondern herb. Und schön. Auf eine seltsame, ungewohnte Weise.

Fasziniert starrte sie ihr Spiegelbild an.

«Ich muss noch ein wenig nachbessern», beeilte sich Marieke zu sagen. «Hier und da stakt noch was raus.»

Greta blinzelte und schüttelte langsam den Kopf.

«Deine hohen Wangenknochen kommen besser zur Geltung», sprach Marieke schnell weiter und verhaspelte sich fast. «Und die schöne Farbe deiner Haut. Du hast diesen Goldton, den nicht so viele Blondinen haben. Och, Marjellchen, nu sag doch was, das ist ja, als wenn mit meinen Nerven ein Topflappen gestrickt wird!»

«Ich finde es toll.»

«Wirklich?» Erleichterung glitt über Mariekes Gesicht. Ihre Augen blitzten. «Ich auch, Marjellchen, das ist eine meiner absoluten Glanzleistungen, wenn ich das sagen darf, ohne wie wer zu klingen, der sich selbst über den grünen Klee lobt.» Ihre Augen leuchteten noch heller. Stolz schwang in ihrer Stimme mit. «So wie du jetzt aussiehst, sieht es auch in deinem Herzen aus. Oder in deiner Seele oder wo auch immer. Du bist eine furchtlose Kämpferin, wie ich. Eine Wikingerin.»

«Hose!», rief Trixie, als sie in den Lastwagen kletterte und bei Gretas Anblick beinahe die Flasche, die sie balancierte, fallen ließ. «Zu dieser Frisur kann man keinen Rock tragen. Ich besorge eine, ja? Aber bevor ich das mache, Momentchen, müssen wir noch unbedingt anstoßen. Wir drei. Bevor alle anderen kommen, ja?»

Ihre Fröhlichkeit zerriss Greta fast das Herz. Anders als Trixie nämlich konnte sie sehen, dass Marieke, die halb abgewandt in dem Schrank unterhalb des Waschbeckens kramte, verächtlich mit den Augen rollte. Wie konnte sie die beiden nur zusammenbringen? Trixie mochte Marieke, das war nicht zu übersehen. Leider stieß sie jedoch nach wie vor nicht auf Gegenliebe. Trixie machte Marieke ständig Geschenke, gab sich an ihr interessiert, fragte Marieke allerdings eher aus, unterbreitete ihr ungefragt Kleidertipps, die Marieke mit gefrorenem Lächeln entgegennahm, und kommentierte jeden Handstreich Mariekes derart ausufernd lobend, dass es selbst Greta peinlich war.

Erst gestern hatte Marieke wütend in Gretas Ohr geflüstert, dass sie kein kleines Kind mehr sei. «Ich brauch kein Lob, wenn ich zwei Minuten lang den Pinsel schwinge oder mal den Boden fege.»

«Ich möchte mich noch einmal bei euch bedanken», sagte Trixie mit strahlenden Augen und reichte erst Greta, dann der immer noch hockenden Marieke ein Glas. «Liebe Greta, du bist mir in der kurzen Zeit, die wir uns kennen, eine wunderbare Freundin geworden. Ich hoffe, dass ich auch dich eines Tages ein bisschen unterstützen kann. Und du, Marieke ...»

«Es ist gelb», unterbrach Marieke sie und beäugte skeptisch das Getränk in ihrer Hand. «Ich bin mir nicht sicher, ob ich etwas trinken möchte, das diese Farbe hat.»

Verwirrt klappte Trixie den Mund zu.

«Marieke», sagte Greta warnend.

«Was denn? Ich finde nur ... Also, etwas Gelbes, das erinnert mich an ...»

«Marieke!»

«Ich habe den Likör ausgesucht, weil er nach Thymian und Rosmarin schmeckt», meldete sich nach einem Augenblick schüchtern Trixie zu Wort. «Ich dachte, du magst ihn bestimmt, Greta.»

«Klar, werde ich ihn mögen», versicherte Greta. «Ich bin halbe Schwedin. Mir schmeckt alles mit Alkohol. *Skål!* Auf uns drei!»

Als sie ihre Gläser geleert hatten, flüsterte Marieke Greta ins Ohr: «Der Likör, falls dir das nicht aufgefallen ist, passt farblich zu ihren Klamotten.»

Greta musste ihr recht geben. Trixie trug ein sonnengelbes Kleid. Doch dass sie bei der Wahl ihrer Garderobe darüber nachgedacht hatte, welches Getränk sie zu sich nehmen würde, konnte sich Greta einfach nicht vorstellen.

«Da ist es ja.» Trixie hatte etwas aus ihrer Tasche gezogen und hielt es in die Höhe. «Sieh mal, es passt hervorragend zu deiner Frisur, Greta. Darf ich?» Sie wedelte mit einem hellroten Seidentuch.

«Willst du ihr das um den Hals binden?», fragte Marieke. «Oder um den Kopf?»

«Um den ...» Trixie hatte mit Sicherheit «Kopf» sagen wollen, überlegte es sich aber anders, als sie Mariekes neuerlich verärgerte Miene sah. «Hals. Natürlich. Es sieht bestimmt zauberhaft aus.» Sie bedachte Greta mit einem unsicheren Lächeln. «Der neue Schnitt steht dir fabelhaft. Ich bin in einer Stunde wieder da.»

Und weg war sie. Als sich Greta umdrehte, tippte sich Marieke mit dem Zeigefinger an die Stirn.

«Ein bisschen plemplem ist das Mädchen ja, das kannst du unmöglich leugnen. Auch wenn ich zugeben muss, dass sie kann, was sie kann: also, ein Geschick für Mode hat sie, zweifellos.»

«Trixie ist nicht plemplem! Und hör du bitte auf, so gemein zu ihr zu sein», schnappte Greta.

Leider hatte sie durchaus verstanden, wo das Problem lag. Hieß es nicht immer, drei seien einer zu viel? In diesem Fall funktionierte es zwischen Trixie und Greta und zwischen Marieke und Greta. Nicht jedoch mit Trixie und Marieke, die beiden konnten unterschiedlicher kaum sein.

Marieke zog die Nase kraus. «Hast ja recht, Marjellchen, das war gemein von mir. Aber wenn sie so ist, so unsicher und ...» Verzweifelt hob sie die Hände. «Manchmal auch so bedürftig. Es tut mir leid. Ich halte das nur schwer aus. Mein Fehler, aber so ist es nun mal. Ich weiß übrigens durchaus, dass sie ein liebes Mädchen ist. Aber ich frage mich, ob sie tatsächlich arbeiten kann. Wird sie nicht alle naslang nach ihrer Mutter telefonieren wollen, und dann sitzen wir da mit ihren Kundinnen und haben selbst, hoffentlich, alle Hände voll zu tun? Meine Meinung ist: Blankenese ist Trixies Wolkenkuckucksheim. Was machen wir, wenn sie sich im wahren Leben gar nicht zurechtfindet, in dem es weniger gemütlich ist als in ihrem Nest?»

«Marieke, ich habe dich sehr, sehr gern, aber du bist manchmal zum Heulen arrogant. Trixie hat es nicht halb so leicht, wie du zu denken glaubst. Und sie ist durchaus schon aus Blankenese herausgekommen.»

«Um am Jungfernstieg einzukaufen.»

«Sie hat zum Beispiel ihren Großvater aus Köln hergeholt 47. Das war mit Sicherheit kein Spaziergang. Gerade dir sollte das klar sein.»

«Das wusste ich nicht», sagte Marieke leise.

«Eben. Du weißt ebenfalls nicht, dass sie seit sieben Jahren unglücklich verliebt ist und nicht einmal den Namen desjenigen kennt, dem sie ihr Herz geschenkt hat!»

Greta atmete tief ein. Schon als das letzte Wort ihren Mund verlassen hatte, wusste sie, dass sie einen Fehler begangen hatte. Trixie hatte ihr ein Geheimnis anvertraut. Und sie hatte es weitergetragen, einfach so.

«Sag es ihr nicht», bat sie Marieke. «Sag ihr nicht, dass ich dir davon erzählt habe.»

Unverhohlenes Interesse flackerte in Mariekes Blick auf. Sie ließ sich auf die karmesinrote Bank plumpsen und schob die Hände unter den Klapptisch. «Ach so?»

«Vergiss es», murmelte Greta. «Ich hätte nicht davon anfangen sollen.»

«Ich sag dir eins, Marjellchen: Wenn bei jemandem ein Geheimnis gut aufgehoben ist, dann bei mir. Diskretion, hat meine arme Großmutter, und Gott hab sie selig, schon immer gesagt, ist eine meiner wenigen Tugenden.»

Unwillkürlich musste Greta lachen. «Das hat sie gesagt, ja?»

Ernsthaft nickte Marieke. «Also, rück raus damit.»

Vielleicht würde Marieke ja Trixie gegenüber etwas sanfter werden, wenn sie ihre Geschichte erst kannte ...

«Er ist Soldat», begann sie zögerlich. «Amerikaner. Sie weiß nichts über ihn und hat bloß ein Andenken. Einen Knopf, den sie um den Hals trägt.»

«Und wie kommt der Knopf eines Amerikaners um Trixies Hals?»

In knappen Worten schilderte Greta, was sich an dem Bremer Bahnsteig zugetragen hatte.

Marieke hörte still zu und nickte schließlich. «Ich werde keinen Mucks sagen, versprochen.»

Nachdenklich betrachtete Greta sie. Musste sie befürchten, dass ihre Freundin sich verplapperte?

Marieke griff nach ihrem Wasserglas und hielt es in die Höhe. «Guck nicht so zweifelnd. Du weißt doch, was hierzulande bis zur Perfektion geübt und betrieben wird.»

«Was denn?»

«Schweigen und Vergessen. Darin sind die Deutschen ganz groß. Prost!»

Als die ersten Gäste eintrudelten, trug Greta zum ersten Mal in ihrem Leben eine Hose. Sie war von einem schlichten silbrigen Grau und reichte ihr bis zu den Knöcheln. Das Kleidungsstück fühlte sich ungewohnt, aber sehr gut an, auch wenn sie sich in Ermangelung eines größeren Spiegels nicht von Kopf bis Fuß darin betrachten konnte.

Schon nach einer halben Stunde wimmelte Alfreds Hof vor Menschen, und sie hatte den Überblick darüber verloren, wer eigentlich da war. Bis wohin war Elfriede nur gewandert, die ihre Hilfe beim Verteilen der Einladungen angeboten hatte? Etwa bis nach Norderstedt? In den Tagen zuvor war Greta selbst von Tür zu Tür marschiert. Sie hatte allen Damen der Umgebung eine kostenlose Massage in Aussicht gestellt und Mariekes und Trixies Künste angepriesen, aber meist in ausdruckslose Gesichter geblickt. So waren die Menschen eben, hatte sie sich zu trösten versucht. Was sie nicht kannten, fraßen sie nicht. Da blieb nur eines: Sie mussten sich vor Ort von den Fähigkeiten der drei Damen überzeugen.

Glücklicherweise war der heutige Mittwoch, einen Tag vor Christi Himmelfahrt, sonnig und warm. Die Girlanden, die Cyrils Kinder gebastelt und auf den Schultern ihres Papas balancierend aufgehängt hatten, schaukelten von den Bäumen. Und der Hof füllte sich immer weiter. Zwischen ein paar vertrauten gab es viele Greta völlig unbekannte Gesichter. Mehr Herren als Damen. Das war erstaunlich.

«Wer hat wohl diese Gruppe eingeladen?», murmelte sie und deutete mit dem Kinn auf ein paar Männer, die gemütlich zusammenstanden, Pfeife rauchten und anzunehmen schienen, Greta und Marieke seien ausschließlich zu dem Zweck anwesend, um ihnen Bowle nachzuschenken.

Marieke zuckte mit den Schultern und fuhr fort, Kaffee aufzubrühen. Die kleine Kanne glühte am Boden, und Marieke verbrannte sich beim Nachfüllen fast die Hand.

«Ich hatte mit weniger Gästen gerechnet», sagte sie und wischte sich über die verschwitzte Stirn. «Hoffentlich schicken uns die Kerle ab morgen dann ihre Gattinnen vorbei. Ansonsten haben wir bloß Trixies gesamtes Geld ausgegeben, und zwar für nix und wieder nix.»

Aber Greta wollte an diesem Nachmittag – dem hoffentlich ein beschwingter Abend folgen würde – auf keinen Fall schwarzsehen.

«Lass doch mal den Kaffee sein. Komm, wir tanzen. Dann gehen wir mit gutem Beispiel voran.»

«Da mache ich mit», rief Trixie, die vor einer Stunde erneut verschwunden war, um ihre Mutter abzuholen.

«Ah, da bist du ja wieder», sagte Marieke. Wenn sich Greta nicht täuschte, klang sie ein bisschen freundlicher als noch am Vormittag.

Das war auch Trixie nicht entgangen. Ungläubig wandte sie sich zu ihr um. Und als sie sah, dass Marieke sogar lächelte, strahlte sie so sehr, dass sich alles in Greta zusammenkrampfte.

«Ich weiß ja, ich soll es nicht», sagte Trixie. «Aber ich konnte nicht anders. Ich habe dir was mitgebracht.» Freudig überreichte sie Marieke ein weiches, in Packpapier eingewickeltes Geschenk. «Das habe ich selber genäht, vor ein paar Tagen schon.»

Mit undurchdringlicher Miene öffnete Marieke die Paketschnur und riss vorsichtig das Papier auf.

In dem Päckchen befand sich ein dunkelblau schimmerndes Etwas, das Marieke anhob und entfaltete. Nach einem unsicheren Blick auf Greta, die auch nicht wusste, um was es sich bei Trixies Selbstgenähtem handelte, sagte sie: «Oh. Ein, äh, Bademantel?»

«Das ist ein Kimono.» Trixie platzte förmlich vor Stolz.

«Also ein Bademantel», wiederholte Marieke, betrachtete das Objekt weiter nachdenklich und wendete es hin und her.

«Man kann ihn auch als Kleid tragen», beeilte sich Trixie zu sagen. «Ich habe es als Kleid genäht, das nur so aussehen soll wie ein Kimono. Man trägt das jetzt so.» Es vergingen ein paar Sekunden, dann fragte sie: «Magst du es?»

Marieke knabberte sich an der Unterlippe herum, hielt sich das Kleid an und wiegte den Kopf. «Denkst du, es steht mir, Greta?»

Greta nickte. Sie wagte es kaum, zu Trixie zu blicken. *Bitte*, dachte sie, *Marieke, sei so lieb zu Trixie, wie du es zu mir und allen anderen bist!*

«Dann zieh ich es jetzt wohl mal an.»

Damit verschwand sie im Laster. Eine halbe Ewigkeit schien zu vergehen, dann klappte die Tür wieder auf, und Marieke stand auf der Schwelle. Sie drehte sich einmal um sich selbst und stoppte in einer Pose, die entfernt an die eines Mannequins erinnerte.

«Na? Wie sehe ich aus?»

Als wenn du einen Bademantel trügest, dachte Greta, hielt aber natürlich den Mund. Doch es war auch egal, was Marieke überzog, sie sah einfach immer bezaubernd aus. Zudem stand ihr das Blau. Es passte zu ihren Augen.

Marieke lächelte. «Ich finde es toll. Danke, Trixie.»

Greta warf Marieke einen dankbaren Blick zu, während Trixie vor Freude fast in Tränen ausbrach.

Wenig später hatte sich Alfreds Hof noch weiter gefüllt. Mittlerweile hatte sich das Geheimnis um die vielen männlichen Gäste gelüftet. Es waren Alfreds Kumpane, mit denen er sonntags frühschoppte.

«Ihre Frauchen haben sie zu Hause gelassen, die Torfköppe», hatte Alfred Greta zugeflüstert, «die sind zu doof, einem auch nur einmal richtig zuzuhören. Aber keine Bange, ich schick die alle zu euch, das verspreche ich dir.»

Während Greta Getränke ausschenkte, die Neuankömmlinge durch den Salon führte und sich erneut den Getränken widmete, wurde ihre neue Frisur gebührend bewundert, aber auch der Umstand, dass sie eine Hose trug. Manche Dame guckte neidisch, und eine fragte, ob Greta schon ungute Erfahrungen gesammelt habe.

«Inwiefern?», fragte Greta.

«Insofern, als dass Sie jemand für einen Jungen halten könnte. Mit dieser Figur. Sie sind ja eher kräftig.»

«Bisher ist mir das noch nicht passiert», antwortete Greta knapp und mischte sich in eine Gruppe neuer Gäste. Mit dieser Frau würde sie so bald hoffentlich nicht mehr zu tun haben.

«Ich wusste doch, dass sie dir steht!», rief Elfriede, die wie aus dem Nichts vor Greta auftauchte. «Die Hose», fügte sie hinzu. «Trixie war bei mir, und ich habe ihr dazu geraten.»

Elfriede arbeitete als Verkäuferin in einem Warenhaus nahe dem Jungfernstieg. «Du mit deinen hellblauen Augen, und dann so ein Silbergrau. Perfekt, wirklich perfekt.»

«Trixie und du, ihr macht gemeinsame Sache?»

«Das war das erste Mal», sagte Elfriede verschmitzt.

«Und ich war froh, dass es gleich um dich ging, hübsches Kind.»

Alfred, der sich wieder zu ihnen durchgedrängt hatte, klopfte Greta mit einer seiner wagenradgroßen Hände wohlwollend auf die Schulter.

«Haben sie das nicht fein hingekriegt, die Mädchen?», fragte er seine Frau so voller Stolz, als seien Trixie, Greta und Marieke ihre Töchter. Drei Abende zuvor war er genauso leutselig gewesen und dann, ein paar Bier später, wehmütig geworden. Er hatte vom Krieg zu erzählen begonnen und dann die Augen hinter seiner gewaltigen Pranke verborgen.

«Schau dir an, was alles meins ist», hatte er gemurmelt. «Die Fabrik ist voll von Winkeln und Ecken. Genug Platz, um Leute zu verstecken. Und ich? Hab nix gemacht. Schotten dicht. Scheuklappen aufgesetzt. Der Krieg und das Leid, das waren der Krieg und das Leid der anderen.»

Greta hatte sich hilflos gefühlt und sich gefragt, wieso ihr, wenn er nun schon einmal von früher sprach, einfach nichts Tröstliches einfallen wollte.

Rita gesellte sich zu ihnen, um den renovierten Lastwagen in Augenschein zu nehmen. «Mensch, ist der schön», rief sie ehrfürchtig. «Er passt zu euch.» Sie legte Greta den Arm um die Schulter. «So fröhlich mit den weißen Punkten und der roten Farbe. Da will man glatt reinbeißen.»

«Probier's doch», murrte ihr Mann Heinrich. «Mal gucken, wie's schmeckt.»

Greta beschloss, ihn zu ignorieren, und hoffte, Rita würde es ihr gleichtun. Zwar standen Marieke, Trixie und sie in Heinrichs Schuld, schließlich hatte sich der Lastwagen in seinem Besitz befunden. Doch wie er so vor ihr stand, während Rita freudig-nervös auf sie einredete, Tabakkrümel auf den Boden spuckte und stöhnend ausatmete, als sei jedes Wort seiner Frau eine einzige Zumutung, fiel Heinrich Klevenbrück Greta gehörig auf die Nerven.

Er war ein kleiner, dürrer Mann mit nervös umherzuckendem Blick. Nicht zum ersten Mal fragte sich Greta, wie eine so fröhliche, lebenslustige Frau wie Rita sich je in jemanden wie ihn hatte verlieben können. War er vor dem Krieg ein anderer Mensch gewesen?

«Freut mich, dass er dir gefällt», sagte Greta zu Rita und ignorierte Heinrich stoisch. «Willst du reingucken? Ich wette, von Trixies Escorial ist noch etwas übrig.»

«Komm, Heinrich», versuchte ihn seine Frau zu überreden.

«Lass ma'.» Erneut spuckte er mit einer Miene aus, als habe er einen ekligen Geschmack im Mund. «So'n Weiberkram interessiert mich nicht die Bohne.»

Greta nahm Rita bei der Hand und zog sie fort.

Tatsächlich gab es noch Likör, und davon schenkte Greta ihr reichlich ein, während Rita über jedes noch so kleine Detail im Innern den Zeigefinger wandern ließ und immer wieder ehrfürchtig «Oh» sagte.

«Hübscher als meine Straßenbahn. Na ja, vielleicht genau so hübsch», befand sie schließlich. «Prösterchen.» Sie nahm einen Schluck und verzog entzückt das Gesicht. «So ein Tröpfchen hab ich sicher das letzte Mal vor dem Krieg getrunken.»

«Ernsthaft?»

«Wann soll ich denn bitte Likör trinken? Bei der Arbeit bestimmt nicht, und zu Hause, na, du hast ja gesehen, wo ich lebe.»

Es sollte munter klingen, doch Rita sah eher so aus, als breche sie gleich in Tränen aus.

«Was ist denn los mit dir?», fragte Greta besorgt. Dass Rita Felix den Einarmigen genannt hatte, hatte sie ihr zwar noch nicht verziehen, doch das änderte nichts daran, dass Greta sie im Grunde mochte.

«Nichts.» Rita schüttelte den Kopf. «Nur das Übliche. Nichts als das Übliche», sagte sie und lächelte tapfer. «Und hier seid ihr also, ihr tollen drei. Ich bin so stolz, dass ich euch ein winziges bisschen helfen konnte. Und Heinrich.»

Greta nickte folgsam, obwohl sie sicher war, dass sie ihm nicht noch einmal danken würde. Sie hatte es einmal getan, gleich bei ihm auf dem Hof, und hatte bloß ein mürrisches Kopfnicken als Antwort erhalten.

«Könnt ihr denn hierbleiben?», fragte Rita.

Greta schüttelte den Kopf. «Leider nein. Aber wir finden schon was.»

Einen Platz für den Laster zu finden konnte doch nicht so schwer sein. Schließlich waren sie so weit gekommen. Sie hatten ihren eigenen Salon, und er war mit Sicherheit der außergewöhnlichste, den die Welt je gesehen hatte.

«Braucht wer noch was zum Sitzen?», ertönte draußen eine dünne Stimme.

Als Greta den Kopf aus der Tür steckte, sah sie einen spirreligen, ihr unbekannten Herrn vor sich. Er balancierte links einen Klapptisch und rechts einen Stuhl.

«Nasser mein Name», stellte er sich vor. «Sehr erfreut.» Das musste der Nachbar sein, von dem Marieke heute Wasser geholt hatte.

«Ich wohne da drüben, im ersten Stock, kleine Butze, kleiner Hof, aber großes Fenster, sodass es im Winter immer herrlich zieht.»

«Das klingt ja verlockend», sagte Greta und reichte ihm die Hand, die er beherzt schüttelte, nachdem er die Möbel vor sich abgesetzt hatte. «Wir geben ein Fest, um unseren Schönheitssalon einzuweihen, und Sie sind natürlich herzlich eingeladen.»

«Ach nee, Mädchen, lass mal.» Er grinste. «Wollte nur sagen, dass ich mich über jeden Neuen im Eck freue. Und das hier is' was für die älteren Herrschaften, wenn sie mal nicht nur rumstehen wollen, ne? Bringt sie mir zurück, wenn ihr sie nicht mehr braucht. Da drüben wohn ich. Nasser. Georg Nasser.»

«Danke», konnte Greta ihm gerade noch hinterherrufen, da war er auf seinen dünnen Beinen schon fort.

«Wer ist denn der Soldat mit der dunklen Haut?», fragte Rita.

«Ein Freund von Marieke, der uns beinahe so viel geholfen hat wie du.»

«Er sieht fremdländisch aus», sagte Rita.

Greta wusste zunächst nicht, was sie darauf sagen sollte. Schließlich bemerkte sie: «Cyril ist Engländer. Soll ich ihn dir vorstellen?»

Unschlüssig sah Rita sie an, dann stellte sie sich auf die Zehenspitzen und sagte: «Ich suche besser Heinrich, bevor er was anstellt. Später vielleicht.»

Verwundert blickte ihr Greta nach. Erst jetzt fiel ihr auf, dass Cyrils Familie allein auf einer Decke saß. Die beiden Mädchen Mary und Daphne spielten nicht mit den anderen Kindern Seilspringen und Kekshangeln. In weißen Blusen und dunklen Faltenröckchen gekleidet, hielten sie sich an ihre Eltern und sahen nicht einmal auf, als zwei Jungen in ledernen kurzen Hosen auf einem Roller an ihnen vorbeirasten.

«Hallo.»

Als Greta sich umdrehte, wurde ihr kalt und warm zugleich. Felix. Er beugte sich vor, bis sein Gesicht nur noch wenige Zentimeter von ihrem entfernt war. Seine Haut roch nach Sonne.

«Woher weißt du denn, dass wir heute unser Fest haben?», stammelte sie.

«Du hast mich eingeladen, schon vergessen?», sagte er und grinste vorsichtig. «Bei Muttchen hast du mir doch davon erzählt, auch wenn du nicht sicher warst, ob ihr rechtzeitig fertig werdet. Seid ihr aber. Der Wagen ist toll. Und du hast sogar eine neue Frisur. Du siehst großartig aus.»

Sein Blick war sanft, wie auch sein Lächeln.

«Danke. Ich ... wollte noch mal kurz zu ... Viel Spaß.»

Greta fühlte sich so konfus, dass sie an ihm vorbei aus dem Laster sprang.

Während sie sich durch die Menge drängte, spürte sie den Schweiß in ihrem Nacken und ihr Herz, das so schnell klopfte, dass ihr der Atem knapp wurde.

Gott, das war grässlich. Nein, *sie* war grässlich. Wieso verhielt sie sich so? Eigentlich hätte sie sich bei ihm für ihre alberne überstürzte Abreise aus dem Alten Land entschuldigen müssen, nun hatte sie alles noch schlimmer gemacht. Felix war doch nett zu ihr, aufmerksam, zugewandt, hinzu kam, dass er phantastisch aussah und Pflanzen liebte, ihr einen Schuppen hergerichtet hatte und wusste, wie Enfleurage funktionierte. Er hatte sogar Eichenmoos für sie gesammelt. Und sie ... Sie wollte nichts als flüchten.

«Greta.»

Sie hörte Cyril kaum.

«Greta!»

Ruckartig hob sie den Kopf. Sie hatte Kreise und Blumen auf die Picknickdecke gemalt, die mehr schlecht als recht gegen die Härte und Kälte der darunterliegenden Pflastersteine ankämpfte.

«Du willst doch nicht den Rest des Abends bei uns hocken, oder? Wir freuen uns über deine Gesellschaft, verstehe mich bitte nicht falsch, aber falls du dich verstecken möchtest, gibt es sicher bessere Möglichkeiten.»

Sie verzog das Gesicht. «Ertappt.»

«Was ist los?»

Seine Töchter, die brav die Hände im Schoß gefaltet hielten und mit ihren fünf beziehungsweise sieben Jahren weit erwachsener wirkten, als sich Greta momentan fühlte, lächelten sie freundlich an.

«Wieso redet eigentlich niemand darüber, dass die Sache mit Männern und Frauen nicht nur schön und aufregend, sondern vor allem anstrengend ist?», platzte sie heraus. «So viel, wie ich in den letzten zwanzig Minuten gefühlt habe, empfinde ich normalerweise nicht mal in einem halben Jahr.»

Um Cyrils Mund zuckte ein Lächeln.

«Ich bin jetzt schon erschöpft, obwohl ich Felix bloß Hallo gesagt habe. Oder habe ich nicht mal das gemacht?» Sie runzelte die Stirn. «Ich weiß es nicht mehr.»

Suchend ließ sie ihren Blick über die Gäste schweifen und fand Felix, der neben einer älteren Dame stand, die ohne Punkt und Komma auf ihn einredete. Sie musste zu ihm gehen. Sie schuldete ihm eine Erklärung, wieso sie bei seiner Großmutter mir nichts, dir nichts davongelaufen war. Aber sie hatte ja selbst keine.

«Wovor fürchtest du dich?», fragte Cyril in seinem schönen Singsang.

Seine Töchter lächelten weiterhin, seine Frau ebenso. Greta war sich nicht sicher, ob sie Deutsch verstand. Andererseits lebte die Familie seit beinahe vier Jahren hier. Wahrscheinlich also schon.

Greta begann wieder Blumen auf die Picknickdecke zu malen, das Denken fiel ihr so ein bisschen leichter. «Ich habe mir angewöhnt, alles, was mir Angst macht, wegzuschieben. Ich stürze mich lieber ins Praktische, und darin bin ich gut, ich freue mich daran, wie die Dinge gedeihen und besser werden. Da bringen mich nicht einmal Sachen wie die Frage, was eigentlich werden soll, falls wir keine Kundinnen finden und keinen Platz, um den Lastwagen unterzubringen, aus dem Konzept. Oder falls ich nie eine Wohnung oder ein Zimmer für mich habe. All das wirft mich nicht um. Die Sache mit Felix aber schon. Er ist so nett, außer, wenn er in sich selbst versinkt, dann verstehe ich nicht, was in ihm vorgeht. Aber ich ... Im einen Moment genieße ich die Zeit mit ihm, im nächsten habe ich das Gefühl, mir schnürt sich die Kehle zu.»

Cyril beugte sich vor und sagte mit sanfter Stimme: «Greta, die guten Sachen sind zu Beginn oft schwierig.»

«Aber ...»

Er schüttelte den Kopf. «Da gibt es kein Aber. Suche nicht nach Erklärungen, sondern nach Lösungen.»

Baff sah sie ihn an.

«Wenn du Glück hast, werden die Erklärungen im Anschluss nachgereicht. Und nun kümmere dich um deine Gäste und nicht bloß um uns.»

Greta schnaubte. «Du kümmerst dich ja wohl eher um mich als umgekehrt.»

Er tat, als habe er sie nicht gehört. «Ich wette, es gibt einen Haufen Leute, die sich gern mit dir unterhalten würden. Der Herr da drüben zum Beispiel starrt schon seit einer Ewigkeit zu uns herüber.»

Sie folgte Cyrils Blick und riss erstaunt die Augen auf. «Das ist ja mein Vater.»

«Du klingst nicht besonders erfreut.»

«Vor allem wundere ich mich, dass er hier ist. Ich habe ihn gar nicht eingeladen. Entschuldigst du mich, bitte?»

Inmitten all der heiteren Menschen um sich herum wirkte ihr Vater wie ein Fremdkörper. Dünn wie ein Stück Schnur ragte er zwischen Elfriede und ihrem Gatten hervor, die ihn augenscheinlich in ein Gespräch zu verwickeln versuchten, aber mit jedem Schritt, den Greta näher kam, verzweifelter wirkten.

«Was machst du denn hier, Papa?»

«Ich dachte ... Du hast doch ...» Er schloss den Mund wieder und kramte in seiner Jacketttasche. «Dann habe ich das hier wohl falsch verstanden.»

Er reichte ihr den Zettel, den sie für Mickey geschrieben hatte. Bisher hatte sie ihren Bruder in dem Gewusel allerdings noch nicht entdeckt. *Ab drei wird bei Alfred gefeiert. Wag es ja nicht, nicht zu kommen!*

Darunter die Adresse in Ottensen.

«Der Zettel war gar nicht für mich, oder?», fragte er verlegen.

Greta sagte nichts, sondern verzog nur das Gesicht.

«Dann gehe ich besser wieder.» Er war so sichtlich peinlich berührt, dass sich ihr Herz zusammenzog.

«Nein, Papa, ich bin froh, dass du hier bist. Ich dachte bloß nicht, dass du kommen würdest, das ist der Grund, weshalb ich dich nicht eingeladen habe.»

«Oh.» Er nickte, sah aber keinen Deut glücklicher aus. «Ehrlich gestanden, habe ich mich über die Einladung gefreut. Ich ... ich wollte dir sagen, dass es mir leidtut, Greta. Alles. Vor allem aber, dass Trude und ich dich so harsch angegangen haben.»

«Mir tut es auch leid, Papa.»

«Soll ich bleiben?»

«Ja, bitte!» Es überraschte sie selbst, wie erleichtert sie war. Aber er war eben ihr Vater. Sie liebte ihn und hoffte, dass er sie auf seine seltsame, unwirsche, zurückhaltende Art auch ein bisschen liebhatte. «Ich hole dir etwas zu trinken. Was magst du, Bier? Limonade? Kaffee?»

«Kaffee. Bitte», fügte er eilig hinzu.

Als sie ihrem Vater den dampfenden Becher brachte, sah sie, dass er sich einen von Herrn Nassers klapprigen Stühlen zu Cyrils Picknickdecke herangezogen hatte. Als sei es das Selbstverständlichste der Welt, unterhielt er sich leise, aber angeregt mit Cyril.

Vor Freude wurde Greta warm. War ihr Vater vielleicht doch kein so großer Zyniker, als der er so gern erscheinen wollte? Verbarg sich in seinem hageren Körper etwa ein Herz? Sie reichte ihm den Kaffee und schnappte ein paar Worte auf. Cyril und er hatten ein gemeinsames Gesprächsthema gefunden: Vögel. Greta war nicht klar gewesen, dass Cyril ein begeisterter Ornithologe war. Wie sich herausstellte, gab es in England eine auffällige Unterart der Bachstelze mit schwarzem Federkleid, was Harald Buttgereit begeistert kommentierte.

Greta warf Cyrils Ehefrau und den gemeinsamen Töchtern einen amüsierten Blick zu. Alle drei lächelten weiterhin freundlich und schienen den beiden Männern aufmerksam zuzuhören.

Auch ein feiner Zug, dachte Greta. Doch sie sollte lieber nach Lösungen suchen, wie ihr Cyril geraten hatte. Wenn ihr Vater es über sich gebracht hatte, sich bei ihr zu entschuldigen, dann würde sie es doch wohl auch hinbekommen, auf Felix zuzugehen. Selbst wenn ihr hundeelend wurde, sobald sie daran dachte.

Er war der redseligen Dame entkommen und stand nun etwas abseits, den Rücken an die Hofmauer gelehnt. Wie Pudding fühlten sich ihre Beine an, als sie auf ihn zulief.

«Verzeihung», sagte sie und räusperte sich nervös. «Bitte sei mir nicht böse, dass ich manchmal schwierig bin. Ich habe Angst davor, mich in dich zu verlieben.» Jetzt war es raus. Mit klopfendem Herzen sah sie ihn an.

Felix beugte sich vor. Wieder stieg ihr sein sonniger Duft in die Nase, der auch ein wenig nach Gras und Kräutern roch. Sie schloss die Augen. Sanft und zärtlich küsste er sie. Und Greta vergaß alle Angst.

«Oh, hoppla! Ich störe hoffentlich nicht?» Peinlich berührt verzog Trixie ihr Gesicht. Sie hielt zwei Gläser in den Händen, in denen eine durchsichtige Flüssigkeit schwappte, und trat unsicher von einem Fuß auf den anderen.

Felix und Greta waren auseinandergestoben, als sie ihre Stimme gehört hatten. Noch jetzt spürte Greta seine Lippen auf ihren und wischte sich verlegen mit dem Stoff ihres Ärmels darüber. Felix verschmolz förmlich mit der Fabrikmauer hinter sich.

Selbstverständlich hatten sie nicht die gesamte vergangene Stunde abseits der Feier küssend verbracht, in diesem Fall hätte wohl jemand die Polizei geholt. Doch schien es Greta, als wenn sie jetzt, da sie keine Furcht mehr vor Felix' Nähe hatte, plötzlich keine zehn Zentimeter Platz zwischen sich und ihm ertragen konnte.

«Du störst nicht», erwiderte sie. «Ist das für uns? Danke.»

Schüchtern überreichte Trixie ihnen die Gläser. «Die Leute fragen ständig, wie unser Salon eigentlich heißt. Was soll ich ihnen sagen?»

«Wir haben noch keinen Namen.»

Das wusste Trixie aber doch, sie hatten sich schließlich

ausreichend den Kopf darüber zerbrochen und waren auf kein zufriedenstellendes Ergebnis gekommen.

«Ja, aber er will, also, er will es wirklich wissen», sagte Trixie drängend.

«Wer?», fragte sie argwöhnisch.

«Heinrich.»

Greta rollte mit den Augen. Was ging Heinrich Klevenbrück der Name ihres Salons an? Der wollte doch bestimmt nur wieder Ärger machen.

Felix, Trixie und sie gesellten sich zu den anderen in die Mitte des Hofes. Es dämmerte bereits. Greta sah bloß ein paar Gestalten, die in Grüppchen zusammenstanden. Allerdings war es auffällig still geworden.

«Na, wie, keinem fällt was ein?», hörte sie Ritas Mann schnarren. «Was ist los? Funktionieren eure hübschen Köpfchen nicht mehr? Das ist ja ein Trauerspiel. Salon namenlos. Wenn das nicht verlockend klingt. Gradezu mesti…, mastiziös.»

Widerstrebend ließ Greta Felix' Hand los und gesellte sich zu den anderen, die in gebührendem Abstand um Heinrich herumstanden. Der Mann war vollkommen betrunken.

«Meinst du mysteriös?», erkundigte Greta sich.

«Sag ich doch, Mädel, sag ich doch! So dumm biste also gar nicht. Auch wenn man das wohl meinen könnte, ne, wo du doch nix als Schminke im Kopp hast.»

Greta kniff die Augen zusammen.

«Mein Vorschlag», geiferte er weiter, «tatarata, ist Fräulein Tomate! Oder nee, noch besser: Hort der Dämlichkeit!» Triumphierend schlug er sich auf den Oberschenkel, dass es knallte. «Das passt. Schließlich nutzt die ganze Aufhübscherei wenig bei den Schabracken, die heute so durch Hamburg geistern und tun, als gehöre ihnen die Stadt. Da is' doch egal», redete Heinrich weiter und ereiferte sich derart, dass er fast schrie, «wie viel Schminke ihr raufkleistert, die sehen schlimm aus, wenn sie aufwachen, und wenn sie abends ins Bett gehen, ist es kein Deut besser geworden, das könnt ihr mir glauben.»

«Fein, dass du dir so viele Gedanken darum machst», hörte Greta Marieke mit kühler Stimme sagen. Sie war einen Schritt nach vorn getreten und stand Heinrich nun mit blitzenden Augen gegenüber. «Bei dir selbst ist, wenn du erlaubst, allerdings Hopfen und Malz verloren, auch wenn wir uns noch so viel Mühe geben würden.»

Mit ängstlichem Gesicht versuchte Rita nach Heinrichs Arm zu greifen und ihn wegzuziehen, doch er machte sich los und zischte etwas, das Greta nicht verstand. Immerhin schien er einzusehen, dass er sich besser auf keinen verbalen Schlagabtausch mit Marieke einlassen sollte. Er spuckte aus und rieb sich die Nase, die selbst in der heraufziehenden Dämmerung feuerrot leuchtete. «Dann wird es doch Hort der Dämlichkeit, und ich schreib euch das höchstselbst auf den Lack!»

Er klopfte gegen die Karosserie, geriet ins Taumeln und klammerte sich an seiner Bierflasche fest.

«Die Mädchen denken ein andermal darüber nach», sagte Rita in beruhigendem Tonfall. «Mickey, hast du nicht Lust, Musik für uns zu machen?»

Erleichtert drehte sich Greta um. Ihr Bruder war also

doch gekommen. Sie hatte nur noch Augen für Felix gehabt und gar nicht mehr nach Mickey geschaut.

«Ja, spiel uns was!», rief Marieke, die bei seinem Anblick über das ganze Gesicht zu strahlen begann.

Mickey verschwand im Dunkeln, kehrte kurz darauf mit seiner Klarinette zurück und setzte das Instrument an seine Lippen. Ein sanfter, wehklagender Ton, der stetig lauter wurde, erfüllte den Hof, schien von den Fenstern und Häuserwänden, die sie einkesselten, zurückgeworfen zu werden, gen Himmel und zur Elbe hin zu schweben und dort leise zu verklingen, nur um durch einen anderen Ton ersetzt zu werden.

Wieder fühlte sich Greta wie verzaubert. Mickey hatte ihr das Lied ein paar Male vorgespielt. Heute aber trug er *Summertime* mit einer Inbrunst vor, als hänge sein Leben davon ab. Wie gebannt starrte Marieke ihn an. Selbst Gretas Vater, der amerikanische Musik doch hasste, konnte den Stolz in seinen Augen nicht verhehlen. Er betrachtete seinen Sohn, als sehe er ihn heute zum ersten Mal.

Cyril nahm seine Töchter bei der Hand, Elfriede tanzte mit ihrem Gatten, und Trixie schwang in Ritas Armen umher, während Heinrich sich mit säuerlichem Gesicht gegen den Lastwagen lehnte. «He!», rief er. «He, sei doch mal still!» Das war so laut, dass er Mickey dazu brachte, die Klarinette abzusetzen.

Als Heinrich Anstalten machte, auf Mickey zuzuschlingern, erhob sich Gretas Vater aus seinem Klappstuhl. Drohend baute er sich vor ihm auf, so dicht, dass er beinahe mit der Nase gegen dessen Stirn stieß.

«Ruhe!», donnerte er. Von oben herab funkelte er ihn drohend an. «Jetzt ist Schluss mit dem Theater!»

Heinrich wich zurück, die Augen zu Schlitzen, weit entfernt von seinen albernen Grimassen, die er eben noch aufgesetzt hatte.

«Ist ja schon gut, Mann.»

«Geh und schlaf deinen Rausch aus!»

Heinrich blinzelte und verzog den Mund zu einem höhnischen Grinsen. Er lief jedoch weiter im Rückwärtsgang, bis er ins Straucheln geriet und sich auf den Hosenboden setzte.

Greta wandte sich ab. Als sie Rita entdeckte, die mit tränenüberschwemmten Augen am Rand der provisorischen Tanzfläche stand und sich vor Scham in den Daumennagel biss, gesellte sie sich zu ihr. Hastig wischte sich Rita über die Augen.

«Ist schon gut», sagte Greta leise und griff nach Ritas Hand.

Nach und nach beruhigten sich die Gemüter wieder, aber nach Feiern war wohl keinem mehr zumute. Wie ärgerlich! Nun hatte Heinrich ihr schönes Fest verdorben. Die verbliebenen Gäste standen in kleinen Gruppen zusammen und unterhielten sich leise. Mickey hielt noch das Instrument in den Händen, doch er wirkte nicht, als habe er große Lust darauf, noch einmal zu einem Tanz zu laden.

«Hadamar!»

Greta fuhr herum und erblickte Renate Jensen, die sich an Elfriedes Arm festklammerte. Sie saß auf einem von Herrn Nassers Klappstühlen und hatte den Arm ausgestreckt. Mit zitterndem Finger zeigte sie auf Gretas Vater.

«Hadamar!», rief sie erneut, mit vor Angst zitternder Stimme. «Du hast sie hingebracht!»

Was redete Renate da? *Hadamar?* Das Wort hatte Greta noch nie gehört. Und wen sollte ihr Vater dorthin gebracht haben?

Auf der Suche nach einer Erklärung drehte sie sich zu ihm um. Er stand stocksteif da.

«Hadamar!» Renate klang jetzt verzweifelt. Sie schluchzte auf und begann zu weinen. «Hadamar!»

«Mama, beruhige dich», war Trixies besorgte Stimme zu hören. Sie hatte sich neben ihre Mutter gehockt und griff nach ihrer Hand, doch Renate schüttelte sie mit einer verzweifelt wirkenden Geste ab. Um sie herum war es still geworden. Die Leute schienen den Atem anzuhalten, so absonderlich war die Szenerie, die sich im fahlen Schein des aufziehenden Mondes vor ihnen abspielte.

Als ihr Vater Gretas Blick auf sich spürte, drehte er sich abrupt um. Mit langen Schritten verließ er den Hof. Nach kurzem Zögern setzte sich auch Greta in Bewegung und rannte ihm nach.

«Papa!» Sie erwischte ihn zwei Häuserecken weiter.

«Warte, Papa, bitte!»

Als er sich zu ihr umdrehte, schrak sie zurück. Er war schon immer blass gewesen, nun wirkte er fast durchsichtig.

«Weißt du, was Renate gemeint hat?»

Er schüttelte den Kopf.

«Wieso hat sie auf dich gezeigt? Kennt ihr euch? Und was ist Hadamar? Hast du davon schon mal gehört?»

Er kniff die Lider zusammen, so als wolle er seinen Schmerz vor ihr verbergen.

«Wieso sagt Renate so etwas? Hat es mit Mama zu tun? Hast du sie irgendwohin gebracht?»

In seinen Augen funkelte Zorn. «Wo soll ich sie denn hingebracht haben, Greta? Wohin?»

«Ich weiß nicht. Nach Hadamar oder wie das hieß?»

«Wenn ich deine Mutter wo haben wollte, dann an meiner Seite. Aber das wollte *sie* nicht. *Sie* hat die Entscheidung getroffen, zu gehen. *Sie* hat *mich* zurückgelassen.»

Greta, die eben etwas hatte sagen wollen, schloss verblüfft wieder den Mund. Sie hatte stets angenommen, ihr Vater habe ihre Mutter verlassen. Aus dem einfachen Grund, weil kurze Zeit darauf Mickey zur Welt gekommen war.

«Mama ist weggegangen? Mit mir, als ich klein war?»

Mit hartem Blick starrte er sie an, gerade so, als sei es ihre Schuld. Dann wurde seine Miene etwas milder.

«Entschuldige, Greta.»

Doch das war allem Anschein nur mit Mühe herausgekommen.

«Papa», sagte sie leise. «Ich habe sonst niemanden, von dem ich etwas erfahren kann. Wenn du nichts sagst ...»

Er schwieg.

«Renate war Mamas Kindergartenfreundin. Seid ihr euch denn nie vorher begegnet?» Sie machte eine Pause und redete dann weiter: «Und Hadamar, was ist das?»

«Ich habe dir gesagt, was ich weiß, Greta», sagte er schroff. «Nun lass mich verdammt noch mal in Frieden.»

Jäh wandte er sich um und ging steifen Schrittes davon. Greta hatte Mühe, ihm nicht hinterherzurennen und ihn zu schütteln. All die Zeit, die seit dem Verschwinden ihrer Mutter vergangen war, die sie im Ungewissen verharrt hatte, voller Hoffnung und Angst ... Und er rührte keinen Finger. Er weigerte sich, auch nur ein Fünkchen Licht ins Dunkel zu bringen.

«Ich komme nicht mehr nach Hause, Papa» rief sie ihm mit zitternder Stimme nach. «Wenn du nicht mit mir redest, komme ich nicht mehr zurück.»

Er zeigte keine Reaktion. Mit immer entschlosseneren Schritten lief er davon, eine hagere Gestalt, der nichts und niemand mehr Freude zu schenken schien bis auf die Abbildungen von Vögeln in einem dicken, vergilbten Buch.

Greta war so aufgebracht, dass sie am liebsten alle davongescheucht hätte, doch was konnten ihre Gäste dafür, dass ihr Vater sich dem Leben derart verschloss? Trotzdem, sie war schrecklich enttäuscht und den Tränen nahe. Zu Beginn des Nachmittags hatte sie noch gehofft, ihr Vater würde doch langsam auftauen. Und nun das.

Immerhin wirkte der Anblick von Felix tröstlich auf sie. Er unterhielt sich gerade mit Elfriede und nahm besorgt ihre Hand, als sie dazutrat. Sie gab ihm einen Kuss.

«Weißt du, wo Trixie ist?»

Da er den Kopf schüttelte, sah sie sich weiter um, entdeckte ihre Freundin aber nicht. Ebenso wenig Renate Jensen.

«Suchst du Trixie?», fragte Alfred, der sich schwankend von einer Dreiergruppe löste. «Die hat euer englischer Freund nach Hause gebracht, Trixie und ihre Mutter.»

Enttäuscht nickte Greta.

«Du, Beste», sagte er da, «bleibt noch ein Weilchen hier, ja? Ist schön, wenn ihr da seid. So fröhlich und bunt.»

Im ersten Moment wusste sie nicht, wovon er sprach. Dann aber dämmerte es ihr.

«Bei dir auf dem Hof?»

Er nickte und blinzelte ihr zu. «Sollen die Oberen sich doch auf die Hinterbeine stellen. Was können die mir schon? Ist meine Fabrik, mein Hof. Im Krieg hab ich gekuscht, und wie ist mir das bekommen?»

Sie fiel ihm um den Hals und murmelte Danke in sein schütter werdendes Haar, woraufhin er den Kopf schüttelte und sie in gebührenden Abstand zurückmanövrierte.

«Machst mich ja ganz verlegen, Greta. Ist doch keine große Sache.»

Die Handvoll Gäste, die noch verblieben war, tanzte jetzt wieder selbstvergessen zu Mickeys Musik. Rita und Heinrich hingegen schienen verschwunden zu sein.

«He, Marjellchen, da bist du ja. Ich hab dir ein Tröpfchen Schnaps gerettet!» Marieke reichte ihr ein Glas, in dem tatsächlich bestenfalls ein Tropfen zu finden war. «Vom Munde abgespart hab ich ihn mir. Es gibt nämlich was, auf das wir anstoßen müssen.»

«Oh ja», stimmte ihr Greta zu. «Auf Alfreds Hof.»

«Hä?»

«Wir dürfen hierbleiben.» Das war ein Grund zur Freude, doch Greta konnte kaum etwas davon in sich entdecken. Sie hatte einen schalen Geschmack im Mund und fühlte sich mit einem Mal unendlich erschöpft. Hadamar. Was war das nur? Und weigerte sich ihr Vater ausschließlich deshalb, über Linn zu reden, weil sie ihn verlassen hatte? Trug er ihr das immer noch nach?

«Ach, Marjell», sagte Marieke leise und umschlang sie. «Mach dir über deinen griesgrämigen Papa keinen Kopp. Er ist es nicht wert.»

«Darum geht es ja nicht», sagte Greta und seufzte. «Ich frage mich nur, was Renate gemeint haben kann.»

Marieke zuckte mit den Schultern. «Wenn ich du wäre, würde ich darauf nicht zu viel geben. Renates Erinnerungen sind ... na ja, als verlässlich würde ich sie nicht bezeichnen. Und sowenig ich deinen Vater leiden kann, entschuldige, wenn ich das so offen sage, aber ich glaube nicht, dass er dich in diesem Fall anlügen würde.»

Nachdenklich nickte Greta.

Mariekes Miene hellte sich auf. «Sagtest du eben, wir dürfen hierbleiben? Auf Alfreds Hof?»

Greta nickte. «Eine Weile jedenfalls. Ich dachte, dass du deswegen mit mir anstoßen wolltest.»

«Nee. Also, jetzt schon. Eigentlich wollte ich ein Hohelied auf Trixie singen, besser gesagt darauf, dass das Marjell so überraschend schlau ist. Sie hat einen Namen für unseren Salon gefunden. Just, als du weg bist und sie schon halb bei Cyril im Wagen saß, kommt sie zurückgeschossen und ruft: Schnieke Deern.»

«Schnieke was?»

«Deern», rief Marieke.

Greta legte den Kopf schief und wiederholte leise Trixies Vorschlag. «Schnieke Deern. Das klingt lustig.»

«Klingt herausragend, Marjellchen. Wir sind hübsch, und wir machen alle anderen Frauen genauso hübsch.»

Schnieke Deern. Der Name war wie gemacht für ihren tomatenroten, weiß gepunkteten Schönheitssalon auf Rädern.

«Trixie ist ja eine ...», sagte Greta.

Grinsend legte Marieke ihr einen Arm um die Schulter. «Hab ich doch immer gesagt: Das Mädchen ist auf Zack.»

Greta knuffte sie, und Marieke knuffte zurück. Dann lehnten sie die Köpfe aneinander und betrachteten den Laster, der im Mondlicht fröhlich leuchtete. Da stand sie, ihre Schnieke Deern. Bereit, an Bord zu nehmen, was das Leben Marieke, Trixie und Greta zu bieten hatte.

10

Hamburg, 5. Juni 1954

Guten Morgen!», rief Marieke durch die geöffnete Tür des Lastwagens.

Greta wischte sich den Schlaf aus den Augen und rappelte sich auf, um Ordnung in den hinteren Teil des Salons zu bringen, den sie seit einer guten Woche als Schlafzimmer benutzte. Bequem war es nicht, ganz und gar nicht. Doch in die Wohnung ihres Vaters zurückkehren würde sie auf keinen Fall.

«Kaffee im Anmarsch.» Marieke stellte erst die eine Tasse, dann die zweite herein, schob das Hinterteil hinterher und murmelte: «Wir brauchen eine Treppe.»

«Um die zu bezahlen, benötigen wir aber erst einmal Kundinnen.»

«Auch wahr, Marjellchen, aber ich sag dir was, heute bekommen wir eine, ich spür's.»

Leider hatte Marieke es in den vergangenen Tagen auch schon gespürt, gekommen war aber niemand. So sehr hatten sie auf die Eröffnung ihres Salons hingefiebert, doch obwohl so viele Menschen mit ihnen gefeiert hatten, steckte nun nicht eine zahlende Kundin den Kopf herein. Nicht einmal die Damen aus der Ottenser

Nachbarschaft, denen sie sogar eine Gratisbehandlung versprochen hatten. Wer könnte es Trixie da verdenken, dass sie heute bei ihrer Mutter in Blankenese blieb? Hier brauchte sie schließlich niemand, dort aber schon.

«Entschuldigung», war draußen eine leise Stimme zu vernehmen. Perplex blickten Marieke und Greta zur Tür, wo ein sorgfältig geschminktes Gesicht unter einem enormen klatschmohnroten Hut auftauchte.

«Haben Sie geöffnet?»

«Oh ja», rief Marieke, dreht sich zu Greta um und flüsterte mit vor Aufregung leuchtenden Augen: «Hab ich es nicht gesagt?»

Sie streckte der Frau die Hand entgegen. Diese blickte Marieke an, als habe sie gerade der Schlag getroffen. Sie riss die Augen weit auf und war plötzlich so weiß wie ein Gespenst.

«Also», sagte Marieke, da die Dame sich nicht rührte, «wenn Sie was mit Ihrem Haar machen wollen, muss ich Ihnen bedauernd mitteilen, ich schneide nicht draußen. Der Wind macht alles zunichte, und dass Sie einen Schnupfen bekommen, will doch auch keiner.»

«Nein, ich, nun ...» Die Dame schien bemüht, sich zusammenzureißen. Als ihr Blick auf Greta fiel, wich die Starre aus ihrem Gesicht. Schüchtern lächelte sie. «Es tut mir leid, ich wollte nicht stören. Haben Sie wirklich schon geöffnet?»

«Aber klar, haben wir», rief Marieke. «Darf ich Ihnen nun raufhelfen oder nicht?»

Ungelenk ließ sich die Dame von Marieke hochziehen. Sie brauchten wirklich eine Treppe, und zwar bald!

Oben angekommen, wandte sie sich an Greta.

«Sie werden mich sicher seltsam finden, wenn ich Ihnen diese Frage stelle.»

Ach ja? Seltsam fand Greta sie jetzt schon, lächelte aber weiterhin aufmunternd.

«Ich wüsste gern, ob Sie in Kürze Kundschaft erwarten.»

«In der nächsten Stunde nicht, nein», antwortete Greta und bemühte sich, nicht zu Marieke hinüberzusehen, die sich sicher das Lachen verbiss.

Die Stimme der Dame war kaum zu hören, als sie verlegen sagte: «Ich benötige eine Behandlung für meine Kopfhaut.»

Sie nahm den Hut ab. Darunter befand sich eine Menge rotbraunen Haares, das einen unnatürlichen Glanz hatte.

Forschend sah Greta sie an und wandte sich dann an Marieke.

«Wärst du so gut und kochst Kaffee?»

«Aber ich hab doch grade erst», begann Marieke zu protestieren, verstand dann, was Greta meinte, und nickte. «Aber klar doch.» Sie hüpfte aus dem Wagen.

«Sie tragen eine Perücke?», fragte Greta.

Ihr sachlicher Tonfall bewirkte, dass die Dame den Blick hob und sie erleichtert ansah.

«Ja», sagte sie. «Das tue ich. Ich hasse es, darum herumzureden, aber gleichzeitig schäme ich mich in Grund und Boden.»

«Möchten Sie sich setzen?»

Die Kundin nickte, rührte sich aber nicht vom Fleck.

«Moment.» Greta trat vor und hob den Spiegel von der Wand. «Angenehmer so?»

Die Augen der elegant gekleideten Dame füllten sich mit Tränen. Sie mochte eigentümlich sein, dachte Greta, aber sie sah immerhin so aus, als würde sie weder mit einem Gedicht noch mit Kartoffeln bezahlen wollen. Außerdem tat sie ihr leid, wie sie wie ein Häufchen Elend in den Stuhl sank.

«Danke», murmelte die Frau verzagt. «Es ist in Ordnung, wenn ich mich zu Hause im Spiegel angucke. Aber wenn ich Sie sehe, fürchte ich, dass Sie mich schrecklich hässlich finden. Da ist es mir lieber, wenn ich mir zumindest einbilden kann, nicht so auszusehen, wie ich aussehe.»

«Machen Sie sich um mich keine Gedanken. Aber wie sehen Sie denn aus? Darf ich nachgucken?»

Die Frau nickte. Greta trat vor und streckte die Hand aus, nahm die Perücke entgegen und breitete sie sorgsam auf dem Tisch aus. Dann steckte sie den Kopf nach draußen.

«Für den unwahrscheinlichen Fall, dass jemand vorbeikommt, hier ist geschlossen», sagte sie zu Marieke.

«Auch für mich?»

«Auch für dich. Bis ich dich rufe.»

Marieke nickte und widmete sich wieder dem Petroleumkocher.

«Mein Name ist übrigens Willink», sagte die Dame leise. «Therese Willink.»

«Ich heiße Greta.»

Therese Willinks Kopfhaut war gerötet, teils rissig, an

anderen Stellen, wo ein leichter Flaum nachwuchs, von kleinen Pickeln übersät.

«Es juckt», sagte Frau Willink. «Und schmerzt auch. Ich weiß nicht, was ich machen soll. Ich dachte anfangs, es würde wieder besser, aber immer wenn ich neue Hoffnung schöpfe, fallen die Haare wieder aus.»

Frau Willink schien unter Gretas Inspektion kleiner und schmaler zu werden. Es war, als könne ein einziger Blick sie tief verletzen.

«Ich fürchte, dass ich gegen den Haarverlust nichts unternehmen kann», bemerkte Greta. «Gegen den Juckreiz hingegen schon. Wäre Ihnen damit etwas geholfen?»

«Das wäre viel wert», flüsterte Frau Willink. «Ich kann mich unmöglich ständig kratzen, wenn ich in Gesellschaft bin.»

Greta nickte. «Brennnesselsaft wirkt Entzündungen entgegen und hilft gegen das Jucken.»

Vergangenes Wochenende hatte Greta in Muttchens Schuppen im Alten Land mit Düften experimentiert, wenn man ihre eher kläglichen Versuche denn so nennen wollte. Herausgekommen war wenig Brauchbares, den Mut allerdings würde sie nicht verlieren. Zu faszinierend fand sie den Umstand, dass ein paar Kräuter, Fruchtschale oder Blüten zusammen mit Hitze oder Fett einen Extrakt ergaben, der Erinnerungen und Sehnsüchte wachrief. Zudem hatte sie gemeinsam mit Felix den duftenden Balsam des Eichenmooses aus dem alten Fenster schaben können, anschließend hatten sie Brennnesseln gesammelt und sich dabei sogar so geschickt angestellt, dass sie kaum Quaddeln auf der Haut zurückbehalten hatten. An jenem Tag war sie so glücklich gewesen, dass sie ihren Vater und all das, was sie mit seinem beharrlichen Schweigen verknüpfte, beinahe vergessen hatte.

«Wie haben Sie uns eigentlich gefunden?», fragte sie ihre Kundin, während sie die Tinktur auf ihren Handflächen verteilte, die sie zuvor warm gerieben hatte.

«In unserem Klub spricht man von Ihnen. Von Ihrem Salon, meine ich.»

Greta wollte ihren Ohren nicht trauen. «Tatsächlich? In welchem Klub denn?»

«Ich bin Mitglied in einem Deutsch-Britischen Freundschaftsklub. Um genau zu sein, leite ich ihn sogar.» Mit einem Mal wirkte Frau Willink nicht mehr klein und verzagt, sondern schien in ihrem Stuhl zu wachsen. «Eine Freundin von mir hat Sie so nachdrücklich empfohlen, dass ich gar nicht anders konnte, als herzukommen.»

«Und wie heißt Ihre Freundin?»

«Polly.»

Greta kannte niemanden dieses Namens.

«Polly Carmichael.»

Cyrils Frau? Greta fehlten die Worte. Er half ihnen wohl auch dann noch, wenn sie es gar nicht mehr erwarteten. Beziehungsweise seine Frau, die immer so freundlich lächelte.

«Das freut mich», sagte Greta leise. Sie musste Polly unbedingt ein weiteres Mal einladen und sie so herrschaftlich bewirten, wie es nur irgend ging.

Während sie sanft Frau Willinks Kopfhaut massierte, wehte Mariekes Gesang herein. Viel verstehen ließ sich nicht, doch Greta kannte das Lied, das zusammen mit ein paar Redewendungen das Einzige zu sein schien, was ihre Freundin aus Ostpreußen mitgebracht hatte.

«*Wi beids wie sin eenem Junge got on könn em nich terteele*», sang Marieke.

«Ihre Kollegin stammt nicht von hier», stellte Frau Willink mit einem wehmütigen Lächeln fest. «Im ersten Augenblick, als ich hereinkam ...» Sie holte Luft. «Sie erinnert mich an jemanden. An eine alte Freundin von mir.»

Greta wollte nachfragen, doch Frau Willink sah so traurig aus, dass sie den Mund wieder zuklappte.

Stumm lauschten sie Mariekes schöner Stimme, in der eine Sehnsucht mitschwang, die Greta das Herz schwer werden ließ. Sie dachte an Franz und daran, dass Mariekes Gefühle in der blauen Schatulle steckten und nicht herausdurften. Sie bewunderte ihre Freundin für ihren Willen, angesichts all dessen, was sie durchmachen musste, fröhlich zu bleiben. Doch manchmal fragte sie sich, ob diese Schatulle nicht dazu führte, dass Marieke auch sämtliche anderen Gefühle verbannte.

«Ist die Freundin, von der Sie sprachen, auch Mitglied in Ihrem Klub?», fragte Greta, als Marieke verstummt war und nur noch das Klirren des Kaffeegeschirrs zu hören war.

«Nein», sagte Frau Willink leise. «Sie lebt schon lange nicht mehr in Harvestehude.»

Greta wusste nicht genau, wo sich Harvestehude befand. Gemessen an Frau Willinks Äußerem, war das Viertel wohl ein bisschen feiner als Ottensen. Trixie würde sicher glatt ohnmächtig werden, wenn sie das Schildchen sehen könnte, das aus Therese Willinks Kleid lugte. *Dior* stand darauf.

Greta konnte nicht schlafen. Ausnahmsweise lag das weder daran, dass wieder eine geradezu sibirische Kälte durch die dünnen Wagenwände kroch, noch an der hörbaren Präsenz zahlreicher Nagetiere, die das Areal vor dem Laster Nacht für Nacht als Treffpunkt auserkoren. Nein, der Grund für ihre Schlaflosigkeit war in ihrem Kopf zu finden. Dort vermengte sich die Angst, niemals mehr als ein paar Mark zu verdienen, mit der Trauer, die sie empfand, wenn sie an ihre Mutter dachte. War die Ungewissheit über ihr Schicksal in Stockholm auch schon so bedrückend gewesen?

Nein. Da war Linn nicht so nahe und zugleich so unendlich fern gewesen. Greta hatte einen Schutzwall um sich herum aufgebaut mit den Jahren. Aber hier in Hamburg war er in sich zusammengefallen. Mit dem Salon hatte sie alle Hände voll zu tun, trotzdem spukten die Ereignisse auf der Einweihungsfeier ständig in ihrem Kopf herum. Was steckte hinter Renates seltsamem Ausbruch? Oder hatte Marieke recht, und er hatte rein gar nichts zu bedeuten? Renate hatte kein weiteres Wort mehr darüber verloren, auch nicht auf Trixies Nachbohren hin.

Nachdem sie sich aufgesetzt und eine Kerze angezündet hatte, ließ Greta den Blick über ihre fast leeren Tiegel und Döschen wandern. Ein bisschen Ablenkung und Trost taten not. Leider gab es in Alfreds Hof keine Blumen. Nichts, was duftete und eine Heilwirkung besaß. Bei Licht betrachtet lag eigentlich nur Müll herum, der immerhin den Ratten Freude bereitete. Apropos Müll ... Greta blickte auf den Kaffeesatz hinab, den sie in einer alten Tasse aufgehoben hatte. Greta war schon öfter durch den Kopf gegangen, dass man ihn vielleicht verwenden könnte.

Sie stand auf und sammelte zusammen, was sie brauchte. Dann gab sie die noch feuchten Brocken in den Mörser, verarbeitete sie zu einem glatten schwarzen Brei und fragte sich, was man hinzufügen konnte, damit er auch glatt bliebe. Butter oder Joghurt? Oder Honig? Immerhin würde er dem strengen Geruch nach altem Kompost entgegenwirken. Da fiel ihr ein, dass Marieke vor kurzem etwas Kokosfett mitgebracht hatte. Sie benutzte es für extrem trockene Haarspitzen. Ob es auch für die Haut taugte?

Alle drei Komponenten zusammen bildeten eine homogene, tiefschwarz glänzende Masse. Sie roch immer noch streng. Greta trug sie dennoch auf ihre Stirn auf und lief ein bisschen herum, so gut es in den beengten Verhältnissen ging. Nichts bröckelte auf ihr Nachthemd herab. Ein erster Erfolg.

Erfolg Nummer zwei war, dass, als sie ihre Stirn abwusch, wunderbar weiche Haut zum Vorschein kam. Sie roch allerdings ausnehmend seltsam. Nach ... Kompost, man konnte es leider nicht anders sagen. Etwas fehlte also ganz eindeutig an ihrer Rezeptur, doch immerhin war Greta vom Werkeln müde geworden.

Sie pustete die Kerze aus und legte sich wieder auf Annies Mantel, das neue, nicht besonders wohlriechende Gemisch in einem Cremedöschen neben sich. Die Zufriedenheit, immerhin etwas erreicht zu haben, ließ sie einschlummern. Doch sie wurde unsanft aus dem Halbschlaf geweckt, als jemand gegen die Lastwagentür klopfte.

«Pst! Greta! Wach auf!»

Sie schoss in die Höhe und sah sich erschrocken um.

«Ich bin es», ertönte eine männliche Stimme.

«Wer?»

«Na, Mickey, du Blödliese.»

Vor Erleichterung kichernd, aber auch verwirrt über den unverhofften Besuch ihres Bruders, krabbelte sie zur Tür und entriegelte sie. Grinsend stemmte Mickey die Hände auf den Boden des Lasters und zog sich zu ihr hoch.

«Habe ich dich geweckt?»

«Durchaus. Wie spät ist es denn?»

«Fast sechs.»

Sie musste doch wieder tief geschlafen haben, andernfalls wäre ihr der Sonnenaufgang nicht entgangen. «Und wieso stehst du hier in aller Herrgottsfrühe auf der Matte?»

«Wie du weißt, muss ich arbeiten. Und bin außerdem ein gefragter Musiker. Da habe ich nur noch frühmorgens Zeit, so leid es mir tut. Und da mein Schwesterherz nicht mehr zu mir kommt – oder kommen kann», entschuldigend hob er die Hände, «weil unser Vater ein so sturer Dummkopf ist, muss halt ich mich auf meinen Drahtesel schwingen und herkommen.»

«Hat Papa noch irgendetwas gesagt?»

Stumm schüttelte Mickey den Kopf. Greta fiel in sich zusammen.

«Aber hey», sagte Mickey tröstend, «jetzt ist dein charmanter, äußerst beliebter Bruder bei dir. Wer weiß, vielleicht hat er dir ja etwas von nationaler Dringlichkeit zu sagen ...»

Sofort war sie hellwach. Hatte er sich etwa doch berappelt und würde ihr gleich sein Herz ausschütten? Nicht, dass sie nicht froh darüber wäre, dass sie seit einiger Zeit wieder so ungezwungen miteinander umgegangen waren, als habe ihr Gespräch über Marieke und Simone nie stattgefunden, doch im Stillen glaubte Greta noch immer, dass Mickeys Herz für ihre beste Freundin schlug. Allein wie er Marieke auf der Einweihungsfeier angesehen hatte ... Das konnte sich Greta doch unmöglich nur eingebildet haben.

«Was denn?», fragte sie.

Mickey grinste schief. «Du fehlst mir, Schwesterherz.»

Auch wenn es nicht das war, was sie sich erhofft hatte, lachte sie und breitete die Arme aus.

Er ließ sich von ihr drücken, und Greta war dankbar, ihren Bruder endlich wieder in der Nähe zu wissen. So vieles war geschehen in der letzten Zeit. Sie waren tatsächlich förmlich wieder auseinandergeglitten.

«Verpass mir ja nicht heimlich einen Tritt in den Po», murmelte er.

«Das solltest du eher bei mir tun. Ich könnte nämlich ein bisschen Glück gebrauchen.»

Mit gerunzelter Stirn löste sich Mickey von ihr. «Läuft euer Salon nicht so gut wie erhofft?»

Augenblicklich war alle gute Laune, die sein Anblick in ihr ausgelöst hatte, wieder verschwunden. «Nicht mal ansatzweise so wie erhofft», sagte sie leise.

«Sind die Kundinnen nicht zufrieden?»

«Welche Kundinnen? Wir hatten bislang erst eine. Eine einzige.»

«Oh.» Mickey runzelte die Stirn. «Wollte nicht Alfred seine Angestellten nötigen, ihre Frauen herzuschicken?»

«Hat er. Aber die wollten nicht. Es wäre ihnen zu fein, haben sie gesagt. Dabei sind wir doch gar nicht teuer.»

Nach kurzem Nachdenken hellte sich Mickeys Miene auf. «Soll ich Simone fragen, ob sie Freundinnen hat, die gern zur Kosmetikerin gehen?»

Schon wieder Simone ... Aber Greta musste zugeben, dass ihre Abneigung gegen Mickeys Bandkollegin alles andere als begründet war.

«Ich fürchte allerdings, sie sind ebenso arm wie unsereins.»

Greta seufzte. Wer hatte schon Geld? Niemand! Die einzige Kundin, die sie bisher gehabt hatten, war den weiten Weg aus Harvestehude gekommen.

Wobei ... Wieso besaßen sie eigentlich einen mobilen Schönheitssalon, wenn er doch nur auf einem Hof herumstand?

«Mickey, du bist großartig.»

«Hä?»

Greta quetschte Annies Mantel in den Schrank und begann geschäftig, alles einzupacken und festzuzurren, das umfallen könnte.

«Schwesterchen, was in aller Welt tust du?»

«Packen. Wir fahren nach Harvestehude!»

«Es ist nicht mal halb sieben. Außerdem muss ich arbeiten.»

«Nicht du, Bruderherz. Marieke, Trixie und ich! Und die Schnieke Deern natürlich.»

Doch er hatte recht, halb sieben war ein bisschen früh für einen Ausflug. Sie ließ sich auf die Sitzbank fallen und blickte ihn mit einer Mischung aus Versonnenheit und Freude an.

«Bist du eigentlich glücklich?»

«Meine Güte, du stellst Fragen.» Mickey schüttelte den Kopf.

«Das ist doch eine gute Frage. Man sollte sie sich öfter stellen. Oder, warte, ein bisschen einschränken: Gemessen daran, dass man nicht ständig fröhlich durch die Gegend hüpfen kann, magst du dein Leben so, wie es ist?»

Mit einem Seufzer ließ er sich ihr gegenüber auf die Bank fallen.

«Ich wollte immer Musik machen, Greta», sagte er nach einer Weile. «Und Schritt für Schritt scheine ich dorthin zu kommen, wohin ich wollte. Wir haben das Vorspielen ...» Er hatte ihr davon erzählt. In ein paar Tagen würde er mit seiner Band nach Bremerhaven reisen. Vor wem genau sie ihre Künste dort darboten, wusste Greta nicht, aber es war klar, dass ihm dieser Termin unendlich viel bedeutete. «Wer weiß, was daraus wird. Es scheint jedenfalls so, als sei jetzt», nachdenklich sah er sie an, «der Zeitpunkt, um herauszufinden, ob die Musik tatsächlich das ist, was mich glücklich macht.»

Als Greta vier Stunden später die Tür zur Fahrerkabine öffnete, einen Fuß aufs Trittbrett stellte und sich hochzog, schwappte eine Welle der Aufregung über sie hinweg.

Nach Leder roch es und nach jahrzehntealtem Staub, auch wenn sie das hölzerne Lenkrad und die tannengrüne Sitzbank, in der eine lose Feder bei jeder Bewegung quietschte, gewischt und gewienert hatten. Mit einem nervösen Hüsteln steckte sie den Schlüssel ins Schloss, warf die Tür hinter sich zu und startete die Zündung. Stotternd meldete sich der Motor zu Wort, röhrte auf und erstarb.

«Momentchen», rief sie und hoffte inständig, dass sich weder Trixie noch Marieke über sie lustig machen würde. Sie hatte den Wagen doch bislang erst einmal gefahren und mächtig mit dem Rechtsverkehr zu kämpfen gehabt.

Noch einmal drehte sie den Schlüssel und zählte leise bis zehn. Dann senkte sie behutsam den Fuß aufs Gaspedal, die Schnieke Deern röhrte erneut kläglich auf, zockelte dann aber ein paar Meter den Hof hinab.

Mit einem Mal kam sich Greta weltmännisch und ungemein erwachsen vor, als sie der Beifahrertür einen freundlichen Tritt verpasste, damit sie aufschwang, und rief: «Rein mit euch!»

Renate Jensens silberner Schopf erschien. Trixie war untröstlich gewesen, als sie vor einer halben Stunde mit ihrer Mutter im Schlepptau auf Alfreds Hof erschienen war. «Sie hat den ganzen Morgen über geweint», hatte sie Greta ins Ohr geflüstert. «Ich konnte sie nicht bei der Nachbarin lassen.»

Zu ihrer beider Überraschung schien sich Renate jetzt pudelwohl zu fühlen. Und was noch erstaunlicher war: Marieke wich der alten Dame kaum von der Seite und erzählte ihr immer wieder mit leuchtenden Augen von Franz.

«Vielleicht ist sie deswegen so offen, weil sie weiß, dass Mama alles wieder vergisst», hatte Trixie gemutmaßt. Womöglich war es so. Doch wer wusste schon etwas von Mariekes Familie, von ihrer Mutter, ihrem Vater? Sie sprach nie über sie, und die Art und Weise, wie sie Renate Jensen nun ansah, ließ Greta eher vermuten, sie vermisse in Wirklichkeit ihre Eltern.

«Da hoch?», fragte Renate Jensen und blickte sich unsicher um.

«Und ob», antwortete Greta fröhlich. «Du darfst neben mir sitzen.»

Nach Renate schob sich Trixie auf die Lederbank. Marieke war das Schlusslicht. Sie ließ die Tür ins Schloss krachen und beugte sich mit vor.

«Harvestehude, wir kommen!»

Greta dankte ihr zum erneuten Mal an diesem Morgen stumm dafür, dass sie ihren Einfall nicht gleich als Schnapsidee abgestempelt hatte. Vielleicht wollte sie auch nur nett zu ihr sein. Sie hatte sogar die Kompostmaske in höchsten Tönen gelobt, obwohl ihr deutlich anzusehen gewesen war, dass sie am liebsten die Nase gerümpft hätte.

«Du, Greta?» Trixie lehnte sich über ihre Mutter hinweg und hielt Greta etwas hin. «Ich wollte dir noch etwas zeigen.»

Dabei deutete sie mit dem Kopf so beschwörend auf ihre Mutter, dass Greta zu verstehen glaubte. Sie dankte mit einem Lächeln, entfaltete das Papier und las still.

Dann sah sie verwirrt auf.

«Aus Mama war ja nichts mehr herauszubekommen»,

sagte Trixie leise. «Da habe ich Bücher gewälzt und das hier aus dem Lexikon herausgeschrieben.»

Wieder senkte Greta den Blick auf die Buchstaben.

Hadamar, stand dort in Trixies ordentlicher, ein wenig klein geratener Schrift. *Stadt im nördlichen Teil des Limburger Beckens. Sie wird vom Elbbach durchflossen.*

«Das ist in Hessen», sagte Trixie, immer noch flüsternd.

Dankbar nickte Greta.

Eine Stadt in Hessen ... Könnte ihre Mutter dorthin gefahren sein? Wenn ja, wieso? Doch selbst wenn, wem sollte das jetzt noch helfen? Dreizehn Jahre später würde sich Linn wohl kaum noch dort aufhalten. Greta warf Renate einen Seitenblick zu, die staunend aus dem Fenster starrte. Wenn sie sich nur wieder erinnern könnte! Waren noch mehr Geheimnisse in ihrem Kopf verborgen, die mal herauswollten und mal nicht? Oder gab es gar kein Geheimnis, und Renate hatte die Dinge nur durcheinandergeworfen?

Nun, um das herauszufinden, gab es nur eine Möglichkeit. Greta musste nach Hessen. Es war die einzige Spur zu ihrer Mutter, die sie hatte.

«Tschüs, Ottensen», rief Marieke und winkte einer Gruppe von Nachbarn zu, die stumm mitverfolgten, wie sich der rot-weiße Koloss vom Hof bewegte. «Aber keine Bange, wir kommen zurück!»

«Glaubst du, Frau Willink freut sich, uns zu sehen?» Trixies Stimme zitterte vor Aufregung.

«Ich hoffe es. Ansonsten fahren wir einfach unauffällig weiter.» Greta fiel es schwer, sich auf den Verkehr zu konzentrieren. Hadamar spukte in ihrem Kopf herum. Wie teuer mochte es wohl sein, dorthin zu fahren?

Marieke kicherte. «So gut das eben möglich ist in einem knallroten Lastwagen mit weißen Tupfern in einer Gegend, die so vornehm ist, dass mir ganz kodderig wird.»

Tatsächlich wurden die Villen, die sich rechts und links auftaten, mit jeder Straße, die sie kreuzten, prächtiger. Hell leuchteten die weißen Fassaden im Sonnenschein. Man konnte glatt glauben, hier habe es niemals Krieg, Schutt, Asche und Leid gegeben.

«Da drüben hab ich mal geputzt», murmelte Marieke.

Vor Überraschung trat Greta auf die Bremse, was mit einem Hupkonzert des Wagens hinter ihnen beantwortet wurde.

«Ist ja gut, ich fahre schon wieder», murmelte sie verärgert. «Da, in dem Haus?»

Marieke nickte. «Bei den Tommys, die haben hier alles besetzt, ist ja auch ein bisschen hübscher als Altona oder Hamm. Und wisst ihr, wer bei ihnen die Wäsche gemacht und gekocht hat? Die Dame, die zuvor in der zweihundert Quadratmeter riesigen Wohnung gelebt hat, aber nach dem Krieg dann wie ich in einer Nissenhütte wohnte.»

Trixie verzog das Gesicht. «Um Himmels willen, die Arme. In ihrem eigenen Haus hat sie die Wäsche gemacht, aber nicht für sich selbst?»

«Die war vielleicht verbittert.» Marieke schüttelte den Kopf. «Ich hab ihr gesagt, dass sie doch froh sein kann, dass sie das Haus noch betreten darf. Da hat sie mich angeschrien. So laut, dass alle Welt anrannte, und als dann rauskam, wieso sie mich angebrüllt hat, saß sie, schwups, auf der Straße. Da war nix mehr mit im eigenen Haus rumtanzen und heimlich Klavier spielen.»

Greta schüttelte den Kopf. «Du kannst ganz schön gemein sein, Marieke.»

«Marjellchen, nicht ich war die Gemeine. Sie hat geklaut, was sie zu fassen bekam, und das waren *nicht* ihre Sachen, sondern die der Familie, die jetzt da lebte. Und hat es dann auch noch auf mich zu schieben versucht, weil ich als eine aus dem Osten doch wohl klauen musste, was anderes hätte ich ja nie gelernt.»

Schockiert wandte Greta ihren Blick von der Straße ab. «Haben sie ihr geglaubt?»

«Nee. Sonst hätte ja nicht ich weiter geputzt. So hab ich übrigens Cyril kennengelernt. Er war mit dem Kerl befreundet, der da lebte und mich bezahlte, und das sogar einigermaßen ordentlich.» Sie zuckte mit den Schultern. «Ich will nicht sagen, dass die Besatzer die Netteren waren, das wäre ja Quatsch, es gibt immer auf beiden Seiten die Guten und die Bösen. Aber sie haben mich freundlich behandelt, die meisten jedenfalls, ganz im Gegensatz zu den Hamburgern aus der sogenannten feinen Gesellschaft, die von uns Flüchtlingen lieber nur den Skalp gesehen hätten. Was im Übrigen der Grund dafür sein wird, warum ich mich gleich hübsch zurückhalte.»

Greta, die Mühe hatte, den Wagen einigermaßen souverän durch die schmaler und schmaler werdenden Straßen zu lotsen, schüttelte verwirrt den Kopf. «Wann? Wobei überhaupt?»

«Na, bei dieser Willink. Da sind ja auch Britinnen,

nehme ich an, aber vor allem sicher sehr die eleganten, hochnäsigen Damen aus diesem Eck hier. Und ich sag dir, mit denen hab ich nicht die besten Erfahrungen gemacht. Allein wie mich Madame mit dem roten Hut angestarrt hat. Sie wäre doch am liebsten weggelaufen, als sie mich gesehen hat!»

«Frau Willink hat dich aus ganz anderen Gründen so angestarrt.»

«Denkst du.»

«Das weiß ich», sagte Greta. «Du erinnerst sie an jemanden, den sie sehr mochte. Eine Freundin, die sie seit langem nicht gesehen hat, glaube ich.»

«Und deswegen starrt sie mich an wie vom Donner gerührt? Hätte ich das gewusst, hätte ich mir nicht die Mühe gemacht, dieses ostpreußische Lied aus meiner Erinnerung zu klamüsern. Damit wollte ich ihr eigentlich klarmachen, dass ich mich nicht schäme, aus Königsberg zu kommen.»

Lachend schüttelte Greta den Kopf.

«Seht mal, ist der Klub wohl hier?», schaltete sich Trixie ein, die Gretas Stadtkarte auf den Knien balancierte. Sie zeigte auf eine von Türmchen und Zinnen verzierte Villa, hinter der man das Blau der Außenalster aufblitzen sah.

«Könnte sein», sagte Greta und suchte vergeblich nach einer Hausnummer. «Woher soll man hier denn wissen, ob man richtig ist?»

«Da steht es doch. Nummer achtzehn. Das ist richtig, oder?»

«Piekfein», murmelte Marieke und verschränkte die

Arme. «Sieht so elegant aus, dass mir glatt ganz anders wird.»

Heute früh hatte Greta Frau Willinks Telefonnummer und Adresse nachgeschlagen, allerdings war ihr nur beschieden gewesen, mit dem Dienstmädchen zu reden. Dolores sprach besser Spanisch als Deutsch, immerhin aber hatten sie sich darauf verständigen können, dass Frau Willink nicht im Hause war.

«Könnten Sie mir sagen, wo ich sie finden kann?»

«No», hatte Dolores nach einer Pause gesagt. «Nicht da.»

Also hatte Greta den Britisch-Deutschen Freundschaftsklub nachgeschlagen, festgestellt, dass er just dieselbe Adresse hatte wie Frau Willink, und hoffte jetzt, diese auch dort anzutreffen.

Ein wenig mehr Vorbereitungszeit hätte dem Unterfangen sicher gutgetan. Aber Planen lag ihr einfach nicht im Blut. Lieber stürzte sie sich kopfüber in die Tiefe und vertraute darauf, schon irgendwo und irgendwie sicher zu landen.

Ein beständiges Raunen empfing Greta schon an der schmiedeeisernen Gartenpforte. Mit jedem Schritt ein bisschen nervöser werdend, lief sie den kiesbestreuten Pfad entlang um das Haus herum. Der Garten, der sich hinter der Jugendstilvilla auftat, war derart weitläufig, dass er an einen Park erinnerte. Seine sorgfältig gestutzte Rasenfläche fiel sanft bis ans Ufer hinab, von wo man von einem Steg aus die Schwäne füttern oder zu einer Bootstour aufbrechen konnte.

Sie kam sich wie eine Einbrecherin vor und musste

sich selbst davon abhalten, laut zu pfeifen, um keinen Verdacht zu erregen. Was letztlich aber doch auffällig und irgendwie auch verdächtig erscheinen würde.

Zehn Damen saßen in einer Runde auf hell gestrichenen Gartenstühlen im Schatten einer Linde. Unter keinem der Hüte entdeckte sie Frau Willinks Gesicht.

«Guten Tag.»

Es wurde schlagartig still.

Greta holte tief Luft. «Mein Name ist Greta Bergström. Ich bin eine Bekannte von Frau Willink.»

Von zehn Augenpaaren wurde sie kühl gemustert. Nicht eine der Dame lächelte freundlich, keine lächelte überhaupt. Das war fast, wie bei Trude in der Küche zu stehen und ihr anzubieten, beim Kochen zu helfen.

«Können Sie mir sagen, wo ich Frau Willink antreffen kann? Ich würde gern mit ihr sprechen.»

«Junge Dame», sagte eine Frau, die aussah wie eben einer Illustrierten entsprungen. Sie war allerdings etwas älter als die meisten Mannequins, um die fünfzig, nahm Greta an. Ihr schwarz-rot kariertes Kleid war eng geschnitten und aus einem Stoff, der Greta selbst für einen Hamburger Sommer viel zu warm erschien. Tatsächlich entdeckte sie einen feinen Schweißfilm über der Oberlippe der Dame, wandte aber höflich den Blick ab und überlegte wieder einmal, ob man hierzulande nun noch knickste oder nicht. Sie hatte allerdings bisher keine ihrer Freundinnen und eigentlich überhaupt niemanden knicksen sehen, also wahrscheinlich nicht.

«Frau Willink wird heute später zu uns stoßen. Dürfte ich nach Ihrem Anliegen fragen?»

«Ich, nun, wir ...» Hilflos zeigte Greta nach hinten, wo allerdings die majestätische cremeweiße Villa den Ausblick auf den tomatenroten Lastwagen versperrte. «Ich arbeite in einem fahrbaren Schönheitssalon.»

Die Damen sahen sie irritiert an.

«Er steht da vorn, auf der Straße. Wir bieten Gesichtsbehandlungen an. Und eine meiner Kolleginnen ist Friseurin. Die beste von ganz Hamburg!»

Eine der Frauen runzelte die Stirn.

«Und dann ist da noch Trixie, sie ist Stilberaterin. Sie hätte fast an der Modeschule hier studiert, doch dann wurde das Gebäude bombardiert, so wurde nichts daraus und ...» Sie war leiser und leiser geworden.

Sie war nicht gut darin, vor mehr als zwei Menschen gleichzeitig zu reden. Am liebsten sprach sie immer nur mit einem, gern im Wechsel, aber es gefiel ihr, sich auf eine Person zu konzentrieren.

Aber so viele Frauen. Und sie alle vermittelten kaum den Eindruck, als wäre Greta in ihrer Runde willkommen.

«Wertes Fräulein», sagte die Dame in dem rot-schwarzen Kostüm spitz, «wir debattieren die Aufnahme Westdeutschlands in die NATO. Wir würden gern damit fortfahren, falls es Sie nicht stört, und haben, glauben Sie mir das, nicht das geringste Interesse an einer neuen Frisur.»

Greta fand ihre Worte ganz schön unhöflich, aber mit dieser Meinung schien sie vollkommen allein dazustehen. Niemand kam ihr zu Hilfe, alle nickten oder taten, als betrachteten sie die Schwäne.

«Ja dann», sagte sie. Ihr fiel nichts ein, wie sie den Satz beenden könnte, drehte sich um und ging mit staksigen

Schritten zurück. Sie hatte das Gefühl, als wenn sich die Blicke aus zwanzig Augen schmerzhaft in ihren Rücken brannten.

«Na?», fragte Marieke im Lastwagen. «Wie war's?»

«So lala.»

Mit vor Scham zitternden Händen versuchte Greta den Schlüssel ins Schloss zu stopfen, was gründlich misslang. Schließlich nahm ihr Trixie den Schlüssel ab und zündete den Motor für sie, hüpfte aber rasch vom Fahrersitz, um ja nicht in die Verlegenheit zu kommen, das Ungetüm auch nur einen Zentimeter fahren zu müssen.

«So lala, ja?», fragte Marieke gedehnt. «Warum guckst du dann so bedröppelt aus der Wäsche?»

«Es ist alles in Ordnung», sagte Greta. Ihre Stimme klang belegt, aber sie würde mit Sicherheit nicht zu weinen beginnen, nicht wegen zehn Trullas wie diesen hier.

Der Wagen bockte ein bisschen, schließlich aber rollten sie langsam auf die Straßenecke zu. Doch noch bevor sie sie erreichten, trat Greta auf die Bremse. Sie wandte sich zu Marieke, Renate und Trixie, die sie erwartungsvoll ansahen.

«Furchtbar war es. Da sitzt ein Haufen reicher Schnepfen, die so getan haben, als wäre ich es nicht wert, mehr als ein paar Worte an mich zu verschwenden.»

Mariekes Augen verengten sich zu Schlitzen. «Denen erzähle ich was!»

Sie stieß die Beifahrertür auf, aber Trixie griff nach ihrem Arm und hielt sie zurück.

«Lass mich. Du kannst ihnen nachher den Marsch blasen. Aber vorher versuche ich, zumindest eine als Kundin zu gewinnen. Dann hätten wir wenigstens den Sprit wieder drin.»

Marieke zögerte. Trixie schob sich an ihr vorbei, glättete ihren Rock und ihre Bluse, in denen sie beinahe so fein wirkte wie die Frauen in Frau Willinks Garten, stöckelte den Asphalt hinunter, stoppte und kehrte zum Lastwagen zurück.

«Geht gleich los», rief sie und machte sich im hinteren Teil des Wagens zu schaffen. Mit zahlreichen Tiegeln und Zeitschriften bewaffnet, lief sie wenig später erneut in Richtung von Frau Willinks Garten.

Im Innern des Lkw war die Atmosphäre so gespannt, dass die Luft zu zittern schien. Niemand sagte etwas. Angestrengt starrten sie durch die Windschutzscheibe auf die elegante Villa.

«Da kommt sie!», rief Marieke endlich und deutete aufgeregt nach vorn.

Trixie schritt mit einer Eleganz und Selbstsicherheit ihres Weges, als gehöre ihr diese Straße, dieser Stadtteil, ach nein, die gesamte Welt. Sie wirkte regelrecht blasiert, und es stand ihr fabelhaft.

«Ich bin mir nicht sicher, ob ich dafür oder dagegen bin, dass Westdeutschland der NATO beitritt», sagte sie, als sie die Tür des Lastwagens aufriss. «Aber darüber denken wir später nach. Jetzt haben wir zu tun!»

Tatsächlich tauchte hinter ihr eine Dame auf. Zaghaft linste sie ins Innere des Salons und fragte kaum hörbar: «Haben Sie auch etwas, mit dem man Atomstaub aus dem Gesicht entfernt?»

Verständnislos starrte Greta sie an.

«Ich habe eine Werbung gesehen», erläuterte ihr die Dame. «In Amerika ist das der letzte Schrei. Es wird sogar mit einem Geiger-Zähler nachgewiesen. Die Haut der Dame ist zuvor voll von Atomstaub. Und danach blütenrein!»

«Ich habe keinen Geiger-Zähler», sagte Greta entschuldigend.

«Und radioaktiven Staub, um es auszuprobieren?»

«Auch nicht, so leid es mir tut.»

«Aber Ihre Kollegin erwähnte, Sie haben diese Wundermaske ...»

Weil Greta wieder verständnislos dreinschaute, fragte sie unsicher: «Oder sind Sie gar nicht die Kosmetikerin?»

«Doch, doch, aber ...»

Welche Wundermaske? Was hatte Trixie den Damen erzählt, von denen mittlerweile sieben vor dem Lastwagen standen und gesittet darüber debattierten, wer als Erste dran war?

Greta sah sich nach Trixie um.

Die schien sich in den Kopf gesetzt zu haben, dass die Frauen aus dem Britisch-Deutschen Freundschaftsklub nicht ausreichten, um einen zufriedenstellenden Gewinn zu generieren. Sie kreuzte die Straße und sprach Passantinnen an, die ebenfalls interessiert nähertraten.

«Diese schwarze Paste», half ihr die Dame auf die Sprünge.

Der Kaffeesatz? Greta wurde schwindelig. Die Rezeptur war doch längst nicht fertig. Mindestens eine Komponente fehlte, und zwar jene, die den unangenehmen Geruch übertünchte.

«Ich habe schon darüber gelesen», sagte die Dame, kletterte erstaunlich behände ins Innere und setzte sich. «In Schweden gibt es ja diese Mode, sich mit der Natur eins zu fühlen, nicht wahr? Und das verstehe ich so, dass nicht alles, was die Natur produziert, hübsch sein kann.»

Greta, die ihr in den Lkw gefolgt war, nickte.

«Man könnte sich wohl sogar fragen», sprach die Dame weiter, «wer eigentlich darüber bestimmen will, was gut und was schlecht aussieht.»

«Ja, da haben Sie wohl recht», sagte Greta und überlegte, ob sie sich tatsächlich trauen sollte. Heute Nacht hatte die Kaffeesatzmaske wunderbar funktioniert. Doch wie verhielt es sich jetzt mit ihrer Konsistenz? Der Tag war überraschend warm. Vielleicht würden sich sämtliche Bestandteile voneinander lösen, sobald Greta sie auftrug, und alte Kaffeebrocken auf das zwar unauffällige, sicher aber nichtsdestotrotz sündhaft teure Kostüm der Dame hinabregnen. Und was, wenn sie bis zum Sankt-Nimmerleins-Tag nach altem Kompost stinken würde? Greta sah schon ihren empörten Ehemann vor sich.

Doch sie beschloss, es zu wagen. Mit zitternden Händen schraubte sie den Deckel auf. Kein Schimmel, das war schon einmal beruhigend. Kaffeesatz hatte die Angewohnheit, schnell schlecht zu werden. Der Geruch: derselbe wie heute Nacht. Sie rümpfte die Nase, holte tief Luft und lächelte, während sie das Gesicht ihrer Kundin reinigte und die Paste auftrug.

«Das ist sie, die Wundermaske?», fragte diese aufgeregt. «Ich kann Ihnen jetzt schon sagen, es fühlt sich herrlich an.»

Hoffentlich würde sie auch in zehn Minuten noch dieser Meinung sein!

«Bums, Ende, aus», verkündete Trixie mit matter Stimme, als die Sonne den Himmel rot zu färben begann. Mit einem zufriedenen Seufzer ließ sie sich auf die gepolsterte Bank fallen. «Himmel noch eins, bin ich erledigt.»
Auch Greta war heilfroh zu sitzen. Sie drehte den Hängesessel so, dass sie die Füße gegen die Wand stemmen konnte, und schaukelte sanft hin und her.
«Trixie, ich habe ja viel von dir erwartet, aber dass so etwas in dir steckt ...»
Trotz ihrer Müdigkeit und Erschöpfung strahlte Trixie über das ganze Gesicht.
«Du warst eine Wucht», redete Greta weiter. «Wie du die Damen angesprochen hast und eine nach der anderen reingelotst hast. Das dürfen wir nicht zu häufig machen, sonst verlierst du noch deine Stimme.»
«Ich war wirklich gut, oder?»
«Das warst du, Liebchen», sagte Renate und lächelte. «Grandios warst du.»
Trixie blinzelte und wischte sich unauffällig über die Augen, als von draußen eine schrille Stimme erklang.
«Erbarmung!»
Trotz ihrer schweren Beine sprang Greta auf, und auch Trixie humpelte mit schmerzverzerrtem Gesicht auf ihren hohen Hacken zur Tür.
«Ist was passiert?»
«Nee!», rief Marieke und hüpfte mit knallroten Wangen vor ihnen auf und ab. «Doch! Und ob was passiert

ist. Wir haben zweiundzwanzig Mark und fünfzig eingenommen!»

Niemand sagte etwas. Ungläubig starrten Greta und Trixie sie an.

«Wie viel?», fragte Trixie, nachdem sie einen Augenblick gebraucht hatte, um sich zu sammeln.

«Zweiundzwanzig Mark und fünfzig Pfennige.»

Greta war sprachlos. Selbst geteilt durch drei war das ein ordentlicher Anfang. Ob es auch genug für eine Fahrt nach Hessen war?

Marieke räusperte sich. «Ich sage es nicht wegen dieses schier unglaublichen Reichtums, nicht ausschließlich deswegen jedenfalls. Aber in den vergangenen Tagen und, na ja, jetzt sind es ja sogar schon Wochen, ist mir klar geworden, dass das hier gut funktioniert. Zu dritt. Ich hätte es kaum zu träumen gewagt, aber so ist es. Wir sind eine richtig gute Truppe, findet ihr nicht auch?»

Greta schluckte ungläubig. Trixie strahlte ihre Mutter an, die nicht recht wusste, was diese geballte Fröhlichkeit mit einem Mal sollte.

«Ja», sagte Greta, und ihre Stimme klang heiser. «Das sind wir wirklich.»

11

Hamburg, 29. Juni 1954

«Bitte sehr.» Durch das heruntergelassene Zugfenster reichte ihr Felix eine Thermoskanne ins Innere. «Kaffee. Damit du mir unterwegs nicht verdurstest.»

«Ich reise doch nicht nach Australien», sagte sie mit kläglicher Stimme. Es war albern, aber am liebsten wäre sie augenblicklich wieder ausgestiegen. Allein der Gedanke, dass er in wenigen Augenblicken aus ihrem Sichtfeld verschwände, während der Zug mit ihr an Bord gen Süden fuhr ... Bleischwer fühlte sie sich, und ihr Lächeln wirkte wahrscheinlich bestenfalls tapfer.

«Wenn es nach dir gegangen wäre», sagte er, «hätte ich dich ja nicht mal zum Bahnhof begleiten dürfen. Aber irgendwie wirkst du gar nicht wie jemand, der gerne ohne große Abschiede und Tamtam verreist.»

«Ich verreise am liebsten gar nicht», gab sie zu. «Ich komme nur gern irgendwo an.»

«Was ja Teil des Reisens ist.»

«Aber nur ein kleiner, und dummerweise kommt er immer erst am Schluss.»

Auf dem Bahnsteig ging es trubelig zu. Immer wieder wurde Felix von kofferbepackten, sich eilig durch die

Massen drängenden Reisenden zur Seite geschoben und konnte sich nur mit Mühe wieder zu Gretas Fenster zurückkämpfen.

«Wegzufahren ist jedenfalls nicht schön.» Wegzufahren von dir, hätte sie am liebsten gesagt, aber den Gedanken auszusprechen, traute sie sich nicht. Schließlich kannten sie einander erst seit zwei Monaten, auch wenn sich das Zusammensein mit ihm mittlerweile so vertraut anfühlte, als sei Felix schon immer an ihrer Seite gewesen.

War das so, wenn man verliebt war?

«Wieso guckst du, als würdest du gleich in Tränen ausbrechen?», fragte er und verzog besorgt das Gesicht.

«Quatsch, das tue ich nicht», sagte sie und räusperte sich. «Ich fürchte mich bloß vor dem, was ich in Hessen herausfinden könnte. Oder eben nicht. Beides ist beängstigend.»

Voller Verständnis sah er sie an, was ihr erst recht die Tränen in die Augen trieb. Rasch wandte sie sich ab und tat, als sei ihr etwas heruntergefallen. Er musste die ganze Wahrheit schließlich nicht kennen: dass allein das Wort Hadamar sie frösteln ließ. Etwas Düsteres klang im Namen der Stadt mit.

War es vollkommen verrückt, nach Hessen zu reisen, fragte sie sich, mit nichts in der Hand als den Worten von Renate Jensen? Doch es war der einzige Strohhalm, an den sie sich klammern konnte, etwas anderes hatte sie nicht. Wenn sie in Hadamar keine Spur ihrer Mutter fand, würde es keine Hoffnung mehr geben. Sie wusste, dass dieser Augenblick nur schwer auszuhalten sein würde.

«He», sagte Felix sanft und strich ihr über die Hand, als sie den Kopf wieder aus dem Fenster streckte. «Ich bin mir sicher, nachher bist du froh, dass du gefahren bist.»

Sie lächelte kläglich.

«Und wenn du zurück bist, stürzt du dich wieder Hals über Kopf in die Arbeit und erzählst mir jeden Abend begeistert, wie viele Frauen du wieder glücklich gemacht hast!»

Der Gedanke war wie eine wärmende Decke, fand sie, nicht nur weil sie es liebte, an die Arbeit zu denken, sondern auch weil es eine schöne Vorstellung war, ihm jeden Abend davon zu erzählen.

«Du als kleine Berühmtheit wirst wahrscheinlich sogar in Hessen mit offenen Armen empfangen. Sicher will sich jede Frau, die dir über den Weg läuft, von dir behandeln lassen.»

Sie kicherte. Eine Woche zuvor hatte es einen Zeitungsartikel über die Schnieke Deern gegeben. Greta hatte keine Ahnung, wie man beim *Hamburger Abendblatt* auf sie aufmerksam geworden war, nahm aber an, die Quelle befand sich eher in Harvestehude denn in Ottensen. Seither strömten die Damen aus allen Stadtteilen heran, um sich in Mariekes, Trixies und Gretas Hände zu begeben. Besonders die Kaffeesatzmaske war der Renner, und Greta probierte immer neue Kreationen, mal mit fein gehackten Zweigen von Rosmarin, mal mit Thymian und auch mit Petersilie. Jedes Mal wieder waren die Kundinnen entzückt und sprachen davon, sich seit langem nicht mehr so frisch und natürlich gefühlt zu haben. Allein Marieke grinste manchmal und murmelte: «So natürlich wie ein Misthaufen», aber stets so leise, dass niemand außer Greta sie hörte.

«Morgen bist du wieder da», wiederholte Felix und drückte ihre Hand. «Und ich hole dich genau hier ab.»

«Ich glaube, das ist der falsche Bahnsteig.»

«Ich meinte, hier am Hauptbahnhof.» Er zwinkerte ihr zu und hielt erneut etwas in die Höhe. «Und damit du nicht nur Kaffee trinkst, sondern auch etwas in den Magen bekommst, habe ich dir Franzbrötchen gekauft. Nicht so gut wie deine Karamelldinger, nehme ich an...»

«Kanelbullar», korrigierte ihn Greta. «Da ist gar kein Karamell drin, es sind Zimtschnecken.»

Die Tüte, die er ihr durch das Zugfenster reichte, war noch warm und duftete verführerisch, wenn auch nicht so verführerisch wie Kanelbullar. Sie dachte daran, welches Aufheben Annie immer um dieses schwedische Nationalgebäck gemacht hatte. Sie zu backen war wie eine heilige Prozedur gewesen, und jedes Mal war Greta sicher gewesen, niemals zuvor etwas derart Köstliches aus dem Ofen geholt zu haben.

Ihre Mutter hatte Zimt geliebt, wusste Greta. Vielleicht war dies der Grund, wieso die Hefeschnecken so wichtig für Annie gewesen waren.

«Warte kurz.» Felix hob die Hand und lief mit langen Schritten davon.

Wie sollte sie denn warten, wenn der Zug abzufahren gedachte? In weniger als fünf Minuten, wie ihr der Blick auf die Uhr zu verstehen gab. Inständig hoffte sie, sein Gesicht wieder in der Menge zu entdecken. Sie wollte in seine Augen sehen, damit sie vor Angst und Nervosität nicht doch in Tränen ausbrach.

Nur noch eine Minute. Die Lautsprecher knisterten. Die Stimme des Ansagers wies darauf hin, dass der Zug mit der Nummer 4716 nach Frankfurt am Main zur Abfahrt bereit sei.

«Zurückbleiben, bitte!»

Als die Türen mit einem gewaltigen Knall zuschlugen, musste sie sich auf die Lippe beißen, um nicht zu weinen. Vergeblich steckte sie den Kopf hinaus und blickte nach rechts und nach links. Keine Spur von Felix.

Enttäuscht bahnte sie sich den Weg zwischen Koffern und Menschen hindurch zu ihrem Abteil. Sie hatte sich einen Platz am Fenster gesichert, aber wozu eigentlich? Die Umgebung verschwamm vor ihren Augen.

Albern, schimpfte sie stumm in sich hinein. Übermorgen würde sie schon wieder zurück sein.

Als die Tür zum Abteil aufging, machte sie sich nicht die Mühe aufzublicken. Als sich jedoch jemand auf den Sitz neben sie fallen ließ und nach ihrer Hand griff, schon.

«Als wenn ich dich allein fahren ließe!», sagte Felix außer Atem. Seine Augen leuchteten, doch er musterte sie mit einer Spur Besorgnis. «Knapp war es schon, mir das Ticket noch so schnell zu besorgen. Das nächste Mal plane ich besser.»

«Du kommst mit?», fragte sie baff.

«Und ob. Es ist nicht gut, wenn du allein dahin fährst.»

Um ihre Freude nicht zu offensichtlich zu zeigen und schon wieder wie ein Honigkuchenpferd zu grinsen, konzentrierte sie sich auf Sachliches. «Hast du denn Gepäck dabei?»

«Hm, nein. Aber es wird wohl irgendwo eine Zahnbürste zu kaufen geben. Und wenn ich zu stinken anfange, tust du einfach so, als würdest du mich nicht kennen.»

Als die Taxe über die steinerne Brücke rumpelte und den Elbbach passierte, sah sich Greta ungläubig um. Sie hatte nicht gewusst, dass Hadamar so klein war. Jeden anderen Menschen hätte sich Greta in dem pittoresken Ensemble aus geranienbeschmückten Fachwerkhäusern, einer auf einem Berg thronenden Burg und schmalen Kopfsteinpflastergassen vorstellen können, ihre Mutter jedoch nicht. Linn war eine Großstadtpflanze. Das hatte Annie immer wieder gesagt, und Greta nahm an, dass sie damit recht gehabt hatte.

Angespannt kaute sie auf ihrer Unterlippe herum. In Hamburg war ihr die Idee, nach Hessen zu fahren, unabdingbar erschienen. Jetzt aber, da sie hier war, kam sie ihr albern vor. Sie hatte eine Fotografie ihrer Mutter in der Tasche, was aber, wenn Linn nie hier gewesen war? Der einzige Anhaltspunkt, den es dafür gab, waren die Worte einer verwirrten alten Frau.

Felix drehte sich auf der Vorderbank um und sah sie fragend an. Immer noch puckerte ihr Herz ein bisschen schneller, wenn sie ihn ansah. Sie konnte es kaum glauben, dass er einfach so mitgefahren war.

«Hast du etwas gesagt?», fragte sie. «Entschuldige, ich war gerade in Gedanken.»

«Ich habe dich gefragt, wie eigentlich Mickeys Vorspielen in Bremerhaven war.»

Sie brauchte ein paar Sekunden, um zu begreifen, wovon Felix sprach.

«Mickey redet zwar von nichts anderem mehr, doch gehört haben sie noch nichts», sagte sie. «Seine Hoffnung schwindet täglich, aber so ganz aufgeben will er sie nicht.»

«Wieso sollte er auch? Seine Band ist richtig gut, das haben sogar meine Kollegen im Barett gesagt.»

«Aber das Vorspielen hat vor Amerikanern stattgefunden.»

«Ja, und?»

«Ich glaube, die sind ein bisschen anspruchsvoller, was Jazz angeht.»

Felix neigte den Kopf. «Das mag stimmen.»

«Pension Wendel», brummte der Taxifahrer und deutete auf eine schwere hölzerne Tür. «Da wären wir.»

Mit einer Mischung aus Angst und Erleichterung darüber, dass sie nun endlich angekommen waren, stellte Greta ihre Reisetasche neben dem Bett ab. Das straffgezogene Laken roch nach Kampfer. Felix und sie hatten zwei nebeneinanderliegende Einzelzimmer bekommen, und Greta war froh, ein paar Minuten für sich zu sein. Der Raum, dessen kleines Fenster auf einen Hof hinausging, war sparsam möbliert. Doch neben dem schmalen Bett, dem Nachttisch und einem Waschbecken gab es immerhin etwas Heimeliges: einen Ohrensessel. Greta steuerte ihn an und kauerte sich darin zusammen.

In ihrer Hamburger Wohnung in der Roonstraße hatte es ebenfalls nicht viele Möbelstücke gegeben, doch einen Ohrensessel hatten auch Annie, Linn und sie besessen. Er war aus dickem, grüngrauem Stoff gefertigt gewesen, ein wahres Ungetüm, das Greta nur unter Aufbietung all ihrer Kraft durch das Zimmer hatte schieben können. Nach der Schule hatte sie gern darin gesessen und durch das staubige Fenster auf einen nicht minder staubig wirkenden Himmel geblickt. Und plötzlich hatte sie eine sanfte Berührung in ihrem Nacken gespürt. Sie erinnerte sich genau, wie es sich angefühlt hatte. Das Streichen der Fingerspitzen, in feinen Kreisen und behutsamen Strichen, bis zum Haaransatz und wieder hinab. Greta hatte die Augen zusammengekniffen und sich kaum zu atmen getraut. Sie war sicher gewesen, ein Engel stünde hinter ihr. Und ebenso sicher war sie, er flöge fort, sobald sie sich zu ihm umdrehte.

Erst Jahre später war ihr klar geworden, dass kein Engel dort gestanden hatte, sondern Annie. Dieser Engel, war ihr reichlich verspätet klar geworden, hätte sie wohl kaum leise *kleine Mohrrübe* genannt.

Greta nahm an, dass ihre Großmutter genauso viel Einfluss auf ihre Berufswahl gehabt hatte wie jene Besuche bei den Artisten gemeinsam mit ihrem Vater. Dies Streicheln war Balsam für Gretas Seele gewesen. Es hatte ihr Kraft verliehen, sie geformt und zu dem Menschen gemacht, der sie jetzt war.

Sie wünschte, sie könnte auch jetzt etwas Kraft in sich spüren, fühlte sich aber bloß schrecklich leer.

Doch es half nichts, nun war sie hier. Und sie konnte unmöglich den Nachmittag damit herumbringen, an Annie zu denken. Sie war hier, um etwas über ihre Mutter herauszufinden. Kneifen galt nicht.

Mit dem zwanzig Jahre alten Foto von Linn liefen Felix und sie wenig später hangabwärts in das schmucke Städtchen hinab. Hadamar hatte wohl keinen Bombenangriff erlebt, die Zerstörung schien restlos an dem kleinen Ort vorbeigegangen zu sein. Die Menschen aber waren so wie in Hamburg auch: anfangs redselig, verschlossen sich jedoch, sobald die Sprache auf die Jahre zwischen 39 und 45 kam.

Nachdem sie im Rathaus, im Kloster und in sämtlichen Geschäften und Cafés nachgefragt hatten, blieb Greta mitten auf der Straße stehen. Es fiel ihr schwer, sich ihre Enttäuschung nicht anmerken zu lassen. «Jetzt bleibt nur noch der Friedhof. Wir müssen nachsehen, ob sie dort liegt.» Schon der Gedanke daran löste Übelkeit in ihr aus.

«Soll ich allein gehen?», fragte Felix.

Sie schüttelte den Kopf. Wenn er mit einer Miene von dort zurückkehrte, die ihr verriet, dass er Linns Namen auf einem der Grabsteine gefunden hätte, wäre das noch viel schlimmer, als ihn selber zu entdecken.

Sie verliefen sich ein paar Male, doch schließlich erreichten sie den Friedhof, der sich hinter einer Kirche in den Hügel schmiegte. Rechts war er durch den Elbbach begrenzt, links durch eine Eisenbahntrasse. In der Ferne erhob sich ein schmuckloses Gebäude, dahinter ragten Baumkronen in den blassblauen Himmel.

Greta spürte ihre Füße kaum mehr, während sie über

die schmalen Wege zwischen den Gräbern lief. Eine beinahe greifbare Stille herrschte, wie ein dicht gewebtes Tuch, das jemand über die Bäume und Sträucher gelegt hatte. Irgendwie schaffte sie es, von Grabstein zu Grabstein zu gehen. Bei jedem Schriftzug, dessen Buchstaben nicht den Namen ihrer Mutter bildeten, atmete sie auf. Doch es gab auch etliche Gräber, deren Tote unbekannt waren, wie sie mit dumpf pochendem Herzen feststellte.

Was, wenn ihre Mutter dort lag? Unter der Erde, ein Skelett bloß noch?

«Komm», flüsterte Felix und nahm ihre Hand. «Du solltest nicht zu lange hier sein.»

Nach dem Abendessen stieß Greta die Tür der Pension auf und trat auf die Straße. Sie hatte sich bei Felix entschuldigt und war mit den Worten, ihr sei nicht gut, aus dem Speisesaal gegangen. Geflohen, hätte man wohl auch sagen können. In dem Raum war es heiß und stickig gewesen und hatte durchdringend nach Klößen und Specksauce gerochen. Hier draußen lag schon die Kühle der aufziehenden Nacht in der Luft, der Duft der Rosen, die sich über der Tür rankten, und von feuchter Erde. Greta atmete tief durch, legte den Kopf in den Nacken und sah in den Himmel, der sternenlos war.

Sicher hatte sie Renate Jensens ängstlichen Ausbruch auf der Einweihungsfeier falsch interpretiert. Hadamar war kein Ort, an den Linn freiwillig gereist wäre. Gott, wie dumm sie sich fühlte! Verzweifelt rieb sie sich die Stirn. Aber tief in sich spürte sie, dass sie nicht aufgeben konnte.

Als sie die Tür zur Pension öffnete, fiel sie im schummrig dunklen Flur beinahe über einen Eimer Wasser und entdeckte erst dann die Pensionswirtin, die mit energischen Bewegungen den Boden wischte.

«Verzeihung, ich habe Sie gar nicht gesehen.»

«Schon gut», brummte die Frau.

«Dürfte ich Sie um einen Gefallen bitten?»

Der Blick ihrer Wirtin besagte eindeutig, dass Greta nicht durfte, was diese jedoch nicht kümmerte.

«Könnten Sie sich dieses Foto ansehen? Das ist meine Mutter.»

«Ja, und?», kommentierte Frau Wendel unwirsch. Bestimmt wollte sie Feierabend machen, wer könnte ihr das auch verdenken? Aber Greta kam von weit her, sie war verzweifelt und müde, und so scherte sie es nicht, dass sie der Wirtin auf die Nerven fiel.

«Ich suche diese Frau.»

«Tut mir leid», nuschelte Frau Wendel, die nur einen kurzen Blick auf das Foto geworfen und sich ohne weiteres Interesse wieder ihrem Feudel widmete. «Nie gesehen.»

«So schnell können Sie das sagen?»

Die Wirtin hob den Kopf und musterte Greta.

«Ich will nicht unhöflich sein», schob Greta eilig hinterher. «Aber vielleicht gucken Sie noch einmal genauer hin. Sie sehen doch bestimmt viele Gäste, jahrein, jahraus. Womöglich war meine Mutter ja darunter.»

Die Frau seufzte, kam dann aber näher und warf einen erneuten Blick auf das Bild in Gretas Hand.

«Nee», sagte sie schließlich. «Hab ich nicht gesehen.»

«Sie soll einundvierzig hier gewesen sein. Sie … Das hat mir jemand erzählt, ich weiß gar nicht, ob es stimmt. Und seither hat niemand mehr von ihr gehört.»

Frau Wendels Augen hatten sich verengt.

«Erinnern Sie sich doch?», fragte Greta, in der plötzlich wieder Hoffnung erwachte.

Brüsk schüttelte die Wirtin den Kopf. «Tut mir leid. Nein.»

Greta nickte. «Danke.» Mit einem Mal hätte sie am liebsten geweint.

«Einundvierzig», murmelte die Wirtin zu Gretas Überraschung, «das war so ein Jahr, in dem die Busse noch kamen. In dem es immer mehr wurden, bis es dann aufhörte.»

Da Greta nicht begriff, wovon Frau Wendel sprach, sah sie die Frau fragend an.

«Im Krieg, da haben sie die Irren nach Hadamar gebracht. Vierzig, einundvierzig, dann gab es eine Pause, dann ging es wieder los.»

«Die Irren?»

«Kranke. Hier.» Die Wirtin deutete auf ihren Kopf. «Nicht ganz richtig, verstehen Sie? Die wurden hergebracht in grauen Bussen. Die Fenster verklebt. Keiner hat reingucken, keiner rausgucken können. Das Bild da», sie deutete auf die Fotografie in Gretas Hand, «haben Sie allen gezeigt, ja? Haben gesagt, wann sie hergekommen sein soll, Ihre Mutter?»

«Ja.»

«Und keiner hat was gesehen, und keiner hat was gehört, und erinnern tut sich schon grad keiner mehr.»

«Aber Sie, Sie erinnern sich?»

«Nicht an die da, nee.» Die Wirtin blickte hoch, die Augen zusammengekniffen. «Nicht an Ihre Mutter», verbesserte sie sich. «Aber an die ganzen Leut, an die schon. Arme Hascherln. Wurden hergekarrt, reingeschickt, raus aber ging es nicht mehr.»

«Ich verstehe nicht ...»

«Fragen Sie in der Landesheilanstalt. Mehr kann ich Ihnen nicht sagen. Die da oben auf dem Mönchberg, die helfen Ihnen vielleicht weiter. Aber nur, wenn sie es wollen. Und das weiß Gott allein.»

Bestürzt starrte Greta die Frau an, die sich jedoch nicht weiter um sie kümmerte. Sie feudelte, was das Zeug hielt, bis Greta davonging, die Fotografie in der verschwitzten Hand, und mit mehr Fragen als Antworten und einer Beklommenheit im Herzen, die schwer erträglich war.

Als Greta vor ihrer Zimmertür haltmachte und die Hand auf die Klinke legte, wurde ihr klar, dass sie jetzt unmöglich allein sein konnte.

Sie klopfte an die Tür des nebenan liegenden Raumes. «Felix, bist du wach?»

Verstrubbelt erschien er in der Tür. «Ich dachte, du schläfst längst. Du bist so schnell weggewesen, dass ich dachte ... Hätte ich dich besser nicht allein gelassen?»

Sie schüttelte den Kopf. «Ich habe der Wirtin das Foto meiner Mutter gezeigt, woraufhin sie Sachen gesagt hat ... Graue Busse. Hast du davon schon mal gehört?»

Er schüttelte den Kopf. «Magst du reinkommen?»

Unschlüssig blickte sie sich um. Nirgendwo im langen düsteren Flur war eine Menschenseele zu sehen.

«Ganz kurz», murmelte sie, trat ein und schloss die Tür hinter sich.

«Graue Busse», sagte Felix nachdenklich und kniff die Augen zusammen. «Was hat das zu bedeuten?»

Sie hob die Schultern. «Wenn ich das wüsste.»

Der Raum sah genauso aus wie ihrer, nur dass es hier keinen Ohrensessel, sondern bloß einen abgewetzten Hocker gab.

«Darf ich?», fragte sie und steuerte das Bett an. Es sah weit bequemer aus als der Hocker.

Mit abgewandtem Blick nickte Felix. Sie setzte sich, schlüpfte aus ihren Schuhen, zog die Beine an und legte den Kopf auf ihre Knie. Sie fühlte sich, als habe sie drei Tage ohne Unterbrechung geweint. Leer. Müde. Nichts als Schwärze in ihrem Innern.

«Diese Heilanstalt, von der Frau Wendel sprach ...» Ihre Stimme klang dumpf so dicht an ihren Knien.

«Was ist damit?», fragte Felix. «Denkst du, du könntest deine Mutter dort finden? War sie denn krank? In Hamburg gibt es doch aber genug Krankenhäuser. Landesheilanstalten sicher ebenso, jedenfalls in der näheren Umgebung.»

Sie nickte und kaute auf ihrer Unterlippe herum. Sie hatte das Gefühl, vor Verzweiflung schier zu bersten. «Mama war nicht krank, jedenfalls nicht, dass ich wüsste. Aber es kann natürlich sein, dass sie krank wurde, nachdem ich in Schweden war.»

«Darf ich?», fragte er mit milder Stimme.

Sie hob den Kopf. Felix stand vor ihr und betrachtete sie mit sanftem Blick.

«Ja. Gern.»

Es fühlte sich angenehm an, als er sich hinter sie setzte. Sie spürte seinen Atem in ihrem Nacken und die Wärme seines Körpers dicht an ihrem.

«Komm her.» Er schlang die Arme um sie und zog sie an sich.

Sie schloss die Augen, hörte ihn nahe ihrem Ohr atmen und fühlte sich so geborgen und aufgehoben wie an jenem Nachmittag ihrer Kindheit in Hamburg, an dem ein Engel hinter ihrem Ohrensessel gestanden hatte.

Nicht einmal der Kaffee, den Frau Wendel beim Frühstück servierte, konnte Greta wachrütteln. Ihr war, als umhülle sie ein warmer, wohliger Kokon. Die Nacht war lang und stockfinster gewesen, voller leise gemurmelter Worte, Küssen und der erstaunlichen Erfahrung, wie nahe man einem anderen Menschen sein konnte. Sie wusste nun, wie die Stelle an seinem Hals roch, und spürte noch die Wärme, die von ihm ausgegangen war. Und nach wie vor glaubte sie seine Fingerspitzen auf ihrer Haut zu fühlen.

Am liebsten würde sie ihn den ganzen Tag über ansehen. Mit dem Blick den feinen Fältchen um seine Mundwinkel folgen, seine Sommersprossen zählen, die Hand ausstrecken, seine nehmen. Aber sie waren nicht hier, um wie zwei Verliebte durch die Stadt zu spazieren. Sondern wegen ihrer Mutter.

«Wohin wollen wir als Erstes?», fragte Felix.

«Zu der Anstalt, von der die Wirtin gesprochen hat.»

Prüfend sah er sie an und faltete seine Serviette zusammen.

Anstalt. Das war ein fürchterliches Wort und zufällig im Schwedischen das gleiche.

Er lächelte aufmunternd, wobei sich ein Grübchen neben seinem Mund bildete. Wie würde sie sich fühlen, hockte sie einsam am Frühstückstisch und hätte sich die Nacht über den Kopf über Frau Wendels Worte zerbrochen?

«Dann los?», fragte er.

«Los», erwiderte sie knapp.

Mit einem Klirren stellte er seine Kaffeetasse auf der Untertasse ab und schob seinen Stuhl zurück. Er sah tatfreudig aus, was sie erleichterte. Sie selbst würde sich am liebsten verkriechen.

«Wirklich los?», fragte Felix.

«Ja», murmelte sie. «Etwas anderes bleibt uns schließlich nicht zu tun.»

Eine schmale Straße führte sie den Berg hinauf zu einer kleinen Kirche. Links an dem Gotteshaus vorbei verlief ein Weg auf ein großes, graues Gebäude zu, das sie gestern schon gesehen hatte. Unweit des Friedhofs war seine blanke Fassade zwischen ein paar Bäumen aufgeblitzt.

Das war also die Landesheilanstalt. Als einladend würde man sie kaum bezeichnen. Allein die Größe war erdrückend, die Fenster, obschon sich in ihrem Glas die vorüberziehenden Wolken spiegelten, wirkten blind und undurchdringlich. Greta kroch ein Schauer über den Nacken. Sie blieb stehen, rieb sich die Arme und versuchte sich einzureden, dass es Vorahnungen nicht gab. Jedem anderen würde ebenso unwohl sein wie ihr, wenn er an diesem Fleck stand und dorthin guckte.

Der Pfad, den sie entlangliefen, durchschnitt ein gartenähnliches Gelände, von dem, falls es denn je existiert hatte, kein Grün übriggeblieben war. Die Erde wirkte wie vor nicht allzu langer Zeit durchpflügt, aber nicht wieder zurückgeschüttet. Geröllhäufchen lag neben Geröllhäufchen. Hier und da pickte ein Vogel nach einem Wurm.

«Da kommt wer.» Felix deutete nach vorn.

Eine junge Frau in Schwesternuniform steuerte mit Trippelschritten auf sie zu. Sie war schmal und klein, hatte braunes, gewelltes Haar, das unter einer weißen Haube hervorquoll, und ein geschäftstüchtiges Lächeln.

«Kann ich Ihnen helfen?»

Gretas Hoffnung erwachte von neuem. Diese Dame sah so professionell aus. Sicher würde sie rasch nachschauen, ob der Name von Gretas Mutter je in den Akten aufgetaucht war, mit dann viel weicherem Lächeln den Kopf schütteln und ihnen Glück bei den weiteren Nachforschungen wünschen.

«Mein Name ist Greta Bergström. Ich bin auf der Suche nach meiner Mutter Linnea Bergström, die möglicherweise einmal hier war. Oder hier ist. Vielleicht trägt oder trug sie den Nachnamen meines Vaters, Buttgereit. Sie haben sich scheiden lassen, doch womöglich hat sie diesen Namen behalten oder später wieder angenommen.»

«Greta», flüsterte ihr Felix ins Ohr und legte seine warme Hand auf ihren Arm. «Nicht so schnell.»

«Stimmt», sagte Greta und verzog entschuldigend das

Gesicht. «Wenn ich aufgeregt bin, verhaspele ich mich immer. Linnea Bergström oder Linnea Buttgereit. Haben Sie den Namen schon einmal gehört?»

Die Dame schüttelte den Kopf, allerdings nicht, um die Frage zu verneinen, glaubte Greta, sondern um ihr Missfallen zu zeigen.

«Gibt es ein Buch?», fragte Greta weiter. «In dem alle Patienten verzeichnet sind? Akten, etwas Derartiges?»

«Selbstverständlich.»

«Dürfte ich hineinsehen?»

«Das dürfen Sie selbstverständlich nicht. Ich verstehe ja, dass Sie aufgebracht sind ...»

Greta war doch gar nicht aufgebracht. Aufgeregt, das ja, sogar sehr, aber nicht aufgebracht.

«Sie haben aber sicher Verständnis dafür, dass wir Informationen über unsere Patienten nicht einfach herausgeben dürfen. Es steht Ihnen frei, einen schriftlichen Antrag zu stellen. Ich muss Sie allerdings vorwarnen, eine Beantwortung dauert.»

«Wie lange denn?», schaltete sich Felix ein.

«Monate. Ich fürchte, in manchen Fällen sogar Jahre.»

Greta, die wieder etwas hatte sagen wollten, fühlte alles in sich verstummen. Es war nicht so, dass sie mit schwedischen Ämtern oder sonstigen Behörden durchweg gute Erfahrungen gemacht hätte. Doch auf Monate oder gleich Jahre vertröstet zu werden von einer Dame, deren Miene so undurchsichtig-freundlich wirkte wie die einer Puppe, war scheußlich. Vor allem in einer solchen Situation.

«Bitte», murmelte sie. «Können Sie mir nicht helfen?

Ich habe meine Mutter seit kurz vor Kriegsbeginn nicht mehr gesehen. Man sagte mir, sie sei womöglich nach Hadamar gereist.»

Die Krankenschwester erwiderte nichts darauf. Greta wollte sich nicht albern vorkommen, das konnte sie später nachholen. Sie durfte nicht aufgeben, nicht jetzt, da sie die Hand gerade erst nach dem allerletzten Strohhalm ausgestreckt hatte, der ihr geblieben war.

Ein grelles Quietschen ertönte. Im Mittelteil des dreiflügeligen Bauwerks befand sich eine schwere hölzerne Pforte, die von einem Balkon überragt wurde. Sie hatte sich geöffnet, und heraus trat ein Mann, der auf dem Treppenabsatz stehenblieb. Vor dem dunklen Holz leuchtete seine Kleidung blütenweiß. Er war groß und bullig, mit kurzgeschorenem Haar und einem finsteren Blick.

Die Krankenschwester, die sich nicht zu ihm umgedreht hatte, schien genau zu wissen, was sich in ihrem Rücken abspielte. Ihre Mundwinkel zuckten siegessicher, und ihre Stimme wurde schärfer.

«Sie haben gewiss auch Verständnis dafür, dass ich Sie nun bitten muss zu gehen. Wenn Sie Ihre Adresse hinterlassen, das können Sie auch gern telefonisch tun, senden wir Ihnen das Formular zu.»

Aber Greta konnte kein Jahr warten. Auch nicht ein paar Monate. Nicht, wenn ihre Mutter womöglich einmal hier gewesen war. Oder noch hier war, so unwahrscheinlich das auch sein mochte.

Sie lief los. Sie wusste nicht, worauf sie zusteuerte, was genau sie zu finden erhoffte. Sie spürte bloß, wie sich ihre Füße bewegten, der Schotter unter ihren Sohlen hervorschoss, ihr Atem rascher und rascher ging. Sie umrundete das Haus und hörte hinter sich die schweren Schritte des Mannes. Alle Fenster nach hinten raus waren verschlossen. Trotzdem rief sie den Namen ihrer Mutter.

«Linn! Linn, bist du hier?»

Mit der Hand wischte sie sich über das verschwitzte Gesicht, das vielleicht auch verweint war. Als sie erneut um die Ecke bog, sah sie wieder die Krankenschwester und Felix vor sich. Gretas Sicht war leicht verschwommen, doch sie glaubte zu erkennen, dass Felix den Arm der Frau umklammert hielt. Glücklicherweise schrie die Dame nicht, sondern wandte sich stumm in dem Versuch, sich loszumachen.

Wieder die schweren Schritte hinter ihr. Hastig drehte Greta den Knauf des Tors, riss es auf und verschwand im kühlen, dunklen Innern. Steinboden, steinerne Wände, kein Licht. Die Decke war hoch und der Gang so breit, dass eben ein Fuhrwerk oder ein kleiner Lastwagen hindurchfahren könnte. Links huschte eine Inschrift an ihr vorbei, dahinter fand sie eine weitere, diesmal schmalere Tür.

Und dann stand sie in einem langgezogenen Korridor, der so aussah wie ein ganz normaler Krankenhauskorridor. Linoleum auf dem Boden, an den Wänden Spuren von Fingern, Krankenbetten oder Krücken. Die Luft hingegen erschien ihr eigentümlich. Sie roch schlicht nach nichts. Kein Zigarettenrauch, keine Essensdünste, weder nach Putzmitteln noch nach Schweiß. Und wie still es war! Als sei Greta der einzige Mensch in diesem Krankenhaus.

Dann war doch wieder etwas zu hören, als der bullige Mann hinter ihr die Tür aufriss und auf sie zustürzte. Greta wüsste nicht zu sagen, wieso sie nicht erneut Reißaus nahm. Etwas zwang sie, innezuhalten und nachzuspüren, ob ihre Mutter wohl in der Nähe war. Doch sie fühlte bloß Leere. Keine Linn.

«Guten Tag, wertes Fräulein», ertönte aus der anderen Richtung eine wohlklingende Stimme. Greta schoss herum und stand einem distinguiert aussehenden Herrn gegenüber, der wirkte, als posiere er als Arzt für eine Werbeaufnahme: Um seinen Hals baumelte ein Stethoskop, aus seiner Kitteltasche blitzte eine halbrunde Brille hervor, und er musterte sie mit so milder Freundlichkeit, als wisse er, damit jeden Widerstand auflösen zu können.

«Kann ich Ihnen behilflich sein?», erkundigte er sich.

«Ich wüsste gern, ob im Jahr 1941 eine Patientin mit dem Namen Linnea Bergström oder Linnea Buttgereit bei Ihnen war.»

Hinter sich hörte sie den Aufpasser heftig atmen.

Der Arzt runzelte die Stirn.

«Ich weiß», sagte Greta, «dass es Formulare gibt und dass es Monate dauert, bis ich eine Antwort erhalten werde. Daher frage ich lieber Sie. Waren Sie 1941 schon hier? Haben Sie je von einer Frau namens Linn oder Linnea gehört?»

Keine Regung zeigte sich in seinem Gesicht. Weiterhin blickte er sie milde an, und Greta musste sich gegen das Gefühl zur Wehr setzen, am liebsten in sich zusammenschrumpfen zu wollen.

«Dürfte ich fragen, was Sie zu der Annahme gebracht

hat, Ihre Mutter könnte Patientin in unserer Anstalt gewesen sein? Und um Ihre Frage zu beantworten, nein. 1941 war ich noch nicht hier. Und ich sage es Ihnen besser gleich: auch niemand anderes der Schwestern, Pfleger und Ärzte.»

So viele Jahre waren doch gar nicht vergangen. Gerade einmal dreizehn waren es. Dass in diesem Zeitraum das gesamte Personal ausgetauscht wurde, erschien Greta erstaunlich.

«Können Sie nachsehen? Würden Sie das für mich tun? Bitte. Eine Freundin meiner Mutter hat den Namen Hadamar erwähnt.»

«Und meinte sie den Ort oder die Landesheilanstalt Hadamar?»

«Das weiß ich nicht», sagte Greta.

«Dann würde ich vorschlagen, Sie fragen sie.»

«Das geht nicht. Sie erinnert sich nicht. Nur an den Namen Hadamar.»

Er nickte und betrachtete sie mit einem eigentümlich ruhigen Blick. Sie fühlte sich ein bisschen beruhigt. Wenn ihre Mutter hier wäre, sagte seine Miene, würde er es ihr mitteilen.

Der Pfleger hinter ihr räusperte sich. Freundlich klang es nicht. Die beiden Männer schienen sich wortlos zu verstehen, denn sie taten fast gleichzeitig einen Schritt vor, sodass sie den Atem des einen im Nacken spürte und aus geringer Entfernung in die kühlen Augen des anderen sah. Wieder unterdrückte sie den Impuls wegzulaufen.

«Im Flur hängt ein Bild», sagte sie, weil es ihr mit einem

Mal wichtig erschien. «Was bedeutet die Inschrift darauf?»

Der Arzt holte die Brille aus seiner Kitteltasche und setzte sie auf. Er runzelte die Stirn. Als er etwas sagte, klang es, als sei seine Geduld nun erschöpft. «Da die Aufgabe eines Arztes sowie sämtlicher anderer Angestellter einer Pflegeeinrichtung in der Pflege von Patienten liegt, haben Sie sicher Verständnis dafür, dass sowohl Herr Gotthelf als auch ich uns nun wieder ebendieser Aufgabe widmen. Guten Tag.»

«Warten Sie. Bitte!» Mit zusammengebissenen Zähnen starrte sie den Doktor an.

Was hätte die energische, schöne, fröhliche Linn an einem Ort wie diesem verloren? Andererseits ... Wenn man nichts zu verbergen hatte, gab man gern Auskunft, oder etwa nicht?

Die in der Landesheilanstalt helfen Ihnen vielleicht weiter. Aber nur, wenn sie es wollen. Frau Wendels Worte hallten in Gretas Erinnerung nach.

«Warten Sie!», rief sie erneut. Doch seine Kittelschöße wehten schon davon. Bis auf den Klang seiner Schritte wurde es wieder mucksmäuschenstill. Keine Stimmen, kein Schlurfen, kein Murmeln. Kein Klackern einer Schreibmaschine, kein Telefonschrillen, Sirenen oder Weinen.

«So.» Das war alles, was Herr Gotthelf sagte. Er zwang sie, sich umzudrehen, doch sie spürte seinen Griff kaum. Kurz darauf wurde sie nach vorn gestoßen und landete in Felix' Armen. Von der Krankenschwester war nichts mehr zu sehen.

Besorgt sah er sie an. Der Pfleger wischte sich die Hände an seinen Hosenbeinen ab, als habe er etwas Dreckiges angefasst, und machte ihnen mit einem einzigen Kopfnicken klar, dass sie jetzt besser das Weite suchten.

Erst nachdem sie ihre Tasche in der Pension abgeholt hatten und am Bahnhof angekommen waren, fand Greta die Kraft, Felix von den Erlebnissen im Innern des Krankenhauses zu erzählen.

«Ich muss mir so ein Formular besorgen», sagte sie leise. «Und auf eine Antwort warten. Aber wieso ...» Sie schüttelte verbissen den Kopf.

Nachdenklich sah Felix sie an. Dann legte er den Kopf in den Nacken. Greta folgte seinem Blick und runzelte die Stirn.

Urplötzlich hatte sich der Himmel verdunkelt. Oder hatte sie die aufsteigende Dämmerung schlicht nicht bemerkt? Doch so oder so, die Mittagszeit war gerade erst hereingebrochen.

Das war unheimlich. Nicht einmal ein Vogel sang noch. Selbst die Autos fuhren langsam. Die gesamte Szenerie wirkte, als erstarre die Welt, als lege sich eine betäubende, angsteinflößende Ruhe über alles, was sich zuvor geregt hatte.

«Ach ja», murmelte Felix. «Heute ist ja Sonnenfinsternis.»

«Da hing ein Bild», sagte sie und war froh, ihre Stimme zu hören, die die Stille durchbrach. Sie wollte nicht darüber nachdenken, dass sich die Dunkelheit wie ein Omen anfühlte, auch wenn sie doch gar nicht abergläubisch war. «Ein Relief, besser gesagt, mit einem eingemeißelten Mann, der eine Fackel trug.»

Weil Felix fragend guckte, erklärte sie: «In der Anstalt. Kurz hinter der Pforte an der Wand hing es. Und unter dem Mann stand ‹1941 bis 1945, zum Gedächtnis›. 1941», wiederholte sie. «Immer wieder dieses Jahr.»

Er umarmte sie und zog sie an sich.

«Du darfst nicht in den Himmel sehen», flüsterte er in ihr Ohr. «Man kann blind werden.»

Als sie seinen Geruch einatmete, war ihr, als breche eine eiserne Rüstung um sie auf. Sie begann zu weinen. Der Dunkelheit wegen und weil die Vögel schwiegen und keine Biene mehr summte; der Kälte der Augen wegen, in die sie heute gesehen hatte, und um die armen Hascherl, von denen Frau Wendel gesprochen hatte.

Was hatte sie damit gemeint? Wieso schwiegen alle so eisern? Bestenfalls Krumen warfen sie ihr hin, die sie aufhob und suchend weiterlief. Aber was, wenn sie sich dabei bloß im Kreis drehte?

12

Hamburg, 1. Juli 1954

Greta, bist du schon wach?»
Verschlafen setzte sie sich auf. Ihre Schultern, ihr Nacken, ach was, ihr gesamter Körper schmerzte, nichtsdestotrotz war sie gestern Abend heilfroh gewesen, wieder unter Annies Mantel zu kriechen und den Duft des Salons einzuatmen, während sie einschlief.

«Greta?», ertönte erneut die Stimme. War das ihr Vater? Doch was sollte er zu dieser Uhrzeit hier wollen? Es konnte niemals später als sieben Uhr sein, denn dann öffnete die Fabrik ihre Tore, und es wurde laut.

Sie kroch zum Eingang und öffnete die Tür. Tatsächlich blickte sie in die blaugrauen Augen von Harald Buttgereit, der mit herabhängenden Schultern dastand, als erwarte er Schelte von ihr.

Doch dann schien er sich zusammenzureißen und lächelte verzweifelt. «Kommst du wieder nach Hause, wenn ich dir von Linn erzähle?»

Baff sah sie ihn an.

«Nach unserem Streit ...» Mit der flachen Hand rieb er sich über Wangen und Stirn. Sein Gesicht wirkte geschwollen, im Weiß seiner Augen sah sie Adern, ebenso rotblaue auf seinen Nasenflügeln. Er sah alt aus mit einem Mal. «Da ist alles wieder hochgekommen, der ganze Schmerz von 39.»

Langsam dämmerte ihr, was er sagen wollte. Nachdem sie sich etwas übergezogen hatte, ließ sie die Beine aus dem Wagen hängen und sprang hinaus. Sie ging ihrem Vater gerade bis zur Schulter und musste den Kopf in den Nacken legen, um ihm in die Augen zu blicken.

«Bitte komm wieder nach Hause, ja, Greta?»

Zaghaft, weil sie nicht wusste, wie er reagieren würde, breitete sie die Arme aus. Er riss sie an sich, und es tat unendlich gut, den Kopf auf seine Schulter zu legen und nicht darüber nachzudenken, von wo sie gestern zurückgekommen war.

«Was möchtest du mir über Mama erzählen?», fragte sie, als sie einen Schritt zurücktrat.

«Würdest du gern sehen, wo wir gelebt haben, wir drei zusammen?»

«Die Roonstraße kenne ich. Ich war auch schon wieder dort, aber das Haus steht nicht mehr.»

«Das meine ich nicht. In der Roonstraße hast du mit Annie und deiner Mutter gewohnt, nicht mit mir. Komm. Wir fahren zu unserem früheren Zuhause.»

Greta vertraute darauf, dass Marieke und Trixie den Laden schon schmeißen würden, sie hatten es die vergangenen zwei Tage schließlich auch ohne sie hinbekommen. Mit der Straßenbahn fuhren Harald und sie zum Hafen und bestiegen dort die Fähre. Der nach Salz und Diesel riechende Wind zerzauste ihr das Haar und riss an ihrer

Bluse, doch es war herrlich, draußen zu stehen und mit Blick auf das schäumende Wasser den Kopf einmal zur Ruhe kommen zu lassen.

An einem Steg, dessen Schild sie auf Finkenwerder willkommen hieß, gingen sie von Bord. Mit langen Schritten lief Harald voran, seine Arme schlenkerten, und er schien nicht gewillt, ein Wort zur Erklärung zu verlieren. Doch sie dachte an die Verzweiflung in seinem Blick und die Weise, wie er sie an sich gezogen hatte.

Er mochte sie wohl doch, ihr Vater. Vielleicht hatte er sie sogar lieb, auch jetzt noch, nach all der Zeit.

Während sie den Deich entlangliefen, drang modriger Schlickgeruch in Gretas Nase. Fasziniert betrachtete sie die grasbewachsenen Hänge, die aussahen, als fege dauernd der Wind darüber hinweg und risse fast die Grashalme aus. Hier sollte sie einmal gelebt haben? Sie hatte keinerlei Erinnerung daran. Obwohl ... Die Wiesen ihrer Kindheitssommer, als sie Brombeeren genascht und Gänseblümchen gesucht hatte. War das hier gewesen?

Vor einem kleinen Fachwerkhaus hielt Harald inne. Er legte die Hand auf den Pflock, der einen durchlöcherten und windschiefen Holzzaun aufrecht hielt, und ließ mit angespannter Miene seinen Blick über das reetgedeckte, windschiefe Gebäude wandern.

«Hier haben wir gewohnt. Im oberen Geschoss, unten lebte das Ehepaar Jost.»

Auch das sagte ihr nichts.

«Wie alt war ich damals?»

«Wir sind hergezogen, als du unterwegs warst. Und

blieben ...» Er rechnete mit halb geschlossenen Augen nach. «Wohl zwei Jahre. Höchstens.»

Nun wunderte sie nicht mehr, dass sie sich an die Elbinsel nicht erinnerte.

«Wie hat Linn das Grün und die frische Luft gehasst», fuhr ihr Vater leise fort. «Die leeren Straßen und die Stille. Man könne den Fischen beim Glucksen zuhören, sagte sie. Es mache sie kirre. Sie war jedes Mal außer sich, wenn sie abends nach Hause kam.»

«Und dort mich in Empfang nahm?»

Traurig sah er sie an. «Ja», sagte er dann leise.

«Papa ...» Sie schluckte. «Hattest du den Eindruck, Mama war womöglich krank?»

«Krank?» Er schüttelte den Kopf. «Inwiefern denn?»

«In der Seele. Oder im Kopf.»

Ratlos starrte er sie an, dann dämmerte ihm, wonach sie fragte.

«Geistesgestört, meinst du? Nein. Auf keinen Fall.»

«Aber ...»

«Nein. Niemals. Deine Mutter war ein wunderbarer Mensch voller Ideen und Energie und ...»

«Das meine ich nicht», unterbrach sie ihn. «Das eine schließt doch das andere nicht aus.»

«Ich weiß wirklich nicht, worauf du hinauswillst, Greta.» Sein Blick hatte sich wieder verhärtet. Ob er einfach kehrtmachen würde und alles vergaß, was er zuvor zu ihr gesagt hatte?

«Du wolltest mit mir über Mama sprechen», erinnerte sie ihn. «Dann musst du mir auch meine Fragen beantworten.»

«Müssen muss ich nicht», sagte er und atmete langsam aus. «Aber gut, frag.»

Doch er hatte eine Abwehrhaltung eingenommen, die Hände zu Fäusten geballt.

«Ich bin nach Hadamar gefahren», sagte sie langsam. «Vorgestern.»

Erstaunt sah er sie an. «Hadamar?»

«Ja.»

«Wegen dem, was diese Renate gesagt hat? Linns Freundin?»

«Ja, deswegen.»

Verständnislos schüttelte er den Kopf. «Wo ist das überhaupt?»

«In Hessen. Niemand hat Mama auf dem Foto wiedererkannt, das ich herumgezeigt habe. Aber eine Frau hat mir von den Bussen erzählt. Graue Busse wurden sie genannt. Darin wurden Menschen in die Landesheilanstalt gebracht. Die Frau sagte, niemand sei dort mehr herausgekommen.» Bei der Erinnerung wurde ihr so kalt, dass sie unwillkürlich die Schultern hochzog. «In der Anstalt hing ein Relief mit der Aufschrift ‹1941 bis 45, im Gedenken›.»

«Dort warst du auch? In der Anstalt?»

Sie nickte.

«Und du glaubst, diese Inschrift sei deswegen wichtig, weil zufälligerweise unter anderem das Jahr darauf steht wie jenes, in dem Linn verschwand?»

Greta nickte. Wenn man es aussprach, klang es reichlich weit hergeholt, das war ihr klar.

«Deine Mutter», ergriff er nach einer Weile das Wort,

«hatte immer neue Ideen. Das ist doch etwas Wunderbares, nichts Krankhaftes. Sie war eine Verwandlungskünstlerin. Nie habe ich einen Menschen erlebt, der derart voll Freude war. Nur manchmal ...», fuhr er nach einer kurzen Pause fort, «hat sie mir Sorgen bereitet. Sie war zunächst am Boden zerstört, als deine Großmutter und du fortgegangen wart. Der Himmel über ihr, so schien es, war von dem tristesten Grau, das man sich nur vorstellen kann. Sie sprach kaum mehr. Aß auch kaum mehr. Doch dann, dann war all das plötzlich wie weggeblasen, und das kam mir schon absonderlich vor. Ich hatte erwartet, sie würde es nun einsehen, dass sie euch folgen musste. Dann aber war sie die Fröhlichkeit in Person.» Als er Gretas Blick sah, schloss er den Mund. «Entschuldige. Das ist sicher nicht das, was du hören wolltest. Sie arbeitete jedenfalls wie eine Besessene. Von früh bis weit in die Nacht hinein, aber auch dann kam sie noch nicht zur Ruhe. Sie war immer unterwegs, stand plötzlich um Mitternacht vor meiner Tür und wollte quatschen, was Trude natürlich nicht besonders gefiel, und ...»

«Wann war das?»

Der Wind frischte auf und ließ die Strommasten hin und her wiegen.

«Im Frühjahr vierzig muss das gewesen sein. Ja, ich denke, ein Dreivierteljahr nachdem Annie und du nach Stockholm gezogen wart.»

Verblüfft betrachtete Greta das adlerähnliche Profil ihres Vaters, der mit den Gedanken noch ganz woanders war. «Ich dachte, du hast sie neununddreißig das letzte

Mal gesehen. Das sagtest du doch, in dem Jahr, in dem Annie und ich weg sind.»

Er presste die Lippen aufeinander und rieb sich die Nase.

«Ich habe gelogen. Linn und ich haben uns weiterhin gesehen. Aber was ich eigentlich sagen wollte ...»

Fragen, Worte, Bilder waren in Gretas Kopf aufgeblitzt. Sie verstand nicht, was er gerade gesagt hatte. Nein, sie musste sich verhört haben.

«Wie bitte?», unterbrach sie ihn ungläubig.

«Wir waren kein Liebespaar mehr», beeilte er sich zu sagen. «Aber wir waren uns sehr nahe, als Freunde, in dieser Zeit, als Linn euch so vermisste.»

«Wieso erzählst du mir das erst jetzt?», fragte Greta tonlos. »Ich habe dich doch so oft gefragt.»

Die Blicke ihres Vaters schienen Löcher in die Erde bohren zu wollen. «Wie soll ich zu Hause so etwas sagen, vor Trude und Michael und Ellen? Linn und ich waren vielleicht kein Liebespaar mehr, und ich war Trude nie untreu. Aber ich habe, ich habe ... Ich habe deine Mutter weiterhin geliebt. Ich tue es noch, nehme ich an. Ich liebe sie mehr, als es mir guttut.»

Von der Kühle, der Gefasstheit, seiner energischen Wut war nichts mehr zu spüren. Er schien in sich zusammenzufallen, als die abweisende Miene, die ihr in ihren Wochen in Hamburg vertraut geworden war, verschwand. Weich wirkte er mit einem Mal und unendlich traurig.

«Deine Mutter war das Licht, und ich war die Dunkelheit, Greta. Linn hat alles erstrahlen lassen. Sie hat dafür gesorgt, dass ich mein Leben mochte und mein Leben mich. Doch kurz nach deiner Geburt sagte sie, sie sei nicht geeignet dazu, Mutter und Ehefrau sein. Dabei habe ich nicht von ihr verlangt ...» Er räusperte sich und atmete flach ein. «Ich habe nie von ihr verlangt, ihren Beruf aufzugeben. Ich habe mich damit arrangiert, dass ihre Mutter, dass Annie zu uns zog. Alles war mir recht, Hauptsache, dass es ihr gut ging. Aber das tat es nicht. Du darfst nicht glauben, das habe etwas mit dir zu tun. Du warst der niedlichste Fratz, den es wohl je auf der Welt gab. Aber Linn, sie brauchte es, dass alles ständig in Bewegung war. Stillstand quälte sie fast körperlich. Sie musste arbeiten, reden, denken, philosophieren, immer in Gemeinschaft, je mehr Menschen, desto besser. Es war trubelig bei uns zu Hause. Und es wurde immer trubeliger, bis ich so dumm war, sie vor die Wahl zu stellen. Ich war überzeugt davon, dass sie sich für mich entscheiden würde, aber da hatte ich mich getäuscht.»

«Und was dann? Zog sie aus?»

«Ich zog aus. Ihr bliebt, Annie, Linn und du, bis ihr dann in die Roonstraße übersiedeltet. Und dann ging alles so schnell – nicht wirklich natürlich. Aber eben noch warst du ein Zwerg, und dann wurdest du schon sieben, ich war ein zweites Mal verheiratet und Vater eines Sohnes, und ein paar Monate später dann fuhrt ihr schon nach Stockholm, Annie und du. Ich habe deine Großmutter angefleht, dich bei Trude und mir zu lassen. Faktisch hatte Annie überhaupt kein Mitspracherecht in dieser Sache, ich bin schließlich dein Vater. So viel zur Theorie. Praktisch aber führte, was dich anging, kein Weg an Annie vorbei. Sie hat dich mit Zähnen und Klauen verteidigt. Selbst vor mir, es war ihr gleich, dass ich dich bei mir haben wollte. Was ich immer noch ...» Er wurde leiser. «... gern würde, ja.» Er räusperte sich und warf ihr einen unsicheren Blick zu. «Hast du die Hoffnung je aufgegeben? Dass Linn euch nachkommt, meine ich.»

Greta holte tief Luft. «Ja. Irgendwann. Besonders lange her ist es allerdings nicht. Es muss rund um meinen zwanzigsten Geburtstag gewesen sein. Vielleicht weil mir da schwante, dass ich bald erwachsen würde. Weh getan hat es aber weiterhin. Das tut es immer noch.»

Er nickte. «Ich habe sie auch nie aufgegeben. Ich habe ihr geschrieben, wieder und wieder, obwohl ich irgendwann sogar wusste, dass es die Adresse, an die ich meine Briefe sandte, gar nicht mehr gab. Trude hatte für mich nachgesehen.»

«Trude?», fragte Greta überrascht.

Er nickte. Seine Augenlider senkten sich. «Damit habe ich ihr wohl endgültig das Herz gebrochen.»

Greta wusste nicht, was sie darauf sagen sollte. Es wollte ihr nicht gelingen, Mitgefühl für die Frau ihres Vaters zu empfinden, zu kränkend hatte sie sich ihr gegenüber in den vergangenen vier Monaten verhalten.

«Ist sie deswegen so verbittert?», fragte sie.

Harald Buttgereit kniff die Lippen zusammen. «Trude hat eine Menge Gründe, verbittert zu sein. Leider», sagte er nach einer Weile. «Aber allem voran stehe wohl ich, ja. Ich habe sie tief verletzt. Sie hat mir einmal damit gedroht, mich zu verlassen. Das war wenige Tage nach Ellens Geburt. Damals war ich in Brüssel stationiert und sehr beschäftigt. Ich hatte nicht einmal anrufen können, es gab keine Möglichkeit, und wusste nicht, ob ich einen Sohn oder eine Tochter bekommen hatte. Trude hatte mit der Kleinen natürlich alle Hände voll zu tun, und so erfuhr ich über den Mann einer Freundin Trudes, der ebenfalls in Brüssel stationiert war, dass ich Vater eines kleinen Mädchens geworden war. Ich beglückwünschte Trude mit einem Telegramm, das war das Äußerste, was mir möglich war, und sie antwortete mir damit, sich von mir scheiden lassen zu wollen. Ich erhielt ihren Brief jedoch erst, sieben Wochen nachdem sie ihn abgesendet hatte.»

«Was hast du eigentlich dort gemacht? In Brüssel, meine ich.»

«Wir haben Brauereien ausgekundschaftet.»

«Sonst nichts?»

«Natürlich auch noch mehr. Aber das war eine meiner Aufgaben. Brauereien auszukundschaften. Deren riesige Tanks anzusehen und zu behaupten, wir wollten dort ebenfalls Bier brauen.»

«Aber?»

«Aber das wollten wir nicht. Bier.» Schnaubend schüttelte er den Kopf. «Wir brauchten die Tanks für Benzin. Um die Jagdflieger ausreichend versorgen zu können. Jedenfalls ...» Erneut räusperte er sich, während sich Gretas Kopf immer mehr drehte. Was hatte sie erwartet? Dass ihr Vater in einem stillen Kämmerlein Briefmarken sortiert hatte, während um ihn herum der Krieg tobte? Er war zu alt, um an die Front geschickt zu werden, nahm sie an. Zudem war er Ingenieur und anscheinend anderswo gebraucht worden. Doch auch wenn er nicht selbst ein Gewehr in den Händen gehalten hatte ... Sie schüttelte den Kopf. Am liebsten würde sie nicht darüber nachdenken.

«Ich hatte Geschenke mit der Post geschickt», fuhr er fort, «Strümpfe, Tabak, solche Dinge. Vielleicht nahm Trude es als Friedensangebot, vielleicht ahnte sie aber auch, dass ich den Brief zum damaligen Zeitpunkt nicht erhalten hatte.»

Es dauerte eine Weile, bis Greta wieder Worte fand, zu sehr beschäftigten sie all die neu gewonnenen Informationen.

«Das musst du doch wissen. Habt ihr nicht darüber gesprochen?»

Er schüttelte den Kopf. «Nein.»

Ihr fiel nichts ein, was sie darauf erwidern könnte. Sie wollte auch gar nichts sagen. Zu enttäuscht war sie von ihm. Beinahe vier Monate war sie nun in Hamburg, ihr Vater hatte kaum ein Wort mit ihr gewechselt, und nun ... Nun brach alles aus ihm heraus, und sie musste sehen, wie sie damit fertig wurde. Ihr Vater hatte Linn weiterhin geliebt. Und Linn, wen hatte sie geliebt? Wo war sie?

Greta schloss die Augen. Wieder fühlte sie eine unsagbare Trauer in sich. Dann aber öffnete sie sie wieder. Er wollte reden. Dann sollte er es tun.

«Habt ihr die Tanks je gefüllt?», fragte sie.

«Wie?»

«Die belgischen Brauereitanks.»

«Nein.»

Stumm blickten sie einander an.

«Trude jedenfalls ...» In monotoner Stimmlage berichte er Greta, dass Trude eine eifrige Mitläuferin gewesen war, was Greta kaum verwunderte.

«Aber was soll ich sagen», fuhr er fort, den Blick weiter abgewandt. «Ich bin ja auch mitgetrabt, den Kopf gesenkt wie ein müdes Pferd. Der Herr Ingenieur, Geheimer Baurat im Rang eines Majors, ich war so stolz auf das, was ich mit aufbaute. Dann stellte sich heraus, dass der Grundgedanke ein ganz anderer war. Nicht das Land erblühen zu lassen, sondern Menschen umzubringen. Ich wusste schon in Belgien von den Konzentrationslagern, Greta, ein Freund hatte mir davon erzählt. Und das Einzige, was ich tat, war, Trude zu warnen und Linn zu schreiben, sie solle bloß stillhalten, nicht allzu forsch umgehen mit sich und ihren Launen. Das war alles, was ich tat, und das ...» Er holte tief Luft. «Dies Stillhalten», stieß er aus, «ist mir ins Blut übergegangen. Die Angst, mit einem falschen Wort im Gefängnis zu landen. Angst an jeder Ecke, dass da immer etwas lauert abseits des Blickfeldes. Sie lauert, lauert vierundzwanzig Stunden am Tag. Das ist der Grund, wieso ich nicht mehr arbeiten kann. Ich kann die Angst nicht abschütteln. Sie sitzt überall, nur nicht in meinen Büchern.»

Greta legte ihm die Hand auf den Arm und drückte ihn sanft, während er weitersprach.

Trude, erfuhr sie, glaubte noch lange, dass die Nationalsozialisten die Welt in Ordnung brächten.

«Dabei hatte Trude durchaus moderne Ansichten, zum Teil jedenfalls. Sie wollte immer arbeiten, hat sich nie als Vollblutmutter gesehen. Es war mehr eine, nun ja, Notlösung, wenn du verstehst, was ich meine.»

«Das Kinderkriegen?»

Er nickte.

«Und das Mutterkreuz, nein, das wollte sie sich wahrlich nicht verdienen. Und dann wurde Trude, die zuvor junge Lehrerinnen angeleitet hatte und in einem dieser nationalsozialistischen Frauenbünde aktiv war, entlassen. Ich weiß nicht genau, was damals passiert ist. Sie spricht darüber bis heute nicht. Aber ich nehme an, die hat dem falschen Menschen das Falsche gesagt. Denn trotz ihrer Überzeugungen, die man mit Sicherheit als verbohrt und unmenschlich bezeichnen kann, zeigt sie manchmal doch ... ein weiches Herz.»

Greta runzelte die Stirn.

«Ich verstehe deine Zweifel», sagte er und seufzte. «Es sind auch bloß Mutmaßungen. Aber eine ihrer Schülerinnen erzählte mir einmal, dass Trude eingeschritten sei, als eines der Mädchen mit dem Rohrstock verprügelt wurde. Trude hat an ihre eigenen Kinder nie Hand angelegt. Sie ...»

«Mich hat sie mit dem Küchentuch geschlagen.»

«Na ja, willst du das wirklich Schlagen nennen?»

«Ja», sagte sie. «Das war respektlos und hat weh getan, und ich würde ja auch nicht sie oder dich schlagen.»

Nachdenklich nickte er.

«Aber erzähl weiter», bat Greta.

«Sie verlor also ihre Stelle. Mit einem Mal stand sie nicht mehr auf eigenen Beinen, sondern war von meinem Einkommen abhängig. Fortan erduldete sie still, nur noch Mutter zu sein. Als der Krieg endlich vorüber war, wollte sie an die Schule zurück, doch sie erhielt keine

Erlaubnis. Wo Männer, die Unmenschliches im Krieg begangen hatten, einen Persilschein ausgestellt bekamen, der ihre sechs Kriegsjahre wieder blütenweiß erscheinen ließ, hieß es bei Trude, sie dürfe nie wieder in ihren Beruf zurück. Deswegen die Fabrik. Deswegen ihr Groll. Sie fühlt sich vom Staat doppelt betrogen. Und betrogen auch von mir.»

«Das ist scheußlich», sagte Greta leise.

Er nickte.

«Trude ging also für dich in die Roonstraße und sah, dass das Haus nicht mehr stand.»

Er nickte. «Nach der Operation Gomorrha.»

«Aber wenn Mama doch einundvierzig schon verschwand ...»

«Ich habe ihr weitergeschrieben. Obwohl ich keine Antwort mehr bekam.»

«Zwei Jahre lang?»

Er nickte. «Zwei Jahre lang. Und später weiter. An eine Adresse, die es nicht mehr gab.»

Schweigend nahmen sie die Fähre zurück. Es war erst früher Nachmittag, doch Greta konnte sich nicht vorstellen, in den Salon zurückzukehren. Viel zu viel schwirrte ihr im Kopf herum. In die Antonistraße wollte sie allerdings auch nicht.

«Sei mir nicht böse, aber ich möchte noch ein bisschen allein sein», erklärte sie ihrem Vater.

Eine Weile lief sie ziellos durch die Stadt, bis sie sich schließlich in der Roonstraße wiederfand. Wieder blickte sie voll Unglaube in den Krater. Ein riesiges Loch. Ein

Nichts, wo sich früher einmal ihr Leben abgespielt hatte.

Wenn nur Felix hier wäre. Doch bald würde das Barett öffnen, und wenn sie es sich recht überlegte, wollte sie ihm auch in diesem Zustand lieber nicht gegenübertreten. Sie fühlte sich verzagt und traurig. Wahrscheinlich würde sie in Tränen ausbrechen, wenn er nur freundlich lächelte.

«Ich glaube, du solltest Hadamar vergessen», hatte ihr Vater zum Abschied gesagt. «Das war es, was ich auf Finkenwerder eigentlich sagen wollte. Deine Mutter war nicht krank. Und schon gar nicht irre.» Dann hatte er sich noch einmal umgedreht und leise gefragt: «Kommst du nun wieder nach Hause?»

Greta hatte genickt. Doch als die Sonne über den Horizont wanderte, die Menschen in Feierabendlaune aus den Straßenbahnen und Bussen strömten und schließlich Ruhe die Geschäftigkeit verdrängte, konnte sie sich nicht vorstellen, den Tag schweigend am Abendbrottisch der Buttgereits zu beschließen. Sie wollte zu Marieke.

Eine halbe Stunde später sah sie die gebogenen Umrisse der Nissenhütten vor sich, die sich vor dem dunkler werdenden Himmel abzeichneten.

«Marieke? Ich bin es», rief sie, klopfte und stieß, als sie keine Antwort erhielt, die Tür auf. «Hallo?»

Niemand schien da zu sein. Das war seltsam. Schließlich wurde es schon dunkel, und Marieke ging doch abends nie aus.

«Ist wer da?»

Enttäuscht wandte sie sich zum Gehen um, als sie aus

einer Ecke im Innern ein leises, schabendes Geräusch hörte. Im ersten Moment glaubte sie, sie habe es sich nur eingebildet. Doch da war es noch einmal.

Chhhhrrrrrr.

Ein Tier? Eigentlich nicht weiter verwunderlich, wenn Marieke die Tür aufließ. Füchse und Marder gab es hier, nahm sie an, und Ratten. Welches Tier allerdings war groß genug, um ein solches Geräusch zu verursachen?

Chrrrchrrrrrr.

Und dann: ein Hickser. Eindeutig menschlich.

«Entschuldigung?», tief sie in die Dunkelheit hinein. «Was machen Sie hier?»

Keine Antwort.

Würde Waltraut nebenan sie hören, wenn sie schrie?

«Ich komme jetzt rein.»

Groß war das Zimmer ja nicht, doch wenn die Stehleuchte in der Küchenecke nicht brannte und ebenso wenig der Ofen, lag der hintere Teil des Raumes in völliger Dunkelheit. Sie spürte, wie ihr der Schweiß ausbrach.

Als sie ein paar Schritte in das Zimmer hineingetan hatte, erkannte sie eine große Gestalt, die gekrümmt am Tisch saß und derart zitterte, dass bei jedem Hickser die Tischbeine über den Steinfußboden schürften.

«Wer sind Sie? Und wo ist Marieke?»

Der Mann versuchte sich aufzusetzen, schaffte es jedoch nicht, den Oberkörper mehr als eine Handbreit aufzurichten. Er röchelte und flüsterte etwas, dann fiel sein Kopf wieder auf das Holz hinab.

Ein scharfer, stechender Geruch lag in der Luft, nach Schweiß und Schnaps und etwas anderem. Vielleicht hatte er sich eingenässt, vielleicht hatte er sich aber auch nur sehr lange nicht gewaschen.

Rückwärts, den Mann nicht eine Sekunde aus den Augen lassend, tastete sie sich zu dem Vorhang vor und zog ihn beiseite.

«Waltraut, sind Sie hier?»

Sie erhielt keine Antwort, der kleine Raum, der weit spärlicher eingerichtet war als Mariekes, lag ruhig und verlassen da.

Sie ließ den Vorhang wieder fallen. Den Fremden weiter im Blick behaltend, passierte sie rücklings den Ofen und schob sich an der Truhe vorbei in Richtung Tür. Da hörte sie vertraute Stimmen. Erleichtert stürzte sie hinaus und sog dankbar die klare, nach Gras und Salz riechende Nachtluft auf. Mittlerweile war der Mond aufgegangen.

«Jesses!», hörte sie Marieke rufen. «Marjellchen, musst du mich so erschrecken?»

Als sie näher kam, sah Greta, wie bleich sie war. Ihr Haar stand zu Berge, es sah regelrecht zerrupft aus. Sie hatte sich doch nicht etwa auf einen Kampf mit dem Mann in ihrem Haus eingelassen? Überraschen würde es Greta nicht. Das würde auch erklären, wieso der Kerl so herzzerreißend gestöhnt hatte.

Hinter Marieke tauchten Elfriede und Waltraut auf. Erleichtert nickte Greta ihnen zu. Mit solch geballter Weiblichkeit müssten sie es schaffen, den Eindringling hinauszuschaffen.

Verwunderlich allerdings war, dass Elfriede eine Flasche mit einer klaren Flüssigkeit bei sich trug und Waltraut einen Eimer und einen Lumpen.

«Wollt ihr ihn mit Wasser vertreiben?», fragte Greta und stellte sich die alte Waltraut vor, wie sie mit schlenkerndem Wascheimer hinter dem Mann herrannte.

«Erst mal wollen wir sein Erbrochenes abwaschen. Und auch sonst noch so allerlei», erklärte Marieke, die, wie Greta bemerkte, nicht nur leichenblass war, sondern am ganzen Leib zitterte.

«Hat er dir was getan?»

«Wie?» Sie schien mit den Gedanken woanders zu sein.

«Ob er dir was getan hat?»

Marieke blinzelte. «Na ja, davon abgesehen, dass er mich geschwängert hat und dann abgehauen ist, nicht.»

Es dauerte eine Weile, bis Greta begriff, was sie da gesagt hatte. «*Das* ist Bertram?», fragte sie schließlich ungläubig. «Der Mann da drin?»

Marieke nickte. Ihr Blick wirkte unendlich müde, alles an ihr schien urplötzlich um Jahre gealtert. Elfriede schniefte und seufzte, während Waltraut keine Miene verzog.

«Woher ... Wie hat er dich denn ...»

«Er hat nicht mich aufgestöbert, falls es das ist, was du fragen willst. Sondern ich ihn. Durch Frau Willink. In Harvestehude», fügte sie überflüssigerweise hinzu, obwohl Greta sich sehr wohl an Therese Willink erinnerte. Was aber hatte eine elegante Dame aus besten Hamburger Kreisen mit dem Kerl an Mariekes Küchentisch zu schaffen?

«Therese Willink ist ihn suchen gegangen?»

«Sie hat ihn nicht höchstpersönlich aufgespürt. Ha.» Selbst Mariekes Ha klang traurig und erschöpft. «Sie ist eine dieser Damen, die sich ein bisschen langweilen. Und da man ja nicht den ganzen Tag lang spazieren gehen kann, arbeitet sie für das Rote Kreuz. Hat sie dir davon nicht erzählt?»

Greta schüttelte den Kopf.

«Und keine Ahnung, ich glaub, weil ich sie eben an wen erinnere, wie du gesagt hast, hat sie mich an einem unserer Tage in Harvestehude beiseitegenommen und mir komische Fragen gestellt. Und dann gesagt, sie setzt was in Bewegung oder so.»

Greta konnte nicht fassen, was hier vor sich ging. Immerhin machte die Schnieke Deern mehrmals im Monat in Harvestehude Station. Nie aber hatte Therese Willink erwähnt, dass sie auf der Suche nach Bertram war.

Und an sich war es gut, ihn gefunden zu haben – aber dieser Kerl? Der sabberte und stank und aussah, als rutsche er bei der kleinsten Erschütterung unter den Tisch? Ein Mann, wie er nicht unpassender für ihre Freundin sein konnte, die so ein heiseres Kichern ihr Eigen nannte und eine phänomenale Zahnlücke und das größte Herz zwischen hier und Australien?

Zu ihren Füßen zirpte eine Grille, der es sicher auch zu kalt war an diesem Juliabend. Ein Nachtfalter flog torkelnd an ihr vorbei.

Greta holte tief Luft, schob ihre Gedanken, Wünsche und Trauer beiseite und folgte den dreien ins Haus.

Die Notfallapotheke, die Marieke mit Elfriedes Hilfe zusammengestoppelt hatte, bestand einzig aus einer Flasche Korn. Bertram trank in gierigen Schlucken. Mit einem Seufzer, der Greta wie eine Mischung aus Schmerz und Freude erschien, lehnte er sich schließlich zurück.

Sie hatte nun schon seit ein paar Minuten die Gelegenheit, ihn im aufrechten Zustand zu betrachten. Er sah nicht mehr ganz so furchterregend aus wie zuvor, dennoch gefiel er Greta überhaupt nicht. Er hatte kleine, eng zusammenstehende Augen, eine spitze Nase und dünne Lippen sowie ein vorspringendes Kinn und hagere Wangen. Zudem war er ziemlich klein.

«Was tust du eigentlich hier, Marjellchen?», fiel Marieke plötzlich ein. Drei Augenpaare richteten sich auf Greta, nur Bertram stierte weiter zu der Flasche hinunter, die in seinem Schoß lag.

Greta zuckte mit den Schultern.

«Du siehst komisch aus. Ist was passiert?»

«Nein. Ich bin bloß müde», log Greta. Jetzt war keinesfalls der richtige Zeitpunkt, um von Hadamar und Finkenwerder zu erzählen. Ebenso wenig könnte sie anführen, dass Marieke diesen Mann unmöglich heiraten könnte.

Marieke folgte Gretas Blick zu Bertram. Hatte er Marieke wenigstens nach Franz gefragt, bevor er über ihrem Tisch zusammengeklappt war? Am liebsten würde Greta ihn schütteln.

«Kann ich was tun?», fragte sie stattdessen.

Geistesabwesend schüttelte Marieke den Kopf.

«Dann gehe ich.»

Marieke nickte, immer noch, ohne ihr richtig zugehört zu haben.

«Tschüs.»

Waltraut nickte ihr stumm zu. Elfriede begleitete Greta nach draußen.

«Sie macht es für den Kleinen», flüsterte sie ihr ins Ohr. «Vergiss das nicht. Sie macht es für Franz.»

«Das weiß ich doch», gab Greta zurück. «Aber was, wenn sie sich selbst dabei vergisst?»

Ernst sah Elfriede sie an. Dann zuckte sie resigniert mit den Schultern und ging zurück ins Haus.

13

Hamburg, 3. Juli 1954

Ein normaler Samstagmorgen auf Alfreds Hof war von Geplauder und Lachen erfüllt, von dem Geruch nach Seife, Haarpuder und Kaffee und Zigarettenrauch. Weil die Schnieke Deern zu klein für eine Trockenhaube war und auch das Geld dafür fehlte, saßen lockenwicklergeschmückte Damen draußen dicht an dicht. Manche trugen zudem in aller Seelenruhe ihre Gesichtsmasken spazieren, dunkle wie helle, und sahen wie Gespenster in Blumenkleidern aus oder als wären sie kopfüber in den Matsch gefallen.

Wie jeden Samstag brachten die Kundinnen auch heute mehr Zeit mit als sonst. Das Sonntagsmahl lag noch in weiter Ferne, und man besprach, was sich die Woche über in der Welt ereignet hatte, klagte über den Regen und die Kälte und schilderte detailliert, wie viel Zeit der Ehemann mit seiner Sekretärin verbrachte.

Greta hörte nur mit halbem Ohr zu. Sie war unausgeschlafen, hatte sie doch erneut über Marieke gegrübelt. Immer wenn sie dennoch in den Schlaf geglitten war, hatte sie eine Erinnerung geweckt. Sie hatte das graue Gebäude in Hadamar vor sich gesehen, einmal auch den düsteren Himmel kurz vor der Sonnenfinsternis. Jedes Mal war sie heftig atmend aufgeschreckt und hatte dankbar Ellens tiefen Atemzügen gelauscht.

Wenigstens hatte sie wieder ein Zuhause. Es hatte gutgetan, über den Frühstückstisch hinweg in Mickeys verschlafene Augen zu gucken und ihm durchs Haar zu wuscheln. Selbst Trudes Anwesenheit ertrug Greta besser. Sie tat ihr leid. Und ihr Vater ebenfalls.

«Da sind Sie ja wieder», ertönte vom Eingang her eine Stimme. Frau Singer, die erst seit kurzem ihre Kundin war, stand vor dem Laster und ließ sich dankbar von Greta hineinhelfen. «Ich war vorgestern schon hier, aber Ihre Kolleginnen haben mich vertröstet. Was für ein Glück, dass Sie zurück sind. Ich habe eine neue Falte entdeckt. Sehen Sie, hier.»

Voller Entsetzen zeigte sie auf ihre linke Schläfe, von der eine Linie schräg nach oben verlief. Die Falte war auch schon bei Frau Singers erstem Besuch dagewesen. Wahrscheinlich begleitete sie sie sogar schon ein paar Jahre.

«Sie ist neu?»

«Ja», stöhnte Frau Singer und ließ sich auf den Sitz fallen, sah sich dann erschrocken um und fragte: «Nehme ich jemandem den Platz weg?»

Greta schüttelte den Kopf. Ein Großteil der Damen stand bei Marieke an, die heute wohl etwas langsamer arbeitete als normalerweise. Zudem fielen ihr ständig mit leisem Klirren ein paar Haarspangen hinab, die sonst immer wie festgeklebt zwischen ihren Zähnen steckten.

Drei weitere Damen saßen mit überkreuzten Beinen

um den Tisch und blätterten in Trixies Illustrierten, während Trixie mal jenes Kleid hervorhob und mal jene Farbe, die der einen mit Sicherheit fabelhaft stehen würde, während die andere lieber Pflaumenblau ausprobieren sollte.

«Können Sie die Falte auffüllen?», fragte Frau Singer. «Vielleicht mit Butter?»

«Ich fürchte, nicht. Aber ich habe etwas anderes für Sie.» Greta griff nach einem Glas, das mit einer wenig appetitlich aussehenden Masse gefüllt war. Die Mixtur hatte eine grünbräunliche Färbung und wirkte auf den ersten Blick wahrlich nicht so, als könne sie eine Frau schöner machen. Doch das Resultat war phantastisch! Die Maske aus zerkleinertem Löwenzahn, zerstoßenen Leinsamen und exzentrisch kostspieliger Aloe Vera würde Frau Singers müder Haut wieder zu Lebendigkeit und Frische verhelfen, zudem entfernte sie abgestorbene Hautzellen.

«Wie fühlen Sie sich?», fragte Greta, nachdem sie auch das letzte bisschen Haut zwischen Kinn und Haaransatz mit der Masse betupft hatte.

«Wie bei einem Bad in kaltem Wasser», sagte Frau Singer nach kurzem Überlegen. «Sehr erfrischend.»

Greta lächelte. Ihr erstes Treffen mit Felix kam ihr in den Sinn. Der Sprung in die Außenalster schien unendlich lange her zu sein, dabei waren nur zwei Monate seither vergangen. Die anfängliche Sprachlosigkeit zwischen ihnen war Vertrautheit gewichen. In bestimmte Bereiche seines Lebens war sie allerdings bislang nicht vorgedrungen. So kannte sie seine Eltern nicht, ebenso wenig seinen Bruder, den er manchmal stockend erwähnte. Ja, sie wusste nicht einmal, ob er noch mehr Geschwister hatte. Alles, was Felix von seinem Familienleben preisgab, war, dass sie nahe dem Bunker an der Feldstraße lebten. Auf wie engem Raum, zu wievielt, all das hatte sie sich zu fragen abgewöhnt. Jedes Mal war er in Schweigen verfallen, und Greta wollte ihn nicht bedrängen.

Doch davon abgesehen, hätte sie sich keinen besseren Mann an ihrer Seite vorstellen können. Manchmal bekam sie vor lauter Glück regelrecht einen kleinen Schreck. Alle Ragnars dieser Welt waren überflüssig, und selbst wenn man ihr Montgomery Clift vor den Bauch binden würde, hätte sie keinerlei Interesse an ihm.

«Kann ich Ihnen eine Tasse Kaffee bringen?», fragte sie Frau Singer.

«Oh, das ist lieb von Ihnen, aber wissen Sie, was? Ich hätte lieber ein Glas Wasser, wenn das möglich ist.»

«Aber g...», setzte Greta an, als ein Knall zu hören war. Erschrocken drehte sie sich um und sah Marieke mit fassungsloser Miene auf die Scherben zu ihren Füßen blicken. Die rötlich braune Farbe daran hielt Greta im ersten Augenblick für Blut, dann fiel ihr ein, dass Marieke gerade damit beschäftigt gewesen war, ihrer Kundin das Haar zu färben.

«Na, so ein Missgeschick», rief Trixie mit fröhlicher Stimme. «So etwas passiert sonst immer nur mir.»

Normalerweise hätte Marieke mitgelacht, doch ihre Unterlippe begann zu beben, und sie sah aus, als würde sie im nächsten Augenblick womöglich neben der zersprungenen Schüssel zu Boden gehen.

Trixie war schneller als Greta. Sie vollbrachte das

Kunststück, die Kundinnen fröhlich anzulächeln, etwas von einem Schwächeanfall zu murmeln sowie fehlendem Schlaf, Marieke beim Ellbogen zu packen und sie durch den schmalen Gang zwischen den Damen hindurchzulotsen.

Zunächst herrschte Schweigen im Salon. Mit zittrigen Beinen stand Renate Jensen auf und tat ein paar Schritte auf die Scherben zu, doch diesmal war Greta geistesgegenwärtig genug und führte sie zu dem Hängesessel zurück.

«Lass mich das machen», sagte sie leise.

«Wirklich, Linn, tust du dir auch nicht weh?»

Tränen schossen in Gretas Augen, dabei sollte sie sich doch langsam daran gewöhnt haben. Renate Jensen verbrachte fast jeden Tag im Salon, da sie immer seltener zu ihrer Nachbarin gehen wollte. Und jeden Morgen, egal, ob die Sonne schien oder es regnete, ob Montag war oder Donnerstag, begrüßte sie Greta mit den Worten: «Da bist du ja endlich wieder, Linn!»

Greta sammelte die Scherben auf, fegte zur Sicherheit um den Stuhl herum, erkundigte sich bei Mariekes Kundin, ob sie etwas für sie tun könne, doch da Frau Ehrentraut in ihrem Leben schon so einiges gesehen hatte, wie sie ihr versicherte, hauten sie eine zerbrochene Schüssel und eine weinende Friseurin nicht vom Hocker. Bald kehrte die normale Samstagvormittagsstimmung in den Salon zurück. Die Damen unterhielten sich leise, hin und wieder brandete leises Gelächter auf, und auch aus Greta wich langsam die Anspannung.

«Kann ich Ihnen eine andere Illustrierte bringen?»,

fragte Greta Frau Klarwitter, die mit den restlichen Damen geduldig auf Trixies Rückkehr wartete.

«Ach, meine Liebe, lassen Sie nur, ich habe Zeit», sagte Frau Klarwitter und lächelte freundlich. «Ich bin ja froh, wenn ich mal nicht zu Hause bin. Mein Johann redet von nichts anderem mehr als Fußball. Ich sage Ihnen, das kommt mir zu den Ohren heraus.»

«Meiner sitzt auch nur noch vor dem Radio», pflichtete ihr Frau Meyer bei. «Ich habe das Gefühl, sein linkes Ohr ist mittlerweile so groß wie 'ne Bratpfanne.»

«Ist bei meinem Johann genauso», rief Frau Klarwitter. «Ich wusste gar nicht, dass der überhaupt weiß, was ein Fußball ist. Aber plötzlich ist er Fachmann. Redet von nichts mehr als Pass, Schuss, Tor.»

«Aber bald ist es ja vorbei, gottlob.»

«Was ist vorbei?», fragte Greta, die keine Ahnung hatte, wovon die beiden Damen sprachen.

«Die Weltmeisterschaft im Fußball.»

«Die findet derzeit statt?»

«Hören Sie denn kein Radio?»

Greta schüttelte den Kopf.

«Morgen ist das Endspiel», schaltete sich Frau Meyer wieder ein. «Da hat unser Karl Geburtstag. Normalerweise gehen wir dann immer in den Tierpark. Aber diesen Sonntag? Pustekuchen. Da muss Helmut vor dem Radio sitzen und zuhören, wie die deutsche Mannschaft verliert. Der arme Karl. An seinem siebten Geburtstag.»

«Die deutsche Mannschaft wird verlieren?»

«Aber sicher! Die haben doch bis vor ein paar Wochen auch nicht mehr über Fußball gewusst als unsereins!»

Gelächter erklang, doch gleich verstummten die Damen wieder, als mit einem Ruck die Tür geöffnet wurde und erst Trixie, dann Marieke hereinkletterte.

Sie war blass und sah aus, als habe sie ihren Kopf zwei Minuten lang unter Wasser gehalten, um zu sich zu kommen. Ihr Haar klebte an ihrer Haut, das Gesicht war feucht, und Greta fragte sich beunruhigt, ob dies auch von Tränen herrühren könnte.

«Entschuldigen Sie mich für einen Moment.»

Sie trat hinter Marieke, nahm sie bei den Schultern und bugsierte sie erneut aus dem Salon hinaus ins Freie.

«Was ist los mit dir?»

Aus dunkel erscheinenden Augen starrte Marieke sie an. Ihr Gesicht war so grau wie die Fabrikmauer, an die sie sich lehnte, ein Bein anzog und die Augen schloss.

«Freust du dich denn gar nicht? Ich dachte, wenn Bertram zurück ist, kommt alles in Ordnung. Dann könnt ihr heiraten und Franz holen und …» Greta sprach nicht weiter. Sie jedenfalls freute sich ja Gott weiß nicht. Doch Marieke hatte den Vater ihres Sohnes gesucht, und nun hatte sie ihn gefunden.

Langsam öffnete Marieke die Augen wieder. Sie blickte Greta derart verletzt an, dass diese sich verzweifelt fragte, was sie Falsches gesagt hatte.

«Ich muss wieder rein», sagte sie mit tränenerstickter Stimme.

«Marieke, bitte …»

Doch Marieke riss sich von ihr los, zupfte ihr Kleid zurecht und war schon im Innern der Schnieken Deern verschwunden.

«Greta?», fragte ihr Vater, als sie die Wohnungstür hinter sich zugezogen hatte. «Bist du so gut und kommst für einen Moment in mein Zimmer?»

Mit einem unguten Gefühl folgte sie ihm.

«Nach unserem Ausflug nach Finkenwerder habe ich ... habe ich die Briefe deiner Mutter herausgesucht.»

Er deutete zu seinem Schreibtisch. Darauf lag ein Stapel Briefe, von einem Schnürsenkel zusammengehalten.

In Greta stieg Übelkeit auf. Er hatte Briefe von ihrer Mutter? Sie selbst besaß nicht einen einzigen. Und sie waren die ganze Zeit hier gewesen, irgendwo in seinem Schrank versteckt?

«Es tut mir leid, dass ich sie dir nicht früher gezeigt habe», sagte er. Sein Blick ging unruhig vom Schreibtisch zum Fenster, als fürchte er, die Briefe könnten mit einem Luftzug hinauswehen. «Aber ich ... ich konnte es einfach nicht.»

Wollte er so weitermachen, fragte sie sich. Ihr kleckerweise etwas hinwerfen. Ihm schien sein eigenes Seelenheil so viel mehr wert als ihres ... Doch dies war nicht der rechte Augenblick, wütend auf ihn zu sein. Da lagen Briefe ihrer Mutter.

«Wenn du möchtest», sagte er, «lies sie.»

Mit weichen Knien trat sie an den Schreibtisch. Sie erkannte die Handschrift ihrer Mutter wieder, weich und gerundet, wie lauter Blumen und Sonnen und Herzen, die in Buchstaben verwandelt worden waren. Zögernd strich sie mit den Fingerspitzen über das Papier und die Schleife.

«Ich gebe dir Zeit allein.»

Greta nickte und dankte leise. Als die Tür hinter ihrem Vater zuklappte, setzte sie sich mit dem Stapel in der Hand auf den Holzboden in eine Zimmerecke.

Die Worte schienen nur so aus Linns Feder gesprudelt zu sein. Greta war, als höre sie die Stimme ihrer Mutter, wie sie aufgeregt erzählte: aus dem Kindergarten; von dem Abend mit ihren Freundinnen in einem chinesischen Tanzlokal in der Großen Freiheit, wo die Kellner laut sangen; einer Fahrt nach Bremen; von der Freude, am Leben zu sein, manchmal auch vom Kummer, den das Leben ihr bereitete. Greta hatte Mühe, die Briefe so zu halten, dass ihre Tränen sie nicht benetzten. Als sie die Daten miteinander abglich, fand sie Lücken in den zeitlichen Abständen, manchmal lagen Monate dazwischen. Doch war das nur natürlich, ihre Mutter und ihr Vater hatten zu jener Zeit schließlich zusammengelebt. Wie oft schrieb man seinem Lebenspartner, wenn man ihn doch täglich sah?

Als sie den letzten Brief gelesen hatte, faltete sie alle wieder zusammen und griff nach dem Schnürsenkel, der den Stapel zusammengehalten hatte. Dann stockte sie. In einem Brief, der mit Bleistift auf sehr dünnem Papier geschrieben war, hatte Linn eine Reise erwähnt. Und eine Person, die Greta nicht kannte. Sie vertiefte sich noch einmal in die Worte ihrer Mutter. Auch die Rückseite war eng beschrieben, und weil das Blatt irgendwann voll war, ging es an den Seitenrändern weiter, sodass sie das Papier beim Lesen im Uhrzeigersinn drehen musste. Linn drückte ihre Sorge angesichts der politischen Lage aus, berichtete von einem Zwist mit einer Kindergartenmutter, die in Erziehungsfragen gänzlich andere Vorstellungen hatte, und endete mit der Frage, ob Andreas wohl noch ganz bei Trost sei.

Andreas?

«Papa?»

Ihr Vater trat augenblicklich ins Zimmer, er hatte wohl vor der Tür gewartet.

«Wer ist Andreas?», fragte sie.

Er zuckte mit den Schultern und schüttelte gleichzeitig den Kopf.

«Er kommt in diesem Brief vor. Darin steht, dass er auf seiner dummen Meinung beharrt und sich auch von ihr nicht umstimmen lassen wollte. Sie nennt ihn einen idiotischen Dummkopf, also scheint sie ihn recht gut gekannt zu haben.»

Obwohl ihrem Vater deutlich anzumerken war, dass er alles lieber wollte, als die Worte ihrer Mutter zu lesen, trat er näher. Er nahm ihr den Brief aus der Hand und ließ sich mit leisem Ächzen neben sie sinken.

Greta tippte auf die Stelle. Seine Miene hellte sich auf, verdüsterte sich aber augenblicklich wieder, so sehr, dass Greta glaubte, er beginne gleich zu weinen.

«Papa?», fragte sie besorgt. «Was ist denn?»

Mit glasigem Blick sah er sie an.

«Wer ist Andreas?», fragte sie erneut.

Ein Liebhaber ihrer Mutter etwa? Sie rutschte näher an ihren Vater heran und legte ihm zaghaft die Hand auf die Schulter.

Doch er weinte gar nicht. Er räusperte sich und senkte den Kopf.

«Deine Mutter hatte einen Bruder», sagte er. «Andreas Bergström. Du hast einen Onkel, Greta.»

Ungläubig starrte sie ihn an.

«Sie erwähnt ihn zwar in diesem Brief, aber ansonsten hat sie so gut wie nie über ihn gesprochen», redete er weiter. «Deine Großmutter und er hatten sich zerstritten, und zwar in einer Weise, aus der es kein Zurück mehr gab. Er hatte schon vorher keine große Rolle im Leben deiner Mutter gespielt, aber danach war es, als existiere er gar nicht. Ich habe ihn auch nie kennengelernt, obwohl Linn manchmal sagte, wir seien einander ähnlich …»

«Mama hatte einen Bruder?», echote Greta schließlich. Der Gedanke war so absonderlich, dass sie den Kopf schüttelte. «Davon wüsste ich.»

«Aber woher denn?»

«Von Annie!»

«Deine Großmutter wollte nicht einmal an ihn denken.»

Greta musste an sich halten, ihren Vater nicht bei den Schultern zu packen und zu schütteln. «Aber wieso hast du mir nie von ihm erzählt?»

«Ich habe ihn vergessen. Es tut mir leid, Greta. Ich habe ihn schlicht und ergreifend vergessen.»

«Ich muss ihn finden», sagte sie. «Vielleicht weiß er, was mit Mama geschehen ist.»

«Ja, aber wie denn?»

«So viele mit dem Namen wird es nicht geben.»

Nachdenklich nickte er. Dann hob er den Kopf. «Bremen, steht das nicht darin? Ich meine mich zu erinnern, dass er zu Beginn von Linns und meiner Ehe studiert hat.

Ob sie ihn in Bremen besucht hat? Gott, wieso erinnere ich mich nicht mehr?»

«Warum haben er und Annie sich denn zerstritten? Wie kann man den eigenen Sohn so von sich schieben ...?» Sie dachte an Franz und an Marieke und schüttelte den Kopf.

«Das weiß ich nicht. Linn wollte nicht darüber sprechen. Und wie gesagt, er fand so selten Erwähnung bei uns, dass es war, als habe er nie existiert.»

«Ich muss nach Bremen», sagte Greta nach einer Weile und rappelte sich auf.

«Greta», sagte ihr Vater. «Das hat doch keinen Sinn. Lass mich helfen, in Ordnung? Zumindest das. Ich kontaktiere die Universität. Und dann müssen wir abwarten.»

Wieder diese grässliche Hoffnung. Sie schmerzte mittlerweile mehr, als dass sie tröstete. Am liebsten würde Greta mit nichts mehr rechnen, sich nichts mehr erhoffen.

«Hast du das Formular für Hadamar eigentlich ausgefüllt?», fragte ihr Vater.

Sie nickte. Nickte nach einem Moment erneut, als sie ihre Stimme wiederfand. «Ich habe schriftlich um Auskunft gebeten, aber natürlich noch nichts gehört. Hoffentlich dauert es nicht wirklich ein Jahr, bis sie mir antworten. Oder zwei.» Sie schluckte.

Ihr Vater tätschelte ihr den Rücken. «Versuche, nicht zu viel darüber nachzudenken.»

Doch wie sollte sie nicht darüber nachdenken? Sie fühlte sich hundeelend. Wenn nur Mickey da wäre! Doch er probte heute Abend, das wusste sie. Und Felix stand sicher schon im Barett hinter der Bar.

Nach einer Nacht, in der sie kaum zur Ruhe gekommen war, zog sich Greta früh am Sonntagmorgen an und, kaum auf der Straße, fast vollständig wieder aus. Es war warm an diesem vierten Juli, beinahe sommerlich heiß. Ein Wetter, das ihr unter anderen Umständen ein Lächeln ins Gesicht gezaubert hätte. Heute aber fühlte sie sich grässlich. War es tatsächlich möglich, dass Annie ein so großes Geheimnis vor ihr gehabt hatte? Ihre Großmutter, mit der sie über alles hatte reden können? Das hatte sie jedenfalls geglaubt ...

Als der Salon vor ihr auftauchte, atmete sie erleichtert auf. Kundinnen kamen sonntags natürlich nicht, dennoch blieb immer etwas zu tun, und heute war Greta noch dankbarer als sonst für die Ablenkung. Sie brauchte Trost, und den fand sie hier.

Nachdem sie die Tür aufgezogen hatte, um Licht und Sonne ins Innere zu lassen, griff sie sich eine Handvoll leerer Cremedosen aus dem Regal und begann sie zu säubern. Jetzt, da es endlich Sommer geworden war, sollte sie öfter zu Muttchen ins Alte Land fahren. Schließlich hatte sie fleißig Duftpflanzen ausgesät, auch die Rosen müssten endlich blühen. Sie zog einen Tiegel nach dem anderen hervor und ließ sich von dem Duft des Rosmarins nach Italien entführen. Wenige Augenblicke später sah sie Frankreich vor sich mit seinen sonnenbeschienenen Lavendelhängen, reiste mittels des kostspieligen Neroli nach Afrika und folgte anschließend dem Duft der Rosen nach Bulgarien. In der Woche zuvor hatte sie auf dem Markt eine Handvoll Kardamomkapseln erstanden. Sie kosteten fast einen Tageslohn, doch den Preis waren sie wert. Sein Duft war für Greta ein Stück Heimat. Kardamom würzte beinahe jedes schwedische Gebäck, vor allem aber die weihnachtlichen Köstlichkeiten bordeten von seinem Geschmack fast über.

Weihnachten ... Greta seufzte sehnsüchtig. Sie mochte schon das Lucia-Singen elf Tage vor Heiligabend, die brennenden Kerzen auf den Köpfen der Mädchen, deren Kleider sich in hellem Weiß von dem noch schwarzen Morgenhimmel abzeichneten. Doch wenn es dann auf das Fest zuging! Annie hatte schon im Sommer für all die Köstlichkeiten zu sparen begonnen, die sie kochte, buk und einlegte: Hering und Kartoffelauflauf mit Sardellen, Räucherlachs und getrocknetes Elchfleisch. Zimtschnecken natürlich, die aß man ja zu jeder sich bietenden Gelegenheit, und Glögg mit Rosinen, die sich vollsogen und zu unansehnlichen glibberigen Dingern wurden. Annie hatte stets Freunde eingeladen. Fröhlich und laut war es immer an diesem Tag gewesen, selbst wenn ein Hauch von Trauer über das Gesicht ihrer Großmutter gehuscht war, immer dann, wenn sie glaubte, Greta sehe es nicht.

Könnte sie tatsächlich einen Sohn gehabt haben? Greta schüttelte den Kopf. Annie war zweifellos eigen gewesen, und wenn sie über etwas nicht hatte reden wollen, dann hatte sie es auch nicht getan, aber Greta den einzigen Onkel zu verschweigen, denn sie hatte? Das war schlicht nicht vorstellbar.

«Autsch, verdammt», hörte sie draußen jemanden fluchen. Was tat denn Marieke hier?

«Aua!»

Als Greta den Kopf aus der Tür steckte, sah sie Marieke

wie ein Häuflein Elend in der Mitte des Hofs auf dem Boden hocken. Sie hielt sich den linken Fuß, der nackt war, während sie am rechten ihre Sandale trug.

Greta sprang heraus. «Was ist denn mit dir passiert?»

«Ich bin wohl gegen irgendwas gelaufen. Schon gut, ist nicht so schlimm.»

Skeptisch sah Greta sie an. Der Zeh blutete zwar nicht, schwoll aber schon an.

«Komm, ich lege etwas Kühles drauf.»

«Greta, lass.»

«Wieso denn? Ich gehe rasch zu Herrn Nasser und dann ...»

«Ich heirate.»

Greta, die eben im Begriff gewesen war, über die Straße zu düsen, blieb abrupt stehen. Es dauerte einen Moment, bis sie Mariekes Worte begriff. Sie drehte sich um und blickte ihrer Freundin forschend ins Gesicht.

«Warum klingst du so traurig? Und wirkst, als hättest du zwei Nächte hintereinander geweint?»

«Vielleicht weil es so gewesen ist. Weil ich zwei Nächte lang geweint habe, und weil ich ...» Sie atmete tief ein, zog vorsichtig die Sandale über den Fuß, biss die Zähne zusammen und stand mit trotziger Miene auf. «Weil das, was gut für Franz ist, womöglich nicht gut für mich ist, und ich bin nicht so blöd zu glauben, dass das egal ist.»

Mariekes Augen füllten sich mit Tränen. Greta lief zu ihr und umarmte sie.

Marieke räusperte sich und sagte mit erstickter Stimme: «Glaubst du, man kann zugleich glücklich und unglücklich sein?»

Greta nickte. Oh ja, das glaubte sie.

«So fühle ich mich. Ich bin unendlich froh und voller Hoffnung, denn jetzt muss es einfach klappen, jetzt sind schließlich alle Bedingungen erfüllt. Der Kindsvater heiratet mich, er ist da, er ist sicher kein herausragender Vater, aber das kümmert die Fürsorge ja sowieso nicht. Hauptsache, das Balg hat seinen Vater, auch wenn er nur zu Hause sitzt und säuft und heult und ...»

So war es jetzt bei ihr? Es waren erst ein paar Tage, seit Bertram da war, aber Greta sah doch, was sie mit Marieke angestellt hatten.

«Um Himmels willen.»

«Ja. Aber das ist jetzt gleich, Marjell, das stecke ich weg. Ich heirate, ich bekomme Franz wieder, und die Hoffnung darauf macht mich so glücklich, so glücklich!»

Und damit begann sie zu weinen und hörte lange, lange Zeit nicht mehr damit auf. Greta strich ihr durchs Haar, sagte tröstende Worte und fühlte die Verzweiflung wie einen Feuerball in sich rumoren.

Sie war so wütend auf dieses Land! Wie konnte man solche Gesetze erlassen, wie konnte man auf diese Weise eine Kinderseele zerstören? Von Marieke wusste Greta, dass es in dem Rahlstedter Heim streng zuging. Es gab Schläge, Schlafentzug, Essensentzug; und aus dem kleinen, lachenden Jungen mit der Zahnlücke, dessen Fotografie ihr Marieke gezeigt hatte, wurde jedes Mal, wenn seine Mutter wieder gehen musste, ein kleines, stilles Wesen.

War das nicht schrecklich? Dann also Bertram als Retter. Besser er als gar niemand.

Marieke rappelte sich auf und wischte sich die feuchten Haarsträhnen aus dem Gesicht. Sie sah sogar noch elender aus als an jenem Abend, an dem sie Greta das erste Mal von Franz erzählt hatte.

«Herzlichen Glückwunsch», flüsterte Greta, obwohl auch ihr eher zum Heulen zumute war. «Herzlichen Glückwunsch und alles Gute euch drei.»

Marieke war auf einer der gepolsterten Bänke im Salon eingeschlafen, als Trixie vollbepackt auf den Hof stöckelte.

Von einer Telefonzelle aus hatte Greta Trixies Nachbarin angerufen, und so war Trixie nun hier, mit lauter Taschen, in denen sich zu Gretas Überraschung hauptsächlich Abfall befand. Sie wagte es kaum, Trixie nach dem Sinn und Zweck alter Konservendosen zu fragen, doch diese legte schon von selbst los.

«Sie schläft noch? Gottlob. Sieh mal», sie hob eine Blechdose hoch und deutete auf den Boden, «da gehört ein Loch rein, in etwa so groß, dass ein Stock hineinpasst. Dann füllst du die Steine ein», sie präsentierte eine Handvoll Schotter, «klebst irgendwie den Deckel drauf, da weiß ich noch nicht, wie, und fertig.»

Mit wachsendem Unbehagen blickte Greta von all dem Krempel, den Trixie angeschleppt hatte, zu ihrer Freundin, die besorgt zum Salon hinübersah. «Marieke wird sicher nicht in Jubelrufe ausbrechen, wenn wir den Hof für eine Party schmücken.»

«Keine Party», sagte Trixie knapp und sah so energisch aus wie nie zuvor. «Jedenfalls keine mit Gästen. Aber wir können nicht so tun, als wäre dies keine lebensverändernde Nachricht. Eine Hochzeit muss gefeiert werden, sonst gibt es ein Unglück, und wenn ... Oh, hallo.» Mit geröteten Wangen richtete sich Trixie auf und tat einen vorsichtigen Schritt auf die Salontür zu, in der Marieke stand.

«Was ist denn das alles?»

«Das wird eine Rassel.» Trixie hielt die Konservendose hoch. «Und das ist altes Geschirr.»

«Wozu?»

«Um es gegen die Wand zu werfen.»

«Ach, Trixie ...», begann Marieke leise, sprach dann aber nicht weiter.

Mit einem unguten Gefühl fragte sich Greta, ob sie Trixie besser nicht angerufen hätte. Aber sie waren doch zu dritt im Salon, nicht zu zweit. Sie hatte angenommen, das Richtige zu tun.

«Ein Polterabend? Das ist ... verfrüht», sagte Marieke. «Wir haben noch gar keinen Termin für die Hochzeit.» Sie zuckte mit den Schultern. Ein winziges Lächeln stahl sich in ihr Gesicht. «Aber irgendwie müssen die bösen Geister ja vertrieben werden.»

Sie breitete die Arme aus und ließ sich von Trixie umarmen. Vor Erleichterung wurde Greta ganz schummrig.

Wenig später schmissen sie Geschirr, was das Zeug hielt. Die Rasseln gingen in all dem Lärm fast unter. Greta wunderte sich, dass die Nachbarn nicht schimpften, aber trotz geöffneter Fenster zeigte sich nicht ein wutverzerrtes Gesicht.

«Ohhhh neeeeeeiiiiin!», schrillte mit einem Mal eine Männerstimme von draußen.

Jetzt kam er also doch, der Ärger. Aber immer noch erschien niemand in der Hofeinfahrt oder lehnte sich aus seinem Fenster.

«Mensch, du Dummbüdel!», schrie aus einem der umliegenden Häuser gellend jemand anderes. «Wieso schießte denn nicht?»

Verwundert ließ Greta die Rassel sinken, und Marieke und Trixie blickten einander fragend an.

«Was ist denn hier los?» In der Toreinfahrt war Mickey aufgetaucht, der erstaunt auf die Scherben blickte und auf die Rasseln in Trixies und Mariekes Händen.

«Wir feiern», sagte Trixie, die sich als Erste wieder gesammelt hatte. «So etwas in der Art jedenfalls.»

Mariekes Anspannung war förmlich spürbar. Mit einem Mal sah sie so unglücklich aus wie zuvor. Nein, noch unglücklicher.

«Ich heirate», sagte sie dennoch, und Greta könnte nicht sagen, ob der Blick, mit dem sie Mickey musterte, bittend oder trotzig war. «Ich heirate den Vater meines Kindes.»

Mickeys Gesicht verlor innerhalb von Sekunden jegliche Farbe. Er stand stocksteif da und gab keinen Ton von sich.

«Du kannst mir gerne Glück wünschen», sagte Marieke. Ihre Stimme klang tränenerstickt. «Aber du musst es nicht. Eine Liebesheirat ist es nämlich nicht.»

Mickey wandte sich um. Er wirkte, als sei alles Leben aus seinem Körper gewichen.

Nach einem Seitenblick auf Trixie und Marieke eilte Greta ihm nach. Ein paar Meter weiter hatte sie ihn eingeholt.

«He», sagte sie leise.

Er blieb stehen.

«Du liebst sie also doch?»

Statt auf ihre Frage zu antworten, sagte er: «Die Band aus den USA, vor der wir in Bremerhaven gespielt haben, will uns. Gestern haben sie uns endlich Bescheid gegeben. Und uns eingeladen, mit ihnen auf Tournee zu gehen.»

«Oh», sagte sie leise. «Herzlichen Glückwunsch.»

Er schloss die Augen. Dann öffnete er sie wieder. «Weißt du, das Seltsame ist ... Ich war mir nicht sicher, ob ich nicht alles absage. Ob mich nicht etwas hier hält ...»

«Marieke liebt diesen Mann nicht. Sie heiratet ihn nur, um ihren Sohn zurückzubekommen.»

Mickey nickte, als sei dies Erklärung genug. Vielleicht hatte er recht damit. Vielleicht war es von Bedeutung, dass sich Marieke ihm nie anvertraut hatte. Trotzdem erklärte Greta: «Franz wurde vor zwei Jahren ins Heim gesteckt, und als Unverheiratete hat sie keinerlei Möglichkeiten, ihn wieder rauszuholen. Aber noch ist es nicht zu spät. Kannst du nicht ...?»

«Nein.» Er wandte sich um, zögerte kurz, setzte sich dann aber in Bewegung.

«Mickey», rief sie ihm nach, «wie lange reist ihr denn durchs Land?»

Wenn er bald zurückkäme? Gäbe es womöglich doch noch ein bisschen Hoffnung?

Er blieb stehen. «Es ist keine Deutschlandtournee,

Schwesterherz. Wir fangen bloß hier an. Im Herbst geht es in die USA.»

«Was?»

Er ging schnellen Schrittes weiter, und bald sah sie ihn nicht mehr zwischen all dem verblichenen Mauerwerk.

«Was hat er gesagt?», fragte Marieke, als Greta auf den Hof zurückkehrte.

«Ich glaube, er ist todunglücklich, weil du Bertram heiratest.»

Marieke senkte den Kopf. Sie betrachtete ein letztes Stück Geschirr in ihrer Hand, das einzige, das noch nicht zerbrochen war.

«Aber ich muss den Vater meines Kindes heiraten. Nicht irgendwen. Es muss der Kindsvater sein, niemand sonst», sagte sie schließlich und seufzte. Dann holte sie aus und pfefferte die verbliebene Schüssel zu Boden. In die Stille, die sich nach dem Knall über den Hof legte, brachen Jubel und heisere Schreie.

«Tor. Tor. Toooooooooooor!»

14

Hamburg, 5. Juli 1954

Wie geht es ihr heute?», fragte Trixie leise, als sie am folgenden Morgen den Salon betrat.

Als Einzige von ihnen sah sie ausgeschlafen aus. Entweder war die Kunde, dass Deutschland Fußballweltmeister war, nicht nach Blankenese durchgedrungen, oder aber man war sich dort zu fein, lautstark zu feiern. Greta jedenfalls hatte kaum ein Auge zutun können, derart lärmend war es unterhalb ihres Fensters in der Antonistraße zugegangen. Zudem war sie erst spät zu Bett gegangen. Beinahe hätte sie ihre Verabredung mit Felix am gestrigen Abend vergessen, was jammerschade gewesen wäre. Denn in dem Augenblick, als er ihr einen Kuss auf die Wange gedrückt hatte, dicht neben ihren Mund, und sie die Augen geschlossen und seine Nähe gespürt hatte, war ihre Welt wieder ein bisschen in Ordnung gekommen.

«Recht gut, würde ich sagen», beantwortete sie Trixies Frage. «Sie sieht besser aus als gestern, findest du nicht auch?» Gemeinsam wandten sie sich Marieke zu, die heute wirklich weit weniger verzweifelt wirkte als am Vortag. Sie schien sich mit dem Unausweichlichen abgefunden zu haben und insgesamt aufgeräumter Stimmung zu sein.

Nachdem sie ihre erste Kundin mit Lockenwicklern bestückt hatte, beugte sich Marieke zu Greta und Trixie und fragte leise: «Kommt ihr kurz mit raus?»

Auf dem Hof wandte sie sich mit einem vorsichtigen Lächeln zu ihnen um. «Ihr wart so lieb zu mir gestern, und nicht nur gestern, sondern die ganze Zeit schon. Obwohl ich manchmal ganz schön unleidlich bin. Ihr fragt nach, heitert mich auf oder macht irgendwas, schneidert mir einen Kimono oder seid einfach da ... Und darum möchte ich mich bedanken.»

Sie überreichte Greta ein zerfleddertes Heft, in braungrauen Stoff eingebunden, der an den Rändern ausfaserte. «Für deine Rezepte. Ich habe es noch von zu Hause aus Königsberg. Eigentlich wollte ich es als Tagebuch benutzen, aber wer hatte schon Zeit, Tagebuch zu führen?» Ihre Stimme war leiser geworden. «Oh», sagte sie dann betroffen, «es steht noch was drin?»

Greta hatte das Büchlein aufgeklappt. Auf einer hinteren Seite war tatsächlich ein Eintrag. Er war kurz, nur ein Datum stand dort, mit Bleistift geschrieben: *29. Januar 1945.* Darunter hatte einmal etwas gestanden, was jedoch so vehement wegradiert worden war, dass die Worte nicht mehr zu erkennen waren.

Nachdenklich wandte Greta den Kopf. Januar 45. Waren nicht damals die Bewohner Ostpreußens vor der herannahenden russischen Armee geflohen?

«Lass mich schnell ...» Marieke riss die Seite heraus, zerknüllte sie und sagte so eindringlich, dass Greta wusste, sie würden nie wieder ein Wort darüber verlieren: «Ich dachte, du möchtest vielleicht deine Zutaten darin auflisten. Für die Tinkturen oder Masken. Damit du sie nicht vergisst.»

«Das ist toll», sagte Greta. «Vielen Dank.»

«Und für dich, Trixie», Marieke holte tief Luft und warf Greta einen scheuen Seitenblick zu, «habe ich dies hier.»

Voller Vorfreude blickte Trixie auf das mit braunem Papier umwickelte Päckchen, das ihr Marieke entgegenstreckte.

«Was ist das?»

«Öffne es, dann weißt du es.» Wieder sah Marieke auf so nervöse Weise zu Greta, dass diese ein seltsames Gefühl beschlich. «Das habe ich schon vor langem, ähm, in die Wege geleitet, aber bei all dem Trubel der letzten Tage ganz vergessen, es dir zu geben.»

Mit wachsender Unruhe verfolgte Greta, wie Trixies schmale Finger geschickt den Spalt entlangfuhren, an dem das Papier verklebt war. Ein Stapel handbeschriebener Blätter purzelte zu Boden, die Marieke eilig aufsammelte und sie Trixie reichte.

«Das ist Post. Für dich.»

Post für Trixie? Greta konnte sich keinen Reim darauf machen. Die Blätter waren mit unterschiedlichen Handschriften gefüllt, teils von gekrakelten Bildern geziert, so viel konnte sie erkennen.

Nachdem Trixie das erste Schreiben überflogen hatte, griff sie mit gerunzelter Stirn nach dem zweiten. Sie warf einen irritierten Blick zu Marieke und versank dann wieder in den Worten.

«Das …», sagte sie schließlich und schüttelte den Kopf.

«Ja?»

«Das verstehe ich nicht.»

Enttäuschung breitete sich auf Mariekes Gesicht aus. «Nein? Das sind Briefe von amerikanischen Soldaten. Die dich gerne kennenlernen möchten.»

Mit großen Augen sah Greta Marieke an, die ihrem Blick jedoch auswich und mit jeder Sekunde, die verstrich, verzweifelter wirkte.

«Du hast ihr von ihm erzählt?», fragte Trixie an Greta gewandt. «Du hast ihr von meinem Amerikaner erzählt? Habt ihr euch über mich lustig gemacht?»

«Nein, natürlich nicht», stammelte Greta. «Ich habe es nicht weitererzählt, um dich zu hintergehen oder dich traurig zu machen, sondern ...»

Trixie ließ sie nicht ausreden, sondern drehte sich um, stakte zum Salon zurück, stieg hinein und kletterte Sekunden später schon wieder heraus. Sie trug Hut und Mantel, half ihrer Mutter aus dem Wagen und ging an Greta und Marieke vorbei auf das Hoftor zu, ohne sie noch eines Blickes zu würdigen.

Verzweifelt barg Marieke ihr Gesicht in die Hände. «Ich habe gedacht, sie freut sich.»

«Freut sich, dass ich ihr Geheimnis ausgeplaudert habe?»

«Darüber, dass sie vielleicht ihren Soldaten wiederfindet.»

Greta hatte keinen Schimmer, wovon Marieke sprach. «Wieso sollte sie ihn wiederfinden? Und was sind das überhaupt für Briefe? Sind die wirklich an Trixie adressiert, oder hast du bloß einen Haufen Herzensanzeigen aus der Zeitung beantworten lassen?»

«Erbarmung, nein!» Marieke sammelte die Briefe zusammen und hielt sie in die Höhe. «Sie sind für Trixie, hier, lies.»

Greta überflog zwei der zahlreichen Schreiben, schlau wurde sie aus ihnen jedoch nicht. Es wirkte, als seien diese Männer Trixie nie begegnet.

«Ich habe Mickey Flugblätter mit nach Bremerhaven gegeben», setzte Marieke zu einer Erklärung an. «Bei seinem Vorspielen, weißt du noch? Das war kurz nach unserem ersten Ausflug nach Harvestehude, als wir mit einem Mal so viel Geld verdient haben. Ich dachte, ich mache ihr damit eine Freude, ich hab gar nicht gedacht, es könnte vielleicht, na ja, anders bei ihr ankommen.» Sie schluckte.

«Flugblätter?»

«Auf ihnen stand ‹Knopf sucht Jacke›, na, weil du mir ja die Geschichte mit dem Knopf erzählt hast und dass der nun an dem Mantel des Soldaten fehlt. Damit habe ich die Männer dazu aufgerufen, sich bei Trixie zu melden. Ich dachte, dass vielleicht Trixies Soldat dabei ist und er sie auch sucht. Oder wer ihn kennt, weil er mal von ihr erzählt hatte. Schließlich ist die Wahrscheinlichkeit, dass er nicht woandershin versetzt wurde, ziemlich gering.» Sie zuckte mit den Achseln und fuhr noch leiser fort: «Und ich habe meine Adresse druntergesetzt, weil ich natürlich nicht wollte, dass einer von denen bei ihr in Blankenese aufkreuzt. Und dann, tja, dann kamen all diese Briefe.»

«Bremerhaven», murmelte Greta, «ist aber doch eine ganz andere Stadt als Bremen.»

«Sie standen beide unter amerikanischer Besatzung», wandte Marieke ein.

«Trotzdem. Es sind zwei verschiedene Städte.»

«Ja», sagte Marieke kleinlaut. «Aber ich dachte, ein Anfang ist damit gemacht. Ich habe gehofft, er wäre dabei. Trixies große Liebe. Dass ich sie damit glücklich mache. Nach gestern, als ihr so lieb zu mir wart, dachte ich, jetzt habe ich genug beisammen, um sie ihr zu überreichen.»

«Sie wirkte nicht besonders glücklich.»

Marieke nickte mit kläglicher Miene. «Ich weiß. Was sollen wir denn jetzt tun?»

Greta sah auf die Briefe hinab. «Jetzt solltest du nach deiner Kundin sehen. Und in der Mittagspause machen wir uns an die Lektüre.»

«Bist du böse auf mich?»

«Ja», sagte Greta. Dann seufzte sie. «Aber ich weiß, dass du es lieb gemeint hast.»

Marieke nickte dankbar und fragte verzagt: «Willst du die alle lesen?»

Greta zuckte mit den Achseln. «Wenn sie schon mal da sind, wäre es doch schrecklich, wenn wir Trixies Soldaten nicht finden – sollte er ihr denn geschrieben haben.»

Mit einem Seufzer legte Marieke den zigsten Brief beiseite und nahm sich den zigsten Amerikaner vor, der sich in einer womöglich nicht ganz realistischen Zeichnung selber dargestellt hatte.

«Ich hoffe sehr, dass er *das* nicht ist.»

Auch Greta nahm nicht an, dass einer der Ergüsse, die sie bisher gelesen hatte, von dem Mann stammte, der über Trixie gewacht hatte. Sie waren ziemlich obszön, und in keinem Schreiben fand sich auch nur ein Hinweis auf eine Begegnung am Bremer Bahnhof.

«Auf Händen trug ich dich den ganzen Weg bis nach Hamburg», zitierte Marieke finster. «Und was bitte sehr will er mit Trixies Opa gemacht haben? An einem Seil hinter sich hergeschleift, den armen Mann?»

«Den hat er wohl am Bahnsteig vergessen.»

«Die arme Trixie», murmelte Marieke, während sie auch den letzten Brief sorgfältig zerriss. «Ein Glück, dass sie nicht alle gelesen hat. Sie würde sich ja auf ewig von sämtlichen Männern lossagen und Nonne werden wollen. Und das noch vor ihrem ersten Kuss.» Marieke seufzte. «Glaubst du, sie beruhigt sich wieder?»

«Ganz bestimmt», sagte Greta. Jedenfalls hoffte sie es.

«Guten Morgen», erklang eine Frauenstimme in Alfreds Hof. «Schon wer da?»

«Ja», sagte Greta traurig. «Wir haben geöffnet.»

Dies war der dritte Tag, an dem Trixies Stoffproben in ihrer Schublade blieben und weder ihre honigblonden Locken noch Renates Silberschopf in der Schnieken Deern aufgetaucht war. Greta kam der Lastwagen plötzlich bedrückend leer vor, obwohl sie sich früher hin und wieder über die Enge beklagt hatte. Aber Trixie, so still und zurückhaltend sie auch war, hatte dem Salon doch eine ganz eigene Note verliehen. Sie war die Eleganz, der Hauch von Luxus, der allen Frauen gefiel, nicht nur den wohlhabenden in Harvestehude. Ihr schönes, klares Gesicht, ihre nüchterne Art, ihre dunkle Stimme fehlten.

Und nun lagen die Illustrierten bloß noch herum, die Trixie sonst an interessanten Stellen aufgeschlagen so drapierte, dass sie wie zufällig dorthin geraten wirkten, aber doch genau jenes Kostüm, jene Farbe, jenen Stil zeigten, der Trixie passend für die jeweilige Kundin erschien. Kein sehnsüchtiges Seufzen erklang zudem, wenn eine Dame ein exklusives Kleid sah, das sie sich von ganzem Herzen wünschte und zu dem Trixie jedes Mal eine kostengünstigere Alternative hatte empfehlen können.

Jetzt kam Trixie nicht mehr. Sie hatte Greta bei ihrem Besuch in Blankenese sogar die Tür vor der Nase zugeschlagen, noch bevor diese sich hatte erklären können. Eine Stunde hatte Greta noch vor dem gedrungenen Bungalow gestanden, immer wieder zaghaft angeklopft und Trixies Namen gerufen. Doch Trixie hatte ihr keine Chance geben wollen.

«Komm rein, Rita», murmelte Marieke, die kaum aufsah.

Ungelenk und mit dem Po voran kletterte Rita herein. Als sie sich zu ihnen umwandte, schrak Greta zusammen.

«Was ist denn mit dir passiert?»

Rita war bleich, ihr dunkles Haar ungewaschen. Mit ihren großen Augen gehörte sie zu den Frauen, die schon von Natur aus zart und verletzlich wirkten. Heute aber klebte an ihren Lippen verkrustetes Blut, und auf ihrer Wange prangte ein frischer blauer Fleck.

«Hat Heinrich dich geschlagen?»

Rita schüttelte den Kopf.

«Ja, und woher kommt all das?»

«Ich bin ihm nachgerannt. Und hingefallen.»

Greta konnte sich kaum vorstellen, dass Heinrich an der Sache ganz unbeteiligt war.

«Machst du mir das Haar, Marieke?», fragte Rita verzagt. «Ich sehe schrecklich aus. Und wenn man sonst schon keinen Funken Stolz mehr im Leib hat, will man doch wenigstens ein bisschen hübsch aussehen, nicht wahr?»

Um Fassung ringend starrte Marieke sie an. «Erst mal wische ich dir das Blut ab. Komm, setz dich her, ja?»

«Kaffee?», fragte Greta, die das Gefühl hatte, in diesem Augenblick zu wenig nütze zu sein. Als sie gerade auf dem Hof die Flamme zu entzünden versuchte, erklang von drinnen ein zorniger Fluch.

«Dieser Schuft, dieser verdammte», rief Marieke. «Wenn ich den erwische, mache ich Grütze aus ihm!»

Und als Greta beunruhigt den Kopf ins Innere des Lastwagens steckte: «Heinrich hat Ritas Stelle gekündigt. Sie darf nicht mehr Straßenbahn fahren. Er findet, er kann unmöglich den lieben langen Tag über allein zu Hause sitzen, er braucht Gesellschaft, und außerdem wird er es ja in Bälde wieder sein, der die Brötchen auf den Tisch bringt. Die Schnapsnase? Im Leben nicht!»

«Er darf einfach so für dich kündigen?», fragte Greta perplex.

«Natürlich», flüsterte Rita unter Tränen. «Er ist doch mein Ehemann. Er darf alles. Und da er glaubt, er bekommt eine Stelle, wenn er nur mit den Fingern schnippt, sieht er überhaupt keinen Bedarf an einem Einkommen meinerseits.»

«Kannst du nicht noch einmal mit ihm sprechen? Und

was, wenn er doch keine Arbeit findet? Die liegt ja nun wirklich nicht auf der Straße.»

Ritas Blick war Antwort genug.

Traurig setzte sich Greta wieder neben den Petroleumkocher auf das Pflaster und zog die Beine an. Es war schrecklich, dass Männern so viel Gewalt über ihre Frauen gegeben wurde. Rita nahm es hin wie gottgegeben, und Greta konnte daraus nur schließen, dass es an der Angelegenheit nichts zu rütteln gab. So wenig wie daran, dass der Staat über Mariekes Sohn bestimmte und über Trudes Art der Beschäftigung.

Gestern Abend hatte Ellen Greta anvertraut, in der Schule deswegen so tüchtig zu sein, um später einmal eine eigene Bank zu eröffnen. «Sie wird nur für Frauen sein», hatte sie mit leuchtenden Augen gesagt. «Sie dürfen dort ihre eigenen Konten eröffnen, und kein Ehemann der Welt darf sie wieder kündigen oder Geld davon abheben.»

Immerhin das war schön: Ellen und sie kamen von Tag zu Tag besser zurecht. Ganze Abende saßen sie auf ihren Matratzen zusammen und plauschten. Langsam lernte sie ihre Halbschwester kennen, und was sie von ihr erfuhr, gefiel ihr. Die Ablenkung tat ihr gut, denn eigentlich war Greta voller Unruhe. Eine Antwort der Universität Bremen war noch nicht gekommen. Es war seltsam, aber ein Teil von ihr wünschte sich, dass es diesen Andreas Bergström nicht geben würde. Denn wenn Annie ihr das tatsächlich verheimlicht hatte ... Wenn sie, nachdem ihre Tochter verschwunden war, nie auch nur versucht hatte, über ihn etwas über Linns Schicksal herauszufinden ...

Es war zu grausam, darüber nachzudenken.

Einen Tag darauf, nach einem anstrengenden Nachmittag in Harvestehude, an dem jede neu eintreffende Kundin nach der Dritten im Bunde gefragt hatte, fuhren Marieke und Greta erschöpft zurück auf Alfreds Hof. Während der Fahrt hatten sie kaum ein Wort gewechselt.

Als Greta den Lastwagen parkte, trat aus dem Schatten der Mauer eine hochgewachsene Gestalt.

«Wer ist denn das?», fragte Marieke.

Im ersten Augenblick glaubte Greta zu träumen. Doch die Frau unter dem großen Hut und in dem schicken schwarz-weiß gestreiften Kleid war Trixie, zweifellos.

Greta hüpfte aus dem Wagen und breitete die Arme aus, war sich aber unsicher, ob Trixie sich von ihr umarmen lassen würde. Sie wirkte immer noch verletzt, die Augen glanzlos und traurig.

«Wollt ihr mich noch?», fragte sie.

«Spinnst du?», rief Greta. «Und ob!»

Zögernd umfassten sie einander.

«Es tut mir so leid, Trixie», sagte Marieke hinter ihnen.

Trixie löste sich von Greta und wandte sich zu ihr um. «Mir tut es auch leid», brach es aus ihr hervor. «Dass ich so trotzig war. Und so nervig. Wieder Freundinnen?», fragte sie und streckte ungelenk ihre Hand aus.

«Klar!» Stürmisch zog Marieke sie an sich. «Du bist toll, wie du bist!»

So standen sie eine Weile, als sie Elfriede fragen hörten: «Habt ihr auch eine Umarmung für mich?»

Alfreds Frau kam über den Hof auf sie zu. Anders als üblich, war sie heute ungeschminkt.

«Nichts für ungut», sagte sie, als sie bei ihnen ankam,

«aber ich fühl mich heute, als hätte das Leben mich einmal gut durchgespült und im Sturm zum Trocknen aufgehängt.»

«Kaffee?», schlug Greta vor. «Und dann erzählst du uns davon?»

«Kaffee. Das klingt gut.» Elfriede nickte und versuchte augenscheinlich, sich das, was sie bewegte, nicht allzu sehr anmerken zu lassen. Wie immer wirkte sie auch jetzt noch beherrscht, wenn es auch kleine Risse in der Fassade gab.

Mit zitternden Händen, aber einem schiefen Lächeln zog sie ein kleines Paket aus der Handtasche, dessen Umschlag fettig glänzte.

«Ich hätte auch Kuchen dazu. Den wollte ich euch eigentlich zur Vorabbezahlung mitbringen. Aber jetzt gibt es gar nix mehr zu bezahlen. Essen können wir ihn aber trotzdem.»

Greta setzte Kaffee auf, Trixie zauberte Teller und Löffel hervor, und wenig später saßen sie zu viert um den schmalen Klapptisch herum.

Es war fast wie früher, stellte Greta froh fest und wandte sich an Elfriede, während Trixie die Mokkatorte verteilte.

«Was wolltest du mit dem Kuchen eigentlich bezahlen?»

«Die Behandlung. Für meine Mutti und Lotte.»

Ratlos sahen sich Trixie und Greta an, und nicht einmal Marieke schien zu wissen, worüber Elfriede sprach.

«Am kommenden Wochenende, so hatte ich das geplant», sagte Elfriede leise und viertelte, achtelte und sechzehntelte ihr Stück Mokkatorte, bis nur noch matschige Krümel auf ihrem Teller zu finden waren. «Das wollte ich heute mit euch bereden und hiermit die Anzahlung leisten. Aber jetzt ist alles für die Katz.»

«Was denn genau?», erkundigte sich Marieke.

«Na, dass ich alles schön gemacht hab zu Hause. Alle Betten frisch bezogen und sogar auf dem Boden Staub gewischt, was kompletter Unsinn ist, da schläft doch keiner, ist doch egal, wie sauber der Boden ist. Zu albern, wirklich, da mache ich einen Mordskawumms, und wofür? Dafür, dass keiner kommt!»

Sie barg das Gesicht in die Hände und begann zu schluchzen.

«Liebes, nun erzähl uns doch mal, was eigentlich passiert ist.» Marieke blickte zu Greta und sagte leise: «Sie weint sonst nie. Nicht mal vor einem Jahr, als der Volksaufstand drüben war und sie Angst hatte um ihre Schwester.»

«Drüben?» Verwirrt schüttelte Greta den Kopf.

«In der DDR», erklärte Trixie. «Deswegen gibt es den jetzt doch, den neuen Feiertag am 17. Juni.»

«Ah.» Stimmt, da war doch etwas gewesen …

«Und auch sonst hat sie nicht geweint, nie, nicht mal, als …»

Marieke sprach nicht weiter, weil Elfriede nun noch lauter schluchzte.

«Sie können nicht kommen! Sie dürfen nicht, sagt jedenfalls Mutti, während meine Schwester sagt, das sei schon möglich, mit etwas Glück könnten sie einfach durch die Friedrichstraße durchfahren weiter in den Westen und am Zoo in den Interzonenzug steigen.»

Von einem Interzonenzug hatte Greta noch nie gehört, doch der Name ließ darauf schließen, dass er aus West-Berlin durch die russische Zone nach Süd- oder Norddeutschland fuhr. In den Westen.

«Und Lotte ist deine Schwester?», fragte Greta sanft. «Deine Mutter und sie leben in der DDR?»

Elfriede nickte. Zwischen ihren Fingern, die immer noch auf ihrem Gesicht lagen, perlten Tränen hervor. «Ich ja auch, früher. Aber jetzt bin ich schon lange hier, und nun wollten sie mich zum allerersten Mal besuchen! Und nun das, da ändern sie die Gesetze und alles in anders, und das, wo ich doch geplant hatte, sie mit einem Besuch bei euch zu überraschen. Dass sie mit einer richtig hübschen Frisur heimkommen und toller Haut und einem Lächeln und vielleicht auch einem neuen Schal aus dem Alsterhaus, sodass sie auch mal sehen können, wo ich arbeite. Sie sollten sich rundum wohl fühlen und ...»

«Ich verstehe es immer noch nicht.» Marieke schüttelte den Kopf. «Wieso dürfen sie denn nicht?»

«Weil es ein neues Gesetz gibt. Eine Neuregelung. Nicht dass auch nicht schon vorher genug geregelt worden wär, wenn du mich fragst. Aber jetzt gibt es diese Sperrzonen um die Grenze rum, und jeder muss durch die Kontrollpunkte durch, wenn er rüberwill. Lotte sagt, das macht nix, sie fahren halt über West-Berlin, fertig, sie sind schließlich keine Bauern oder Ingenieure, die was weiß ich was wert sind für die DDR. Aber Mutti traut sich nicht. Sie hat Angst. Und ich hab mich so darauf gefreut, sie zu verwöhnen. Und von euch verwöhnen zu lassen!» Wieder brach sie in Schluchzen aus.

Greta fragte: «Darfst du sie besuchen? Wir könnten dir ein paar Sachen von uns mitgeben, und dann verwöhnst du sie statt wir.»

Nach kurzem Nachdenken schüttelte Elfriede den Kopf. «Das trau ich mich nicht. Ich bin damals ja nicht so ganz legal, nun, ausgereist.»

Als Greta den Mund öffnete, um genauer nachzufragen, brachte Marieke sie mit einem warnenden Blick zum Schweigen.

«Außerdem arbeite ich sechs Tage die Woche. Selbst wenn ich mich trauen würde, für nur eine Nacht und einen Tag nach Berlin, das wäre doch glatter Blödsinn.»

«Das wäre wirklich Blödsinn», pflichtete Marieke ihr bei und drückte zärtlich Elfriedes Schulter.

«Wollen wir vielleicht fahren?»

Überrascht drehten sich alle zu Trixie um.

«Wir drei, so als Feier, dass wir wieder zusammen sind?»

«Ich weiß nicht ...», begann Marieke.

«Lieber nicht», pflichtete ihr Greta zögernd bei. «Marieke ist doch quasi Ausländerin. Wenn die sie an der Grenze nicht rüberlassen wollen ...»

«Moment mal, ich habe einen Pass der Bundesrepublik!», protestierte Marieke. «Aufzuhalten hat mich keiner, weder ein BRD-Grenzer noch einer der DDR.»

«Trotzdem», sagte Greta. «Es ist zu gefährlich. Du sagst doch selbst, du stehst unter dauernder Beobachtung. Ich glaube nicht, dass man im Jugendamt fröhlich zur Kenntnis nimmt, dass du in den Osten fährst.»

«Ich habe ans Amt geschrieben.»

Greta und Trixie wechselten einen unsicheren Blick.

Elfriede war die Erste, die zu begreifen schien. «Wegen Bertram?»

Marieke nickte. Sie starrte auf ihre Fingernägel hinab und redete so leise, dass sie die anderen vorbeugen mussten, um sie zu verstehen. «Und ich habe solche Angst, dass es wieder nichts nutzt.»

«Wieso sollte es nichts nutzen?», fragte Trixie. «Er ist der Vater des Kindes, und ihr heiratet.»

Mit gequälter Miene schloss Marieke die Augen. «Ich weiß. Aber ich habe trotzdem Angst. Sie haben bislang immer Gründe gefunden, mir das Leben schwerzumachen, von Franz' Leben ganz zu schweigen. Und Bertram ist nicht der Solventeste. Ebenso wenig wie der Nüchternste. Nicht gerade das also, was man sich unter einem idealen Familienvater vorstellt.»

«Aber jetzt ist er da, das hast du doch selbst gesagt», wandte Greta bestimmt ein. «Was wollen sie sonst noch?»

«Es ist wunderbar, ein Kind zu haben», murmelte Marieke, als hätte sie Gretas Worte gar nicht gehört. «Und es kann so grausam sein. Ab dem Moment, an dem es zur Welt kommt, ist man von Angst erfüllt. Sie frisst sich in jeden Winkel deiner Seele. Ich glaube, selbst in meinen Zehennägeln und in meinen Haaren steckt sie. Ich kann sie geradezu sehen. Sie ist silbrig, fast weiß, sehr hell, kalt und spitz. Jede ihrer Kanten ist scharf wie die Klinge eines Säbels.»

Greta legte den Arm um Marieke, und Trixie griff über den Tisch hinweg nach Mariekes Hand.

«Ich habe immer gehofft, dass er mich als eine Mutter erlebt», sprach Marieke weiter, «die stark und mutig ist, die rausgeht und etwas wagt. Das ist doch wichtig für ein Kind: zu sehen, dass die Eltern keine Angst vor dem Leben haben. Wenn ich nie etwas wage, weil ich immer fürchte, ihm damit zu schaden, dann ist es, als ob ich alles aufgebe. So als würde ich sagen: Gut, Leben, mach mit mir, was du willst, ich kapituliere.»

Nicht ein Schluchzer kam ihr über die Lippen. Ob sie das gelernt hatte, als Franz noch bei ihr gelebt hatte, fragte sich Greta. Schließlich konnte die Fürsorge ihn nicht in einer Nacht-und-Nebel-Aktion abgeholt haben. Sicher hatte es zuvor Briefe gegeben, die nüchtern feststellten, dass Marieke zwar die Mutter war, doch dass sich darum niemand scherte. So hatte sie vielleicht in der Nacht an seinem Bett gesessen und auf ihn runtergeblickt, es nicht gewagt, ihm das Gesicht zu streicheln, um ihn nicht zu wecken, und dabei ohne das leiseste Geräusch geweint.

«Und, äh, was heißt das in diesem Zusammenhang?», fragte Trixie.

«Dass wir fahren sollten», sagte Marieke und blickte trotzig in die Runde. «Ich will nicht immer Angst haben. Wenn ich ständig vor ihr einknicke, sitze ich bald nur noch zu Hause. Ich muss etwas machen. Ich muss», sie kniff die Augen zusammen und holte tief Luft, «rein ins Wasser. Auch wenn es eiskalt ist und ich vor Angst sterbe, bevor ich untertauche.»

15

Berlin, 24. Juli 1954

Ohne Probleme hatten sie am gestrigen Nachmittag die Grenzkontrolle bei Lauenburg passiert und Meter um Meter auf einer reichlich durchlöcherten Allee zurückgelegt, bevor sie am späten Abend in West-Berlin eingerollt waren. Die Fahrt war ohne größere Zwischenfälle verlaufen, nur hin und wieder wurden sie angehalten, hatten aber nach einer kurzen Kontrolle ihrer Papiere weiterfahren dürfen. Greta hatte es sich schlimmer vorgestellt, schließlich konnte man kaum behaupten, in ihrem knallroten Laster reisten sie unauffällig.

In der Nähe des Ku'damms hatten sie ein Zimmer in einer günstigen Pension gefunden. Vom Fahren erschöpft, war Greta, ohne die Zähne zu putzen oder sich umzuziehen, auf eines der drei Betten gefallen und war sofort eingeschlafen.

Nun war früher Vormittag. Unter amüsierten Blicken der Passanten rollten sie mit der Schnieken Deern am Tierpark vorbei, der aussah, als seien jüngst zehn Dutzend Schafherden über ihn hinweggefallen. Nichts als plattgedrückte Erde, mit nur hier und dort einem Grasbüschel. Bäume? Büsche? Fehlanzeige. Nachdem sie angesichts all der Hauslücken und Schuttberge die Orientierung verloren hatten, erreichten sie reichlich spät den Osten der Stadt. Elfriede hatte sie bei ihrer Familie für neun Uhr angekündigt. Doch es war zwanzig nach elf, als Trixie die wartenden Damen begrüßte und sie in den Laster bat.

«Das habt ihr wohl nicht erwartet, einen Andrang wie bei Billy Graham?», rief eine der Frauen, die sich nahe dem Frankfurter Tor vor der Schnieken Deern drängten, als gebe es Schrippen umsonst. Die Frauen vor und hinter ihr brachen in gackerndes Gelächter aus.

«Tja, Pech, wenn man schon vor seiner Ankunft Kiezgespräch Nummer eins ist!», sagte eine junge, hochgewachsene Frau, die Elfriede derart ähnlich sah, dass es sich nur um ihre Schwester Lotte handeln konnte. «Ich habe allen Frauen Bescheid gesagt, die ich kenne. Besuch aus Hamburg hat man ja nicht alle Tage. Und dann noch so 'nen schnieken!»

«Na, dann mal hübsch der Reihe nach», schlug Trixie fröhlich vor. «Alle werden aber heute nicht drankommen, fürchte ich.»

Unschlüssig sah sich Greta um. «Da müssten wir glatt Marken ziehen lassen.»

«Dann gibt es einen Aufstand», sagte Trixie und stellte sich auf die Zehenspitzen, um die schmale, kopfsteingepflasterte Straße zu überblicken. «Aber wenn die eine oder andere der Damen in der Nähe wohnt und einen Stuhl entbehren kann, könnten wir im Freien loslegen.»

«Im Akkord?», fragte Greta.

«Wir schaffen alles raus, was wir für deine und meine

Arbeit brauchen.» Trixie war von ihrer Idee immer begeisterter. «Sonst werden wir heute mit Sicherheit nicht fertig. Dann müssen wir mehr als die Hälfte wieder nach Hause schicken. Das wäre doch traurig, oder nicht? Bloß das Haareschneiden macht Marieke drin. Es ist zu kühl, als dass die Frauen mit nassen Haaren draußen rumsitzen sollten.»

Greta und Marieke mussten ihr beipflichten, wenn Greta auch die Aussicht, im Freien zu behandeln, wenig zusagte. Wenn die Bienen und Hummeln hier so hungrig waren wie im Alten Land, würde sie schon alle Hände voll damit zu tun haben, sie zu verscheuchen, und sonst zu gar nichts kommen.

Aber erst einmal anfangen. Dann würde sie weitersehen.

Innerhalb kürzester Zeit standen zwölf Stühle bereit, der Rest der Damen verweilte in kleinen Grüppchen am Straßenrand. Jemand hatte auch einen Klapptisch aufgetrieben, sodass Greta nicht ständig ins Innere des Lastwagens laufen musste, um ihre Lotionen und Tinkturen zu holen.

«Fast wie beim Abendmahl», sagte eine Dame, die klein und äußerst zierlich war, aber die kräftige Stimme einer Opernsängerin besaß. Sie setzte sich als Erste und streckte mit einem Seufzer die Beine aus. «Nicht, dass ich an Jesus glauben würde. Aber die Vorstellung, dass zwölf Frauen an einer Tafel sitzen, bereit, sich den Kopf und nicht die Füße massieren zu lassen, gefällt mir. War denn wer von euch bei diesem Billy Graham? Ich hab in der *Aktuellen Kamera* was über ihn gesehen.»

«Ich war da!» Eine junge Frau hob die Hand. «Was für ein Typ. Halleluja, im wahrsten Sinne des Wortes!»

«Wer ist denn dieser Billy Soundso?», erkundigte sich Trixie.

«Prediger», erklärte die Dame. «Amerikaner. Hier.» Sie nestelte einen Zeitungsausschnitt aus der Handtasche. «Ist letzten Monat im Olympiastadion aufgetreten. Neunzigtausend Leute sollen da gewesen sein!»

«Achtundachtzigtausend waren Frauen, wette ich», sagte Marieke, nachdem auch sie das Foto in die Finger bekommen und mit Kennerblick betrachtet hatte. «Hübsches Kerlchen, wie?»

Fröhliches Gejohle war die Antwort.

«Es gab Würstchen und Coca-Cola. Wie auf dem Rummel.»

«Die können wir hier leider nicht anbieten», sagte Trixie. «Aber Schönheit und Wohlgefühl, das schon.»

Die Damen klatschten, und die, die einen Stuhl abbekommen hatten, setzten sich in gespannter Haltung hinein.

«Mit wem fange ich an?», fragte Marieke und kletterte ins Innere der Schnieken Deern. «Elfriedes Mama hebt bitte mal die Hand!»

Eine Frau mit einem dicken Zopf und einem bunt gemusterten Tuch um die Schultern meldete sich.

«Das bin dann wohl ich.»

«Schöne Grüße von Ihrer Tochter», sagte Marieke und lächelte. «Und nun rein ins Vergnügen mit Ihnen.»

Elfriedes Mutter verzog das Gesicht, eingeschüchtert, weil ihr sonst wohl selten so viel Aufmerksamkeit zuteilwurde, und erklomm ächzend die provisorische Treppe zum Salon, die Felix vor ihrer Abfahrt eilig zusammengezimmert hatte.

Trixie und Greta nickten sich zu. Greta fühlte sich, als habe sie sich urplötzlich dazu entschlossen, bei einem Marathonlauf zu starten. Auch hier wäre es womöglich besser gewesen, gewissenhaft vorauszuplanen. Aber gut, nun waren sie hier, der Andrang war viel stärker als erwartet, aber war das nicht auch schön?

So fingen Trixie und sie an den entgegengesetzten Seiten an und arbeiteten sich langsam aufeinander zu. Und auch wenn Greta nach einer Weile ihre Beine nicht mehr spürte und tatsächlich einige Insekten wegwedeln musste, fühlte sie sich mit jeder Minute wacher und entspannter.

Über die DDR hatte sie viel gelesen und einiges darüber im Radio gehört. Laut dieser Informationsquellen waren die Menschen hier gänzlich unglücklich und von staatlicher Hand in die Irre geführt. Die Damen, die sich freundlich lächelnd in ihre Obhut begaben, wirkten gar nicht so. Die Gespräche waren beinahe dieselben, denen Greta auch in Hamburg lauschte. Kinder und Ehemänner standen ganz weit oben auf der Liste. Sämtliche Frauen arbeiteten zudem. Eine verriet Greta sogar, dass sie eine Ausbildung zur Maschinenbauerin machte, was Greta schwer beeindruckte.

Immer wieder kamen die Gespräche auf Billy Graham zurück. Die einen schwärmten von seiner Ausstrahlung, die anderen waren skeptisch, und eine Dame tat sich besonders damit hervor, die Amerikaner grundsätzlich nicht besonders gut leiden zu können.

«Denen haben wir mit Sicherheit auch die Wetterkapriolen zu verdanken. Dauerregen im Juli, und das bei vierzehn, fünfzehn Grad, das ist doch nicht normal. Klar, dass die Amis behaupten, sie trifft keine Schuld. Meine Meinung: Das mit den Bomben ist wie mit den Kartoffelkäfern. Erst werfen sie sie ab, und dann behaupten sie, sie wüssten von nix.»

«Wer wirft Kartoffelkäfer ab?», fragte Greta, die ihr gerade die Schläfen mit Pfefferminzöl massierte, da sie über häufig wiederkehrende Migräne geklagt hatte.

«Die USA. Über unseren Feldern. Damit die Ernte verdirbt und alle in den Westen rübermachen. Sie heißen ja nicht umsonst Amikäfer. Eine besonders perfide Form der Kriegsführung, wenn Sie mich fragen.»

«Die Rosa phantasiert», schaltete sich die Dame einen Stuhl weiter links ein. «Hör nicht drauf, Mädchen. Das Kind liest zu viel.»

«Das täte dir aber auch gut», bemerkte Erstere kühl. «Wie soll man erfahren, was in der Welt vor sich geht, wenn man die Nase bloß in Illustrierte steckt und darüber liest, welche Creme am besten gegen Falten hilft? Pfff.»

«Ich lese auch gerne Illustrierte», warf Trixie ein. «Ich mag es, mich für ein paar Minuten von allem zu verabschieden, was bedrückend und gemein ist und an dem ich ja doch nichts ändern kann.»

«Sie könnten schon, wenn Sie wollten. Kommen Sie doch zu uns! Hier haben Sie die Möglichkeit, das Land mitzuformen.»

Trixie lächelte und schüttelte den Kopf. «Dann müsste ich ja alles zurücklassen. Das geht leider nicht.»

Als die Dame einsah, dass sie Trixie nicht zum Umzug bewegen konnte, nickte sie und lachte. «Aber vergessen Sie meine Worte nicht. Wenn Sie doch mal mehr Realität und weniger Phantasie möchten, kommen Sie zu uns. Und dann werden Sie schon sehen, wie sich die Angelegenheit mit den Kartoffelkäfern verhält. Die Amis werfen sie über den Feldern ab, und unsere Kinder und Bauern müssen alles wieder aufsammeln. Aber fix sind sie. Und fleißig. Da können sich die im Westen mal eine Scheibe abschneiden.»

«Die Amerikaner», warf eine Frau mit wettergegerbter Haut ein, «kriegen den Hals eben nicht voll. Ich sage nur Korea.»

Greta warf Trixie einen prüfenden Blick zu, doch diese hatte sich wohl in den Kopf gesetzt, diesen Tag in vollen Zügen zu genießen.

«Oder Indochina», redete die Dame weiter. «Wann hören sie bloß auf damit, Krieg zu führen?»

«Wohl erst, wenn niemand mehr an ihm teilnimmt», sagte Rosa, die junge Dame, die Greta behandelte. «Und das ist genau unsere Aufgabe. Unsere Aufgabe nicht als Frauen der DDR oder Frauen der BRD. Nein, aller Frauen. Wir müssen uns zusammentun. Sämtliche Mütter an einem Strang ziehen. Keine lässt mehr ihren Sohn in den Krieg ziehen, nach Indochina nicht und nach Kaschmir nicht und nach Algerien nicht. Und dann können die alten gierigen Herren Staatsoberhäupter selber die Waffen schultern, statt in ihrer warmen Amtsstube zu sitzen. Vielleicht überlegen sie es sich beim nächsten Mal dann zweimal, ob sie wieder so ein Unglück anzetteln, wenn sie nicht mehr die Jungen an die Front schicken können.»

«Hört, hört!», rief eine Frau dazwischen. «Ich bin ganz deiner Meinung.»

«Ich auch», sagte Greta, auch wenn sie die Geschichte mit aus Flugzeugen abgeworfenen Käfern nicht recht glauben mochte.

Alle Frauen, dachte sie, vereint im Willen, die Welt zu verändern. Es war eine schöne Idee, die vielleicht eines Tages Wirklichkeit werden mochte, wenn die Menschheit tatsächlich genug davon hatte, alle paar Jahrzehnte in den Krieg zu ziehen. Und wenn die Frauen das Sagen hätten, hoffte Greta, würden sie auch das Gesetz verändern, das Unverheirateten aus fadenscheinigen Gründen die Kinder wegnahm.

Am Ende des Tages befand sich kaum noch ein Tropfen in Gretas Fläschchen und Cremedosen. Einen Großteil ihrer Tinkturen und Lotionen hatte sie in die Gesichter der Kundinnen einmassiert. Butter- oder Honigreste, vermengt mit kostspieligem Olivenöl, waren fast aufgebraucht. Nur ihre Maske aus Kaffeesatz hatte auf die Damen alles andere als anziehend gewirkt.

«Eine Creme, die aussieht wie ein Batzen Schlamm von der Straße», hatte Greta eine der Frauen flüstern gehört, «bekomme ich auch im HO-Kaufhaus am Alex. Heute hätte ich gern was Feineres.»

Marieke wirkte froh. Der Tag schien nicht nur bei ihren Kundinnen Wunder gewirkt zu haben, sondern auch bei ihr selbst.

«Das sollten wir öfter machen, was meint ihr?», fragte sie.

Greta gähnte. Ihre Augen tränten vor Erschöpfung. Sie wollte nichts als ins Bett plumpsen, die Decke über die Ohren ziehen, und dann: das süße Nichts.

Trixie aber war ganz anderer Meinung. Sie klatschte in die Hände. «Oh ja. Und jetzt feiern wir!»

«Wie bitte? Ich will schlafen!»

«Greta, wir sind in Berlin.» Trixie stützte die Hände in die Seiten und starrte Greta kampflustig an. «Wir können doch nicht wie die Pfadfinderinnen um neun in die Federn hüpfen. Das geht einfach nicht.»

Marieke lehnte sich vor und sah Greta mit blitzenden Augen an. «Also, was bist du: Mädchen oder Maus?»

«Mädchen», murmelte Greta widerstrebend.

«Hurra!», rief Trixie, die über das ganze Gesicht strahlte. «Dann ist es abgemacht!»

Sie versuchten sich nicht zu sehr darum zu scheren, dass der Juliabend eigentlich zu kühl war, um über den Ku'damm zu flanieren, in einer Sitzgruppe Milkshakes mit Vanille- und Erdbeergeschmack zu trinken und den elegant gekleideten Menschen dabei zuzusehen, wie sie mit wehenden Trenchcoats und Röcken vorüberschlenderten.

«Wir bilden uns einfach ein, es ist warm.» Mit großen Augen sah sich Trixie um. «Das ist ja noch mal ein ganz anderer Schnack als zu Hause, was? Man könnte glatt glauben, die sind alle noch von den Filmfestspielen übrig, die waren erst letzten Monat. Gina Lollobrigida hab ich allerdings noch nicht entdeckt. Aber anscheinend laufen die Berliner immer so schick herum.»

Greta nickte. Sie war glücklich und zufrieden, an ihrem Kaffee zu nippen, der hervorragend war. Weit stärker als alles, was sie kannte. Sich auch noch umzusehen war ihr viel zu anstrengend. Lieber hing sie ihren Gedanken nach. Ihr Abschied von Felix war ... nun, komisch ausgefallen, obwohl er ihnen ja die Treppe gebastelt hatte. Zuerst hatte er interessiert zugehört, als sie ihm von der Berlinreise mit der Schnieken Deern erzählt hatte, dann aber war er nach und nach verstummt. Und alle ihre Versuche, wieder zu ihm durchzudringen, waren vergebens gewesen, so als liefe sie unermüdlich gegen dieselbe Wand.

Sie verstand es nicht: Sie verbrachten schließlich auch sonst nicht jeden Abend miteinander, dazu liefen ihre Arbeitszeiten viel zu sehr über Kreuz. Von Mittwoch bis Sonntag schlug sich Felix in der Bar die Nächte um die Ohren. Selbst wenn sie ihn dort besuchte, konnte von trauter Zweisamkeit nicht die Rede sein. So blieben ihnen die Abende am Anfang der Woche, und mal war sie zu müde dafür, mal er. Ihres Wissens hatte Felix das nie als problematisch empfunden. Was machte es also, wenn sie zwei Tage nach Berlin fuhr?

Trixie bestellte ein drittes Milchgetränk, diesmal mit Schokoladengeschmack, was Marieke mit ungläubiger Miene zur Kenntnis nahm.

«Hoffentlich platzt du nicht.»

«Das kann ich nicht versprechen.»

«Das gehört übrigens zu den Dingen, die ich an dir mag,

Trixie: dass du nie über deine, meine oder sonst wessen Figur redest.»

«Ich rede schon darüber, wenn ich arbeite. Ich bemühe mich jedoch, das auf professionelle Weise zu tun. Außerdem bin ich ganz und gar nicht der Meinung, dass nur eine Art von Körper hübsch ist, der also, der gerade in Mode ist. Aber danke für das Kompliment. Das erste, glaube ich, das du mir gemacht hast.»

Marieke kicherte. «Da will man mal nett sein und bekommt gleich eine Husche.»

«Was ist denn eine Husche?», erkundigte sich Greta.

«Eine Ohrfeige. Wie sagt man denn bitte auf Schwedisch dazu?»

Ehe Greta antworten konnte, hüpfte Trixie gedanklich schon weiter. «Wisst ihr, was ich heute erfahren habe? Dass man sich Petticoats ganz leicht selber schneidern kann. Die kosten ja sonst ein Heidengeld. Eine der Damen hat mir verraten, dass sie einfach einen Unterrock aus Leinen oder fester Baumwolle näht, der lässt den oberen Rock bauschig erscheinen. Am besten eignet sich angeblich die sowjetische Flagge dazu.»

«Das ist eine feine Idee», kommentierte Marieke. «Wie wäre es, wenn wir gleich morgen wieder nach Ost-Berlin fahren und dir eine kaufen, die du dann zerschneidest und beim Verlassen der sowjetischen Zone vorzeigst. Ich bin mir sicher, die Herren Grenzsoldaten werden begeistert sein.»

«Ihr beide», sagte Greta und gähnte erneut, auch wenn sie von dem Gedanken, früh schlafen zu gehen, mittlerweile abgekommen war, «benehmt euch wie zwei

Turteltauben, seit ihr eure Freundschaft erneuert habt. Ich bin mir nicht sicher, ob es früher nicht einfacher mit euch war. Auf jeden Fall war es weniger anstrengend. Und ...»

Eine Gruppe Soldaten schlenderte an ihnen vorbei. Die Männer grinsten und tuschelten wie Schulmädchen, was Trixie mit hochgezogenen Augenbrauen zur Kenntnis nahm. Einer der jungen Männer blieb stehen und näherte sich ihrem Tisch.

«Excuse me. May I disturb you for a second?» Er starrte Trixie an, als habe er eine übernatürliche Erscheinung vor sich. «Miss, do we know each other?»

Trixie, die ihn wohl gerade mit einer höflichen Geste bitten wollte, ihr nicht den Blick auf den Boulevard zu versperren, ließ ihre Hand sinken. Sie blinzelte und öffnete den Mund, um etwas zu sagen, tat es aber nicht.

«Äh, was ...», begann Marieke, doch Greta kniff sie in den Unterarm.

«Pst.»

Trixie erhob sich, ganz langsam, aber doch nicht langsam genug, um nicht das Glas mit Schokoladen-Milkshake umzuwerfen, dessen Inhalt in einem langen, zähflüssigen Strom auf das Pflaster troff.

«Ick gloob, ick fress 'n Besen», murmelte Marieke. «Nur um auch mal zu berlinern.»

Trixies Augen begannen zu leuchten. Sie nahm die ausgestreckte Hand des jungen Mannes, der sie zu sich heranzog und sie küsste. Einfach so, mitten auf dem Kurfürstendamm.

Mit einem begeisterten Grinsen wandte sich Marieke

zu Greta. «Jetzt müssen sie nur noch singen und tanzen, dann ist es wie im Kino, was, Marjellchen?»

«Wie heißt er denn nun, dein Soldat?», fragte Marieke, nachdem sie Trixie endlich losgeeist hatten. Das hatte dermaßen viel Überzeugungskraft gekostet, dass jetzt alle erschöpft auf ihren Betten lagen.

«Harris», sagte Trixie mit einem träumerischen Ausdruck in den Augen. «Harris Culpepper.»

Marieke atmete tief ein, wahrscheinlich, um nicht laut loszuprusten. Glücklicherweise war Trixie zu sehr mit sich selbst beschäftigt, um es zu bemerken.

«Harris Culpepper», wiederholte sie und seufzte so sehnsüchtig, dass Marieke Greta grinsend zuzwinkerte.

«Wenn sie den Namen die ganze Nacht wiederholt, muss ich sie leider rausschmeißen, hilfst du mir dabei, Greta?»

Trixie lächelte und sah sich mit einem Blick in dem kleinen Pensionszimmer um, der wild entschlossen schien, alles wunderbar zu finden. Weder das Knarzen der drei Betten, den Schimmel am Fensterrahmen noch das Flackern der nackten Glühbirne an der Decke schien sie wahrzunehmen.

«Und wie geht es nun weiter mit euch?» Marieke warf sich auf ihrem Bett herum, das widerwillig krächzte. «Hast du ihm deine Adresse gegeben? Und ihn gefragt, wieso in aller Welt er sich in West-Berlin aufhält und nicht dort, wo du ihn vermutet hast?»

«*Du* hast ihn woanders vermutet», sagte Trixie, lächelte aber dabei. «Ich habe nie gesagt, dass er in Bremen – geschweige denn in Bremerhaven – stationiert wäre.»

«Auch wahr. Aber was ist jetzt mit euch? Verliebt, verlobt, verheiratet?»

Trixies Wangen nahmen die Farbe reifer Kirschen an. Sie senkte den Blick und zuckte mit den Schultern.

«Ich hab so lange gewartet», sagte sie, «da muss ich jetzt nichts überstürzen. Es ist sowieso ein Wunder, dass wir uns wiederbegegnet sind. Bis vor zwei Wochen war er noch in Milwaukee stationiert. Er ist gerade erst wieder nach Deutschland versetzt worden. Hauptsache, wir haben uns gefunden. Aber natürlich habe ich ihm meine Adresse gegeben, und er wird sich melden, sobald er kann.»

«Dann ist es ja gut», sagte Marieke und kicherte. «Denn ich hab eine herausragende Idee, wie ich dich von jetzt an nenne.»

Trixie guckte vorsorglich böse, während Marieke sich vor Lachen beinahe aus dem Bett kugelte.

«Amikäfer!»

Mit dreißig Stundenkilometern krochen sie auf das Schild mit dem Hinweis *Halt, hier Zonengrenze!* zu. Greta schlug das Herz bis zum Hals, sie fragte sich allerdings, wieso sie heute viel nervöser war als bei der Herfahrt. Nun, deshalb: Zwei Tage zuvor waren sie bloß Gefahr gelaufen, nicht in die DDR hineingelassen zu werden. Was aber, wenn sie nicht herausgelassen wurden?

«Gibt es irgendetwas, das ihr auf unserer Herfahrt noch nicht hattet?», fragte sie mit vor Nervosität rauer Stimme.

«Nö, eigentlich nicht. Bis auf die Sowjetflagge», schob Trixie nachdenklich hinterher.

Mit tellergroß aufgerissenen Augen wandte sich Greta ihr zu. «Du hast das echt gemacht? Du hast wirklich eine gekauft und zerschnitten und ... mitgenommen?»

Da Trixie nichts sagte, sondern neben Marieke zu schrumpfen schien, setzte Greta hektisch den Blinker, fand aber keine Einbuchtung in der schnurgeraden Straße.

«Wir müssen anhalten, verflixt noch mal, wir müssen anhalten.»

Es war verboten, rechts ranzufahren. Die Friedrichshainer Kundinnen hatten ihnen erklärt, dass die DDR-Obrigkeiten etwaige Freundschaftsanbahnungen auf der Transitstrecke auf diese Weise unterbinden wollten. Als gäbe es hier abgesehen von Grenzzäunen, Laternen und Strommasten unter einem weiten, dunkelgrauen Himmel irgendetwas, mit dem man sich anfreunden könnte.

Greta fuhr noch langsamer, sodass der Wagen kaum mehr vorankam, und hörte Marieke leise prusten.

«Was ist so lustig?»

«Mensch, Marjellchen, sie nimmt dich doch nur auf den Arm. Sag es ihr, Trixie, sonst fällt Greta noch in Ohnmacht, und der Wagen rollt in den Graben.»

«Entschuldige», sagte Trixie lachend. «Das musste ich einfach sagen.»

Greta, der vor Aufregung ganz heiß geworden war, kurbelte das Fenster herunter und versetzte Trixie einen spielerischen Klaps. Doch sie musste selbst lachen.

«Grund zur Fröhlichkeit?», fragte steif ein Grenzsoldat, der wie aus dem Nichts plötzlich neben ihrem Wagen aufgetaucht war.

Alle drei setzten sich kerzengerade hin.

«Nein», sagte Greta, die den Wagen abrupt zum Halten gebracht hatte. Inständig hoffte sie, ihre Hand zitterte nicht zu sehr, als sie die Papiere nach draußen reichte.

Der Soldat betrachtete sie ausgiebig, blätterte vor, blätterte zurück und verschwand schließlich im Innern eines Kabuffs, das Greta zuvor gar nicht bemerkt hatte.

«Was macht er jetzt?»

«Er stempelt sie bestimmt», sagte Marieke.

«Oder er beschließt, dass wir nicht weiterdürfen.»

Streng sah Marieke sie an. «Marjellchen, mir war es ernst damit, dass ich keine Angst mehr haben will, und auch wenn ich dich gar nicht so eingeschätzt hätte, muss ich dir doch anraten: Versuch es auch. Jetzt gleich. Wir werden hier schon nicht festgehalten. Wir haben nix getan, außer nach Berlin zu fahren und Frauen zu frisieren.»

«Aber was, wenn sie denken, wir hätten sie von westdeutschen Ideen zu überzeugen versucht?»

«Dann sag ich ihnen die Wahrheit, dass umgekehrt ein Schuh draus wird, und jetzt tu bitte, als wäre dir das alles hier wumpe, er kommt nämlich zurück.»

Greta wagte es kaum, den Soldaten anzusehen. Er war ein paar Schritte vor dem Lastwagen stehen geblieben und betrachtete missbilligend die rote Karosserie mit den weißen Punkten. Doch dann gab er ihnen ihre Pässe zurück und sagte: «Weiter.»

«Greta, du kannst fahren», flüsterte Marieke.

«Wirklich?»

Der Soldat nickte zwar nicht, aber er schüttelte auch nicht den Kopf. Also drehte sie den Schlüssel im Zündschloss, der Motor hustete und strotzte, sie stellte den Fuß auf das Gaspedal, wartete, ob der Mann Halt rufen oder die Waffe zücken würde, und dann fuhr sie los.

Greta freute sich darauf, die Schnieke Deern wieder auf Alfreds Hof zu parken, auf die vertrauten Gesichter ihrer Kundinnen und Nachbarn, vor allem aber auf Felix. Und doch packte sie ein Hauch Wehmut, als sie ein Schild am Straßenrand darauf hinwies, dass sie bald die Hansestadt erreichen würden.

Berlin hatte sich wie ein Kurzurlaub angefühlt, eine Stadt, die ganz anders war und doch vertraut. Besonders die Friedrichshainer Frauen waren ihr ans Herz gewachsen. Ob sie im nächsten Sommer ein weiteres Mal dorthinfahren könnten?

Als der Wagen eine gute Stunde später auf die Nissenhütten zuschlich, stieß Marieke einen tiefen Seufzer aus. Es hörte sich an, als habe sie längere Zeit nicht geatmet.

«Nun denn», murmelte sie, nachdem der Lastwagen zum Stehen gekommen war. «Bis morgen.»

«Soll ich mit reinkommen?»

Dankbar sah Marieke auf. «Macht es dir nichts aus? Du bist doch sicher sterbensmüde.»

«Ich bin hellwach, siehst du das nicht?» Greta riss die Augen auf, die sicher dennoch die Größe von Stecknadelköpfen hatten. «Na, komm. Trixie ist sowieso schon eingeschlafen und träumt von ihrem Harris.»

Als sie sich der unbeleuchteten Nissenhütte näherten, verlangsamte Marieke ihre Schritte.

«Ist Bertram da?», fragte Greta.

Marieke schüttelte den Kopf. «Wo denkst du hin? Wir sind doch noch nicht verheiratet.»

«Möchtest du nicht reingehen?»

«Ich weiß nicht, Marjellchen, ich hab so ein ungutes Gefühl.»

Greta fasste sie beim Ellbogen. «Wir sehen zusammen nach, ob du Post hast.»

Widerstandslos ließ sich Marieke ins Innere bugsieren. Dort sah sie sich mit ängstlicher Miene um.

«Nichts», sagte sie schließlich leise, nachdem sie auf und in der Truhe nachgesehen hatte und sowohl auf dem Küchentisch als auch dem kleinen Regal.

«Weißt du, immer wenn ich hier stehe, denke ich daran, dass ich dir irgendwann einmal Klöpse kochen will. Weil du doch, als wir uns noch kaum kannten, wie ein kleiner Tropf hier standst und nicht ein noch aus wusstest vor lauter Trauer über diese Begegnung in der Roonstraße.»

«Das weißt du noch?»

«Natürlich weiß ich das noch, Marjellchen. Aber Klöpse hab ich dir immer noch keine gekocht, obwohl wir doch jetzt geradezu vermögend sind.»

Greta lächelte. Marieke wirkte mit einem Mal regelrecht aufgekratzt. Wohl, weil kein Brief gleichbedeutend mit keiner Absage war. Weil noch Hoffnung blieb.

Hinter dem Vorhang erklang ein Rumpeln, und Waltraut steckte den Kopf hindurch. Sie machte eine Geste und verschwand.

«Ich glaube, ich kann sie verstehen», sagte Greta stolz. «Die Art, wie sie die Finger hebt, ob nur einer oder zwei, das ist ein Zeichen, oder?»

«Bestimmt», sagte Marieke immer noch vor Erleichterung grinsend. «Allerdings muss ich gestehen, dass ich diese Zeichensprache nicht kapiere. Umso besser, dass du sie verstehst, dann darfst du ab jetzt übersetzen.»

«Wie unterhältst du dich dann mit ihr?»

Marieke legte den Kopf schief. «Wenn Waltraut und ich zusammen sind, unterhalten wir uns nicht. Es reicht, uns anzugucken. Ich hab das Gefühl, sie kann in mir lesen. Und ich ... Na ja, meistens verstehe ich wohl schon, was sie meint oder was sie braucht. Und falls nicht: Sie kann schreiben, und ich kann lesen. Das hilft.»

Wieder wurde der Vorhang zur Seite geschoben, und Waltraut trat ein, die Hand erhoben, in der sie einen mattgrauen Briefumschlag hielt.

Alle Farbe wich aus Mariekes Gesicht.

«Soll ich ihn für dich öffnen?», fragte Greta.

Marieke schüttelte den Kopf. Waltraut war vor ihr stehen geblieben, dicht genug, schien es Greta, um Marieke aufzufangen, falls ihr die Beine nachgaben. In dem kleinen, klammen Raum schien es noch dunkler zu werden.

Von der Tür ertönten Schritte, dann ein Klopfen. Als Greta öffnete, stolperte Trixie herein. Sie kniff die Augen zusammen, sah zu Greta und formte mit den Lippen ein Wort.

Post?

Greta nickte.

Mit zitternden Fingern riss Marieke den Umschlag auf, holte den Brief heraus, faltete ihn jedoch nicht auseinander.

«Lies du ihn doch, Marjellchen», wisperte sie kaum hörbar.

Greta nahm das Papier entgegen und überflog das in zähem Amtsdeutsch formulierte Schreiben, das keinen anderen Schluss zuließ.

«Du bekommst Franz wieder! Nach der Hochzeit dürft ihr ihn abholen.»

Mariekes Knie knickten weg. Waltraut fing sie auf und geleitete sie zum Stuhl.

«Ich bekomme ihn wieder?», fragte Marieke mit wackliger Stimme. «Bist du dir auch sicher, Greta? Steht da nicht etwas anderes?»

Greta schüttelte den Kopf. Waltraut, die gerade noch ein stummes Stoßgebet zum Himmel geschickt hatte, lief wankend in ihre Wohnung zurück und kehrte wenig später mit vier milchigen Gläsern zurück und einer Flasche, in der sich nur noch fingerhoch Flüssigkeit befand.

Mit einem zufriedenen Nicken schenkte sie ein. Stumm hielten sie ihre Gläser in die Höhe und kippten hinunter, was wie eine Mischung aus Benzin und Holunderlimonade schmeckte. Gretas Augen begannen zu tränen. Auch Trixie wirkte, als habe sie jemand von innen angezündet. Nur Marieke schien gänzlich unbeeindruckt von dem hochprozentigen Tropfen. Sie ging zur Truhe, fischte etwas heraus und überreichte es Greta.

Erstaunt sah sie auf eine kleine, hölzerne Kiste hinab.

«Es gibt sie wirklich, die blaue Schatulle, von der ich gesprochen habe», sagte Marieke mit einem unsicheren Lächeln. «Ich habe alles hineingelegt, meine Sorgen und meine Liebe zu ihm und ...» Sie konnte nicht weitersprechen.

Greta senkte den Blick auf das Kästchen hinab. Es wirkte wie in aller Hast zusammengezimmert, fünf dünne Spanbrettchen nur, mit rostigen Nägeln aneinandergefügt, und einem Deckel, der mit einem krakeligen Herz bemalt war.

«Soll ich es aufmachen?», fragte Greta. «Darf jetzt alles hinaus?»

Marieke nickte.

16

Hamburg, 27. Juli 1954

Manchmal glaube ich, dass doch nicht alles zur Hölle geht, sondern zum Guten kommt. Oder jedenfalls eine Menge. Dann hätte Annie unrecht gehabt mit ihrem Motto.» Greta hatte den letzten Satz geflüstert, weil sie Felix' Miene derart verunsicherte.

Seit sie sich vor einer halben Stunde am Neuen Pferdemarkt getroffen hatten, zog er dieses Gesicht: mürrisch und zugeknöpft. Als wenn er sich nicht das kleinste bisschen freute, dass sie aus Berlin zurück war.

«War viel los im Barett?», versuchte sie es erneut. «Hattest du ein anstrengendes Wochenende?»

«Nicht besonders», gab er zurück.

«Meines war schön. Du wirst es nicht glauben, aber Trixie hat ihren Soldaten wiedergefunden. Er ist einfach so auf dem Ku'damm auf sie zuspaziert.»

Felix nickte, zeigte aber sonst keinerlei Regung. Langsam wurde sie ungehalten. Voller Vorfreude hatte sie heute früher Schluss gemacht und war hergeeilt, um ihm von Berlin zu berichten. Und um ihn zu küssen und seine Hand zu halten und ...

Doch offenbar war Felix nicht danach, Zärtlichkeiten

auszutauschen. Seine Hand steckte in seiner Hosentasche, beim Gehen streifte sein Ellbogen nur hin und wieder ihren, während er die meiste Zeit einen Abstand von sicher einem halben Meter wahrte.

«Er heißt Harris», fuhr Greta weniger fröhlich fort. «Und er hat sie auch gesucht, aber, wenig verwunderlich, nicht gefunden. Sie haben sich versprochen, sich wöchentlich zu schreiben. Jetzt überlegt sich Trixie schon für die nächsten Monate jedes einzelne Wort, weil sie schreckliche Angst hat, sich auf Englisch falsch auszudrücken. Sie will Nachhilfe bei Cyril nehmen, das finde ich sehr schlau. Aber was noch schöner ist, Felix ...»

Sie hatten Planten un Blomen erreicht, wo sich kreischende Kinder mit Wasser nass spritzten und verzweifelte Mütter das zu unterbinden versuchten.

«Noch schöner ist es, dass Franz endlich nach Hause darf.»

Felix blieb stehen, und ein Lächeln glitt über sein Gesicht. «Das ist wirklich schön.»

Erleichtert starrte sie ihn an. Doch er wurde schlagartig wieder ernst und lief so rasch weiter, dass sie Mühe hatte, ihm zu folgen.

«Habe ich etwas getan, was ich nicht hätte tun sollen?», fragte sie nach einer Weile. «Habe ich etwas Dummes gesagt?»

Er schüttelte den Kopf. Verstockt wirkte er. So hatte sie ihn noch nie gesehen.

«Aber was ist denn dann passiert? Magst du mich nicht mehr?»

«Doch», murmelte er. «Doch, das tue ich noch.»

«Ja, aber was ist denn dann?»

Er blieb stehen und schoss zu ihr herum. Sein Gesicht leuchtete vor Zorn. «Ich frage mich manchmal, ob *du* mich noch magst. In deinen Plänen scheine ich jedenfalls keine große Rolle zu spielen. Brauchst du überhaupt einen Mann an deiner Seite, wenn du doch alles alleine machst? Du bist einfach weggefahren, Greta. Nach Berlin, wo weiß Gott was hätte passieren können.»

«Ich bin doch auch einfach nach Hadamar gefahren.»

«Da bin ich mitgekommen, falls du das vergessen hast.»

Ruhig bleiben, ermahnte sie sich. Nicht explodieren, auch wenn es in ihr zu brodeln begonnen hatte.

«Falls *du* das vergessen hast», sagte sie, «wollte ich durchaus allein fahren, ich bin damals gar nicht auf die Idee gekommen, dich um deine Begleitung zu bitten.»

«Und genau das meine ich!», fiel er ihr ins Wort. «Du kommst nicht mal auf die Idee.»

«Auf welche denn, verflixt noch mal?»

«Auf die Idee, dass ich dein Freund bin. Dein ... Mann, wenn man es so will. Ein Mann beschützt seine Frau. Ein Mann läuft am Straßenrand und die Frau neben ihm, damit ihr der Dreck nicht auf die Kleidung spritzt, wenn die Autos vorbeifahren. Und wenn ein Wagen ausschert oder der Fahrer die Kontrolle verliert, dann wirft sich der Mann davor, um ...»

Mit wachsendem Missmut unterbrach sie ihn. «Ich möchte nicht, dass du dich für mich in den Verkehr wirfst.»

«Wieso denn nicht? Ich möchte dich beschützen dürfen, auch wenn ich verdammt noch mal nur eine Hand habe. Ich möchte für meine Frau sorgen. Ich möchte mich als Mann fühlen, Greta, nicht als lästiges Anhängsel, das ungefragt zu dir in den Zug steigt.»

«Du bist nie ein lästiges Anhängsel für mich gewesen!»

«Ja, aber wieso fühle ich mich dann wie eines?»

Die Kinder in ihrer näheren Umgebung hatten zu kreischen aufgehört und starrten sie gebannt an. Ihre Mütter versuchten, nicht ganz so neugierig zu wirken, konnten aber kaum verhehlen, dass ihre Ohren die Größe amerikanischer Wolkenkratzer angenommen hatten.

Der Himmel erschien Greta mit einem Mal erschreckend grau. In Felix' Augen war bloß noch Kälte. Trauer vielleicht noch. Aber hauptsächlich Kälte.

Sie biss die Zähne zusammen. «Sollen wir Riesenrad fahren?»

Ihr Vorschlag hatte pampig geklungen, aber immerhin blitzte nun noch etwas anderes als bloß Kälte in seinen Augen auf.

«Ich dachte, du bist nicht schwindelfrei», sagte er überrascht.

«Wie kommst du denn darauf?» Na ja, ganz einfach: Sie hatte ihm davon erzählt. Sie war wirklich nicht schwindelfrei. Als Kind hatte sie sich nicht einmal auf Sauerkirschbäume zu klettern getraut, und die wuchsen meist ja nicht einmal zwei Meter hoch. Aber jetzt hatte sie es gesagt, also würde sie Riesenrad fahren. Vielleicht würde er sich dort oben daran erinnern, was für ein tolles Paar sie waren und keines, in dem der eine dem anderen etwas neidete.

«Du willst wirklich?», fragte er.

«Ja.»

Tatsächlich bereute sie ihren Vorschlag mit jedem Meter mehr, den sie sich dem Heiligengeistfeld näherten. An diesem Dienstagnachmittag hatte halb Hamburg die Idee gehabt, den Sommerdom zu besuchen. Scharen von Kindern und ihren Eltern drängten sich zwischen den Buden mit Teppichklopfern und Topfdeckeln, Zuckerwatte, Liebesäpfeln und Losen. In einem nachthimmelblauen Verschlag wurde der Blick in die Zukunft feilgeboten. Vielleicht hätte sie lieber vorschlagen sollen, dort hineinzugehen, statt sich in luftige Höhen schaukeln zu lassen.

Er besorgte die Karten, während sie nicht daran zu denken versuchte, dass es das eine war, von einer Bank auf Södermalm einen kleinen Abhang hinunter zum Wasser zu blicken, und das andere, ohne festen Boden unter den Füßen in einer schaukelnden Gondel zu hocken, die höher und höher stieg.

Aber so schlimm konnte es nicht sein. Die Kinder standen dicht an dicht in der Schlange vor dem Riesenrad. Wenn sie keine Angst hatten, wieso sollte dann Greta welche haben?

Mit seiner schlaksigen Gestalt überragte Felix die anderen Männer vor der Kasse um mindestens einen Kopf. Sein Anblick lenkte sie von ihrem Unmut ab. Es gefiel ihr, dass er immer den Überblick behalten konnte, und ihr gefiel auch, dass er nicht wie viele andere große Männer den Kopf einzog, um sich kleiner zu machen. Selbst auf diese Entfernung konnte sie das Grün seiner Augen erkennen, das durch seinen sonnengebräunten Teint noch heller wirkte und strahlender.

Die Fahrt mit dem Riesenrad war doch eine gute Idee, beschloss sie. Denn was auch immer ihn belastet hatte, als sie kurz darauf in die Gondel stiegen, wirkte Felix viel gelöster.

«In Berlin habe ich auch eine Kirmes gesehen. Mit einem Riesenrad, das so groß war, dass mir schon beim Hingucken anders wurde», rutschte ihr heraus. Gleich biss sie sich auf die Zunge.

Tatsächlich verdüsterte sich Felix' Gesicht schlagartig wieder. Nahm er es ihr übel, dass ihr Berlin gefallen hatte? Aber wieso, was hatte das mit ihm zu tun?

Es dauerte, bis sämtliche Gondeln gefüllt waren, was Greta nur zupasskam, denn bislang drehte sich das Rad gar nicht richtig, sondern hoppelte eher stückchenweise in die Höhe.

Die Weite, die sich vor ihnen ausbreitete, hatte etwas Beruhigendes. In der Ferne mäanderte die Elbe am milchig blauen Horizont. Unter ihnen schaukelte die Stadt mit ihren Dächern, Straßen und Menschen, mit ihren Schicksalen, fröhlichen wie traurigen.

«Geht es?»

Greta nickte. Sie würde nicht so weit gehen, sich vorzubeugen, um hinabzusehen, aber bisher war alles in bester Ordnung.

Der Flakturm, der in den Kriegsjahren eilig hochgezogen worden war, wirkte von oben gesehen beinahe filigran. Jetzt war ein Theater darin untergebracht. Eine Dekade zuvor hatten sich in den Bombennächten Hunderte Menschen dorthinein geflüchtet. Auch Felix musste darunter gewesen sein, er wohnte ja nur ein paar Straßen entfernt von hier in einem der Häuserblocks im Karolinenviertel.

Ein leichter Wind kam auf und ließ die Gondel schaukeln. Greta spürte, wie alles Blut in ihre Füße sackte. Sie blinzelte und legte sich eine Hand auf die Brust. Mit einem Mal fiel ihr das Atmen schwer.

«Greta», sagte Felix wie aus weiter Ferne.

Sie hörte sich selbst wimmern.

«Greta!»

Schweiß brach ihr aus, ihr Herz wummerte nur so, und sie hatte das Gefühl, als sei sie kurz davor zu sterben. Sie fühlte sich entsetzlich allein. Als gebe es nur sie und das Weltall, das eiskalt und düster war, bloß Schwärze und Kälte, keine Sonne, kein Stern, gar nichts.

«Greta!»

Verzweifelt versuchte sie, wieder zu Atem zu kommen.

«Greta, was ist denn?»

Statt einer Antwort schüttelte sie nur den Kopf. Sie war so voll Trauer und wusste nicht, wohin damit.

«Das war alles? Danach habt ihr nicht mehr darüber gesprochen?»

Mitfühlend starrte Trixie sie über den Klapptisch in ihrem Salon hinweg an.

Greta nickte und hatte Mühe, ihre Tränen wegzublinzeln. «Ich hatte auf dem Riesenrad einen Schwindelanfall und konnte noch gar nicht wieder klar denken. Wir haben uns im Anschluss eine Weile auf eine Bank gesetzt, und dann haben wir Lebewohl gesagt.»

Trixie stützte den Kopf in die Hand. «Greta», sagte sie

nach einer Weile, «egal, was Felix tut oder Blödes sagt, ich bin mir sicher, dass er dich liebt.»

Greta sagte nichts darauf. Was sollte sie auch erwidern? Sie hatte sich von ihm geliebt gefühlt, vorher jedenfalls. Aber diese Kälte in seinem Blick, als sie ihm von Berlin erzählt hatte ... Und dann die Schwärze und der Schwindel ...

«Man sieht es ihm doch an, dass ...», fuhr Trixie fort, wurde aber von Rita unterbrochen, die in den Wagen kletterte.

«Was sieht man wem an?»

Trixie sah Greta fragend an. Die zuckte mit den Schultern und schloss müde die Augen. Sollten es doch nur alle hören. Selbst Renate hatte Greta tröstend die Hand gedrückt, obwohl sie sicher nicht wusste, wer Felix war.

«Felix hat sich wie ein Hornochse verhalten, nur weil sie nach Berlin gefahren ist und er nicht mitdurfte, um sie zu beschützen.»

«Vor wem denn? Den Sowjets?»

«Das weiß der Himmel allein», gab Trixie zurück.

«Guten Tag zusammen», rief Elfriede und blickte, nachdem sie die Tür des Salons hinter sich geschlossen hatte, erst fröhlich, dann mit gerunzelter Stirn in die Runde. «Was ist denn hier los?»

«Felix hat sich wie ein dummer Schuljunge benommen», sagte Rita düster. «Und nun sieh dir Greta an. Was wollen die Kerle bloß immer, dass sie einem ständig das Leben schwermachen müssen? Ohne sie wären wir besser dran.»

«Also, über meinen Alfred bin ich schon froh», sagte

Elfriede mitfühlend, «aber grundsätzlich hast du natürlich recht.» Nachdenklich sah sie auf Greta. «Liebes, du solltest dir davon nicht die Stimmung verhageln lassen. Ich wette, dein Felix steht schon heute Abend mit einem Blumenstrauß vor deiner Tür.»

«Glaubst du?», fragte Greta. Sie konnte sich das nicht vorstellen. Im Moment wusste sie auch gar nicht, ob sie das wollte. Obwohl der Tag recht warm war, zog sie die Schultern hoch, als würde sie frösteln.

«Was macht ihr denn für Gesichter?», fragte Marieke, die mit wehenden Rockschößen ankam und sich außer Atem in ihren Frisierstuhl fallen ließ. «Ist was passiert?»

Trixie, Rita und Elfriede setzten sie, sich gegenseitig unterbrechend, ins Bild. Greta empfand Dankbarkeit dafür, dass Marieke nichts sagte, sondern nur wieder aufstand, zu ihr trat und ihr über die Wange strich.

«Ich denke, er fühlt sich in seiner Männerehre angegriffen», überlegte Elfriede laut. «Wir wissen doch alle, wie schwierig es den Herren fällt, damit klarzukommen, dass wir ein paar Jahre auch ohne sie ganz gut über die Runden gekommen sind.»

Rita stieß einen undefinierbaren Laut aus und nickte düster.

«Du bist zu selbstsicher für ihn», bekräftigte Elfriede. «Herrgott im Himmel, du fährst ja sogar einen Lastwagen!»

«Was ist so schlimm daran?»

«Nichts. Außer vielleicht, und ich stelle nur Vermutungen an, dass er es nicht kann.»

Verdattert starrte Greta sie an. Darüber hatte sie noch

nicht nachgedacht. Aber sie wollte es auch gar nicht. Männer, die auf der Straßenseite neben ihren Freundinnen hereilten, um sie vor Pfützenwasser oder Auffahrunfällen zu beschützen, kamen ihr reichlich antiquiert vor. So eine Beziehung war nicht nach ihrem Geschmack.

«Du hast darüber hinaus aber auch noch ein eigenes Geschäft», fuhr Elfriede in ihren Überlegungen fort. «Eines, das du dir zusammen mit deinen Freundinnen selbst aufgebaut hast. Er hingegen arbeitet nachts in einer Bar. Ich habe nichts gegen eine solche Arbeit einzuwenden. Aber so ist es doch: Du bist erfolgreicher als er, Greta. Ich könnte mir sogar vorstellen, dass du mehr verdienst.»

«Tust du das?», fragte Trixie mit gerunzelter Stirn. «Und glaubt ihr, Männer mögen das nicht?»

«Was?», fragte Marieke. «Dass die Gattin mehr verdient als der Mann? Darauf kannst du dich verlassen!»

«Oje», murmelte Trixie. «Was wohl ein Soldat der amerikanischen Armee verdient?» Da sie darauf keine Antwort erhielt, wandte sie sich an Elfriede. «Was sagt denn Alfred dazu, Elfriede, dass du im Alsterhaus arbeitest? Verdienst du mehr als er?»

«Ha, Gott bewahre! Nein. Aber er findet es prächtig. Immer feine Lebensmittel für wenig Geld, und ich jammere ihm zu Hause nicht die Ohren voll. Was in aller Welt sollte er dagegen einzuwenden haben?»

Rita, die sicher wehmütig an ihre Arbeit bei der Straßenbahn dachte, bemühte sich, nicht zu geknickt dreinzuschauen.

Elfriede klatschte in die Hände. «Da fällt mir ein: Eine

Kollegin von mir hat sich jüngst mit ihrer Jugendliebe verlobt und wird bald pausieren. Könntest du dir vorstellen, Greta, dass Felix im Spirituosenverkauf arbeiten möchte? Das Alsterhaus zahlt gut!»

«Es ist lieb, dass du fragst, aber ich glaube, Felix ist zufrieden dort, wo er ist.» Das glaubte Greta nicht nur, sie wusste es. Abgesehen davon, dass er in der momentanen Situation bestimmt kein Interesse daran hatte, sich von seiner Freundin eine Stelle vermitteln zu lassen, hatte Felix ihr einmal davon berichtet, was er an der Arbeit in der Bar so liebte: Von Beginn an hatte sich niemand an der Tatsache gestört, dass er ein einarmiger Barmann war. Das mochte daran liegen, dass der Club vormalig hauptsächlich von britischen Soldaten besucht worden war, von denen sicher eine nicht unerhebliche Anzahl eine Verwundung mit sich herumtrug. Vielleicht achteten die Menschen, die nachts Amüsement suchten, aber auch weniger streng darauf, ob ein Mensch ihrer Meinung nach komplett war.

«Um das Ganze zu einer Art Abschluss zu bringen», sagte Rita, «kannst du über jeden Kerl, der nicht in deiner Nähe ist, froh sein. Und ich hätte eine Straßenbahn heiraten sollen. Die sind leise und hübsch, und die Menschen freuen sich, wenn man damit um die Ecke biegt. Bei Heinrich am Arm hingegen ...»

«Linn», unterbrach sie Renate und erhob sich. «Linn!»

Sie blieb so dicht vor Greta stehen, dass der Veilchenduft, der ihrer Kleidung stets anheftete, in Gretas Nase strömte.

«Ich will es dir jetzt zurückgeben, meine Liebe.» Renate griff nach ihrer Handtasche, die auf dem roten Polster der Sitzbank lag. «Ich glaube, nun ist der richtige Zeitpunkt.»

Verwundert sah Greta sie an. Auch Trixie schien nicht zu wissen, wovon ihre Mutter sprach, während Marieke, Rita und Elfriede besorgte Blicke wechselten.

«Das hast du mir doch zum Verwahren gegeben, weißt du nicht mehr?»

Unschlüssig blickte Greta auf das abgegriffene Büchlein, das Renate ihr hinhielt. Sein roter Ledereinband war fleckig.

«Möchtest du es denn nicht mehr zurückhaben?»

«Doch.» Greta nahm das Buch entgegen und schlug es auf. Als sie die Schrift ihrer Mutter erkannte, machte ihr Herz einen Satz. Eine Handvoll Worte, mit kringeligen i-Tüpfelchen versehen und dem Buchstaben A, der bei Linn einem Herzen glich. Und da waren Fotos, viele Fotos. Von ihr als Kind. Zum ersten Mal sah sie ein Bild von sich als Baby. Sie war ja kugelrund gewesen! In ihrem Gesicht war alles schon angelegt: dieselben Augen, derselbe Mund, auf sehr kleinem Raum versammelt.

Trixie trat neben sie und spähte auf das Büchlein hinunter. Als sie erkannte, dass es sich um ein Fotoalbum handelte, riss sie den Kopf hoch.

«Mama, wo hast du das gefunden?»

«Aber ich habe es doch immer bei mir getragen», sagte Renate und lächelte stolz. «Ich habe es immer dabeigehabt, so wie du es mir gesagt hast, Linn.»

«Entschuldige!», flüsterte Trixie Greta erschrocken ins Ohr. «Hätte ich das gewusst ...»

Wie gebannt starrte Greta auf die Fotografien. Sie sah sich an der Hand ihrer Mutter durch einen Park taumeln, so wirkte es jedenfalls, da ihre Beine derart krumm waren, dass ein Fußball dazwischen gepasst hätte. Sie sah sich, wie sie vor Stolz glühend einen Kranz aus Gänseblümchen hochhielt. Und wie ihre Mutter ihr Gesicht mit zwei Händen umfasste und sie zärtlich anblickte.

«Ich bin gleich wieder da», sagte sie in die Runde und stürzte, ohne jemanden anzusehen, hinaus. Im Hof, der still dalag, suchte sie sich ein ungestörtes Eckchen.

Das Buch, das ihr Renate gegeben hatte, war nur zu einem Drittel gefüllt. Das letzte Foto war mit «Dachsteinmassiv» überschrieben. Greta war darauf zu sehen, hinter ihr erhoben sich Gebirgskanten in den Himmel. Damals musste sie sechs, vielleicht sieben Jahre alt gewesen sein. Sie trug Affenschaukeln und steckte in einem Faltenrock und einem kurzärmligen Hemd. Ihr Gesichtsausdruck wirkte fröhlich und unbeschwert.

An einen Urlaub in den Bergen hatte Greta keinerlei Erinnerung. Oder doch? Da war dieser See am Rand der Berge, in dem sie mit ihrer Mutter geschwommen waren. Sie waren untergetaucht und hatten geschrien, so laut und unhörbar sie konnten ...

Danach gab es nur noch leere Seiten. Enttäuschung überschwemmte sie. Als sie das Buch umdrehte, um es von vorn durchzublättern, ertastete sie etwas in der Tasche des ledernen Schutzumschlags. Sie holte ein Papier hervor, mehrfach gefaltet und fein liniert. Es war mit einem Datum versehen. Jenem, an dem Annie und sie nach Stockholm gereist waren.

8. Juni 1939

Liebste Greta,
Hüterin meines Herzens und Kind voller Wunder,
heute habe ich dich am Bahnhof gesehen. Da hast du neben deiner Großmutter gesessen, in deinen weißen Kniestrümpfen und dem blauen Faltenrock, ein kleiner Mensch, der in die weite Welt zieht. Ich brachte es nicht über mich, aus der Menge herauszutreten, um dir Lebewohl zu sagen.

Ich sah dich den Koffer umklammern. Ich sah dich einsteigen. Ich sah, wie du immer wieder den Kopf wandtest, um mich zu finden. Und ich blieb, wo ich war.

Ich weiß, dass ich nicht darauf hoffen kann, dass du meine Beweggründe je nachvollziehen wirst. Aber vielleicht hast du eines Tages selbst ein Kind. Vielleicht wirst du, so wie ich, zu der Einsicht kommen, dass man niemals genügen kann. Ich wünsche mir inständig, dass du dann mehr Kraft aufwenden kannst als ich und mehr Mut zeigst.

Meine liebste Greta, ich hätte dich nicht abreisen lassen, wenn ich nicht hoffen würde, dass es das Beste für dich ist. Das Leben hat mir gezeigt, dass ich eine miserable Mutter bin. Es waren kleine Augenblicke zunächst, Nachlässigkeiten, die es für mich klarer und klarer machten. Und dann passierte etwas Unverzeihliches, das mir mein Versagen eindeutig vor Augen führte. Ich habe dich am Dachsteinmassiv vergessen. Ich habe Enziane gesucht und sie gefunden. Und etwas an diesen hübschen blauen Blüten hat mich derart gefangengenommen, dass ich zurück zu unserer Pension lief, um sie in Wasser zu stellen. Dort empfing mich Mutter mit den Worten: «Und wo ist Greta?»

Ich sah mich um.

Greta?

Für einen winzig kurzen Augenblick wusste ich nicht, wovon sie sprach. Ich wusste, wer du bist, ich hatte nicht deine Existenz vergessen. Aber ich hatte vergessen, dass du bei mir gewesen warst, ich hatte vergessen, dass ich für dich verantwortlich war, ich hatte Enziane gepflückt, und sie waren mir wichtiger erschienen als du.

Du hattest dich am Wegrand zusammengekauert, auf der anderen Seite ging es steil ins Tal hinab. Hinter einem Stein hast du gesessen, der die Form eines Kiesels hatte, wenn er auch weit größer war. Da hocktest du und weintest, als wir dich endlich fanden.

Die Leute sagen, etwas stimme nicht mit mir. In diesem Augenblick wusste ich, dass sie recht haben. Wenn etwas nicht heil ist, muss es repariert werden. Und um das tun zu können, habe ich dich gehen lassen.

Wenn wir einander eines Tages wieder gegenübersitzen, wirst du hoffentlich erkennen, wie leid es mir tut. Wie unendlich es schmerzt. Wie sehr ich dich liebe. Dann werde ich meine Hand ausstrecken und abwarten, ob du sie nimmst.

Deine Mama

Gretas Hände zitterten so sehr, dass sie den Brief nur mit Mühe wieder zusammenfalten konnte. Sie schloss die Augen und versuchte, nicht zu weinen, doch eine so große Trauer überkam sie, dass sie kaum gegen die Schluchzer ankam.

Lag darin ihr Schmerz begründet? Allein gelassen irgendwo in den Bergen zu sitzen. Diese Einsamkeit ... Die

Angst ... Die Dunkelheit, obwohl es sicher taghell gewesen war, doch wenn es im Innern stockfinster war, konnte dagegen auch keine Sonne etwas ausrichten.

Etwas regte sich in ihrem Herzen. Erstaunt darüber, dass wohl auch dort Erinnerungen aufbewahrt wurden, sah sie das Panorama vor sich, überwältigend war es und einschüchternd. Sie kam sich klein vor, so klein. Ein Insekt krabbelte über ihre Socken, ein Käfer, dessen Panzer in lichtem Grau glänzte. Sie streckte die Hand danach aus und nahm ihn. Seine kaum spürbaren Bewegungen auf ihrer Haut wirkten tröstlich. Das Gesicht ihrer Großmutter tauchte auf, hinter ihr lief Linn. Beide sahen wütend aus, aufgebracht. Unverwandt sah ihre Mutter sie an, und Greta wusste, es war ihre Schuld, dass sie hier vergessen worden war, denn sie war ein Kind, das so verträumt, still und sonderbar war, dass es eben leicht irgendwo vergessen werden konnte.

Als sie Schritte hörte, ließ Greta den Brief sinken. Sie blickte in Mariekes sorgenvolles Gesicht, dann zu Trixie, die neben ihr in die Hocke gegangen war und nach ihrer Hand griff. Im Hintergrund standen Rita und Elfriede mit Renate, die besorgt die Lippen bewegte, aber nichts sagte.

«Und jetzt», flüsterte Marieke, «heulst du alles raus, ja? Wir passen auf, dass dich die Tränen nicht mitreißen.»

Und Greta weinte, bis keine einzige Träne mehr übrig war.

«Marjellchen, mir ist schlecht.»

Marieke war leichenblass. Ihre Augen wirkten noch

tiefblauer als sonst. Vielleicht lag es am Licht, aber Greta kam es so vor, als hätten die Sommersprossen auf ihrer Nase einen grünlichen Ton angenommen.

Greta hatte Mühe, ihren eigenen Kummer zu verbergen. Mehr als zwei Wochen waren vergangen seit dem unglückseligen Wiedersehen mit Felix, der Sache auf dem Riesenrad. Dem Album, das ihr Renate überreicht hatte. Sie würde ihm so gern davon erzählen. Auf seine sanfte Art wusste er ihr immer zu helfen, und sei es nur, dass er sie liebevoll anblickte und in den Arm nahm. Mehrfach hatte sie seither vor dem Barett gestanden, war jedoch nicht hineingegangen. Sie konnte einfach nicht. Es war, als sei in ihr eine Tür zugeschlagen, und sie wusste nicht, wie sie sie wieder öffnen könnte.

Den Brief ihrer Mutter hatte sie so häufig gelesen, dass sie ihre Zeilen fast auswendig konnte. Wieder und wieder fragte sie sich, wie sie dieses Erlebnis hatte vergessen können. Funktionierte das Gehirn so? Erinnerungen, die nicht erinnert werden wollten oder konnten, wurden vergraben, wanderten immer weiter nach unten, bis ein äußerer Anreiz sie wieder hervorholte?

Erneut stiegen ihr Tränen in die Augen. Erneut wischte sie sie unauffällig weg. Marieke hatte selbst so viel auf dem Herzen und im Kopf, da war kein Platz für Gretas Gefühle. Schließlich kam heute Franz nach Hause.

«Die Übelkeit vergeht sicher gleich», sagte sie und zupfte Marieke das Kleid zurecht. So wie alles irgendwann verging, fast alles jedenfalls.

«Was, wenn er mich nicht wiedererkennt?», fragte Marieke.

«Du hast ihn doch erst vor zwei Wochen besucht.»
«Trotzdem.»
«Er erkennt dich wieder, ganz sicher.»

In Mariekes Augen stiegen Tränen. Sie sah sich in ihrem Zuhause um, das gemütlich, aber dunkel war. Und vor allem klein. Sehr klein.

«Wie geht es denn mit euch, mit Bertram und dir?» Greta versuchte, heiter zu klingen. So, als sei ihr diese Frage gerade erst durch den Kopf geschossen. Tatsächlich aber fragte sie sich das seit Bertrams und Mariekes Hochzeit, die acht Tage zuvor stattgefunden hatte und nebensächlicher wohl kaum hätte verlaufen können. Standesamt. Ringetausch. Und anschließend waren alle ihrer Wege gegangen. Es war so traurig gewesen, dass Greta danach eine geschlagene Stunde vor dem Bunker in der Feldstraße gestanden hatte, halb in einem Hauseingang verborgen. Sie hatte inständig gehofft, Felix möge vorbeilaufen, und ebenso inständig, er bliebe, wo immer er auch war. Auf dem Nachhauseweg war sie in dem Lokal an der Reeperbahn eingekehrt, um sich Ananastorte und Portwein zu bestellen. Beides hatte unendlich schal und traurig geschmeckt, und so war sie rasch wieder gegangen.

«Marieke?»
«Wie?»
«Kommt ihr gut miteinander aus?»

Marieke, die zweifellos nur so getan hatte, als habe sie die Frage nicht gehört, spitzte die Lippen und warf Greta einen traurigen Blick zu.

«Ja. Schon.»
«Trinkt er noch?»

«Greta!»

«Das ist doch eine ganz normale Frage. Euer Sohn kommt heute nach Hause. Es ist wichtig, dass sein Vater nicht am Küchentisch sitzt und Schnaps in sich hineinschüttet.»

«Er sitzt auf jeden Fall schon einmal nicht am Küchentisch, wie du unschwer erkennen kannst.»

«Schüttet er woanders Schnaps in sich hinein?»

Marieke schien es vorzuziehen, darauf nicht zu antworten. Vor dem angelaufenen Spiegel, der über der Spüle hing, glättete sie sich das Haar und sah sich angsterfüllt an.

Greta bückte sich zu der Reisetasche ihres Vaters hinab. «Ich habe Franz etwas mitgebracht.» Sie zog den Quilt ihrer Mutter heraus und überreichte ihn Marieke, die ihn verwundert ansah. «Mir hat er immer das Gefühl gegeben, zu Hause zu sein, ganz egal, wo ich war. Vielleicht macht er ihm Freude.»

«Aber Marjellchen, das geht doch nicht!»

«Das geht schon. Und ich bin mir sicher, dass sich Mama freuen würde, wenn sie wüsste, dass Franz ihn bekommt.»

Unauffällig wischte sich Marieke über die Augen und die Nase und breitete die Decke auf Franz' Bett aus. Der Teddy starrte sie erwartungsvoll an.

«Glaubst du, er wird sich hier wohl fühlen?»

«Bei dir kann man doch gar nicht anders, Marieke.»

Sie hatte das Innere des Lastwagens mit allem geschmückt, was ihr in die Finger kam. Viel war es nicht, das musste sie zugeben, aber ein klitzekleines bisschen sah das Resultat nach einer Feier für einen kleinen Jungen aus.

Zu gern wäre Greta mit nach Rahlstedt gefahren, doch Marieke wollte nur Cyril dabeihaben, wenn sie Franz aus dem Kinderheim holte.

Wo, fragte sich Greta, trieb sich derweil Bertram herum?

So gern sie es anders hätte, seine Art zu lächeln war ihr unheimlich. Seine Augen blieben stets kalt, selbst wenn er den Mund zu einem Grinsen verzog. Das zusammen mit seiner ungesunden, ins Gelbe changierenden Blässe und einem schmallippigen Mund ließ sie an ein Nagetier denken, das im Dunkel auf etwas Essbares lauerte. In Bertrams Fall allerdings wohl eher auf etwas Trinkbares.

Greta hatte nur wenige Gäste eingeladen. Zum einen hatten sie wenig Platz im Salon, zum anderen würde Franz sich in Gesellschaft lauter fremder Erwachsener womöglich nicht wohl fühlen. Aber Trixie und Renate kamen natürlich, ebenso Rita und Elfriede samt Ehemann Alfred, schließlich stand die Schnieke Deern immer noch auf seinem Hof. Mickey konnte nicht dabei sein. Vor drei Tagen war er nach Süddeutschland abgereist. Am Sonntag in einer Woche war das erste Konzert der Band. In München. So weit weg, wenn auch längst nicht so weit wie Amerika.

Auch Felix würde nicht da sein. Für ihn schien sie nicht mehr zu zählen. Mit Blumen hatte er jedenfalls nicht vor ihrer Tür gestanden, so wie es Elfriede prophezeit hatte. Gehörte er zu diesen Menschen, die einen einfach aus ihrem Leben werfen konnten? Die einen Schlussstrich zogen, sobald Schwierigkeiten auftauchten? War sie auch für ihn jemand, der hinter einem Stein am Hang vergessen werden konnte?

Allein der Gedanke tat ihr geradezu körperlich weh. Ihr fiel ein, wie Marieke ihre Angst beschrieben hatte, die von einem hellen Silber sei, spitz wie Eiszapfen oder winzige scharfkantige Scherben. Greta fühlte sich, als sei sie voll davon, voll von spitzen Scherben, die bei jeder Bewegung schmerzten.

Mit einem dumpfen Ploppen platschten Regentropfen gegen die Scheiben des Lastwagens. Greta riss die Tür auf und starrte entsetzt in den Hof, wo der Regen innerhalb von Sekunden einen Sturzbach auslöste. Ausgerechnet heute? Nieselregen wäre zu verschmerzen, aber bei einem Schauer wie diesem konnte sie die Klappstühle und den provisorischen Tisch aus ollen Kisten und einer Spanplatte ebenso gut auf den Müll werfen. Und wo sollte sie Kaffee kochen?

«Teufel noch mal!»

«Na, min Deern, was los?»

Ihr Nachbar stand in der Einfahrt zu Alfreds Hof und deutete nach oben. «Kein Wetter für ein Hoffest, wie?»

«Nein, Herr Nasser», rief sie, um den noch stärker werdenden Regen zu übertönen.

«Ich wünschte ja, ich könnte euch zu mir einladen, aber ich wohn ja auch nur in 'nem halben Zimmer.»

«Lieb, dass Sie überhaupt daran denken, aber das könnten wir sowieso nicht annehmen.» Sie fraßen Herrn Nasser mit ihrem Wasserverbrauch ja schon die Haare vom Kopf.

Ob sie ihren Vater fragen konnte, das Fest in die Antonistraße verlegen zu dürfen? Doch selbst wenn er wollte, gab es da noch Trude. Nicht dass Harald Buttgereit seine Frau um ihre Meinung bitten würde. Doch Greta war sicher, dass ihre Stiefmutter sie bis Weihnachten dafür leiden lassen würde. War es das wert?

Oh ja, das war es.

«Hier?»

Ihr Vater wurde blass, als Greta die Frage stellte. Greta spürte Ungeduld in sich wach werden. In den vergangenen Wochen war sie ihrem Vater endlich wieder nahegekommen, und mit der Einsicht, dass auch ihr Gedächtnis sie manchmal hinterrücks mit Erinnerungen überfiel, war ihr Verständnis für ihn gewachsen. Doch zog er sich weiterhin immer wieder abrupt in sein Schneckenhaus zurück und ging ihr damit entsetzlich auf die Nerven.

«Ja, hier würde ich gern feiern, denn im Wagen ist nicht genug Platz, und wenn es regnet, können wir Franz wohl kaum auf Alfreds Hof willkommen heißen.»

«Ich weiß nicht», sagte er zögerlich.

«Papa, bitte. Ich weiß, du magst nicht mit vielen Leuten auf engem Raum sein, aber so viele habe ich gar nicht eingeladen. Ich möchte das Fest nicht in Mariekes Wohnung verlagern. Ich glaube, es wäre schön für Franz, wenn sich nicht dort, wo er sich hoffentlich bald zu Hause fühlt, fremde Leute stapeln.»

«Ich dachte, es wären nicht so viele.»

«Man kann auch vier Leute aufeinanderstapeln», sagte sie unwirsch. «Wenn man will.»

«Vielleicht ist das Fest überhaupt keine gute Idee», wandte ihr Vater nach kurzem Nachdenken ein. «Vielleicht solltest du dem Jungen Zeit geben, sich wieder einzufinden.»

Sie hatte Mühe, ruhig zu bleiben. Manchmal war ihr Vater wirklich zu verstockt. «Deswegen ist es ja nur eine kleine Feier.»

«Vielleicht fragst du bei Frau Hottenrott», ertönte Ellens Stimme aus ihrem Zimmer.

Ungläubig runzelte Greta die Stirn. Ausgerechnet bei der grantigen Nachbarin, die ihr zwar öfter erlaubt hatte, ihr Telefon zu benutzen, ansonsten aber stets wirkte, als verfluche sie Greta und alle, die sie kannte?

Ellen trat in den Flur. «Eigentlich ist Frau Hottenrott sehr nett.»

«Das kann ich mir einfach nicht vorstellen.»

«Lass mich machen. Sie mag mich.»

Dankbar blickte Greta ihrer Schwester nach, während ihr Vater, augenscheinlich froh, nicht länger mit derart weltlichen Dingen belästigt zu werden, den Rückzug in sein Studierzimmer antrat.

Kurz darauf hörte sie Ellen an Frau Hottenrotts Wohnungstür klopfen und wunderte sich über die Stimme der Nachbarin, die jäh einen weichen Klang angenommen hatte.

Was die beiden besprachen, verstand Greta nicht. Fünf Minuten später kehrte Ellen zurück und strich sich verlegen eine dicke, schwarze Strähne hinter das Ohr.

«Geht in Ordnung.»

«Wirklich?»

«Sie freut sich über Gesellschaft. Sie mag es bloß nicht, wenn man ihr Telefon benutzt.»

Wenige Stunden später saß die kleine Gesellschaft in Frau Hottenrotts Wohnung. Greta hatte sie im Lastwagen hergekarrt und fragte sich erneut, während sie ihren Blick über die Schöpfe wandern ließ, ob Bertram wohl kommen würde.

«Ist er nicht niedlich?», wisperte ihr Trixie ins Ohr.

Sie meinte Franz, der mit dem Stoffungetüm, auf dem er saß, fast verschmolz. Er war klein und schmal, hatte strohblondes Haar und die großen blauen Augen seiner Mutter, die so ängstlich dreinschauten, dass Greta ganz anders wurde. Stocksteif saß er da, als fürchte er Schläge, wenn er den Rücken rund machte. Die Hände flach neben sich auf das Polster gestützt. Kerzengerade herabhängende Beine. Füße, die nicht wippten, nicht ein einziges Mal.

Er hatte ihr die winzige Hand gereicht, als er hereingekommen war, und neben seinem Mund war Greta eine kleine, blutverkrustete Stelle aufgefallen. In den kurzen Hosen, aus denen die Beine wie zwei Stöcke ragten, und dem glattgebügelten Hemd war Franz viel feiner gekleidet als alle Erwachsenen hier. Marieke saß neben ihm. Die beiden wirkten wie zwei Menschen an einer Straßenbahnhaltestelle, die einander nie zuvor begegnet waren. Nur dass Marieke immer wieder auf seinen Schopf hinunterstarrte und sich offensichtlich bemühte, ihre Tränen hinunterzuschlucken.

Die anderen Gäste im Raum waren fröhlich oder taten zumindest so, wofür ihnen Greta unendlich dankbar war. Alfred hatte eine Flasche Cognac mitgebracht und schenkte unablässig nach, jedem, der ja sagte, jedem, der nein sagte, immerhin aber nicht Ellen und Franz. Gretas Halbschwester war die Dritte auf dem Sofa. Immer wenn ihr Blick zu Franz flog, entspannte sie sich, und ein kaum wahrnehmbares Lächeln erschien auf ihrem Gesicht.

Als es an der Wohnungstür klopfte, schrak Greta zusammen. Da niemand sich zuständig zu fühlen schien, lief sie in den Flur, von dem aus sie einen Blick in Frau Hottenrotts zweites Zimmer erhaschen konnte. Zuvor hatte die Tür nicht offen gestanden, jetzt aber sah Greta, dass der Raum bis an die Decke mit Dingen vollgestopft war, Kisten, Möbeln und Koffern. Es sah aus, als habe jemand seinen gesamten Hausstand hineingepresst und dort vergessen.

Wieder klopfte es. Sie riss die Wohnungstür auf und blickte in Felix' regenfeuchtes Gesicht.

«Guten Tag», sagte sie, obwohl ihr fast die Stimme wegblieb. Er sah sie unsicher an und senkte den Kopf. In der Hand hielt er ein mit Packpapier umwickeltes durchfeuchtetes Etwas.

«Das ist für Franz», sagte er.

«Möchtest du reinkommen?» Ihre Worte klangen so formelhaft, als spiele sie ihre erste Rolle im Schultheater und gäbe dabei eine jämmerliche Figur ab.

Er schüttelte den Kopf. «Würdest du ihm das geben?»

Er hielt das Geschenk hoch und trat, kaum hatte sie danach gegriffen, den Rückzug an.

«Woher weißt du von der Feier?»

Felix blieb stehen und drehte sich um. «Trixie hat es mir gesagt.»

«Trixie war bei dir?»

Er nickte.

Greta war noch nie bei ihm zu Hause gewesen. Sie wusste nicht einmal, dass Trixie seine Adresse kannte.

«Greta», sagte er leise.

«Ja?» Sie konnte nicht anders, als Hoffnung in sich aufsteigen zu spüren. Alles in ihr sehnte sich danach, ihre Nase in den klatschnassen Stoff seiner Jacke zu pressen, die Augen zu schließen und so lange so zu verharren, bis der böse Traum endlich vorbei war.

Aber so funktionierte das Leben nicht, und dies war kein Traum.

«Möchtest du mich heiraten?»

Ungläubig blinzelte sie. «Wie bitte?», fragte sie nach einer Weile, die sie wie erstarrt in sein Gesicht geblickt hatte.

«Ob du mich heiraten willst.» Er sah zu Boden, dann aber wieder auf, als wisse er nicht recht, ob er einen Kniefall versuchen solle oder lieber nicht. «Es tut mir leid, wie ich mich benommen habe. Ich kann dir nicht einmal eine Erklärung liefern. Auch nicht dafür, dass ich zwei Wochen lang verstockt in mich reingestarrt habe und nicht wusste, was ich mit mir anstellen soll. Ich weiß nur eines. Ich möchte nicht ohne dich sein. Das Leben ohne Greta Bergström ist fad und schal und langweilig. Wer sonst sollte mit mir in der Alster schwimmen oder stundenlang über Moos reden wollen? Mit dir hatte ich wieder Träume und zugleich das Gefühl, dass sie wahr werden können. Oder», er wurde leiser, «schon wahr geworden sind.»

Sie hätte nicht sagen können, ob sie auch etwas von sich gab oder nur nickte oder keines von beiden tat, doch sie fand sich in seinen Armen wieder, und dann war er tatsächlich vorüber, der böse Traum, und ihr wurde warm und wohlig und so froh zumute wie nie zuvor.

«Ich freue mich so für dich», flüsterte Marieke. Trixie strahlte wie ein Honigkuchenpferd und konnte ihren Stolz darüber, dass sie an dem ganzen Unternehmen ja ein klitzekleines bisschen beteiligt gewesen war, kaum verhehlen. Felix war schon hineingegangen und hatte Franz sein Geschenk überreicht, der es mit leuchtenden Augen ausgepackt hatte. Greta hatte indes kaum erwarten können, ihren Freundinnen von ihrer Verlobung zu erzählen, und sie schließlich ins Treppenhaus gezerrt.

«Wirklich, ich freue mich riesig.»

Das tat Greta auch, die das Gefühl nicht mehr losließ, dass nun fast gar nichts mehr den Bach hinuntergehen und zur Hölle gehen könnte.

«Wo bleibt eigentlich Bertram, wenn wir schon von Ehemännern reden?», fragte Trixie.

Marieke lehnte sich gegen die Fensterbank, auf der Gretas Muscheln und Kiesel drapiert waren, und sah auf die Spitzen ihrer abgeschabten Schuhe hinunter.

«Ich weiß nicht», sagte sie und atmete tief ein. «Er wollte kommen, aber geschafft hat er es augenscheinlich nicht.»

Da kehrte sein Sohn aus dem Kinderheim zurück, und

er sah es nicht als nötig an, an der Willkommensfeier teilzunehmen? Das war so traurig, dass Gretas Hochgefühl wieder in sich zusammenfiel. Als Marieke das bemerkte, wedelte sie mit dem Zeigefinger vor Gretas Nase herum.

«Nee, nee, Marjellchen, du freust dich gefälligst, und wie du das tust. Ich komme zurecht, ich habe es von Königsberg hergeschafft, und jetzt ist der Lütte wieder bei mir. Ich bin zufrieden mit dem, was ich habe. Mehr wünsche ich mir nicht.»

Greta glaubte ihr nur zu neunzig Prozent, aber hakte nicht nach. Es gab Sachen, die ließ man eben doch besser ruhen. Und die Angelegenheit um Mickey und Marieke war so eine.

«Das Geschenk war übrigens meine Rettung», sagte Marieke. «Ich hoffe, ich habe mich ausreichend bei Felix dafür bedankt.»

«Wieso hat sein Geschenk dich gerettet?»

«Komm mit.» Marieke nahm sie bei der einen Hand und Trixie bei der anderen. «Sieh es dir selbst an.»

In Frau Hottenrotts Wohnung saß Franz immer noch auf dem Sofa, doch nicht mehr stocksteif und angsterfüllt. Er war in ein kleines Büchlein mit farbigen Abbildungen vertieft. Als Greta näher trat, sah sie, dass die Bilder Früchte und Blüten zeigten. Franz sah sie mit heiliger Ehrfurcht an, studierte, wie es schien, jede Linie, bis er langsam umblätterte und der nächsten Darstellung ebenso viel Aufmerksamkeit schenkte.

«Siehst du?», flüsterte ihr Marieke zu. «Ich glaube, er hat etwas gefunden, das er lieben kann. Ist das nicht toll?»

Greta warf Felix einen dankbaren Blick zu. Er saß

neben Elfriede, die Mühe hatte, ihren Gatten davon abzubringen, zum wahrscheinlich zehnten Mal Felix' Glas nachzufüllen, um mit ihm auf die Hochzeit anzustoßen.

Apropos Hochzeit – sie musste ihrem Vater ja noch davon erzählen!

Als sie die Tür im dritten Stockwerk öffnete, schoss ihr Vater aus seinem Arbeitszimmer. Er war blass, doch seine Augen leuchteten. In der Hand hielt er einen aufgerissenen Briefumschlag.

«Ich war eben am Postkasten, Greta», sagte er heiser. «Hier. Hier, lies!»

Perplex wandte sie den Blick auf das Schreiben, das er ihr in die Hand gedrückt hatte. Es war von der Universität Bremen. Man sei außerordentlich froh, hieß es darin, Herrn Buttgereit die Adresse ihres ehemaligen Studenten Andreas Bergström mitzuteilen, der mittlerweile in Göttingen lebe. In Gretas Ohren begann es zu rauschen.

17

Göttingen, 23. August 1954

Regentropfen rannen an der Scheibe herab und ließen die Umrisse der Stadt, die dahinter vorüberzog, verschwimmen. Eine halbe Stunde zuvor war Greta am Göttinger Hauptbahnhof nahezu traumwandlerisch in einen Bus gestiegen, in dem sie sich nun hin und her schaukeln ließ und an Felix dachte, um sich von dem abzulenken, was vor ihr lag.

Es war eine schöne Ablenkung. Eine sanfte, liebevolle, auch wenn sie manches von dem, was er ihr in Planten un Blomen an den Kopf geworfen hatte, immer noch nicht verstand. Jedenfalls hatte Greta ihm klarmachen können, dass sie auch weiterhin ihren eigenen Kopf haben und machen würde, wozu sie Lust hatte. Und Felix hatte erwidert, dass er damit nicht nur leben konnte, dass er damit sogar leben wollte.

Greta lächelte, und ihr Spiegelbild in dem von der Feuchtigkeit beschlagenen Fenster lächelte zurück.

Da fiel ihr auf, dass sie vielleicht doch besser darauf achtgab, welche Haltestellen der Fahrer ausrief, immerhin kannte sie sich in Göttingen nicht aus.

Eine Viertelstunde später stand sie an einem bewaldeten Hang, an den sich schmucke Häuser schmiegten. Es hatte zu regnen aufgehört, doch die Straßen glänzten vor Nässe. Selbst die Rinnsteine wirkten sauber, gerade so, als hätte sie jemand mit einem Scheuerlumpen ausgewischt. Aber das war ein alberner Gedanke, den sie bestimmt nur deswegen hatte, weil die Nervosität sie zu überwältigen drohte.

In der linken Hand hielt sie den Zettel mit Andreas Bergströms Adresse. Er konnte durchaus auch *nicht* ihr Onkel sein, versuchte sie sich zu beruhigen. Andererseits war das doch sehr unwahrscheinlich. Wie viele Andreas Bergströms mochte es in Deutschland schließlich geben?

Auf der Straße, die sie bergaufwärts stieg, begegnete sie keiner Menschenseele. Ob die Leute, die hier lebten, zu dieser frühen Stunde schon zu Abend aßen? In vielen Einfahrten parkten glänzende Autos. Man schien Geld zu haben, das war unübersehbar.

Noch einmal las sie zur Sicherheit die Adresse von dem Blatt ab, das ihr Vater ihr gegeben hatte. An der Hausnummer siebenunddreißig wurde sie langsamer. Neben der Pforte war ein Schild angebracht. *Dr. Andreas Bergström, Praxis für Kinderheilkunde.* Verwundert starrte sie darauf. Mit einem Mal kam es ihr unwirklich vor, hier zu stehen, wie ein Traum in einem Traum.

Sie drückte das schmiedeeiserne Tor auf. In den Beeten rechts und links des gepflasterten Weges wuchsen Büschel von Heidekraut. Braun und verdorrt stakten sie zwischen feuchten Kieselhaufen auf, die vielleicht eine Gebirgslandschaft simulieren sollten. Obschon Ende August war und heute ein nasser Tag gewesen war, wirkte der Garten wie ausgetrocknet. Braun dominierte das Bild, bloß von ein paar kratzig aussehenden Büscheln längst abgestorbener Kräuter aufgelockert.

Greta atmete tief durch. Sie nahm die zwei Treppenstufen und betrat eine Art Empore. Weil sie keine Klingel entdeckte, betätigte sie den schmiedeeisernen Klopfer. Niemand reagierte. Greta drückte die Klinke hinab. Die Tür öffnete sich in einen schmalen, teppichbelegten Flur. Auf halber Höhe hingen bunt bemalte Garderobenhaken, Kinder hörte sie jedoch nicht.

Sie blickte in den ersten Raum, das Wartezimmer. Sämtliche dicht an dicht stehende, an den Sitzflächen abgescheuerte Holzstühle waren leer.

Sie räusperte sich. «Guten Tag. Ist jemand da?»

Ein Rumpeln ertönte, Schritte wurden laut, dann flog eine weiß lackierte Tür auf, und ein schmaler, hochgewachsener Mann erschien. Er lächelte geschäftig und klopfte gegen die Taschen seines Arztkittels.

«Da habe ich doch schon wieder vergessen abzuschließen. Es tut mir leid, junge Dame, aber die Praxis ist geschlossen.»

«Doktor Bergström?» Sie hatte gehofft, gelassen zu klingen, aber ihre Stimme war kaum mehr als ein Piepsen.

Der Mann vor ihr hatte dunkles, volles Haar. Seine Körperhaltung – steif, etwas staksig – wirkte vertraut auf sie. Das Gefühl der Unwirklichkeit verstärkte sich noch. Mit ihrer Mutter teilte er nur die Augenfarbe. Es war dasselbe tiefe Blau.

Zweifellos. Sie war an der richtigen Adresse. Laut begann ihr Herz zu wummern.

«Andreas Bergström?»

«Das bin ich, Verehrteste, aber wie gesagt, die Praxis ist geschlossen.»

Jetzt, da sie vor ihm stand, wusste sie überhaupt nicht mehr, was sie sagen sollte. Sie fühlte sich, als habe man sie mehrfach kräftig durchgeschüttelt.

«Kennen wir uns, Verehrteste?»

Von nahem sah er älter aus, als sie zunächst angenommen hatte. Seine Falten wirkten wie tief in die Gesichtshaut eingegraben, etwas Verkümmertes lag darin, etwas Einsames, Verlorenes, trotz seines Lächelns und seiner geschäftigen Haltung.

«Sind Sie Annegret Bergströms Sohn?»

Seine Miene, die eben noch eher leer gewesen war, überzog Misstrauen. «Wieso, wenn ich fragen dürfte, wollen Sie das wissen?»

«Ich bin Greta Bergström. Annies Enkeltochter.»

Er brauchte so lange für seine Reaktion, dass sie schon erwartete, er würde sie mit freundlichen Worten und einem entschuldigenden Achselzucken wegschicken. Vielleicht noch eine Tasse Tee anbieten, damit sie sich für die Rückfahrt stärken konnte, doch stattdessen fragte er ungläubig: «Greta? Linns Spatz?»

Gretas Umgebung schien sich zunächst zusammenzuziehen, dann wieder auszuweiten, sodass sie hilflos nach der Wand zu ihrer Rechten tastete, um sich abzustützen.

Seine Stimme hörte sie dumpf und wie aus weiter Ferne. «Das ist ja zu schön, um wahr zu sein. Oje, du siehst nicht gut aus. Kann ich dir ein Glas Wasser anbieten? Komm.»

Sie folgte seiner schummrigen Gestalt durch den Flur, an dessen Ende er eine Tür öffnete, an der ein Schild mit der Aufschrift *Privat* hing.

Langsam wurde ihre Umgebung wieder etwas klarer. Sie zögerte. Mit einem Mal empfand sie Furcht und fragte sich, wieso.

Er drehte sich zu ihr um. «Nun komm.»

Seine Worte klangen freundlich. Er war ja auch freundlich. Und zudem ihr Onkel. Was glaubte sie, befürchten zu müssen?

Laut klangen ihre Schritte auf der Holztreppe, die sie ein Stockwerk nach oben führte. Sie war so schmal und beengt wie die Diele, in die Greta nun trat. Drei Glastüren gingen von ihr ab, deren wellenartige Struktur ein Hindurchsehen unmöglich machte. Ihr Onkel öffnete die mittlere der drei und lud sie mit einer Geste in eine schmale Küche ein, von deren gegenüberliegender Seite ein offener Durchgang ins Wohnzimmer führte. Sämtliche Räume, die sie bisher gesehen hatte, waren dunkel. Die Fenster mit blickdichten Gardinen verhängt, die Lüster ausgeschaltet. Große dunkle Holzmöbel betonten noch die beklemmende Atmosphäre, die manche vielleicht als behaglich beschreiben würden. Greta aber wäre am liebsten hinausgelaufen, um tief durchzuatmen.

«Setz dich, ich bin gleich wieder bei dir.»

Er lief in die Küche zurück, wo sie ihn den Wasserhahn öffnen und mit Geschirr hantieren hörte. Unschlüssig stand sie in der Mitte des Wohnzimmers, genau in der Mitte eines runden, aus gefärbtem Stroh geflochtenen Teppichs. Er hatte den Durchmesser von vielleicht zwei

Metern, der äußere Ring war von einem blassen Rot, der zweite ein verblasstes Blau, dann kamen Hellbraun und Natur, dann wieder Rot, und schließlich die Mitte, Zitronengelb.

«So», sagte Andreas Bergström, ein Tablett mit einer blau geblümten Porzellankanne, Tassen und einem Teller mit Gebäck balancierend. «Ich hoffe, du magst Haferkekse.»

Sie nickte.

«Zucker in den Tee?»

«Nein, danke.»

«Möchtest du stehen bleiben? Setz dich doch!»

Sie trat von dem Teppich herunter, der ihr mit einem Mal wie ein Bannkreis erschien. «Ich versuche herauszufinden, was mit meiner Mutter geschehen ist, die im Krieg verschwunden ist. In diesem Zusammenhang habe ich erfahren, dass ich einen Onkel habe. Ist das nicht ... seltsam? Dass ich nicht von Ihnen wusste, meine ich?»

«Nun ja.» Er hob die Schultern und sah sie mit derselben konstanten Freundlichkeit an wie zuvor. Sein Lächeln kam ihr aufgesetzt vor. Zu starr, zu eingeübt, um von Herzen zu kommen. Aber vielleicht bildete sie sich das auch nur ein.

«Wieso hat Annie nie von Ihnen gesprochen?», fragte Greta weiter. Dann sammelte sie sich. «Wissen Sie, dass sie ... dass Ihre Mutter vergangenen November verstorben ist?»

Mit undurchdringlichem Blick starrte er sie an. Dann nickte er langsam.

«Ja.»

«Sie waren aber nicht auf ihrem Begräbnis, nicht wahr?»

Diesmal schüttelte er den Kopf. Er schlug die Beine übereinander und benetzte sich die Lippen. «Deine Großmutter war eine schwierige Frau. Du hast sie womöglich anders kennengelernt als ich, aber sie hatte eine Menge Eigenheiten, und zu denen gehörte auch, störrisch auf ihrem Standpunkt zu beharren. Wenn man anderer Meinung war, sah man alt aus.»

«Was war denn Annies Standpunkt – und welcher Ihrer?»

Nachdenklich rührte er in seinem Tee. Die Standuhr neben der Tür tickte leise.

«Deine Mutter … Linnea … Sie ist verschwunden?», fragte er, statt ihr zu antworten.

«Ja.» Sie räusperte sich und starrte auf ihre Hände, die in ihrem Schoß lagen. «Mama hat bis 1941 in einem Kindergarten in Hamburg gearbeitet, das wissen Sie ja vielleicht. Dann war sie plötzlich fort. Eine Freundin von ihr sagte, jemand habe sie fortgebracht. Sie dachte, mein Vater sei es gewesen, aber ich bin mir sicher, dass sie ihn verwechselt hat.»

Nachdenklich kniff ihr Onkel die Augen zusammen.

«Herr Bergström, wissen Sie vielleicht, wohin sie gegangen sein könnte? Hatten Sie doch noch Kontakt zu ihr? Trotz des Streits mit Annie?»

Er seufzte leise. «Ich hatte mich mit meiner Mutter überworfen, was dazu führte, dass auch der Kontakt zu meiner Schwester abbrach. Deine Großmutter hat mich aus euerm Leben ausgesperrt. Ich war der ungeliebte Sohn, der, dessen Ansichten grundfalsch waren. Im Nachhinein betrachtet, hätte ich wahrscheinlich einlenken sollen. Damals aber war ich jung. Und störrisch, wie man es wohl nur als junger Mensch sein kann. Somit waren wir geschiedene Leute, und so leid es mir heute tut, habe ich mich damals nicht bemüht, wenigstens den Kontakt zu Linnea aufrechtzuerhalten. Dass sie aber einfach fort sein soll ... Um Gottes willen.»

Traurig sah Greta ihn an. Es war scheußlich. Wieder eine Sackgasse. Wieder die Hoffnung, die erneut enttäuscht worden war. Ihre Mutter war fort. Vielleicht musste sie es nun einsehen. Fort. Und niemand würde je erfahren, was sich zugetragen hatte.

«Wann war das?», fragte sie dann. «Und worüber haben Sie sich mit Annie gestritten?»

Er neigte den Kopf wie jemand, der signalisieren wollte, dass er nachdachte.

«Ab 33 gab es in einigen Familien die eine oder andere Meinungsverschiedenheit, das kannst du mir glauben. Ganze Gräben taten sich auf. Man war sich mit einem Mal sehr uneins darüber, wie man sein Land sehen wollte. Annie war gegen alles. Ich hingegen habe auch Vorteile gesehen. Es war nicht alles schlecht, auch wenn das hinterher gern anders dargestellt wurde.»

Ungläubig schluckte sie. Als sie etwas sagen wollte, unterbrach er sie mit einer Handbewegung. «Ich hatte ja keine Ahnung ... Hast du die Polizei eingeschaltet? Du bist doch ihre Tochter. Hast du nichts in die Wege geleitet?»

«Damals war ich ein Kind und habe in Schweden gelebt», sagte sie mit erstickter Stimme. «Aber deswegen bin ich vor kurzem nach Deutschland zurückgekehrt.

Niemand hier weiß etwas. Und alle Unterlagen, alles, was weiterhelfen könnte, ist verbrannt, wurde gestohlen oder ist sonst wie verschwunden.»

Er blinzelte. «Ich habe dich als kleinen Stöpsel kennengelernt», wechselte er abrupt das Thema. «Du kannst höchstens drei Jahre alt gewesen sein. Im Frühjahr war es. Oder im Sommer?» Hilflos schüttelte er den Kopf. «Aber das ist ja auch gleich. Dann jedenfalls kam der Große Krach. Mit großem G, verstehst du? Mutter war eine Frau mit starken Grundsätzen, und wer sich einmal mit ihr überwarf, müsste auf Knien angekrochen kommen, dass sie ihn überhaupt anhörte. Was ich nicht tat. So ist es gekommen, wie es kam.»

«Und wann genau haben Sie Ihre Schwester das letzte Mal gesehen?», versuchte sie zu dem zurückzukehren, weswegen sie hier war.

Er legte die Stirn in Falten. «Wohl kurz nach der Zeit, in der ich mich mit unserer Mutter überworfen hatte. Linnea war immer auf Annies Seite. Ich war es leid, darüber mit ihr zu diskutieren.»

«Herr Bergström ...»

«Nenn mich doch bitte Andreas. Oder Onkel, wenn du magst.»

«Herr Bergström», fuhr sie eisern fort. «Wissen Sie etwas über Hadamar? Kennen Sie die Stadt? War meine Mutter vielleicht früher schon einmal dort? Hatte sie Freunde in Hessen, von denen Sie wissen?»

«Hadamar?»

«Eine Freundin von Mama sagte, sie sei dorthin gegangen. Und dann hat sie niemand mehr gesehen.»

Er betrachtete sie lange. Wieder rührte er in seinem Tee, den er genauso wenig angerührt hatte wie sie ihren. Schließlich schüttelte er den Kopf. «Nein. Es tut mir leid. Ich würde dir gerne helfen, Greta, aber ich fürchte, darüber weiß ich nichts.»

Mit einem Mal war Greta, als würde sie erdrückt. Es war so eng, so stickig hier und so dunkel.

«Hast du denn irgendwelche Beweise, die deine Annahme stützen?», fragte er nach einer Weile. «Hast du irgendeinen Beleg gefunden, einen Fahrschein zum Beispiel?»

«Wenn es einen Fahrschein gäbe, wäre sie ja wiedergekommen.»

Er legte den Kopf schief. «Das ist wahr. Liebes Kind, ich fürchte, ich muss dich jetzt bitten zu gehen. Nicht dass ich mich nicht gefreut habe, dich, nun, wieder kennenzulernen. Aber es wartet noch einiges an Arbeit auf mich. Keine Patienten», er lächelte. «Papierkram. Es gibt immer etwas zu tun, nicht wahr?»

Unsicher erhob sie sich. War sie so lange schon hier? Es konnten doch kaum mehr als zwanzig Minuten verstrichen sein.

«Das verstehe ich», murmelte sie schließlich und schluckte ihre Tränen herunter. «Haben Sie vielen Dank für Ihre Zeit.»

Als sie wieder auf der Straße stand, hatte sie das Gefühl, aus einem Traum zu erwachen, in dem sie von einem unbekannten Ort zum nächsten geirrt war. Sie schüttelte den Kopf. Wieso erschien es ihr im Rückblick, als sei alles, was sie ihm erzählt hatte, von ihm abgeprallt? Doch das war ja nichts Neues. All jene, die nicht noch zu jung gewesen waren, um zu begreifen, was um sie herum vor sich ging, klappten die Ohren und die Augen zu, wenn es um die Geschehnisse im Krieg ging.

Aber dennoch: Musste es nicht schrecklich schmerzhaft sein, zu erfahren, dass die eigene Schwester spurlos verschwunden war? Und wieso war er nicht zu Annies Begräbnis gekommen? Zudem: Wäre nicht jeder andere hocherfreut gewesen, endlich seine Nichte willkommen zu heißen, zumal es doch sonst niemanden mehr aus der Familie gab?

Sie wandte sich um und blickte wieder auf Andreas Bergströms Haus. Der Vorhang hinter einem der Fenster bewegte sich leicht. Stand er da im Halbdunkel und starrte sie an?

«Greta.»

Sie zuckte zusammen und fuhr herum. Zwei Gestalten eilten auf sie zu. Ungläubig starrte sie ihnen entgegen.

«Trixie? Marieke? Was in aller Welt macht ihr denn hier?»

«Du bist noch heile, ein Glück», rief Trixie und riss sie so schwungvoll an sich, dass Greta fast das Gleichgewicht verlor.

«Was soll denn mit mir passiert sein? Und was in aller Welt tut ihr hier? Ist was mit dem Salon? Oh Gott, nein, hat sich die Fürsorge wieder eingemischt? Was ist mit Franz, ist etwas geschehen?»

«Erbarmung, nein», keuchte Marieke, die zwar keine hohen Schuhe wie Trixie trug, aber sehr viel kleiner war. Das Rennen den Berg hinauf musste sie ihre letzte Kraft gekostet haben. Jetzt versuchte sie mühsam, wieder zu Atem zu kommen. «Weder mit Franz noch mit dem Salon ist was auch immer passiert, keine Bange. Aber wir konnten unmöglich zu Hause hübsch die Füße hochlegen, als wir erfahren haben, zu welchem Ungeheuer du gefahren bist.»

Ratlos schüttelte Greta den Kopf.

«Der Mann, dein Onkel, dieser Andreas Bergström», mischte sich Trixie aufgeregt ein, «war in der NSDAP. Aber nicht mal eben, weil er dachte, das musste jeder, wobei man sagen muss, wer denkt, er macht das mal, weil es jeder macht, der gehört auch ins Gefängnis geworfen.»

«Stopp», unterbrach Marieke sie, immer noch keuchend. «Wir müssen es so erzählen, dass Greta auch versteht, worum es geht.»

«Ich war heute Morgen bei Cyril», sagte Trixie jetzt langsamer. «Du weißt ja, *early bird*.» Sie wirkte stolz, schon ein paar englische Worte einflechten zu können. «Er gibt mir ja zu Unzeiten Englischunterricht, weil er so früh zur Arbeit muss. Ich weiß nicht genau, wie wir darauf kamen, aber ich habe von Hadamar erzählt. Und davon, dass du heute zu deinem Onkel führest, doch er kam wieder auf Hadamar zurück. Er sagte, dort seien viele ...» Sie flüsterte mit Seitenblick auf Marieke. «Kinder umgekommen. Und auch Erwachsene.» Sie kämpfte sichtlich darum, ruhig und gefasst zu bleiben. «Cyril hat mir vieles erklärt. Die Amerikaner, die als Erste in Hadamar waren, sollen entsetzlich mitgenommen gewesen sein. Dann hat er gefragt, welcher Onkel? Den Namen Andreas Bergström kannte er nicht. Aber er hat einen Freund angerufen und der auch einen Freund, und es kam heraus ... Vielleicht willst du dich lieber hinsetzen, Greta?»

Greta blickte Trixie irritiert an, setzte sich aber auf den Gehsteig.

«Es kam heraus, dass Andreas Bergström Mitarbeiter des Berliner Instituts für Rassenhygiene und Anthropologie war und Schriften verfasst hat über Geisteskrankheiten, die das deutsche Volk angeblich ins Verderben stürzen.»

Greta zog die Beine an. Ihr wurde eiskalt.

«Andreas Bergström wurde festgenommen, nach Kriegsende. Von den Amerikanern, weil er sich noch in West-Berlin aufhielt.» Trixie schüttelte sich bei dem Gedanken. «Er wurde wegen seiner Studien zu Kindern angeklagt.»

«Zu Kindern?» Nun stellten sich Gretas Nackenhaare auf, jedes einzelne, so fühlte es sich an. «Er ist Kinderarzt», flüsterte sie. «Er arbeitet als Kinderarzt!»

«Cyril hat gesagt, dein Onkel habe erst in Breslau über Geisteskrankheiten und ihre Erblichkeit geforscht. Dann ist er nach Berlin gegangen, ans Kaiser-Wilhelm-Institut. Dort hat er Zwillingsforschung betrieben. Das ist ...» Trixie schüttelte den Kopf. «In den Zeitungen stand nichts Genaueres darüber, sagte Cyril. Nur dass es viele unerklärliche Todesfälle gab, die im Zusammenhang mit seiner Arbeit standen.»

Die Dämmerung war über der verschlafenen Vorstadt hereingebrochen. Vögel zwitscherten leise, ansonsten war nichts zu hören.

«Und was geschah dann?»

«Er wurde freigesprochen», mischte sich mit rauer Stimme Marieke ein. «Ihm konnte in keinem Fall nachgewiesen werden, dass seine Studien den Tod von Kindern herbeigeführt hätten.»

«Den Tod von Kindern», flüsterte Greta. «Und das, was er geschrieben hat, diese Schriften?»

«Es seien nur Schriften gewesen», sagte Trixie nach einer Pause. «Reine Theorie, hat er behauptet, und sich im Nachgang davon distanziert.» Sie stockte und blickte scheu zu Marieke. «Wollen wir zum Bahnhof zurück? Nach Hause fahren und dort überlegen, was wir tun sollen?»

«Ich kann doch jetzt nicht gehen», sagte Greta und stand auf. «Wenn er mir all das verschwiegen hat, weiß er mit Sicherheit noch mehr.»

«Greta, ich halte das für keine gute Idee», protestierte Trixie, und Marieke pflichtete ihr nickend bei.

«Ich kann jetzt nicht nach Hause fahren!»

Nicht mit diesem Gefühl kalten Grauens, das sie von der Haarspitze bis zu den Zehen erfüllt hatte. Und nicht mit all diesen Fragen.

1935, hatte Andreas Bergström gesagt. Als sie drei Jahre alt gewesen war, habe er sich mit Annie überworfen. Als er davon gesprochen hatte, war es ihr nicht aufgefallen, sie war zu sehr damit beschäftigt gewesen, aus ihm schlau zu werden. Doch ihr Vater hatte gesagt, dass sich der Streit zwischen Mutter und Sohn sehr viel früher abgespielt hatte. Kurz nach der Hochzeit ihrer Eltern. 1935 waren sie längst wieder geschieden gewesen.

Welche Lügen hatte dieser Mann ihr noch aufgetischt?

Dieser Mann, der offenbar schreckliche Dinge verbrochen hatte ...

Die Praxistür war jetzt verschlossen. Greta klopfte, einmal, zweimal, doch niemand öffnete. In den Nachbarhäusern hingegen flammte Licht auf, und an einem der Fenster erschien ein Gesicht. Eine Frau öffnete den Flügel gerade so weit, dass sie ihre Nase herausstrecken konnte, und rief: «Da ist zu.»

«Ich weiß», sagte Greta. «Ich bin Herrn Bergströms Nichte. Wir sind verabredet.»

Sie fuhr fort zu klopfen, es hörte sich mittlerweile allerdings wie ein Hämmern an.

«Wenn Sie da noch lange Lärm machen, rufe ich die Polizei.»

«Ich bin Herrn Bergströms Nichte», wiederholte Greta. Trixie setzte ihr freundlichstes Lächeln auf, während Marieke die Nachbarin böse anstarrte.

«Ich kann Ihnen meinen Ausweis zeigen, wenn Sie möchten.»

«Das ist Sache der Polizei, nicht meine.»

«Ich möchte nur zu meinem Onkel.»

«Karl», war dumpf zu hören, «wähl den Notruf. Hier sind drei Querulantinnen, die sich weigern zu gehen.»

Greta fuhr fort, gegen die Praxistür zu hämmern, bis am Ende der Straße ein dunkler Wagen auftauchte.

«Greta, komm», sagte Trixie. Doch Greta ließ erst den Arm sinken, als eine männliche Stimme hinter ihr erklang.

«Sie, he, Sie, junges Fräulein, hätten Sie die Freundlichkeit, diesen Lärm zu unterlassen?»

«Ich bin die Nichte des Mannes, der hier lebt.»

Der Polizist musterte sie streng.

«Augenscheinlich ist er aber nicht zu Hause, junge Dame.»

«Doch, ich habe ja eben mit ihm gesprochen.»

«Komm, Greta», drängte Trixie. «Willst du dich denn verhaften lassen?»

Greta schüttelte den Kopf. Dennoch sagte sie, an den Polizisten gewandt: «Ich muss noch einmal mit meinem Onkel sprechen.»

«Vielleicht ist er ja so freundlich und besucht Sie, wenn Sie in Gewahrsam sind.»

«Dies ist eine ordentliche Gegend», schimpfte die Nachbarin, die sich jetzt traute, den gesamten Kopf aus dem Fenster zu strecken. «Wir brauchen keine Ruhestörer.»

Finster sah Greta sie an. Die Frau rammte das Fenster zu und schloss ruckartig die Vorhänge, bis kein Spalt mehr zu sehen war.

«Drei junge hübsche Damen wie Sie», sagte der Beamte in jovialem Tonfall, «sollten jetzt wirklich besser nach Hause gehen. Es gibt Gesetze in diesem Land, die man besser einhält, wenn man sich Ärger ersparen will.»

Greta spürte Mariekes Hand auf ihrem Arm, einen zarten Druck ihrer Finger, und wusste, dass sie hier nichts ausrichten konnte.

«Danke, Herr Wachtmeister», sagte Trixie und lächelte so eisig, wie es Greta noch nie bei ihr gesehen hatte. «Was täten wir nur, wenn wir nicht so kluge Männer wie Sie hätten?»

«Am nächsten Tag kletterte Greta, zurück in Hamburg, ins Innere der Schnieken Deern. Prüfend sah Trixie sie an. «Guten Morgen. Hast du gut geschlafen? Oder überhaupt geschlafen, wenigstens ein bisschen?»

Greta nickte und schüttelte gleichzeitig den Kopf. «Ich bin müde, verzeih. Lass mich erst mal Kaffee kochen, und dann kümmere ich mich um meine ...» – «Kundinnen» hatte sie sagen wollen, erstarrte jedoch mitten im Satz, als sie Mariekes verquollenes Gesicht bemerkte. Hektisch sah sie sich im Lastwagen um und atmete erleichtert auf, als sie Franz entdeckte, der mit angezogenen Beinen im Hängesessel saß.

«Was ist los?», fragte sie.

Neben Marieke kauerte mit ängstlich hochgezogenen Schultern Renate.

«Sie haben Bertram», flüsterte Marieke kaum hörbar.

«Wer hat ihn?»

«Die Polizei.» Marieke schluckte und versuchte, trotz zitternder Stimme normal zu klingen. «Ich weiß nicht, was jetzt werden soll, Greta. Ich weiß es einfach nicht.»

«Ich mache mit Franz einen Spaziergang», sagte Trixie. «Mama, begleitest du uns?»

Mit abwesendem Blick hob Renate den Kopf und lächelte. «Gerne, ja. Mit euch ist das Spazierengehen doch immer so schön.»

Als sie den Salon verlassen hatten, berichtete Marieke von der vergangenen Nacht. Sie waren spät aus Göttingen zurückgekehrt, und zu Mariekes Entsetzen hatte sie Franz nicht zu Hause vorgefunden. Bertram hatte bei ihm bleiben sollen, doch auch von ihm fehlte jede Spur.

«Franz war bei Waltraut», schob Marieke rasch hinterher, und Greta atmete erleichtert auf. «Aber Bertram: weg. Auch mitten in der Nacht, als ich noch einmal aufwachte, war er nicht zurück.»

Gegen vier in der Frühe hatte sie eine Nachbarin aus dem Schlaf geklopft. Das Telefon hatte für sie geklingelt, mit Bertram am anderen Ende der Leitung, der auf der Davidwache an der Reeperbahn festgehalten wurde. Er hatte betrunken randaliert, einen Passanten geschlagen und war in ein Schaufenster gestürzt.

«Mit dem Po voran. Zwar kann er nicht sitzen, aber von Glück sagen, dass es nicht sein Kopf war.» Vergeblich versuchte sie, heiter zu klingen. «Wenn die Fürsorge Wind davon bekommt.» Sie kniff die Augen zusammen und massierte sich mit kläglicher Miene die Schläfen.

«Wieso sollte sie?», wandte Greta ein. «Ihr seid doch jetzt nicht mehr auf deren Liste.»

«Bist du dir da sicher? Ich habe Angst, dass sie Franz so schnell wieder zurückholen, wie sie ihn freigegeben haben.»

«Aber jetzt habt ihr doch die Vormundschaft.»

«Ja, aber ...»

«Und du wolltest keine Angst mehr haben. Jedenfalls nicht vor etwas, das zwar durchaus passieren *könnte*, aber gewiss nicht passieren *wird*.»

Marieke senkte den Kopf. «Vielleicht ist es meine Schuld, dass mir wieder und wieder so etwas passiert. Vielleicht würde das Unglück mich übersehen, wenn ich nicht so panikerstarrt darauf wartete, dass es mich findet.

Vielleicht winke ich, ohne es zu merken, und schreie: Komm her, hier bin ich.»

«Aber das heißt doch umso mehr, dass du die Angst einfach gehen lassen solltest.»

Marieke schwieg.

«Von einfach kann natürlich auch keine Rede sein», fügte Greta leise hinzu. Angst war ja auch ihr ein ständiger stummer Begleiter geworden, seit sie sich aufgemacht hatte, um ihre Mutter zu finden. Doch jetzt musste sie für Marieke da sein und durfte nicht an Linn denken.

«Irgendwann, vor langer Zeit, glaub mir, so lang, dass es wirkt, als wäre es ein anderes Leben gewesen, habe ich mit dem Schicksal einen Pakt geschlossen. Ich diene ihm, indem ich immer das Zweitschlimmste erwarte. Und dafür verschont es mich wenigstens mit dem Allergrässlichsten, das mir widerfahren könnte.»

Greta betrachtete ihre Freundin, die eingesunken dasaß.

«Und das Allergrässlichste», sagte sie langsam, «was wäre das?»

«Das, was auch den anderen Frauen passierte. Auf der Flucht, verstehst du?»

Marieke sprach so leise, dass Greta Mühe hatte, alles zu verstehen. Sie schloss die Augen. Greta sah die feinen Äderchen auf ihren Lidern. Ihre Freundin sah so verletzlich aus, wie sie sie nie vorher wahrgenommen hatte.

Greta war unsicher, ob sie, wenn sie die Frage stellte, die ihr auf der Seele brannte, das gesamte Kartenhaus zum Einsturz brachte, das Marieke zum Schutz um sich herum errichtet hatte. Sie entschloss sich, still zu bleiben.

«Und später dann», fuhr Marieke leise fort, «war es, dass Franz womöglich niemals zu mir zurückdürfte. Das wäre das Allergrässlichste, was mir passieren kann.»

«Funktioniert der Pakt?», traute sich Greta zu fragen.

«Ich glaube, ja.»

«Dann solltest du doch dabeibleiben.»

Marieke versuchte zu lächeln. «Ich hatte diesmal Hoffnung, dass es gutgehen würde. Dass das Schicksal mich vielleicht sogar ganz und gar verschont. Weißt du, es muss ja nicht die ewige Glückseligkeit sein, mitnichten. Aber ein bisschen Ruhe, das hatte ich mir erhofft. Und als Bertram dann von der Kirche erzählt hat, ist meine Hoffnung noch ein bisschen größer geworden.»

«Von welcher Kirche?», fragte Greta, die ein bisschen verwirrt war. Bertram und Glaube, das passte für sie nur schwer zusammen.

«Die bei euch in der Antonistraße.»

«Bei uns nebenan?»

Marieke nickte.

«Was hat ihn denn dorthin getrieben?»

«Der Wille, es auch ein bisschen besser zu machen», sagte sie. «Glaube ich jedenfalls.»

Skeptisch sah Greta sie an.

«Ich weiß, du magst ihn nicht, Marjellchen.»

«Sei mir nicht böse, aber das wahr.»

Unglücklich blickte Marieke auf ihre Fingernägel hinab, die abgesplittert und an den Rändern eingerissen waren.

«Was aber nicht heißt, dass ich ihn auch für alle Ewigkeit nicht mögen werde. Was passiert denn nun in dieser Kirche?»

«Gar nicht viel. Bertram hat mit dem Pfarrer gesprochen. Er arbeitet mit den Seemännern, aber auch auf der Reeperbahn, und was Bertram, denke ich, daran mag, ist, dass der Pfarrer keinen zu bekehren versucht und auch nicht zur Abstinenz rät. Na ja, das wundert mich nicht, dass ihm das gefällt. Dieser Pfarrer versucht jedenfalls, den Männern zu zeigen, wann es genug ist. Dass man ein Bier trinken kann, aber nicht zehn nacheinander. Ich war so froh, Greta, als er mir davon erzählt hat!»

«Das hast du gar nicht erwähnt.»

«Na, bei allem, was sonst noch passiert ist ... Mit Felix und Franz und deiner Mama ... Ganz schön viel für einen Sommer, oder?» Müde rieb sich Marieke über das Gesicht und seufzte. «Weißt du, ich habe da so viel Hoffnung reingesetzt, dass ich ihm das Bier sogar nachgetragen habe. Er hat es manchmal gar nicht gewollt, das war wie ein Wunder. Es gab Abende, da saß er am Küchentisch und hat mit Franz gewürfelt. Aber dann ... Weißt du, was er mal sagte, als er wieder stockbesoffen angetorkelt kam? Dass der Weg von der Straßenbahnhaltestelle zu weit sei.»

«Das verstehe ich nicht.»

«Die Haltestelle liegt auf der Reeperbahn. Da entlang sind es ein paar Meter, und dann muss er noch durch die Silbersacktwiete, um zur Kirche zu gelangen. Aufatmen kann er erst wieder ab dem Hein-Köllisch-Platz. Da gibt es zwar auch Kneipen, aber nicht so viele.»

Greta verstand. «Und außenrum? Geht auch nicht, oder? Am Hafen ...»

«... reiht sich eine Kaschemme an die nächste.»

«Kann er nicht eine Kirche in Bahrenfeld besuchen?»

«Nur bei dem Pfarrer in der Antonistraße fühlt er sich verstanden. Er hat nicht den Eindruck, dass auf ihn herabgesehen wird. Er hat Vertrauen zu dem Mann. Dabei hat er sonst zu niemandem Vertrauen.»

Zum ersten Mal, seit Greta ihm begegnet war, empfand sie Mitleid mit Bertram. Selbst er hatte sicher seine Last zu tragen, wenn sie sie auch nicht kannte.

«Teufel noch mal.»

Marieke nickte. «Das kannst du laut sagen.»

Sie schwiegen.

«Aber jetzt rede ich nur über mich, Marjellchen. Wie geht es dir denn?»

«Heute ein bisschen besser als gestern», sagte Greta. «Und morgen vielleicht ein bisschen besser als heute. Weißt du, ich freue mich so darauf, Felix zu heiraten. Aber da ist diese Trauer in mir ... Seit Wochen kommt es mir vor, als würde ich rennen und rennen und keinen Schritt weiterkommen ...»

«Marjellchen, du bist schon ganz viele Schritte weitergekommen. Aber man kann eben immer nur einen Fuß vor den anderen setzen.»

«Mehr geht nicht?», fragte Greta kläglich.

Entschieden schüttelte Marieke den Kopf.

18

Hamburg, 4. September 1954

Möchten Sie noch ein Stück Kuchen, Fräulein Bergström?»

Die Frage hatte so kühl geklungen, als wäre es Frau Uhlmann lieber, wenn Greta nein sagen würde.

Von Felix wusste Greta, dass seine Mutter nach wie vor stoppeln ging. Das Wort war sogar ihr vertraut gewesen, Mickey hatte ihr davon erzählt: Im Nachkriegsdeutschland waren die Hamburger mit den Morgenzügen aufs Land gefahren und hatten auf den Feldern gesucht, was die Bauern vergessen und übriggelassen hatten. Heutzutage ging niemand mehr dieser Tätigkeit nach, niemand bis auf Frau Uhlmann, die, wie es schien, das wenige, das die Familie besaß, am liebsten hortete.

«Danke, das ist sehr freundlich von Ihnen», sagte Greta, «der Kuchen war wirklich köstlich, aber ich fürchte, ich bin satt.»

Die Lippen zu einem Strich gezogen, nickte Frau Uhlmann, und Greta wurde unsicher, ob ihre Ablehnung nicht doch als Beleidigung aufgefasst wurde.

«Wirklich? Sie haben doch kaum was auf den Knochen», rief Herr Uhlmann, der ihr viel zu nahe saß. Die

Teller standen auf einem niedrigen Tisch vor ihnen, der sich allerdings so weit weg befand, dass Greta bis auf die Sofakante hatte rutschen und sich vorbeugen müssen, um nicht auf den Teppich zu krümeln. Dennoch hatten mehr Brösel den Weg auf ihren Rock als in ihren Magen gefunden, und schon ein paar Male hatte sie Herrn Uhlmann mit schwer lesbarem Gesichtsausdruck in diese Richtung blicken sehen.

Was ganz und gar nicht dazu führte, dass sie sich im Wohnzimmer ihrer zukünftigen Schwiegereltern wohler fühlte. So wenig wie die Tatsache, dass ihre zukünftigen Schwiegereltern von ihrem Glück noch gar nichts wussten.

«Du hast es ihnen noch gar nicht gesagt?», hatte Greta wenige Augenblicke zuvor im Flur gefragt. Zuerst hatte sie böse sein wollen, aber dann war die Erinnerung an Andreas Bergström in ihr aufgestiegen. So vieles ging ihr heute durch den Kopf, dass ihr alles andere egal war, auch der Umstand, dass Frau und Herr Uhlmann sie nicht besonders zu mögen schienen.

«Und Ihre Frau Mutter, Fräulein Bergström, ist tot?», fragte Frau Uhlmann in die Stille hinein.

«Mutter, bitte!», zischte Felix und warf Greta einen entsetzten Blick zu.

«Mit Sicherheit», sagte Greta langsam, «weiß ich es nicht. Aber ich vermute es, ja.»

Sie senkte den Kopf und starrte auf den abgetretenen Teppich unter ihren Füßen. Als sie eine Hand auf ihrer Schulter spürte, blickte sie auf und sah sich Herrn Bergström aus nächster Nähe gegenüber.

«Hören Sie nicht auf das Frauchen», sagte er.

Wieder trat Stille ein. Frau Uhlmann hatte ein kleines, rundes Gesicht mit großen, farblos erscheinenden Augen. Vor dem einzigen Fenster stand, etwas abgerückt, sodass man lüften konnte, eine dunkle Schrankwand. Von derselben braunen Farbe waren das Sofa und die beiden Sessel, auf denen die Gastgeber saßen, und selbst die Tapete war Ton in Ton gehalten.

«Und Ihr Vater?», erkundigte sich Frau Uhlmann. Wenn sie sprach, schwangen ihre Wangen mit. Sie sah aus, als habe sie in jungen Jahren einiges mehr an Gewicht auf die Waage gebracht. Alles an ihr wirkte, als trauere sie diesen Jahren nach, in denen ihre Welt gut und schön gewesen war.

«Der lebt noch.»

Greta hatte nicht anders gekonnt, als ihre Worte spitz klingen zu lassen. Merkte denn Frau Uhlmann gar nicht, wie verletzend ihre Fragen waren?

«Mutter, ich schlage vor», ergriff Felix das Wort, der aussah, als würde er am liebsten zusammen mit ihr die Flucht ergreifen, «dass wir jetzt über andere Dinge sprechen. Du solltest Greta Zeit geben, euch kennenzulernen.»

«Ach ja?» Frau Uhlmann blinzelte. «Nun gut. Ich bin ja schon still, wenn es dir so lieber ist.»

Mit einer verstockten Geste schob sie die Teller ineinander und stand auf, setzte sich aber wieder, als sie sah, dass ihr Mann noch nicht aufgegessen hatte.

«Dein Kuchen ist verflixt trocken», brummte Herr Uhlmann und rückte immerhin wieder ein wenig von ihr ab. Er war beleibt, aber nicht auf eine gemütliche Art wie Alfred. Der enorme Bauch, der über seinen Gürtel quoll, wirkte, als sei sein Umfang eher dem Trank zuzuschreiben als der Freude am Essen. «Wirklich, Mutti, das Backen solltest du doch längst gelernt haben.» Und an Felix gewandt: «Hol Hannes. Soll sich auch noch ein Stückchen von dem Süßkram schnappen, auch wenn er nicht schmeckt.»

Hannes! Endlich würde sie Felix' Bruder kennenlernen. Aufgeregt starrte sie zur Tür, durch die Felix verschwunden war. Da zunächst nichts geschah, erhob sich Herr Bergmann, schnappte sich den für Hannes gedachten Teller, überlegte es sich dann aber wieder anders. Mit einem für Greta bestimmten Augenzwinkern ließ er sich zurück in die Polster fallen. Das Sofa gab ein klägliches Geräusch von sich, Greta wippte auf und ab, bis sich die Federn beruhigten, und stellte anschließend fest, dass sämtliche Kuchenkrümel von dem Teller auf ihren Beinen gelandet waren.

«Ach du jemine», sagte Herr Uhlmann langgezogen.

Bevor sie begriff, was er zu tun im Begriff war, hatte er sich schon zu ihr gelehnt und fegte mit dem Handrücken über ihre Oberschenkel. Sie erstarrte. Seine Hand war weich gewesen, weich und warm und feucht. Ihr grauste es.

Frau Uhlmanns Gesicht verlor jeglichen Rest an gesunder Farbe. Erbost starrte sie Greta an, als sei es deren Schuld, dass ihr Mann sich so aufführte. Greta starrte voller Abscheu und Entsetzen zurück.

Im Türrahmen erschienen Felix und ein Junge, der sicher an die fünfzehn Jahre zählen musste, hochgewachsen, wie er war. Doch er blickte ängstlich drein wie ein Kind.

«Hallo», sagte Greta, unendlich froh darüber, einen Grund zu finden, rasch vom Sofa wegzukommen. Schon im Laufen streckte sie die Hand aus.

Er nahm sie nicht.

«Ich bin Greta.»

Sie zog ihre Hand zurück und fühlte sich auf verwirrende Weise an ihre erste Begegnung mit seinem Bruder erinnert. Doch Felix hatte ihr die Hand nicht schütteln wollen, weil ihm die linke fehlte und er in der rechten die Blätter mit den botanischen Illustrationen gehalten hatte. Hannes konnte dies Schicksal unmöglich teilen.

Immerhin lächelte er sie aber schüchtern an.

«Kuchen?», dröhnte von hinten Herr Uhlmann. «Komm, hol dir das Stück, bevor auch der Letzte von uns dran erstickt ist.»

Es kostete sie einiges an Mühe, nicht die Stirn zu runzeln. Als ihr Blick Felix streifte, erschrak sie. Er sah müde, erschöpft und traurig aus.

Hannes schob sich vor und nahm mit einer knappen Verbeugung einen Kuchenteller entgegen, den Herr Uhlmann ihm reichte.

«Setz dich doch, Junge, setz dich.» Großmütig klopfte er auf den Platz neben sich. «Und Sie, Fräulein Bergström, wollen stehen? Das geht aber nicht, meine Liebe.» Er klopfte noch einmal auf das Sofa, auf dem es jetzt noch enger geworden war. Zwischen sie und Herrn Uhlmann würde kaum ein Blatt Papier passen, und nein, künftiger Schwiegervater hin oder her, das konnte sie nicht ertragen.

Sie wollte gerade so entschieden wie höflich ablehnen, als Hannes enger an die rechte Lehne heranrückte, um Platz für sie zu schaffen. Dabei stieß er mit dem Knie gegen seinen Teller, der tat einen Überschlag, das Kuchenstück mit ihm, und beides zusammen krachte, wie im Zirkus, gleichzeitig auf den Sofatisch.

Greta sah Frau Uhlmann nach dem Aschenbecher greifen und fragte sich noch verwundert, ob sie sich zur Beruhigung wohl eine Zigarette anstecken wollte. Stattdessen begann sie, damit auf ihren Sohn einzuschlagen. Hannes gab keinen Laut von sich, er hob bloß die Arme, um seinen Kopf vor dem schweren Glas zu schützen. Greta erhaschte einen Blick auf seine rechte Hand, die rot zu glühen schien, und warf sich instinktiv vor ihn. Mit einem dumpfen Geräusch traf der Aschenbecher ihren Ellbogen, doch sie spürte keinen Schmerz. Und dann war plötzlich alles vorbei.

Frau Uhlmann saß zusammengekrümmt auf dem Sessel und sah aus, als wolle sie sich selbst gegen Schläge schützen. Herr Uhlmann hatte sich vor ihr aufgebaut. Felix hielt noch den Arm seiner Mutter und ließ ihn jetzt langsam los.

Hannes stand auf, das Gesicht schmerzverzogen. Auch Greta erhob sich aus ihrer halb kniendén, halb liegenden Haltung. Sie war so verwirrt, dass sie einen Knicks machte, und hätte sich dafür am liebsten im nächsten Augenblick geschüttelt.

«Felix und ich heiraten», sagte sie und starrte Herrn und Frau Uhlmann so entschlossen wie erbost an. «Am zwanzigsten Oktober. Ich wünschte, ich müsste Sie nicht einladen, aber Sie sind die Eltern meines zukünftigen Mannes, und so muss ich es wohl.»

Die Stille folgte ihr in den Flur hinaus. Als Felix in der Tür auftauchte, öffnete sie den Mund, doch dann fiel ihr nichts ein, was sie hätte sagen können.

Sie sah ihm an, dass Hannes heute nicht zum ersten Mal das Opfer seiner Mutter geworden war. Sie sah ihm ebenfalls an, dass vor Hannes er in diesem Haus jung gewesen war.

«Entschuldige», sagte sie leise. «Aber ich ...»

Er trat vor und zog sie sanft an sich. «Keine Entschuldigungen», murmelte er und schloss die Augen. Mit einem Mal wirkte er zerbrechlich.

«Wieso macht sie so etwas?», fragte sie.

«Es ist ihre Art, Kinder zu erziehen.»

Greta schnaubte ungläubig. Sie rieb sich die schmerzende Stelle am Ellenbogen, wo der Aschenbecher sie getroffen hatte, und löste sich ein wenig von Felix, um ihm ins Gesicht blicken zu können.

«Wir können nicht heiraten. Dann wärest du ja weg, und Hannes wäre allein.»

«Ich bin auch sonst immer mal nicht hier.»

«Aber dann wäre er ihr immer schutzlos ausgesetzt.»

«Greta, willst du dein Leben deswegen anhalten?»

Sie nickte.

Er lächelte traurig. «Das ist nicht der Grund, wieso ich dich liebe. Aber deswegen liebe ich dich noch ein winziges bisschen mehr, falls das überhaupt möglich ist. Bitte, Greta, heirate mich. Wir finden eine Lösung. Ich weiß noch nicht, welche. Aber wir finden eine.»

Als Hannes in die Diele trat, hielt er den Blick gesenkt. Beinahe verschwand sein Kopf zwischen seinen Schultern.

Greta nahm seine Hand, die linke, und drückte sie behutsam.

«Wenn wir erst eine Wohnung haben, kommst du zu uns, sooft es geht. Wenn ich es entscheiden dürfte, könntest du auch ganz zu uns ziehen. Aber ich fürchte, dass ich es nicht entscheiden kann.»

Er hob nicht den Kopf, aber nickte, und sie glaubte, in seinen Augen Hoffnung aufflackern zu sehen.

«Was wünschst du dir eigentlich zu deiner Hochzeit?», fragte Therese Willink Greta, die ihr gegenüber in dem herrschaftlichen Wohnzimmer saß. Das sonnenbeschienene Innere der Harvestehuder Villa könnte kaum einen größeren Gegensatz zu Gretas Innerem bilden. Alles war licht und freundlich hier: die frisch gebohnerten Böden, die hellen Weiten. Greta hatte allein in diesem Teil des Hauses vier geöffnete Flügeltüren gezählt, durch die hindurch man auf einer Länge von sicher zwanzig Metern bis in den Garten blickte.

«Ich habe keinen Wunsch», sagte Greta, die nicht recht wusste, was sie eigentlich hier tat. Zwei Tage zuvor war Frau Willink urplötzlich mit der Einladung zum Kaffee herausgerückt, und sie hatte nur Greta gegolten, obwohl Frau Willink doch besonders Marieke ins Herz geschlossen hatte.

Greta war jedoch immer noch zu erschüttert von dem Zusammentreffen mit der Familie Uhlmann, als dass sie das herrlich starke Gebräu und den dazu gereichten Kuchen genießen könnte. Zudem geisterte seit Tagen Andreas Bergström durch ihre Träume. Er stand kerzengerade in einem unterirdischen Raum. Alles war von einem unheimlichen, steinernen Grau, sein Gesicht, die Wände, der Boden und die reglosen Menschen, die in großer Anzahl um ihn herum lagen.

Ob sie noch einmal nach Göttingen fahren und ihn mit ihrem Wissen konfrontieren sollte? Doch was dann? Er würde sie mit Sicherheit nicht hereinlassen und stattdessen die Polizei holen.

«Aber es ist sehr nett, dass Sie fragen», schob Greta hinterher. «Und vielleicht habe ich tatsächlich Wünsche, aber die können Sie mir wahrlich nicht erfüllen. Und auch Marieke und Trixie nicht.»

Ihre Augen füllten sich mit Tränen. Frau Willink erhob sich und setzte sich, augenscheinlich leicht wie eine Feder, neben sie auf das Sofa.

«Was ist denn los, Greta?»

Und Greta erzählte. Von ihrem Onkel, von Marieke, Bertram und Franz. Und von Felix' Eltern, die ihre Söhne unmenschlich behandelten und denen Hannes bald allein ausgeliefert sein würde.

«Wollen wir einander nicht duzen, Greta?», fragte Frau Willink, nachdem Greta geendet hatte. Erstaunt sah Greta sie an. «Ich duze dich ja schon seit langem», fügte Therese Willink hinzu. «Aber du sagst immer noch Sie zu mir. Und jetzt, da ich so vieles von dir weiß ... Ich fühle mich beinahe, als wäre ich eine Freundin.»

«Sie ... Du bist eine Freundin», sagte Greta leise.

«Das freut mich. Denn ... Vielleicht erinnerst du dich an meinen ersten Besuch in eurem Salon», sagte Therese Willink. Unsicherheit schwang in ihrer Stimme mit. «Als ich Marieke sah, dachte ich damals einen Augenblick lang, sie stünde vor mir, meine Jugendfreundin, meine liebe Freundin Ruth, mit der ich so viele wunderbare Stunden verbracht habe.»

Ja, Greta sah es noch vor sich. Frau Willink hatte ausgesehen, als habe sie den Teufel höchstpersönlich gesehen, derart verstört hatte sie gewirkt.

«Es ist gar nicht so sehr Mariekes Äußeres», sprach Therese Willink weiter. «Obwohl auch Ruth dunkles Haar und Sommersprossen hat und sogar Mariekes blaue Augen. Vor allem aber ist es die Art, wie ... wie sie leuchtet. Das tut sie, nicht wahr? Wenn sie sich umdreht und lächelt, dann ist das einfach wunderschön.»

Greta nickte. Auch sie hatte bei ihrer ersten Begegnung das Gefühl gehabt, dass im dunklen Treppenhaus der Antonistraße das Licht aufgeflammt war, als Marieke vor ihr gestanden hatte.

«Was ist aus deiner Freundin geworden?», fragte sie zögernd.

Therese Willink sah auf ihre Hände hinab.

«Entschuldigung», sagte Greta leise. «Ich wollte dich nicht aushorchen.»

«Nein, nein, ich habe doch davon angefangen. Es kostet mich bloß mehr Kraft, darüber zu sprechen, sogar überhaupt darüber nachzudenken, als ich erwartet habe.» Therese blinzelte und hob den Kopf, sah Greta fest an und räusperte sich. «Aber man kann nur eine Zeitlang vor dem eigenen Gewissen davonlaufen. Irgendwann holt es uns alle ein. Meine Freundin, Ruth, ist Jüdin. Ihrer Familie gelang glücklicherweise die Flucht nach England, knapp vor Kriegsausbruch. Jetzt fragst du dich sicher, welche Rolle ich dabei gespielt habe. Nun, keine. Ruth war von einem Tag auf den anderen fort. Doch bei unserem letzten Zusammentreffen nahm sie mir ein Versprechen ab. Sie sagte, falls etwas Unvorhergesehenes passiere, möchte ich hin und wieder nach ihrer Mutter sehen. Emma lebte in einem jüdischen Altersheim nicht weit von hier. Später wurde mir klar, dass Ruths Familie sie nicht hatte mitnehmen können. Sie war zu alt für die Reise, dreiundachtzig und körperlich gebrechlich, geistig aber nicht. Jeden Morgen trank sie ein Glas Whiskey, egal, wo sie sich aufhielt. Selbst im Krankenhaus ließ sie nicht mit sich reden. Zum Frühstück wurde ihr Whiskey serviert, daran gab es nichts zu rütteln, das sahen irgendwann selbst die Ärzte ein.» Sie kicherte. «Sie liebte auch guten Kaffee, stark und ohne Zucker, und ob du es glaubst oder nicht, ich koche einen recht passablen Kaffee. Ich brachte Emma oft eine ganze Kanne voll. Auf dem Fahrrad, was, wie du dir sicher vorstellen kannst, eine wacklige Angelegenheit war.» Sie wischte sich etwas aus dem Auge und blinzelte. Ihre Stimme war dunkel geworden. «Das Altersheim lag in der Sedanstraße, man kam gut mit dem Rad dorthin. Ich war sicher einmal die Woche dort, bevor es … ernst wurde. Ach, verdammt, ich bin genau wie die anderen. Bringe die Worte nicht heraus, mogle mich um das, was ausgesprochen werden muss, herum. Ich war einmal die Woche bei ihr, bis ich Angst bekam. Vor den Schergen, den Blockleitern, den aufmerksamen Bürgern. Ich fürchtete, mich in Gefahr zu begeben, wenn ich Emma besuchte. Aber es hätte noch andere Möglichkeiten gegeben. Ich hätte ihr ein Päckchen Kaffee zukommen lassen können, es gab schließlich Mittel und Wege, und jemand wie ich wurde gewiss nicht auf Schritt und Tritt überwacht. Ein Päckchen Kaffee, ein freundliches Wort, durch einen Boten gesandt. Das hätte keine große Gefahr für mich dargestellt. Doch ich tat es nicht.» Sie schloss die Augen. «Nach dem Krieg hat Ruth von London aus versucht, mich zu finden. Sie hat Brief um Brief geschrieben und irgendwie erfahren, dass ich bei Verwandten im Schwarzwald untergekommen war. Sie schrieb auch dorthin und war überglücklich, als ich endlich antwortete. Daraufhin sandte sie mir, was immer sie entbehren konnte. Tabak, damit ich ihn auf dem Schwarzmarkt tauschen könne. Kaffee. Tee. Kakao. In England gab es auch Lebensmittelmarken. Die Sachen waren streng rationiert, aber sie hat sich das alles vom Munde abgespart, lebte in dem von Deutschen zerbombten London und packte ein Päckchen nach dem anderen für mich.» Frau Willinks Stimme begann zu zittern. Sie barg das Gesicht in die Hände. «Ich habe ihr stets mit einem knappen Dank geantwortet. Ihre Geschenke haben mich so beschämt. Nachts ist mir ihre Mutter erschienen, diese feine alte Dame, wie sie in ihrem geflochtenen Lehnstuhl am Fenster saß und in die Sedanstraße hinabsah, immer Ausschau haltend nach einem Vögelchen, das sang, oder einem Kind, das sie lächeln ließ. Und dann schrieb mir Ruth, sie hätte durch das Rote Kreuz erfahren, dass Emma im April 43 nach Theresienstadt gebracht worden war. Dort starb sie im Januar 44. Unsere Landsleute ließen die Menschen dort einfach verhungern, darunter viele betagtere Leute aus jüdischen Altersheimen. Diese zierliche alte Dame mit einem Lachen, das wie das Plätschern eines Baches klang. Ruth war natürlich am Boden zerstört.» Sie schüttelte den Kopf und nagte an ihrer Unterlippe, wo beinahe kein Lippenstift mehr übrig war. «Meine Versuche der Wiedergutmachung sind natürlich nichts wert, das weiß ich. Derartiges lässt sich nicht wiedergutmachen, nichts kann je wieder heile sein. Ich versuche es trotzdem, weil es das Einzige ist, was mir noch Freude schenken kann. Vermisste Personen zu suchen und mit denen, die sie suchen, zusammenzuführen.»

Greta nickte und versuchte, ihre Erschütterung über Thereses Geschichte nicht zu deutlich zu zeigen. Sie wusste, dass Therese für das Rote Kreuz tätig war. Mit Hilfe unzähliger Karteikarten versuchte man dort, Vermisste ausfindig zu machen, die auch neun Jahre nach Kriegsende noch nicht wieder aufgetaucht waren. Auch nach Linn hatte Therese geforscht, vergeblich jedoch.

«Es bricht mir jedes Mal das Herz, euren Salon zu betreten», fuhr Frau Willink fort, «und doch kann ich die Freitage kaum erwarten, weil ich ein bisschen Ruth in ihr wiedererkenne. Und darum ist es mir auch ein Anliegen, euch unter die Arme zu greifen, wenn ich kann. Gibt es nicht doch etwas, das du dir wünschst? Das ich dir schenken kann?»

Greta nahm Thereses Hand und drückte sie. «Nein, hab vielen Dank. Aber ich finde, du solltest Ruth schreiben. Und das, was du mir erzählt hast, ihr erzählen.»

Sicher war sich Greta nicht, aber sie glaubte, dass Therese Willink nickte.

Trixie und Marieke stürzten sich voller Elan in die Hochzeitsvorbereitungen. Es war verwunderlich, schließlich hatte Marieke bei ihrer eigenen Eheschließung ja kein Tamtam gewollt. Vielleicht wollten sie so die Sorgen und die Trauer vertreiben, die über Gretas Kopf schwebten.

Rita und Elfriede, aber auch Therese Willink unterstützten Trixie und Marieke mit aller Kraft. Irgendwann fügte sich Greta in ihr Schicksal. Gegen diesen geballten Enthusiasmus kam sie einfach nicht an. Dennoch fiel es ihr schwer, sich munter und voller Vorfreude zu geben, und das war es schließlich, was von einer baldigen Braut zu erwarten war. Aber wie sollte sie froh sein? Hatten Felix und sie den falschen Zeitpunkt gewählt? Das kommende Jahr, im März oder April oder Mai, wäre besser gewesen. Doch es war das Datum. Greta hatte sich gewünscht, am 20. Oktober zu heiraten. Am Geburtstag ihrer Mutter.

«Ich glaube, dass es genau richtig ist, an diesem Datum zu heiraten», sagte Trixie, die Greta zu einem Spaziergang an der Elbe überredet hatte. Ein kühler, herbstlich anmutender Wind fegte ihnen um die Nasen, trieb braune Blätter vor sich her und Wolken, die rasch über den Himmel zogen. «Es ist doch schön, dass du auf diese Weise deiner Mama gedenken möchtest.»

«Aber es geht zu schnell. Wir haben keine Wohnung, und wenn ich es mir genau überlege, gibt es überhaupt nichts, das fertig ist. Und Hannes, den ich am liebsten mit in die Antonistraße nähme ... Und der Salon ...»

«Was ist mit unserem Salon?» Trixie sah so erschrocken aus, dass Greta beschloss, ihr nichts von ihrem Gespräch mit Alfred zu erzählen. Wie es schien, hatten sich ein paar Nachbarn bei ihm beschwert. Es sei nun immer so voll vor der Fabrik, vor allem mit Frauen. Und wenn sie im Hof saßen, darauf warteten, dass Marieke ihnen die Lockenwickler wieder herausdrehte oder Trixie eine Stoffprobe bei Tageslicht präsentierte, lachten sie auch laut, und das war offenbar eine Zumutung für die sonst so ruhige Gegend.

«Nichts», sagte Greta. «Es kommt mir bloß alles so unfertig vor.»

Wie auch die Geschichte ihrer Familie, die mit ihrem Besuch bei Andreas Bergström keineswegs zu Ende erzählt war, aber wie könnte sie es auch je sein? Sollte sie doch noch einmal nach Göttingen fahren? Aber was, wenn sie wieder vor der verschlossenen Tür stehen würde? Oder Andreas Bergström ihr eine Lüge nach der anderen auftischte ...

«Wie geht es eigentlich Harris?», versuchte sie das Gespräch in angenehmere Gefilde zu lenken. «Wann denkt er, dass er dich in Hamburg besuchen kann?»

Trixie fiel in sich zusammen.

«Trixie?»

«Harris meldet sich nicht. Kein Wort habe ich von ihm gehört, seit wir wieder hier sind.» Trixie schluckte. «Er ist einfach fort aus meinem Leben, genau wie beim ersten Mal.»

«Aber ... Schreibst du ihm denn?»

«Wie könnte ich? Wir haben doch verabredet, dass er mir schreibt. Ich habe ihm meine Adresse gegeben.»

«Und du hast seine nicht? Trixie! Was, wenn er sie verloren hat?»

Trixie lächelte kläglich. «Ich würde das ja wirklich gern glauben, aber so ist es doch im wirklichen Leben nicht, Greta. Man hofft so sehr auf eine Erklärung, die einen nicht dazu zwingt, sich mit der Wahrheit auseinanderzusetzen. Mit der, dass er sich bestimmt gefreut hat, mich wiederzusehen, aber dann, dann hat er nachgedacht. Ich bin Deutsche. Er Amerikaner. Das passt nicht zusammen.»

«Wieso soll das nicht zusammenpassen?»

Sie waren beim Wasser angekommen, das sich in grauschaumigen Wellen kräuselte.

Trixie zuckte mit den Schultern. «Sieben Jahre lang habe ich daran geglaubt, dass wir wieder zusammenfinden. Und dann ist es geschehen. Aber jetzt haben wir uns wieder verloren, und es ist, als sei alle Hoffnung in mir aufgebraucht. Jetzt wache ich morgens auf und finde keinen Grund aufzustehen. Mir fällt einfach keiner ein.»

Sie presste die Lider aufeinander. Eine Träne stahl sich darunter hervor und rann ihre Wange hinab.

Greta streckte die Hand aus und wischte sie behutsam fort.

«Wollen wir zurückgehen?», fragte Trixie leise.

Greta nickte und wünschte, in sich selbst etwas Hoffnung zu finden, die sie mit Trixie teilen könnte. Doch sie fühlte sich entsetzlich leer.

In Alfreds Hof empfing sie Frau Singer, die erleichtert die Arme ausbreitete.

«Ah, da sind Sie», sagte sie. «Ich habe schon befürchtet, ich hätte mich im Tag geirrt.»

Nach einem Seitenblick auf Trixie, die ihr tapfer zulächelte und mit einem Kopfnicken zu verstehen gab, das Private jetzt beiseitezuschieben, geleitete Greta ihre Kundin in den Salon.

Aufmerksam betrachtete sie Frau Singer im Spiegel. Ihre Hände wurden warm, als flösse von irgendwoher ein Strom an Energie durch sie hindurch. Wie Mickeys Musik, fand sie, fühlten sich auch manche ihrer Behandlungen geradezu magisch an, selbst in Momenten wie diesen..

«Wissen Sie», sagte Frau Singer, und die Verlegenheit war ihr deutlich anzusehen, «so werde ich sonst nie angesehen. So wohlwollend und interessiert. Mein Mann guckt meist skeptisch, so als warte er nur darauf, dass ich etwas falsch mache. Und wenn ich mich selbst anblicke ...» Sie lachte traurig. «Nun, das ist auch nicht gerade liebevoll.»

«Daran sollten Sie etwas ändern», sagte Greta. «Und bis es so weit ist, gucke ich Sie eben so an. Ich bin nämlich froh darüber, dass Sie hier sitzen und sind, wie Sie sind.»

Die Sonne schickte ein paar herbstlich orange Strahlen durch die geöffnete Tür herein und ließ den Fußboden leuchten. Eine Fliege kam herein, umrundete brummend Gretas Kopf und ließ sich auf den wohlriechenden Flaschen nieder, in denen sie ihre Tinkturen und Lotionen verwahrte. Sie nahm das Fläschchen mit dem Honigbalsam und gab einen Tropfen auf Frau Singers Stirn. Tage hatte sie an dem Rezept herumgetüftelt, dabei war es eigentlich ganz einfach, wie sie später in dem Büchlein vermerkt hatte, das ihr Marieke geschenkt hatte: etwas Milch, etwas Honig und Kamillenöl. Während sie die Creme in Frau Singers Stirn einmassierte, schloss Greta die Augen und lauschte der Stille. Nur die Fliege machte noch Lärm. Ansonsten herrschte Friedlichkeit. Bis eine Stimme Greta aus ihren Gedanken holte.

«Beste, dürfte ich dich eben sprechen?»

Alfred wirkte, als sei er den Weg von seinem Büro in der Fabrik bis zum Salon gerannt, was einen trainierten Menschen wohl keine große Anstrengung gekostet hätte, ihn jedoch schon. Er war verschwitzt, was Greta aber viel mehr beunruhigte, war sein Blick. Er wirkte geradezu ängstlich.

Greta entschuldigte sich bei Frau Singer und schenkte Trixie ein hoffentlich beruhigendes Lächeln. Sie hüpfte aus dem Wagen und nahm Alfreds Arm.

«Beste», flüsterte er, nachdem sie einen Schritt gegangen waren. «Ihr müsst weg. Es tut mir scheußlich leid, und wenn ich könnte, ich würde denen die Bude einrennen und allen miteinander den Hintern versohlen. Aber die sitzen am längeren Hebel, verstehst du? Die wollen, dass ihr geht.»

Greta hatte es kommen sehen. Dennoch erschütterten sie seine Worte. Wenigstens ein paar Wochen noch, hatte sie geglaubt. Ein paar Wochen, bis sie einen anderen Ort gefunden hätten.

Sie nickte, sprachlos und den Tränen nahe. Was sollte jetzt aus der Schnieken Deern werden? Und aus Marieke und Franz, Trixie und Renate – und aus ihr selbst?

«Es gab noch mehr Beschwerden, Beste. Ich verstehe die Leute nicht», er schüttelte den Kopf und tupfte sich mit einem Taschentuch über die Stirn. «Dies ist eine Fabrik. Da gehen Menschen ein und aus, das ist ihr Beruf. Und es gibt Krach, wenn die Maschinen laufen. Achtzehn Jahre, nee, neunzehn mit Unterbrechung sind es jetzt, und nie hatte ich Ärger. Jetzt aber schon.»

«Können wir mit den Nachbarn nicht reden?», fragte Greta. «Wenn du mir ihre Namen nennst, dann ...»

«Die Polizei war da», unterbrach er sie. «Und dann noch so ein paar Hanseln von irgendeinem Amt, die behaupten, meine Fabrik sei kein Privatgelände. Da kann man nicht, wie man will, noch ein anderes Gewerbe betreiben, also, das haben sie irgendwie anders ausgedrückt, aber ich meine, wer versteht schon so ein Beamtendeutsch?»

«Und wir sollen fort, das ist beschlossen?»

«Und wie das beschlossen ist.» Erneut tupfte er sich über die Stirn und wagte nicht, sie anzusehen. «Es ist meine Schuld, Beste, nur meine. Ich hab denen gesagt, ihr wärt erst seit zwei Wochen da. Ich hab darauf bestanden und nicht drüber nachgedacht, dass die Nachbarn ja ganz was anderes sagen. Daraus wollen sie mir nun 'nen Strick drehen, und Beste, wirklich, ich würde für euch kämpfen, das würde ich, aber meine Arbeiter, weißt du ... Wenn sie die Fabrik schließen, dann stehen zweihundert Mann auf der Straße. Das ...»

«Dazu wird es nicht kommen, Alfred», sagte Greta bestimmt. «Du hast schon genug für uns getan. Mehr, als wir dir je zurückgeben könnten. Uns fällt schon was ein. Marieke, Trixie und mir fällt schließlich immer etwas ein.»

Alfred murmelte etwas Unverständliches. Greta tätschelte ihm den Arm. Marieke und Trixie würden todunglücklich sein, das stand außer Frage. Aber sosehr Greta auch ihre Arbeit und ihre Freundinnen liebte, ebenso ihren gemeinsamen Salon, war ihr in diesem Augenblick, als zähle das alles nicht. Bevor sie ihr neues Leben in Angriff nehmen konnte, bevor sie den Bund fürs Leben schloss und sich mit aller Energie, die sie in sich finden konnte, in die Suche nach einem neuen Standort für die Schnieke Deern stürzen konnte, musste sie mit einem Teil ihrer Vergangenheit abschließen.

Sie musste erneut nach Göttingen fahren. Sie musste noch einmal mit Andreas Bergström reden und herausfinden, ob er nicht doch etwas über das Verschwinden ihrer Mutter wusste. Und dieses Mal würde sie sich nicht von ihm abspeisen lassen.

19

Göttingen, 7. September 1954

Sie sind ein Lügner und ein Verbrecher.»

Rasch zog Andreas Bergström sie herein und schloss die Tür seines Sprechzimmers. «Was fällt dir ein, hier aufzutauchen und solche Beschuldigungen auszustoßen?»

«Wenn Sie mir nicht augenblicklich erzählen, was damals passiert ist, schreie ich es jeder Mutter, die im Wartezimmer sitzt, ins Gesicht. Ich erzähle alles. Auch von Ihren Experimenten an Kindern in Breslau und Berlin.»

Ihr Onkel betrachtete sie aus zusammengekniffenen Augen und schien seine Optionen durchzugehen.

«Dankst du es mir so, dass ich damals eure Fahrt nach Schweden bezahlt habe und deine Großmutter und dich in Sicherheit gebracht habe?», sagte er dann. «Dankst es mir, indem du herkommst und mich beschuldigst, ein Verbrecher zu sein?»

«Sie haben mich angelogen. Sie haben gesagt, Sie hätten sich nach 35 mit Annie zerstritten. Doch mein Vater weiß, dass das Zerwürfnis zwischen Ihnen viel früher stattgefunden hat. Außerdem habe ich einen Brief meiner Mutter von 1931, in dem steht ...»

«Mein Gott, Kind, du willst also spitzfindig sein?»

Sie starrte ihn kalt an. «Ja, das will ich.»

«Ihr hättet euch das niemals leisten können. Die Fahrt nach Schweden, die Wohnung! Wer wollte schon an Deutsche vermieten?»

Wie bei ihrem ersten Gespräch schien seine Taktik zu sein, immer wieder von einem Thema zum nächsten zu springen. Doch diesmal würde sie sich nicht verwirren lassen.

«Annie war Schwedin», sagte sie kühl.

«Annie hat so lange in Deutschland gelebt, dass sie von ihren Landsleuten als Deutsche angesehen wurde. Und du? Wer hat dir denn die Papiere besorgt, in denen aus Greta Buttgereit Greta Bergström wurde? Ohne Geld oder Kontakte wäret ihr nie über die Grenze gekommen, und ich kann dir versichern, dass weder Annie noch Linnea über Derartiges verfügten. Ich habe all das bereitgestellt, ich habe dafür zu sorgen versucht, dass ihr drei in Sicherheit seid. Damit endlich einmal Ruhe war mit den Vorwürfen. Damit auch meine verbohrte Mutter einsehen würde, dass es nicht schlau war, sich gegen alles aufzulehnen. Dass es Vorteile brachte, wer zu sein in jenen Zeiten.»

«Drei?», fragte Greta. «Haben Sie drei gesagt?»

«Natürlich. Ich wollte, dass Linnea mit nach Schweden geht.»

«Aber sie ist nicht mitgekommen.»

«Weil sie es nicht wollte!» Er trat an seinen Schreibtisch, setzte sich dahinter, stand aber wieder auf. «Meine sture Schwester wollte nicht», fuhr er fort und ging zum Fenster, kreuzte die Arme hinter dem Rücken und starrte hinaus. «Mein Gott, ich habe damals doch noch nicht geahnt, dass der Krieg ausbricht. Niemand hat das geahnt. Aber dass die Zeiten keine guten waren, zumal für jemanden wie deine Mutter und dich, das wusste ich durchaus, und das wussten auch Annie und Linnea.»

«Sie haben mich bei meinem letzten Besuch angelogen. Deswegen frage ich mich ... Was wissen Sie über das Verschwinden meiner Mutter?»

Wütend funkelte er sie an. «Undankbares Balg. Ich wusste, dass auch du in Gefahr warst. Als Tochter einer Geisteskranken wärest du im besten Fall sterilisiert worden und im schlechtesten ...»

«Wie bitte?», fragte sie. Etwas Kaltes kroch ihr den Nacken hoch.

«Du zählst dazu, was denkst denn du?» Er schnaubte. «Das Gesetz zur Verhütung unwerten Nachwuchses hatte exakt dies zum Ziel: Menschen wie dich unschädlich zu machen.» Er wandte sich um und sah sie streng an, die Augen zusammengekniffen.

Eine Geisteskranke, wiederholte sie seine Worte in Gedanken. *Unwerter Nachwuchs? Unschädlich?*

«Herr Bergström ...»

«Ruhe!» Er hob die Hand, als wolle er sie schlagen, tat es aber nicht. In seinem heiligen Zorn erinnerte er sie an ihren Vater, wie er Mickey zurechtgewiesen hatte. Doch nicht nur darin, erkannte sie jetzt. Auch seine gesamte Statur ähnelte Harald Buttgereit ein wenig.

Hatte Renate deswegen auf Harald gezeigt?

Greta schloss den Mund, öffnete ihn aber gleich wieder. Diesmal sprach sie lauter als er und brachte so ihn zum Schweigen. «War meine Mutter in Hadamar? Haben Sie sie dorthin gebracht?»

Ihr Onkel trat einen Schritt auf sie zu. Sie standen einander nun so nahe gegenüber, dass sie seinen Atem auf ihrer Wange spürte.

«Deine Mutter litt an einer ernstzunehmenden Krankheit. Sie wurde in der Psychiatrie als manisch-depressiv diagnostiziert. Ich bin sicher, dass es sich nicht nur darauf belief. Sie hatte Wahrnehmungsstörungen. Ich nehme an, dass sie zudem schizophren war. Ebenfalls eine erbbedingte Krankheit. Ich habe ihr helfen wollen.»

Sie starrte ihn an. «Also lautet Ihre Antwort ja?»

Müde neigte er den Kopf. «Du gibst ja doch keine Ruhe. Du weißt, wo das Wohnzimmer ist. Dort steht ein Schrank. Schau dir die Akten an. Du wirst sehen, ich habe ihr nie etwas Böses gewollt. Im Gegenteil, ich habe versucht, ihr zu helfen.»

Zögernd trat sie auf die Tür zu und blickte sich noch einmal um. Er nickte. «Geh.»

In dem großen dunklen Schrank stand Akte an Akte, beschriftet mit Jahreszahlen. Angefangen 1931. Die letzte trug die Aufschrift 1949.

Im ersten Ordner fand Greta nichts, was sie mit ihrer Mutter in Zusammenhang hätte bringen können. Alte Schulzeugnisse von Andreas Bergström, durchgehend mit Bestnoten und Lobeshymnen der Lehrenden versehen. Greta überflog Schreiben von den Universitäten Hamburg und Bremen, glattgestrichen und sorgsam abgeheftet. Auch hier: Er musste ein ausnehmend strebsamer

Student gewesen sein, der selbst solche Vorlesungen und Seminare besuchte, die mit seiner Studienrichtung Medizin nichts zu tun hatten. Im Aktenordner des Jahres 1934 fand sie einen Auszug jenes Gesetzes, über das er gesprochen hatte. Von Hand abgeschrieben, in kleinen, eckigen Buchstaben, die so dicht beieinanderstanden, dass Greta sie kaum entziffern konnte. Zwei Punkte waren unterstrichen: Unter anderem sei als erbkrank zu bezeichnen, wer an Schizophrenie und an zirkulärem Irresein leide. Auch wer außer diesen Menschen noch unfruchtbar gemacht werden durfte, stand dort: nämlich solche, die unter Taubheit oder Blindheit litten, schwer alkoholkrank waren oder fallsüchtig.

Greta wuchtete einen Aktenstapel auf den Tisch und blätterte die weiteren Jahre auf dem Sofa durch. Sie las von Hand ausgeschnittene oder abgeschriebene Texte aus dem *Erbarzt*, dem *Nervenarzt* und dem *Handbuch der Geisteskrankheiten*, die erblichen Schwachsinn, Schizophrenie und manisch-depressives Irresein sowie deren erbliche Bedingtheit behandelten. Dann gab es mehrere Briefe, die an Andreas Bergström adressiert waren und seine Schwester Linnea betrafen.

Ein Nervenarzt der Lüneburger Landes- und Heilanstalt teilte im September 1939 mit, dass Linnea Bergström unter Nervosität und Angespanntheit leide, die sie verzweifelt hinter einer Fassade äußerer Gefasstheit zu verbergen suche. Dem geschulten Auge könne jedoch unmöglich verborgen bleiben, dass dahinter schizophrene, womöglich aber auch schizoide Züge lauerten. Er empfahl daher eine dauerhafte Unterbringung in seiner Anstalt. Zwei Monate später jedoch, im November 1939, erreichte ein weiteres Schreiben ihren Onkel, der zu dieser Zeit in Berlin lebte. Man teilte ihm mit, dass die Patientin Linnea Bergström entlassen worden sei. Wieso, wurde nicht ausgeführt.

Greta rieb sich die Augen. Ihre Mutter war kurz nach Annies und ihrer Abreise in einem psychiatrischen Krankenhaus in Norddeutschland gewesen, allerdings nur für die Dauer von zwei Monaten. Hatte Renate die Anstalten in Hadamar und Lüneburg schlichtweg durcheinandergebracht? Nein, das war Unsinn. Von einer Heilanstalt hatte sie schließlich nie gesprochen, nur von Hadamar.

«Wo bist du, Mama?», flüsterte Greta kaum hörbar. Ihre Augen tränten vor Anstrengung, doch sie blätterte verbissen weiter.

Sie stolperte über Andreas Bergströms Aufzeichnungen über eine Diät, der er sich im Herbst 39 unterzogen hatte. Wie es schien, hatte er einige Zeit von rein pflanzlicher Kost gelebt, weil er damals annahm, eine solche Ernährung könne hilfreich zur Heilung von Geist und Seele betreffenden Krankheiten sein.

Natürlich. Eine Erbkrankheit traf ja nicht nur auf sie zu. Hatte er gefürchtet, sie ebenfalls in sich zu tragen?

Als sie Schritte auf der Treppe hörte, klappte sie den Ordner zu.

«Bist du fündig geworden?»

«Sie meinen, ob ich etwas über die Lüneburger Heilanstalt gefunden habe?»

Mit einer Geste der Ungeduld schüttelte ihr Onkel den

Kopf. «Nicht Lüneburg. Dort wurde sie entlassen. Wahrscheinlich hat sie die Ärzte bezirzt. Sie hatte ja ein sehr gewinnendes Wesen, deine Mutter.»

«Aber Sie wollten, dass sie in der Klinik bleibt? Damit Sie sie vom Hals haben. Damit keiner bemerkt, dass Sie eine kranke Schwester haben. Das hätte Ihre Stellung gefährdet. Wenn es anders war, wieso haben Sie dann nicht versucht, sie ausfindig zu machen?»

Statt einer Antwort schüttelte er den Kopf und sah sie kalt an. «Du bist Linneas Tochter und Annies Enkelin, durch und durch. Es hat tatsächlich meine Stellung gefährdet, damit hast du recht. Aber es ging mir vor allem um Linnea, um ihre Sicherheit. Und nun beeil dich.»

«Wieso?»

«Weil ich keinerlei Interesse daran habe, meinen Feierabend in deiner Gesellschaft zu verbringen. Aber mir ist klar, dass ich dich niemals loswerde, wenn du deine Antworten nicht findest.» Mit dem Kinn zeigte er auf den Schrank. «Im Ordner des Jahres 41. Da beginnt der Schmerz. Ich könnte dir alles erzählen, aber wärst du dir dann sicher, dass ich auch die Wahrheit sage? Darin findest du es schwarz auf weiß.»

Widerstrebend nahm sie den Ordner in die Hand. «Wonach soll ich suchen?»

«Nach der Sterbeurkunde.»

Greta konnte kaum schlucken, so trocken war ihr Mund. Sie blätterte, überblätterte, kehrte dann zu einer Seite zurück, die einen Stempel mit Reichsadler und Hakenkreuz trug. *Hadamar-Mönchberg (Lahn)*, stand darüber, *den 6. Juni 1941.* Die Patientin Linnea Bergström, aufgenommen am 6. Mai 1941, sei einen Monat nach ihrer Ankunft in der Landes-, Heil- und Pflegeanstalt Hadamar an akuter Blinddarmentzündung gestorben. Beurkundet durch das Standesamt der Landesheilanstalt Hadamar an der Lahn, Landkreis Limburg. Unterschrieben mit dem Namen Wilfried Karringer.

Greta starrte auf die Worte. Dumpf hallten sie in ihrem Kopf nach.

«Ich verstehe immer noch nicht», sagte sie. In ihr, so fühlte es sich an, zerbrach etwas. Laut und knackend und doch für niemanden hörbar.

«Nicht?» Interessiert musterte ihr Onkel sie, dann wurden seine Züge weicher, als sei ihm gerade eingefallen, was von einem Arzt in einer solchen Situation erwartet wurde. «Es tut mir sehr leid, Greta. Es muss schrecklich sein, es so viel später zu erfahren.»

«Sie hätten es mir sagen müssen», sagte sie dumpf.

Da er nichts erwiderte, fragte sie: «Aber wieso haben Sie die Urkunde erhalten? Wieso wurde sie nicht an Annie geschickt, sie war immerhin die Mutter? Oder an meinen Vater?»

«Man kannte nur meine Adresse.»

«Ja, aber Sie hätten sie weiterschicken müssen.»

Seine Augen glänzten hart wie dunkelblaue Murmeln. «Das habe ich. Ich habe eine Kopie an deine Großmutter geschickt.»

«Aber ...» Etwas schnürte Greta so eng die Kehle zu, dass sie nicht weitersprechen konnte.

«Sicher hat sie dich schützen wollen», sagte er gönnerhaft. «Wie alt warst du damals?»

«1941? Neun.»

Er nickte. Alles schien gesagt, alles erklärt. Für ihn jedenfalls.

«Annie hätte mir so etwas Entscheidendes niemals verheimlicht.»

Sein Blick flackerte, dann lächelte er. «So wenig wie den Umstand, dass du noch einen weiteren lebenden Verwandten in Deutschland hattest? So wenig wie die Tatsache, dass ich deine Mutter mit euch nach Schweden schicken wollte? Deine Großmutter hatte viele Geheimnisse. Sie war ... nun. Eine Frau. Ein rätselhaftes Wesen.»

«Sie selbst waren damals auch in Gefahr.» Greta schaffte es, den Satz kühl und sachlich klingen zu lassen. Wo nahm sie bloß diesen letzten Funken Kraft her? Sie wusste es nicht. «Sie müssen gefürchtet haben, dass man auch Sie für erbkrank erklärt. So wie es auch Annie und mir hätte passieren können. Darum wollten Sie uns aus dem Weg haben, darum wollten Sie, dass wir Deutschland verlassen. Und dann haben Sie Mama ins Auto gepackt und sind mit ihr nach Hadamar gefahren. Weil Sie Angst hatten, sie würde Ihre Karriere ruinieren.»

Er kniff die Augen zusammen. «Du irrst dich, Greta, du irrst dich gewaltig, was meine Beweggründe angeht. Ich musste mich um Annie, Linnea und dich kümmern. Ich hatte gar keine Zeit, an mich zu denken. Aber eines kann ich dir versprechen, Greta: Wir beide stünden uns heute nicht gegenüber, wenn meine Bemühungen nicht gefruchtet hätten. Ein Sterilisationsgesetz gab es auch in Schweden, es wurde allerdings nicht auf dieselbe Weise ausgelegt. Und wer nicht auffällig wurde, der entging den dort mahlenden Mühlen. Den Institutionen», erklärte er, als er ihren fragenden Blick bemerkte, «die Zwangssterilisationen erwogen und durchführen ließen. Hier war das anders. Wenn Linnea bloß auf mich gehört hätte. Doch sie war in ihrem Wahn gefangen.»

«Haben Sie meine Mutter nach Hadamar gebracht oder nicht?»

«Ich verstehe zwar nicht, wieso dir ausgerechnet dieses Detail so wichtig ist, aber bitte, lass mich ausreden. Ihr befandet euch in Schweden. Ich wollte meine Schwester in Lüneburg behandeln und heilen lassen, musste jedoch einsehen, dass man ihr dort nicht zu helfen imstande war. Linnea durfte die Anstalt verlassen. Dann aber ging es erst richtig los.» Er betrachtete sie. Vielleicht suchte er in ihrem Gesicht nach einem Zeichen von Verständnis. «Vierzig, im Winter vierzig, einundvierzig. Sie war ein Jahr zuvor aus Lüneburg entlassen worden und zu ihrer Arbeit zurückgekehrt. Wie ich später erfuhr, behauptete sie, eine schwere Grippe gehabt zu haben. Doch nach ein paar Monaten verfiel sie in einen katatonischen Zustand. Sie war kaum mehr für mich zu erreichen. Aber auf die Ruhe folgt bekanntlich der Sturm. Der kam im Januar. Sie fing an zu halluzinieren. Bildete sich ein, mit Adolf Hitler höchstpersönlich verwandt zu sein. Zwei Tage später sprach sie davon, ihn töten zu wollen. Sie war zu mir nach Berlin gereist, stand eines Tages mitten im Institut und rief, wir würden auf dem Berghof erwartet, er habe zugestimmt, sich mit ihr auf dem Obersalzberg im Führersperrgebiet zu duellieren. Damals war Mussolini dort zu Gast, ich nahm allein schon deswegen an, dass wir dort nicht erwartet wurden.» Er lächelte und sah sie an, als hoffte er, sie würde über seinen Scherz amüsiert sein. «Linnea blieb fortan bei mir.»

«Und dann?»

«Sie ließ nicht locker. Nie wurde sie ruhig. Selten, dass sie mehr als zwei, bestenfalls drei Stunden pro Nacht schlief. Ansonsten plapperte sie, lachte, trank, in einem fort, ohne Unterlass. Es war schwierig, ihr Verhalten zu verbergen. Die Nachbarn tuschelten. Irgendwann auch die Kollegen.»

Greta sah ihrem Onkel in die Augen. Am liebsten hätte sie die Hände auf die Ohren gepresst. Kein weiteres Wort konnte sie aus seinem Mund ertragen. Sie wusste ja bereits, was geschehen war. Ihre Mutter war tot. An einer Blinddarmentzündung gestorben. So einfach war es, so schrecklich, so unerträglich.

«Da hörte ich von Hadamar. Ein Kollege erzählte mir davon. Es sei eine Anstalt mit sehr gutem Renommee, die erstaunliche Erfolge erzielte. Und Linnea war damit einverstanden, sich dort behandeln zu lassen. Sie ist noch einmal nach Hamburg gefahren, um ihre Sachen zu packen, und dort habe ich sie dann abgeholt.»

«Was ist in Hadamar geschehen?»

«Sie starb, wie du ja jetzt weißt, schnell und unerwartet.»

Greta schloss die Augen.

«Dasselbe wäre wohl in Hamburg passiert oder in Berlin. Oder in Stockholm», schob Andreas Bergström hinterher. «Es war vollkommen gleich, wo sie sich aufhielt.»

Woanders aber wäre jemand an ihrer Seite gewesen, dachte Greta. Jemand, der sie liebte.

«Wieso haben Sie mir das verheimlicht? Wieso?»

Müde sah er sie an. «Ich wollte dir die Wahrheit ersparen, aber es ist wohl besser, du kennst sie.» Mit einer hilflos wirkenden Geste umfasste er ihr Handgelenk.

«Lassen Sie mich los.»

Gehorsam trat er einen Schritt zurück, wandte sich um und kritzelte etwas auf ein Stück Papier.

«Hier», sagte er, «liegt deine Mutter begraben. Geh. Und komm nicht mehr her.»

Ohne ein weiteres Wort verließ sie das Haus.

Es dämmerte, als sie den Zug bestieg. Sie hatte den Fahrschein umtauschen können, wenngleich sie an das Gespräch mit dem Kassierer kaum mehr als eine verschwommene Erinnerung hatte. Aber in ihrer Tasche steckte jetzt ein Billett nach Hessen statt nach Hamburg. Sie hatte sich am Bahnhof einen Apfel und eine Zeitung besorgt, und wäre ihr nicht so gewesen, als wandle sie zwischen Wachsein und Traum, hätte sie sich wohl gefragt, was in Gottes Namen sie eigentlich vorhatte.

War ihre Reise nicht abgeschlossen? Sie hatte erfahren, was geschehen war. Sie wusste, dass ihre Mutter nicht mehr lebte. Sie hatte an ihrem Grab gestanden. Und als habe der Himmel sie trösten wollen, war die Wolkendecke aufgerissen, und die Abendsonne hatte einen rötlich gelben Strahl auf die Erde zu ihren Füßen geschickt. Sie hatte vor dem Grabstein gekniet und den Geruch von Tannen und Regen eingesogen. Es war still auf dem

Göttinger Stadtfriedhof gewesen, vollkommen still, nur Vögel hatten gezwitschert, als Greta zärtlich über die Inschrift gestrichen hatte:

LINNEA BERGSTRÖM
Geliebte Schwester, Mutter, Tochter

20. 10. 1905 − 6. 6. 1941

Die gesamte Fahrt nach Frankfurt über fühlte sie sich wie betäubt, auch noch, als sie ein Zimmer in einer Pension in der Nähe des Hauptbahnhofes nahm. Sie hätte nicht mal sagen können, ob sie tief geschlafen oder die halbe Nacht wachgelegen hatte, als sie am darauffolgenden Morgen Hadamar erreichte. Die Straßen wirkten auf irritierende Weise vertraut. Kaum zu glauben, dass sie erst einmal hier gewesen war. Sie stieg den Mönchberg hinauf, bis sie die graue Kirche sah und die Anstalt. Diesmal ging sie jedoch um die Gebäude herum, ohne genau zu wissen, was sie dort zu finden oder zu sehen erhoffte. Einen Blick auf die Landschaft vielleicht, wie ihn ihre Mutter möglicherweise gehabt hatte, wenn sie aus dem Fenster guckte.

Dahinter waren Hügel. Abgezäunte Areale, Wald, Felder. Sie setzte sich ins Gras und dachte an Andreas Bergström, an die Sterbeurkunde, irgendwo hier in der Nähe ausgestellt. Ihre Gedanken überschlugen sich, bewegten sich mal hierhin, mal dorthin, ohne Pause. Sie fühlte sich an ihre Mutter erinnert, deren Gedanken ihr, wie Annie immer gemeint hatte, stets mit abenteuerlicher Geschwindigkeit durch den Kopf rasten.

«Schnell wie eine Dampflok», hatte ihre Großmutter gesagt und den Kopf geschüttelt. «Wer will da noch hinterherkommen?»

Linn hatte ihr einmal davon erzählt, dass es in ihrem Kopf tatsächlich Schienen gebe. Darauf könne sie von jedem Winkel in den nächsten brausen, während die Sinneseindrücke anderer Leute erst den mühsamen Weg über die Nervenbahn nehmen müssten. Närrenbahn, hatte Greta damals gefragt, was ist das? Da hatte Linn so sehr gelacht, dass ihr die Tränen gekommen waren.

Die Erinnerungen an ihre Mutter strömten herbei, als hätten sie bloß auf die Erlaubnis gewartet. Linn, die lachte, und wenn sie lachte, schien die ganze Welt in goldenes Licht getaucht. Linn, die weinte und dabei aussah wie ein Bild, das nur in Schwarz gemalt war. Dabei war in Gretas Augen nie ein bunterer Mensch als ihre Mutter auf der Welt gewesen.

Wieso hatte Annie selbst im Angesicht ihres eigenen Todes geschwiegen?

«Hallo, Sie!»

Gretas Kopf flog herum, so sehr hatte sie sich erschreckt. Sie blickte in das wettergegerbte Gesicht eines Mannes, der uralt wirkte, jedoch Arbeitskleidung trug, halb Zerschlissenes aus dunklem Leinen.

«Ja?» Sie erhob sich und klopfte sich das feuchte Gras vom Po.

«Traurig?» Der Mann sah sie mitfühlend an.

«Ja. Meine Mutter ist in der Nähe gestorben.»

Er sah sie an, dann wandte er den Blick ab und zog schniefend die Nase hoch.

«Leben Sie hier?»

Nun nickte er.

Weil ihr nichts weiter einfiel, was sie sagen könnte, lächelte sie verlegen und hielt ihm die Hand hin.

«Auf Wiedersehen.»

Er griff nach ihrer Hand, umschloss sie ganz und gab sie wieder frei. Sie stieg den Hang hinab, wurde langsamer und blieb schließlich stehen. Alle und jeden im Ort hatte sie bei ihrem ersten Besuch vor ein paar Wochen angesprochen. Ihn aber nicht.

«Entschuldigen Sie», rief sie seinem Rücken zu. «Würden Sie sich ein Foto ansehen?»

Er drehte sich um und nickte.

Als sie ihn erreichte, ging ihr Atem schnell. Sie fände es tröstlich zu wissen, wenn dieser Mann ihrer Mutter begegnet wäre. Vielleicht hätten sie einen Blick getauscht, ein Lächeln.

Sie nestelte das Bild aus der Tasche. «Dies war meine Mutter.»

Er betrachtete Linn eingehend und wiegte unschlüssig den Kopf.

«Sie war 41 gleich hier in der Anstalt untergebracht. Einen Monat nur, dann starb sie.»

Müde hob er den Blick und sah sie voller Mitleid an.

«Erinnern Sie sich an sie?»

«Ich bin mir nicht sicher», sagte er nach einer Weile.

«Es wäre sehr freundlich, wenn Sie es sich noch einmal ansehen könnten. Glauben Sie, Sie haben sie gesehen? Vielleicht sogar mit ihr gesprochen?»

«Sprechen ging nicht. Dazu war doch die Zeit viel zu

kurz. Sie kamen an, und anderntags waren sie schon tot.»

«Wer?», fragte Greta, die das Gefühl hatte, jemand schnüre ihr den Hals zu.

«Die Insassen. Kamen den einen Tag, am andern waren sie tot. Diese Frau», er zeigte auf Linns Gesicht, «war nicht einen Monat hier, so wenig wie alle anderen damals. Niemals war sie das.»

«Doch. Ich habe die Sterbeurkunde gesehen.»

«Einundvierzig? Niemals.»

«Aber ...»

«Es tut mir leid, Mädchen. Vielleicht hab ich sie gesehen. Und wenn ja, hab ich sicher gedacht, das ist eine Hübsche. Was macht die an einem Ort wie diesem? Da drinnen findet sich nicht mehr viel.» Er klopfte sich an den Kopf. «Aber sie war nicht einen Monat hier, niemand war das. Ich hab da gearbeitet, bei der Kirche. Handwerker, Gärtner, alles und nichts. Und ich hab die Busse gesehen, mit denen die Leute hergebracht wurden.»

«Meine Mutter nicht, sie kam allein. Besser gesagt, nicht allein. Ihr Bruder hat sie hergebracht.»

Seine Miene wurde hart. «Hat er das?»

Sie nickte. «Sie war krank und ...»

«Alle wussten, dass die Kranken nicht hergebracht wurden, um geheilt zu werden. Alle bei ein bisschen Verstand. Ich war unter denen, die die Amerikaner nachher hergebracht haben. Im März 45. Wir mussten rein. Uns ansehen, was geschehen ist. Die ganzen Körper. Leichenberge. Abgemagert, halb verfault, sogar die paar wenigen Lebenden.»

Sie wich zurück.

«Aber erzähl mir keiner, dass er es nicht schon vorher wusste. Oder ahnte, das auf jeden Fall. Die Busse kamen. Und spätestens am Tag drauf stieg aus den Schornsteinen Rauch auf.»

Starr vor Entsetzen brachte sie kein Wort heraus. Es dauerte ein wenig, bis sie sich gesammelt hatte. Dann sagte sie: «Meine Mutter starb an einer Blinddarmentzündung.»

«'ne Menge Leute starben angeblich durch Blinddarmentzündung. Und Hirnschlag. Oder haben ein Medikament nicht vertragen. Oder der Kreislauf hat schlappgemacht. Oder sie hatten Leukämie, ganz plötzlich. Aber in Wirklichkeit hatten sie nichts davon. Sie wurden getötet.»

«Wieso?» Mehr als ein Flüstern brachte sie nicht heraus.

Mit seinen dunklen, freundlichen Augen sah er sie lange an. Jedes Jahr schien sich in sein Gesicht eingegraben zu haben, jedes Unglück. Und nur wenig Freude.

«Das musst du Leute fragen, die schlauer sind als ich.» Er schniefte und zuckte mit den Achseln. «Tut mir wirklich leid für dich, Mädchen. Gehab dich wohl.»

Verwirrt blickte sie ihm nach. Er konnte nicht einfach kehrtmachen und gehen, nicht jetzt.

«He!»

Er wurde langsamer. Schicksalsergeben drehte er sich um, sah sie jedoch nicht an, sondern folgte mit dem Blick einer Amsel, die auf der Suche nach Nahrung über den zerfurchten Erdboden hüpfte.

«Ich habe ihre Sterbeurkunde gesehen. Ich war am Grab meiner Mutter. In Göttingen.»

«Kind, ich sollte nicht der sein, der es dir sagt. Aber da es scheint's kein anderer tut, sag ich es doch. Ich weiß, was ich gesehen hab. Ich weiß, was mir die Amis erzählt haben, schreckerstarrt und kalkweiß. Von denen glaubt heute keiner mehr an Gott, das versichere ich dir. Lass dir keine Märchen erzählen. Hier ist keiner an einer Blinddarmentzündung gestorben, erst recht nicht vier Wochen nachdem er herkam. Angeliefert, untersucht, vergast. So ging es. So und nicht anders.»

Das Atmen tat ihr weh. Das Denken auch. Sie stellte sich vor, wie sie sich klein wie ein Staubkorn machte, um nichts mehr zu empfinden.

«Das Schlimme ist, keiner will es glauben! Der eine nicht, weil hier wer umkam, den er liebt. Und die anderen, die aus dem Ort, nicht, um sich selbst nicht zu zerfleischen. Aber irgendwer muss es glauben. Irgendwer muss doch im Gedächtnis behalten, was hier verbrochen wurde.»

Greta blinzelte, und es kam ihr vor, als fehlte ihr selbst für diese kleine Bewegung die Kraft. Stocksteif stand sie da. Sah den Mann an in seinen ausgebeulten Hosen und mit dem schmutzigen Gesicht.

Der Mann, die Landschaft, die Vögel, alles schien zu verschwimmen. Greta schloss die Augen. Die Welt um sie herum verstummte.

20

Hamburg, 5. Oktober 1954

Seit fast einem Monat war Greta nun wieder in Hamburg. Fast einen Monat, in dem sie sich fühlte, als wäre sie in der Mitte durchgebrochen. Als bestehe sie nun aus zwei Teilen, die nicht mehr miteinander verbunden waren. Der Gedanke an ihre näherrückende Hochzeit konnte ihre traurige Stimmung ebenso wenig aufhellen wie die Arbeit im Salon. Mittlerweile hatten sie Alfreds Hof tatsächlich verlassen müssen und parkten die Schnieke Deern nahe Mariekes Nissenhütte am Wegesrand. Es war keine Ideallösung, doch Greta fehlte die Kraft, um für den Standort oder die spärlicher werdende Kundschaft eine Lösung zu finden. Seit sie in Hadamar die Wahrheit über das Schicksal ihrer Mutter erfahren hatte, fühlte sich alles in ihr schwer und taub an.

Sie fände wohl kaum noch den Willen in sich, morgens aus dem Bett zu steigen, gäbe es nicht ihre Freundinnen, die ihr Kaffee brachten und sie mit kleinen, albernen Späßen zumindest hin und wieder zum Lachen zu bringen. Und Felix, der an ihrer Seite war, wann immer er konnte.

Felix war es auch gewesen, der sie in die Staatsbibliothek begleitet hatte. Nach ihrer Rückkehr hatte Greta drei Tage benötigt, den Mut dafür aufzubringen. Drei Tage, in denen sie so gut wie nur geweint hatte. Dann hatte sie gelesen. Einen Wälzer nach dem anderen. Sie hatte nachgelesen, wie Schizophrenie von einer manisch-depressiven Erkrankung abgegrenzt wurde (nur schwerlich, wie überhaupt sämtliche Diagnosen auf Vermutungen zu münzen schienen) und dass Hadamar nicht die einzige Klinik war, aus denen die Menschen nicht lebend herausgekommen waren.

Internationale Zeitungen hatten darüber berichtet. In deutschen hatte sie keinerlei Hinweise darauf gefunden.

Aktion T4. T für Tiergartenstraße in Berlin. Vier war die Hausnummer gewesen. An dieser Adresse hatten die Nationalsozialisten geplant jene Menschen sterben zu lassen, die ihrer Ansicht nach lebensunwert waren. Schmarotzer, die weit mehr kosteten, als sie je verdienen würden. Kranke, nichtsnutzig für den Staat. Oder aber aus anderen Gründen wertlos, wegen ihrer Herkunft, ihrer Religion, weil sie stotterten oder von den Lehrern für schwer erziehbar gehalten wurden.

Wenn sie die Augen schloss, brannte es unter ihren Lidern. «Ach, Liebchen», hörte sie Renate leise sagen. «Liebchen, kann ich etwas für dich tun?»

Ob Trixie ihrer Mutter eingebläut hatte, Greta nicht mehr mit Linns Namen anzusprechen? In den vier Wochen, die seit ihrer zweiten Reise nach Göttingen und nach Hadamar verstrichen waren, hatte Renate sie stets *Liebchen* genannt. Nicht mehr *Linn*.

Seltsamerweise fehlte es ihr ein bisschen.

«Danke», sagte sie und öffnete die Augen. «Ich glaube, nicht.»

Sie sah, dass Trixie sie besorgt musterte, und lächelte ihr schief zu. Dann schloss sie wieder die Augen.

So verging der Tag, wie auch die vorherigen Tage vergangen waren: ruhig. Ohne eine einzige Kundin. Als es draußen zu dämmern begann, räusperte sich Trixie, als wolle sie eine Rede halten.

«Nein», sagte Marieke, die wohl genau wusste, worum es in dieser Rede gehen würde.

«Wir müssen aber darüber sprechen.»

«Das können wir gern tun, aber nicht jetzt.»

«Aber wann?», fragte Trixie. «Seit drei Wochen versammeln wir uns jeden Tag hier in Bahrenfeld. Und machen ein paar Mark, wenn wir Glück haben. Ein paar Pfennige aber nur, wenn es schlecht läuft. Und seit einer Woche nicht einen einzigen. So kann es doch nicht weitergehen.»

«Unsere Kundinnen werden sich schon an den etwas längeren Weg gewöhnen. Früher sind doch auch nicht alle aus dem nahen Umkreis zu uns gekommen. Sieh dir Frau Singer an. Greta», forderte Marieke sie auf, «wo lebt Frau Singer?»

«In Uhlenhorst, soweit ich weiß.»

«Siehst du», wandte sich Marieke wieder an Trixie. «Wenn wer von Uhlenhorst nach Ottensen fahren kann, kommt er doch problemlos auch bis Bahrenfeld.»

Trixie sah sie mit hochgezogenen Augenbrauen an. Marieke seufzte, zuckte mit den Schultern und sagte: «Ich würde unseren Salon auch lieber irgendwo parken, wo es hübsch ist. Vor allem aber, wo etwas los ist. Aber dort ist die Gefahr viel größer, dass wir der Polizei ins Auge fallen. Oder Dieben, hast du darüber schon mal nachgedacht? Hierher kommt keiner, der nicht hergehört. Hier gibt es nichts zu holen.»

«Wo es nichts zu holen gibt», sagte Trixie, «gibt es aber eben auch nichts zu verdienen.»

«Und wenn wir unsere Ausflüge nach Harvestehude, Uhlenhorst und so nun doch zur Dauerlösung machen?», schlug Marieke nach einer Weile vor. «Ich habe mich erkundigt. Wenn unser Salon bei der Handelskammer als reisendes Gewerbe geführt wird, können wir tun und lassen, was wir wollen. Wir dürfen bloß keine Werbung machen, aber was denken die eigentlich? Dass wir das Geld hätten, eine ganzseitige Annonce im *Abendblatt* zu schalten? Also fahren wir tagsüber rum, und abends parken wir wieder hier.»

Trixie legte ihre Stirn in Falten. Sie war schmaler geworden, oder kam es Greta nur so vor?

Am liebsten würde sie erneut die Augen schließen, aber sie konnte sich nicht für immer verstecken. Wenn nichts von alldem klappte, was ihre Freundinnen vorschlugen, würden sie bald womöglich keinen Salon mehr haben, an dem sie Tag für Tag Unterstützung fand und offene Ohren. Das war eine beängstigende Vorstellung.

«Was ist mit Therese Willink?», fragte sie.

«Was soll mit ihr sein?», fragte Marieke.

«Wir könnten sie fragen, ob wir den Lastwagen in ihrem Garten abstellen dürfen.»

«Erstens wird sich Frau Willink bedanken», sagte Marieke düster. «Immer dieser rote Knallfrosch hinterm Haus. Zweitens glaube ich, dass wir vom Regen, platsch, direkt in die Traufe hüpfen. Man muss es doch mal nüchtern sehen: Wir haben am Anfang die Abkürzung genommen und uns um die ganzen Formulare und Genehmigungen rumgedrückt. Aber wenn wir mit dem Salon auf lange Sicht weitermachen wollen ...» Sie seufzte. «Dann bedeutet das verflixt viel Arbeit. Und immer noch keinen Platz, an dem wir die Schnieke Deern dauerhaft parken können. Denn ich sag dir eins, es ist zwar fein, wohlhabende Kundinnen zu haben, und ich will die nicht missen. Aber Rita und Elfriede, Frau Klarwitter und Frau Ehrentraut, die werden nicht einmal die Woche nach Harvestehude reisen. Das ist denen zu weit, und sie werden sich dort wahrscheinlich auch wenig willkommen fühlen.»

Betrübt sahen sich die drei über den Tisch hinweg an.

«Ich koche uns Kaffee», murmelte Marieke. Als sie die Tür öffnete, rief sie verblüfft: «Oh. Waltraut! Das ist ja eine Überraschung.»

War Mariekes Nachbarin jemals hier im Salon gewesen? Nun, immerhin war der Weg von der Nissenhütte bis zu dem trübseligen Feld nicht besonders weit. Die größere Überraschung aber steckte jetzt den Kopf durch die Tür. «Guten Tag, Frau Hottenrott», sagte Greta verblüfft. Für einen kurzen Moment vergaß sie, was sie eben noch so traurig gemacht hatte.

Ihre Nachbarin aus der Antonistraße lächelte sie zurückhaltend an und fragte: «Wir würden gern mit Marieke sprechen. Ist das möglich?»

«Trixie, magst du rauskommen», fragte Greta und half

Renate aufzustehen, «und bringst auch Franz mit? Wir gucken uns draußen, äh, die Goldrute an.»

Greta half den beiden Damen ins Innere, dann gesellte sie sich zu Trixie, Renate und Franz nach draußen. Die Aussicht war tatsächlich armselig im Vergleich zu der, die sich ihnen über die Mauer hinweg auf Alfreds Hof geboten hatte. Hier gab es weder Möwen noch Kräne noch Wasser. Stattdessen trauriges Gestrüpp und einen monotonen Wechsel aus grauen Häusern und braunen Flächen dazwischen. Und ja, immerhin die gelb leuchtende Goldrute, deren Blüten sanft im Wind hin und her schwangen. Sie sollte sie sammeln und Tee daraus kochen. Vielleicht eignete sich der Sud ja auch für Kosmetik. Dann wäre ihr Aufenthalt hier immerhin zu etwas nutze.

«Alles muss ja mal zu Ende gehen», sagte Trixie unvermittelt. «Das Gute wie das Schlechte. Und weißt du, was?» Sie wuschelte Franz durchs Haar, der mit großen Augen zu ihr aufblickte und schüchtern lächelte. «Es ist an der Zeit, nach vorn zu schauen. Die Vergangenheit ist vergangen. Jetzt kommt die Zukunft.»

Greta musterte ihre Freundin. Ob sie an Harris dachte? Greta zweifelte daran, dass sie ihn wirklich vergessen könnte. Andererseits hatte Trixie sie schon öfter überrascht ...

«Danke», sagte Marieke und umarmte erst Waltraut, dann Frau Hottenrott.

Die beiden verabschiedeten sich auch von Greta, Trixie und Franz und spazierten davon, Arm in Arm auf

Waltrauts Nissenhütte zu. Zwei alte Damen, die sich erst vor kurzem auf der Willkommensfeier für Franz kennengelernt hatten und schon wie die besten Freundinnen wirkten. Was sie wohl mit Marieke besprochen hatten?

Erwartungsvoll drehte sich Greta zu ihr um.

«Wir haben ein neues Zuhause», rief Marieke. Ihre Augen strahlten. «Franz, Bertram und ich.»

«Wie bitte? Wo denn?», fragte Trixie. «Zieht Waltraut etwa aus und überlässt euch auch den hinteren Teil der Hütte?»

«Nicht ganz. Frau Hottenrott zieht aus. Zu Waltraut. Nein, besser gesagt zu mir, in meine Wohnung. Und Bertram, Franz und ich ziehen zu ihr. Dann sind wir Nachbarinnen, Greta, jedenfalls bis du und Felix eine Wohnung gefunden habt!»

Ungläubig schloss Greta sie in die Arme.

«Also, ich verstehe überhaupt nichts mehr», murmelte Trixie.

«Frau Hottenrott mag nicht mehr in der großen Wohnung leben», erklärte Marieke, die ihr Glück selbst noch nicht fassen konnte. «Sie hat lang genug gewartet, hat sie gesagt, aber niemand kam zurück.»

«Wie?», fragte Greta. «Sie hat auf jemanden gewartet?»

Marieke nickte. «Auf die Familie Danquart. Hast du von ihnen gar nicht gehört?»

«Nein. Nie.»

«Die Danquarts», begann Marieke, «lebten mit Frau Hottenrott zusammen in der Wohnung unter euch. Also, bevor du dazukamst natürlich, eigentlich auch bevor die Buttgereits dort wohnten, glaube ich. Frau Hottenrott hatte die Küche gemietet und schlief auch dort, und die Familie teilte sich die beiden großen Zimmer nach vorn raus. Unterhalb der Räume von Ellen und deinem Vater.»

Dort also, wo Frau Hottenrott jetzt all die Möbel lagerte, drei Sofas, Tische und Dutzende Regale, worauf sich Greta keinen Reim hatte machen können.

«Zweiundvierzig sind sie geflohen.»

«Waren sie Juden?»

Marieke schüttelte den Kopf. «Frau Hottenrott glaubt, die Eltern seien Kommunisten gewesen, aber genau wusste sie es nicht. Eines der Kinder kränkelte viel. Womöglich hatten sie auch Angst, dass es ihnen fortgenommen würde.» Marieke räusperte sich und warf Greta einen scheuen Blick zu. «Die Familie verschwand mitten in der Nacht und hinterließ nur einen Brief mit der Bitte, auf ihre Sachen achtzugeben. Und das tut Frau Hottenrott seither.»

Niemand sagte etwas.

«Seit zwölf Jahren?», fragte Greta schließlich.

Marieke nickte.

«Und jetzt erst glaubt sie, dass sie nicht wieder zurückkommen?»

Marieke nickte erneut. Franz lief zu ihr und zupfte an ihrer Hand.

«Was ist denn, mein Spatz?»

Er sagte nichts, stellte sich auf die Zehenspitzen und reckte seinen dürren Arm. Marieke, die wohl nicht wusste, was sie tun sollte, ging langsam in die Knie. Er beugte sich vor und strich ihr über die Wange. Die Geste war so zärtlich, dass Greta neuen Mut schöpfte. Wenn ein Junge, der derart viel durchgemacht hatte, noch so viel Liebe in sich trug, musste man sich einfach am Leben erfreuen.

Und durfte nicht aufgeben. Auf keinen Fall.

Trixie klatschte in die Hände. «Das ist ja herrlich. Das heißt aber auch, wir haben Unmengen zu tun. Einen Umzug vorbereiten. Und die Hochzeit. Greta, mir ist es gleich, was du sagst, aber dass dein großer Tag kein großer, sondern ein mittelmäßiger Tag werden könnte, das lasse ich nicht zu!»

«Ich auch nicht», meldete sich Marieke zu Wort, die ihren Blick nur mit Mühe vom Gesicht ihres Jungen lösen konnte und dabei so glücklich wirkte, wie Greta sie selten zuvor gesehen hatte. «Wir feiern das Fest aller Feste! Und wenn die Sache mit unserem Salon dann in die Binsen geht, haben wir wenigstens vorher noch unseren Spaß gehabt.»

«Das ist für euch», sagte Trixie mit vor Aufregung wackliger Stimme. «Für dich und Felix.» Nervös hüpfte sie von einem Bein aufs andere. «Als Vorhochzeitsgeschenk. Sozusagen.»

Marieke und sie hatten Greta und Felix im Treppenhaus der Antonistraße acht die Augen verbunden und sie vorsichtig hochgeführt. Oben, in Ellens Zimmer, hatten sie die Tücher wieder abnehmen dürfen. Verblüfft und unsicher, was sie damit anfangen sollte, stand Greta nun vor einem riesigen Ohrensessel, der mitten im Raum abgestellt worden war.

«Ihr habt zwar noch keine gemeinsame Wohnung. Aber jetzt ein gemeinsames Möbelstück.»

Greta drückte Felix' Hand, um zu verhindern, dass ihr Tränen in die Augen schossen.

«Hast du ihnen davon erzählt?»

Er grinste, und das war Antwort genug.

«Aber das ist doch viel zu teuer», sagte sie leise.

«Oh, ja!», dröhnte Marieke und zog ihre Nase kraus. «Wie du weißt, sind Trixie und ich zwar momentan etwas knapp bei Kasse, aber erstens ist der Sessel nicht funkelnagelneu, und zweitens sind wir glücklicherweise nicht die Einzigen, die dich liebhaben. Und die euch zwei etwas schenken wollten. Da.» Mit dem Kinn deutete sie auf einen Briefumschlag, der auf dem blassblauen Polster lag.

Gerührt betrachtete Greta den Sessel: Der Stoff war an den seitlichen Kopfstützen schon abgeschabt, Fäden hingen hier und dort heraus. Jemand hatte gern darin gesessen, das war deutlich zu sehen. Und nun würde sie das übernehmen. Vorsichtig nahm sie den Umschlag auf und setzte sich.

Eine kleine Staubwolke stieg auf. Der Stoff roch noch ein wenig fremd, doch das würde sich geben.

«Gemütlich?», fragte Felix.

«Und wie!»

«Nun lies doch mal», drängelte Marieke.

Greta öffnete den Umschlag und zog eine Karte heraus, die nur Franz gebastelt haben konnte. Ausgeschnitten aus Karton, war sie über und über mit pastellfarbenen Punkten gefüllt. Wie ein Bett aus Blüten sah es aus. Darauf standen sicher zwanzig Namen, die Greta nach und nach entzifferte. «Rita, Elfriede, Alfred, Konstanze Singer, Therese Willink ...»

Als Greta hinter sich leise Schritte hörte, wandte sie sich um. Im engen Flur der Buttgereits drängten sich mindestens zehn Frauen. Ein Mann, sah sie dann – Alfred –, war auch darunter.

«Alles Gute für euch beide.» Lächelnd trat Therese Willink näher. «Wir wissen, die standesamtliche Trauung kommende Woche ist dem engen Kreis vorbehalten. Deswegen wollten wir euch schon heute überraschen.»

«Herzlichen Glückwunsch!», rief Alfred, um sich inmitten all der Frauen Gehör zu verschaffen.

Dankbar nahm Greta Thereses Hand.

«Jetzt kommt was zum Anstoßen», rief Trixie, die sich aus dem Zimmer hinausgedrängt hatte und sich nun wieder hineinquetschte. Sie balancierte einen Stapel Tassen, der gefährlich schwankte. Jeder bekam fingerbreit eingeschenkt, für mehr reichte die Flasche Perlwein nicht.

«Hoch die Tassen!»

«Noch nie hat dieser Spruch so gut gepasst wie heute», sagte Felix in Gretas Ohr.

Sie stießen an, tranken und plauderten, und Greta fragte sich verblüfft, wie Marieke und Trixie es nur geschafft hatten, Harald und Trude zu überreden, ihnen für diesen Nachmittag die Wohnung zu überlassen. Hoffentlich wussten die beiden überhaupt davon!

Doch dann schob sie den Gedanken weit weg und atmete tief den langsam vertrauter werdenden Geruch nach Staub, einem kaum wahrnehmbaren Rasierwasser und Mottenkugeln ein. Es gab noch so viele Fragen, die nicht beantwortet, Probleme, die nicht verschwunden waren. Doch in kleinen Schritten ging es vorwärts ... Am Wochenende wollten Marieke, Bertram und Franz in die Wohnung von Frau Hottenrott einziehen. Und am Mittwoch kommender Woche würde Greta heiraten.

Sie lehnte den Kopf an und lauschte den leisen Stimmen um sich herum. Sie rief sich Annie in Erinnerung. Ihre große, starke Großmutter. Wieso, wollte sie sie so gern fragen. Wieso hast du mir nie davon erzählt?

Hinter dem hellsten Glanz, so kam es ihr vor, konnte sich die tiefste Finsternis auftun. Stets war beides vorhanden, so wie ihre Mutter, die Greta meist als strahlend und fröhlich empfunden hatte, eine große, die Welt verschluckende Dunkelheit in sich getragen hatte. Und auch wenn Greta nicht wusste, wie sie damit leben sollte, wusste sie immerhin eines: Sie würde es mit so viel Fröhlichkeit versuchen, wie sie nur aufbringen konnte.

Vielleicht lag darin der Entschluss ihrer Großmutter begründet, ihren Sohn und alles Leid, das er in die Welt getragen hatte, aus ihrem Leben auszuschließen. Um Greta zu schützen. Und um die nötige Fröhlichkeit aufzubringen, aus dem Kind, dessen Eltern in der Ferne waren, eine tatkräftige, lebensbejahende Frau zu machen.

Var glad.

Das war schließlich der einzige Punkt auf der Liste an ihrem Badezimmerschrank in Stockholm, den Annie und sie abgehakt hatten.

Fröhlich sein.

«Du darfst noch nicht raus!», rief Ellen und versuchte, die Tür so zuzudrücken, dass sich Greta dabei nicht die Finger klemmte.

Greta zog ihr Nachthemd enger um sich, denn ihr war verflixt kalt. «Ich muss auf die Toilette.»

«Das muss warten!»

Neben Ellens Stimme hörte sie zahlreiche weitere, die leise Informationen über Gurkenscheibchen und Lampions austauschten, wenn sie sich nicht verhörte. Ein unablässiges Getrappel hatte sie geweckt. Sie hatte dagelegen und sich im Halbschlaf gewundert, wieso bei Dunkelheit alle schon auf den Beinen waren, und dann war ihr eingefallen, welcher Tag heute war.

Der Tag ihrer kirchlichen Trauung. Greta Uhlmann hieß sie schon, seit Felix und sie vor drei Tagen auf dem Standesamt gewesen waren. Marieke, Franz und Trixie hatten sie begleitet, und auch Harald hatte unbedingt dabei sein wollen und sogar geweint, auch wenn er das nachher strikt abgestritten hatte. Ihrem Namen trauerte Greta hinterher. Doch in ihrem Herzen, sagte sie sich, würde sie immer Greta Bergström bleiben.

«Jetzt kannst du», rief Ellen und riss, ohne anzuklopfen, die Tür auf. «Aber schnell. Und nirgendwo hingucken.»

Barfuß tappte Greta durch die dunkle Diele in den Hausflur und die halbe Treppe hinab, wo sie ungeachtet Ellens Worte eine weitere halbe Treppe hinunterspähte. Die Tür zur vormaligen Wohnung von Frau Hottenrott stand sperrangelweit offen. Leute kamen und gingen, schleppten Kästen voll klirrender Flaschen und Gläser hinein und eilten wieder hinaus.

Die Kälte der Stufen kroch ihr durch die Sohlen. Sie umfasste das Treppengeländer und musste lächeln. So viel Aufmerksamkeit und Liebe, womit hatte sie all das verdient?

Aber das war eine strohdumme Frage, würde Annie schimpfen. *Liebe kann man sich nicht verdienen. Und nun mach, dass du aufs Klo kommst.*

Ja, das würde Annie sagen, wenn sie heute dabei wäre, und mit der Hand wedeln, und wenn Linn neben ihr stünde, würde sie wohl leise lachen und Greta aus ihren strahlend blauen Augen liebevoll ansehen.

Es war, als geschehe der Vormittag jemand anderem. Marieke steckte einer anderen Greta das Haar mit hundert kleinen Klammern zusammen. Ihr Vater nahm eine andere Greta sanft beim Ellbogen, führte sie zuerst die Stufen im Hausflur hinab, die Straße entlang und in die St.-Pauli-Kirche hinein, in der eine Menge Leute schon auf sie warteten. Es war, als hörte jemand anders die Musik. Als schritte jemand anders den langen Gang entlang. Stünde neben Felix vor dem Altar und sehe seine Augen vor Freude leuchten.

Als er sie küsste, da wurde Greta allerdings wieder sie selbst.

«Ich glaube, wir sollten langsam aufhören», murmelte er lachend, doch Greta wollte ihn nicht loslassen. Es war so schön in seinen Armen. Nur ein paar Sekunden wollte sie noch seinen Duft einatmen, die Nase in seinen Hals bohren und Kraft schöpfen.

Die vielen Menschen schüchterten sie ein. Es waren

viel mehr Gäste, als sie selbst eingeplant hätte, doch die Hochzeitsvorbereitungen waren ja ohne ihr Mitwirken über die Bühne gegangen. Vorhin hatte sie aus den Augenwinkeln Rita und Heinrich und Elfriede und Alfred gesehen. In der ersten Reihe saßen Felix' Bruder Hannes, seine Eltern, die Greta am liebsten ignoriert hätte, und Muttchen. Links von ihnen Gretas Vater, Trude und Ellen. Natürlich war auch Therese Willink gekommen, so wie die Familie Jensen und Marieke samt Bagage. Aber es starrten sicher noch drei Dutzend mehr Augenpaare sie an. Wer waren all diese Leute?

Nun, sie würde selbst hinsehen müssen, um es zu erfahren.

Greta blinzelte in die kühle kirchliche Dunkelheit. Sie erkannte Herrn Nassers Gesicht, der vor Glückseligkeit fast platzte, ganz als wäre er ihr Vater und nicht Harald. Als Greta ihren Blick weiter nach rechts wandern ließ, dauerte es einen Augenblick, bis sie glauben konnte, wen sie da sah.

«Märit?», formte sie ungläubig mit den Lippen.

Ihre Schulfreundin aus Stockholm sprang auf. Dann wurde ihr jedoch gewahr, dass der Rest des Kirchenpublikums dies als Aufforderung auffasste, sich ebenfalls zu erheben, und sie setzte sich rasch wieder. Greta hatte Mühe, nicht laut herauszuplatzen vor Lachen, als sich einer nach dem anderen mit verwirrtem Gesicht wieder auf die Bank sinken ließ und sich fragend umsah.

Als sie Märit zuwinkte, entdeckte sie feine violettgraue Locken eine Bank weiter vorn und blickte in die freundlichen grauen Augen ihrer früheren Vorgesetzten.

«Fräulein Lundell ist hier!»

«Wer?», flüsterte Felix.

«Fräulein Lundell aus dem Salon in Stockholm.»

Einfach unglaublich. All das mussten ihre Freundinnen eingefädelt haben. Trixie, Marieke und sicher allen voran Therese Willink. Am liebsten würde sie zu ihnen stürzen und ihnen danken, aber niemand rührte sich, und alle sahen so abwartend aus.

«Müssen wir noch etwas machen?», wisperte sie in Felix' Ohr und drehte sich wieder zum Altar. Erst jetzt bemerkte sie, dass der Pfarrer sie mit mildem Blick musterte.

«Ja sagen wäre eine gute Idee.»

«Habe ich das noch gar nicht getan? Ich habe dich doch schon geküsst.»

«Na ja, wir haben die Reihenfolge ein bisschen durcheinandergebracht.»

Greta räusperte sich. «Entschuldigung. Ja, ich will.»

«Schön», sagte der Pfarrer, «aber lassen Sie mich bitte erst fragen.»

«Oh ja. Natürlich. Fragen Sie, bitte.»

«Wollen Sie Ihren Mann lieben und achten und ihm die Treue halten?»

Greta wartete kurz und sah den Pfarrer fragend an. Er nickte.

«Ja», sagte sie. «Ja, ich will.»

Zu den schönsten Augenblicken des Tages gehörte (neben dem, Felix in aller Öffentlichkeit und ohne jede Scham küssen zu können, sooft sie wollte) jener, als sie die Tür der Schnieken Deern aufschloss und Fräulein

Lundell ihren sorgfältig ondulierten Kopf hineinsteckte, um sich den Salon anzusehen.

«Nej», wisperte sie und wandte sich mit staunendem Blick zu Greta, «nej, det är så vacker!»

«Ja, finden Sie?», fragte Greta. «Finden Sie wirklich?» Von Fräulein Lundell höchstpersönlich gelobt zu werden, übertraf jedes Kompliment. Greta fühlte sich, als sei sie zum Ritter geschlagen worden, und kehrte mit glühenden Wangen und wehendem Hochzeitskleid in Mariekes Wohnung zurück. Ein Großteil der Feier fand hier statt, das Essen und das Trinken, das Plaudern und Kennenlernen. Getanzt aber würde oben – in der Wohnung darunter würde sich auf diese Weise nämlich niemand über den Krach beschweren.

Greta dankte Trude noch einmal dafür, und diese gab sich zumindest Mühe, freundlich dreinzublicken. Die meiste Zeit aber saß sie mit miesepetriger Miene in Mariekes und Bertrams Wohnzimmer, das aussah, als sei es in einen Tuschkasten gefallen. Mehr Farben ließen sich auf engstem Raum wohl nicht versammeln. Ungeplant anfangs, aber dann seitens der Eltern unterstützt, zierten nun großflächige Nachbildungen jener botanischen Illustrationen den Raum, die Felix dem Jungen zur Feier seiner Heimkehr geschenkt hatte. Gelbe Tulpen, blauer Salbei und sogar Rosen hatte Franz gemalt; zumindest nahm Greta an, dass es Rosen waren. Sie sahen nicht so aus, als habe sie van Gogh auf den Putz gezaubert, aber wen scherte das schon? Die verwackelten Bilder waren fröhlich und würden Marieke sicher über manchen trüben Novembertag helfen.

«Bereit für ein Tänzchen, wertes Fräulein?»

Greta wirbelte herum und stürzte sich in Mickeys Arme. «Du bist gekommen!»

«Ja, was denkst denn du, Schwesterherz? Ich habe sogar meine Abreise nach Amerika verschoben, extra für dich. Als wenn ich mir entgehen ließe, wie du unter die Haube kommst.»

«Ich hatte Angst, du würdest die Einladung nicht bekommen», murmelte sie in seine Schulter. Dann trat sie einen Schritt zurück. «Verflixt noch mal, siehst du erwachsen aus!»

Und das stimmte. Er trug einen Dreitagebart, was sein Gesicht kantiger aussehen ließ.

«Hast du Marieke schon hallo gesagt? Sie freut sich bestimmt riesig, dich zu sehen.»

Er schüttelte den Kopf, als Marieke schon angesaust kam. Sie trug den von Trixie genähten Kimono. Sein dunkles Blau ließ ihre Augen strahlen, als funkelten Tausende Sterne darin.

Von hinten schlang sie die Arme um Mickey und drückte sich an ihn.

«Mickchen! Endlich! Wie kannst du nur, dich zwei Monate lang nicht blicken zu lassen! Und was mache ich, wenn du über den Großen Teich abdüst? Ich werde eingehen!»

Greta konnte der Röte förmlich dabei zusehen, wie sie seinen Hals emporkroch.

Dann fing auch er an zu reden, Marieke fiel ihm ins Wort, sie stockten gleichzeitig und starrten sich verlegen an.

«Möchte jemand Bier?», fragte Greta in die plötzlich angespannte Stille hinein.

«Oh ja, bitte», sagte Mickey, schaffte es jedoch nicht, seinen Blick von Marieke loszureißen. Diese wiederum hatte ebenfalls knallrote Wangen bekommen. Greta sah etwas Brüchiges in ihren Augen, eine Verletzlichkeit, die selten zutage trat.

Rasch trat sie den Rückzug an.

Eine Stunde später hatte sich der Großteil der Festgesellschaft zu den Buttgereits ein Stockwerk weiter oben gesellt, um zu Mickeys Klarinettenspiel das Tanzbein zu schwingen. Sie feierten derart ausgelassen, dass es klingen musste, als sei eine ganze Schulklasse dort oben außer Rand und Band.

«Mit dir und der Liebe ist es also doch noch etwas geworden», stellte Märit fest und drückte ihrer Freundin einen Kuss auf die Wange. «Und so ein hübsches Kleid trägst du.»

Glücklich blickte Greta an sich herab. Wie es nicht anders zu erwarten gewesen war, hatte sich Trixie selbst übertroffen. Die Naturseide musste ein Vermögen gekostet haben, ihr helles Cremeweiß ließ Gretas Teint selbst nach einem verregneten Hamburger Sommer wie diesem in einem feinen Goldton schimmern.

Froh darüber, sie so überraschend wiederzusehen, lächelte sie Märit an. Bloß sieben Monate waren vergangen, seit sie einander Lebewohl gesagt hatten. In Gretas Leben war seitdem so viel passiert, dass es ihr vorkam, als seien zehn Jahre verstrichen.

«Könntest du mir einen Gefallen tun, Märit? Ich habe dir doch mal die Bank mit dem Blick nach Skeppsholmen gezeigt.»

Märit nickte.

«Würdest du dort für mich diesen Stein hinlegen?»

Es war einer der Kiesel, die Greta aus Stockholm nach Hamburg gebracht hatte und die seither die Fensterbänke im Hausflur zierten. Nichts als ein blanker Kiesel, da war überhaupt nichts Besonderes an ihm, doch allein die Tatsache, dass er sie schon so lange begleitete, machte ihn für sie wertvoll.

«Ich habe ihn zum Gedenkstein für meine Mutter auserkoren. Wenn du ihn nach Södermalm bringen könntest … Es wäre sehr tröstlich für mich, zu wissen, dass er dort liegt. An dem Ort, an dem ich so lange auf sie gewartet habe.»

«Natürlich.» Lächelnd streckte Märit die Hand aus.

Greta legte den Kiesel hinein, doch dann zögerte sie.

«Weißt du, wenn er so weit weg ist …»

Abwartend sah Märit sie an, die Hand mit dem Kiesel darin immer noch ausgestreckt.

«Vielleicht suche ich doch besser hier einen Platz dafür», sagte Greta nachdenklich. «Dann könnte mich hin und wieder dazusetzen.»

Mit einem nun breiteren Grinsen drückte Märit ihr den Kiesel zurück in die Hand. «Du wirst einen Ort dafür finden, da bin ich sicher. Weißt du …» Sie legte den Kopf schief und blickte Greta mit ehrlichem Erstaunen an. «Ich hätte nie gedacht, dass du das so toll hinkriegen würdest. Als du aus Stockholm fort bist …» Sie zuckte mit den Schultern. «Ich dachte, du kommst innerhalb von ein paar Wochen wieder zurück. Ich habe mir schon Sorgen darüber gemacht, wo wir dich nur unterbringen und wie ich dich trösten solle. Aber nun guck dich an. Du bist ein Sonnenstrahl, Greta.»

Verlegen und gerührt lachte Greta.

«Darf ich deinen Mann eigentlich küssen? Macht man das auch in Deutschland so?»

Greta zuckte mit den Schultern. «Das weiß ich gar nicht. Aber meinen Segen hast du.»

«Bitte wundere dich nicht, wenn Märit dich zu küssen versucht.»

Felix grinste. «Mir wäre es aber lieber, nur von dir geküsst zu werden. Wieso sollte ich Märit überhaupt küssen wollen?»

«Nicht du sie, sondern sie dich. In Schweden ist es Brauch, dass die weiblichen Gäste den Bräutigam küssen dürfen, sobald die Braut den Raum verlässt. Hierzulande nicht?»

«Na ja, ich heirate heute zum ersten Mal, aber ich glaube, nicht, nein.»

«Sie darf dich jedenfalls küssen, wenn es nach mir geht.»

«In Ordnung, Chef.» Mit glitzernden Augen beugte er sich vor und küsste sie. Greta atmete seinen vertrauten Geruch ein, spürte seine weichen Lippen und ein leises Prickeln des Glücks.

Ein Räuspern erklang. Grinsend ließ Felix sie los.

Ihr Vater stand vor ihnen, in der ausgestreckten Hand

lag eine kleine rostrote Schatulle. «Ich habe noch etwas für dich.»

Überrascht nahm sie sie entgegen. «Ihr habt mir doch schon genug geschenkt, Papa.»

Ihr Vater hatte darauf bestanden, für das Essen aufzukommen. Greta würde Trixie für alle Zeiten dankbar dafür sein, dass sie bei der Auswahl der Speisen bodenständig geblieben war. Marieke hatte auf eigene Kosten Klöpse gekocht, die herrlich schmeckten. Und Schmalzbrote mit eingelegten Gurken kosteten zwar viel, wenn man sie für ein paar Dutzend Menschen herrichtete, doch finanziell ruinieren würden sie Harald und Trude nicht.

«Es ist nur eine Kleinigkeit», sagte er. «Aber eine, die von Herzen kommt.»

Sie war von seinen Worten so gerührt, dass sie eine Weile blinzelnd auf die Schatulle hinabsah, ohne sie zu öffnen. Als sie es dann tat, kullerten doch ein paar Tränen ihre Wange hinab.

In der kleinen Schachtel lag ein Armband. Greta zog es hervor und legte es vorsichtig an. Drei goldene Kronen, ein goldener Anker und ein winziger Schlüssel baumelten von der feingliedrigen Kette herab.

«Die drei Kronen stehen für Stockholm», sagte ihr Vater leise. «Der Anker, wenig überraschend, für Hamburg. Und der Schlüssel, nun ... Ich hoffe, du kannst damit hinter dir abschließen und die Vergangenheit ruhen lassen.»

Bewegt sah sie ihn an, stellte sich auf die Zehenspitzen und küsste ihn auf die glattrasierte Wange.

«Danke, Papa. Das ist ein wundervolles Geschenk.»

«Was ist ein wundervolles Geschenk? Oh!»

Marieke hatte sich Gretas Hand geschnappt und den Arm sanft so hingebogen, dass sie das Schmuckstück bestaunen konnte.

«So viel Einfallsreichtum und Geschmack hatte ich deinem alten Herrn gar nicht zugetraut», raunte sie, nachdem sich Harald mit einer förmlichen Verbeugung entschuldigt hatte. «Aber ein bisschen reserviert ist er schon immer noch, oder?»

«Das wird wohl auch so bleiben», sagte Greta und strich zärtlich über den Anker und die drei Kronen. Bei dem Schlüssel zögerte sie.

Die Vergangenheit Vergangenheit sein lassen, dazu war sie bereit, nicht aber, eine Tür hinter sich zu verschließen. Was gewesen war, würde sie für immer begleiten. Sie wollte nichts vergessen.

«Du hast ja vielleicht tanzwütige Freunde, Greta», japste Mickey, der mit leuchtenden Augen vor ihnen aufgetaucht war, «ich brauche aber auch mal eine Pause. Vielleicht könnt ihr das Musizieren übernehmen?»

«Und wie?», fragte Greta. «Ich kann mir nur schwer vorstellen, einen Ton aus deinem Instrument rauszukriegen.»

«Meine heilige Klarinette lege ich dir sicher nicht in die Hand, Schwesterherz. Klatsch doch einfach ein bisschen. Das funktioniert auch.»

Also klatschte Greta in die Hände, und nach einer kurzen irritierten Pause, in der sich die Gäste nach Mickey umgesehen hatten, fielen sie in das Klatschen ein.

Gleich wieder fidel, hüpfte Mickey auf die Tanzfläche, bei der es sich um das freie Areal zwischen Ellens Schreibtisch und ihrem Schrank handelte. Die Matratzen waren in den Keller geräumt und sämtliche Bücher im Schrank verstaut. Als Franz fröhlich auf den Boden zu stampfen begann, gab es kein Halten mehr. Auch Felix gesellte sich hinzu, und Mickey und er umtanzten einander wie zwei Rumpelstilzchen. Greta prustete los und sah zu Marieke, die mit einem Mal verloren wirkte.

«Amüsierst du dich nicht?», fragte Greta.

«Bis heute wusste ich es nicht mit Bestimmtheit», sagte Marieke statt einer Antwort.

«Was wusstest du nicht?»

«Dass ich deinen Bruder liebe.» Marieke wirkte selbst erschrocken über das, was sie gesagt hatte. «Ich liebe ihn.»

Greta griff nach ihrer Hand und drückte sie fest. Mariekes Blick glitt wieder zu Mickey zurück, dem das schwarze Haar in die Stirn fiel und der angesichts des hypnotisch wirkenden Klatschens und Stampfens wie verzaubert wirkte.

«So ein Pech aber auch, wie, Marjellchen?» Marieke bemühte sich vergeblich, wieder wie sie selbst zu klingen. «Da liebe ich mal einen, und dann kann es nicht sein. Doch wenn er mich noch will, wenn ich alt und schrumpelig bin …» Sie flüsterte fast, ihre Augen aber glänzten fast fiebrig. «Wenn ich alt und schrumpelig bin, ist Franz aus dem Gröbsten raus. Dann lebt er sein eigenes Leben und ist ein starker junger Mann. Dann kann ich …» Statt weiterzureden, wandte sie sich ab. Ihre Schultern hüpften auf und ab.

«Möchtest du dich setzen?», flüsterte ihr Greta ins Ohr.

Dankbar nickte Marieke und ließ sich zu dem in die

Ecke gerückten Ohrensessel bugsieren. Sie verschwand fast darin, stellte Greta fest. Das war gut, denn so sah niemand ihre Tränen.

Greta warf einen flüchtigen Blick zu Bertram, der neben seinem Sohn stand und mitklatschte. In Gretas Augen sah er immer noch wie ein fieses Wiesel aus, daran gab es nichts zu rütteln. Immerhin aber hatte er den gesamten Tag keinen Tropfen Alkohol angerührt. Und laut Marieke bemühte er sich, Franz ein guter Vater zu sein, besuchte täglich den Pfarrer und half bei der Kriegsversehrtenfürsorge, wo er mittags Suppe ausschenkte.

Mickey, der die zusammengesunkene Marieke immer öfter mit einem besorgten Seitenblick streifte, wirkte im Vergleich zu Mariekes Ehemann dennoch wie das blühende Leben. Wie ein Anfang, wo Bertram bestenfalls die Mitte war. Aber Mickey würde übermorgen in die USA reisen. Und er hatte Greta auch beschwipst mitgeteilt, dass er angesichts der Schönheit der Amerikanerinnen sicher mir nichts, dir nichts ebenfalls verheiratet sei.

«Du bist zwar die Älteste», hatte er gemurmelt und an seinem Bier genippt, «aber ich bin nur ein Jahr jünger als du und kann schneller aufholen, als du Hoppla sagen kannst.»

Jemand stimmte einen neuen Takt an. Mickey versuchte, Schritt zu halten, indem er etwas aufführte, was einem russischen Stepptanz glich. Felix, dessen Wangen leuchteten, verzog sich in sicherere Gefilde und sah Mickey vom Rand aus zu.

In das Tosen hinein erklangen die Töne einer Trompete. Perplex wandte sich Greta zur Tür, wo sie aber keinen Trompeter sah, sondern einen Rolltisch, auf dem sich ein Koffergrammophon hereinbewegte. Aus seinem Lautsprecher drang Musik, Jazz, glaubte Greta zu erkennen, eine sehr schnelle Variante davon.

Die Ankunft des Grammophons wurde begeistert beklatscht, und dann ertönte ein Schrei.

«Harris!»

Trixie hatte sich aus der Menge rund um die Tanzfläche gelöst und schoss auf den jungen Mann zu, der hinter dem rollbaren Tisch das Zimmer betreten hatte. Sie sprang ihm in die Arme, sodass er nur mit Mühe das Gleichgewicht halten konnte und mit Trixie in den Flur taumelte.

«Er ist gekommen», sagte Marieke, wischte sich die Tränen ab und lächelte probeweise. Es gelang ihr ganz gut.

«Das ist Harris? Trixies Soldat? Ich habe ihn ohne Uniform gar nicht erkannt. Wie in aller Welt ist er hergekommen?»

«Unser Tausendsassa Therese Willink hat seine Adresse herausbekommen», sagte Marieke und grinste ihr wunderbarstes Zahnlückenlächeln. «Sie hat sämtliche amerikanische Kasernen in West-Berlin angefunkt, was Trixie ja durchaus selbst hätte tun können. Aber sie war zu stolz. Na ja, und zu unsicher, nehme ich an.»

«Er hat ihre Adresse also tatsächlich verloren?» Zu gut erinnerte sich Greta, wie sie sich mit Trixie darüber unterhalten und Trixie diese Möglichkeit vehement ausgeschlossen hatte.

«Da sind ja meine beiden Grazien.» Frau Willinks Wangen waren gerötet. Sie klopfte sich die Feuchtigkeit vom Mantel und ihrem Hut.

«Wir haben gerade über dich geredet, Therese», sagte Greta. «Hast du Trixies Soldaten etwa auch höchstpersönlich aus West-Berlin rangekarrt?»

«Nicht ganz», sagte Therese Willink und lachte. «Aber irgendwer musste den guten Mr. Culpepper doch vom Bahnhof abholen, oder? Was den Vorteil hat, dass mein Wagen noch warm ist. Greta, kommst du?»

«Wohin denn?»

«Ja, kennst du denn die Tradition bei Hochzeiten nicht? Du wirst entführt.»

«Was?»

Marieke zuckte entschuldigend mit den Schultern und verpasste ihr einen liebevollen Klaps auf den Po.

«Abmarsch. Ich küsse solange den Bräutigam. Quatsch, mach ich natürlich nicht. Bis nachher, Marjellchen, amüsier dich.»

«So ist das also in Schweden? Der Bräutigam wird geküsst, bis man ihn unter all dem Lippenstift nicht mehr sieht, und die Braut pudert sich derweil die Nase?», fragte Therese Willink, nachdem sie den Motor gestartet und sich in den Feierabendverkehr eingefädelt hatte.

«Umgekehrt ist es genauso erlaubt. Wann immer der Bräutigam den Raum verlässt, darf die Braut von allen geküsst werden.»

Therese Willink nickte vergnügt.

«Hast du Ruth geschrieben?», wagte Greta zu fragen.

Angestrengt starrte Therese auf die regennasse Fahrbahn. Die Scheibenwischer sonderten klägliche Geräusche ab. Es klang, als sei man einer Katze auf den Schwanz getreten.

«Nein», antwortete Therese nach einer Weile.

Greta sah in ihren Schoß hinab.

«Wohin fahren wir?»

«Lass dich überraschen.»

Doch so aufmerksam Greta auch nach einer Überraschung Ausschau hielt, als Therese Willink den lindgrünen Wagen parkte, sie fand keine.

«Ich wünschte, ich könnte es dir bei Tageslicht zeigen», sagte Therese, verschloss den Wagen und winkte Greta, ihr zu folgen. «Aber der Zug aus Berlin hatte Verspätung, und vorher war einfach zu viel zu tun.»

Greta schickte einen Dank gen Himmel, dass Trixie ihr das Hochzeitskleid so kurz geschneidert hatte, dass es nicht über das regennasse Pflaster schleifte. Ein bisschen kalt war ihr, aber die Brautentführung würde ja hoffentlich nicht so lange dauern.

In der Wohlwillstraße reihte sich ein niedriges Haus an das andere. Die Straße führte auf einen kleinen Park zu, dessen Name Greta nicht einfallen wollte, nicht allzu weit von hier lag der Hamburger Dom. Und ein paar Häuserzeilen dahinter lebte immer noch Felix bei seinen Eltern.

Vor einem Gebäude, das sich mit seinen schlichten, dunkelroten Wänden aus Backsteinen von den umliegenden Fassaden aus der Gründerzeit abhob, wurde Therese langsamer. Sie bog in einen niedrigen Durchgang ein, in dem ihre Schritte wie leises Klacken von den Wänden zurückgeworfen wurden.

Der Hof, den sie betraten, war von Häusern aus demselben roten Backstein eingerahmt. Viel konnte Greta nicht erkennen, außer dass der Boden grob gepflastert war, hier und dort ein hutzeliger Strauch um sein Überleben kämpfte und hinter den Fenstern, deren Rahmen grün gestrichen waren, kein Licht brannte. Eine eigentümliche Stille herrschte. Als hätten sie Hamburg auf magische Weise verlassen; wie aus weiter Ferne hörte sie nur ein Motorbrummen und die kaum wahrnehmbaren Stimmen von Passanten.

«Was ist das hier?»

«Mein neues Zuhause. Dies», sagte Therese und zeigte auf das linke Haus und anschließend auf das rechte, «dies und natürlich die beiden Quergebäude. Sowie der Hof, der im Vergleich zu meinem früheren Garten natürlich recht spartanisch wirkt. Aber mit etwas Liebe bekommt man sicher auch hier ein Moosblümchen zum Blühen, was denkst du?»

«Bestimmt», murmelte Greta verblüfft. Ihr fehlten die Worte. Dass Therese ihre herrschaftliche Villa an der Alster gegen ein Ensemble roter Backsteinbauten eintauschte, war überraschend genug. Doch was wollte sie mit so viel Platz?

«Nenn mich ruhig halsbrecherisch wagemutig, aber ich plane, in den beiden hinteren Häusern ein Altenheim zu eröffnen. Es ist allerdings weniger ein Heim als, nun ja, Zusammenwohnen mit Gleichgesinnten. Gleichaltrigen, um genau zu sein. Ich weiß nicht, ob ich überhaupt jemanden finde, der Interesse daran hat, aber ich werde mein Haus verkaufen und im Frühjahr hier einziehen. Vorher muss natürlich noch einiges getan werden. Was hältst du davon?»

«Das ist ...» Tatsächlich ziemlich wagemutig, wollte Greta eigentlich sagen. Doch dann lächelte sie. «Das ist toll.»

«Und ich wollte Felix und dich fragen, ob ihr im Seitenhaus eine Wohnung mieten möchtet.»

Sie musste sich verhört haben. Felix und sie waren mit Sicherheit zu jung für ein Altenstift. Und wie in aller Welt sollten sie eine Wohnung hier bezahlen?

«Ich möchte nicht mehr allein sein, Greta», sagte Therese in drängendem Ton. «Und ich habe Geld genug, zumal nach dem Verkauf meines Hauses, um auch anderen Menschen zu ermöglichen, sich ein hübsches Heim einzurichten. Es wird kein Luxus, rechne nicht damit, dass es in jeder Wohnung ein eigenes Bad gäbe. Dafür hält sich die Miete in Grenzen. Und ich denke, mit ein bisschen Elan und Spaß an der Gemeinsamkeit ... Nun, ich habe mir vorgenommen, es schön hier zu haben. Was denkst du, Greta?»

«Mein Kopf ist gerade wie leer gepustet.» Obwohl, das stimmte nicht ganz. Sie dachte an Hannes, der einen Ort hätte, an dem er Ruhe vor seinen Eltern hätte, wenn er zu Hause wieder traktiert wurde.

Therese seufzte. «Leider ist die Durchfahrt nicht groß genug, um euren Laster in den Hof fahren zu lassen. Ich wünschte, ich hätte eine Lösung für das Problem.»

Greta umarmte sie und küsste sie auf die Wange.

«Du musst nicht die Lösung für jedes unserer Probleme finden. Wir schaffen das schon, Marieke, Trixie und ich. Aber das Haus hier ...»

«Wenn ich doch nur reinführen könnte! Leider ist momentan noch das Treppenhaus einsturzgefährdet, dabei hat das Haus kaum eine Schramme abbekommen während des Krieges. Aber der Holzwurm und die Feuchtigkeit, zusammen mit der Tatsache, dass das Gebäude trotz der Wohnungsnot seit dreiundvierzig leer steht, haben für einiges an Schaden gesorgt. Sonst könnte ich dir zeigen, wie zauberhaft die Wohnungen sind. Die Zimmer klein, mit einfachen Dielen und einer Kohleheizung, aber die Fenster zeigen gen Westen, von der Küche aus nach Osten, und alles ist ein bisschen kompakter als sonst hier. Es gibt keine langen Flure, nicht diesen Knick, diesen Hamburger Knochen, der auf meterlanger Strecke die vorderen Zimmer mit den hinteren verbindet. Und ihr seid mittendrin, aber lebt doch in Ruhe. Gott, ich klinge ja wie eine Fernsehreklame auf zwei Beinen. Da fällt mir ein: Ich bin übrigens stolze Besitzerin eines brandneuen Fernsehers, der in einen Aufenthaltsraum für alle kommt.»

«Dann nehme ich die Wohnung natürlich!»

Sie lachten.

«Danke», sagte Greta und hakte sich bei Therese unter. «Du kannst dir nicht vorstellen, wie glücklich ich über dein Angebot bin.»

Nun würde es bald einen Ort für Felix und sie geben und einen Ort, an den sich Hannes flüchten könnte.

«Da vorn, man sieht es im Dunkeln leider ebenfalls

schlecht», fuhr Therese Willink fort, «dort wollte ich eine schmiedeeiserne Bank hinstellen. Und ich weiß nicht, wie ich es sagen soll ... Auch etwas zur Erinnerung an deine Mutter, wenn es dir recht ist.»

«Da wüsste ich etwas», sagte Greta.

«Ja? Was denn?»

«Einen Kiesel.»

«Einen Kiesel? Nun, ich hatte an etwas Größeres gedacht, aber ein Kiesel soll mir auch recht sein.» Therese dachte nach. «Eine schöne Idee. Ich könnte auch einen für Emma danebenlegen, was meinst du?»

«Unbedingt», sagte Greta. Alles in ihr hatte zu kribbeln begonnen.

«Dann ist es abgemacht? Fürs Erste jedenfalls? Ihr könnt natürlich immer zurück, wenn es euch nicht mehr gefällt, ich drehe euch daraus wahrlich keinen Strick.»

«Wie ein Strick fühlt es sich nicht an, Therese.»

Als sie sich im Durchgang noch einmal umwandte und in den stillen Hof blickte, klopfte ihr Herz fast schmerzhaft schnell vor Freude.

Dort, in der Dunkelheit und zwischen blassroten Ziegeln, wartete es auf sie, ihr neues Leben. Und es würde alle Seiten haben, die das Leben eben hatte: mal glücklich und sicher auch mal traurig sein. Aber immer bunt. Wie ihre Mutter.

Es würde ein buntes Leben sein.

DANKSAGUNG

Die Idee, einen Roman über einen Schönheitssalon in den 1950er Jahren zu schreiben, kam mir bei einem Friseurbesuch. Während ich die sanfte Kopfmassage und das Gefühl genoss, umsorgt zu werden, lauschte ich dem leisen Plaudern um mich herum. Da kam mir in den Sinn, wie wichtig es gerade nach einer schweren Zeit ist, sich wohlbehütet zu wissen. Eine Berührung, ein freundliches Wort, all das, dachte ich, musste den Frauen im Nachkriegsdeutschland doch geradezu paradiesisch erschienen sein.

Als ich meiner Agentin Katrin Kroll von der Idee erzählte, war sie sofort Feuer und Flamme. Ihr ist es zu verdanken, dass nach unzähligen Anläufen endlich Greta aus Stockholm und Marieke aus Ostpreußen in mein Leben traten. Dann entwickelte sich alles ganz schnell, und wir waren überglücklich, Friederike Ney vom Wunderlich Verlag für das Buch begeistern zu können. Regelmäßige Pep-Talks von beiden begleiteten mich die folgenden Monate. Ohne ihre Anmerkungen, Verbesserungsvorschläge, das eine oder andere Kopfschütteln und erfolgreiche Aufmunterungen wäre ich wahrscheinlich kläglich untergegangen.

Ich danke auch meinem Mann und meinen Kindern. Dass ihr da seid, ist das Tollste!